ちくま学芸文庫

パリ論／ボードレール論集成

ヴァルター・ベンヤミン
浅井健二郎 編訳
久保哲司 土合文夫 訳

筑摩書房

目次

Ⅲ 関連論考／参考資料

パリ論／ボードレール論集成

凡例

一、本書は、「ちくま学芸文庫」のために新たに編まれたものである。

二、「　」は著者による引用、もしくは論文や作品の章などを表わし、『　』は作品や著書の表題、雑誌名、および引用文中の引用を、〈　〉は著者の特筆した概念や語句を、（　）は著者による補足、もしくは訳者による原語の補いを、（　）および〔　〕は訳者による補足を、それぞれ表わす。

三、**原注について。**（　）をつけて本文中に挿入したもの以外は、通し番号を付して各作品の末尾にまとめた。

四、**訳注について。**人名注、語句注、引用出典表示などのうち簡単なものは、（　）または〔　〕を付して本文中に挿入し、説明が長くなるものについては、＊を付して段落の切れ目に後注のかたちで置いた。訳注はできるだけ簡潔に記し、また、複数回言及される人名や文献表題については、二回目以降は省略もしくは略記したものがある。

I　パリ論

パリ——十九世紀の首都〔ドイツ語稿〕
Paris, die Hauptstadt des XIX. Jahrhunderts〔一九三五年成立〕

水は青、花はうす紅色、うっとりするような夕暮れの景色、散歩する人びと。淑女方がそぞろ歩き、その後ろをゆくのは小さな淑女たち。

グエン・チョン・ヒエップ『詩集　フランスの首都パリ』
ハノイ、一八九七年、詩編第二五番

I　フーリエあるいはパサージュ

これらの宮殿の魅惑的な円柱は、
歩廊に飾られた品々を通して、
至るところから買物客に教えている、
いまや産業は芸術のライヴァルになったと。

『新パリ風景』

パリ、一八二八年、第一巻、二七ページ

パリのパサージュの大半は一八二二年以降の十五年間に建設される。パサージュが生まれてくる第一の条件は、繊維商業界の好景気である。流行品店(マガザン・ド・ヌヴォテ)、つまり史上はじめて相当量の在庫を備えた商店が出現しはじめる。デパートの前身である。この時代についてバルザック(一七九九―一八五〇年。フランスの作家)は書いている――「マドレーヌ教会からサン・ドニ門まで、ショーウインドーに飾られた品々の大いなる詩が、色とりどりの歌をうたっている」〔「パリの大通り(ブルヴァール)の歴史と生理学」、バルザックほか『パリの悪魔』第二巻、一八四六年、所収〕。パサージュは高級品販売の中心である。パサージュの装飾に関しては、芸術が商人に奉仕することになる。この時代の人びとはパサージュを讃美してやまない。その後も長らく、パサージュはよそからの旅行者を惹きつける場所であり続ける。ある『イラスト・パリ案内』にはこう述べられている――「これらのパサージュは、産業による贅沢(ぜいたく)が近ごろ発明したもののひとつであるが、ガラス屋根に被われ、壁に大理石を張った通路になっていて、建物ブロックをまるまる貫いている。建物の所有者たちが、このような商機への思惑による企てをすることに合意したのである。天井から光を受けるこれらの通路の両側には、まことにエレガントな店が並んでいて、その結果そういうひとつのパサージュは、ひとつの都市、いやそれどころかひとつの世界の縮図である」。パサージュはガス照明が最初に登場した舞

ドルーオ交差点の流行品店

台である。

パサージュ成立の第二の条件は、鉄を用いた建築が始まったことである。アンピール様式*の考え方によれば、この技術は建築術を古代ギリシア的な方向に革新する一助となるものであった。建築理論家ベティヒャー（一八〇六―一八八九年。ドイツの考古学者・建築家）は、「新しいシステムの芸術形式に関しては、古代ギリシア的な形式原理が」働かなくてはならないと述べている（「古代ギリシアとゲルマンの建築様式の原理――われわれの時代の建築様式への応用の観点から」、『カール・ベティヒャー生誕百年記念論集』一九〇六年、所収）が、これは当時一般に信奉されていた意見であった。アンピール様式は、国家を自己目的と見なす革命的テロリズムの様式である。国家とはその機能上の本性からすれば市民階級による支配の道具であるということを、ナポレオンが認識していなかったように、ナポレオン時代の建築家たちは、鉄の機能上の本性を認識していなかった。というのも建築においては鉄とともに、構成の原理が支配的になってくるのである。この建築家たちは支持材を作る際にポンペイ風の円柱を、工場を作る際に住宅建築を模倣するが、これはのちに初期の駅舎がスイスの山小屋に似せて作られたのと同じである。「構成は下意識の役割を占める」〔ジークフリート・ギーディオン『フランスにおける建築』一九二八年〕。しかし他方では、革命戦争の時代に生まれたエンジニアという概念が広く使われはじめ、建設家（コンストルクテーア）〔構成家〕と装飾家との、理工科学校（エコール・ポリテクニク）〔一七九四年に開校した、フランスの理工系エリート養成のための高等教育機関〕と美術学校（エコール・デ・ボザール）〔一六四八年に創設された、世界的に有名なパリの美術教育機関〕とのあいだの戦いが始まる。

＊フランス皇帝ナポレオン一世（一七六九―一八二一年、在位一八〇四―一四／一五年）の治世（第一帝政（アンピール）、一八〇四―一四年）のころの美術様式。古代ギリシア・ローマおよびエジプトの影響を受け、また軍事的モティーフが取り入れられた。

鉄とともに建築史上はじめて人工の建材が登場する。この材料はひとつの発展の波に乗る。この発展は、十九世紀のあいだに次第にそのテンポを早めてゆく。それに決定的なはずみがついたのは、一八二〇年代末からいろいろと実験されていた機関車が、鉄の線路の上でしか使用できないのが判明したときである。線路は組み合わせ可能な最初の鉄材となり、支持材の前身となる。鉄は住宅建築には好まれず、パサージュや博覧会場や駅といった、一過的な目的のための建築物に使用される。同時に建築におけるガラスの利用範囲が広がる。しかし建材としてガラスが大量に使用されるための社会的前提は、ようやく百年後に満たされることになる。シェーアバルト（一八六三―一九一五年。ドイツの作家。ユートピアと社会批判的な要素をあわせもつ小説を書いた）の『ガラス建築』（一九一四年）においてもまだ、ガラスの大量使用の話は、ユートピアに関係したところで出てくる。

あらゆる時代は、自分の後に続く時代を夢見る。

ミシュレ「未来！　未来！」

（一八三九年成立、『ヨーロッパ』誌、一九二九年、所収）

新しい生産手段の形式は、当初はまだ古い生産手段の形式に支配されている（マルクス（一八一八―一八八三年。ドイツの哲学者、経済学者）『資本論』流布版第一部第十三章「機械と大工業」参照））。集団的意識において、そのような新しい生産手段の形式に相当するのは、新しいものが古いものと浸透しあう場となる、もろもろのイメージである。これらのイメージは願望のイメージであって、そのなかで集団は、社会的生産物の不完全さや社会的生産秩序の欠陥を止揚しようとするのだが、しかしまた、そのような不完全さや欠陥を美化しようとする。そのことと並んでこの願望のイメージには、古びたもの——とはすなわち、いましがた過ぎ去ったものである——と自分とをはっきり区別したいという強い意欲が現われる。この傾向のせいで、新しいものに触発されたイメージの空想力（ファンタジー）は、はるか昔に過ぎ去ったものへと赴く。あらゆる時代は、それが見る夢のなかで、自分の次の時代がイメージとなって現われるのを目（ま）のあたりにする。このとき次の時代は原史（ウアゲシヒテ）の、すなわち無階級社会の諸要素と結びついて出現するのである。集団の無意識のなかに貯蔵されている無階級社会の経験は、新しいものと浸透しあってユートピアを生み出す。このユートピアは、長もちする建築物からはかない流行に至るまでの、生の数限りない複合形態（コンフィグラツィオーン）のなかに、その痕跡を残してきた。

こうした事情はフーリエ（一七七二―一八三七年。フランスの空想的社会主義者）のユートピアを見れば明らかである。このユートピアが構想された最も内的なきっかけは、機械の登場であった。しかしそのことは、このユートピアの叙述のなかに直接現われてはこない。叙述は、商売というものの不道徳性、および商売のために動員される似非（えせ）道徳のことから始まっている。フーリエによれば、ファランステール〔フーリエの構想した、生産・消費・生活の共同体で、三百から四百の家族で構成される〕は人間を、道徳心が不要となる状態に連れ戻すはずである。その複雑きわまる組織は、機械装置のごとき外見をもつ。さまざまな情念のかみあい、機械的な諸情念（パスィオン・メカニスト）と陰謀情念（パスィオン・カバリスト）の錯綜した共同作用といった発想は、心理学から素材をとり、機械との単純なアナロジーで作ったものである。人間から成るこの機械装置は、のらくら天国（シュラーラッフェンラント）を作り出す。これは大昔からの願望のシンボルだが、フーリエのユートピアはそれを新しい生命で満たしたのである。

フーリエはファランステールの建築上の範例をパサージュに見出した。フーリエがパサージュを反動的な方向に改造するのは特徴的である。つまりパサージュはもともと商業上の目的に使われるものだが、フーリエにおいては住宅になるのである。ファランステールはパサージュでできた都市となる。フーリエはアンピール様式の厳格な形式世界の只中に、ビーダーマイアー様式*の色鮮やかな牧歌風景を作り上げる。その輝きは、すでに色褪せてはいるが、ゾラ（一八四〇―一九〇二年。フランスの作家）にもまだ認められる。ゾラは『テレーズ・ラカン』（一八六七年）でパサージュに別れを告げているが、『労働』（一九〇一年）ではフーリエの理念を取り上げている。――マルクスはカール・グリューン（一八一七―八七年。ドイツの作家、文化史家、評論家。一八四〇年代に、いわゆる「真正」社会主義を代表した）に反対してフーリエを擁護し、その「壮大な人間観」（マルクス／エンゲルス『ドイツ・イデオロギー』一八四五―四六年成立）を強調した。マルクスはまたフーリエのユーモアにも注意を促した。事実ジャン・パウル（一七六三―一八二五年。ドイツの作家。その作品は豊かなユーモアを特徴とする）はその作品『レヴァーナ』（『レヴァーナあるいは教育論』一八〇七年）において教育者フーリエに近い。シェーアバルトが『ガラス建築』においてユートピア主義者フーリエに近いように。

* 一八一五年から四八年までの時期におけるドイツのインテリア、絵画、文学の様式。温和で小市民的

な雰囲気を特徴とする。

Ⅱ ダゲールあるいはパノラマ

太陽よ、気をつけよ。

A・J・ヴィエルス『文学作品集』

パリ、一八七〇年、三七四ページ

鉄骨構造〔鉄による構成〕において建築が芸術の支配を脱しはじめるように、パノラマにおいて絵画も芸術の支配を脱しはじめる。パノラマの普及が頂点に達した時期は、パサージュが出現した時期に一致する。さまざまな技術上の手管を用いてパノラマを完璧な自然模倣の場とすることに、人びとは倦まなかった。風景における一日の時の移ろい、月の昇るさま、滝のとどろく音を模することが試みられた。ダヴィッド〔一七四八—一八二五年。フランスの画家。古典主義の創始者〕は弟子たちに、パノラマ館で自然の写生をするよう勧めている。パノラマの描き出す自然に、本物と見まごうばかりの変化を与えることが目指されたわけであるから、パノラマは写真をとびこえて無声映画の、さらにはトーキー映画の先駆けとなっている。パノラマと同時期にパノラマ的文学が現われる。『百と一の書』〔一八三一—三四年〕、『フ

パサージュ・デ・パノラマの入口と２つのパノラマ館（オーピッツによる石版画、1814年）

ランス人の自画像』〔一八四〇—四二年〕、『パリの悪魔』〔一八四五—四六年〕、『大都会』〔一八四二—四三年〕などがそれに属する。一八三〇年代にジラルダン〔一八〇六—八一年。フランスのジャーナリスト。一八三六年に日刊新聞『プレス』を創刊〕は文学の集団製作のための場所として新聞の学芸欄（フユトン）を作ったが、パノラマ的書物はそのような集団製作のはしりである。それらはひとつひとつ独立した短章から成っていて、その逸話風の外見は、立体的にできているパノラマの前景に相当し、奥にある情報の部分は、絵で描いて（か）あるパノラマの背景に相当する。この文学は社会的に見てもパノラマ風である。労働者がその階級の枠外で、牧歌風景の点景人物として登場するのは、史上これで最後である。

芸術と技術の関係の逆転を告知するものであるパノラマは同時に、ある新しい生感情の表現でもある。地方に対する都会人の政治的優越は、この〔十九〕世紀のあいだに、さまざまな現われ方をすることになるが、そうした都会人は地方を都市のなかにもちこもうと試みる。パノラマにおいて都市は風景へと拡張される。のちに遊歩する人（フラニーレン）にとって——もっと微妙な仕方でだが――都市が風景になるのと同じである。* ダゲール（一七八七―一八五一年。フランスの画家、写真の発明者のひとり）はパノラマ画家プレヴォー（一七六四―一八二三年。フランスの画家。世界の諸都市を描いたパノラマで人気を博した）の弟子であるが、プレヴォーのパノラマ館はパサージュ・デ・パノラマにあった。ここでプレヴォーとダゲールのパノラマについて叙述。一八三九年にダゲールのパノラマは焼失する。同じ年に彼は銀板写真（ダゲレオタイプ）の発明を公表する。

＊　パノラマの場合、都市が郊外の田園風景へと拡張されるのに対し、遊歩者の場合、都市そのものが風景となる。つまり彼は田園風景を散歩するようにパサージュをぶらつく。

アラゴ（一七八六―一八五三年。フランスの天文学者、物理学者、政治家）は議会演説で写真術の発明を紹介する。彼は写真が技術の歴史において占める位置を説明し、写真が科学にさまざまに利用できるであろうと予言する。それに対し、芸術家たちは写真の芸術価値について議論しはじめる。写真の出現により、ミニチュア肖像画家という大きな職能集団が消滅する。たんに経済的理由だけからそうなるのではない。初期の写真はミニチュア肖像画よりも、芸術的に優れていたのである。その技術的な理由は、肖像を撮られる人に極度の精神集中を要求する、長い露出時間にある。その社会的理由は、初期の写真家が前衛派であり、顧客も大部分はこの派の人びとであったという事情にある。ナダール（一八二〇―一九一〇年。フランスの写真家。気球からパリの航空写真をはじめて撮影し、また一八六〇年にははじめて人工光による撮影を行なった）が同業者たちに抜きん出ていたことは、パリの下水道のなかで撮影を行なうという企てによく示されている。このとき史上はじめてレンズに、新しいものを発見するという役割が与えられる。技術上、社会上の新たな現実を目（ま）のあたりにして、絵画や版画の与える情報につきものの主観的な要素が疑わしく感じられてくればくるほど、レンズのもつ意義はますます大きくなる。

一八五五年の万国博覧会のおりにはじめて、〈写真〉に関する特別展が設けられる。同年ヴィエルス（「ウィールツ」「ヴィールツ」とも表記される。一八〇六―六五年。ベルギーの画家。戦慄的な内容を大画面に描いた作品が多い）は写真について長大な論文を発表するが、そのなかで彼は写真に、絵画に対する哲学的な啓発（エアロイヒトゥング）という役割を与えている。この啓発ということを彼は、彼自身の絵画作品が示しているように、政治的な意味で言っている。したがって彼は、写真をアジテーションに利用する方法としてのモンタージュの出現を、予見したとは言えないにしろ、要請した最初の人と呼ばれてよい。交通網の拡大とともに、絵画の情報媒体としての意味は薄れてくる。絵画は写真に対抗するために、まず最初は色彩による画面構成を強調しはじめる。印象主義に代わってキュビスムが現われたとき、絵画独自の領域がもうひとつ開けた。さしあたり写真が絵画を追ってこの領域に踏みこむことは不可能であった。写真のほうは十九世紀半ば以来、商品経済圏を大幅に拡大させる。なぜなら写真は、それまでまったく売り物にならなかったか、あるいはたったひとりのお客のための絵としてしか売り物にならなかったような人物や風景や出来事を、いくらでも複製して市場で売り出せるからである。売り上げを増やすため、写真は同じ対象に何度も新しい見かけを与えた。これはそのときどきの流行の撮影技術というものがあったからだが、この撮影技術の変遷が、その後の写真の歴史を規定するのである。

Ⅲ　グランヴィルあるいは万国博覧会

そうです、パリから中国に至る世界中が、
おお、聖なるサン＝シモン[*1]よ、あなたの教義に従うとき、
きっと黄金時代がそのすべての輝きとともに蘇り、
川には紅茶とココアが流れるでしょう。
よく焼けた羊が平野を跳びはね、
青味仕上げされたカワカマスがセーヌ川を泳ぐでしょう。
ほうれん草はもう煮てあって、砕いた揚げクルトンを
まわりにあしらわれて地上に出てくるでしょう。
木にはシロップ煮(コンポート)の林檎(りんご)が実り、
外套や長靴が収穫されるでしょう。
ブドウ酒の雪が、若鶏の雨が降り、
天からは鴨がうまい具合に蕪(かぶ)の上に落ちてくるでしょう。

ラングレ／ヴァンデルビュルク

『青銅王ルイとサン＝シモン主義者』
（パレ・ロワイヤル劇場、一八三二年二月二十七日）

万国博覧会は、商品という物神（フェーティシュ）への巡礼所である。「全ヨーロッパが商品を見るために移動した」とテーヌ〔一八二八―九三年。フランスの批評家〕は一八五五年に述べている。*2 万国博覧会が始まる以前には内国産業博覧会があり、その第一回は一七九八年にシャン・ド・マルス〔パリにある広大な広場。一八八九年パリ万博の際、ここにエッフェル塔が建てられた〕で開かれた。この催しは「労働者階級を楽しませたい」〔ジークムント・エングレンダー『フランス労働者協会の歴史』一八六四年〕という願いから生まれ、「労働者階級にとって、解放の祝祭となる」〔同前〕。労働者層が顧客として前面に出る。娯楽産業の枠組みはまだできあがっていなかった。民衆祭*3がこの枠組みを作り出す。この博覧会の開幕にあたって、シャプタル〔一七五六―一八三二年。フランスの科学者、政治家。ナポレオン一世の下で内相を務める〕が産業について演説する。――世界全体の工業化を計画するサン＝シモン主義者は、万国博覧会という考え方を取り入れる。この新しい領域での最初の権威者であるシュヴァリエ〔一八〇六―七九年。フランスの技師、経済学者、政論家。一八三〇年代にはサン＝シモンの信奉者、のち自由貿易運動の唱導者。一八五五年パリ万博の組織者〕は、アンファンタン〔一七九六―一八六四年。フランスの技師、社会主義者。サン＝シモンの側近支持者のひとり〕の弟子であり、サン＝シモン主義の機関紙『グローブ〔地球〕』の編集人である。サン＝シモン主義者たちは世界経済の発展を予見してはいたが、階級闘争を予見することはできなかった。十九世紀の半ば、彼らはさまざま

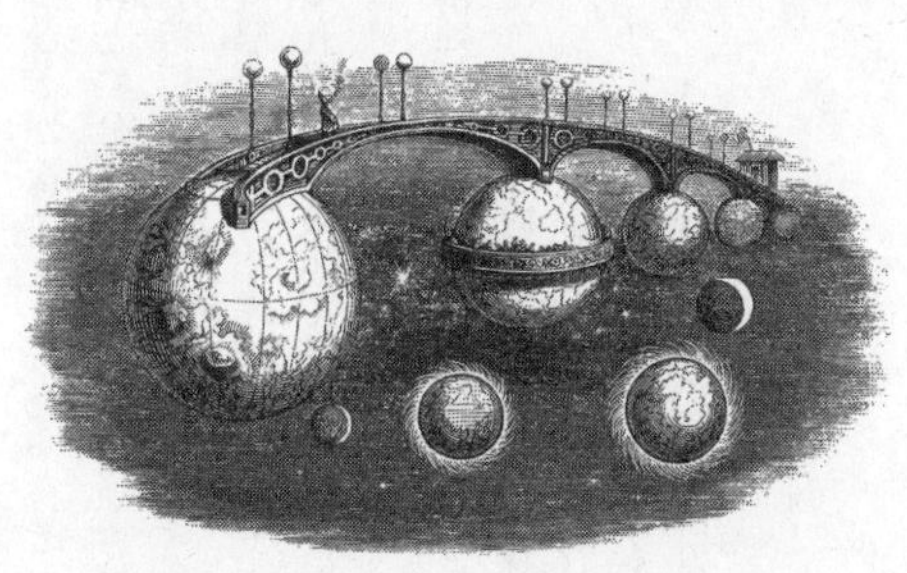

グランヴィル「惑星の橋」1844年

な商工業事業に参加するが、プロレタリアートに関する諸問題については、手をこまねいているばかりである。

＊1　一七六〇―一八二五年。フランスの社会改革思想家。フーリエ、オーエンと並ぶ空想的社会主義者。

＊2　ベンヤミン『パサージュ論』断片番号G4, 5、およびG13a, 3によれば、この文章はテーヌではなくルナン（一八二三―九二年。フランスの思想家、宗教史家）のものである。

＊3　この内国博覧会には、訪れる観客を楽しませるために、ダンスや花火のようなアトラクションが用意された。

万国博覧会は商品の交換価値を美化する。博覧会が作る枠組みのなかでは、商品の使用価値が背景に退く。博覧会は幻像（ファンタスマゴリー）[＊1]を繰り広げ、人間は気晴らしを求めてそのなかへ入ってゆく。娯楽産業のおかげで人間は簡単に気晴らしができるようになる。なぜなら娯楽産業は人間を商品の高さにまで引き上げるからである。人間は自らを娯楽産業の操作に委ねてしまう。自己からの、そして他人からの疎外を楽しみながら。——商品が玉座につき、商品のまわりを気晴らしの輝きが包む。これはグランヴィル（一八〇三—四七年。フランスの諷刺画家、版画家）の芸術のひそかなテーマである。それに対応して、彼の芸術はユートピア的要素とシニカルな要素とに分裂している。それが死せる事物を描写するときの瑣事拘泥（シュピッツフィンディヒカイテン）*2は、マルクスが商品の「神学的偏屈」（『資本論』）と呼ぶものに対応している。このような瑣事拘泥は、〈特製品（スペシャリテ）〉なるものにはっきりと表われている。これは、このころ高級品産業において生まれた商品表示である。グランヴィルの筆のもとでは、全自然がもろもろの特製品と化する。広告——これも当時成立した言葉である——による商品展示が始まるが、これと同じ精神に基づいてグランヴィルはそうした特製品を展示する。彼は狂気のうちに死ぬ。

*1　幻灯機を用いて幽霊を出現させる見世物「ファンタスマゴリー」は十八世紀末フランスで発明され、十九世紀にヨーロッパ中で流行した。

*2　この語は、マルクス『資本論』流布版第一部第一章第四節「商品の物神的性格とその秘密」において、次に引用される「神学的偏屈」と並んで出てくる。

流行（モード）「死神様！　死神様！」

レオパルディ「流行（モード）と死神との対話」〔一八二四年成立〕

万国博覧会は商品の宇宙を作り上げる。グランヴィルの空想的作品は、宇宙にまで商品の性格をもちこむ。それは宇宙を近代化する。土星の環は鋳鉄製の露台（バルコニー）となり、土星の住人たちはそこで夕方一息つくのである。版画によるこのユートピアの文学版が、フーリエ主義を信奉する自然研究者トゥスネル（一八〇三―八五年。フランスの作家、ジャーナリスト）の著作である。――物神としての商品は、儀式に則（のっと）って崇拝されることを望むのだが、この儀式のやり方を決めるのは流行（モード）である。グランヴィルは流行の要求を日用品にと同様宇宙にも広げる。彼は流行を極限まで追求することにより、その本性を露呈させる。流行は有機的なものと対立する。流行は生きた肉体と無機物の世界とを取り持つ。それは生あるものにおいて、屍体のもつ諸権利を主張する。無機的なもののセックス・アピールに参ってしまうフェティシズムが、流行の生命中枢である。商品崇拝は、このフェティシズムを利用する。

1855年パリ万国博覧会のメイン会場「産業宮殿」における開会式。建物の天井は鉄とガラス、外壁は石造り。

一八六七年のパリ万国博覧会に際してヴィクトール・ユゴー（一八〇二―八五年。フランスの詩人、作家）は、「ヨーロッパの諸国民に」と題する宣言を発表する。ヨーロッパの諸国民の利害をこれよりも早く、かつ明確に代弁していたのはフランスの労働者代表である。その第一次代表団は一八五一年のロンドン万国博覧会に、七百五十名を数えた第二次代表団は一八六二年の〔ロンドン〕万国博覧会に派遣された。この第二次代表団は、マルクスによる国際労働者協会〔いわゆる第一インター。一八六四―七二年〕の設立に、間接的に影響を及ぼした。――資本主義文化の幻像（ファンタスマゴリー）は、一八六七年の万国博覧会において、まばゆいばかりの最盛期を極める。帝国は権力の頂点にある。パリは奢侈（しゃし）と流行の首都としての地位を不動のものにする。オッフェンバック（一八一九―八〇年。ドイツ生まれ。パリで活躍した作曲家）がパリの生活のリズムを定める〔オペレッタ『パリの生活』一八六六年〕。オペレッタは、資本の支配が持続してほしいという願望が生み出した、皮肉なユートピアである。

Ⅳ　ルイ＝フィリップあるいは室内

頭は、……
枕もとのテーブルの上、金鳳花（きんぽうげ）のように
憩うている。

ボードレール「殉教の女」
〔『悪の華』（初版一八五七年、第二版一八六一年）所収〕

ルイ＝フィリップ〔一七七三―一八五〇年。フランス最後の国王で、在位一八三〇―四八年〕の治世に、私人（プリヴァートマン）〔「私的財産で生活する者」「金利生活者」という意味もある〕が歴史の舞台に登場する。新選挙法によって民主主義機構が拡大されたのは、議会でギゾー〔一七八七―一八七四年。フランスの政治家、歴史家〕に組織された汚職が横行したのと同じ時期にあたる。この腐敗した議会の保護のもと、支配階級はみずからの商売に精を出し、それによって歴史を作ってゆく。彼らが鉄道建設を援助するのは、所有する株式の値を上げるためである。彼らがルイ＝フィリップの統治を支援するのは、それが経営者としての私人による統治だからである。七月革命〔一八三〇年〕とともに、ブルジョワジーは一七八九年〔の大革命〕の目標を実現した（マルクス）。

それ以前にはなかったことだが、私人にとって生活空間は仕事場と対立するようになる。生活空間は室内において形成される。これと対をなすのが事務室である。事務室のなかで現実に対応する私人は、自分の幻想に浸って楽しむことのできる場を室内に求める。私人は、商売上の考慮を社会的な考慮へと広げる気はないので、この楽しみの必要性はますます切実なものになる。私人は、彼の私的な環境を作り上げようとするとき、商売上の考慮も社会的な考慮も排除する。ここから生まれてくるのは、室内のさまざまな幻像（ファンタスマゴリー）である。室内は私人にとって宇宙である。そのなかで彼は遠方と過去を蒐集する。彼のサロンは、世界という劇場の桟敷席である。

ここで余談ながらユーゲント様式[*1]について述べておく。室内というものが大きく揺らぐのは、十九世紀から二十世紀への転換期、ユーゲント様式においてである。もっともユーゲント様式は、そのイデオロギーからすれば、室内の完成をもたらすもののように見える。孤独な魂を美化することが、ユーゲント様式の目標として現われる。個人主義がその理論である。ヴァン・デ・ヴェルデ〔一八六三―一九五七年。ベルギーの建築家、工芸家。一八九四年彼の作品が「アール・ヌーヴォー」と呼ばれたのがこの言葉の始まり〕にあっては、家は個性の表現となる。この家にとっての装飾とは、絵画における画家の署名のようなものである。ユーゲント様式の本当の意味は、このイデオロギーのなかには表われてこない。ユーゲント様式とは、技術に包囲されて象牙の塔に立てこもっていた芸術が行なう、最後の出撃の試みなのである。ユーゲント様式は、備蓄してあった内面性をすべて動員する。これは霊媒術めいた線状の言語のなかに、あるいは裸の植物的な自然――技術で武装した外界に対抗するもの――を表わす花のなかに表現される。鉄骨建築における新しい要素、支持材の諸形式がユーゲント様式の関心をひく。ユーゲント様式は、装飾においてこれらの形式を芸術のために奪還しようと努める。ユーゲント様式にとって、コンクリートは建築における造形の新しい可能性を約束してくれるものである。この頃、生活空間の現実の重心は事務所に移る。現実から遠くなったほうの重心は、一戸建の自宅を己が場所とする。ユーゲント様式の結末を示しているのは『棟梁ソルネス』[*2]〔イプセンの戯曲、一八九二年〕である。個人が己れの内面性を拠り所にして技術に対抗しようとすれば、身の破滅に至るのである。

＊1　「アール・ヌーヴォー」のドイツ的表現。一八九五年から一九一〇年頃までの、主として美術・建築の様式で、その名称は一八九四年ミュンヘンで創刊された雑誌『ユーゲント（青春）』に由来する。平面的な装飾性、植物の形を模した流れるような線が特徴。

＊2　若い世代に追い越されるのを恐れていた棟梁ソルネスは、かつて彼が魅せられていた少女に再会する。彼女はソルネスに対し、彼がまだ若い力と勇気をもっていることを見せてくれるよう頼み、ソルネスは彼が建てた家の高い塔に登ってみせる。しかしもはや若くはない彼は、塔から墜落して死ぬ。

私が信じるのは……〈物〉としての私の魂。

レオン・ドゥーベル『作品集』

パリ、一九二九年、一九三ページ

室内は芸術の避難所である。室内の真の住人は蒐集家である。彼は事物を美化することを自分の務めとする。所有することによって物から商品の性格を拭い去るというシーシュポス（ギリシア神話の登場人物。地獄の急坂で、岩を転がし押し上げる仕事を未来永劫に課される）的な仕事が彼に課される。しかし彼は、物に使用価値の代わりに骨董価値を付与するにすぎない。蒐集家は、遠い世界あるいは過去の世界に赴く夢を見るだけではなく、同時により良き世界に赴く夢を見る。人間たちが自分の必要とするものをろくに与えられていないのは、日常の世界と変わらないけれども、物たちは役に立たねばならないという苦役から解放されているような、そういう世界に赴く夢を。

室内は、私人にとって宇宙であるだけでなく、彼を包む容器でもある。住むということは痕跡を残すことである。室内では痕跡が強調される。被いやカバー、袋や容器のたぐいがたくさん考案される。そうしたものには、ありふれた日用品の形が痕跡となって残る。住む人の痕跡も室内に残される。この痕跡を追求する探偵物語(デテクティーフゲシヒテ)が生まれる。ポー（一八〇九—一八四九年。アメリカの詩人、作家）の「室内装飾の哲学」〔エッセイ、一八四〇年〕および彼の探偵短篇小説は、この作家が室内の最初の観相家であることを示している。初期の探偵小説に出てくる犯罪者は、紳士でも無頼漢でもなく、市民階級の私人である。

V ボードレールあるいはパリの街路

すべてが私にとってはアレゴリーとなる。

ボードレール「白鳥」〔『悪の華』所収〕

憂鬱(メランコリー)によって養われているボードレール（一八二一—六七年。フランスの詩人）の天分は、アレゴリーの天分である。ボードレールにおいてはじめて、パリが抒情詩の対象となる。この文学は郷土文学ではない。都市を捉えるアレゴリー詩人のまなざしは、むしろ疎外された〔他郷者（よそ）になった〕人のまなざしである。それは遊歩者（フラヌール）のまなざしである。遊歩者の生活形式は、のちの大都市住民の悲惨な生活形式を、まだ仄（ほの）かな宥和の光で包んでいる。遊歩者はまだ大都市への、そして市民階級への敷居*〔過渡期、移行領域〕の上にいる。彼は、そのどちらにもまだ完全には取りこまれていない。そのどちらにも彼は安住できない。彼は群衆のなかに隠れ家を求める。群衆の観相学に関する先駆的な仕事は、エンゲルス〔一八二〇―九五年。ドイツの社会主義思想家、革命家〕とポーに見られる。群衆とはヴェールであり、見慣れた都市は幻像（ファンタスマゴリー）と化して、このヴェール越しに遊歩者を招き寄せるのである。幻像（ファンタスマゴリー）のなかで、都市はあるときは風景となり、またあるときは部屋となる。この両者を兼ねるものとして出現したのがデパートであって、それは遊歩（フラヌリー）そのものを商品販売のために利用する。デパートは遊歩者のための最後の領域である。

＊「パリのパサージュ〈I〉」にはこうある。「敷居と境界とはきわめて厳密に区別しなければならない。敷居は区域である。しかも移行の区域である」（本書四八五―四八六ページ）。

遊歩者という姿で、知識人は市場（しじょう）へ赴く。本人たちは市場を見物するためだと言っているが、実はもう買い手を見つけるためなのである。知識人はまだパトロンをもっているが、しかしすでに市場というものになじみはじめている。このような中間段階において、知識人はボヘミアンとして登場する。彼らの経済上の地位の曖昧さに対応するのが、その政治上の機能の曖昧さである。この政治上の曖昧さがもっとも顕著に現われるのは、職業的策謀家においてであって、彼らはあらゆる点でボヘミアンの仲間である。彼らの活動領域は初めのころは軍隊であり、のちには小市民層であり、またときにはプロレタリアートである。しかしこの職業的策謀家層は、プロレタリアートの本当の指導者たちを敵と見なす。〔マルクス/エンゲルス〕『共産党宣言』〔一八四八年〕が彼らの政治生命に終止符を打つ。ボードレールの文学は、この層の反逆者的な情熱を活力源としている。ボードレールは反社会的な者たちに与(くみ)する。彼が生涯で唯一実現する性的関係は、娼婦とのそれである。

　　アウェルヌス湖へ降りることは易しい。*
　　　　ウェルギリウス『アエネーイス』
　　　〔前二十九―前十九年成立、第六巻、一二六行〕

ボードレールの文学のもつ無比の特徴は、女と死のイメージが、第三のイメージ、すなわちパリのイメージのなかで浸透しあっていることである。彼の詩におけるパリは沈める都市、しかも地中にというよりは水中に沈める都市である。この街のもつ地下的要素――パリの地誌学上の地層、つまりセーヌ川がかつてそこを流れていた河床――は、たしかに彼のなかに跡をとどめている。しかしボードレールの場合、都市がもつ「死の影がさす牧歌的雰囲気」において決定的なのは、ある社会的な基層、近代的な基層である。近代的（モデルン）なものが、彼の詩の主アクセントのひとつである。彼は理想を寸断して憂鬱（スプリーン）と化する（「憂鬱（スプリーン）と理想」〔『悪の華』第一部の標題〕）。しかしまさに近代（モデルネ）こそが、たえず原史（ウアゲシヒテ）を引用するのである。それがここで起きるのは、この時代の社会的諸関係および社会的所産に特有の二義性による。二義性とは弁証法がイメージとして現われたものであり、静止状態における弁証法の定則である。この静止状態がユートピアであり、弁証法的イメージはしたがって夢のイメージということになる。そのようなイメージをなしているのがたとえば商品そのもの、つまり物神としての商品であり、またたとえば家屋でもあり街路でもあるパサージュ、またたとえば売り子と商品を一身に兼ねる娼婦である。

＊　イタリアのカンパーニャ地方にあり、冥府の入口と信じられた。

私が旅をするのは、自分のなかの地理を知るためだ。

「ある狂人の手記」

（マルセル・レジャ『狂人の芸術』
パリ、一九〇七年、一三一ページ）

『悪の華』〔第二版〕の最後の詩は「旅」と題されている。「おお〈死〉よ、老船長よ、時は来た！　錨(いかり)を揚げよう！」遊歩者の最後の旅は死、その目的地は新しさ(ダス・ノイエ)。「〈未知なるもの〉の奥底深く、新しきものを探るために！」新しさは、商品の使用価値からは独立した性質である。集団的無意識が生み出すイメージにつきものの仮象的な輝き(シャイン)の根源は、新しさである。新しさは虚偽意識の核心であり、流行はこの意識を倦むことなく売り歩く。鏡と鏡が映しあうように、新しさのこの仮象的な輝きは、〈繰り返し同じであるもの〉の仮象的な輝きのうちに反映する。この反映の産物が〈文化史〉という幻像(ファンタスマゴリー)であり、そのなかでブルジョワジーは自分たちの虚偽意識を満喫する。芸術はみずからの使命に疑いを抱きはじめ、「有用性と切り離せない」（ボードレール〔「ピエール・デュポン『歌と歌謡』への序文」一八五一年〕）ことをやめた結果、新しさをその最高の価値とせざるをえない。芸術にとって、〈新しいものの判定者(アルビテル・ノウアールム・レールム)〉となるのはスノッブである。スノッブと芸術との関係は、ダンディと流行の関係に等しい。——十七世紀においてアレゴリーが弁証法的イメージの基準となるとすれば、十九世紀においては新しさ(ヌヴォテ)がその基準となる。新聞が流行品店(マガザン・ド・ヌヴォテ)と歩みをともにする。新聞は精神的価値の市場を組織し、そこにはさしあたり好景気が生ずる。順応することを嫌うものたちは、芸術を市場に引き渡すことに反対して蜂起する。彼らは*〈芸術のための芸術(ラール・プール・ラール)〉という旗印のもとに結集する。この合言葉から、総合芸術作品の構想が生まれる。総合芸術作品とは、芸術を技術の発展から遮断する試みである。総合芸術作品がみずからを厳かに上演する際の祓い清めの行為〔ヴァーグナー最後の作品『パルジファル』は「舞台清祓祝典劇」と銘打たれている〕は、商品を美化する気晴らしと対をなすものである。両方とも人間の社会的生活を無視している。ボードレールはヴァーグナー（一八一三―八三年。ドイツの作曲家）の魅惑に負ける。

＊ ヴァーグナーが提出した芸術作品の理想像。そこでは伝統的な歌劇と異なり、音楽・文学・舞踊がドラマに奉仕するものとされる。

Ⅵ　オスマンあるいはバリケード

私は崇拝する、美と、善と、偉大なものと、
耳を楽しませ目を喜ばす大芸術に
霊感を与える美しい自然とを。
私が愛するのは花咲く春――女性と薔薇！
（オスマン男爵）『老いたライオンの告白』〔一八八八年〕

装飾の花咲く国、
風景の、建築の魅力、

舞台装置のあらゆる効果は
ひとえに遠近法の法則に基づく。
フランツ・ベーレ*『劇場に関する教理問答書』
ミュンヒェン、〔一八四五年、〕七四ページ

オスマン（一八〇九―九一年。フランスの政治家。第二帝政下に、セーヌ県知事としてパリの都市改造を行なった）の都市計画上の理想は、長く直線状に伸びた街路が遠近法的な眺めを構成することであった。この発想は、芸術的な目標を設定することによって技術上必要なものを高尚に見せようとする、十九世紀に繰り返し見られる傾向に対応する。市民階級による世俗的ないし宗教的支配のための諸機関は、町並みという額縁にはめこまれて、その威容が讃（たた）えられるべきものであった。町並みは、完成前に幕布で被われ、そして完成のおりには記念碑のように除幕式が行なわれるのであった。――オスマンの活動は、ナポレオン三世（一八〇八―七三年。フランス第二帝政の皇帝（在位一八五二―七〇年））の帝国主義にぴったり適合する。この帝国主義は金融資本を優遇する。パリに投機の全盛期が到来する。投機は取引所で行なわれるようになり、封建社会から引き継がれたさまざまの賭博的な投機はすたれる。遊歩者が空間の幻像（ファンタスマゴリー）に身を委ねるように、賭博者は時間の幻像（ファンタスマゴリー）に浸る。賭博は時間を麻薬に変える。ラファルグ（一八四二―一九一一年。フランスの社会主義者、マルクスの弟子で次女ラウラの夫）は賭博を、景気という秘儀のミニチュアモデルであると説明している。オスマンによる収用は、詐欺

的な投機を生み出す。ブルジョワとオルレアン王党派からなる野党の声に影響されて破毀院（はきいん）〔最高裁判所〕が出した判決は、オスマン計画を財政的にますます危うくする。

＊　原文には Böhle とあるが、Löhle（レーレ）の誤りであろう。

オスマンは自分の独裁権を強化することをもくろみ、パリを特別行政区にしようとする。彼は一八六四年に議会で行なった演説で、根なし草の大都市住民に対する嫌悪の念を口にする。こうした住民はたえず増え続けるが、それはオスマンの計画のせいである。家賃の高騰のため、プロレタリアートは郊外に追いやられる。それによって、パリの街区のひとつひとつがもっていた固有の相貌は失われてゆく。〈赤い地帯（ベルト）〉〔パリを取り囲むように形成された、労働者階級が多数居住する地区〕が成立する。オスマンは自分のことを「取り壊しの名人」と呼んでいた。彼は自分の事業を天職と感じており、回想録のなかでそのことを強調している。しかし他方、彼はパリの住民から彼らの町を疎外する。住民にとっては、パリが自分たちの町であるとはもはや思えない。大都市の非人間的な性格が彼らに意識されはじめる。マクシム・デュ・カン〔一八二二―九四年。フランスの作家、旅行家。フロベールの友人〕の記念碑的作品『パリ』〔全六巻、一八六九―七五年〕は、この意識から生まれたものである。『オスマン化されたひとりの人間によるエレミアの哀歌』〔正しくは『パリ砂漠――オスマン化されたひとりのエレミアによる哀歌』一八六八年〕は、この意識に聖書風の嘆きの形式を与えている。

オスマンの仕事の真の目的は、内乱に備えて都市の安全を確保することであった。彼はパリ市内にバリケードを構築することを、未来永劫にわたって不可能にしようとしたのである。同じ意図で、すでにルイ＝フィリップが木材による道路舗装を導入していた。それにもかかわらず、バリケードは二月革命〔一八四八年〕において一定の役割を果たした。エンゲルスはバリケード闘争の戦術を研究する〔マルクス『フランスにおける階級闘争』へのエンゲルスの「序文」一八九五年、参照〕。オスマンは二つのやり方でバリケード闘争を阻もうとする。道路の幅を広げてバリケードを構築できないようにし、そして兵営と労働者地区を最短距離で結ぶ新しい道路を作るのである。当時の人びとは、この企てを「戦略的美化」と呼んでいる。

見せてやれ、計略の裏をかき、
おお、共和国よ、悪人どもに
お前の巨大なメドゥーサ[*1]の顔を、
赤い稲妻のひらめくなかで。

一八五〇年頃の労働者の唄[*2]
（アードルフ・シュタール『パリでの二カ月』
オルデンブルク、一八五一年、第二部、一九九ページ）

バリケードはパリ・コミューン〔一八七一年〕のときに復活する。それは以前のどれよりも堅固であり防御力に優れている。大通りを遮断し、しばしば二階の高さにまで達し、その後ろには塹壕（ざんごう）を隠している。『共産党宣言』が職業的策謀家の時代を終わらせるように、コミューンは初期のプロレタリアートを支配していた幻像（ファンタスマゴリー）に終止符を打つ。プロレタリア革命の使命は、ブルジョワと手を組んで一七八九年〔の大革命〕の事業を完成させることだとする誤った考えは、コミューンによって打破される。このような幻想が、一八三一年から一八七一年まで、つまりリヨンの暴動からパリ・コミューンのときまで、支配的だったのである。ブルジョワジーがこのような誤謬をプロレタリアートと共有したことは決してない。プロレタリアートに社会的諸権利を与えることに反対するブルジョワジーの闘いは、すでに大革命のときに始まっていたが、博愛主義運動と重なったため、その本当の性格が隠蔽されることになる。博愛主義運動はナポレオン三世の治世に最盛期を迎える。この方向における記念碑的な著作、ル・プレー〔一八〇六―一八八二年。フランスの社会学者、経済学者。ヨーロッパ各地を旅行して、労働者の家計を調査。ナポレオン三世の社会政策に協力〕の『ヨーロッパの労働者』〔一八五五年〕が成立したのもその時代である。ブルジョワジーは博愛主義という安全な陣地をもちつつ、いつでも階級闘争という剝き出しの陣地に出ていった。すでに一八三一年に『公論新聞（ジュルナル・デ・デバ）』〔ジラルダン、テーヌ、ルナンらが関係した有力新聞。一七八九年創刊〕紙上でブルジョワジーは、こう認めている――「どんな工場主も自分の工場のなかでは、奴隷にかしずかれたプランテーション所有者のような暮らしをしている」。かつての労働者蜂起の不幸は、行くべき道を指し示してくれる革命理論をもたなかったことであるが、しかしまた別の面から言えば、このような条件のもとでこそ、まっすぐな力と、彼らが新しい社会の建設に着手したときの熱狂とが生じてきたのである。コミューンにおいて頂点に達するこの熱狂は、一時的にはブルジョワジーの最良の分子を労働者の味方へ引き入れる。しかしこの熱狂のせいで、結局のところ労働者はブルジョワジーの最悪の分子に屈服することになる。ランボー（一八五四―九一年。フランス象徴派詩人）とクールベ（一八一九―七七年。フランスの画家）は、コミューンを支持すると公言する。パリの大火は、オスマンによる破壊事業にいかにもふさわしい結末である。

＊1　ギリシア神話に登場する怪女で、その視線は見る者を石と化す。
＊2　作者はフランスの詩人デュポン（一八二一―七〇年）である。本書七〇ページおよび一〇二ページ以下参照。

僕のお父さんはパリにいたことがあった。

カール・グツコウ『パリからの手紙』
ライプツィヒ、一八四二年、第一部、五八ページ

ブルジョワジーの廃墟について語った最初の人はバルザックである。だがこの廃墟を見渡すことは、シュルレアリスムによってはじめて可能となった。前〔十九〕世紀のさまざ

まな願望の象徴は、その表現である数々のモニュメントが崩壊しないうちに、生産力の発展によって粉砕された。十六世紀においては諸学が哲学から解放されたのだが、十九世紀においては生産力の発展により、造形の形式が芸術から解放された。その発端をなすのは、エンジニアが構成するものとしての建築である。写真による自然の再現がこれに続く。空想力（ファンタジー）の産物が、商業美術として実用化される兆しが見える。文学は新聞の学芸欄において、モンタージュ形式に従う。これらの生産物はすべて、商品として市場（しじょう）へ赴こうとしている。しかしそれらは、まだ敷居の上でためらっている。パサージュと室内、博覧会場とパノラマは、この時代に生まれた。それらはひとつの夢の世界の残滓（ざんし）である。目覚めの際に夢の要素を利用するのは、弁証法的思考の模範的な例である。それゆえに弁証法的思考は、歴史的覚醒のための器官なのである。あらゆる時代は次の時代を夢見るだけでなく、夢見ながら目覚めに向かって突き進んでゆくものなのだから。あらゆる時代はその終焉を自分のなかに含んでいるのであり、この終焉を――すでにヘーゲル（一七七〇―一八三一年。ドイツの哲学者）が認識しているように――狡智をもって徐々に発現させる。商品経済の動揺とともにわれわれに見えてくるのは、ブルジョワジーのモニュメントの数々が、崩壊するまえにすでに廃墟となっている姿なのである。

パリ――十九世紀の首都　梗概〔フランス語稿〕

Paris, Capitale du XIXème siècle. Exposé〔一九三九年成立〕

序

歴史とはヤヌス（ローマ神話で、門の守護神。頭の前後に顔がある）のようなものだ。それは二つの顔を持っている。過去を眺めようが、現在に目を向けようが、それは同じものを見ているのだ。

マクシム・デュ・カン『パリ』第六巻〔一八七五年〕、三一五ページ

この書物が対象とするのは、〈歴史の本質をつかむためにはヘロドトス（生没年未詳。前五世紀のギリシアの歴史家）と朝刊紙を比べてみるだけで充分だ〉という言い方でショーペンハウアー*（一七八八―一八六〇年。ドイツの哲学者）が表現している幻想である。それは、前〔十九〕世紀が歴史について抱いていた観念に特徴的な、めまいのような感覚の表出である。この歴史観は、世界の推移を、事物の

形に凝固した際限のない一連の事象から構成する、ある視点に対応している。この観念の特徴的な残滓が〈文明史〉と呼ばれるものであり、それは、人類の生活形態や創造物を逐一目録化する。このようにして文明の宝物庫に収集された財宝は、それからというもの永遠に確定されたものとして立ち現われる。この観念が顧みようとしないのは、これらの財宝が、その存在ばかりではなく、その継承をも社会の不断の努力に負っており、しかも、この努力によって、これらの財宝が驚くほど変化を受ける、という事実である。文明のこのような事物主義的な表象の結果、われわれが前世紀に負っている経済的、技術的基盤に基づく新たな生活の諸形態やもろもろの新たな創造物が、どのようにしてある幻像の世界の中に入ってゆくことになるのか――われわれの探究はこのことを示そうとするものである。これらの創造物にこのような〈照明〉が当てられるのは、イデオロギー的な転換による理論的な方法によってだけではなく、むしろ目の前で感じとることができるという直接性においてである。それらの創造物は幻像として現われ出るのだ。鉄による構成〔鉄骨構造〕の最初の利用である「パサージュ」もまた、そのようなものとして姿を現わす。万国博覧会も同様であり、これが娯楽産業と結びついていることは意味深い。市場の幻像に身をゆだねる遊歩者の経験も、これと同じ種類の現象に属する。人間が類型的な姿でのみ登場する、このような市場の幻像に、室内の幻像が対応する。室内の幻像は、自分が住まう部屋の中に自分の私的な個人存在の痕跡を残したいという、人間の尊大な性向によって形づくられるものなのだ。文明それ自体の幻像について言うならば、その旗振り役となったのはオスマンであり、その顕著な現われが彼によるパリの改造だった。――しかし、商品生産的社会を取り巻いているこのような輝きと豪奢さ、そして、それが盤石のものであるという幻想的な感覚は、脅威から守られているわけではない。第二帝政の崩壊とパリ・コミューンがそのことを社会に思い出させる。同じ時代に、この社会からもっとも嫌悪された敵手であるブランキ（一八〇五―一八八一年。フランスの社会主義者、革命家）は、その最後の著作（『星辰による永遠』一八七二年）のなかで、この幻像が持つ恐るべき相貌を社会に対して示してみせた。彼の筆にかかれば、人類は呪われた者たちのように見えてくる。人類が新たなものとして期待できるであろうすべては、とうの昔からあったものであることが暴露されるだろう。新しい流行が社会を新たにすることができないのと同様に、この新たなものも、桎梏からの解放を人類にもたらすことはできないだろう。ブランキの宇宙的な省察が教えてくれるものは、幻像が人類の中で一定の場所を占めている限り、人類は神話的な不安に囚われ続けるだろう、ということである。

＊　ショーペンハウアーの著作にはこの通りの表現はないようで、グールモン（本書一七四ページ参照）が『第二の仮面の書』（一九二四年）のなかでおそらくショーペンハウアーの諸著作からまとめ上げた言い方（ベンヤミン『パサージュ論』断片番号S1a, 2参照）を、ここでベンヤミンはさらに少し変えて引用していると思われる。

A　フーリエあるいはパサージュ

I

これらの宮殿の魅惑的な列柱は、
歩廊に飾られた品々を通して、
至るところから買物客に教えている、
いまや産業は芸術のライヴァルになったと。

『新パリ風景』
パリ、一八二八年、〔第一巻、〕二七ページ

パリの大多数のパサージュは、一八二二年以後の十五年間に造られた。パサージュの建設が盛んに行なわれるようになる第一の要因は、繊維商業界の発展が絶頂に達したことである。流行品店、すなわち史上はじめて建物内に常に大量の在庫を備えた商店が姿を見せた。これがデパートの走りである。「マドレーヌ教会からサン・ドニ門まで、ショーウィ

ンドウに飾られた品々の大いなる詩が、色とりどりの歌をうたっている」とバルザックが書くとき、彼はこの時代を示唆している。パサージュは高級品の商いの中心である。パサージュを飾るために、芸術は商人に仕えるようになる。当時の人々はパサージュを讃えて倦むことがない。この後も長い間、パサージュは旅行者をひきつける目当ての場であり続けることになるだろう。ある『イラスト・パリ案内』によればこうである。「これらのパサージュは、産業による奢侈が近年発明したものであるが、ガラス張りの屋根を持ち、壁には大理石を使い、建物の数ブロックをまるまる貫いて走る歩行路である。建物の所有者たちが、そうした商機への思惑によって団結したのである。屋根を通して自然光を取り入れているパサージュの両側には、いとも優雅な店舗が軒を連ねており、そうしたパサージュはひとつの都市、ひとつのミニチュアの世界と言ってよいほどだ」。ガス灯による照明が初めて試みられたのもパサージュにおいてである。

パサージュの建設を盛んにした第二の要因は、金属を用いた建築が始まったことである。アンピール様式においては、この建築技術は、ギリシア的な古典主義を目指した建築の革新に寄与するものとみなされた。建築理論家ベティヒャーは、当時の建築界を支配した空気を代弁してこう述べている。「新たなシステムの芸術形態に関しては、ギリシア的な様式が」効力を発揮しなければならない、と。アンピール様式とは革命的な恐怖政治の様式であり、この様式にとっては国家それ自体が目的なのである。国家の機能的な本性とはブルジョワジーにとっての権力手段であることを、ナポレオンが理解していなかったのと同様に、彼の時代の建築家たちは、建築において構成原理に優位を与える鉄の機能的本性を理解することがなかった。彼らはポンペイの円柱を真似て建物の支柱を設計し、住宅を模倣して工場を建てるが、これは後にスイスの山小屋の外観に似せて初期の鉄道の駅舎が作られたのと同様である。構成は下意識の役割を演ずる。それにもかかわらず、革命戦争の時代に発する技術者という観念が次第に確立し、建設家と装飾家、理工科学校と美術学校との対立が始まる。——古代ローマ以来初めて、建築のための新たな人工的素材が出現する。鉄である。鉄材は進化を遂げ、十九世紀を通じてそのテンポはますます加速されることになる。それが決定的に促進されるのは、一八二八―二九年以来、実に様々な試みの対象となった蒸気機関車が、鉄のレールの上でなければ有効に働かないことが明らかになった時である。レールは鉄によって組み立てられた初めての製品となり、鉄による支持材の前身となる。住宅建築に鉄を用いることは避けられたものの、パサージュや博覧会場、駅舎など、一時的な役割のための建造物には、すべて鉄材の使用が奨励される。

Ⅱ

大衆のすべての利害関心は、それがひとたび壇上に登ると、大衆について人々が抱く観念や表象の中で、その実際の限界をはるかに超えてしまうものだが、このことは何ら驚くに当らない。

マルクス／エンゲルス『聖家族』〔一八四五年〕

フーリエのユートピアの構想に最も核心的な刺激となったもの——それは機械の出現である。ファランステールは、人びとを、道徳性には何の出番もないような関係の体系の中に導くべきものだった。そこでは、フェヌロン（一六五一—一七一五年。フランスの神学者、著述家）よりもネロ（三七—六八年。ローマ帝国の第五代皇帝〈在位五四—六八年〉。暴君として知られる）の方が、社会のより有用な一員となるはずであった。フーリエは、彼の共同体を実現するために徳に頼ろうとは考えない。彼が依拠しようとするのは、社会の効果的な機能であり、それを動かす力は情念である。情念の歯車によって、機械的な諸情念と陰謀情念の複雑な結合によって、フーリエは、集団の心理を、時計仕掛けのメカニズムのようなものとして思い描く。フーリエ的な調和は、この組み合わされた動きの必然的な産物である。

フーリエは、アンピール様式の厳格な形態を持った世界のなかに、一八三〇年代の様式による生き生きとした牧歌を忍び込ませる。彼は、生き生きとしたヴィジョンの産物と、数字に対する特異な偏愛の産物がないまぜられた体系を作り上げる。フーリエの唱えた「調和」は、何らかの伝統の中で採り上げられた〈数の神秘学〉を背景とするものでは全くない。それは、彼自身の意志の直接の産物であり、彼が極端に至るまでにおしすすめた構成的な想像力が生み出した迷論である。かくして、都市の住民たちにとって互いに出会うことが持つ意味を、彼は予測した。ファランステールの住民たちは、自宅ではなく、さまざまな出会いが仲買人によって管理される証券取引所のホールにも似た大ホールで日中を過ごすのである。

パサージュに、フーリエはファランステールの建築上の範例を見た。このことが、彼のユートピアの「アンピール」的な性格をより強めることになるが、フーリエは無邪気にもそれを認めている。すなわち「協同社会的国家は、その実現がこれほど遅れただけに、創設されるやいなや、ますます輝かしいものとなるだろう。ソロン（前六三九頃―前五五九年頃。アテナイの政治家、立法者。「ソロンの改革」によってアテナイの民主制の基礎を築いたとされる）やペリクレス（前四九五頃―前四二九年。アテナイの全盛時代を築き上げた政治家）の時代のギリシアは、すでにそれを企てることができた」*。元来は商業的な目的に奉仕するものだったパサージュが、フーリエにおいては住居となる。ファランステールはパサージュによって構成される都市なのだ。この「パサージュによる都市」において、設計技師〔フーリエ〕による建設は幻像（ファンタスマゴリー）の性格を帯びる。「パサージュによる都市」は、この世紀の後半に入るまでパリ市民の眼を引くことになる夢である。一八六九年に至ってもなお、フーリエの「街路（リュ）―回廊（ギャルリ）」は、モワラン（一八三二―七一年。フランスの医師、政治家。一八七一年のパリ・コミューンに参加）が『紀元二千年のパリ』（一八六九年、パリの改造や社会改革を構想した著作）で描くユートピアにとっての設計図となっている。そこでは都市が、店舗や集合住宅によって、遊歩者にとって理想的な書き割りとなるような構造を採るのである。

＊　フーリエ『家庭的農業的協同体概論』一八二二年（のち『普遍的統一の理論』と改題）、からの引用。「協同社会的国家」（L'Etat sociétaire）はフーリエの原文では「協同社会的状態」（L'état sociétaire）となっている。

マルクスはカール・グリューンと対立して、フーリエを掩護（えんご）する立場に立ち、彼の「壮大な人間観」を強調した。マルクスは、ヘーゲルを別とすればフーリエこそ、プチ・ブルジョワ階級が依って立つ原則の凡庸さを暴露した唯一の人間だとみなした。ヘーゲルはプチ・ブルジョワ的原理を体系的に止揚しようとしたが、フーリエはそれを諧謔的に廃止しようとした。フーリエ的なユートピアの最も注目すべき特徴のひとつは、人間による自然の搾取という、後の時代には大きく広がった観念が、フーリエには無縁だということである。むしろ、フーリエにとって技術とは、自然の火薬に点火する火花である。ファランステールは「爆発によって」拡がってゆくという、フーリエの奇妙なイメージを解くための鍵が、もしかすればここにあるのかもしれない。人間による自然の搾取という後代の考え方は、生産手段の所有者による人間の営為の搾取を反映したものである。社会生活への技術の統合が失敗に終わったとしても、その責めを負うべきはこの搾取である。

B　グランヴィルあるいは万国博覧会

I

そうです、パリから中国に至る世界中が、
おお、聖なるサン＝シモンよ、あなたの教義に従うとき、
きっと黄金時代がそのすべての輝きとともに蘇り、
川には紅茶とココアが流れるでしょう。
よく焼けた羊が平野を跳びはね、
青味仕上げされたカワカマスがセーヌ川を泳ぐでしょう。
ほうれん草はもう煮てあって、砕いて揚げたクルトンを
まわりにあしらわれて地上に出てくるでしょう。
木にはシロップ煮(コンポート)の林檎(りんご)が実り、
外套や長靴が収穫されるでしょう。
ブドウ酒の雪が、若鶏の雨が降り、
天からは鴨がうまい具合に蕪(かぶ)の上に落ちてくるでしょう。

ラングレ／ヴァンデルビュルク
『青銅王ルイとサン＝シモン主義者』

（パレ・ロワイヤル劇場、一八三二年二月二十七日）

万国博覧会は、商品という物神への巡礼所である。「全ヨーロッパが商品を見るために移動した」と一八五五年にテーヌは述べている。万国博覧会には国内の産業博覧会が先行した。国内博覧会は一七九八年にシャン・ド・マルスで初めて開かれたが、それは「労働者階級を楽しませたい」という願望から生まれ、「労働者にとっての解放の祝祭となる」。労働者たちが最初の顧客になるだろう。娯楽産業という枠組みはまだ成立しておらず、その役目を提供するのは、民衆的な祭りである。シャプタルが産業について行なった有名なスピーチが、この博覧会の幕を開ける。――世界の産業化を目論んでいるサン＝シモン主義者たちが、直ちに万国博覧会という着想に飛びつく。この新たな領域での最初の権威者となったシュヴァリエは、アンファンタンの弟子であるとともに、サン＝シモン主義を標榜する『ル・グローブ』紙の編集人である。サン＝シモン主義者たちは、世界的産業の発展を予見してはいたが、階級闘争を予見することはなかった。十九世紀の半ば、彼らは、産業や商業のありとあらゆる企てに参画しながらも、プロレタリアートに関わる問題については無力だった、と認めざるをえないが、その原因はここにある。

万国博覧会は、商品の交換価値を理想化し、商品の使用価値が二次的な場に退く枠組みを創り出す。万国博覧会は、消費から力ずくで遠ざけられていた大衆が商品の交換価値に浸透され、ついには自分をそれと同一化するに至る学校だった。「展示品に触れることは禁止されています」。このようにして、万国博覧会は、人が気晴らしをするために入ってゆく幻像（ファンタスマゴリー）への入口を提供する。個人が娯楽産業の枠組みの中で我を忘れる、その気晴らしの内側では、個人は常に、凝集した大衆の構成要素でありつづける。この大衆は、催し場でジェットコースターや「馬の急転回」や「毛虫」〔いずれも、博覧会場に設置された大型の遊具の名前であろう〕に乗って夢中になって楽しんでいるが、それによって彼らは、産業的かつ政治的プロパガンダが期待できるに違いない、隷属化の訓練に励むのである。

——商品が玉座に就き、それを気晴らしの光輝が取り囲む。これがグランヴィルの芸術の隠れた主題である。ここから、彼の芸術のユートピア的な要素とシニカルな要素との不均衡が生ずる。生命のない事物を描き出すための精妙な技巧は、マルクスが商品の「神学的偏屈」と呼んだものに響き合う。それがはっきりと具体的な形を取ったものが「特製品」である。これは、当時奢侈品産業において見られるようになった商品表示である。万国博覧会は「特製品」から成る世界を作り出す。グランヴィルの想像力が作り出すものも、それと同じである。彼の想像力による作品は、宇宙を近代化するのだ。土星の環は、彼にとっては、鋳鉄製の露台（バルコニー）となり、日暮れ時になると、土星の住人たちがそこで一息入れるのだ。同じようにして、万国博覧会でも、鋳鉄製の露台が土星の環に見立てられ、そこに足を運ぶ人々は、自分たちが土星の住民に変えられたのだという幻像のなかに引き込まれることになるだろう。このようなグラフィックなユートピアと対をなす、文字によるユートピアを提供したのは、フーリエ主義者の学者トゥスネルの著作である。彼はあるモード雑誌の自然科学欄を担当していた。彼の動物学は、動物界をモードの支配下に置く。彼は女性を、男性と動物を仲介する存在とみなす。女性とは、いわば動物界の装飾者であり、動物たちは、その見返りに、女性の足下に羽根や毛皮を投げ出すのである。「もし爪切り鋏を手にしているのが美しい娘だったら、ライオンは喜んで爪を切らせる」（トゥスネル『動物の精神　鳥の世界』（第一巻）一八五三年）。

II

流行（モード）「死神様！　死神様！」

レオパルディ「流行（モード）と死神との対話」

流行（モード）は、商品という物神が崇拝されるべき典礼を定める。グランヴィルは、平凡な日用品だけではなく、宇宙にもモードの権威を広げる。モードを極端な結果にまで推し進めることによって、彼はその本性を明るみに出す。モードは生きている肉体を無機的な世界に結びつける。生きているものに向かい合って、モードは屍体のもつ権利を擁護する。このようにして無機的なもののセックス・アピールに従うフェティシズムが、モードの力の源泉である。グランヴィルが空想したものは、後にアポリネール〔一八八〇―一九一八年。フランスの詩人、作家〕が描いているようなモードの精神と通い合う。「自然界の様々な領域からもたらされたありとあらゆる素材が、いまや女性の衣服を作る材料となることができるのですよ。私はコルク栓で作られた魅力的なドレスを見たことがあります。……磁器や陶質土器や陶器が突然、服飾の世界に現れました。……ヴェネツィアのガラスで靴が作られ、バカラ〔フランス北東部、ロレーヌ地方の町。ガラス産業で有名〕のクリスタルグラスで帽子が作られています」〔アポリネール『虐殺された詩人』一九一六年、所収の小説「虐殺された詩人」に登場する人物の言葉〕。

C　ルイ゠フィリップあるいは室内

I

私が信じるのは……〈物〉としての私の魂。

レオン・ドゥーベル『作品集』

パリ、一九二九年、一九三ページ

ルイ＝フィリップの治世下で、私人が歴史の舞台に登場する。私人にとって、居住の場が初めて仕事の場と対立するものとして現れる。前者は室内を作り上げることになり、事務所がそれを補完する。（事務所について言えば、それは商館とははっきり区別される。地球儀が置かれ、壁には地図が張られ、欄干を備えたような商館は、「居室」という観念以前のバロック的形態の残存物だからである。）事務所の内で現実に向き合うしかない私人は、室内が幻想の中に留まらせてくれることを求める。仕事の利害に自分の社会的な役割についての明確な意識を付け加えようとは思わないだけに、ますますこの必要性は切実なものになる。自分の私的な環境を整えようとするとき、彼は心を労するこの二つを意識の外に追いやってしまう。そこから室内のさまざまな幻像〔ファンタスマゴリー〕が生じる。私人にとって、室内とは宇宙である。そこに、彼は遠く離れた土地や過去の思い出となるものを集める。彼のサロンは、世界という劇場の中の桟敷席である。

室内は芸術が逃げ込む隠れ家である。蒐集家が室内の真の住人である。彼は事物の理想化にいそしむ。事物から——それを自分が所有しているがゆえに——商品としての性格を取り除くという、シーシュポス的な務めが、蒐集家には課せられる。だが、彼にできることは、事物に対して、使用価値の代りに、それが愛好家にとって持っている価値を与えることだけになるだろう。蒐集家は、遠く離れ、すでに死んでいるだけではなく、同時により良きものでもある世界を呼び起こすことに、喜びを見いだす。この世界では――本当のことを言えば――人間は、現実の世界におけるのと同様、自分が必要とするものをほんのわずかしか与えられていないのだが、事物が、有用でなければならないという義務から解放されるのである。

II

頭は……
枕もとのテーブルの上、金鳳花（きんぽうげ）のように
憩うている。

ボードレール「殉教の女」

室内は、私人の宇宙であるばかりではなく、彼のための器でもある。ルイ＝フィリップ以来、私的な生活の痕跡が大都会に不在であることを埋め合わせようとする傾向が、ブルジョワの中に見られるようになる。彼は、このような補償を、自分のアパルトマンの四つの壁の間に見出そうとする。あたかも、実用品や身の回りの品の痕跡が失われてゆくままにはさせまいとすることに名誉を懸けてでもいるかのように、すべてが進行してゆく。倦

むことなく、彼は山ほどの事物の痕跡を集め、スリッパや時計、スプーンやフォークやナイフ、雨傘のために、カバーやケースを考案する。あらゆる接触の跡を保存してくれるビロードやフラシ天の布が、彼のとりわけのお気に入りである。第二帝政様式においてはアパルトマンが、乗物の居住空間に似たものになる。住人の痕跡が室内に刻印される。それらの痕跡を調査し、その手懸りを追う探偵小説がここから生まれる。「室内装飾の哲学」と〈探偵小説〉によって、エドガー（・アラン）・ポーは室内の最初の観相家となる。初期の犯罪小説の犯人は紳士でもなければごろつきでもなく、ブルジョワジーの平凡な私人なのである（「黒猫」、「告げ口心臓」、「ウィリアム・ウィルソン」（いずれもポーの短篇小説で、最初の二篇が一八四三年、あとの一篇が一八三九年発表））。

III

私の故郷（ハイム）をさがすこの探究（ズーヘン）……それが私に取りついた禍い（ハイムズーフング）だったのだ……どこにあるのか——私の故郷は？　それを私は問う、さがす、さがしたのだ。しかしそれを見いだすことはできなかった。

ニーチェ『ツァラトゥストラはこのように語った』（一八八三—八五年）

この〔十九〕世紀の最後の時期に、室内の清算は「モダン・スタイル」〔アール・ヌーヴォー、ユーゲント様式に同じ〕によってなされたが、この清算は長い時間をかけて準備されたものだった。室内の芸術は上品さの芸術だった。「モダン・スタイル」は、上品さに対して弔鐘を鳴らす。「モダン・スタイル」は、世紀の病い、すなわち、常にすべてを受け止めたいという渇望の名のもとに、うぬぼれた上品さに対抗して確立される。「モダン・スタイル」は、いくつかの構造的な形態を初めて関心の対象に引き入れる。同時にそれは、このような形態を機能的な関連から切り離し、それらを自然の定数として示そうと努める。つまりは、それらを様式化しようとする。鉄を用いた建築の新たな構成要素、とりわけ〈支持材〉の形態が、「モダン・スタイル」の注目を集める。「モダン・スタイル」は、装飾の領域において、このような形態を芸術に統合しようと試みる。コンクリートは、建築における新たな潜在力を「モダン・スタイル」に委ねる。ヴァン・デ・ヴェルデにおいては、家が個性の造型的な表現となる。この家では、装飾的なモチーフが、絵の上に画家が書きこむ署名と同様の役割を果たす。この装飾的なモチーフは、霊媒のような単調な言葉を語ることを好むが、そこでは、植物的な生の象徴としての花が、構造の線の中にまで入り込んでくる。(「モダン・スタイル」による曲線は『悪の華』の表題にもすでに現われている。一種の花飾りが、『悪の華』からオディロン・ルドン〔一八四〇—一九一六年。フランスの画家〕の〈花の魂〉を経て、スワンの「カトレアする」[*]までを繋ぐ糸となる。）――フーリエがすでに予見していたように、市民の生活の真の枠組みを求めるべき場は、ますます事務所や仕事場に移行してゆく。市民の生活の虚構としての枠組みは、個人の住居の中に形作られる。このようにして、『棟梁ソルネス』は「モダン・スタイル」に決着を付ける。すなわち、自分の内面の羽ばたきを頼りに技術と張り合おうとする個人の試みは、その個人を破滅に導くことになるのだ。棟梁ソルネスは、彼の塔の上から身を投げて死ぬのである。

* スワンはフランスの作家プルースト（一八七一―一九二二年）の長篇小説『失われた時を求めて』（一九一三―二七年刊）の登場人物。「カトレアする」は性的関係を持つことの隠喩的表現で、この小説の第一篇『スワン家のほうへ』第二部「スワンの恋」で語られる。

D　ボードレールあるいはパリの街路

I

すべてが私にとってはアレゴリーとなる。

ボードレール「白鳥」

メランコリーの中で養われているボードレールの天才は、アレゴリーの天才である。ボードレールにおいて初めて、パリは抒情詩の対象となる。パリに限定されているとはいえ、彼の詩はあらゆる郷土詩とは対極にある。このアレゴリーの天才がパリという都市を見つめるまなざしは、むしろ、深い疎外感をあらわにしている。ここにあるのは遊歩者の視線であり、遊歩者の生活様式は、好ましい幻影の後ろに、われわれの大都会の将来の住民の苦悩を隠している。遊歩者は、群衆の中に隠れ家を求める。群衆とはヴェールであり、それを通して、なじみ深い都市が遊歩者にとっては幻像（ファンタスマゴリー）の中で動く。この幻像――その中で、なじみの都市がある時は風景として、またある時は部屋として現われるのだが――は、やがてデパートという舞台装置を生み出したように思われる。かくしてデパートは、遊歩そのものを売上げのために奉仕させる。いずれにせよ、デパートは遊歩のための最後の領域である。

遊歩者という姿を取って、知識人は市場に親しむ。市場を見物しようと思って出かけるのだが、実際はすでに買い手を求めるためである。知識人はいまだにパトロンを持ってはいるが、すでに市場の求めるもの（それを告げ知らせるのは新聞の学芸欄である）に身を屈しはじめている。このような中間段階にある者として、彼らはボヘミアンを形作る。彼らの経済的な地位の不安定さに、その政治的な役割の曖昧さが対応する。この政治上の曖味さは、ボヘミアンの中から集められた職業的策謀家たちのなかに最もはっきりと現われている。ブランキは、この種の策謀家の最も注目すべき代表者である。十九世紀において、彼ほどの革命的権威を備えた人物は他にいなかった。「悪魔(サタン)への連禱」〔『悪の華』に含まれる「反逆」と題された詩群中の一篇〕のなかで、ブランキのイメージは稲妻のように通り過ぎる。このことは、ボードレールの反逆(レベリヨン)が常に非社会的(アソシアル)な人間としての性格を帯び続けることを妨げはしない。彼の反逆は出口のない反逆なのだ。彼が生涯で唯一実現させた性的な共同体は、一人の娼婦との間のそれだった。

II

同じ地獄から出てきた百歳のこの双生児(ふたご)を、
見分ける徴(しるし)は何もなかった。

ボードレール「七人の老人」*1

遊歩者は市場に派遣された斥候兵の役割を演じる。斥候兵としての資格で、彼は同時に群衆を探査する者でもある。群衆は、彼らに身を委ねる人間の中に、きわめて特殊な幻想を伴なうある種の酩酊状態を生じさせる。そのため、彼は群衆の中で運ばれてゆく通行人を見ると、外観によってこの通行人を分類し、魂のあらゆる襞に至るまでこの通行人を認識したと思いこむ。当時の生理学ものは[*2]、このような奇妙な考え方についての記録で満ちている。バルザックの作品〔『結婚の生理学』一八二九年〕はその優れた実例を提供してくれる。通行人の間に認められる類型的な性格があまりにも目に立つので、その向うに、観察対象の人物に特有の特異性を求めたいという好奇心をそそられたとしても、驚くにはあたらないだろう。だが、すでに触れた観相家の空しい洞察力に対応する悪夢と言うべきものは、この対象に特有の、他と区別される特徴が、今度は、ある新たな類型を構成する要素に他ならないことが明らかになることである。その結果、最も明確な個性が、結局のところある類型の例証となってしまうのだ。遊歩の只中に、不安に陥れるような幻影が姿を現わすのはこのような時だ。ボードレールは「七人の老人」の中で、この幻影を生き生きと描写している。この詩は、嫌悪感を催させるような外観の老人が七度繰り返して現れる様子を描いている。このように、数を増しながらも常に同一のものとして描かれた人物は、この都市生活者の不安、すなわち、老人の常軌を逸した特異性を描きながらも、類型の魔法陣を破ることがもはやできないのではないかという不安を物語っている。ボードレールは、この行列の様子を「地獄的」〔「七人の老人」〕と呼んでいる。しかし、彼が一生の間待ちわびた新たなるものは、まさにこの〈常に同一のもの〉という幻像（ファンタスマゴリー）によって造られているのである。（この詩がハシッシュ吸引者の夢を移し替えたものだという証明がなされうるとしても、それは右の解釈をいささかも無効にするものではない。）

＊1　『悪の華』第二版で「パリ情景」詩群中に入れられた一篇。

＊2　ブリア＝サヴァラン（一七五五―一八二六年）の『味覚の生理学』（一八二五年）など、当時のフランスでは表題に「生理学」という言葉を含む著作が流行した。本書一二〇ページ以下参照。

Ⅲ

〈未知なるもの〉の奥底深く、新しきもの、を探るために！

ボードレール「旅」

ボードレールにおけるアレゴリー的な形式の鍵は、商品がその価格によって纏う特別な意味と関係している。意味によって事物の価値が下落するという特異な現象は、十七世紀のアレゴリーに特徴的なものだが、これに対応するのが、商品としての価格によって事物が価値を下落させるという特異な現象である。商品として課税の対象になりうることによって事物が蒙ったこのような価値の下落は、ボードレールにあっては、新しさという計り知れない価値によって相殺される。新しさは、いかなる解釈やいかなる比較の対象にもなり得ない絶対的なものを表現している。新しさは、芸術の最後の砦となる。『悪の華』〔第二版〕の最後の詩「旅」にはこうある。「おお〈死〉よ、老船長よ、時は来た！　錨を揚げよう！」遊歩者の最後の旅は〈死〉、その目的地は〈新しさ〉。新しさは、商品の使用価値からは独立した性質である。流行が倦むことなく供給する幻想の源には、この新しさがある。芸術による抵抗の最後の防御線が商品の攻撃の最前線と重なり合っていること――それはボードレールには隠され続けることになった。

「憂鬱（spleen）と理想（idéal）」[*1]――『悪の華』第一詩群に附されたこの表題の中で、フランス語で最も古い外来語と最も新しい外来語が結びつけられた[*2]。ボードレールにとってはこの二つの観念の間に矛盾はない。彼は「憂鬱」のなかに「理想」の変容の最後の現われを認めるからであり、「理想」は彼にとって「憂鬱」の現われの先駆けに見えるからである。極めて新しいものが〈極めて古いもの〉として読者に対して示されるこの表題のなかで、ボードレールは彼のモデルヌ（moderne〔近代的、現代的〕）の観念に最も力強い形を与えたのである。彼の芸術理論の全体が基軸とするものは「近代的な美」であり、彼には次のことが近代性の指標であるように思われた。すなわち、近代性とは、それがいずれは古いものになるという運命のしるしを帯びていること、そして、近代性はその誕生に立ち会う者にこのことを明らかにする、ということである。ボードレールにとって美の侵すことのできない特質としての価値を持つ〈予知しがたいもの〉の本質はここにある。近代性そのものの相貌が太古のまなざしによって我々を打ちのめす。ギリシア人にとってメドウーサのまなざしがそうであったように。

＊1 「理想（idéal）」のこと。俗ラテン語の idealis に由来し、十六世紀に導入された（ただし「理想的な」という形容詞としてであり、名詞としては十八世紀にドイツ語 Ideal から入った）。ベンヤミンが「最も古い外来語」としている根拠は不明。

＊2 「憂鬱（spleen）」のこと。十八世紀半ばに英語より導入された。ボードレールの散文詩集『パリの憂鬱（*Le Spleen de Paris*）』（一八六九年刊）の表題の中にもこの言葉がある。

E オスマンあるいはバリケード

I

私は崇拝する、美と、善と、偉大なものと、
耳を楽しませ目を喜ばせる大芸術に
霊感を与える美しい自然とを。
私が愛するのは花咲く春——女性と薔薇！

（オスマン男爵）『老いたライオンの告白』

オスマンの活動は、金融資本主義を促進するナポレオン三世の帝国主義の中に組み込まれる。パリでは投機の動きが頂点に達している。オスマンによる土地の収用は詐欺すれすれの投機を引き起こす。ブルジョワとオルレアン派から成る野党の意を受けた破毀院の判決は、オスマンによる施策の財政的な危険性を増大させる。オスマンは、パリに例外的な制度を敷くことによって、自分の独裁に堅固な支えを与えようとする。一八六四年、彼は議会での演説の中で、根無し草の大都市の住民に対する憎悪を爆発させる。大都市の住民は、彼の施策によって増大の一途を辿る。家賃の高騰がプロレタリアートを町の周辺へと押しやる。これによってパリの街区はそれぞれの本来の相貌を失うことになる。「赤い帯」が形作られる。オスマンは自分自身に「取り壊しの名人」という称号を与えた。彼は自分が企てた事業を天命と感じており、回想録の中でこのことを強調している。中央市場はオスマンの最も成功を収めた建造物とされるが、そこには興味深い兆候が見られる。パリの発祥の地であるシテ島について、人々はこのように言った。オスマンが通ってからというもの、ここには一つの教会、一つの病院、一つの役所、そして一つの兵営しか残っていない、と。ユゴーやメリメ（一八〇三―七〇年。フランスの作家、歴史家）は、オスマンのパリ改造がパリ市民の眼にはいかにナポレオン三世による専制政治の記念碑として映じたかをほのめかしている。パリの住民たちは、もはや自分の町に住んでいるとは感じられない。彼らはこの大都市の非人間的な性格を意識し始める。マクシム・デュ・カンの記念碑的な作品『パリ』は、このような意識から生まれたものである。メリヨン（一八二一—六八年。フランスの版画家）は、エッチング（一八五〇年頃）によって、古いパリのデスマスクを採っている。

オスマンの仕事の真の目的は、内乱の可能性の芽を摘むことだった。彼はパリの街路にバリケードが築かれることを永遠に不可能にしようとした。すでにルイ＝フィリップは、同様の目的のために、木材による舗装を導入していた。それにもかかわらず、二月革命でバリケードは著しい役割を演じた。エンゲルスはバリケード戦における戦術的な問題に没頭した。オスマンはこのような事態を二つの方法で防ごうとする。すなわち、街路の幅はバリケードの建設を不可能にするほど広げられ、兵舎と労働者の居住区を直線的に結ぶ道路が新設されることになるのである。オスマンの同時代人は、彼の企てを「戦略的美化」と名付けたものだった。

II

装飾の花咲く国、
風景の、建築の魅力、
舞台装置のあらゆる効果は

ひとえに遠近法の法則に基づく。

フランツ・レーレ『劇場に関する教理問答書』ミュンヒェン、七四ページ

オスマンの都市計画の理想――それは街路の長い連なりが一望のもとに見通せることだった。この理想は、技術的な必要性を芸術めかした偽りの目的で美化しようとする、十九世紀の一般的傾向に見合うものだった。ブルジョワジーの宗教的、世俗的権力の神殿は、街路の連なりという枠組みの中で栄光を見出すべきものだった。街路の展望は、建設中は幕布で覆い隠されていた。あたかも記念碑を除幕するように、それが開通時に引き上げられた。それとともに、教会や駅、騎馬像、あるいはその他の文明の象徴への視界が開かれることになった。パリのオスマン化のなかで、幻像（ファンタスマゴリー）は石材を手中にした。幻像は、一種の永続性を定められているので、同時に微妙な性格をも垣間見せる。オペラ座通り――当時の悪意ある表現によれば、オテル・ドュ・ルーヴル〔ルーヴル宮に向かい合って立つ、第二帝政様式による高級ホテル〕の門衛所へと視線を導くものだが――は、オスマン知事の誇大妄想がいかにわずかなもので満足していたかを見せてくれる。

Ⅲ

見せてやれ、計略の裏をかき、
おお、共和国よ、悪人どもに
お前の巨大なメドゥーサの顔を、
赤い稲妻のひらめくなかで。

ピエール・デュポン「労働者たちの歌」

パリ・コミューンで、バリケードは甦える。それはかつてよりももっと強固で、もっと巧妙に作られている。バリケードは大通りを遮断し、しばしば建物の二階の高さに達し、塹壕を隠してそれを防御している。『共産党宣言』が職業的策謀家の時代を終わらせるように、コミューンはプロレタリアートの初期の渇望を支配していた幻像(ファンタスマゴリー)に終わりをもたらす。プロレタリア革命の任務は、ブルジョワジーとの緊密な連携によって一七八九年の大革命の成果を完成することにある、という幻想は、コミューンによって消滅する。このような根拠薄弱な思い込みが、一八三一年から一八七一年まで、つまりリヨンの暴動から始まりコミューンに至る時代を特徴付けていた。ブルジョワジーがこのような誤りを分かち持つことは決してなかった。プロレタリアートに社会的権利を与えることに反対するブルジョワジーの闘いは、大革命以来のものだった。これと時期を同じくした博愛主義運動は、この闘いを隠蔽し、ナポレオン三世のもとで最盛期を迎えた。彼の統治下で、この運動の記念碑的な著作が生まれた。ル・プレーの『ヨーロッパの労働者』である。

ブルジョワジーは、表向きには博愛主義の立場を取っていたものの、ひそかに階級闘争を是とし続けた。すでに一八三一年に『公論新聞（ジュルナル・デ・デバ）』で、ブルジョワジーはこのように認めている。「どんな工場主も、自分の工場の中では、奴隷たちに取り囲まれて暮らすプランテーション所有者のような暮しをしている」。かつての労働者の反乱にとっては、それらに道を示すどのような革命理論もなかったことが致命的だったが、このことは一方、直接的な力と、彼らが新たな社会の実現に挑もうとするときの熱狂の不可欠の条件でもある。コミューンにおいて頂点に達するこの熱狂は、労働者の側にしばしばブルジョワジーの最良の部分を集めたが、この熱狂のために、労働者は結局ブルジョワジーの最悪の部分に屈服することを余儀なくされた。ランボーとクールベは、コミューンの側に立った。パリの大火災は、オスマン男爵の破壊事業にふさわしい締めくくりである。

結論

十九世紀の人間である我々の出現の時は永遠に定められており、我々に常に同一のものを返すのだ。
オーギュスト・ブランキ『星辰による永遠』
パリ、一八七二年、七四―七五ページ

パリ・コミューンの期間、ブランキはトーロー要塞〔ブルターニュ半島の、英仏海峡に面するモルレー湾上の小島に築かれた要塞〕に拘禁されていた。彼が『星辰による永遠』を書いたのはここでのことだった。この書物は、この世紀の一連の幻像(ファンタスマゴリー)を、宇宙的な最後の幻像によって完成させるものであり、この幻像は暗黙のうちに、他のすべての幻像に対するきわめて辛辣な批判を含んでいる。この著述の主な部分をなすのはある独学者の無邪気な省察だが、それは、著者の革命的な激情に残酷な否定を突きつける思索への道を開いている。ブランキが機械論的な自然科学から素材を借りてこの著作の中で展開した宇宙の観念は、結局は地獄のヴィジョンである。それはさらに、自分に対する勝利者であることをブランキが生涯の終わりに認めざるを得なかったような社会を補完するものである。彼が組み上げた議論を皮肉なものにしているのは——そして、この皮肉はおそらく著者自身にも隠されていただろうが——、社会に対して彼が口にする激越な非難が、この社会の成果に対する無条件の従属という形を取っている、ということである。この書物は、『ツァラトゥストラ』〔ニーチェ『ツァラトゥストラはこのように語った』〕よりも十年早く、事物の永劫回帰という理念を提出している。それは激情性において〔『ツァラトゥストラ』に〕ほとんど劣らず、強い幻覚の力をともなっている。

この書物には勝利の音調は少しもなく、むしろ息苦しさを感じさせるほどだ。ブランキはそのなかで進歩のイメージを描くことに余念がないが、太古が最新の装いをこらして気取って歩くようなこのイメージは、歴史それ自体の幻像に他ならないことが明らかとなる。その核心的な部分はこうである——

「宇宙のすべては星々の系によって形作られている。それを創るために自然に与えられているのは百の元素に過ぎない。自然がこの資源から引き出しうる多彩な可能性にもかかわらず、また、この資源が自然の豊穣さのために約束してくれる組み合わせが数えきれないほどの数に上るとはいえ、その結果は、元素そのものの数と同様に、有限な数にとどまらざるを得ない。空間を満たすために、自然はこれらの元来の組み合わせや類型の各々を無限に反復しなければならない。それゆえに、どのような星も、時間と空間の中で無限回存在することになる。それは、ある一つの相貌においてだけではなく、誕生から死に至る持続のなかのあらゆる瞬間にとる姿においても同様である……地球もこのような星の一つである。どのような人間もそれゆえ、その存在のあらゆる瞬間において永遠である。この瞬間にトーロー要塞の独房の中で書いていることを、私はすでに書いたことがあり、また、永遠に書くことになるだろう。机の上で、ペンを使い、服を身に着け、全く同じような状況の中で。誰もがそうなのだ……我々に瓜二つの分身の数は、時間と空間の中で無限である。率直に言えば、人はこれ以上のことを求めることはできない。これらの分身は肉と骨を備えているだけではなく、ズボンをはき、オーバーを着、クリノリン〔スカートに膨らみをもたせるために用いられた、鯨骨や鋼製の枠のこと〕の入ったドレスをまとい、頭は束髪に結っている。そこにいるのは幻影ではなく、永遠のものとなった現実なのだ。とはいえ、そこには大きく欠けているものがある。そこには進歩がないのだ……我々が進歩と呼ぶものは、各々の地球の上に閉じ込められており、その地球とともに消え失せる。地球という野営地の中では、つねに至る所で、同じドラマが、同じ狭い舞台の上で、同じ舞台装置で演じられる。演じるのは自分の偉大さに自惚れた騒々しい人間たちである。彼らは自分自身を宇宙だと思い込み、自分の牢獄の中で、それが無限の空間であるかのように生きている。そしてやがては、人間の高慢さという重荷をきわめて深い軽蔑のうちに担ってきた地球とともに沈んでゆくのである。他の星々でも同じ単調さ、同じ旧套墨守が支配する。宇宙は限りなく繰り返され、同じ場所で足踏みする。永遠は、無限の中で平然と同じ芝居を演じ続けるのだ」。

このような希望のない諦め、それがこの偉大な革命家の最後の言葉だった。この世紀は、技術的な新たな潜在的可能性に対して、新しい社会秩序によって応えることができなかった。彼の最後の言葉が古いものと新しいものの偽りの仲介にとどまっているのはそのためであり、その〔十九世紀の〕幻像（ファンタスマゴリー）の核心にあるのもこの偽りの仲介である。自分が抱くこの幻像によって支配される世界、それは——ボードレールの表現を用いるならば——近代性（モデルニテ）である。ブランキのヴィジョンはこの近代性——七人の老人たちはその先触れとして現われるのだが——の中に宇宙全体を入り込ませる。最後には、彼の目には、新しさが劫罰を定められた者たちの帯びる徴と見えてくる。同じように、〔ブランキがこう書いたときよりも〕少し前に上演された軽歌劇『天国と地獄』〔オッフェンバック作曲、一八五八年にパリで初演。原題は『地獄のオルフェ』〕においても、地獄における罰は、あらゆる時代で最新のもの、「永遠にして、常に新たな苦痛」として描かれる。ブランキがあたかも幻に対するように語りかける十九世紀の人間は、このような領域に由来しているのである。

II

ボードレール論

ボードレールにおける第二帝政期のパリ

Das Paris des Second Empire bei Baudelaire〔一九三七―三八年成立〕

首都は人間にとって絶対に不可欠なものではない。

セナンクール[*1]

I　ボエーム[*2]

マルクスの著作のなかでボエームは[*3]、示唆に富んだ関連において出てくる。マルクスは警察のスパイだったド・ラ・オッド（一八〇八―六五年。フランスの政論家、復古王政および七月王政の時期に革命的結社のメンバー）の回想録の詳細な紹介文を一八五〇年に『新ライン新聞』に発表し、そのなかで職業的策謀家たちについて論じているが、マルクスは彼らをボエームに数えいれているのである。ボードレールの相貌をまざまざと思い描くということは、ボードレールとこの〔職業的策謀家という〕政治的人間類型とのあいだに見られる相似について語ることにほかならない。この類型を、マルクスは次のように素描している。「プロレタリアの共謀が育ってくるにつれて、分業の必要が出てきた。メンバーは、臨時の策謀家（フランス語でコンスピラトゥール・ドカズィオン）、すなわち他の仕事のかたわら策謀を行ない集会に出るだけで、首領の命令が下れば集合地点に現われる心構えをしている労働者たちと、おのれの活動すべてを策謀に捧げ、それによって飯を食っているプロフェッショナルな策謀家（コンスピラトゥール）たちに分かれたのである。……このプロフェッショナルな策謀家の階級の、実生活における地位が、はじめからすでに彼らの全性格を規定している。……個々の点では自分の活動よりも偶然に左右される、彼らのふらふらした存在のありよう、不規則な生活（唯一行きつけの場所といえば、葡萄酒販売業者のやっている居酒屋で、これが策謀を行なう者たちの会合場所だ）、あらゆる種類の怪しげな人びととといやおうなく知り合いになること、これらのことによってプロフェッショナルな策謀家たちは、パリでラ・ボエームと呼ばれているあの生活圏に属することになる」（カール・マルクス／フリードリヒ・エンゲルス「アドルフ・シュニュ『策謀家たち』パリ、一八五〇年、およびリュシアン・ド・ラ・オッド『一八四八年二月における共和国の誕生』パリ、一八五〇年、書評」〔一八五〇年〕、『ディー・ノイエ・ツァイト』第四巻、一八八六年、からの引用）(1)。

＊1　一七七〇―一八四六年。フランスの作家、思想家。ルソーの影響を受ける。引用は書簡体による思想的小説『オーベルマン』（一八〇四年）から。主人公はジュネーヴ、パリ、リヨンなどの都市を転々としたのち、スイスの山中に住む。なお、「不可欠な（ネセセル）」はセナンクールの原文（定本である第三版、一

八四〇年）では「自然な（ナテュレル）」となっている。

＊2　ベンヤミンは原稿に添えた書簡（ホルクハイマー宛て、一九三八年九月二十八日）のなかで、「第一章は、冒頭の数ページが欠けている」と述べている。原稿には次のようなメモが付されていた。「〔一〕ここには、約九ページの一節が欠けている。この節で叙述されるのは、パリの建築の規格化が進展してゆくことと、オスマンの仕事と、ボナパルト独裁〔ナポレオン三世の政治のこと。八一ページ参照〕との関連である。都市生活という荒地のなかで、もろもろの幻像（ファンタスマゴリー）によって気晴らしを生み出そうとする学芸欄（フユトン）の試みが描写される」。「〔二〕ここには、約六ページの一節が欠けている。この節はボエームの諸世代の歴史を略述する。そこに描かれるのはゴーティエ（二二六ページ参照）やネルヴァル（一八〇八―五五年。フランスの作家）らの黄金のボエーム（ボエーム・ドレ）〔一〇二ページの訳注＊1参照〕、ボードレールとアスリノー（一八二〇―七四年。フランスの批評家。ボードレールの親友）とデルヴォー（二二七ページ参照）の世代のボエーム、そしておしまいに最も若い世代のプロレタリア化したボエーム――その代弁者だったのがジュール・ヴァレス（一八三二―八五年。フランスのジャーナリスト、作家。社会主義者）――である。以下は、最後まで完全原稿である」。これらのふたつの節は結局書かれなかったものと推測されている。三九三ページ以下の「訳者付記」も参照。

＊3　「ボエーム（Bohème）」という語は、ボヘミアの住民を意味する中世ラテン語 bohemus に由来する。ロマ、いわゆる「ジプシー」の人々が、ボヘミアからやって来たと考えられたため、「ボヘミアン」（フランス語では「ボエミアン」）とも呼ばれることになり、さらに一八三〇年代のフランスで、反ブルジョワ的な生活をモットーとする若い作家や芸術家が、「ジプシー」の人々にたとえられて「ボエーム」と呼ばれるようになった（個々人を指す場合もあれば、集合的概念として用いられる場合もあり、また彼らの自由気ままな生活ぶりをいうこともある）。以下に述べられるようにマルクスは「ボエーム」を非常に広い概念として用いている。

ついでに言えば、ナポレオン三世自身が出世してゆく出発点となった生活環境（ミリュー）も、先に描かれた生活環境とつながりがある。周知のようにナポレオン三世の大統領時代〔一八四八―五二年〕の道具のひとつは「十二月十日会*」であって、この会にその中核体を供給していたのはマルクスによると「フランス人がラ・ボエームと呼ぶ、無性格で、ばらばらで、あちらと思えばまたこちらに引きまわされる大衆全体」（マルクス『ルイ・ボナパルトのブリュメール十八日』）なのである。皇帝時代のナポレオン三世は、策謀めいた慣習をさらに育てた。不意打ちの布告と秘密好み、急な攻勢と真意の測りがたい皮肉（イロニー）、これらは第二帝政の国是に属している。こうした特徴は、ボードレールの理論的著作にも見出される。ボードレールは自分の見解をたいてい、有無を言わさぬ口調で語る。議論など知ったことではない。いくつもの命題を次々と自分の見解として提出し、それらがまったく相矛盾することになり、きびしく検討することが必要なはずのときでも、議論を避けてしまうのだ。『一八四六年のサロン』〔一八四六年〕をボードレールは「ブルジョワたち」に捧げた。つまり彼はブルジョワたちの代弁者として登場しており、彼の身振りはけなし屋（アドウオカートウス・ディアーボリ）〔元来はカトリック用語で「列聖調査審問検事」、文字通りには「悪魔の代弁人」〕のそれではない。ところがのちに彼は、たとえば良識（ボン・サンス）派に対する攻撃文において、「〈道義的な（オネット）〉ブルジョワジー」および彼らのうちの名士である公証人に対し、とびきりのボエーム口調を用いる〔「道義派のドラマと小説」一八五一年〕。一八五〇年前後にボードレールは、芸術は有用性と切り離せない、と宣言しているが、数年後には〈芸術のための芸術（ラール・プール・ラール）〉を主張する。こうしたすべてにおいてボードレールは読者公衆に対して、食い違いを媒介するという努力をほとんどしていない。それはナポレオン三世がほとんど一夜にして、フランス議会のあずかり知らぬうちに、保護関税から自由通商へと政策変更してしまうのと同様なのだ。ともかくボードレールのこうした特徴にかんがみれば、ジュール・ルメートル（一八五三―一九一四年。フランスの批評家）をはじめとする公認の批評が、ボードレールの散文のうちに潜んでいる理論的なエネルギーをほとんど感じとれなかったことも理解できる。

＊ルイ・ナポレオン（のちのナポレオン三世）の後援団体で、名称は大統領当選の日にちなむ。マルクスは、以下にもその一節が引用される『ルイ・ボナパルトのブリュメール十八日』（一八五二年）において、この会が怪しげなルンペン・プロレタリアートを集めて作られたとしているが、そこにはルイ・ナポレオン（マルクスは彼をルイ・ボナパルトと呼ぶ）およびルンペン・プロレタリアートに対するマルクスの嫌悪感が反映しているようである。

マルクスは職業策謀家（コンスピラトゥール・ド・プロフェッシオン）についての叙述を、こう続けている。「彼らにとって革命の唯一の条件は、自分たちの策謀の十分な組織化である。……革命的な奇跡を引きおこすべき発明に彼らは熱中する。すなわち焼夷弾や、魔術のような効力をもつ破壊機械や、合理的な理由があることが少なければ少ないほどいっそう奇跡的で意表をつく効果をもつはずの暴動である。そうした計画をたてることにふけっている彼らは、現在の政府を倒すという眼前の目標以外のいかなる目標ももたず、もっと理論的な事柄すなわち労働者たちに労働者階級の利害について啓蒙してやるということなど腹の底から軽蔑している。それゆえ彼らは黒服（アビ・ノワール）たちに対して、プロレタリアの立場からではなく庶民の立場から憤懣を持っている。黒服たちは多かれ少なかれ教養ある人士で、運動のそうした啓蒙的な面を代表しているからである。しかし策謀家連中は、党の公的な代表としての黒服たちから完全に独立することは決してできない」（マルクス／エンゲルス、前掲書評）。ボードレールの政治観は基本的に、こうした職業策謀家たちのそれを超えるものではない。カトリック教会の反動行為に共感を抱くにせよ、一八四八年の蜂起に共感を寄せるにせよ、つねに共感の表現はだしぬけで、その根拠は薄弱である。〔一八四八年〕二月の日々にボードレールが示した姿――パリのどこかの街頭で銃を振りまわしながら「オーピック将軍〔一七八九―一八五七年。一八二七年にボードレールの母と再婚。ボードレールは彼を憎んでいた〕をやっつけろ！(2)」と叫んだ〔友人ジュール・ビュイッソンの回想による〕――は上述のことのよい例証である。いずれにせよ、「およそ政治に関することで私が理解できるのはただひとつ、すなわち騒乱」〔一八四六年八月六日または七日、コレ宛ての手紙〕というフロベール〔一八二一―一八八〇年。フランスの作家〕の言葉をもしもボードレールが聞いたら、これぞわが言葉と思ったことであろう。その場合この言葉はどういう意味に理解すべきものであったか、それを示すのが、ボードレールのベルギー論草案とともに保存されているメモの最後の箇所である――「〈革命万歳！〉と私が言うとき、それは〈破壊万歳！　懺悔万歳！ 懲罰万歳！ 死万歳！〉と言うのと同じことだ。私が幸福を感じるのは、犠牲者になるときだけではないだろう。処刑吏の役を演じることも私の気に入るだろう。革命を両方の側から感得することができるのだから！ 私たちはみな、共和主義の精神を血のなかにもち、梅毒を骨のなかにもっている。私たちは民主主義と梅毒の両方に感染しているのだ」〔『哀れなベルギー！』一八六四―六六年成立〕。

ボードレールがこのように記しているものを、挑発家の形而上学と呼ぶことができよう。このメモが書かれたベルギーでボードレールは一時、フランス警察の回し者と見なされていた。そういう扱われ方自体は意外でも何でもなく、だからこそ彼が一八五四年十二月二十日付の母宛ての手紙で、警察から給費を受けている文士たちに触れて、「あの連中の汚らわしい名簿に僕の名前は決して載らないでしょう」と書くといったこともありえたのである。ベルギーで彼がこうした評判をこうむった理由が、追放されてきてこの地で名士であったユゴー〔ルイ・ナポレオン、のちのナポレオン三世の独裁願望を批判し、帝政成立後ベルギーに逃亡した〕に対して彼が公然と敵意を示したことにだけあるとは考えにくい。あのような噂が生まれたのには、ボードレールの破壊的な皮肉（イロニー）が関係していた。つまり自分で噂を広めて得意がったということも十分ありうるのである。のちにジョルジュ・ソレル〔一八四七―一九二二年。フランスの社会主義者、ジャーナリストでサンディカリズムの代表者。ベンヤミン「暴力批判論」参照〕に見られ、さらにファシズムのプロパガンダに欠かせない構成要素となった、ほら崇拝（キュルト・ド・ラ・ブラグ）が最初に胚胎したのはボードレールにおいてだった。セリーヌ（一八九四―一九六一年。フランスの作家）の『皆殺しのための戯言（たわごと）』（一九三七年、反ユダヤ主義の立場からの社会批判的著作）というタイトル、セリーヌがこれを書いた精神は、ボードレールの日記のなかの記述に直接さかのぼる――「ユダヤ人種を根こそぎにするための素晴らしい策謀が組織されよう」（「赤裸の心」一八五九―六六年成立、四五）。ブランキ主義者のリゴー*（一八四六―七一年。パリ・コミューン代表のひとり。ヴェルサイユ軍に捕らえられ銃殺された）は、策謀家の経歴をパリ・コミューンの警視総監として終えたのだが、ボードレールに関する証言のなかでよく話題になっているのと同様のブラックユーモアを有していたように思われる。C・プロレス著『一八七一年革命の人びと』にはこうある。「リゴーは万事において、非常に冷静沈着でありながらも、悪い冗談好きの面があった。これは彼にとってどうしても必要なもので、彼の狂信的性格のなかにまで入り込んでいた」（シャルル・プロレス『一八七一年革命の人びと――ラウル・リゴー、コミューン下の警視庁、人質たち』一八九八年）。ボードレールのうちには、マルクスが策謀家（コンスピラトゥール）たちに見出しているテロリスト的な願望夢に対応するものすらある。ボードレールは一八六五年十二月二十三日、母に宛ててこう書く。「もし仮に僕が、時として享受したことのある若々しさと精力（エネルギー）とを取り戻すことができたならば、人が肝をつぶすような本を何冊も書いて怒りを発散させることでしょう。僕は人類全体を敵に廻したいのです。僕はそこに、万事に対して慰めてくれるような楽しみを見るのです」。この抑えた怒り――不機嫌（ラ・ロニュ）――は、半世紀にわたるバリケード闘争が、パリの職業策謀家たちのうちに養ってきていた心身状態だったのである。

＊　ブランキ主義は、フランスの革命家ブランキ（後出）が唱えた、少数精鋭の蜂起によって政権を奪取しようとする革命思想。

マルクスはこの策謀家たちについて言う。「彼らこそは、最初のバリケードを築き、指揮する人びとである」（マルクス／エンゲルス、前掲書評）。事実、共謀運動の定点にはバリケードが立っている。バリケードは独自の革命的伝統を有している。七月革命（一八三〇年）のときには四千以上のバリケードが街を縦横に貫いていた（アジャソン・ド・グランサーニュ／モーリス・プロー『一八三〇年の革命』発行年記載なし、参照）。フーリエが「賃金は払われないが情熱的な労働」（出典未詳）の例を探したとき、彼はバリケード構築ほどそれに近いものを見出さなかった。ユゴーは『レ・ミゼラブル』（一八六二年）において、かのバリケードの網を、守備兵を暗闇のなかに置いておくことによって印象深く言葉に捉えている。「いたるところ反乱という目に見えない警察が見張っていて、秩序を、つまり夜を維持していた。……この築き上げられた暗闇を上から見下ろす眼があったとしたら、あちこちの場所にぼんやりした光がともっているのに気付いたかもしれない。その光は、とこ

パリ・コミューンのバリケード、1871年

ろどころ破れており好き勝手に走っている線を、奇妙な構築物の輪郭を、見てとらせた。この廃墟には、何か明かりのようなものが動いていた。そうした箇所にバリケードがあったのだ」（第四部第一三章）。『悪の華』の最後に置かれるはずだったが断片にとどまった、パリへの語りかけのなかで、ボードレールはこの街に別れを告げるにあたって、そのバリケードを呼びださずにはいられない。彼はバリケードの「積み上げられて城砦となる、魔術的な舗石」（『悪の華』第二版のためのエピローグ草稿、一八六〇年）に思いを馳せる。ただし、この石が「魔術的」なのは、それを動かした手をボードレールの詩が知らないことによってなのだ。だがこのパトスこそは、ブランキ主義のおかげなのかもしれない。というのも、ブランキ主義者のトリドン（一八四一—七一年。フランスの弁護士、著述家。パリ・コミューン代表のひとり）が、似たような呼びかけを行なっているのである。「おお力よ、バリケードの女王よ、……電光と暴動のなかで輝くあなた……囚人たちが鎖でつながれた手を差し伸べるのは、あなたのほうへなのだ」（シャルル・ブノワ「近代国家の危機」一九一四年、からの引用）。コミューンの終焉においてプロレタリアートは、撃たれて致命的な傷を負った獣が巣穴のなかへ戻るように、バリケードのうしろへ手探りで戻っていった。バリケード闘争で修練を積んでいた労働者たちが、野戦——これによってティエール（一七九七—一八七七年。フランスの政治家。コミューンを鎮圧し、第三共和政初代大統領となる）の行く手を阻むべきだったのだが——を嫌ったことが、敗北の一因であった。コミューンの歴史についての最近の研究者のひとりが書いているように、この労働者たちは、「広い野原での会戦よりも、

ボードレールが描いたブランキの頭部

自分たちの街区での戦いを、そしてやむをえなければ、パリの街路の舗石を積み上げたバリケードのうしろで死ぬことを、好んだのである」（ジョルジュ・ラロンズ『未公刊の資料と回想録による一八七一年のコミューンの歴史』一九二八年）。

パリのバリケードの最も重要な指揮者であったブランキは当時、彼の最後の牢獄[*1]となったトーロー要塞にいた。マルクスはその六月蜂起〔一八四八年、パリにおけるプロレタリアートの蜂起〕の回顧のなかで、ブランキとその同志たちのうちに「プロレタリア党の真の指導者」（マルクス『ルイ・ボナパルトのブリュメール十八日』）を見た。ブランキが当時持っておりそして死に至るまで保ち続けていた革命家としての威信については、どんなに重大視してもしすぎることはない。レーニン（一八七〇―一九二四年。ロシアの革命家、政治家）が出現するまで、プロレタリアートのなかに、ブランキ以上に鮮明な特徴をもっていた人物はいなかった。こうした特徴は、ボードレールにも強い印象を与えた。ボードレールの手になる一枚の紙片には、他の即興的なスケッチとともに、ブランキの頭部が見られる。――マルクスがパリの策謀家たちの生活環境を描写するさいに導入している諸概念は、ブランキがこの生活環境において占めていたぬえ的な立場をいっそうはっきり認識させる。一面において、ブランキが反乱扇動者として語り伝えられてきたのには充分なわけがある。この伝承におけるブランキは、マルクスが言うように、「革命の発展過程を先取りし、この過程を人工的に危機へと駆り立て、革命の条件が整っていないのに革命を即興で作り出してしまう」（マルクス／エンゲルス、前掲書評）ことをみずからの使命と見なす、そうしたタイプの政治家なのである。他面、ブランキについて残されているいくつかの叙述を、先のマルクスの言葉に対照させてみると、ブランキはむしろ、かの職業策謀家連中が嫌な競争相手と見なしていた黒服たちのひとりのように思える。ある目撃者は、ブランキの〈中央市場クラブ〉を次のように描いている。「秩序党〔正統王朝派とオルレアン派が合同した党〕が当時……所有していた二つのクラブと比べて、ブランキの革命クラブが、そこに足を踏み入れた者に最初の瞬間からどのような印象を与えたか、それを正確に理解したければ、ラシーヌ（一六三九―九九年。フランス古典主義を代表する劇作家）やコルネイユ（一六〇六―八四年。モリエール、ラシーヌとともにフランス三大古典劇作家といわれる）が上演される日のコメディ・フランセーズ（フランスを代表する国立劇場で、古典の伝統の保持を使命とする）の観客たちを、曲芸師たちが荒業を披露するサーカス小屋を満たしている民衆の群れと並べて思い浮かべてみるのが一番よい。ブランキのクラブでは、いわば共謀の正統的儀式に捧げられた礼拝堂にいるようなものだった。扉は誰にも開かれていたが、しかし奥義を窮めた者以外は二度とやって来なかった。虐げられた人間たちが、次から次へと不機嫌に登場した後、……この場所の祭司が立ち上がった。その口実は、クリアン（顧客、支持者。一六七ページの訳注＊参照）のもろもろの苦情を要約するということだったが、そのクリアンつまり民衆を代表するのが、いましがた喋った半ダースの不遜で興奮した馬鹿者どもというわけだった。実際にこの祭司がしたのは、状況を説明することだった。彼の外見は際立って上品で、身なりは非の打ち所がなかった。顔立ちは端正で、表情は穏やかだった。ただときおり両眼に禍々しく凶暴な光が走った。その眼は細く、小さく、突き通すようで、ふだんは峻厳というよりむしろ善意に満ちたまなざしだった。話しぶりは控えめで、親しげで、明快だった。ティエールのそれと並んで、私がかつて聞いたうちで最も演説調から遠い話しぶりだった」（J＝J・ヴェスの報告。ジェフロワ、前掲書からの引用）。ブランキはここでは原則主義者として現われている。黒服たちの人相書に記されるようなことが、細部に至るまで確認できる。〈おやじ〉（ブランキのこと）が常に黒い手袋をはめて演説するのは有名であった。[3] だが、ブランキに特有の威厳のある真摯さ、どこに本心があるのやら分からない態度は、マルクスのある言葉によって光を当てられると、別な風に見えてくる。すなわちマルクスはこうした職業策謀家について書いている――「彼らは革命の錬金術師であって、昔の錬金術師たちの固定観念における思想の混乱や偏狭固陋をそのまま引き継いでいる」（マルクス／エンゲルス、前掲書評）。こうして、ボードレールのイメージは自ずからのように浮き上がってくる。すなわち、一方においてアレゴリーの謎をこまごまと並べてみせる趣味、[*2] 他方において策謀家の秘密好み。

*1 これはベンヤミンの思い違いで、ブランキはその後さらに二カ所の監獄に入れられている。

*2 本論文「ボードレールにおける第二帝政期のパリ」は「ボードレール論第二部」であり、この前に「第一部 アレゴリー詩人としてのボードレール」が置かれるはずだった。「訳者付記」（三九三ページ以下）参照。

下っぱの策謀家がわが家のように感じていた居酒屋についてマルクスは、当然予想されることだが、軽蔑的に語っている。そこによどんでいた濛々たる空気にボードレールも馴染んでいた。この空気のなかで、「屑屋たちの葡萄酒」と題する偉大な詩が生まれ育った。成立時期は世紀の半ばと考えてよいだろう。[*1] 当時、この作品のなかにそっと響いているいくつかのモティーフが世間で論じられていたのである。ひとつには葡萄酒税である。共和国の憲法制定議会（一八四八年五月―一八四九年五月）は、その廃止を承認していた（すでに一八三〇年にも廃止の承認がなされていた）。『フランスにおける階級闘争』（一八五〇年）のなかでマルクスは、この税をなくすという点で都市部プロレタリアートの要求が農民の要求といかに一致していたかを示している。この税――大衆葡萄酒にも最高級葡萄酒と同率の負担をかける――は、葡萄酒の消費量を減少させたが、それは「この税のために人口四千以上のすべての町の市門に入市税関が設けられ、あらゆる町が、フランス産葡萄酒に保護関税を課する外国になってしまった」（『フランスにおける階級闘争』）からであった。マルクスが言うには、「葡萄酒税において農民は、政府の芳香(ブーケ)を試す」。しかしこの税は都市住民にも損害をもたらし、安い葡萄酒にありつくために町の外側の飲食店へ行くことを余儀なくさせた。そこでは税のかからない葡萄酒が飲め、〈市門税関の葡萄酒(ヴァン・ド・ラ・バリエール)〉と呼ばれた。労働者はこの楽しみを――警察局長H＝A・フレジエ（一七八九―一八六〇年。フランスの高級官僚）の言うことを信じてよいとすれば――自分に恵まれた唯一の楽しみとして、誇りと反抗心にみちた態度で見せびらかした。「女たちのうちには、もう働いているのかもしれない子供たちと一緒に、夫にくっついて市門税関(バリエール)へ行くのをためらわない者もいる。……人びとはそのあと、半分酔っ払って家路につくのだが、実際よりももっと酔っているようなふりをする。酒を飲んだ、しかも少々でなく、ということが誰の眼にも明らかなようにである。その際、子供たちが両親のまねをすることもある」（フレジエ『大都市住民の危険な諸階級、およびこれらの階級を善導する手段』第一巻、一八四〇年）。同時代のある観察者は書いている――

「市門税関(バリエール)の葡萄酒のおかげで、政府がその屋台骨を揺るがすような打撃を少なからず免れたのは確かである」(エドゥアール・フーコー『発明家パリ――フランス産業の生理学』一八四四年)。葡萄酒は無産者たちに、未来の復讐と未来の栄光の夢を開示する。「屑屋たちの葡萄酒」にそうある。

ひとりの屑屋がやって来るのが見える、詩人のように
首を振ったり、つまずいたり、壁にぶつかったりしながら、
密偵(いぬ)どもなどは、家来と思って、気にすることもなく、
心の底までぶちまけて、光輝ある計画を述べ立てる。

おごそかに宣誓したり、崇高な法律を発布したり、
悪者どもを打ち倒したり、犠牲者たちを助け起こしたり、
頭上に懸る大空を、玉座の上の天蓋とも思いながら、
われとわが身の美徳の、輝かしさに酔う。[*2]

*1 「屑屋たちの葡萄酒」には、第一稿(成立年代不明、一八四三年というのが現在の定説)、一八五一―五二年稿、「アランソン新聞」稿(一八五七年)、『悪の華』初版稿(一八五七年)、『悪の華』第二版稿(一八六一年)など、多くのヴァージョンがある。

＊2　以上の引用部分は『悪の華』初版稿と第二版稿で同一である。

新しい工業的処理によって、屑が一定の価値をもつようになって以来、都市にかなりの数の屑屋が出現した。彼らは中間商人のために働き、一種の家内工業（ただし路上で営まれる）を形成した。屑屋は同時代をとりこにした。社会的貧困を最初に研究した人びとの視線は、〈人間の困窮はどこまで達してしまっているのか〉という沈黙の問いを抱きつつ、呪縛されたように屑屋に注がれていた。フレジエはその著『大都市住民の危険な諸階級』のなかで、屑屋に六ページを割いている。ル・プレーは一八四九年から一八五〇年の時期――おそらくボードレールの屑屋の詩が成立した時期――における、パリのある屑屋とその家族の生活費予定表を示している。(4)

屑屋はもちろんボエームに含めることはできない。だが、文士から職業策謀家に至るまで、ボエームに属する誰もが、屑屋のうちに自分自身の一片を見出すことができた。誰もが、社会に対する多少とも漠とした反抗心を持って、多少とも不安定な朝をまえにしていた。誰もがそれぞれの時に、この社会の基盤を揺るがす者たちへの共感をもつことができた。屑屋はその夢において孤立してはいない。＊仲間たちがつき従っていて、彼らのまわりにも酒樽の香りがあり、彼らの髪も戦いのなかで白くなった。屑屋の口ひげは古ぼけた軍旗のように垂れ下がっている。街をひとまわりしていると、密偵（いぬ）どもに出会うが、屑屋の夢は彼に、密偵どもにたいする支配権を与える。(5) パリの日常に由来する社会的な諸モティーフは、すでにサント＝ブーヴ（一八〇四―六九年。フランスの詩人、批評家。ロマン主義運動を推進した）に見られる。それらのモティーフはそこで抒情詩を征服した。しかしだからといって洞察を征服したことにはならない。困窮とアルコールは、この教養ある私人（プリヴァティエー）〔金利生活者〕の精神においては、ボードレールのような人の精神におけるのとは本質的に異なる結合をする――

この辻馬車のなかで私は観察する、
私を運ぶ、もはや機械に過ぎない男、
ひげの濃い、長髪のへばりついた、醜い男を。
悪徳と葡萄酒と眠りが、彼の酔眼に重くのしかかる。
いかにして人間がこのように堕ちうるのか、と私は考え、
そして後ずさりし、座席の反対の隅に移った。

（サント＝ブーヴ『慰め・八月の思い・覚書とソネット・ある最後の夢』
一八六三年〔「この辻馬車のなかで」〕）

＊ 以下、二行後の「垂れ下がっている」までについては「屑屋たちの葡萄酒」（一八五七年以降のヴァージョン）の第五連参照。

詩の冒頭はここまでである。あとには教化的な解釈が続く。サント＝ブーヴは、自分の魂も、この辻馬車御者の魂と同様に荒れているのではないかと自問している。

ボードレールは無産者たちについて、より自由でより思慮深い理解をもっていたが、それがいかなる基礎のうえに立っていたかを示すのは、「アベルとカイン」（『悪の華』所収）と題された連禱（カトリックの祈りの形式で、先唱者の章句ごとに会衆が応答する）である。そこでは、聖書にある兄弟の争い（人類の祖アダムの長子カインは、神の寵愛を受けた弟アベルをねたんで殺した。『創世記』四）が、永遠に宥和しない二つの種族の争いに変えられている——

アベルの種族よ、眠れ、飲め、そして食べよ。
神は汝に親しげに微笑む。

カインの種族よ、泥のなかを
這い回り、そして惨めに死ね。

この詩は十六の二行詩句からなっていて、それらの冒頭はかわるがわる、右に挙げた詩句の冒頭（「アベルの種族よ」「カインの種族よ」）を繰り返す。無産者たちの始祖であるカインは、そこではひとつの種族の創始者として現われており、この種族は、プロレタリア種族以外ではありえない。一八三八年にグラニエ・ド・カサニャック〔一八〇六―一八八〇年。フランスのジャーナリスト、政治家。オルレアン派からボナパルト派へと転じた〕は、『労働者階級とブルジョワ階級の歴史』を公刊した。この著作は、プロレタリアたちの起源なるものについて語っている。プロレタリアたちは、盗賊と売春婦の混交から生まれた、非人間の階級を形成するのだそうである。ボードレールはこの思弁を知っていただろうか。それは大いにありうる。確かなのは、グラニエ・ド・カサニャックをボナパルト派反動の「思想家」と見なしたマルクスが、この思弁を知っていたことだ〔マルクス『ルイ・ボナパルトのブリュメール十八日』参照〕。グラニエ・ド・カサニャックの種族理論に対して、『資本論』は「独特な商品所有者の種族」〔流布版第一部第四章第三節「労働力の売買」〕という概念をもって答えるのであり、この種族とはプロレタリアートのことである。カインに由来する種族は、まさにこの意味でボードレールの作品に現われる。もっとも、ボードレールはこの意味を定義することはできなかっただろう。それは、自分の労働力以外に商品を所有していない者たちの種族、ということなのである。[6]

ボードレールのこの詩は、「反逆（レヴォルト）」と題された詩群（チクルス）に含まれる。これを構成する三つの詩は、瀆神的な基調を堅持している。ボードレールの悪魔主義（サタニズム）を、あまりに重大に取ってはならない。それにいくらかの意味があるとすれば、ボードレールが非順応主義的な立場を長きにわたってとることができた、唯一の態度としてである。チクルスの最後の詩、

「悪魔(サタン)への連禱」は、その神学的内容からすれば、蛇崇拝の典礼[*1]における〈憐れみたまえ(ミゼレーレ)〉をなす。[*2]悪魔(サタン)は、そのルシフェル（「光をもたらす者」の意で悪魔(サタン)の別名、また明けの明星（金星）をも意味する）的な光輪に包まれて現われる。すなわち深き知見の保管者[*3]として、プロメーテウス（ギリシア神話に登場する巨人で、ゼウスの意に逆らって人間に火を与えた。人間に技芸を教えたともいわれる）的技能の教授者[*4]として、頑固で不屈な者たちの守護者としてである。行間に、ブランキの暗鬱な頭が一瞬ひらめく。

断頭台をとり囲む諸人(もろびと)を裁き罰する、
あの静かに超然たる眼差しを、重罪人に授ける、御身。

＊1　エヴァに知恵の木の果実を食べるようにそそのかした蛇（『創世記』三）は、悪魔(サタン)が化けたものとされるが、グノーシス派（キリスト教と同時期に発生した宗教運動で、霊肉二元論を唱える）のなかに「蛇崇拝者」と呼ばれる集団があった。

＊2　カトリックの連禱においては、「イエスよ、われらを憐れみたまえ」「主よ、憐れみたまえ」などといった、旧約聖書『詩編』五一冒頭に由来する句が繰り返されるが、「悪魔(サタン)の連禱」では、「おお〈悪魔(サタン)〉よ、私の長い悲惨を憐れみたまえ」という句が三行ごとに繰り返される。

＊3　「悪魔(サタン)への連禱」では、悪魔(サタン)は「〈天使〉のなかで最も博識な」者、「すべてを知る」者といわれている。なおベンヤミン『ドイツ悲劇の根源』の「悪魔(サタン)の恐怖と約束」の節（『ベンヤミン・コレクション1』ちくま学芸文庫、三〇五―三一三ページ、または『ドイツ悲劇の根源 下』ちくま学芸文庫、一五九―一六八ページ）参照。

＊4　「悪魔（サタン）への連禱」では、悪魔（サタン）は人間に火薬の製造法を教えたといわれている。

この悪魔（サタン）は、〔この詩における悪魔（サタン）への〕呼びかけの連鎖のなかで、「策謀家たちの懺悔の聞き役」ともいわれているが、これとは別人であるのが、他の詩で〈サタン・トリスメギストス〉、〈デーモン〉という名で呼ばれ、[＊1] 散文作品では大通り（ブルヴァール）の近くに地下の住居をもつ〈殿下〉といわれている、[＊2] 地獄のような陰謀家（イントリガント）[＊3] である。ルメートルは、悪魔を「あるときはあらゆる悪の張本人とし、またあるときは大いなる敗者、大いなる犠牲者」（ジュール・ルメートル『同時代人たち』第一四版、一八九七年）とする不一致を指摘したことがある。これは問題支配者たちに対するラディカルな拒絶に、ラディカルに神学的な形式を与えることをボードレールに強いたものは何であったか、という問いを発することもできるが、これは問題をたんに別様に言っただけである。

＊1　「読者に」（『悪の華』冒頭の詩）参照。「トリスメギストス」とは「三倍も偉大なる者」の意で、本来はギリシア神話のヘルメス神の称号。

＊2　『パリの憂鬱』二九「気前のよい賭博者」参照。

＊3　『ベンヤミン・コレクション1』三〇七ページ、または『ドイツ悲劇の根源 下』一六一ページ参照。

秩序と実直というブルジョワ的概念に対するプロテストは、六月蜂起でのプロレタリアートの敗北以後、被抑圧者たちよりもむしろ支配者たちのもとで、よりよく保存された。

自由と権利を奉じることを公言した人びとは、ナポレオン三世を軍人皇帝――ナポレオン三世は伯父〔ナポレオン一世〕にならってそうであろうとした――ではなく、幸運に恵まれた紳士詐欺師と見なした。『懲罰詩集(シャティマン)』〔ユゴー、一八五三年〕はナポレオン三世の姿をそのように定着している。黄金のボエーム(ボエーム・ドレ)[*1]のほうは、ナポレオン三世のさんざめく祝宴、彼が周りに侍らせた廷臣のうちに、彼らが夢見た〈自由〉な生活の実現を見た。ヴィエル＝カステル伯〔一八〇二―六四年。フランスの著述家。ルーヴル美術館の管理責任者を務めた〕が皇帝の周囲を描いている回想録は、ミミやショナール[*2]めいた人物を、まことに実直で偏狭固陋な感じで登場させている。上流階級においてはシニカルな態度が、下層階級においては反抗的な屁理屈が、作法にかなったことと見なされた。ヴィニー〔一七九七―一八六三年。フランス・ロマン主義の作家〕は『エロア』〔詩、一八二四年〕において、堕天使すなわちルシフェル〔ルシフェルは天上から追い落とされた大天使であるという伝説がある〕に、バイロン〔一七八八―一八二四年。イギリスの詩人〕のひそみに倣って、グノーシス派的な意味で敬意を表していた[*3]。他方、バルテレミー〔一七九六―一八六七年。フランスの作家〕は、『ネメシス』[*4]において、悪魔主義(サタニズム)を支配者たちに付随するものとしていた。すなわち株式プレミアムのミサを執り行なわせ、金利の賛美歌を一曲歌わせたのである〔バルテレミー「大司教館と証券取引所」、『ネメシス』所収〕。こうした悪魔(サタン)の二面性[*5]に、ボードレールは十分に馴染んでいた。彼にとって悪魔(サタン)は、下層民たちの代弁をするだけでなく、上層の人びととの代弁もするのである。マルクスは次の文章の読者として、ボードレールよりも適した人を望むことはできなかっただろう。『〔ルイ・ボナパルトの〕ブリュメール十八日』には次のようにある――「コンスタンツの公会議〔一四一四―一八年〕で厳格主義者たちが、歴代の教皇の不品行な生活について訴え……たとき、枢機卿ピエール・ダイイ（一三五〇―一四二〇年。フランスの神学者。コンスタンツ公会議で教会改革の必要性を説いた）は、彼らに割れんばかりの大声で怒鳴った。『いまや悪魔その人だけがカトリック教会を救えるというのに、お前たちは天使を望んでいる』。これと同じようにフランスのブルジョワジーは、〔一八五二年十二月の〕クーデターのあとで叫んだ――いまや十二月十日会の首領〔ルイ・ナポレオン〕だけがブルジョワ社会を救うことができる！　いまや泥棒だけが財産を、偽誓だけが宗教を、庶出だけが家庭を、無秩序だけが秩序を救うことができる」。イエズス会を賛嘆していたボードレールは、反抗を志したときも、この救済者と完全に縁を切りはしなかったし、永遠に縁を切ることはなかった。彼の散文作品がみずからに禁じていなかったこと〔たとえば一〇五ページで触れられている「革命的宣言」〕を、彼の詩はみずからに対して保留した。それゆえに悪魔（サタン）が詩のなかに現われるのである。絶望的な激昂においても、分別と人間性が抵抗するようなものへの服従をすっかりやめはしないという微妙な力を、彼の詩は悪魔のおかげで得ている。敬虔さの告白はボードレールの口から、ほとんどいつも雄たけびのように出てくる。彼は自分の悪魔を奪われまいとする。ボードレールが切り抜けなければならなかった、おのれの不信心との葛藤において、悪魔は真の賭金である。問題は秘蹟でもなければ祈りでもない。自分がその手に落ちてしまった悪魔を冒瀆する余地を、ルシフェル的に残しておくことが大事なのである。

＊1　ヴィクトール・ユゴーの次男（長男レオポルが早世したので「長男」とされることもある）シャルル＝ヴィクトール・ユゴー（一八二六―七一年）は長篇小説『黄金のボエーム』（一八五九年）において、金持ちの遊び人たちを「黄金のボエーム」と名づけた。八〇ページの訳注＊2参照。

＊2　ミミとショナールは、アンリ・ミュルジェール（一八二二―六一年、フランスの作家）の自伝的小説『ボエーム暮らし情景』（『ボエーム情景』の題で一八四五―四九年発表、一八五二年の第三版からこの題名となる。一八四九年に戯曲化もされた）、およびそれに基づくプッチーニのオペラ『ラ・ボエーム』（一八九六年初演）の登場人物。ミミはお針子、ショナールは音楽家で、貧しいボエーム世界に生きている。

＊3　グノーシス派と悪魔的なものの関係については『ベンヤミン・コレクション1』三〇六―三〇七ページ、または『ドイツ悲劇の根源 下』一六〇ページ参照。

＊4　バルテレミーが詩人メリーと共同で一八三一年から刊行しはじめた諷刺週刊誌で、ブルボン家とルイ＝フィリップを攻撃の的にした。ネメシスはギリシア神話に登場する、人間の傲慢に対する神の怒りと懲罰を擬人化した女神。

＊5　『ドイツ悲劇の根源』の「滑稽な人物としての陰謀家」（『ドイツ悲劇の根源 上』二七一―二七八ページ）および「悪魔（サタン）の恐怖と約束」の節を参照。

ピエール・デュポン（一八二一―七〇年。フランスの詩人。初めは田園調の作品を書いていたが、二月革命のとき社会主義者となり、政治的な詩を書くようになった）との交友によって、ボードレールは自分が社会的詩人であることを公言しようとした。〔バルベ＝〕ドールヴィイ（一八〇八―八九年。フランスの作家、批評家）の批評的著作は、このデュポンという作家のスケッチを描いてくれている。「この才能、この頭脳をもっている点でカインは、穏やかなアベルに勝っている。――粗野で、飢えきっていて、妬みに満ち、荒々しいカイン。彼は町々を旅しては、そこに集まっている怨恨の酵母を啜り、そこで勝利しているもろもろの誤った理念に関与する」(ジュール＝アメデ・バルベ＝ドールヴィイ『作品と人間(十九世紀)』第三部『詩人たち』一八六二年)。この特性描写は、ボードレールをデュポンと連帯させたものを、非常に正確に言い当てている。カインのようにデュポンは「町々を旅し」、田園牧歌から離れた。「私たちの父親世代に理解されていたような歌……、それどころか素朴な物語詩すら、彼にはまったく疎遠である」(ピエール・ラルース『十九世紀万有大事典』第六巻、一八七〇年、「デュポン」の項)。デュポンは抒情文学の危機が、都市と地方〔田園〕の分裂の進展とともにやって来るのを感じていた。彼の詩行のひとつは、このことを不器用に認めている。デュポンは「森と大衆にかわるがわる耳を貸す」とデュポンは言っているのである。デュポンが大衆に注意を払ったことに、大衆は報いてくれた。すなわちデュポンは一八四八年前後、万人の口の端に上っていたのである。〔一八四八年の〕革命によって獲得されたものがひとつまたひとつと失われていったころ、デュポンは『投票の歌』〔一八五〇年〕を書いた。この時代の政治詩のうちで、そのリフレインに比肩しうるものはわずかしかない。このリフレインは、カール・マルクスが当時、六月蜂起の戦闘者たちの「人を脅すように陰鬱な額」(マルクス「六月の戦闘者たちの思い出に」、リャザノフ編『思想家・人間・革命家としてのマルクス』一九二八年、からの引用）を飾るべきだとした月桂冠の一葉である。

見せてやれ、計略の裏をかき、
おお、共和国よ！ 悪人どもに
お前の巨大なメドゥーサの顔を、
赤い稲妻のひらめくなかで。*
（デュポン『投票の歌』）

＊ 本書三八ページおよび七〇ページ参照。

ボードレールが一八五一年、デュポンの詩集成の一分冊に寄せた序文は、文学的戦略の一行為である。そこには以下のような奇妙な発言が見られる。「芸術のための芸術派（ラール・プール・ラール）のたわいない理論は*、道徳を、いやしばしば情熱をすら排除することによって、必然的に不毛となった」。さらに、明らかにオーギュスト・バルビエ（一八〇五—八二年。フランスの詩人。七月革命直後に諷刺詩「猟官運動」によって有名になった）を指してこう言われている。「時として不器用だが、ほとんどつねに偉大であるひとりの詩人が現われ、七月革命の神聖さを宣言し、それから同じく燃え上がる言葉でイギリスとアイルランドの困窮を歌ったとき、……問題は片付いたのであり、芸術は今や道徳および有用性と切り離せないものとなった」（「ピエール・デュポン著『歌と歌謡』への序文」一八五一年）。ここには、ボードレール自身の詩（ディヒトゥング）に翼を与えているあの深い二重性はかけらもない。ボードレールの詩は被抑圧者たちのことを心にかけていたが、彼らの関心事と同じくらい、彼らの幻想を心にかけていた。彼の詩は革命の歌を聞く耳をもっていたが、しかしまた、死刑執行のときの太鼓連打から語り出す「より高いところからの声」を聞く耳をもっていた。ボナパルト〔ルイ・ナポレオン〕がクーデターによって権力の座についたとき、ボードレールは一瞬憤激した。「それから彼は出来事を、〈摂理の見地〉から眺め、そして修道僧のごとく服従する」（ポール・デジャルダン「現代の詩人たち シャルル・ボードレール」一八八七年）。「神権政治と共産主義」（ボードレール「赤裸の心」三二）はボードレールにとって信念ではなく、外からの囁きかけであり、それらは彼の耳を求めて相争ったのである。その一方は彼が思ったであろうほど熾天使的ではなかったし、もう一方は彼が思ったであろうほどルシフェル的ではなかった。ほどなくボードレールは彼の革命的宣言を放棄してしまった。数年後に彼は書いている――「デュポンはその初期の歌を、彼生来の優雅さおよび女性的な繊細さに負っている。幸いなことに、あの時代ほとんどすべての人の心を駆り立てた革命活動も、彼をその生来の道から完全に逸らしてしまいはしなかった」〔「わが同時代人の数人についての省察」Ⅷ「ピエール・デュポン」一八六一年〕。芸術のための芸術とのあのすげない決別は、ボードレールにとって、態度としてのみ価値があった。この決別によって彼は、文士としての彼が使いうる自由な行動の余地を公に知らしめることができたのである。この余地を彼は、同時代の作家たちよりも多くもっていた――彼らのうちで最大の者たちをも例外とせずに。ここから分かるのは、どのような点で彼が、周囲の文学的営為から抜きん出ていたかということである。

＊「理論」はボードレールの原文では「理想論（ユートピア）」となっている。

日々の文学的営為は、百五十年のあいだ、雑誌を中心に動いていた。〔十九〕世紀の最初の三分の一の終わりごろ、そのことに変化が生じはじめた。純文学は、学芸欄（フユトン）をつうじて、日刊紙のなかに販路を獲得した。七月革命がジャーナリズムにもたらしていたさまざまな変化は、学芸欄の導入ということに要約できる。新聞を一号ずつ売ることは、王政復古〔一八一四―三〇年〕のもとでは許されていなかった。ある新聞を購読するには予約しなければならなかった。年間予約購読料は八十フランという高額で、これを払うことのできない者はカフェに行くしかなく、そこではしばしば一部の新聞を何人もが取り巻いていた。一八二四年、パリには四万七千人の新聞購読者がいたが、一八三六年には七万人、一八四六年には二十万人となった。この興隆において決定的な役割を演じたのが、ジラルダンの新聞『プレス』であった。この新聞は三つの重要な革新をもたらした。予約購読料を四十フランに引き下げたこと、広告欄、そして学芸欄の長篇小説である。同時に、短い切れ切れの情報（インフォメーション）が、腰のすわった報告（ベリヒト）と競いはじめた。＊そうした情報は商業的に利用できることが売りである。いわゆる〈備忘録（レクラム）〉が情報に道を開いた。当時にいう〈備忘録（メモ）〉とは、一見自立したものだが、実は出版者が報酬を支払っている注記のことである。これは編集者が担当する部分にあり、ある本を参照指示しているのだが、その新聞の前日号、あるいは当日号にも、その本の広告を載せるスペースがとってあった。サント＝ブーヴはすでに一八三九年に、こうした注記のモラル破壊作用を嘆いている。「当代の奇跡的作品であると指二本の幅だけ下に書いてある作物を、どうやって」批評欄で「酷評することができただろう。広告欄のますます大きくなってゆく活字の引力が優勢になった。広告欄は、羅針盤を狂わせる磁石の山であった」（「産業的文学について」、『両世界評論』所収）。〈備忘録〉はひとつの発展の始まりに位置しており、この発展の終わりは、新聞・雑誌に載っている、利害関係者によって報酬を支払われる株式市況メモである。情報の歴史を、ジャーナリズムの腐敗の歴史と切り離して書くことは難しい。

＊〈情報〉については、ベンヤミン「物語作者」（『ベンヤミン・コレクション2』ちくま学芸文庫、二九四ページ以下）および本書二五五ページ以下参照。

情報はスペースをあまり必要としなかった。政治的な社説でも、学芸欄の長篇小説でもなく、情報こそが、新聞に日々新しい、版面に巧妙な変化のある外見を与えたのであり、新聞の魅力の一部はそうした外見に存していた。情報はつねに更新されなければならなかった。街の噂話、劇場の陰謀、そしてまた〈知る価値のあること〉が、最も人気のある情報源であった。情報に固有の安っぽいエレガンス――これは学芸欄に非常に特徴的なものとなる――は情報に、そもそものはじめから見て取れる。ジラルダン夫人（一八〇四―五五年。フランスの作家）はその「パリ書簡」のなかで、写真を歓迎する次のような言葉を述べている。「ダゲール氏の発明は近頃、大いに話題を呼んでいるが、それについて我らのサロン学者たちが与えてくださる生真面目な解説ほどこっけいなものはない。ダゲール氏は何の心配もしなくてよい。氏が秘密を盗まれることはないだろう。……本当に彼の発見は素晴らしい。だが人びとはそれについて何も理解していない。あまりにも説明されすぎたのだ」（エミール・ド・ジラルダン夫人『全集』第四巻『パリ書簡一八三六―一八四〇年』一八六〇年）。学芸欄のスタイルが受け入れられるようになったのは、それほど早いことではなく、またあらゆる場所で、というわけでもなかった。一八六〇年と六八年にマルセイユとパリで、ガストン・ド・フロット男爵（一八〇五―八二年。フランスの作家）の二巻からなる『パリ誤謬集』が刊行された。この書物の狙いは、とりわけパリのジャーナリズムの学芸欄における、歴史記述のいい加減さと戦うことにあった。――情報の埋め草は、カフェで、食前酒を飲みながら出来上がった。「食前酒*の習慣は、……大通り（ブルヴァール）ジャーナリズム（大衆的小新聞）の登場とともに生じた。以前、まじめな大新聞だけが存在したころには、……食前酒の時間というものはなかった。そうした時間は、『パリ通信』紙や〈街のゴシップ〉の論理的結果である」（ガブリエル・ギユモ『ボエーム』一八六八年）。コーヒー店の賑わいは編集者たちを、報道サービスのテンポに――まだ報道機構が発達する前に――習熟させた。第二帝政の終わりごろに電信機が使用されはじめたとき、大通り（ブルヴァール）は独占的な地位を失っていた。事故や犯罪は、いまや全世界から集められることが可能になったのである。

＊「食前酒」はギユモの原文では「アブサン」となっている（以下同様）。

文士の、自分が現にいる社会への同化は、そのようにして大通り（ブルヴァール）で行なわれた。大通りで文士はエピソードや、ウイットのある言葉や、噂話を手当たりしだい摑まえようと待機していた。大通りで文士は、同僚たちや上流社会の遊蕩児たちとの、さまざまに飾り立てられた関係を繰り広げた。文士がそうした関係の効果に頼っていたのは、高級娼婦が扮装の技術に頼るのと同様である。(7) 大通りで文士は閑（ひま）な時間を過ごすのだが、彼はこの時間を自分の労働時間の一部として、人びとのまえに展示するのである。彼の振舞いはあたかも、彼がマルクスから、あらゆる商品の価値はそれを生産するために社会的に必要な労働時間によって規定されることを学んだかのようである。そのようにして文士自身の労働力の価値は、引き伸ばされた無為――これは公衆の目には、その労働力が完全なものとなるために必要と映る――のせいで、ほとんど空想的な性格を帯びる。文士の労働力をそのように評価したのは公衆だけではなかった。当時の学芸欄の高額な原稿料は、そうした評価が社会状況に根拠をもっていたことを示している。事実、予約購読料の低下と、新聞広告の興隆と、学芸欄の重要性の増大とのあいだには関連があった。

「新しい取り決め」――予約購読料の引き下げ――「のせいで、新聞は広告で生きていかざるをえない……。たくさんの広告を獲得するために、すでにポスターと化していた第四

50 C. LA LIV. — LIBRAIRIE DE FURNE & Cie, ÉDITEURS DES ŒUVRES COMPLÈTES DE VOLTAIRE ET DE J. J. ROUSSEAU. — LA LIV., 50 C.

LA COMÉDIE HUMAINE

ŒUVRES COMPLÈTES

BALZAC

NOUVELLE ÉDITION

116 gravures par MM. T. Johannot, Gavarni, H. Monnier, Meissonier, Bertall.

160

50 c.

5 fr.

FURNE

L'édition précédente est terminée : la Comédie Humaine, œuvres complètes de M. de Balzac; 16 volumes; 116 gravures; 80 francs.

EN ENVOYANT UN MANDAT SUR LA POSTE DE 80 FR., ON RECEVRA FRANCO, ET DE SUITE, L'OUVRAGE COMPLET.

Les Souscripteurs à la première édition qui n'auraient pas complété leur exemplaire sont invités à le faire avant le 25 janvier 1847, pour tout délai.

FEUILLETON COMMERCIAL DE LA PRESSE.

『プレス』紙1846年11月１日号の第４面。『人間喜劇　バルザック全集（新版）』の大きな広告が出ている。

面は、できるだけ多くの予約購読者の目に触れねばならなかった。さまざまな個人的意見をもっている人びと全員にいっぺんにまくことのできる餌（えさ）、政治的関心のかわりに好奇心をかきたてることのできる餌が必要となった……。予約購読料四十フラン、という出発点がひとたび与えられたとき、広告を経て学芸欄小説に至ったのは、ほとんど不可避のなりゆきだった」（アルフレッド・ネットマン『七月王政下におけるフランス文学の歴史（第二版）』第一巻、一八五九年）。まさにこのことが、なぜ学芸欄小説の稿料が高かったかを説明する。一八四五年にデュマ（アレクサンドル・デュマ（父）、一八〇二―七〇年。フランスの作家）は、『コンスティテュシオネル』紙および『プレス』紙と契約を結んだが、この契約は向こう五年間、毎年少なくとも十八冊執筆する条件で、毎年少なくとも六万三千フランの報酬を定めていた（S・シャルルティ『七月王政』、エルネスト・ラヴィス編『現代フランス史』第五巻、一九二一年、参照）。ウージェーヌ・シュー（一八〇四―五七年。フランスの作家）は『パリの秘密』（長篇小説、一八四二―四三年）のために、十万フランの前金をもらった。ラマルティーヌ（一七九〇―一八六九年。フランスの作家）の一八三八年から一八五一年までの原稿料収入は五百万フランと計算されている。はじめ学芸欄に発表された『ジロンド党の歴史』（一八四七年）でラマルティーヌは六十万フランを得ていた。日用品的な文学作品にたっぷりと稿料が支払われたことは、必然的に弊害をもたらした。出版者が原稿を買い上げる際に、任意の著者名をその原稿につける権利を保留しておくということが生じた。これには前提があって、何人かの成功した小説家は、自分たちの署名の使われ方について、うるさいことを言わなかったのである。このことについて詳しく説明しているのは、『小説工場 アレクサンドル・デュマ・アンド・カンパニー』という小冊子である(ウージェーヌ・ド・ミルクール『小説工場 アレクサンドル・デュマ・アンド・カンパニー』一八四五年、参照)。『両世界評論』誌は当時こう書いた。「デュマ氏が署名した全部の本のタイトルを知っている人がいるだろうか。氏自身が知っているだろうか。氏が〈借方〉と〈貸方〉を記入した日記をつけていないとすれば、きっと氏は……自分の嫡出子、私生児、養子のうち、ひとり以上忘れているにちがいない」(ポーラン・リメラック「現代の小説とわが国の小説家について」、『両世界評論』一八四五年、所収)。デュマは自宅の地下室に貧しい文士たちの一中隊(カンパニー)を働かせている、という伝説が流れた。『両世界評論』という大雑誌による断定の十年後、一八五五年にもまだ、ボエームたちのある小さな発表機関誌には、成功した小説家の生活を描いた以下のような風情(ふぜい)ある記述が見られる。著者はこの小説家をド・サンティスと呼んでいる。「家に帰るとド・サンティス氏は注意深く鍵を閉め……書棚の裏に隠された小さなドアを開ける。――そうすると、かなり汚れた、照明の暗い小部屋に入ることになる。そこには、長い鵞ペンを持ち、髪はぼさぼさ、陰気だがへつらうような目つきをしたひとりの男が座っている。彼が生まれつき真の小説家であることは、遠くからでも見てとれる。もっともこの男、かつてはどこかの省の職員で、『コンスティテュシオネル』紙を読んでバルザックの技法を習い覚えたにすぎないのだが。『頭蓋骨の小部屋』の本当の著者はこの男なのである。彼こそ小説家なのだ」〔ポール・ソーニエ「小説一般、そしてとくに近代の小説家について」、『ポエーム 非政治的雑誌』一八五五年、所収〕[8]。第二共和政〔一八四八―五二年〕のもとで、議会は学芸欄〔しばしば政治的、反体制的な小説を載せた〕の急速な発展と戦おうとした。連載小説には、一回につき一サンチームの税金がかけられた〔一八五〇年七月に議会で可決された新出版法による〕。〔ところが〕反動的な出版諸法〔一八五二年二月の政令〕は、言論の自由を制限することによって〔非政治的な〕学芸欄の価値を高め、これらの法律によって、先の税金規定は早くも廃止された。

＊ ベンヤミンは「紙面の四分の一」と訳しているが、誤訳であろう。当時の新聞、たとえば『プレス』では、全四ページの第四面の下半分強が広告欄で、ときには全面広告になることもあった。

学芸欄の高い稿料設定は、新聞の売れ行きがよかったこととあいまって、学芸欄に原稿を供給する作家たちが読者公衆のあいだで名をなす一助となった。作家たちのうちには、自分の名声と自分の財力とを結びつけて投資することをすぐに思いついた者もいた。そうした者には、政治的キャリアがほとんどおのずから開けてきた。それとともに、腐敗の新たな形がいろいろと生じた。それらは、有名な著者の名前の乱用よりも影響の大きいものだった。文士の政治的野心がいったん目覚めた以上、文士に正しい道を教示してやろうと政府が考えたのは当然であった。一八四六年に植民大臣サルヴァンディ〔一七九五―一八五六年。フランスの政治家〕はアレクサンドル・デュマに、政府の費用で――この企画には一万フランの予算がつけられていた——植民地の宣伝のためにチュニスへ旅行しないかと提案した。この派遣は失敗に終わり、多くの金を浪費したあげく、最後に議会で小さな質問の対象となった。もっと幸運だったのはシューで、『パリの秘密』の成功のおかげで『コンスティテュシオネル』紙の予約購読者数を三千六百から二万に増やしただけでなく、[*1]一八五〇年にはパリの労働者の十三万の票をもって、代議士に選ばれた。プロレタリアの有権者がそれによって得たものは多くなかった。マルクスはこの選挙を、それに先立つ議席増を[*2]「感傷的に弱めてしまった注釈」（『ルイ・ボナパルトのブリュメール十八日』）と呼んでいる。このように文学が、その寵児たちに政治的経歴を開くことがありえたとすれば、こうした経歴のほうは、彼らの著作を批判的に考察するのに役立つ。ラマルティーヌがその一例を提供する。

*1　『パリの秘密』が連載されたのは『公論新聞（ジュルナル・デ・デバ）』。『コンスティテュシオネル』紙に連載されたのは、次の長篇小説『さまよえるユダヤ人』（一八四四―四五年）である。

*2　一八五〇年三月に補欠選挙があり、左翼が勝利した。ところがパリとストラスブールの両方で当選した者がパリでの議席を辞退したため、四月にさらに追加の選挙が行なわれ、シューが当選した。

ラマルティーヌの決定的な成功作、『瞑想詩集』（一八二〇年）と『諧調詩集』（一八三〇年）が書かれたのは、フランスの農民がまだ獲得した土地を享受していた時期にさかのぼる。アルフォンス・カール（一八〇八―九〇年。フランスのジャーナリスト、小説家。晩年は花栽培を営んだ）に寄せた素朴な詩句においてラマルティーヌは、自分の創作を葡萄栽培農民の仕事と同列に置いている。

あらゆる人間は自分の汗を誇りとともに売ることができる!
私は葡萄の房を売る、君が花を売るように。
何と幸せなことか、葡萄の房を踏む私の足のしたでその美酒が
琥珀色の小川となって私のたくさんの樽のなかに流れこみ、
その高価さに陶然としている主人に
多くの自由をあがなうための多くの黄金をつくりだしてくれるとき。

〔「アルフォンス・カールへの手紙」一八五七年〕

ここでラマルティーヌはおのが繁栄を農民的繁栄として讃え、自分の作ったものが市場で彼にもたらしてくれる報酬を自慢しているが、これらの詩行は、モラルの面からよりもむしろラマルティーヌの階級感情の表現として見ると示唆的である。それは分割地農民の階級感情であった。そのなかにはラマルティーヌのポエジーの歴史の一端がある。分割地農民の状況は、一八四〇年代には危機的になっていた。分割地農民は借金を背負っていた。その分割地は、「もはやいわゆる祖国のなかにではなく、抵当登記簿のなかに」(9)(マルクス『ルイ・ボナパルトのブリュメール十八日』)あった。それによって、農民的な楽観主義は滅びてしまっていた。この楽観主義こそ、ラマルティーヌの抒情詩に特有の、自然を美化す

る見方の基盤であったのだが。「新しく生まれたころの分割地は、社会と調和し、自然の力に依存し、自分を上から守ってくれる権威に服従しており、当然ながら信心深かったが、いまや分割地は借金に押しつぶされ、社会および権威と仲たがいし、おのれの限界を超えて追い立てられており、当然ながら不信心になる。天は、手に入れたばかりの狭い土地への素敵なおまけだった。とくに天は、天候を作り出すものだから。しかし天は、分割地の代用物として押し付けられるやいなや、侮辱となる」（同前）。まさにこの天において、かつてラマルティーヌの詩は雲の形姿であり、実際すでに一八三〇年にサント＝ブーヴが以下のように述べていた。「アンドレ・シェニエ（一七六二—九四年。フランスの詩人。古代ギリシア風の典雅な抒情詩を書いた）の文学は……いわば風景で、そのうえにラマルティーヌが天を張ったのだった」（『ジョセフ・ドロルムの生涯と詩と思想（新版）』〔創作〕一八六三年）。この天が永久に崩落したのは、フランスの農民が一八四九年〔ベンヤミンの思い違いで、正しくは一八四八年十二月〕、大統領選でボナパルトに投票したときである。ラマルティーヌも彼らのこの投票行為の下準備をしたのだった。[*10] 革命におけるラマルティーヌの役割について、サント＝ブーヴは書いている。「本人には思いもよらなかっただろうが、ラマルティーヌはオルペウス（古代ギリシアの伝説的な歌びと）となる定めだった。つまりその黄金の弓でもって野蛮人たちの侵入を誘導し、その勢いを弱めるべきオルペウスに」（『慰め・八月の思い・覚書とソネット・ある最後の夢』）。ボードレールはラマルティーヌのことをそっけなく「少しばかり売女的、少しばかり売春婦的」（フランソワ・ポルシェ『シャルル・ボードレールの苦悩の生涯』一九二六年、からの引用（ボードレール、一八六一年一二月二五日付、母宛ての手紙）と呼んでいる。

＊ラマルティーヌは二月革命後、臨時政府で外務大臣、実質上の首班をつとめ、そして憲法制定国民議会の議員になった。

このラマルティーヌという栄光にみちた人物の問題的な側面について、ボードレール以上に鋭い眼をもっていた人はほとんどいない。それは、ボードレールが久しく自分にはほとんど栄光がさしていないと感じていたことと関連があるかもしれない。ボードレールは自分の原稿をどこに載せることができるかに関して、どうやら選択の余地がなかったようである、とポルシエ（一八七一―一九四四年。フランスの作家）は言っている（ポルシエ、前掲書）。エルネスト・レノー（一八六四―一九三六年。フランスの詩人、作家）はこう書いている。「ボードレールは……詐欺師のしきたりを計算に入れなければならなかった。彼が相手にしていた編集者たちは、社交界人士やアマチュアや新人作家の虚栄心をあてこんでいて、予約のサインと引き換えにのみ原稿を受けとった」（『Ch・ボードレール』一九二二年）。ボードレール独特の振舞いは、この状況に対応したものである。彼は同じ原稿をいくつもの編集部に提供し、再版と表示していない再版を許す。彼は文学市場をすでに早くから、まったく幻想を抱くことなく観察していた。一八四六年に彼はこう書いている。「一軒の家がいかに美しかろうと、家はなによりまず――その美しさをどうこう言うより先に――何メートルかの高さと、何メートルかの幅をもっている。同様に、最も測りがたい実体である文学も、なによりもまず行を埋めることなのである。そして自分の名だけで利得が期待できるわけではない文学の建築家は、どんな値段ででも売らなくてはならない」〔「若い文学者たちへの忠告」〕。ボードレールの文学市場での地位は最後まで低かった。彼がその全作品をもって稼いだ金額は一万五千フラン以下と計算されている。

「バルザックはコーヒーで体を損ない、ミュッセ（一八一〇―五七年。フランスの詩人）はアブサン酒のせいで神経が鈍磨し……、ミュルジェール（一〇二ページの訳注＊2参照）は……まさに今ボードレールがそうであるように、療養所で死にます。そして、この作家たちのうち誰一人として社会主義者ではなかったのです！」（ウージェーヌ・クレペ『シャルル・ボードレール』一九〇六年、からの引用）とサント゠ブーヴの私設秘書であったジュール・トルーバ（一八三六―一九一四年。フランスの批評家）は書いている。上の最後の文がボードレールに捧げようとした敬意は、たしかに彼にふさわしいものだった。しかしだからといって彼は、文士の現実の状況を洞察していなかったわけではない。文士を――そしてまず何より自分自身を――娼婦と較べることは、彼にとってなじみの考えだった。金で買えるミューズに寄せるソネット――「金で身を売る美神（ミューズ）」〔『悪の華』所収〕――は、それについて語っている。『悪の華』の大きな序詩、「読者に」は、告白をしたお代にチャリンと鳴る硬貨をもらう者のみっともないポーズをとる詩人を描く。『悪の華』に採用されなかった最初期の詩のひとつは、街娼に向けられている。その第二連はこうである。

靴がほしさに魂を売った娘だ。
だがこの穢(けがら)わしい娘をかえりみて、私が似非(えせ)信心家ぶったり
高潔がったりするなら、神様はお笑いだろう、
この私だって自分の思想を売っていて、作家になりたいのだから。
〔「私の情婦は名の通った花形ではない……」成立年未詳〕

「この浮浪(ボエーム)の女こそ、私のすべて」に始まる最終節は、この娘をためらうことなくボエームの仲間に入れている。文士が実はどんな状況にいるか、ボードレールは知っていた。つまり、文士は遊歩者(フラヌール)として市場(しじょう)へ赴くのだ。本人は市場を見物するためだと言っているが、実はもう買い手を見つけるためなのである。

II 遊歩者(フラヌール)

市場にひとたび足を踏み入れた作家は、そこでパノラマ館のなかにいるように周囲を見

回す。* ひとつの独特な文学ジャンルが、進むべき方向を模索するそうした作家の最初の足跡を保存した。すなわちパノラマ的文学である。『百と一の書』、『フランス人の自画像』、『パリの悪魔』、『大都会』がパノラマ館と同じ時期に首都で好評を博したのは偶然ではない。これらの書物はひとつひとつ独立した短章から成っていて、その逸話風の外見はあのパノラマの立体的に作られた前景を、基底にある情報の部分はパノラマの広々とめぐらされた背景を、いわば模造している。数多くの著者がそこに文章を寄せた。したがってこの文集は、文学の集団製作の結果である。ジラルダンはまさにそうした集団製作のための場所として新聞の学芸欄を創始していたのだった。それらの文集〔多くは大判の立派な本〕は、もともと路上で消費されるべき著作物が、サロン用にまとった衣服であった。路上向けの著作物のうちでは、「生理学(フィジオロジー)」と銘打ったポケット版の地味な小冊子が愛好された。それらは、市場を観察する者が出会うさまざまな人物類型を追跡した。大通りの行商人からオペラ座のロビーに集う洒落者(しゃれもの)に至るまで、パリの生活を構成する人物像のうち、〈生理学者(フィジオログ)〉がスケッチしなかったものはなかった。このジャンルは一八四〇年代初めに大いなる瞬間を迎えた。このジャンルは学芸欄ジャーナリズムの高等課程であり、ボードレールの世代の人びとはそれを了(お)えた。ボードレール自身にとってこのジャンルはあまり意味をもたなかったが、それはボードレールがいかに早くから独自の道を歩んだかということを示している。

＊　初期のパノラマは、中央の見晴台から周囲の景観を眺める形のものであった。のちには半透明の画布に描かれた風景に各種の照明を当てて多彩な変化を見せるもの（ディオラマ）や、円形の装置の周囲に座席があり、小窓を覗きこむと立体風景写真が見えるもの（『一九〇〇年頃のベルリンの幼年時代』の「皇帝パノラマ館」、『ベンヤミン・コレクション3』ちくま学芸文庫、四七七ページ以下参照）などが登場した。

一八四一年には七十六冊の生理学ものが新しく刊行された（シャルル・ルアンドル「文学統計——過去十五年間におけるフランスの知的生産について（最終回）」、『両世界評論』一八四七年、参照）。この年からこのジャンルは衰退に向かった。市民王政（ルイ＝フィリップの治世、一八三〇—四八年）の終わりとともにこのジャンルも消滅したのであった。それは根っから小市民的なジャンルだった。このジャンルの巨匠モニエ（一七九九—一八七七年。フランスの諷刺画家、劇作家）は、尋常ならざる自己観察の能力を備えたプチブル俗物であった。これらの生理学ものが、そのきわめて限定された地平を突破することは決してなかった。さまざまな人物類型を描く生理学ものが出たあと、今度は都市の生理学が現われた。『夜のパリ』『食卓のパリ』『水辺のパリ』『馬に乗るパリ』『パリの風情』『結婚したパリ』が出版された。この鉱脈も尽きてしまったとき、諸国民の〈生理学〉という大胆な試みがなされた。動物の〈生理学〉も忘れられていなかった。動物は昔から無難な主題として推奨されてきた。無難であることが重要だったのだ。エードゥアルト・フックス（一八七〇—一九四〇年。ドイツの文化史家。とりわけ風俗美術史・文化史研究の先駆者）が、カリカチユアの歴史研究のなかで注意を喚起していることだが、生理学もののはじまりにあるのは、いわゆる「九月の諸法」、すなわち一八三六年〔ベンヤミンの思い違いで、正しくは一八三五年〕制定の、強化された検閲措置なのである。この措置によって、諷刺の修練を積んだ有能な芸術家たちの一隊が、一挙に政治から押しのけられてしまった。このことがグラフィックの分野で成功したとすれば、政府の策動が文学においていよいよもってうまくいったのは当然だった。というのも文学には、ドーミエ〔一八〇八―七九年。フランスの画家。政治の腐敗を諷刺する作品で有名になったが、九月の諸法によって政治的作品の発表が困難になったのちは日常生活を題材にした絵を描いた〕のような人の政治的エネルギーに比較しうるものは存在しなかったのだ。つまりこの反動は、「フランスで始まった、ブルジョワ生活の巨大なレビューを生み出した前提だったと考えられる。……あらゆるものが分列行進していった。……喜びの日々と悲しみの日々、労働とリクリエーション、結婚生活のしきたりと独身男の習慣、家族、家、子供、学校、社交、劇場、もろもろの人物類型、さまざまな職業」（フックス『ヨーロッパ諸民族のカリカチュア』第一巻『古代から一八四八年まで』第四版、一九二一年）。

生理学もののこうした叙述ののんびりした調子は、アスファルトの上で植物を採集して歩く遊歩者（フラヌール）の挙措（ハビトウス）に相応する。しかし当時すでに、街中どこでもぶらぶら歩き回るというわけにはいかなかった。オスマンの登場以前、広い歩道はめったになかった。狭い歩道は、交通機関から人をほとんど守ってくれなかった。パサージュが存在しなかったら、遊歩（フラヌリー）があれほど意義深いものとなることはまずありえなかっただろう。一八五二年刊のイラスト入りパリ案内書は書いている。「パサージュは、産業による贅沢が近ごろ発明したもののひとつであるが、ガラス屋根に被われ、壁に大理石を貼った通路になっていて、建物ブロックをまるまる貫いている。建物の所有者たちが、このような商機への思惑による企てをすることに合意したのである。天井から光を受けるこれらの通路の両側には、まことにエレガントな店が並んでいて、その結果そういうひとつのパサージュは、ひとつの都市、いやそれどころかひとつの世界の縮図である」。この世界を遊歩者はわが家とする。「散策者や喫煙者の溜まり場、ありとあらゆる小さな手仕事が繰り広げられる場」（フェルディナント・フォン・ガル『パリとそのサロン』第二巻、一八四五年）であるパサージュに、その年代記作者、その哲学者を与えるのが遊歩者である。だが遊歩者はそこで自分自身には、退屈に対する特効薬を与える。すなわち、満足しきった反動勢力のバジリスク（人をにらみ殺すという怪物）のようなまなざし（検閲のこと）のもとでたやすくはびこるような退屈に対する特効薬を、である。ボードレールが伝えているギース（一八〇二―九二年。フランスのデッサン・水彩画家。ボードレールの友人）の言葉にこういうものがある。「群衆のさなかにいて退屈するような人間は馬鹿だ。繰り返して言うが馬鹿だ。軽蔑すべき馬鹿だ」（ボードレール「現代生活の画家」三「世界人、群衆の人、そして子供である芸術家」一八六三年）。パサージュは街路と室内の中間物である。生理学ものの技巧ということをいうなら、それはあの学芸欄の定評ある手法、すなわち大通りを室内と化す手法にほかならない。街路は遊歩者にとって住居となる。市民が自宅の四方の壁に囲まれて住んでいるように、遊歩者は建物の正面壁のあいだをわが家とする。遊歩者にとって、ほうろう引きのぴかぴか光る商会の看板は、市民にとっての客間にかかっている油絵と同じように、いやそれ以上に立派な壁面装飾である。建物の外壁は書き物台で、遊歩者はメモ帳をそれに押し当てる。新聞のキオスクは彼の図書館であり、カフェのテラスは出窓で、そこから彼は仕事を終えた後、自分の世帯を見下ろすのである。灰色の舗石のあいだ、そして専制政治という灰色の背景のまえではじめて、生はそのあらゆる多様性において、ヴァリエーションの無尽蔵の豊かさにおいて栄えるのだ――これこそ、生理学もののたぐいの著作物がひそかに抱いていた政治的な考えだった。

これらの著作物は、社会的にも危うげなものだった。生理学ものが読者に紹介する、変人や単純素朴な者、魅力的な人間や厳格な人物などの特徴ある風貌には、ひとつの共通点があった。すなわちそれらはみな人畜無害で、完璧なひとの良さを示していた。隣人に対するこのような見方は日常経験からあまりにもかけ離れているので、それを生じさせたきわめて確実な原因があったと考えられる。つまりこの見方は、特殊な不安感から来ていたのだ。人びとは大都市に独特の、ある新しい、かなり奇妙な状況と折り合ってゆかねばならなかった。ここで問題となっていることを、ジンメル（一八五八―一九一八年。ドイツの哲学者、社会学者）はうまい表現でとらえている。「見るだけで音が聞こえない者は、音が聞こえるだけで見えない者よりも、はるかに……不安な気持になる。ここには大都市の社会学に特有のものがある。大都市における人間相互の関係は、……視覚活動が聴覚活動に比べてあきらかに優勢であることを特徴とする。その第一の原因は、公共交通機関にある。十九世紀におけるバス、鉄道、路面電車の発達以前には、人びとが何十分、それどころか何時間も、お互いに一言も交わすことなしに見つめあっていなければならない状態に置かれることはなかった」〔『社会学』第九章付説「感覚の社会学について」一九〇八年。ベンヤミンはフランス語訳から重訳している〕。この新しい状態は、ジンメルが気づいているように、気楽なものではなかった。すでにブルワー＝リットン（一八〇三―七三年。イギリスの小説家）がその『ユージン・アラム』〔長篇小説、一八三二年。主人公は犯罪者〕における大都市住民の描写を裏書するものとして、次のようなゲーテ（一七四九―一八三二年。ドイツの詩人、作家）の発言を引き合いに出している。すなわち、ひとは誰でも、最も恵まれた人間でも最も惨めな人間でも、もしばれたら皆の嫌われ者になってしまうような秘密をもっているものだ、という発言である〔『ユージン・アラム』第四部第五章参照〕。こうしたたぐいの、不安感をかきたてる考えを些細なものとして脇に押しやってしまうことに、生理学ものはまさに長けていた。生理学ものは、こう言ってよければ、マルクスがあるとき話題にしている「偏狭な都会動物」（マルクス／エンゲルス『ドイツ・イデオロギー』第一部「フォイエルバッハ」、リャザーノフ編、一九二六年）のための目隠し革であった。この目隠し革が、必要とあらば視野をどれほど徹底的に制限したかを示しているのは、フーコー（一八二三―没年未詳。フランスの歴史家）の『発明家パリ――フランス産業の生理学』におけるプロレタリアートについての記述である。「何もしないでのんびりするのは、労働者にとってまさに骨の折れることなのだ。雲ひとつない空の下、彼の住む家が豊かな緑に包まれ、花の香りに満ち、鳥たちのさえずりに賑わっていようと、何もすることがないとき、孤独の魅力などといったものが心に訴えかけることはついぞない。だがたまたま、遠くの工場からの鋭い音や甲高い音が耳を襲うとき、あるいは小さな作業所の粉ひき機が発する単調なゴトゴトという音を聞いただけでも、たちまち彼の表情は晴れやかになる。……上品な花の香りを彼はもはや感じない。工場の高い煙突から出る煙、鉄床を打つ轟音は、労働者を喜びに震えさせる。創意工夫の精神によって導かれていた自分の労働の、あの至福の日々を彼は思い出す」(フーコー、前掲書)。この記述を読んだ企業家は、普段よりも心安らかに就寝したかもしれない。

事実、生理学ものの著者たちがすぐに思いついたのは、人びとにお互いが友好的な人間だというイメージを与えることだった。このことによって生理学ものはそれなりに、パリの生活の幻像(ファンタスマゴリー)の一端を担った。だがこのやり方は、大した成果をもたらすことはできなかった。人びとはお互いを、債務者と債権者、売り手と顧客、雇用者と被雇用者として知っていた。そして何より競争相手として知っていたのだ。人びとに、自分の相手は人畜無害な変人なのだというイメージを呼び覚ますことは、長い目で見ればうまくいかないだろうと思われた。それゆえに生理学ものにおいては早くから、事柄の別の見方が形成されたのだが、これは先のものよりはるかに強壮作用があった。この見方は十八世紀の観相学者に由来する。しかし観相学者たちはもっと堅実な努力をしていたのであり、先の見方はそうした努力とはほとんど無縁である。ラーヴァーター（一七四一—一八〇一年。スイスの牧師、観相学者）あるいはガル（一七五八—一八二八年。ドイツの医師。頭骨の形から性向を推しはかる骨相学を創始）にあっては、思弁や夢想とならんで、真の経験（エムピリー）*も働いていた。彼らの信用を生理学ものは食いつぶし、独自のものを付け加えることはなかった。生理学ものが断言したところによれば、誰でも、専門的知識に目を曇らされていなければ、通行人の職業や性格や出身や生活ぶりを読み取ることができるという。生理学ものではこの才能は、仙女が大都市住民のために揺籃（ゆりかご）に入れてくれた能力として述べられている〔ボードレール『パリの憂鬱』一二「群衆」および二〇「仙女たちの贈り物」参照〕。そうした確信を展開することにかけては、誰にもましてバルザックが本領を発揮した。際限なき描写へのバルザックの偏愛は、そうした確信とうまく連れだっていた。たとえば彼はこう書いている。「天才というものは人間においてははっきり目に見えるから、どんなに無教養な者であれパリをぶらついていて大芸術家とすれ違えば、すぐにそれと分かるだろう」（『従兄ポンス』〔一八四七年〕）。ボードレールの友人で、学芸欄の小巨匠たちのうちで最も興味深い存在であるデルヴォー（一八二五—六七年。フランスの作家）は、自分はパリの公衆のさまざまな層を、地質学者が岩石のなかの層を区別することができるのと同じくらい容易に区別することができる、と主張する。ただし、そんなことができたなら、その場合には大都市の生活は、人びとがおそらく思っていたほど不安感をかきたてるものではまったくなかったことなる。その場合には、ボードレールの次のような問いは、たんなる言葉のあやに過ぎなかったことになる。「文明世界における日常のショックや葛藤に比べれば、森や大草原の危険が何であろう。大通り(ブルヴァール)で犠牲(かも)を引っ掛けようと、人知れぬ森のなかで獲物を刺し貫こうと、――人間はどこでも同じもの、つまりあらゆる猛獣のなかで最も完全な猛獣なのではないか」(「火箭(ひや)」一八五五―六二年成立、一四)。

* ここでの経験(エムピリー)という概念は、ゲーテの次の言葉を踏まえていると思われる。「自分を対象にきわめて親密に同化させ、このことを通じて本来の理論となりうるような、繊細な経験(エムピリー)というものが存在する」(ゲーテ『箴言と省察』)。

ボードレールはこの犠牲(かも)にたいして「デュプ (dupe)」という表現を用いている。この語は、だまされる者、いいように引き回される者を意味する。これと対照をなすのが人間通である。大都市が安全でなくなるにつれて、人間通であることは、大都市のなかで行動するのにますます必要になる、と考えられた。しかし実際には、個人間の競争が激化すると、各人は自分の関心を断固たる口調で公言するようになる。ある人の振舞いを品定めしなければならない場合、そうした関心を正確に知ることは、その人の本質を知ることよりも、しばしばはるかに役に立つであろう。それゆえ、遊歩者が好んで自慢するこの才能(他人の本質を見抜く才能)はむしろ、もろもろの幻影(イドラ)――すでにベーコン*(一五六一―一六二六年。イギリスの哲学者)はそれらを市場に属するものとしている――のひとつである。ボードレールはこの幻影をほとんど信奉しなかった。彼は原罪を信じていたがゆえに、人間通への信仰に陥ることがなかった。彼はド・メーストル（一七五三―一八二一年。フランスの哲学者。カトリシズムに基づき個人主義と合理主義を批判した）の肩をもったが、ド・メーストルは〔カトリックの〕教義（ドグマ）の研究とベーコン研究を結合させていたのだった。

＊ ベーコンによれば、人間は四つの幻影（イドラ）（正しい知識獲得の妨げとなる偏見や先入見）にとらわれている。すなわち人間の本性に基づく人類共通の〈種の幻影〉、各人に固有の〈洞窟の幻影〉、人間相互の関係から生じる〈市場の幻影〉、哲学の伝統的な独断などに由来する〈劇場の幻影〉である。したがってベンヤミンが述べているのとは異なり、〈市場の幻影〉は四つの幻影のうちのひとつである。

生理学ものの著者たちが売り出した、安心感を与えるけちな手段は、まもなく時代遅れになった。それに対し、都市生活のもつ、不安感をかきたて脅威を与える諸側面と取り組んだ文学には、大いなる未来が与えられることになった。この文学も大衆（マッセ）とかかわる。しかしそのやり方は、生理学ものとは異なっている。この文学は、さまざまな人物類型を規定することにさほど重きをおかない。それが追求するのはむしろ、大都市の大衆に固有の諸機能である。それらのうちで非常に目立つ一機能を、すでに十八世紀から十九世紀への転換期に、ある警察報告書が強調している。一七九八年に、あるパリの秘密諜報員がこう書いている。「密に集結した〔大衆化した（マッスィールト）〕人口のなかでよき生活ぶりを守ることは、ほとんど不可能である。そこではあらゆる個人が、万人にとっていわば見ず知らずの人であり、それゆえ誰に対しても赤面する必要がない」（アドルフ・シュミット『フランス革命の風景』第三巻、一八七〇年、からの引用）。ここで大衆は、反社会的な人間を迫害者たちから守る避難所として現われている。大衆のもつ、脅威を与える諸側面のうちで、この面は最も早い時期に兆してきた。それは探偵物語（デテクティーフゲシヒテ）の根源に位置する。

誰もがいくらか策謀家めいたところをもっているテロルの時代には、また誰もが探偵を演じる立場になるであろう。そのことへの期待を最もよく膨らませるのは遊歩である。ボードレールは言う。「観察者とは、いたるところでお忍び（インコグニト）〔匿名性〕を楽しむ王侯である」〔「現代生活の画家」三〕。かくして遊歩者が、思いもかけず探偵となるとき、このことは彼にとって社会的にまことに好都合だった。それは彼の有閑生活を正当化したのだ。彼の無頓着（インドレンツ）は、たんに見かけ上のものにすぎない。その裏には、犯罪者を見失うことのない観察者の注意深さが隠れている。こうして探偵は、自分の自信にかなり広大な領域が開けているのに気づく。探偵は、大都市のテンポにふさわしいような種々の反応形式を育てあげる。彼は事物をさっと捉える。それによって、自分は芸術家に近い存在だと夢想することができるのだ。スケッチをする画家の迅速な筆は、誰もが賞賛するところである。バルザックの主張によれば、一般に芸術家の資質は、迅速な把握と結びついている。[11] ——刑事の嗅覚と、遊歩者の人好きのする暢気さ（ノンシャランス）との結びつき、これがデュマの『パリのモヒカン族』〔一八五四年〕の骨子である。主人公（ヘルト）は、風の戯れに任せた一枚の紙切れの後を追ってゆくことで冒険に出発しようと決心する。どんな痕跡を追求しても、必ず遊歩者はある犯罪へと導かれるだろう。このことが暗示しているように、探偵物語もまた、その冷静な計算にもかかわらず、パリの生活の幻像(ファンタスマゴリー)の形成に大いに与(あずか)っているのだ。探偵物語は犯罪者をまだ美化してはいない。しかし、犯罪者と渡りあう者たちを美化し、そしてとりわけ、この者たちが犯罪者を追いかける場所、その猟場を美化している。作家たちがその際、クーパー(一七八九—一八五一年。アメリカの作家。代表作『モヒカン族の最後』一八二六年、『大草原』一八二七年)の作品を連想させるものを入れようといかに努めているかは、メサック(一八九三—一九四三または四五年。フランスの作家、評論家。探偵小説論の先駆者)が示したとおりである(レジス・メサック『〈探偵小説〉と科学的思考の影響』一九二九年、参照)。クーパーの影響で興味深い点は、それが隠されないこと、むしろあからさまに見せつけられるということである。先に言及した『パリのモヒカン族』ではタイトルからしてそうであって、作者は読者に、パリのなかに原始林と大草原を繰り広げてご覧に入れましょう、と約束している。第三巻の口絵の木版画には、藪に覆われた、当時は人通りの少なかった道が見られる。この絵の説明(ベシュリフトウング)は「地獄(アンフェール)通りの原始林」〔これは第一章の表題で、絵の説明は「原始林」〕となっている。この関連について、出版社による内容見本におおよそのところが述べられているが、その大掛かりな美辞麗句は、自分自身に感激した著者自らの手になるものと考えてよいだろう。「パリ——モヒカン族。……この二つの名は、初めて出会った二人の巨人が『誰だ』と尋ねあう言葉のように、ぶつかりあう。この二つは、深淵によって隔てられ

デュマ『パリのモヒカン族』第３巻（1863年版）の口絵（キャプションは「原始林」）

ている。この深淵を、アレクサンドル・デュマという炉から発する電光の火花がひらめき過ぎるのだ」。フェヴァル（一八一六または一七―八七年。フランスの作家。その小説はデュマと並ぶ大衆的人気を得た）はすでにこれより早く、ひとりのアメリカ・インディアンを世界都市の冒険に投げ込んでいた。この者はトヴァーという名で、辻馬車に乗っているあいだに同乗者である白人四人の頭の皮を、御者にまったく悟られずに、まんまと剝ぎ取ってしまう（長篇小説『黄金のナイフ』一八五六年）。『パリの秘密』（一一一ページ参照）は開巻まもなくクーパーを引き合いに出すが、それはパリの地下世界に出自をもつこの小説の主人公(ヘルト)たちが、「クーパーがあのように見事に描いている未開人に劣らず、文明から遠く離れている」ことをあらかじめ述べておくためである。だが自分の模範としてクーパーの名を挙げて倦むことがなかったのは、とくにバルザックである。「アメリカの森林、敵対する部族が出陣してぶつかり合うそこは、戦慄のポエジーにみちている。クーパーが存分に利用したこのポエジーは、パリの生活のどんな細部にも、まったく同様にふさわしい。通行人、商店、貸馬車、窓枠に寄りかかっている男、それらすべてがペラード〔『娼婦の栄光と悲惨』の登場人物。元警察署長で密偵〕の護衛役の者たちの興味を大いにそそった。木の切り株や、ビーバーの巣や、岩や、アメリカ野牛の皮や、じっと動かぬカヌーや、舞い飛ぶ木の葉が、クーパーの小説の読者の興味をそそるのと同じくらいに」〔バルザック『娼婦の栄光と悲惨』第二部、一八四六年〕。バルザックの陰謀(イントリーゲ)〔フランス語「アントリグ」には「(小説・劇の)筋」という意味もある〕は、インディアン物語と探偵物語の中間にあって、多くのヴァリエーションを見せる。かつて、バルザックが描いているのは「スペンサー〔十九世紀初期の短い外套ないし上着〕を着たモヒカン族」「フロックコートをまとったヒューロン族〔北米インディアン〕」だという非難の声が上がったものである〔アンドレ・ル＝ブルトン『バルザック』一九〇五年、参照〕。他方、ボードレールと親しかったイポリット・バブー〔一八二四―七八年。フランスの批評家〕は一八五七年に、バルザックを回顧しつつこう書く。「バルザックが、自由に観察できるように、壁をぶち抜くのに対し、……この人はドアのところで耳をすます。……要するに、われらの隣人であるイギリス人のもったいぶった言い方を使うなら、ポリス・ディテクティヴ〔刑事〕として……振舞うのだ」〔『シャンフルーリ氏の事例についての真相』〕。

論理的構成（これ自体は、犯罪奇譚(ノヴェレ)にどうしても必要というわけではない）に関心を寄せる探偵物語がフランスに初めて現われたのは、ポーの短篇「マリー・ロジェの謎」（一八四二年）、「モルグ街の殺人」（一八四一年）、「盗まれた手紙」（一八四五年）の翻訳によってである。[*1] これらの模範的作品を翻訳することで、ボードレールはこのジャンルをわがものにした。ポーの作品は、ボードレールの作品のなかに完全に入り込んだのであり、この事情をボードレールは、ポーが手を染めたさまざまなジャンルに共通する方法に賛同することによって強調している。ポーは近代文学における最大の技術者（テヒニカー）のひとりであった。ヴァレリー（一八七一―一九四五年。フランスの詩人、評論家）が言うように、ポーは科学的な物語を、近代的な宇宙生成論を、病理学的な現象の記述を試みた最初の人であった（ボードレール『悪の華』一九二八年、へのポール・ヴァレリーの序文〔「ボードレールの位置」一九二四年初出〕参照）。これらのジャンルは、あるひとつの方法の正確な産物であるとポーは考え、この方法が一般に妥当することを要求した。まさにこの点においてボードレールはポーに加勢し、ポーの考えと同じ意味で次のように書く。「科学と親密に結合し哲学と連れ立って歩むのを拒否するような文学は、人殺しの文学、自殺する文学である。そのことが理解されるであろう時は、遠くない」（「異教派」一八五二年）。ポーによる技術的成果のうち最も影響力が大きかったものである探偵物語は、このボードレールの要請を満足させる文学に属していた。探偵物語を分析することは、ボードレール自身の作品を分析する作業の一環となる。ボードレールがこの種の物語をひとつも書かなかった事実にもかかわらずである。『悪の華』には、探偵物語の決定的な要素（エレメント）のうちの三つが、断片*2（disiecta membra〔裂かれた四肢〕）のかたちで出てくる。犠牲者と犯行現場（「殉教の女」）、殺人者（「殺人者の葡萄酒」）、そして大衆（「夕べの薄明」）である。激情を孕（はら）んだこの雰囲気を見通すことを知性に可能にしてくれる第四の要素は欠けている。ボードレールが探偵物語を執筆しなかったのは、自己を探偵に同一化させることが、彼の性向（Triebstruktur〔欲動構造〕）からして不可能だったためである。〔探偵物語の〕構成的契機である計算は、ボードレールにおいては反社会的な人間の側に属していた。この契機は完全に残酷さの一部となっている。ボードレールはサド（一七四〇―一八一四年。フランスの作家）のよい読者でありすぎたため、ポーと競争することができなかった。(12)

*1　ボードレールの訳になる「マリー・ロジェの謎」は一八六五年、同じく「モルグ街の殺人」と「盗まれた手紙」は一八五五年に発表された。

*2　この表現は、ベンヤミン『ドイツ悲劇の根源』の「隠喩法」の節に出てくる。『ベンヤミン・コレクション1』二五六ページ、または『ドイツ悲劇の根源 下』九七ページ参照。

探偵物語の根源的な社会的内容は、大都市群衆のなかで個人の痕跡が消されることである。ポーはこのモティーフを、彼の犯罪短篇小説（ノヴェレ）のなかでは一番長い「マリー・ロジェの謎」で詳細に扱っている。同時にこの短篇小説は、犯罪を暴くさいにジャーナリズム情報を利用することの原型（プロトタイプ）である。ポーの探偵、勲爵士デュパンはここで、実地検証ではなく日刊紙の報道にもとづいて仕事をする。報道の批判的分析が、物語の骨組みをなしている。とりわけ、犯行日時が突きとめられねばならない。ある新聞、『コメルシエル』が主張する見方によれば、殺されたマリー・ロジェは、母親の住居を出たすぐあとに始末された。「新聞にはこうあるね。『何千もの人に知られている若い女性ならば、顔見知りの通行人にひとりも会わないで、街角を三つ先へ行くことすら不可能である……』。これは、公人であってパリに長い間住んでいる者、ふだんこの都市で、ほとんど官庁街だけを歩き回っている者の考え方だ。……こういう人は限られた区域を、一定の間隔の時間をおいて、行ったり来たりする。この区域を歩いているのは、この人と似たりよったりの仕事をしている連中だ。だからこの連中はこの人に関心をもち、この人がどんな人かに注意を向ける。それに対し、マリーの行動が通常この町のなかで描いていたような軌跡は、不規則だと考えていいだろう。いま扱っている特別な場合には、彼女の歩いた軌跡はふだんのそれとはおそらく違っていたと考えなければならない。『コメルシエル』は明らかに、先の人物とマリーとを類比させることから出発しているが、この類比は、両者がパリ中をくまなく歩いたときだけ成り立つだろう。この場合には、二人が同じ数の知人を持っていたと仮定すれば、同じ数の知人に出会うチャンスは両者等しい。僕としては、マリーが任意の時刻に、自分の住居から叔母の住居へと任意の道をとって、自分が知っている、あるいは自分を知っている通行人にひとりも会わないで行くことは、たんに可能であるだけじゃなくて、きわめてありそうなことだと思う。この問題で正しい判断に至り、事実にふさわしい答えを出すためには、パリで一番ひとに見られている有名人の知り合いの数だって、パリの全人口には比べるべくもないということを、しっかり念頭に置いておかなくちゃいけない」〔「マリー・ロジェの謎」〕。ポーの小説でこうした考察が出てくる脈絡をここでは度外視することにすると、探偵は出る幕がなくなるが、しかし問題が重要性を失うわけではない。この問題は形を変えて、『悪の華』の最も有名な詩のひとつであるソネット「通りすがりの女(ひと)に」の根柢に存在している。

街路は私のまわりで、耳を聾(ろう)するばかり、喚(わめ)いていた。
丈高く、細(ほっ)そりと、正式の喪の装いに、厳かな苦痛を包み、
ひとりの女が通りすぎた、褄(つま)とる片手も堂々と、
裳裾(もすそ)の縁飾り、花模様をゆるやかに打ちふりながら、

軽やかにも気高く、彫像のような脚をして。
私はといえば、気のふれた男のように身をひきつらせ、
嵐が芽生える鉛いろの空、彼女の眼の中に飲んだ、
金縛りにする優しさと、命をうばう快楽とを。

きらめく光……それから夜！——はかなく消えた美しい女（ひと）、
そのまなざしが、私をたちまち蘇らせた女（ひと）よ、
私はもはや、永遠の中でしか、きみに会わないのだろうか？

違う場所で、ここから遥か遠く！　もうおそい！　おそらくは、もう決して！
なぜなら、きみの遁（のが）れゆく先を私は知らず、私のゆく先をきみは知らぬ、
おお、私が愛したであろうきみ、おお、そうと知っていたきみよ！

ソネット「通りすがりの女（ひと）に」は群衆を、犯罪者の避難所〔一三〇ページ参照〕としてではなく、詩人から遁れてゆく愛の避難所として描いている。このソネットは、市民の生活ではなく恋愛人（Erotiker〔エロスの人、恋愛詩人〕）の生活における群衆の機能を扱っていると言ってよい。この機能は、一見するとネガティヴなもののように思える。だがそうではない。恋愛人を魅惑するあの女の形姿は、群衆のなかで彼から逃げてゆくだけ、というのでは決してなく、それはこの群衆によってはじめて彼のもとへ運ばれてくるのである。都市住民の恍惚は、最初のひと目による恋というよりは、最後のひと目による恋である。「もう決して（ジャメ）」が出会いの頂点であり、このとき情熱は、見かけ上は挫折するが、実はそこからはじめて炎となって詩人から噴出する。この炎のなかで詩人は燃えつきて死ぬ。だがそこか

ら不死鳥は飛び立たない。第一の三行連に言われている新生がひらく出来事の展望は、それに先行する連にてらしてみれば、非常に問題的であるように思われる。肉体を痙攣（けいれん）させるものは、自分の存在のすみずみまでをひとつのイメージに占有されている人がもつ惑乱状態ではない。それはむしろ、命令的な欲望が孤独な者をいきなり襲うときに与えるショックである。「身をひきつらせ」に付け加えられた「気のふれた男のように」という表現は、そのことをほとんどはっきり言ってしまっている。女が喪の装いをしていることを詩人は強調するが、この強調も先のことを隠しおおせてはいないようである。実は、出来事を描写する二つの四行連と、出来事を浄化する二つの三行連のあいだには、深い断絶がある。チボーデ（一八七四―一九三六年。フランスの批評家）（アルベール・チボーデ『内面の作家』一九二四年）と言ったが、彼は詩の表面にとどまっている。この詩においては愛それ自体が大都市によって傷痕をつけられたものとして認識されるという点に、この詩の内的な姿がはっきりと打ち出されているのだ。*⑬

＊ 以上の「通りすがりの女（ひと）に」についての解釈、および原注（13）については、本書二七二ページ以下および三一九ページ原注（6）参照。

ルイ＝フィリップ以降、[*1]市民階級のうちには、大都市のなかで私生活の痕跡が失われてしまうことの埋め合わせをしようという試みが見られる。市民階級はこのことを、自宅の四つの壁のなかでやろうとする。まるで、自分のこの世における日々の痕跡を、というのではないにしても、自分が日々使っている品々や小道具の痕跡を、未来永劫にわたって滅亡させないことに、自分の名誉を賭けていたかのようである。彼らは倦むことなく、山のような品々の押型をとる。スリッパや懐中時計、温度計やゆで卵用カップ、ナイフ・フォーク類や雨傘のための袋や容器を求める。触れればつねに押型が残るような、ビロードやフラシ天製のカバーが好まれる。第二帝政末期の様式であるマカルト様式[*2]にとって、住居というものは一種の保護ケースになる。この様式は住居を人間の容れ物と捉え、人間をそのあらゆる付属物もろとも住居のなかに埋め込む。そうして、自然が死んだ動物相を花崗岩のなかに保存するように、人間の痕跡を保存するのである。そのさい見誤ってはならないのは、この過程が二つの面をもつことである。一方でそのようにして保管される品々の現実的ないし感傷的な価値が強調され、他方これらの品々は、非所有者の世俗的なまなざしには見えないようにされ、そしてとくにそれらの輪郭が特徴的な仕方で消し去られるのである。反社会的な者たちにとって第二の自然となるような管理拒否が、所有階級である市民において回帰するのはなんら不思議ではない。――こうした習慣のうちに、『官報(ジュルナル・オフィシエル)』[*3]に長期間連載されたある文章の弁証法的な説明を見ることができる。すでに一八三六年にバルザックは『モデスト・ミニョン』のなかでこう書いていたのだ。[*4]「フランスの哀れな女たちよ！　お前たちは、自分の小さな恋愛小説を紡ぐために、無名のままでいたいのだろう。だがそんなことが、この文明のなかで、どうやってお前たちに

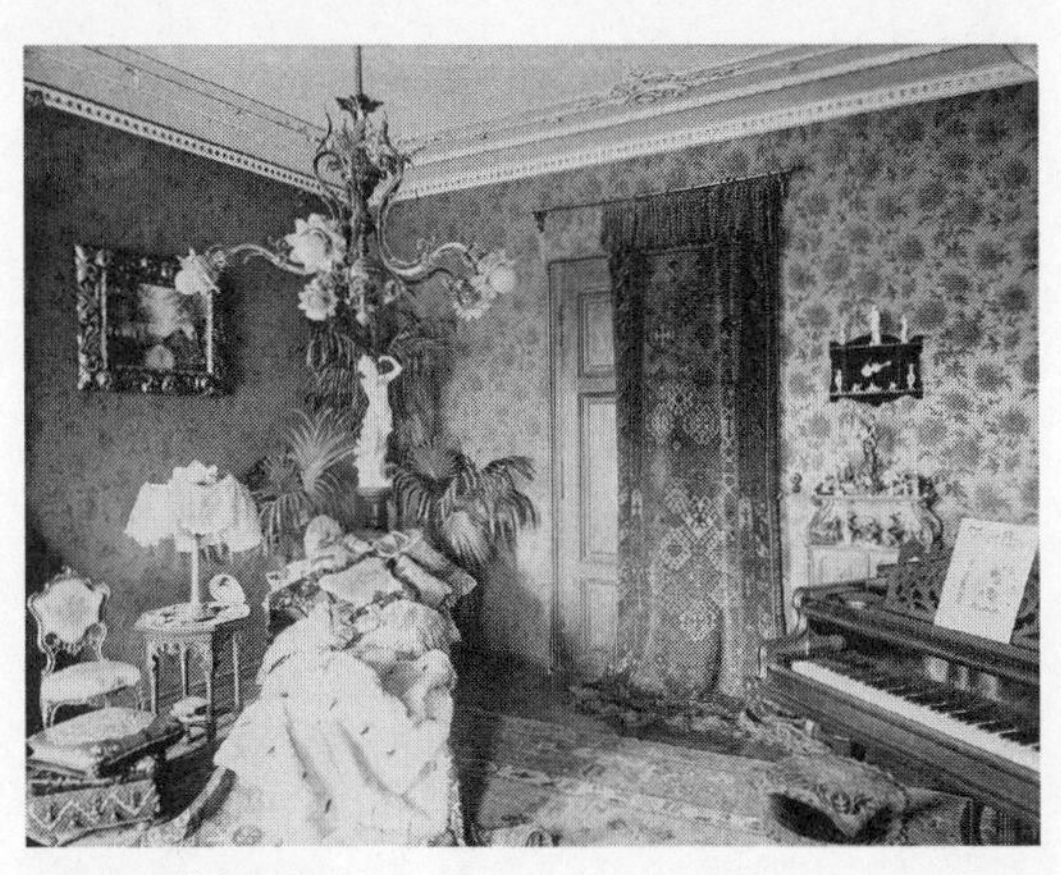

マカルト様式の室内

うまくゆくというのか——公共の広場で馬車の出発と到着の記録をつけさせ、手紙の数を数えて集配のときに一度、配達のときにもう一度消印を押し、家屋に番号を振るような文明のなかで。この文明はやがては国全体を、どんな小さな分割地にいたるまで……土地台帳に記載するだろう」〔第八章〕。拡張された管理網がフランス革命以来、市民生活をますます強固にその網の目のなかに縛りつけていた。標準化の進展のためには、大都市では家屋に番号を振ることが、有用な支えをなす。ナポレオンの行政はそれを一八〇五年にパリで義務化していた。しかしながらプロレタリア地区では、この単純な警察措置は抵抗にあった。家具職人たちの住む地区であるサン＝タントワーヌについて、一八六四年になってもなおこう言われている。「この周辺地区の住民に住所を尋ねたら、その人は必ず自分の住んでいる建物の名前を挙げるだろう。冷たい公の番号ではなくて」（ジークムント・エングレンダー『フランスの労働者協会の歴史』第三部、一八六四年）。大都市大衆のなかに人間が消えることに伴う痕跡の欠落を、登録の多様な織物で埋め合わせる企てに対する、このような抵抗は、長い目で見ればもちろん無力であった。ボードレールは、そうした企てによって自分が、どこかの犯罪者に劣らず被害を受けていると感じた。債権者たちから逃れて、彼はカフェや読書クラブへ赴いた。同時に二つの住居に住んでいることもあった。——だが家賃の支払日には、三つ目の住居である友人たちのところに泊まることもよくあった。そんな風に彼は、遊歩者にとってはとっくに故郷ではなくなっていた都市のなかを、さまよい歩いた。彼が身を横たえたベッドはすべて、彼にとって「ゆき当たりばったりの臥床」〔「霧と雨」、『悪の華』所収〕となっていた。〔ウージェーヌ・〕クレペ（一八二七―九二年。フランスのボードレール研究者。その仕事は息子ジャック・クレペ（一八七四―一九五二年）によって引き継がれた）はボードレールが一八四二年から一八五八年までにパリで住んだ場所を十四挙げている〔クレペ、前掲書参照〕。

＊1　ルイ・フィリップの治世において富裕な市民階級が以下に述べられるように室内装飾に熱中したことについては、本書二六ページ以下および五五ページ以下参照。

＊2　オーストリアの画家マカルト（一八四〇―八四年）は、歴史的・アレゴリー的内容を大画面に豊かな色彩と装飾を用いて描くマカルト様式を確立した。その影響はモード、室内装飾、工芸にも及んだ。

＊3　ナポレオン三世の側近だった政治家ルエールによって一八六九年に創刊された新聞で、半独立だったが完全に政府寄りの立場をとった。公報以外にもさまざまな記事を載せた。

＊4　これはベンヤミンの誤りで、この長篇小説は一八四四年に『官報』ではなく『公論新聞（ジュルナル・デ・デバ）』に掲載された。

行政による管理手続きのためには、技術的な諸手段が援用される必要があった。人間を同定する方式（現在標準的となっているのはベルティヨン式＊であるが）のはじまりは、署名による個人鑑別である。同定方式の歴史において、写真の発明は画期的であった。それが犯罪捜査学にとってもった意味は、印刷術の発明が書物にとってもった意味に劣らない。写真は史上初めて、ある人間の痕跡を持続的に、曖昧さの余地なく定着することを可能にした。人間の匿名性（インコグニト）を征服する手段のうちで最も徹底的なこの手段が確保されたのと同時に、探偵物語が生まれる。それ以来、人間の発言と行為を把捉しようとする努力は尽きるところを知らない。

＊　ベルティヨン（一八五三―一九一四年）はフランス人でパリ警視庁鑑識局長をつとめた。人体測定を研究し、最初の科学的な犯人鑑識法を考案した。

ポーの有名な短篇小説（ノヴェレ）「群衆の人」〔一八四〇年〕は、探偵物語のレントゲン写真のようなものである。探偵物語を包む衣服、すなわち犯罪が、この短篇では欠落している。残っているのは道具立てだけ、すなわち追跡する者と、群衆と、ひとりの見知らぬ男であり、この男は、つねに群衆のただなかにいるように道を選んでロンドン中を歩き回る。この見知らぬ男は、遊歩者そのものである。ボードレールもこの男をそのように理解していたのであって、ギースについてのエッセイのなかで、遊歩者を「群衆の人（ロム・デ・フール）」〔「現代生活の画家」の第三章は「世界人、群衆の人、そして子供である芸術家」と題されている〕と呼んでいる。ただし、ボードレールは遊歩者に対して、まあ大目に見てやろうというような態度をとっているが、ポーによる描写にはそうした感じはまったくない。遊歩者はポーにとって何よりも、自分の属する社会のなかで安心していられない人間なのだ。だから遊歩者は群衆を求めるのであり、この点から遠くないところに、遊歩者が群衆のなかに隠れる理由も求められるだろう。反社会的な者と遊歩者との相違を、ポーは意図的に消し去っている。ある人を見つけ出すのが難しければ難しいほど、その人はますます不審な感じがする。かなり長く追いかけたあげくに尾行を切り上げた語り手は、自分が認識したことを心のなかでこう要約する。「『この老人は犯罪の化身、犯罪の霊なのだ』と私は独りごちた。『この老人は独りでいることができない。群衆の人なのだ』」〔「群衆の人」〕。

作者は、読者がこの男だけに興味をもつようにはしていない。少なくとも同じくらい群衆の描写が読者の興味をそそってやまないだろう。歴史資料としても芸術上の理由からもそうなのである。両方の点でこの描写は出色である。まず驚かされるのは、語り手がいかに恍惚として群衆の劇（シャウシュピール）〔光景〕を追いかけているかということだ。E・T・A・ホフマン

（一七七六―一八二二年。ドイツ後期ロマン主義の作家）のよく知られた短篇〔「従兄の隅窓」一八二二年〕でも、隅窓に座った従兄が、この劇を追いかける。だが自分の家にいて動けないこの人物のまなざしは、いかにおずおずと群衆を眺めわたすことか。それに対し、コーヒー店の窓ガラスごしに凝視する男のまなざしは、いかに鋭いことか。観察する位置の違いのうちには、ベルリンとロンドンの違いが隠れている。一方は私人〔金利生活者〕であって、隅窓に、まるで上階の桟敷席にいるように座っている。市場をもっとよく見回そうとするときにはオペラグラスを手にする。他方は消費者、名をもたない消費者である。彼はコーヒー店に入るが、彼のそばを絶えず掠め過ぎてゆく大衆という磁石に引きつけられ、やがてそこを出る。一方は小さな風俗画の数々であり、全部集めると一冊の着色版画アルバムができあがる。他方は、偉大な版画家に霊感を与えることができるだろうような見取り図、すなわち果てしない群衆であり、そのなかでは誰も他人の目にはっきりとは見えないけれども、誰も他人によってまったく見抜かれえないわけではない。ドイツの小市民にとって、自分の限界は狭く定められていた。しかしそれでもホフマンは彼の資質によってポーとボードレールの同類であった。ホフマンの晩年の作品を収めた最初の版に付されている伝記的解説には以下のようにある。「ホフマンは野外の自然をあまり好まなかった。人間が、人との交流、人についての観察、人をただ見ることが、ホフマンにとってはあらゆることにまして大事だった。夏、天気がよいと毎日夕方ごろに散歩に出かけたが、……ワイン酒場や菓子店があると必ずといっていいほど立ち寄り、誰かいるか、どんな人がいるかと覗いてみるのだった」（ユーリウス・エードゥアルト・ヒッツィヒ『ホフマンの生涯と遺稿』第三巻〔『ホフマン選集』第一五巻〕第三版、一八三九年）。のちにディケンズ（一八一二—七〇年。イギリスの小説家）のような人は旅に出ると、創作に不可欠な街のざわめきがない、とくりかえし不平を言ったものだ。「私がどれほど街をなつかしがっているか、とても言葉には言い尽くせません」と一八四六年、『ドンビー父子』（長篇小説、一八四六—四八年）を執筆中だったディケンズはローザンヌからの手紙に書いている。「私の脳みそが働くためには欠くことのできない何かを、街路は与えてくれるようなのです。一週間や二週間なら、辺鄙な場所でもすばらしく執筆ができるし、一日ロンドンに行きさえすれば、もう一度自分にネジを巻くことができます。……しかし、あの魔術的な街灯がないところで毎日毎日、ものを書くにはひどく苦労します。……私の登場人物たちは、まわりに群衆がいないと、どうしても動こうとしないようです」（無署名〔フランツ・メーリング〕「チャールズ・ディケンズ」、『新時代』第三〇巻、一九一一／一二年、所収、からの引用）。ボードレールは大嫌いなブリュッセルに、たくさん文句をつけるのだが、なかでもとくに憤っているのは次の一点である。「店に陳列窓がない。想像力にめぐまれた諸国民が愛する遊歩は、ブリュッセルでは不可能だ。何も見るものがないし、街路は歩けたものではない」（「哀れなベルギー！」一八六四—六六年成立）。ボードレールは孤独を愛した。ただし、群衆のなかでの孤独を欲したのだ。

ポーの作品では物語が進むうちに日が暮れる。ガス灯に照らされた街の描写をポーは長々と行なう。遊歩者が抱くもろもろの幻像(ファンタスマゴリー)は、街路が室内として現われることに要約されるが、このことはガス照明と切り離しがたく結びついている。最初のガス灯はパサージュに点(とも)った。ガス灯を屋外で使用する試みがなされたのはボードレールが子供だったころで、ヴァンドーム広場〔パリの中心部にある〕に灯柱が立てられた。ナポレオン三世の治下、パリのガス灯の数は急速に増える(〔マルセル・ポエト他〕『第二帝政下のパリの変貌』一九一〇年、参照)。このことは都市の安全性を高めた。そして公道上の群衆に夜でもここはわが家のようだと感じさせた。そして高い建物よりも確実に、大都市のイメージから星空を駆逐した。「私は太陽の背後のカーテンを閉めてやる。いまや太陽は行儀よくベッドに寝かされている。これ以後私の目に見える光といえば、ガスの炎の光だけだ」(ジュリアン・ルメール「ガス灯のパリ」一八六一年)[14]。月と星はもはや言及に値しない。

第二帝政華やかなりしころ、主要な通りの商店が夜十時前に閉まることはなかった。夜歩き(ノクタンビュリスム)の栄えた時代だった。当時デルヴォーは、『パリのさまざまな時間』〔一八六六年〕のなかの、真夜中過ぎの二時間目に捧げた章で、こう書いている。「時々休息するのはかまわない。自分で停留所や停車駅を作るのは許されている。だが人間には眠る権利はない」。レマン湖のほとりでディケンズはジェノヴァを思い出し憂愁にふける。ジェノヴァでは二マイルある通りを夜な夜な、照明の光のなかさ迷い歩くことができたのだった。のちにパサージュが死に絶えるとともに遊歩が流行遅れとなり、ガス灯ももはや高級なものと思われなくなったころ、人気（ひとけ）のないパサージュ・コルベールを悲しい気持ちでぶらついていた最後の遊歩者は思う――街灯のちらつきは、月末にもう料金を払ってもらえないのでは、と炎が不安がっているのを示しているだけなのかもしれない（ルイ・ヴイヨ『パリのにおい』一九一四年）。当時スティーヴンソン（一八五〇―九四年。イギリスの小説家）は、ガス街灯の消滅に寄せる嘆きを書いた。そこで愛惜をこめて語られるのは何より、点灯夫が通りに沿って街灯のひとつひとつに火を点してゆく、そのリズムである。はじめこのリズムは、たそがれの均等な調子から際立つ。しかしいまや、あらゆる都市が突然電気の光に照らされるときの野蛮なショックと対照をなす。「このような電気の光は、殺人者や国事犯のうえにだけ注ぐか、精神病院の廊下を照明するべきものだろう――恐怖を高める恐怖といった感じだ」〔「ガス灯のための嘆願」、『若い人々のために、その他』一八八一年、所収〕。スティーヴンソンはガス灯への哀悼の辞を書いているわけだが、このようにガス灯が牧歌的に感じられるようになったのは、かなり時代が下ってからのことであって、このことを証明する資料はいくつかある。何よりも、いま問題にしているポーのテクストがそれを証拠立てている。この光の効果を、以下の文章よりも不気味に描くことはほとんどできない。「ガス灯の光線は、夕暮れの残照と争っていたはじめのうちは弱々しかった。しかしいまやついに打ち勝って、あたりにぎらぎらとまたたく光を投げかけていた。あたりは暗かったが、それでいて、かってテルトゥリアーヌス（一六〇頃―二三〇年頃。カルタゴ生まれのキリスト教神学者）の文体がたとえられた黒檀のような輝きを帯びていた」（「群衆の人」）。ポーは別の場所でこう述べている。「家のなかではガスは許しがたい。そのまたたく硬質な光は目を害する」（「室内装飾の哲学」）。ロンドンの群衆が街灯の光のなかを歩いてゆくとき、彼ら自体がその光と同じく陰鬱でぼんやりしている。夜とともに「洞窟から」（「群衆の人」）這い出てくる無頼漢たちだけがそうなのではない。上級ホワイトカラー階級をポーは次のように描写している。「彼らの髪はたいていもうかなり薄くなっていて、右の耳はペンを挟むのに使っている結果、きまってこころもち頭から横に飛び出ていた。みんな帽子をとるとき両手を使う癖があり、みんな時計には古風な型の短い金鎖をつけていた」（同前）。ポーは叙述において、直接の観察を意図していたわけではない。小市民たちは群衆のなかにいるために一様にならざるをえないとされているが、この一様性は誇張されている。彼らのいでたちは、制服とさほど違わないものになっている。さらに驚くべきは、群衆の歩き方の描写である。「通りすぎる人の大半は、自分に満足し、人生の道を堂々と歩いている人びとのように見えた。群衆を押しわけてゆくことしか考えていないようだった。眉根を寄せ、眼を四方八方に配っていた。隣の通行人にぶつかられても、別に腹を立てる様子も見せず、服を直して、また先を急ぐのだった。また別の人びとは、これもまたかなり大きなグループだが、ひどくそわそわした連中で、顔は上気して赤く、まるで大量の群衆に囲まれているのでかえって自分ひとりでいるような気がするとでもいうように、独り言を呟いたり、一人芝居をやっているのだった。もし行手を阻まれると、急に独り言はやめるが、一人芝居はいっそう激しくなって、放心したような作り笑いを浮べながら、立ちふさがった人びとが通り過ぎるのを待っていた。誰かにぶつかられると、ペコペコとぶつかってきた相手に頭を下げ、それからひどくまごついた様子を見せた」[15]（同前）。ここに述べられているのは半分酔っ払いの、落ちぶれた人びとのことだと思えるかもしれない。しかし実際は「上流階級の人びと、商人、弁護士、株式仲買人」（同前）なのである。ここには、階級の心理学とは別のものが一枚かんでいるのだ。[16]

ゼーネフェルダー（一七七一—一八三四年。オーストリア人で石版印刷の発明者）に賭博クラブを描いた石版画がある。そこに描かれた人物たちのうち誰ひとりとして、普通に賭博に興じてはいない。誰もが自分の興奮に憑かれている。ひとりは手放しの喜びに、別のひとりはパートナーへの不信に、三人目は重苦しい絶望に、四番目の人は闘争欲に。ある者はこの世を去る用意をしている。この版画はその奇矯さにおいてポーを思い出させる。ただしポーの主題はより大きく、手法もそれに対応したものになっている。この叙述におけるポーの名人芸は以下の点にある。すなわちポーは、人びとが私的関心にとじこもって絶望的に孤立していることを、ゼーネフェルダーとは違って彼らの身振りがそれぞれ異なっているというかたちでではなく、彼らの衣服にせよ挙措にせよ、つじつまの合わない一様性があるというかたちで表現しているのである。小突かれても我慢して、おまけに謝りさえする者たちの卑屈さからは、ポーがここで投入している表現手段の由来が見て取れる。それらは道化(クラウン)のレパートリーに由来するのだ。そしてポーがこの諸手段を用いるやり方は、のちの曲芸芸人たちのやり方と似ている。曲芸芸人の業(わざ)には明らかに、経済とある種の関連がある。曲芸芸人はその唐突な動きにおいて、物質を突き動かす機械装置を真似しているのと同様、商品を突き動かす景気をも真似している。似たような模倣(ミメーシス)を、ポーが描く群衆の小部分たちは行なっている。彼らは「物質的生産の熱狂的……運動」ならびにこの生産に属するさまざまな商業形態を模倣しているのだ。のちに遊園地――そこで庶民は曲芸芸人となる――の揺れるカップやそれに似た娯楽がもたらしたもの、それがポーの描写において先取りされている。彼の描く人びとは、もはや反射的にしか自分を表現できないかのように振舞う。この行動は、ポーにおいては人間だけが話題になっていることによって、なおさら非人間的な印象を与える。群衆の流れが滞るとき、それは車両交通――それには一言も触れられていない――のせいではなく、ほかの群衆によってブロックされるためである。そうした性質をもつ大衆のなかで遊歩が花開くことはありえなかった。

　ボードレールのパリにおいては、まだそうではなかった。まだ渡し舟があって、セーヌ川の、のちに橋ができるところを横断していた。ボードレールが死んだ年〔一八六七年〕にはまだ、ある企業家が富裕な市民の便宜のために、五百台の駕籠(かご)を運行をさせることを思いつくという具合であった。まだパサージュは人気があって、そこでは遊歩者は、歩行者など競争相手と認めない交通機関、つまり馬車を見なくてすんだ。群衆のなかに無理に割って入る通行人もいたが、しかし自由な活動の空間を必要とし、この空間の私有化（プリヴァティズィーレン）を手放そうとしない遊歩者もまだいた。遊歩者は、ひとりの個性として、有閑生活を送る。そうすることで遊歩者は、人びとを専門家にしてしまう分業というものに抗議する。同様に遊歩者は、人びとのあくせくぶりに抗議する。一八四〇年頃には一時、亀をパサージュでの散歩に連れてゆくのが作法にかなったこととされた。遊歩者は自分のテンポを亀に決めさせるのを好んだ。ものごとが遊歩者のテンポで進んだとしたら、進歩はこの歩調を学ばねばならなかったことだろう。だが、最後に決定権を握ったのは遊歩者ではなく、「遊歩を撲滅せよ」というスローガンを掲げたテーラー（一八五六―一九一五年。米国の技術者。工場で労働の能率を増進させるための「科学的管理法」を提唱した）だった（ジョルジュ・フリードマン『進歩の危機』第二版、一九三六年）。今後どうなるかということを早めにイメージしてみようとした者たちもいた。ラティエ（一八二八―没年未詳。フランスの作家）は一八五七年に、そのユートピア的著作『パリは存在しない』のなかでこう書いている。「舗石のうえや陳列窓のまえで見かけた遊歩者、このつまらない、取るに足らない、永遠の野次馬的タイプ、いつも安っぽい情緒を追いかけ、石材と辻馬車とガス灯以外に何も知らなかった者……、それがいまでは農夫、葡萄栽培家、亜麻布工場主、砂糖精製業者、鉄工業経営者になっている」。

さ迷い歩くうちに群衆の人は夜遅くになって、まだ客で賑わっている百貨店にたどり着く。そのなかで男は、勝手を知っている者のように行動する。ポーの時代には、数階もあるデパートは存在しただろうか？　それはともかく、ポーはこの休みなく動く男を「約一時間半」この百貨店のなかで過ごさせる。「彼は売り場から売り場へと歩いていったが、何も買わず、口を利くこともなかった。ただ放心したように、品物をじっと見つめているのだった」（「群衆の人」）。街路は遊歩者にとって室内として現われるのであり、そうした室内の古典的形式がパサージュだが、そうした室内の堕落形態がデパートである。デパートは遊歩者のための最後の領域である。*遊歩者にとってははじめ街路が室内になったとすれば、彼にとってこの室内はいまや街路になったのであり、彼は商品の迷宮のなかをさ迷い歩いたのだ。かつて都市の迷宮をさ迷い歩いたようにである。ポーの物語の見事な点のひとつは、遊歩者の最も早い叙述のなかに、遊歩者の末路の姿を描き入れている点にある。

＊　本書三一ページおよび六一ページ参照。

ジュール・ラフォルグ（一八六〇―一八七年。ウルグアイ生まれのフランスの詩人）はボードレールについて、「首都で生活するという劫罰を日々受けている人間」としてパリのことを語った最初の人である、と言っている（『遺稿集』一九〇三年）。ラフォルグは次のように言うこともできたであろう。ボードレールは、この劫罰を受けた者たちに――彼らだけに――苦しみを軽減するべく与えられている阿片剤についても語った最初の人である、と。群衆は、追放された者（法の保護を奪われた者、犯罪者〕にとっての最新の避難所であるのみならず、見捨てられた者にとっての最新の麻酔剤（ラウシュミッテル）でもある。遊歩者は、群衆のなかに見捨てられた者である。そのことによって、遊歩者は商品と状況を共有している。この特性を遊歩者は自覚していない。しかしだからといって、この特性が遊歩者に及ぼす影響が少なくなるわけではない。それは遊歩者のなかに浸透して恍惚とさせる——数々の屈辱の埋め合わせをしてくれる麻薬（ラウシュギフト）のように。遊歩する人が身をゆだねる陶酔（ラウシュ）は、顧客の轟々たる流れに取り巻かれて商品が感じる陶酔と同じものである。

マルクスがときおり、冗談で語っているあの〈商品の魂〉というものがほんとうにあるとすれば〔『資本論』流布版第一部第二章「交換過程」参照〕、それは魂の国にかつて現われたうちで、最も感情移入の能力に富んだ魂であろう。というのもこの魂は、あらゆる人を顧客と見なさなければならないだろうからであり、そうした顧客の手（ハント）と家（ハウス）にこの魂は自分をぴったり合わせようとするのだ。しかしながら感情移入は、遊歩者が群衆のなかで身をゆだねる陶酔の本性である。「詩人は、思いのままに自分自身でもあり他者でもあることができるという、この比類のない特権を享（う）けている。一個の身体を求めてさ迷うあれらの霊魂たちと同じように、詩人は、欲するときに、どんな人物のなかへでも入ってゆく。彼にとってだけは、すべてが空席なのだ。そして、ある種の場所が彼に閉ざされているように見えるとすれば、とりもなおさず、彼の目から見て訪れるに値しないものであるからだ」

〔『パリの憂鬱』一二「群衆」〕。ここで語っているのは、商品自身である。最後のほうの言葉はまさに、美しく高価な品々の並べられた陳列窓のそばを通り過ぎる哀れな貧乏人に商品がどんなことをつぶやきかけるかを、かなり正確に理解させてくれる。美しく高価な品々は貧乏人のことなど関知しようとしない。それらは貧乏人に感情移入しないのだ。この「群衆（レ・フール）」という意味深い一篇の文章のなかで語っているのは、換言すれば物神（フェーティシュ）自身なのであり、ボードレールの敏感な素質はそれときわめて激しく共振する。その程度たるや、無機的なものへの感情移入がボードレールの霊感の一源泉であったほどなのである。(17)

ボードレールはもろもろの麻酔剤（ラウシュミッテル）〔陶酔の手段、麻薬〕の通であった。しかしながら、その社会的に最も重大な作用のうちのひとつを見のがしたようである。この作用は、中毒者たちが薬の影響下にあるときに見せる魅力（ベラウシェン）ということにある。これと同じ効果を商品も持つのだが、商品の場合はそれを、商品を陶酔させ商品のまわりでどよめく（ウムラウシェン）群衆から獲得する。商品を商品にするのは市場であり、市場を形成するのは本来、顧客の集結（マッスィールング）〔大衆化〕であるが、これは平均的な購買者にとって商品の魅惑を高める。ボードレールが「大都市の宗教的な陶酔状態」〔「火箭」一二〕について語るとき、名指されないままであるその主体は、商品かもしれない。そして「魂の神聖な売春」〔『パリの憂鬱』一二〕——これに比べれば、「人間が愛と名づけるものは、まことに小さく、まことに限られており、まことに弱い」〔同前〕とされる——は、それと愛との対置が意味をもつのなら、じっさい商品の魂の売春以外のなにものでもありえない。「詩（ポエジー）となり隣人愛となって、目の前に現われる思いがけない者、通りかかる未知の者に、己をすべて与えつくす、この魂の神聖な売春」〔同前〕とボードレールは言っている。まさにこの詩（ポエジー）、まさにこの隣人愛こそ、売春婦たちが自分らの持ち前だと主張するものである。彼女たちは公開市場のもろもろの秘密を試し尽くしており、商品はその点において彼女らに何ら先んじてはいなかった。売春婦たちの魅力のいくつかは市場に基づいていたし、それらは同じ数の権力手段（マハトミッテル）となった。ボードレールは「夕べの薄明」において、それらの魅力をそうした権力手段として記録している。

　風に揺り動かされる微かな明りの間を縫って、
　〈売春〉が、方々の街路に灯（ひ）と点（とも）る。
　それは、蟻の巣のようにたくさんの出口をひらく。
　まるで不意打ちを試みる敵軍のように、
　いたるところ、目に見えぬ通路をつける。
　〈売春〉が泥濘（どろ）の都会のただなかにうごめくさまは、
　〈人間〉から食い物をかすめとる、蛆のようだ。

住民が大衆（マッセ）〔集結した多数〕をなすことによってはじめて、売春はこのように都会の広い部分に散らばることができる。そして大衆がはじめて、性的対象〔売春婦〕が幾多の刺激作用を及ぼしながら同時にみずからそれに陶酔する、ということを可能にするのである。

大都市の街頭の公衆が見せる劇〔光景〕が、誰にでも陶酔的な作用を及ぼしたわけではない。ボードレールが散文詩「群衆」を書くよりもずっと前に、フリードリヒ・エンゲルスはロンドンの街路の雑踏を描き取ろうと試みていた。「ロンドンのように、数時間歩きまわっても町が尽きかける気配すらなく、平らな土地が近くにあることを推測させるようなしるしには少しも出会わないような都市は、やはり独特なものである。このような巨大な集中、このような二百五十万人もの人間のひとつの地点への集積は、この二百五十万人の力を百倍にした。……しかし、……そのために払われた犠牲は、あとになってはじめて発見される。数日間大通りの舗道をうろついたとき……、そのときはじめて気づくのは、これらロンドンの住民が、彼らの都市にあふれているあらゆる文明の驚異を実現するために、みずからの人間性の最良の部分を犠牲にしなければならなかったということ、……彼らのなかに眠っていた何百もの力が無為に放置され、抑圧されたということである。すでに街路の雑踏からしてなにか嫌悪を催させるもの、なんとなく人間の本性に逆らうものをもっている。そのなかをひしめきあいながらすれ違ってゆくこれら数十万ものあらゆる階級およびあらゆる身分の人たち、彼らはみな同じ特性と能力をもち、幸福になりたいという同じ関心をもっている人間ではないのか。……それなのに彼らは、まるでお互いになんの共通点もなく、お互いになんの関係もないかのように、肩を触れあわせながら走り過ぎてゆく。彼らのあいだにある唯一の合意といえば、急いですれ違ってゆく群衆の二つの流れがお互いに邪魔しないように、それぞれ歩道の右側を通行するという暗黙の合意しかない。誰も他人に対しては目もくれようとしない。この残酷な無関心、各個人が自分の私的関心にとらわれて無感情に孤立しているさまは、これらの個人が狭いところに押しこまれていればいるほど、ますます不快な、ますます気にさわるものに思えてくる」〔強調はエンゲルスによる〕(『イギリスにおける労働者階級の状態』〔一八四五年〕)。

この「各個人が自分の私的関心にとらわれて無感情に孤立しているさま」を、遊歩者はたんに見かけ上打破するのだが、これは遊歩者自身の孤立が彼のなかに作り出した空洞を、他者から借りてきたうえに捏造までした私的関心で満たすことによって行なわれるのだ。エンゲルスの明快な叙述と並べてみると、次のボードレールの文は晦渋に響く。「群衆のなかに在ることの快楽は、数の増加を楽しむ気持の不可思議な表現である」(「火箭」二)。しかしこの文は、人間の立場からではなく商品の立場から語られたものと考えれば明快になる。人間が、労働力として、商品である限りにおいては、なるほどことさら商品の身になってみる必要はない。こうした〔労働力としての〕自分自身のあり方を、生産秩序によって自分に定められたものとして意識するようになればなるほど——つまり、その人がプロレタリア化すればするほど——、商品経済の寒気がますます身にしみてきて、商品に感情移入することはその人の場合ますます生じにくくなるだろう。しかしボードレールが属していた小市民階級に関しては、事態はまだそこまで至っていなかった。いま問題にしている事柄の段階においては、この階級はようやく下降の始まりのところにいた。彼らのうちの多くがいつの日か、自分の労働力の商品性格に気づくのは不可避であった。しかしその日はまだ来ていなかった。それまで彼らは、こう言ってよければ、自分に与えられた時を過ごすことが許されていた。その間の彼らの分け前がせいぜいのところ享楽であって、けっして支配ではありえなかったこと、まさにこのことが、歴史によって彼らに与えられていた猶予期間を、暇つぶしの対象にしたのである。暇つぶしをしようとする者は享楽を求める。しかし、この階級がこの社会のなかで享楽にふけろうとすればするほど、この享楽にそれだけ狭い限界が引かれていたのは自明のことだった。この階級がこの社会に享楽を見出せたかぎりでは、この享楽は当初それほど制限されていなかった。この階級が、こうした享楽の仕方において名人芸に達しようと欲したとき、商品への感情移入を馬鹿にすることは許されなかった。彼らはこの感情移入を、快感と不安をもって味わい尽くさざるをえなかった。この快感と不安は、階級としての彼ら自身の定めへの予感から来ていた。しまいには彼らは、傷ものや腐りつつあるものからも魅力を看て取るような感受性を、この感情移入にたいして示さざるをえなかった。ある遊女にあてた詩のなかで、「桃のように傷んだ彼女の心」が「肉体ともども、巧者な愛へと熟している」〔「嘘への愛」、『悪の華』所収〕

と言うボードレールは、この感受性を有していた。そのおかげで彼は、この社会からすでに半ば除外された者として、この社会に享楽を見出すことができたのである。そのように享楽を味わう者の姿勢でボードレールは、群衆の劇〔光景〕の効果をわが身に受け入れた。しかしこの劇のもっとも深い魅惑は、この劇が彼を陶酔させつつも、恐ろしい社会的現実を忘れさせなかった、という点にあった。彼は社会的現実への意識を保った――陶酔した者が現実の状況を〈まだ〉意識しつづけている程度には。それゆえボードレールにおいて大都市は、その住民たちを直接描くというかたちで表現されることはほとんどない。シェリー（一七九二―一八二二年。イギリスの詩人でロマン主義の代表者のひとり）のような人が、彼が描写する人間たちのイメージのかたちでロンドンを捉えたときの直接さや仮借のなさは、ボードレールのパリには役立たぬものであった。

地獄はひとつの都市、ロンドンにとてもよく似た――
人の多い、煙でいっぱいの都市。
そこにはあらゆる種類の駄目になった人びとがいて
そしてそこには楽しみはほとんどない、あるいはまったくないし
正義は少なく、同情はもっと少ない。
〔シェリー「ピーター・ベル三世　第三部　地獄」一八一九年。

ベンヤミンはブレヒトによるドイツ語訳を引用している〕

遊歩者の眼には、このイメージのうえにヴェールがかかっている。このヴェールとは大衆にほかならない。大衆は「古い首都のうねりくねった襞」〔「小さな老婆たち」、『悪の華』所収〕のなかで波打つ。大衆のせいで、ぞっとするようなものが遊歩者に魅惑的な作用を及ぼすのである*〔「小さな老婆たち」参照〕。このヴェールが引きちぎれ、「人の多い広場のひとつ」が「市街戦のために人気なく横たわっている」〔ボードレール「フランスの諷刺画家たち数人」一八五七年〕のが遊歩者のまなざしに見えるようになるときはじめて、遊歩者もまた、大都市をありのままの姿で眼にする。

＊「小さな老婆たち」の最初の詩の第一連全体はこうである。「古い首都のうねりくねった襞の中、／すべて、おぞましい物までが、魅惑と化する所で、／わが宿命的な性分に駆り立てられて、私は待ち伏せる、／老いぼれながら可愛らしい、奇妙な生き物たちを」。

群衆の経験がどんなに激しい力をもってボードレールをつき動かしたか、そのことの証拠が必要であるなら、ボードレールがこの経験を取り上げてユゴーと張り合おうとした事実がその証拠となろう。ユゴーの強みがどこかにあるとしたらまさにこの経験にあるということは、ボードレールにとって明白であった。彼はユゴーにおける「疑問を発することを好む……詩的性格」〔「わが同時代人の数人についての省察」I「ヴィクトール・ユゴー」一八六一

シャルル＝ヴィクトール・ユゴー「〈追放された者たちの岩〉のうえのヴィクトール・ユゴー」1853―55年

年」を称揚しつつ、ユゴーは明確なものを鋭く明確に再現することを心得ているだけでなく、晦渋・不明確にしか啓示されなかったものは、不可欠な晦渋さをもって再現する、と悪口めいたことも言っている。「パリ情景」（『悪の華』の第二版から設けられた章）のなかのユゴーに捧げられた三つの詩のうち、ひとつは人間でいっぱいの都市への呼びかけ――「蟻のように人間のうごめく都市、夢に満ちた都市」（「七人の老人」）――で始まり、もうひとつは都市の「蟻のように人のうごめく画面」（「小さな老婆たち」）のなかに、群衆をかきわけて、老婆たちの姿を追ってゆく。[18] 群衆は抒情詩においては新しい対象である。革新者サント＝ブーヴに対してなお、「群衆は彼にとって耐え難い」（サント＝ブーヴ、前掲書。この発言は〔ジャン・ジョルジュ・〕ファルシ（一八〇〇―三〇年、フランスの詩人、哲学者）のもので、手稿からサント＝ブーヴが公表した）ことが、詩人にふさわしい適切なこととして、賞賛のたねになったのである。ユゴーはジャージー島に亡命中、この群衆という対象をポエジーのために開拓した。海岸を孤独に散歩するとき、彼はこの対象に向けて気持ちを整えることができたが、それはひとつの巨大な対立物（アンチテーゼ）〔都市に対立する自然〕がそこにあったおかげである。そうした対立物の存在は、彼の霊感にとって欠くべからざるものだった。群衆はユゴーにおいて、観想（コンテンプラツィオーン）の対象として文学のなかに入ってくる。波が砕け散る大洋はそうした群衆のモデルであり、この永遠の劇〔光景〕に沈潜する思索者は、群衆の真の探求者であって、海のどよめきに我を忘れるごとくに群衆に我を忘れるのだ。「ユゴーが孤独な絶壁のうえから、追放された人間として、運命をはらんだ大きな国々のほうを見はるかすとき、彼は諸民族の過去を見下ろしているのだ。……ユゴーは自分を、そして自分の宿命を、たくさんの出来事のなかに移し入れる。すると出来事は彼にとって生き生きとしはじめ、自然の諸力の営みと交じり合う。すなわち海、風化しつつある岩、流れゆく雲など、自然と交流する孤独で静かな生活が含むもろもろの崇高なものと、交じり合うのである」（フーゴ・フォン・ホーフマンスタール『ヴィクトール・ユゴー試論』一九二五年）。「大洋自身が、彼にうんざりしたのです」〔一八六五年二月一二日、アンセル宛ての手紙〕とボードレールはユゴーについて、絶壁のうえを持ち場としてじっと考えにふけるこの男に皮肉の光束をちらりと当てつつ書いたことがある。ボードレールは、自然の劇〔光景〕に見とれる気にはなれなかった。通行人が都市の雑踏のなかで蒙る〈不当な仕打ちや、さんざん小突きまわされること〉〔ポー「群衆の人」（本書一四八―一五〇ページ）、ボードレール「雨の一日」（原注15）、また「火箭」一五参照〕――これによって当人の自我意識はいっそうはっきり保たれる――の痕跡をボードレールの群衆経験は帯びていた。（ボードレールが遊歩する商品に与えているのは、基本的に、まさにこの自我意識である。）群衆はボードレールにとって、思索の測鉛を世界の深みへ下ろすための刺激には決してならなかった。それに対しユゴーは「深いものは群衆だ」（ガブリエル・ブヌール「ヴィクトール・ユゴーの深淵」一九三六年、からの引用）と書き、それによって自分の思念に測り知れぬほど広い活動の余地を与える。群衆というかたちでユゴーを捉えた自然的‐超自然的なものは、森のなかにも、動物界のなかにも、砕け散る波のなかにも同じように現われる。これらのどれにも、大都市の相貌が、数瞬のあいだひらめきうるのだ。「夢想の坂」〔詩集『秋の木の葉』一八三一年、所収〕は、生あるものすべてのあいだに支配している混交作用について、壮大な観念を与える。

この醜悪な夢のなかで、群衆とともに

夜が到来し、両方とも濃密になってゆき、
そして、いかなるまなざしにも探りえぬこれらの部分では
人の数が増すにつれて、闇もますます深くなった。

また、

名なき群衆！　混沌！　声、眼、足音。
会ったこともない人びと、見ず知らずの人びと。
すべての生者たち！——耳のなかでざわめく町、
アメリカの森よりも、蜜蜂の巣箱よりも大きな音で。

自然はその根元的な権利を、群衆によって都市に対して行使する。ただし、そのように己が権利を利用するのは、自然だけではない。『レ・ミゼラブル』のなかには驚くべき箇所があって、そこでは森の営みが、大衆（マッセンダーザイン）というあり方の原型として現われる。「いましがたこの通りで起こったことに、森なら驚きはしなかっただろう。太い幹や下生え、雑草、ごちゃごちゃに絡み合った枝、丈高い草が、暗いあり方をしている。見極めもつかぬ群生を通して、不可視のものがさっと掠める。人間の下にあるものが、靄（もや）を通して、人間の上

方にあるものを知覚する」〔第四部第八章〕。この記述のなかに、ユゴーの群衆経験に独特だったものが埋め込まれている。群衆のなかで、人間の下にあるものが、人間の上方で支配しているものと交流する。この混交こそが、ほかのすべての混交を包含するのである。群衆はユゴーにおいて、異形の、超人間的な諸力が人間の下にある諸力とのあいだに生んだ雑種の子として現われる。ユゴーの群衆概念に見られるこうした幻視的な要素において、彼が政治において群衆を〈現実的〉に扱ったとき以上に、社会的存在が正当に遇されるのだ。というのも、群衆とは実際、自然の戯れ（Naturspiel〔奇形〕）――この表現を社会的関係に転用してよいとすれば――なのだから。一本の通りが、ひとつの火事が、ある交通事故が集める人びとは、それ自体としては階級によって規定されていない。彼らは具体的な人の集まりとして出現するが、しかし社会的にはあくまで抽象的である。すなわち、おのおの孤立した私的関心の枠内にとどまっている。こうした集まりのモデルは、各人が私的関心の枠内にとどまりつつも、市場で〈共通の事柄〉のまわりに集まる顧客たちである。こうした集まりはしばしば、たんなる統計上の存在でしかない。こうした扱われかたをするとき覆い隠されているのが、彼らにおける真に怪物的なところをなすものである。つまり、私人が私人として、彼らの私的関心の偶然によって、集結（マッスィールング）〔大衆化〕していることである。しかし、こうした集まりが目につくとき――全体主義国家は、そのクリエント*〔顧客、被保護民〕の集結を恒常的なものとし、あらゆる企てに関して義務とすることで、人の集まりが目につく機会を作っている——、この集まりの雑種的性格が判然としてくる。とりわけ当事者たち自身にとってそうである。こんなふうに自分たちを集合させる市場経済の偶然を、彼らは〈運命〉として合理化するのであり、この運命のなかに〈人種〉が再発見される。彼らはそれによって、群集欲動（ヘールデントリーブ）と反射行動とを同時に自由に活動させる。西ヨーロッパの表舞台に出ている諸国民は、群衆としてユゴーに向かいあった超自然的なものと知己になっている。この大きなものの歴史的前兆を、ユゴーはなるほど読み取ることはできなかった。しかしながらそれはユゴーの作品のなかに、奇妙な歪みとなって跡を残している。すなわち、交霊会の記録というかたちで。

＊「（弁護士や医者などの）顧客」を意味する「クリエント」（英語「クライアント」、フランス語「クリアン」）は、古代ローマで貴族に保護される平民を指す「クリエーンス」に由来する。

霊界との接触は、周知のようにジャージー島においてユゴーの生活のあり方にも創作にもひとしく深い影響を及ぼしたが、この接触は何よりも——どれほど奇妙に思えようと——亡命中の詩人にはもとより欠けているような、もろもろの大衆（マッセ）との接触なのだった。というのも、群衆（メンゲ）[*1]こそは霊界の存在様式なのだから。かくしてユゴーはまず第一に自分自身をゲーニウス（Genius）として、自分の祖先であるゲーニウスたちの大きな集会のなかに見た。『ウィリアム・シェイクスピア』（エッセイ、一八六四年）においては一ページまた一ページと、雄大な吟唱叙事詩（ラプソディー）というかたちで、モーセ（前十四世紀ごろのヘブライ人の指導者）に始まりユゴーに終わるこれら霊の王侯貴族たちの列が辿られる。しかしこの列は、亡き人びとの巨大な群衆のなかでは、小さな一団にすぎない。古代ローマ人の言う〈より多数のほうへ（アド・プルーレース）行く（イーレ）〉[*2]は、ユゴーの地下的（ヒトーニシュ）〔冥府的〕な天分にとっては、空疎な言葉ではなかった。――死者たちの心霊（スピリット）は遅い時間に、夜の使者として、最終の会のときに来るのだった。それらのメッセージをジャージー島の記録は保存している。「すべての偉人は二つの作品において影響を及ぼす。生きているあいだに創る作品において、そしてその霊の作品においてである。……生者は最初のほうの作品に身を捧げる。だが夜、深い静寂のなか――おお恐ろしい！――霊創造者が、この生者のうちに目覚めるのだ。何だって、と人間は尋ねる、あれでまだ全部ではないのか。――いいや、と霊は答える、目覚めて身を起こせ、嵐が起こった、犬や狐が吠えている、あらゆるところには闇、自然は戦慄し、神の鞭のもとで身をすくませている。……霊創造者は亡霊（ファントーム）観念を見る。言葉が逆立ち、文は慄然とし……窓ガラスはうっすらと曇り、不安がランプを襲う。……気をつけよ、生ある者よ、気をつけよ、俗世の人間よ、地上に由来する思想の臣下であるお前よ。というのも、ここにあるこれは狂気であり、ここにあるこれは墓であり、ここにあるこれは無限なものであり、ここにあるこれは亡霊観念だからだ」（ギュスターヴ・シモン『ヴィクトール・ユゴーの家にて――ジャージー島のこっくりテーブル　交霊会の記録』一九二三年）。ユゴーがこの箇所で定着している、不可視のものの体験における宇宙的な戦慄は、憂鬱（スプリーン）の状態においてボードレールを圧倒した剝き出しの恐怖とはまるで類似点をもたない。そしてまたボードレールはユゴーの企てにほとんど理解を示さなかった。「真の文明は、こっくりテーブルにはない」（「赤裸の心」三二参照）とボードレールは言った。しかしユゴーの関心事は文明ではなかった。彼は霊界こそ本当のわが家と感じていた。それは家庭を宇宙的に補うものであったといえよう。家庭でも恐怖なしにはすまなかったのである。お化けたちとのユゴーの親密さは、それらから恐ろしさを大いに取り去っている。霊界もまた忙しく活動せねばならず、すり切れてぼろぼろになっていることがお化けたちの様子に露見しているのである。夜の幽霊と対になるのは、とるにたりない抽象名詞たちであるが、当時もろもろの記念碑に住みついていたような多少とも含蓄ある具象化として登場する。「ドラマ」「抒情詩」「ポエジー」「思想」その他似たような多くの抽象名詞が、ジャージー島の記録のなかで、混沌の合唱とならんで無邪気に声をあげている。

＊1「精霊、守護神」、また「創造的精神」、さらには「天才」を意味する。『ドイツ悲劇の根源 上』二三〇―二三二ページ、および二三三ページの訳注＊12参照。

＊2「死ぬ」を意味する表現。本書三三一―三三三ページ原注（16）参照。

霊界の見渡しきれないほどの諸集団――これが謎（霊界と大衆とがどう関連するか）を解答に近づけるかもしれない――は、ユゴーにとっては何よりも、読者公衆なのだ。彼の作品が〈話すテーブル〉のモティーフを取り上げていることは、彼がいつもそうしたテーブルで作品を書いていたことに比べれば、奇妙ではない。彼岸がユゴーに惜しまなかった喝采は、亡命中の彼に、高齢になったとき故郷で自分を待ち受けているはずの測り知れぬ喝采についての予感を与えてくれた。彼の七十歳の誕生日、首都の民衆がエロー街の彼の家に押し寄せてきたとき、絶壁に砕け散る波のイメージが、そしてまた霊界のメッセージが、現実になったのであった。

大衆（マッセンダーザイン）というあり方の究めがたい暗さは、最後にまた、ヴィクトール・ユゴーの革命的思弁の源泉でもあった。『懲罰詩集』において解放の日は次のように言われている。

> われわれを略奪する者たち、われわれの無数の暴君たちが
> 闇の底で何者かが動き回っていることを理解するであろう、その日。　（「隊商 Ⅳ」）

〈群衆〉を徴（しるし）とする被抑圧者大衆のイメージは、信頼すべき革命的判断につながりえただろうか。このイメージは、革命的判断の——何に由来するのであれ——偏狭さが明白なかたちをとったものではなかったか。一八四八年十一月二十五日の議会での論争においてユゴーは、カヴェニャック（一八〇二—五七年。フランスの将軍、政治家。一八四八年の二月革命後、陸相となる）が六月蜂起を野蛮に弾圧したことを罵っていた。だが六月二十日には、（二月革命後、失業者救済のために設けられた）国立作業場（アトリエ・ナショナル）に関する討議の際、次のような言葉を吐いていた。「君主政には有閑生活者がいたが、

共和政には怠け者がいる」[19]。ユゴーには、日常の浅薄な見解および未来についてのきわめて軽信的な見解といえるような反応が、自然と民衆のふところで形成される生についての深い予感とならんで見出される。この反応と予感を媒介することに、ユゴーはついに成功しなかった。媒介の必要性を感じなかったからこそ、生涯にわたる作品の巨大な自負、巨大な量、そしておそらくはまた同時代人への巨大な影響が出てきたのだ。『レ・ミゼラブル』の「隠語」と題された章〔第四部第七章〕においては、ユゴーの本性の相争うふたつの面が、感嘆するほどけわしく対立している。下層民の言葉が作られる仕事場を大胆に眺めわたした後で、作家はこう結論する。「一七八九年以来、全国民は純化した個人となって伸展している。貧しい者がいるとしても自己の権利をもち、それによって光を浴びている。食うや食わずの人間でも、内面にフランスの名誉を担っている。公民の尊厳は内心の武器である。自由な者は良心的であり、投票する者が支配する」。ヴィクトール・ユゴーが見ていたのは、成功にこの上なく恵まれた作家としての経歴と輝かしい政治家としての経歴がもたらした経験が、彼の眼前に提示するものごとのありようだった。彼は作品に集団的な題名をつけた最初の大作家だった——『悲惨な人びと（レ・ミゼラブル）』『海の労働者たち』。群衆（メンゲ）とは彼にとって、ほとんど古代的な意味で、クリエント〔被保護者、弁護依頼人、顧客（一六七ページの訳注＊参照）〕の群れ（メンゲ）を意味していた——これはすなわち彼の読者大衆および彼に投票する大衆であった。ユゴーは、ひとことで言えば、遊歩者ではなかった。

ユゴーとともに歩み、ユゴーがともに歩んだ群衆にとって、ボードレールに相当する人はいなかった。しかしボードレールにとって彼ら、この群衆は実在していた。彼らを眺めることが日々、ボードレールに自分の失敗の深さを測る機会となった。これは、彼が群衆を眺めたがったさまざまな理由のうちでも、おそらく相当に重要な理由であった。あのように、いわば間歇的にかたまりをなして彼に取りついた絶望的な己惚(うぬぼ)れは、彼がヴィクトール・ユゴーの名声をたねに養ったものだった。さらに激しくボードレールを刺激したのは、ユゴーの政治的な信仰告白であったにちがいない。これは市民(シトワイヤン)の信仰告白であった。大都市の大衆がユゴーの心を迷わせることはありえなかった。彼は大都市大衆のなかに、民衆(フォルクスメンゲ)の群れを再認した。彼はこの者たちと同質でありたいと願った。世俗主義〔国家と教会の分離を主張してカトリック教会の干渉に反対した自由主義運動〕、進歩、民主主義が、ユゴーが人びとの頭上で振った旗印であった。この旗印は、大衆(マッセンダーザイン)というあり方を美化した。それは、個人を群衆から分け隔てる敷居を影で覆い隠した。この敷居をボードレールは守った。それが彼とヴィクトール・ユゴーの違いであった。しかしボードレールは次の点でユゴーと似ていた。すなわち彼もまた群衆というかたちで現われる社会的仮象を、仮象だと見抜くことができなかったのである。それゆえに、ボードレールが群衆に対してつきつけた指導的イメージは、群衆についてのユゴーの観念と同じく無批判的であった。このイメージとは英雄(ヘーロス)〔ギリシア神話の半神、古代英雄〕である。ヴィクトール・ユゴーが大衆を近代的叙事詩のなかで〔近代〕英雄（ヘルト）〔ドイツ語 Held には「主人公」の意味もある――一三〇ページ以下参照〕として祝う、その同じ瞬間に、ボードレールは大都市の大衆のなかに〔近代〕英雄（ヘルト）の避難場所を探し求める。市民（シトワイヤン）としてユゴーは自分を群衆のなかへ移し入れ、英雄（ヘーロス）としてボードレールは自分を群衆から隔てる。

Ⅲ　近代（モデルネ）

ボードレールは芸術家についての彼のイメージを、〔近代〕英雄（ヘルト）のイメージに基づいて作り上げた。二つのイメージは、そもそもの始めから支えあっている。「意志の力というのは、とても貴重な、つねに実りをもたらす才能であるにちがいない。というのもそれは、……二級の作品にすら、かけがえのない特徴を与えるに十分であるのだから。……眺める者は努力を享受し、その眼は汗を飲む」と「一八四五年のサロン」〔一八四五年、「ロベール・フルーリ」の節〕にある。その翌年に書かれた「若い文学者たちへの忠告」には、「明日の作品を執拗に観想すること」が霊感の保証である、という見事な定式化が見られる。ボードレールは「霊感を受けた人びとの身にそなわる無頓着さ（アンドランス）」〔「わが同時代人の数人についての省察」Ⅱ「オーギュスト・バルビエ」一八六一年〕を知っている。「夢想から芸術作品を生じさせる」（チボーデ『内面の作家たち』一九二四年、からの引用）にはどれほどの仕事が必要であるかを、ミュッセのような人は決して理解しなかったという。それに対しボードレールは最初の瞬間から、自前の規範集、自前の諸規約とタブーをもって、読者公衆のまえに登場する。バレス（一八六二―一九二三年。フランスの作家）は「ボードレールのどんなささいな語彙のなかにも、彼をかくも偉大なものへと至らしめた数々の努力の痕跡が認められる」（アンドレ・ジッド「ボードレールとファゲ氏」一九一〇年、からの引用）と主張する。グールモン（一八五八―一九一五年。フランスの批評家、作家）は「ボードレールは神経の危機のなかにまで、なにか健全なものを維持している」（レミ・ド・グールモン『文学散歩』第二巻、一九〇六年）と書いている。最もうまい言い方をしているのは象徴主義者（サンボリスト）のギュスターヴ・カーン（一八五九―一九三六年。フランスの詩人）であって、「詩の仕事はボードレールにあっては、肉体的な骨折りのごとくであった」（ボードレール『赤裸の心・火箭』ギュスターヴ・カーン序文、一九〇九年）と述べている。このことの証拠は作品中に見出される――ひとつの隠喩（メタファー）においてであって、これは詳しく考察するに値する。

それは剣士の隠喩である。ボードレールはこの隠喩を用いて、戦闘者の諸特徴をアルティスト（職人的芸術家、技巧家）のものとして提示することを好んだ。彼は愛する友コンスタンタン・ギースを描写しようと、世の人が寝ている時刻にギースを訪れる。「この男はテーブルの上に身をかがめて、昼間自分の周囲の事物の上に注いでいたのと同じ鋭い視線を紙の上に投げ、鉛筆、ペン、あるいは絵筆を剣のように振るい、グラスの水を天井に迸ら（ほとばし）

せ、シャツでペンをぬぐいながら、まるでイメージが自分から逃げていくのを恐れているかのように、大急ぎで、勢い激しく仕事を追い、ひとりでいながら喧嘩腰で、われとわが身を小突きまわしている」〔「現代生活の画家」三〕。このような「気まぐれな撃剣（ファンタスク・エスクリム）」を行なっている自分の姿を、ボードレールは「太陽」の第一連で描いている。そしてこれは『悪の華』のなかで、詩の作業に従事している彼を示しているおそらく唯一の箇所である。あらゆる芸術家が行ない、そして「敗北する前に、驚愕のあまり絶叫する」（エルネスト・レノー、前掲書からの引用〔『パリの憂鬱』三「芸術家の〈告白の祈り〉」参照〕）決闘は、この詩では牧歌の枠にはめ込まれている。決闘の暴力的なところは後景に退き、決闘はその魅惑を感じさせる。

古い場末町（フォーブール）、そこでは陋屋（ろうおく）の窓々に、
ひそかな淫蕩を隠す鎧戸（よろいど）が垂れているのに沿って、
折しも残酷な太陽が、光の箭（や）の数を倍にして、
都市にも野や畑にも、屋根にも麦にも、照りつける時、
私はひとり、わが気まぐれな撃剣の稽古に出かける、
あらゆる街角に偶然のもたらす韻を嗅ぎつけ、
語に躓（つまず）くことあたかも鋪石（しきいし）に躓くがごとく、

時には、久しく夢みてきた詩句に突き当たりつつ。

この韻律法的経験に、散文のなかでもしかるべき表現を与えること、ボードレールが散文詩集『パリの憂鬱』で追究した意図のひとつはこれであった。『プレス』紙の編集長アルセーヌ・ウーセ（一八一五―九六年。フランスの作家）に捧げられた序文には、この意図とならんで、あの経験の底には本当は何があったかということが述べられている。「われわれのうちのいったい誰が、野心にあふれた日々に、詩的散文の奇蹟というものを、夢みなかったでありましょうか。それは律動（リズム）も脚韻も欠きながら音楽的で、魂の抒情的な動きや夢想の波のようなうねりや意識のショックにぴったりと合うほど、十分しなやかでかつ十分にぎくしゃくとしていなければならないのです。一つの固定観念にもなりうるこの理想は、わけても、もろもろの巨大な都市と、そこに交錯する数知れぬ関係になじんでいる人の心を捉えるのでしょう」。*

* 「それは剣士の隠喩である」からここまでの三十二行に関しては、本書二六二ページ以下も参照。

この律動（リズム）を実感し、こうした仕事のやり方を追究してみる気があれば、ボードレールの遊歩者が、そう思われるほどには詩人の自画像ではない、ということが分かってくる。現実のボードレール、すなわち自らの作品に没頭するボードレールの、ひとつの重要な特徴が、この像には入っていないのだ。この特徴とは、放心状態である。――遊歩者にあっては、物見高さが勝利を祝う。物見高さは観察において精神集中することがありうる。これはアマチュア探偵を生む。物見高さは、ぽかんと口をあけて見とれている人の状態にとどまることもありうる。その場合、遊歩者は野次馬（バドー）と化している。(20)大都市についての示唆に富んだ描写は、アマチュア探偵によるものでもなければ野次馬によるものでもない。示唆に富んだ描写は、都市をいわば放心状態で、考えごとあるいは悩みごとに没入して、横切っていった者たちによって書かれたのである。「気まぐれな撃剣（ファンタスク・エスクリム）」というイメージは彼らにふさわしい。観察者の心身状態とはまったく異なる、この者たちの心身状態に、ボードレールは狙いをつけていた。チェスタトン（一八七四―一九三六年。イギリスの評論家、小説家）はディケンズに関する著書において、考えごとに没入して大都市を歩き回る人びとの姿を、見事に捉えている。チャールズ・ディケンズの恒常的な彷徨は、すでに子供時代に始まっていた。「仕事が終わると、うろつきまわる以外にすることがなかった。ロンドンの半分ほどもうろついたのだ。夢想がちな子供だった。自分の悲しい運命が、ほかの何よりも思いわずらいの種だった。……暗くなるとホルボーン区の街灯のもとに立ち、そしてチャリングクロス（ロンドン中心部にある繁華な広場）では殉教の苦しみを味わった」。「まじめくさった連中とちがい、彼は観察することを目指していたわけではなかった。チャリングクロスを眺めたのは、自己修養のためではなかった。ホルボーンの街灯を数えたのは、算術の勉強のためではなかった。……ディケンズは自分の心にそれらのものを刻みつけたのではない。むしろ、自分の心をそれらのものに刻みつけたのだ」(G・K・チェスタトン『チャールズ・ディケンズ』、ロラン／マルタン＝デュポン仏訳〔一九二七年、原著は一九〇六年〕)。

晩年のボードレールは、パリの街路をひんぱんに逍遥者として歩き回るわけにはいかなかった。債権者に追いかけられ、病気の兆候が現われ、さらには愛人との不和が加わった。心配事が彼を苦しめたときのショックを、そしてそれらを受け流すためのたくさんの思いつきを、詩を書くときのボードレールは、彼の韻律法における牽制動作(フェイント)のなかに写し取っている。ボードレールが詩のために費やした労働を撃剣というイメージのもとに認識することは、この労働を、ごく小さな即興の切れ目ない連続として捉える見方に習熟することにほかならない。彼の詩のさまざまな異稿は、いかに彼がたえまなく仕事し、その際きわめてささやかなことにどれほど気を使ったかということを証明している。この探索行——その途上、パリのあちこちの街角でボードレールは、詩という世話の焼ける子供たちに出くわすのだが——は必ずしも自発的なものではなかった。ピモダン館〔パリ市内のサン＝ルイ島にある〕に住んでいた文士生活の最初の年月〔一八四三—四五年〕、彼は仕事のあらゆる痕跡を——書き物机をはじめとして——自分の部屋から追放してしまっており、この秘密厳守ぶりは友人たちを驚嘆させたものだった。(21) 当時彼は、比喩的にいえば、街路の征服を目指していたのだ。後年、市民的生活をなし崩しに放棄していったとき、街路はますます彼にとって避難場所となった。だが、市民的生活の脆弱(ぜいじゃく)さの意識は、遊歩のうちに初めからあった。遊歩はこの禍（わざわい）を転じて福となすのであり、そこに示されるのは、ボードレールにおける英雄（ヘーロス）の概念をすみずみまで特徴づけている構造である。

ここで仮装をまとわされる〔粉飾・美化される〕禍（ノート）は、物質的な貧しさ（ノート）だけではない。それは詩の生産に関係する。ボードレールの経験の千篇一律さ、彼の諸観念のあいだに媒介が欠如していること、彼の筆致に見られる凝固した動揺*、それらが暗示するのは、豊富な知識と広い歴史的展望が人間に与えてくれるような余裕をボードレールはもっていなかった、ということである。「ボードレールには作家として、ある大きな欠陥があったが、それに彼自身はまったく気づいていなかった。彼は無知だったのだ。知っていることは徹底的に知っていた。だが知っていることはわずかだった。歴史、生理学、考古学、哲学は、彼には疎遠なままだった。……外界は彼の関心をほとんど引かなかった。外界を感じ取ったことはあるかもしれないが、いずれにせよ研究したことはなかった」（マクシム・デュ・カン『文学的回想』第二巻、一九〇六年）。こうしたたぐいの批評（ジョルジュ・ランシー『文学者たちの表情』一九〇七年、参照）に対する反論として、仕事をする人間には無愛想さが必要であり有用なのだ、特異体質めいたところがなければどんな生産〔創作〕も不可能だ、と指摘することがすぐに考えられるし、これは正当な反論である。しかし反面、そのような指摘は、生産〔創作〕する者がある原理、すなわち〈創造的なもの〉の名のもとに過大な評価を要求するのを助長してしまう。この要求は、生産する者の自尊心をくすぐりつつ、この者とは敵対する社会秩序の利益をものの見事に守るがゆえに、ますます危険である。ボエームたちの生活ぶりは、創造的なものへの迷信を世に広めるのに貢献した。この迷信に対しマルクスは以下のような確認をしているが、これは手仕事とまったく同様に精神労働にも当てはまるのだ。すなわち、ゴータ綱領草案〔一八七五年にドイツの都市ゴータで開かれたドイツ労働運動の大会に提出するために作られた〕の最初の文、「労働はすべての富とすべての文化の源泉である」について、マルクスはこう批判的な注釈を加えている――「ブルジョワたちが、労働には超自然的な創造力がそなわっているかのような作りごとを言うのは、はなはだもっともである。というのも、労働は自然によって制約されているというまさにそのことの結果として、自分の労働力以外にいかなる財産ももたない人間はあらゆる社会状態・文化状態において、物的労働条件の所有者となっている他の人間たちの奴隷たらざるをえないのであるから」（『ドイツ労働者党綱領評注』、コルシュ編、一九二二年）。精神労働の物的条件に属するものを、ボードレールはほとんど所有していなかった。蔵書から住居にいたるまで、パリのなかでも外でもつねに不安定な生活を送るあいだに彼が断念せずにすんだものはなかった。一八五三年十二月二十六日の母親宛ての手紙にはこう書かれている。「僕は肉体的苦痛には慣れていて、破れて風の通るズボンと上着のしたに、二枚のシャツをかくも上手に着込むすべを心得ているほどですし、穴のあいた靴に藁で、それどころか紙で底をつけることに熟練しているので、もうほとんど精神的苦痛しか感じません。

けれども告白しなければなりませんが、これ以上服が破けるのではないかという恐れから、急な動きをしないように、あまり歩かないようにするところまで、いまや来てしまっています」。ボードレールが英雄（ヘーロス）のイメージのうちに美化（フェアクレーレン）した〔浄化・変容させた〕諸経験のうち最も曖昧ならざる経験は、かくのごときものだった。

＊この表現は、ドイツの作家ケラーの詩「失われた正しさ、失われた幸福」（一八五二年成立）のなかの「凝固した動揺の姿は／メドゥーサの盾のようだった」という箇所から取られたもの。

〈所有物を奪われた者〉はこの時期にまた別の場所でも英雄（ヘーロス）のイメージのもとに、しかも皮肉な形で登場する。マルクスの著作においてである。マルクスは、もろもろの〔初代〕ナポレオン的観念[＊1]について語り、こう言う。「〈ナポレオン的観念（イデー・ナポレオニエンヌ）〉の頂点は、軍隊の優位である。軍隊は、分割地農民の名誉（ポワン・ド・ヌール）にかかわる事柄であり、……英雄（ヘーロス）になった分割地農民自身であった」。しかしいまや、三代目ナポレオン[＊2]のもとで、軍隊は「もはや農民青年の精華ではなく、農民ルンペン・プロレタリアートの泥沼の花である。軍隊は大部分、ランプラサン〔徴集された兵に代わる身代わり兵〕……からなっていて、二代目ボナパルト自身がナポレオンのランプラサンつまり身代わりにすぎないのと同じだ」〔『ルイ・ボナパルトのブリュメール十八日』〕。この光景から、撃剣を行なう詩人のイメージに視線を戻すと、後者のイメージは数秒間、略奪兵のイメージにオーバーラップされて見える。すなわち、詩人とは別なふうに〈撃剣を行ない〉ながら、あたりをさ迷う傭兵のイメージにである。[22]

しかし何よりもボードレールの、目立たない抑格脱落（ジュンコペ）〔以下の引用の最終行、quelque と héroïsme のあいだが詰まった感じになっていることを指すのであろう〕をもつ有名な二行が、マルクスの語っている社会的空洞の上方に、よりはっきりと反響する。その二行とは、「小さな老婆たち」の第三の詩の第二連を締めくくるものである。この二行にプルーストは、「これを凌駕することは不可能に思えます」（「ボードレールについて」一九二一年）という評言を与えている。

ああ！　あれらの小さな老婆たち、幾度私はその後をつけたことか！
なかでも、あるひとり、沈む陽が紅（くれない）の傷口を
いくつもつけて天を血まみれにする時刻、
想いに沈みながら、ひとり離れてベンチに坐り、
聴こうとしていたのは、兵士たちが、時おり、われらの公園に
波とあふれさせる、金管（ブラス）の音も高らかな、ああした野外演奏会（コンサート）、
それは、生命（いのち）よみがえる心地のする、あれら黄金（こがね）の夕べに、
若干の英雄的な気分（quelque héroïsme）を、都市に住む者の心に注ぐ音楽。

窮乏化した農民の子息たちからなる吹奏楽団は、その旋律を貧しい都市住民のために響きわたらせる――彼らが与える英雄的(ヘロイスムス)な気分は、その薄っぺらさを「若干の(quel-que)」という語のなかに恥ずかしそうに隠しており、まさにこの身振りにおいて真正である。それは、この社会からなおも生み出されうる唯一の英雄的(ヘロイスムス)な気分なのだ。この社会の英雄(ヘーロス)たちの胸には、軍楽のまわりに集まる細民の胸に場所をもたないような感情は宿らないのである。

*1 ルイ・ナポレオン(マルクスは彼をルイ・ボナパルト、二代目ボナパルトと呼んでいる)は一八三九年に著書『ナポレオン的観念』を出しており、マルクスは、彼の政治を論ずるにあたり、この題名をあてこすっているのである。

*2 ルイ・ナポレオンが皇帝となりナポレオン三世と称するのは一八五二年十二月で、マルクスのこの著作が発表されたのちのことである。

この詩で「われらの」と言われている公園は、都市居住者――彼が非公開の大庭園に憧れても、その憧れはむなしくその周囲をかすめるのみである――に開かれている。公園にいる公衆は、遊歩者の周囲に波打つ人びとと、完全に同じではない。ボードレールは一八五一年にこう書いている。「この病める住民たち――仕事場の埃(ほこり)を吸いこみ、綿毛を呑みこみ、鉛白や水銀や、優秀な製作物の生産に必要なありとあらゆる毒物を身にしみこませている……住民たち――の劇〔光景〕に心動かされずにいることは、いかなる党派に属する者であろうと、不可能だ。この溜息をつき憔悴している住民たち、だが地上にもろもろの驚嘆すべきものがあるのは彼らのおかげだ。彼らは真紅の血が血管のなかで波立つのを感じ、そして太陽や大庭園の日陰に、悲しみに重くなった長きまなざしを投げる」（「ピエール・デュポン著『歌と歌謡』への序文」）。この住民を背景として、英雄(ヘーロス)の輪郭が浮かび上がる。そのようにして現われる画面に、ボードレールは自分の流儀で題名をつけた。この絵のしたに、「近代性(ラ・モデルニテ)」という言葉を記したのである。

英雄(ヘーロス)こそが近代性(モデルニテ)の真の主体である。すなわち、近代を生きるためには、英雄的(ヘローイシュ)な心身状態が必要だということである。これはバルザックの意見でもあった。バルザックとボードレールはこの意見をもって、ロマン主義に対立する。二人は情熱と決断力を、ロマン主義は断念と献身を美化(フェアクレーレン)して描く。ただし、抒情詩人ボードレールにおいて、新しいものの見方は、小説家バルザックにおけるより、はるかにきめ細かく、はるかに留保に富む。それがどのようにであるかということを示すのは、二つの修辞的形象である。バルザックもボードレールも、英雄(ヘーロス)を近代的な姿で読者に紹介する。バルザックにおいては、古代ローマの剣士(グラディアートル)変じて出張セールスマン(コミ・ヴォワイヤジュール)となる。大商用旅行者ゴディサールは、トゥーレーヌ地方を担当するための準備を整える。バルザックはそのさまざまな作業を描写してから、中断してこう叫ぶ。「何という競技者！　何という闘技場！　そして何という武器！　つまり彼と、世界と、彼の弁舌！」（「名うてのゴディサール」（中篇小説、一八三三年））。それに対してボードレールは、剣士奴隷をプロレタリアのうちに再認する。葡萄酒が無産者に与えるべき約束のうち、詩「葡萄酒の魂」の第五連は以下のものを挙げる――

きみの細君をうっとりさせて、その眼に火を点そう。
きみの息子には、力と色艶をとり戻してやり、
人生のかよわい競技者である彼のために
闘士の筋肉を強くする油ともなってやろう。

賃労働者が日々の労働においてなすことは、古代ローマの剣士に喝采と名声を得させたものに少しも劣らない。このイメージは、ボードレールが得た最良の認識と同質であって、彼自身の状況についての熟考に由来する。「一八五九年のサロン」(一八五九年)の一節は、彼がこの状況をどのように見てほしかったかを示している。「ラファエロ(一四八三―一五二〇年。イタリアの画家)やヴェロネーゼ(一五二八―八八年。イタリアの画家)のような人たちが、彼らの後に現われ出た取り柄あるものを貶めようという見えすいた意図をもって星の高さにまで誉め上げられるのを耳にするとき、……私は自問するのです、彼らの取り柄とすくなくとも同等な取り柄は……、敵対的な雰囲気と郷土のなかに顕現して勝利を収めたのであるからして、無限により多く取り柄があるのではないか、と」。――ボードレールは自分のテーゼを目立つように、い

わばバロック風な照明を当てて、文脈のなかにはめ込むことを好んだ。テーゼ相互間の関連を──それがある場合だが──覆い隠すことは、彼の理論的な国是のひとつだった〔八一ページ参照〕。そうした陰の部分は、書簡を参照することでほとんどつねに解明できる。いま挙げた一八五九年の箇所は、そうした手続きなしでも、それより十年以上前に書かれた特に奇妙な文章との疑問の余地なき関連を、はっきり認識させてくれる。以下の一連の考察は、この関連を再構成するものである。

人間の自然な生産的飛躍（エラン）に対して、近代がつきつける抵抗は、人間の力とは比較にならぬほど大きい。人間が打ちしおれて死に逃避するのは当然である。近代をしるしづけるものは自殺──己れに敵対する志操をまったく認めない英雄的（ヘローイシュ）な意志を確認する自殺、ということにならざるをえない。この自殺は断念ではなく、英雄的（ヘローイシュ）な情熱（Passion〔受難〕）である。それは、もろもろの情熱（ライデンシャフト）の領域における、近代の征服そのものである。[23] かくして、すなわち近代〔現代〕の生の特殊な情熱[*1]（passion particulière de la vie moderne）として自殺は、近代の理論に捧げられた古典的な箇所に登場する。古代の主人公（ヘルト）の自死は例外的なものである。「オイテー山上のヘーラクレース〔ギリシア神話に登場する英雄〕、ウティカのカトー〔前九五―前四六年。小カトーとも呼ばれる。古代ローマの政治家、文人〕、クレオパトラ〔前六九―前三〇年。古代エジプトの女王〕、……彼らを除くなら、いかなる自殺を諸君は昔の表現のなかに見いだすであろうか？」〔「一八四六年のサロン」一八「現代生活の英雄性について」〕。ボードレールが近代の表現のなかに自殺を見出しているというわ

レーテル「勝ち誇った〈死〉」（『もうひとつの死の舞踏、1848年における』1849年、より）

けではない。先の文章につづくルソー（一七一二―七八年。フランスの思想家）とバルザックへの言及は不十分なものである。*2だが、そうした表現の原料を、近代は用意している。そしてそれを使いこなす巨匠を待っている。この原料が堆積している地層、それらはまさに、どれも近代の基盤をなすことが明らかな地層である。近代の理論のための最初の覚書〔「一八四五年のサロン」〕が生まれたのは一八四五年である。同じ時期に、自殺の観念が労働者大衆のうちに広まった。「ひとりのイギリス人労働者が、パン代をもう稼げないと絶望して自殺する様子を描いた一枚の石版画を、人びとは奪いあうように求める。それどころか、ある労働者はウージェーヌ・シューの住居に行って、そこで首を吊る。こんな書置きを手にして――『……私たちに味方し私たちを愛してくれる人と同じ屋根の下で死ねば、より楽に死ねるかもしれない、と思ったのです』」（シャルル・ブノワ「一八四八年の人間」Ⅱ、一九一四年）。印刷工アドルフ・ボワイエ（一八〇四―四一年。フランス人）は一八四一年に『労働者の状況および労働組織によるその改善について』という小冊子を刊行した。これは、同職組合のしきたりにとらわれた古い遍歴職人団体を、労働組合に加入させようとした穏健な論述だった。効果はなかった。著者は自殺し、そして公開書簡において、苦労した仲間たちに、自分のあとに続くよう要求した。自殺がボードレールのような人の眼に、反動の時代において都市の病める（ミュルティテ）住民たち（ユド・マラデイヴ）（一八三―一八四ページの引用文参照）に唯一残された英雄的な行為、と映った可能性はきわめて大きい。[*3] ボードレールはレーテル（一八一六―五九年。ドイツの画家）の描く〈死〉を大いに賛嘆していたが、彼はこの〈死〉〈死神〉を、画架のまえに立ち、自殺者たちのさまざまな死に方をキャンバスに写しだす、しなやかな腕をもった素描画家として見ていたのかもしれない。この絵の色彩についていえば、そのパレットを提供したのは、流行（モード）だった。

*1　「一八四六年のサロン」の第一八章「現代生活の英雄性について」に以下の一文がある。「おのおのの美の特殊な要素は情熱から来るのであり、われわれはわれわれの特殊な情熱を持っているからして、われわれの美を持っている」。これに続くのが、以下に引用される「オイテー山上の……」という箇所である。

*2　ボードレールはルソー（その死は自殺であったという伝説が彼の死後広まった）とラファエル・

ド・ヴァランタン（バルザックの長篇小説「あら皮」の主人公）の自殺に触れている。
＊3　ボードレールは未完の論文「哲学的芸術」において、死神を描いたレーテルのデッサンによる木版画集『もうひとつの死の舞踏、一八四八年における』などを紹介し、レーテルにおける「ドイツ流の叙事的寓意（アレゴリー）の天才」を賞賛している。

七月王政〔一八三〇―四八年〕以降、男の服装は黒と灰色が主流になりはじめた。この革新をボードレールは「一八四五年のサロン」で扱った。この処女作の結語において、彼は以下のように論ずる。「今日の生活からその叙事的な側面をつかみ出し、色彩もしくはデッサンをもって、われわれがネクタイを締めワニス塗りの長靴を履いたままでいかに偉大であり詩的であるかを、われわれに見せ、理解させてくれることを能（よ）くするであろう人、その人こそは画家、真の画家であろう。――本当の探求家たちが、来年こそは、真に新たなものの到来を祝うというあの格別な喜びを、われわれに与えてほしいものだ」〔強調はボードレールによる〕[*1]。一年後にはこう述べられている。「現代の英雄のかぶっている皮すなわち燕尾服はといえば、……この燕尾服も、その美しさを、その固有の魅力をもっていはしないだろうか？　それは、われらの時代に必要な衣服ではないのか？　われらの時代は悩んでおり、痩せた黒い肩の上にまで、いつも変わらぬ喪の象徴を担っているのだから。黒い燕尾服やフロックコートは、普遍的な平等の表現という、その政治的な美しさをもつだけではない。公衆の精神状態の表現という、詩的な美しさももつということに、とくと留

レーテル「絞殺者としての死」1847—48年

意していただきたい。この精神状態を表現するのは、葬儀人夫の涯しもない行列——政治の葬儀人夫、恋する葬儀人夫、市民の葬儀人夫である。われわれはみな何らかの埋葬を執り行ないつつあるのだ。——悲嘆をあらわす揃いの仕着せは、平等の証しである。……しかめつらをしているような生地の襞、死んだ肉のまわりをとりまく蛇たちのように寄る襞は、それなりの神秘的な優美さをもっていないだろうか？」〔「一八四六年のサロン」一八〕。こうした観念は、先に触れたソネットで、喪服を着た通りすがりの女が詩人に及ぼす深い魅惑に関与している。一八四六年の文章は次のように締めくくられる。「というのも、『イーリアス』〔古代ギリシアの叙事詩〕の英雄たちも御身らの足もとにようやく及ぶに過ぎないからだ、おおヴォートラン[*3]、おおラスティニャック、おおビロトー[*2]、——そして御身、おおフォンタナレス、御身の苦悩を、われわれ皆が身にまとう引きつったような喪のフロックコートに包んで公衆に語ることは敢てしなかった人よ。——そして御身、おおオノレ・ド・バルザック、御身が御身の胎内から引き出した人物たちことごとくのなかでも[4]最も特異、最もロマンティックで、最も詩的な人物である御身よ！」

＊1　「真に」はボードレールの原文にはない。本書二一五ページも参照。また三四ページおよび六三ページ以下参照。

＊2　ヴォートランとラスティニャックはバルザックの長篇小説『ゴリオ爺さん』などに登場する人物。ビロトーは同じくバルザックの長篇小説『セザール・ビロトーの隆盛と凋落の物語』の主人公。

＊3　十六世紀を舞台とするバルザックの戯曲『キノラの術策』の主人公で、ガリレイの弟子。時代と戦うこの人物にバルザックが現代の衣服を着せなかったことを、ボードレールは遠まわしに非難している。この事情をベンヤミンはよく理解していなかったらしく、以下の部分のベンヤミンによる訳はやや不適切なものになっているので、原文に即して修正した。

＊4　ボードレールの原文にはこのあとに「最も英雄的、」とあるが、この部分をベンヤミンは訳に当たってなぜか落としてしまっている。

十五年後、南ドイツの民主主義者フリードリヒ・テーオドーア・フィッシャー（一八〇七―八七年。ドイツの美学者、著作家）は、紳士モードの批評のなかで、ボードレールと同様の認識に至る。ただしアクセントの置き方は異なっている。ボードレールにおいては色調として、近代の薄暗くなりゆく眺望のなかに入り込むものが、フィッシャーにおいては政治闘争における抜き身の論拠として手元にある。フィッシャーは、一八五〇年以来支配的な反動をにらみつつこう書く。「旗色を鮮明にするのは滑稽であると見なされ、ぴんとするのは子供っぽいとされる。これでは、服装も無色で、だらりとしていると同時に窮屈なものにならないはずがあろうか」(フリードリヒ・テーオドーア・フィッシャー『批評的巡回』新集第三冊、一八六一年〔「現在の流行についての分別ある考え」〕)。両極端は触れ合うのであって、フィッシャーの政治的な批評は、隠喩的な言葉を打ち出すときには、初期のボードレールのある空想的イメージと重なりあう。「あほう鳥」(『悪の華』所収)というソネット――これは若い詩人が心を入れかえるのを期待して送り出された大洋航海の旅から生まれた――のなかでボードレールは、この鳥たちのうちに自分の姿を見ている。甲板上で船員にさらしものにされて鳥たちが途方にくれるさまを、彼はこう描いている。

甲板の上に水夫らが横たえたかと思うと、
これら蒼穹(あおぞら)の王者たちは、ぎこちなく身を恥じながら
その白く大きな翼をみじめったらしく
櫂(オール)さながら両脇にだらりと引きずる。

この翼ある旅人の、なんと不様(ぶざま)なだらしなさ!

幅広の、ひじの先までたれさがる上着の袖についてフィッシャーは言う。「これはもは

や腕ではなく、退化した翼の痕跡、ペンギンの翼の付け根、魚のひれであり、歩くときにこの不恰好な添え物が揺れ動くさまは、振り回す、ゆっくりと伸ばす、痒いところを掻く、水をかき分ける、といった愚かしい単純な動作のようだ」（フィッシャー、前掲書）。事柄の同じ見方――同じイメージ。

ボードレールは近代の相貌をより明確に規定して以下のように述べるが、その際近代の額（ひたい）にカインのしるし〔犯罪者に現われる罪の目印。旧約聖書『創世記』四―15参照〕があることを否定していない。「ほんとうに現代的〔近代的〕な主題を手がけた芸術家たちの大部分は、公共のそして公式の主題、われらの戦勝だとかわれらの政治的な英雄性だとかでもって満足してきた。それすらも彼らは、渋々ながら、金を払ってくれる政府からの注文であるがゆえに、ものするわけなのである。しかしながら、私的な主題でもって、はるかにもっと英雄的なものがあるのだ。優雅な生活や、大都市の地下を動きまわる無数の浮動的な人間たち――犯罪者や囲われた娘たち――の劇〔光景〕、『裁判所時報』〔半官半民の日刊紙〕や『世界報知』〔政府官報〕はわれわれに証明してくれる、われわれはみずからの英雄性を識るためには目を開きさえすればよいのだと」〔「一八四六年のサロン」一八〕。英雄（ヘーロス）のイメージのなかにここで入ってくるのがごろつき（アパシュ）*1である。ブヌールがボードレールの孤独に関して記している諸特徴は、もともとこのごろつきという人物像に属するものである――「〈私に触れるな（ノーリー・メー・タンゲレ）*2〉、個人が自分の差異のなかに閉じこもってしまうこと」（ブヌール、前掲書)。ごろつきは、もろもろの美徳および法律と手を切ることを誓う。ごろつきは社会契約(コントラ・ソシアル)〔ホッブズ、ロック、ルソーらの考え方で、近代市民社会の原理となった〕に決定的・最終的な破棄宣告を行なう。そのようにして、自分が市民から世界ひとつ分も隔たっていると思う。ごろつきは市民のうちに共犯者の特徴を認めない。すなわちユゴーがきわめて早い時期に『懲罰詩集』で描き、強力な影響を及ぼした特徴である。ただしボードレールの空想には、ユゴーよりはるかに長い生命が与えられることになった。この空想は、ごろつき気質のポエジーを創始する。八十年以上たっても解体していないひとつのジャンルを生み出したのだ。この鉱脈を切り開いた最初の人がボードレールだった。ポーの主人公(ヘルト)は犯罪者ではなく探偵である。他方バルザックの作品には、社会の大いなるアウトサイダーばかりが出てくる。ヴォートランは隆盛と墜落を経験する。彼の経歴はバルザックのあらゆる主人公と等しい。犯罪者の人生行路はほかの人生行路と同様である。フェラギュス〔同名の中篇小説の主人公で、秘密結社デヴォラン組の頭領〕もまた大志を抱き遠大な計画を立てる。彼はカルボナリ党〔十九世紀はじめイタリアに成立した自由主義的な秘密結社で、のちフランスにも作られた〕の同類なのだ。一生のあいだ、大都市的社会の周辺地域に依存しつづけるごろつきは、ボードレール以前の文学には場をもたなかった。『悪の華』のなかでこの主題が最も鋭く打ち出されている「殺人者の葡萄酒」は、ひとつのパリ風ジャンルの出発点となった。このジャンルの〈工房〉は「黒猫(シャ・ノワール)」〔一八八一年から九一年までモンマルトルにあった酒場で、文学者や芸術家の溜り場となった」であった。この店の初期、英雄的（ヘローイシュ）な時代にそこにかかっていた銘は、「通りすがりの人よ、近代的であれ」というのだった。

＊1　大都会、特にパリのごろつきを指す。インディアンのアパッチ族が狂暴と見なされていたことからできた、二十世紀初頭の流行語。

＊2　復活したイエスがマグダラのマリアに言った言葉。新約聖書『ヨハネによる福音書』二〇―17。

詩人たちは社会のごみを自分たちの歩く路上に見いだし、自分たちの英雄的（ヘローイシュ）な題材を、まさにこのごみに見いだす。それによって、彼らが描く高尚な人物タイプのなかに、下劣なタイプが、いわば複写されて入りこむように思われる。このタイプのすみずみにまで浸透しているのが、ボードレールがあのように終始とりくんだ屑屋の諸特徴である。「屑屋たちの葡萄酒」の一年前に、散文によるこの形象の描写が公表された。＊「ここに、首都の一日が生み出した廃物を拾い集める役目を負わされたひとりの男がいる。大都市が投げ出したものすべて、失ったものすべて、蔑（ないがし）ろにしたものすべて、壊したものすべて、彼はそのカタログを作り、それを蒐集する。彼は放蕩の古文書類を、屑物の雑然たる堆積を、閲覧調査する。選り分けて、賢明な選択を行なうのだ。守銭奴が財宝を拾い集めるように、彼が汚物を拾い集めると、それが〈工業〉という女神によって嚙み直されて、有用の、あるいは享楽の品物となるであろう」（「葡萄酒とハシッシュについて」第二章）。この記述は、ボードレールの心に適（かな）う詩人の振舞い方を示す、ただひとつの詳しい隠喩（メタファー）である。屑屋にせよ詩人にせよ――両者とも屑物にかかわる。両者とも、市民たちが眠りに耽っている時刻に、ひとりきりで生業（なりわい）に従事する。身振り（ゲストウス）すら両者ともに等しい。ナダールはボードレールの「ぎくしゃくした歩き方（パ・サカデ）」（フィルマン・マイヤール『知識人たちの街』〔一九〇五年〕からの引用）について語っている。それは、韻の獲物を求めて都市をさ迷い歩く詩人の足取りだ。それはまた、偶然出くわす廃物を拾い集めるために、途上でいつでも足を止める屑屋の足取りにちがいない。この親近性をボードレールがひそかに発揮させようとしたことの証拠は数多くある。ともかくこの親近性はひとつの予言を隠しもっている。六十年後、屑屋に落ちぶれた詩人の弟分が、アポリネールの作品に登場する。〈虐殺された詩人〉クロニアマンタル（「虐殺された詩人」（本書五五ページ参照）一九一六年、の主人公）である。彼は、全世界で抒情詩人たちの一族を抹殺しようとする大虐殺（ポグローム）の、最初の犠牲者である。

＊ 以下に引用される「葡萄酒とハシッシュについて」は一八五一年発表であるから、ここでの「屑屋たちの葡萄酒」は一八五一―五二年稿を指すことになるが、九三ページの訳注＊1に述べたように、「屑屋たちの葡萄酒」には一八四三年に書かれたと推定されている第一稿があり、引用されている箇所はこの第一稿から散文化されたものと思われる。ベンヤミンは原注（5）で第一稿に言及しているにもかかわらず、ここでその存在を失念しているのかもしれない。

ごろつき気質のポエジーのうえには、あいまいな光が射している。廃棄物が大都市の主人公（ヘルト）〔英雄〕たちをなすのか、それとも主人公〔英雄〕はむしろ、そうした素材から作品を造り上げる詩人ではないのか？(24)——近代の理論はこのどちらも認める。だが老いつつあったボードレールは後期の詩「あるイカロスの嘆き」〔一八六二年初出、いわゆる「新・悪の華」詩篇に属する〕のなかで、自分は青春時代、ある種の人間たちのうちに英雄を捜し求めたが、そうした人間たちにはもはや共感できない、ということを仄めかす。

淫売の情夫たちは
幸せだ、元気潑剌、鱈腹食って。
この私はといえば、腕が折れてしまった
雲を抱き締めたがために。

この詩の題名が示すように古代の主人公の代理人である詩人は、近代の主人公(25)——その行為は『裁判所時報』に報告される——に道を譲らねばならなかった。実は、近代の英雄の概念のうちに、この断念がすでに組み込まれているのだ。近代の英雄は没落するようはじめから定められており、この必然性を表現するのに古代悲劇作家が蘇る必要はない。だが、この必然性が正当な扱いを受けたとき、近代の刻限は尽きている。そのあかつきには近代に対する検証が行なわれるだろう。近代自体がいつか古代になりうるかが、近代が終わったあとに明らかになるだろう。

＊ イカロスはギリシア神話に登場する人物で、蠟で翼をつけて空を飛ぶが、太陽に近づきすぎたため蠟がとけ、海に落ちて死ぬ。

この問いかけは、ボードレールの耳にたえず聞こえていた。不死性を求める昔からの欲求は、ボードレールにあっては、いつかは古代の作家のように読まれるようになりたい、という欲求となった。「すべての近代的〔現代的〕なものが、いつか古代的なものとなる価値をほんとうに得る」〔「現代生活の画家」四「現代性」〕こと――これはボードレールにとって、芸術家の使命一般の言い換えである。ギュスターヴ・カーンがボードレールについて、「抒情詩の題材の本性から提供される機会の拒絶」〔カーン、前掲序文〕ということを述べているのはまことに正しい。ボードレールにとって、機会やきっかけにボードレールが冷淡だったのは、先の使命の意識ゆえである。ボードレールにとって、自身がたまたま生まれた時代において古代の英雄の〈使命〉、ヘーラクレースのような者の〈仕事〉に最も近いのは、彼自身にきわめて独自のものとして課せられていた使命、すなわち〈近代に形姿を与えること〉にほかならない。

近代が取り結ぶあらゆる関係のうちで、古代との関係は、最も際立ったものである。このことはボードレールにとって、ヴィクトール・ユゴーにおいて現われる。「宿命はユゴーを駆って、……古き頌詩と古き悲劇とを、……われわれの知る彼の詩篇やドラマにまで変容せしめた」〔「ヴィクトール・ユゴー著『レ・ミゼラブル』書評」一八六二年〕。近代とはひとつの時代を指すが、同時にそれは、この時代のなかで働き、この時代を古代に同化させる力をも指す。ボードレールはユゴーにこの力があることを不承不承、限られた場合にのみ認めた。それに対しヴァーグナーはこの力の無際限な、偽りなき流出である、とボードレールには思えた。「その主題の選択とその劇的な方法とによってヴァーグナーは古代に接近するとしても、その表現の情熱的な精力(エネルギー)によって、彼は目下のところ現代〔近代〕の天性の、最も真実な代表者である」〔「リヒァルト・ヴァーグナーと『タンホイザー』のパリ公演」第四章、一八六一年〕。この文は、ボードレールの近代芸術理論を核心的なかたち(イン・ヌーツェ)で含んでいる。この理論によれば、古代の規範性は、構成の面に限られる。作品の実質と霊感は、近代(モデルニテ)〔現代〕が提供すべきものである。「古代芸術のなかに、純然たる技術(アール)、論理、一般的方法以外のものを研究する者にこそ、禍(わざわい)あれ！　そうした者は、古代に溺れこんで、……機会によって提供される……特権を放棄する」〔「現代生活の画家」四〕。そして、ギースについてのこのエッセイの最後の部分ではこう言われている。「彼はいたるところに、現在の生の一時的な、束(つか)の間(ま)の美を、さきほど読者の許しを得て現代性〔近代性〕と名づけたものの特徴を、探した」〔同前、一三「馬車」〕。ボードレールの説は、要約されると以下のような観を呈する。「美というものは、……永遠、不変の要素と、相対的、偶成的な要素から成り立っており、後者は……時代、流行(モード)、道徳、情熱である。この第二の要素なしには……第一の要素は消化されえない」〔同前、一「美、流行(モード)、幸福」〕。これでは深いところまで達しているとは言えない。

近代芸術の理論は、ボードレールの近代観のなかで、最も弱い点である。彼の近代観は、もろもろの近代的なモティーフを挙げている。近代芸術の理論は、古代芸術との対決を行なうべきだったろう。そうしたことをボードレールは一度も試みなかった。彼の作品のなかに、自然と素朴さの欠落として現われている断念を、彼の理論は捌ききっていない。この理論がポーに依存していること――それは言い回しにまで入り込んでいる――は、この理論の偏った性格のひとつの表われである。そのもうひとつの表われは、この理論が論争的な方向性をもっていることである。すなわちこの理論は、歴史尊重主義という灰色の背景、すなわちヴィルマン[*1]およびクーザン[*2]によって流行っていたアカデミックな訓詁注釈主義からはっきり際立っている。この理論における美学的考察はどれひとつとして、近代を古代と浸透しあったかたちで描いていないが、『悪の華』のいくつかの詩は、そうしたことに成功している。

＊1　一七九〇―一八七〇年。フランスの批評家。ソルボンヌ大学教授、文部大臣をつとめる。ボードレールは未発表のノート「ヴィルマン氏の精神と文体」において彼を徹底的にこきおろしている。

＊2　一七九二―一八六七年。フランスの講壇哲学者、高等師範学校教授。ボードレールは「シェイクスピア生誕記念祭」で、彼を有名人の死を利用する種族の王と呼んでいる。

それらの先頭に立つのは「白鳥」である。これがアレゴリー的な詩であるのは故なきことではない。つねに動いているこの都市が凝固する。それはガラスのように脆く、しかしまたガラスのように透明――その意味に関して――になる。「(都市の形態の／すみやかに変わることは、ああ！ 人の心も及ばぬほど)」。パリの姿は壊れやすい。すなわちパリは、壊れやすさを示すもろもろの比喩イメージに取り巻かれているのだ。それらのイメージには、被造物――黒人女および白鳥――と、歴史的なもの――「ヘクトール〔ギリシア神話の英雄でトロイの王子〕の寡婦にしてヘレノス〔ギリシア神話に登場するトロイの王子で、ヘクトールの弟〕の妻」アンドロマケー〔ギリシア神話に登場するトロイの女性〕――とがある。双方に共通の特徴は、かつて在ったものへの悲しみと、来たるべきものに対する絶望である。近代がみずからを古代に、最終的かつ最も親密に結びあわせる点、それはこの虚弱さである。『悪の華』のなかでパリが出てくるとき、それはつねに虚弱さの斑（Mal〔あざ、傷跡〕）をもっている。「朝の薄明」は、目覚めた者がむせび泣きはじめるさまを、都市という素材に写し取ったものである。「太陽」はこの都市を、陽光を浴びた古い織物のようにすり切れた姿で示す。歳をとっても心配事につきまとわれているので、毎日あらためて諦めの気持ちを抱きつつ仕事道具に手をのばす老人は、都市のアレゴリーであり〔「朝の薄明」末尾参照〕、そして老婆たち――「小さな老婆たち」――は、この都市の住民のなかで唯一、精神化*された人びとである。これらの詩が今日まで数十年間、まったく非の打ち所のないものとして通ってきたのは、これらの詩にはある留保があって、それが武装になっていたからなのだ。すなわち、大都市にたいする留保である。この留保こそがあれらの詩を、以後のほとんどあらゆる大都市文学から区別する。ここで何が問題になっているかを理解するためには、ヴェラーレン（一八五五—一九一六年。ベルギーのフランス語詩人）の一節を見れば十分であろう。

諸悪も、もろもろの狂った時も、
都市が醱酵している悪徳の大樽も、とるに足らないのだ、
もしある日、霧とヴェールの奥から
彫塑された光でできた新たなキリストが立ち現われ、
人類を自分のほうへ持ち上げ
新しい星々の光で人類に洗礼を施してくれるならば。

〔「都市の魂」、『触手のように広がる都市』（詩集）一八九五年、所収〕

* 本書三二七ページおよび三五六ページ参照。

ボードレールはそのような展望を知らない。大都市の虚弱さについてのボードレールの理解が、彼がパリに関して書いた詩の持続力の根源にあるのだ。詩「白鳥」もユゴーに捧げられている。ユゴーが、新たなる古代を現出させているとボードレールに思えた作品を書いた、少数の作家のひとりだったからかもしれない。ユゴー

についてそうしたことが言えるとしての話だが、彼の霊感の源は、ボードレールのそれとは根本的に異なっている。ユゴーは凝固の能力*とは無縁だった。この能力は、――生物学の概念を使ってよければ――一種の死の擬態（Mimesis des Todes〔死の模倣〕）として、ボードレールの詩のなかに幾度となく示されている。それに対し、ユゴーについては地下的（ヒトーニシュ）〔冥府的〕な素質〔一六八ページ参照〕を語ることができる。以下のシャルル・ペギー〔一八七三―一九一四年。フランスの詩人、思想家〕の文章にはユゴーのこの素質が、そう名指されてはいないが、明確に姿を現わしている。古代に対するユゴーとボードレールの考え方の違いをどこに求めるべきかも、この文章からはっきりしてくる。「断言してもよいが、ユゴーは街道で乞食を見たときには、……その乞食をあるがままの姿で、現にあるがままの姿そのままで見た、……古代の街道にいるその乞食を、古代の乞食を、古代の嘆願者を見たのである。われわれの近代的な暖炉のひとつに貼られた大理石を、あるいはわれわれの近代的な暖炉のひとつに接着された煉瓦を見たときには、それをあるがままのものとして見た。すなわち竈（かまど）の石を、古代の竈の石を見たのである。家のドアと、ふつうは切石である敷居を見たときには、この切石のうえに、古代の線を認めた。聖なる敷居の線であって、聖なる敷居とはこの線そのものなのだ」（『シャルル・ペギー全集 散文作品篇』第四巻、一九一六年〔「伯爵ヴィクトール＝マリー・ユゴー」〕）。『レ・ミゼラブル』の以下の箇所への注としてこれ以上のものはない。「フォーブール・サン＝タントワーヌ〔パリの通り〕の酒場は、アヴェンティーノ〔ローマの丘のひとつ〕の居酒屋に似ていた。アヴェンティーノの店々は巫女(みこ)の洞窟の上方に建てられていて、聖なる霊感とつながりがある。これらの居酒屋のテーブルは、ほとんど三脚床几(しょうぎ)〔ギリシアのデルポイの巫女が坐って神託を述べた座席〕であって、エンニウス〔前二三九—前一六九年。古代ローマの叙事詩人、劇作家〕は、そこで飲まれた巫女の酒について語っている」〔第四部第一章〕。同じ見方から生まれたのが、〈パリの古代〉の最初のイメージが現われる作品、ユゴーの連作詩「凱旋門に寄す」である。この記念建造物の礼賛は、パリのカンパーニャ〔本来はローマ郊外の平原〕という幻想から出発する。すなわち「広大な平原(イマンス・カンパーニュ)」があって、そこには没落した都市のモニュメントが三つだけ残っている。サント・シャペル教会、ヴァンドーム広場の記念柱、凱旋門である。この連作がユゴーの作品のうちでもつ高い意義に対応するのは、古代を拠り所に作り上げられた十九世紀パリのイメージの成立に、この連作が果たした役割である。疑いもなくボードレールはこの連作を知っていた。それが書かれたのは一八三七年である。

＊　ボードレールの筆致に見られる「凝固した動揺」（一七九ページ）、および「つねに動いているこの都市が凝固する」（二〇一ページ）を参照。

すでにその七年前、歴史家フリードリヒ・フォン・ラウマー〔一七八一—一八七三年。ドイツの歴史家〕は著書『一八三〇年のパリとフランスからの手紙』にこう記している「昨日私は、ノートル・ダムの塔のうえから、このもの凄い都市を見渡しました。誰が最初の建物を建てたのでしょうか。いつ最後の建物が崩れ、パリの地面がテーバイ〔古代ギリシアの都市〕やバビロン〔古代バビロニア王国の首都〕のそれのようになるのでしょうか」(『一八三〇年のパリとフランスからの手紙』第二部、一八三一年)。いつか「反響する橋のアーチに水が当たって砕けているこの岸が、つぶやきながら身を傾ける葦たちに、再び返されているであろう」(「凱旋門に寄す Ⅲ」)とき、この地面がどうなっているかを、ユゴーはこう描いた。

いや、すべては死んでいるだろう。この平地には何もない、
いまはまだここを満たしている人びとが消えたほかには。 (「凱旋門に寄す Ⅷ」)

ラウマーの百年あと、この都市のもうひとつの高い場所であるサクレ・クールの丘から、レオン・ドーデ〔一八六七—一九四二年。フランスの右翼作家〕がパリを一瞥する。彼の眼に映るのは、驚愕を呼び起こすほど縮約された、現在の瞬間に至るまでの〈近代〉の歴史である。「上からは、こうした宮殿やモニュメントや家やバラックの集まりが眺められ、そしてそれらはひとつの、あるいはいくつものカタストロフ——気象上の大災害、あるいは社会的な破局——にさらされる定めにあるように感じられる。……私はリヨンを見下ろすフルヴィエールの丘、マルセイユを見下ろすノートル・ダム・ド・ラ・ガルドの丘、パリを見下ろすサクレ・クールの丘で、何時間も過ごした。……これらの高みから最もはっきりと認識できるもの、そ

れは脅しだ。人間の集まりは脅威を与える。……人間は仕事を必要とする。それは正しい。しかし人間はそのほかの欲求ももっている。……そのほかの欲求のうちには、自殺の欲求があって、これは人間のなかに、そして人間を形成する社会のなかに潜んでいる。この欲求は自己保存の欲求よりも強い。だから、サクレ・クールの丘から、フルヴィエールの丘から、ノートル・ダム・ド・ラ・ガルドの丘から見下ろしていると、パリが、リヨンが、マルセイユがまだ存在しているのがいぶかしく思えてくる」（『生きられたパリ〔第一部〕右岸』一九三〇年）。ボードレールが自殺のうちに認めた近代的情熱（パスィオン・モデルヌ）〔一八六ページおよび一八八ページの訳注＊1参照〕は、今世紀〔二十世紀〕になると、こうした相貌を持つ。

都市パリは、オスマンによって与えられた形態で、今世紀に入った。オスマンは都市像の大変革を、考えられるかぎり最もつつましい手段で実行していた。シャベル、つるはし、かなてこなどによってである。それまでにもこれらの控えめな手段は、なんという規模の破壊を引き起こしていたことか！　そしてそれ以後、大都市の成長とともに、大都市を地面に等しいものにしてしまう諸手段も、なんと成長したことか！　それらの手段は、来たるべきものについての、なんたるイメージを呼び起こすことか！――オスマンの作業がその頂点に達し、数々の街区がまるごと取り壊されていたころのこと、一八六二年のとある午後、マクシム・デュ・カンはポン・ヌフ〔セーヌ河にかかる橋〕のうえにいた。眼鏡屋の店から遠くないところで、眼鏡ができあがるのを待っていたのだ。「自分の過ぎ去った人生について思いにふける人間が、あらゆるもののなかに自分自身のメランコリーが反映しているのを見る瞬間、そういう瞬間のひとつを、老年への敷居をまたぎかけていた著者デュ・カンは経験しました。眼鏡屋に行って彼は、視力がわずかに衰えていることを確信したのですが、このことは彼に、あらゆる人間的なものの避けがたい虚弱さという法則を……思い出させました。……オリエント各地を旅し、死者の塵でできた砂漠を歩き回った彼の心に、あのように多くの首都が……死んだのと同様、いま自分のまわりでざわめいているこの都市もまたいつか死なねばならないのだろう、という考えが突然わいてきました。ペリクレスの時代のアテナイ、ハミルカル・バルカス（前二七〇？―前二二九または二二八年。カルタゴの将軍。ハンニバルの父）の時代のカルタゴ、プトレマイオス朝時代のアレクサンドリア、皇帝たちの時代のローマについての正確な叙述が残されていたら、今日のわれわれの関心をどれほど激しく引くだろうか、という思いつきが浮かびました。……電光のような霊感は、並外れた題材を与えてくれることが時としてありますが、そうした霊感のおかげで彼はパリについて、古代の歴史記述者たちが彼らの都市について書かなかったような本を書く、という計画を立てました。……自分の円熟した老年の作品が、彼の精神の眼のまえに現われたのです」（ポール・ブールジェ「一八九五年六月十三日のアカデミーにおける演説　マクシム・デュ・カンの後継」、『アカデミー・フランセーズ記録選』第二巻、一九二一年）。ユゴーの「凱旋門に寄す」、そしてデュ・カンが彼の都市パリについて管理技術の面から記述した大著のなかには、ボードレールの近代の理念にとって決定的だったのと同じインスピレーションが認められる。

オスマンは一八五九年に仕事にとりかかった。法案によってすでに道はついていたし、この仕事の必要性は久しい以前から感じられていた。デュ・カンは先に触れた著作のなかで書いている。「一八四八年以後、パリは人の住める町ではなくなりつつあった。鉄道網の絶えざる拡大が……この都市の交通と人口増加を加速させた。人びとは狭く不潔で入り組んだ古い小路で窒息しそうになっていたが、ほかにどうしようもないのでいつまでもそこに詰め込まれていた」（『パリ——十九世紀後半におけるその諸器官、その諸機能、その生活』第六巻、一八八六年）。一八五〇年代の初め、都市像の大清掃がどうしても必要であるという考えがパリの住民に受け入れられはじめた。この清掃計画はその準備期において、実際の都市工事の眺めそのもの以上に、とは言わぬまでも、それと同じくらい強力に、すぐれた想像力を刺激しえたと推定してよいだろう。「詩人たちは、ものが目の前にあること自体よりも、イメージによって霊感を与えられる」（『随想録』〔一八三八年〕）とジュベール（一七五四—一八二四年。フランスのモラリスト）は言っている。芸術家たちにも同じことが当てはまる。もうじき自分の目の前からなくなるだろうと分かっているもの、それがイメージになる。当時のパリの街路は、おそらくそのようにしてイメージとなった。それはともかく、パリの大改造と地下的に関連していることが最も疑いえないと思われる作品は、この改造が始められる数年前に完成していた。メリヨンの腐蝕銅版画(エッチング)によるパリ風景集〔「パリの腐蝕銅版画」一八五〇—

メリヨン「ポン・ヌフ」1854年

五四年〕である。ほかの誰にもましてこの作品に印象を受けたのはボードレールであった。ユゴーの夢想の底にあったような、カタストロフの考古学的な光景は、ボードレールにとって本当に心を動かすものではなかった。彼にとって、古代は一挙に、無傷のゼウス〔ギリシア神話の最高神〕の頭部から出てくるアテナ〔ギリシア神話で知恵・学芸・戦争の女神〕のごとく、無傷の近代から出てくるべきものだった。メリヨンは、パリの舗石をひとつも犠牲にすることなく、この都市の古代的な相貌を現出させた。事柄のこうした見方こそ、ボードレールが近代（モデルニテ）〔現代〕という考えにおいてたえず執着していたものだった。彼はメリヨンを情熱的に賛美した。

この二人は選択親和的（wahlverwandt)[*1]であった。彼らは同じ年に生まれた。死んだのも数カ月しか違わなかった。両者とも孤独となり、重い精神の病をわずらった果ての死だった。メリヨンは認知症患者としてシャラントン精神病院で、ボードレールは失語症となって、ある私立診療所で。二人の名声はあとになって広まった。メリヨンの生前、彼を支持したのは、ほとんどボードレールただひとりだった。[26] ボードレールの散文作品のうちで、メリヨンについての短文[*2]に比肩するものは少ない。メリヨンを扱いながら、彼は近代に敬意を表している。ただし、近代のなかの古代的な顔に敬意を表しているのだ。というのも、メリヨンにおいても古代と近代は浸透しあっているのだから。すなわちメリヨンにおいても、このオーヴァーラップの形式、つまりアレゴリー[*3]が、見まがいようもなく登場してくるのだ。メリヨンの版画において、添え文字（ベシュリフトウング[*4]）は重要である。そのテクストのなかに狂気が一枚かんでくるとき、狂気の闇はひたすら〈意味（ベドイトウング[*5]）〉を強調する。ポン・ヌフ風景のしたに付されたメリヨンの詩句は、〔アレゴリー的画像の意味の〕解釈（アウスレーグング）として、その瑣事拘泥ぶりにもかかわらず、「耕す骸骨」〔『悪の華』所収〕ときわめて近いところに位置する。

　ここに眠るのは、古きポン・ヌフ〔「新しい橋」〕に
　正確に似せたもの。
　最近の法令により、

すっかり新しく修復されたもの。

おお、博識の医者たちよ、

練達の外科医たちよ、

なぜ、石の橋にするのと同じことを

私たちにしないのか。（ジェフロワ『シャルル・メリヨン』一九二六年、からの引用）[27]

＊1　たんに verwandt といえば血縁関係にあること、また比喩的に親近性があることをいうが、「選択（Wahl）」がつけば、互いに相手を選んで結びつく性質があることをいう。ゲーテの小説の題名「親和力（Die Wahlverwandtschaften）」も直訳すれば「選択親和力」となる。

＊2　のちに部分的に引用される「画家たちと腐蝕銅版画家たち」（一八六二年）の一節を指す。なおこれと似た箇所が「一八五九年のサロン」第七章「風景画」にもある。

＊3　バロックのアレゴリーにおいては、さまざまな時間や時代が同一空間に表現される。

＊4　一般的には絵画などの題名ないし説明（一三一ページ参照）、署名や日付、あるいは中世絵画における銘帯（Spruchband）をいう。ベンヤミンはここでメリヨンの「パリの腐蝕銅版画」における一枚一枚の題名、およびところどころに挿入されている詩（メリヨン自身による）を指し、これらをバロック・アレゴリー画における（下部）説明文に比している。なおバロック・アレゴリー画はふつう、題名（Überschrift）、図像（Bild）、そしてこの（下部）説明文（Unterschrift）から成る。以上に関しては『ドイツ悲劇の根源』の「アレゴリー的奪霊」および「標題と金言」の節（『ベンヤミン・コレクション1』二二八―二三三ページおよび二五一―二五四ページ、または『ドイツ悲劇の根源 下』六二―六八ページおよび九〇―九五ページ）も参照。

＊5　『ドイツ悲劇の根源』の「アレゴリー的奪霊」および「悪魔(サタン)の恐怖と約束」の節参照。

ジェフロワ（一八五五―一九二六年。フランスの著述家）は、メリヨンの作品の核心を言い当てている。彼はメリヨンのボードレールとの親近性をも言い当てている。しかし何よりも、その後すぐにいたるところで〔オスマンの改造によって〕瓦礫の野原が見られることになった都市パリの、メリヨンによる描写の忠実さを言い当てているが、それはジェフロワが、これらの版画の独自性を次の点に求めているときである。「これらの版画は、生きているものをじかに模して作られたにもかかわらず、生き終えてしまったもの、もう死んでしまったか、もうすぐ死ぬであろうものという印象を与える」（同前(28)）。ボードレールのメリヨン論は、こうしたパリの古代の重要性を、ひそかに認識させる。「大きな首都のもつ自然な荘厳さがこれ以上の詩情(ポエジー)をもって表象されたものを、われわれは稀にしか見たことがない。積み重ねられた石の威容、指で空を指し示す鐘楼たち、天空へ向けて彼らの煙の連合軍を吐き出す工業のオベリスクたち(29)、修復中の記念建造物(モニュメント)の驚くべき足場が、建築の堅固な本体のうえに、蜘蛛(くも)の巣状で逆説的な美しさをもったその透かし細工の建築をあてがうさま、怒りと怨恨をはらんで霧のかかった空、そこに含まれるドラマのすべてを思わせることによっていよいよ深みを増す遠近法の奥行きなど、文明の悲痛で栄光に輝く書割を構成する複雑な要素のどれひとつとして、そこには忘れられていない」〔「画家たちと腐蝕銅版画家(エッチング)たち」〕。出版業者ドラートル（一八二二―一九〇七年。画家、版画家、刷り師でもあった。メリヨンの画集を刊行した）は、メリヨンの連作にボードレールの文章

ピラネージ「雷神ユピテル神殿の入り口の廃墟」（『ローマの古代遺跡』第1巻、1784年、より）

を添えて刊行しようとしたが、これは挫折したことが惜しまれる計画といえよう。ボードレールの文章が書かれなかったのは、版画家のせいである。メリヨンには、ボードレールがやるべきこととして、自分が描いた建物や街路を調査して目録を作成することしか考えられなかったのだ。ボードレールが歩み寄ってこの仕事を引き受けていたとしたら、プルーストの「ボードレールの作品における古代都市の役割と、それらの都市が彼の作品のあちこちにまきちらす真紅の色」（プルースト、前掲論文）という言葉は、それが今日読まれるよりもさらに意味深いものになっていただろう。これらの都市のうち、ボードレールにとってまず第一に指を折るべきはローマであった。ルコント・ド・リール（一八一八―九四年。フランスの詩人）宛ての手紙のなかで彼は、この都市に対する廃墟が、新しい市街といまだ一体になって現われているのである。

「生来の偏愛」*を告白している。彼がこの偏愛を抱くに至ったのは、おそらくピラネージ（一七二〇―七八年。イタリアの銅版画家）の街景図を通じてであろう。ピラネージの作品では、修復されていない

＊　この言葉は、ボードレールのルコント・ド・リール宛ての手紙（一通しか知られていない）ではなく、「わが同時代人の数人についての省察」IX「ルコント・ド・リール」（一八六一年）のなかにある。

『悪の華』の三十九番目の詩として登場するソネットは、このように始まる。

私がこれらの詩句をきみに与えるのは、もしも私の名が
仕合せにも遠い時代に流れ着き、
大いなる北風に恵まれた船をさながら、
ある宵、人間たちの脳漿（のうしょう）を夢想させるなら、

その時、きみへの記憶が、定かならぬ伝説にも似て、
真鍮琴（ツィンバロン）のように読者の耳を攻め立ててほしいからだ。

ボードレールは古代作家のように読まれることを望んでいる。この要求は、驚くほど早く叶えられた。というのも、このソネットで言われている遥かな未来、「遠い時代（エポック・ロワンタン）」が

到来したからである。ボードレールは彼の死後何百年かしてそれが来ると思っていたかもしれないが、何十年かでやって来たのだ。たしかにパリはまだ存続しているし、社会発展の大まかな傾向はまだ同じである。だが、これらの傾向が安定したものになればなるほど、それらについての経験においては、かつて〈真に新たなもの〉〔一九一ページの訳注＊1参照〕のしるしを帯びていた一切がますます虚弱になった。近代は自分自身に最も似なくなったのだ。そして、近代のなかに隠れているはずだった古代は実は、古びたものというイメージを提示することになる。「エルコラーノ〔ポンペイと同じく紀元七九年のヴェスヴィオ火山の噴火で埋まった町〕は灰のしたから再発見される。だが数年の時は、ある社会の風俗を、どんな火山灰よりも見事に埋もれさせてしまう」（バルベ＝ドールヴィイ『ダンディズムとG・ブリュメルについて』一八八七年）。

ボードレールにおける古代とは古代ローマである。ただ一カ所でだけ、古代ギリシアが彼の世界のなかにそびえ立つ。ギリシアは彼に、女性英雄（ヘロイーネ）＊1のイメージを提示する。このイメージは、近代に翻訳されるに値し、またそれが可能であるとボードレールには思えた。『悪の華』で最も大きく最も有名な詩のひとつ〔「地獄堕ちの女たち」〕に出てくる女性像は、デルフィーヌとイポリットというギリシア風の名をもっている。この詩はレスビアン的愛に捧げられている。レスビアンは、近代性（モデルニテ）の女性英雄（ヘロイーネ）である。レスビアンにおいて、ボードレールのエロス的主導イメージ――剛直さと男らしさを表わす女――は、ある歴史的な主導イメージに浸透された。すなわち、古代世界における偉大さという主導イメージにである。このことが、『悪の華』におけるレスビアンの女の位置を見紛（みまが）いようのないものにする。ボードレールが長いあいだこの詩集に『レスボスの女たち（レ・レスビエンヌ）』*2という題名を与えようと考えていた理由も、そこから説明される。ちなみに、芸術のためにレスビアンを発見したのは、ボードレールでは決してない。すでにバルザックが「金色の眼の娘」（中篇小説、一八三四―三五年）で、ゴーティエ（一八一一―七二年。フランスの詩人、批評家で、ボードレールの友人にして最初の解釈者）が『モーパン嬢』（長篇小説、一八三五年）で、ドラトゥーシュ（ド・ラトゥーシュあるいはド・ラ・トゥーシュとも表記される。一七八五―一八五一年。フランスの作家）が『フラゴレッタ』（長篇小説、一八二九年）でレスビアンを扱っていた。ドラクロワ（一七九八―一八六三年。フランスの画家）の作品でもボードレールはレスビアンに出会った。ドラクロワの絵を批評した文章でボードレールは、いくらか遠まわしに、「現代の女性が、地獄的な方向で英雄的な姿をとって立ち現われるさま」（「一八五五年の万国博覧会、美術」三「ユージェーヌ・ドラクロワ」一八五五年）について語っている。

*1　ドイツ語の「ヘロイーネ」はふつう「女主人公」を意味し、「女性英雄」を表わす語は「ヘローイン」であるが、ベンヤミンは「ヘロイーネ」をむしろ「女性英雄」の意味に用い、以下に見られるように「女主人公」にはゲルマン系の単語「ヘルディン」（これも本来は「女性英雄」の意）をあてている。

*2　「レスビアン」の名は、古来レスボス（ギリシアの島）の女性が同性愛を好んだという伝説に由来する。

このモティーフは、サン＝シモン主義に出自をもっている。サン＝シモン主義は、さまざまな礼拝の空想において、両性具有者の観念をしばしば用いた。そうした空想のひとつに、デュヴェリエ（一八〇三―六六年。フランスの作家。サン＝シモンの弟子）のいう「新しい都市」[*1]のなかに輝かしく聳(そび)え立つべき寺院がある。サン＝シモン主義の奥義を窮めたひとり[*2]は、それについて次のように述べている。「この寺院は、両性具有者を、ひとりの男とひとりの女とを、なしていなければならない。……これと同じ区分が、都市全体について、いや王国全体について、地球全体について、予定されなくてはならない。男性の半球と女性の半球とができることになろう」（アンリ＝ルネ・ダルマーニュ『サン＝シモン主義者たち 一八二七―一八三七年』一九三〇年、からの引用）。サン＝シモン主義のユートピアはその人間学的内容からすれば、実現しなかったこの建築よりも、クレール・デマールの思考の道筋を見たほうが理解しやすい。アンファンタンの不遜な空想力の陰に隠れて、クレール・デマールは忘れられてしまった。彼女が遺した宣言のほうが、アンファンタンの母‐神話よりも、サン＝シモン主義の理論の核心に近い。その核心とはすなわち、世界を動かす力としての工業の実体化である。デマールの文章でも母が問題となっているが、しかし彼女の意見は、東方に母を求めてフランスを出発した人びとのそれとは本質的に異なる。この時代に女性の未来について書かれた多種多様な文章のなかでも、クレールのものはその力と情熱によって孤高を保っている。この文章は「私の未来の掟」という題で出版された。その最終節にはこうある。「母性はもうない！　血の掟はない。母性はもうない、と私は言っているのだ。女性がひとたび……彼女にその肉体の対価を払わなくなる〔ベンヤミンの訳では「払う」〕男たちから解放されるなら……、女性は自分自身の働きによってのみ生活していけるだろう。そのためには女性はひとつの仕事に身を捧げ、ひとつの役割を果たさねばならない。……したがって、新生児を産みの母の胸から社会的な母の腕へと、国家が雇う乳母の腕へと渡すことを、あなたたちは決心しなければならないのだ。そうすれば子供はよりよく育てられるであろう。……そのときはじめて、そうなってようやく、男性と女性と子供は、血の掟から、人類自身による人類の搾取の掟から、解放されるだろう」（『私の未来の掟』一八三四年）。

＊1　デュヴェリエは「新しい都市」（『百と一の書』所収）と題する文章において、パリを世界の首都として再生させる構想を述べた。

＊2　ギュスターヴ・デシュタル（一八〇四―八六年）。『パサージュ論』K4a, 3参照。

ここには、ボードレールがみずからのうちに取り込んだ英雄的（ヘルディシュ＊）な女性のイメージが、もとのかたちで打ち出されている。このイメージはレスビアンへと変化していったが、このことは作家たちによってはじめて行なわれたわけではなく、サン＝シモン主義のサークル自体のなかで生じた。ここで問題となってくるもろもろの証言に関して、この派自体の年代記作者たちが最良の保管者でなかったのは確かである。ともあれ、サン＝シモンの教説を信奉したある女性による、以下のような奇妙な告白が残っている。「私は、私の隣人である女性を、私の隣人である男性とまったく同じように愛しはじめた。……私は男性に体力と、男性に固有なたぐいの知性とを任せ、しかし女性の肉体的な美しさと、女性に固有なたぐいの精神的才能とを、男性と等価値のものとしたのである」（フィルマン・マイヤール『解放された女性の伝説』発行年記載なし〔一八八八年?〕、からの引用）。この告白のこだまのように響くのが、ボードレールのある批評的省察であるが、これは相当に意表をつく発言だっただろう。話題はフロベールの最初の女主人公（ヘルディン）である。「ボヴァリー夫人は、彼女の裡（うち）なるこの上なく精力的な、この上なく野心的な、そしてまたこの上なく夢想的なもののために、……男性でありつづけた。ゼウスの頭部から飛び出した武装せるパラス〔アテナ女神〕さながら、この奇異な両性具有者は、愛らしい女性の肉体に宿った男性的精神に固有の、誘惑的な力のすべてを持ち続けてきた」（「ギュスターヴ・フロベール著『ボヴァリー夫人』書評」一八五七年）。そしてさらに、作者自身についてこう言われている。「あらゆる知的な女性たちはこの作者に感謝の意を抱くであろう、雌（めす）というものをかくも高度の力強さにまで高めてくれたことに対し……、また、完全な人間というものを形成するあの二重性格、すなわち打算も夢想もできるという性格に参与させてくれたことに対して」（同前）。ボードレールは、彼がつねに心がけていた奇襲戦法的なやり方で、フロベールが描いた小市民の妻を、女性英雄（ヘロイーネ）にまで持ち上げるのである。

＊「ヘルディシュ」は「ヘルト」（女性形「ヘルディン」）の形容詞形であるが、ここは「主人公的」で

はなく「英雄的」の意と思われる。二一六ページの訳注＊1参照。

ボードレールの文学のなかには、重要でありかつ明白であるのに、これまで注意されてこなかった事実がいくつもある。そのひとつが、レスビアンを扱ったふたつの詩の対立的な思想傾向である。ふたつの詩は『漂着物』（『悪の華』初版で削除命令を受けた六篇（二二二ページの訳注＊参照）に、他の詩を加えて一八六六年に出版された詩集）では連続して出てくる（『悪の華』初版でも同様）。「レスボス」はレスビアン的愛への賛歌である。それに対し「地獄落ちの女たちデルフィーヌとイポリット」は、この情熱（パッスィオーン）の断罪である――何らかの同情のヴィブラートがかかっているにしても。

正と不正の掟が、われわれにどうせよというのだ？
多島海の誉れなる、崇高な心もつ処女たちよ、
御身らの宗教は、他の宗教に劣らず尊いもの、
そして愛は〈地獄〉をも〈天〉をも、笑いの種にするだろう！

と第一の詩では言われており、第二の詩ではこうである。

――降（くだ）ってゆけ、降ってゆけ、憐れむべき犠牲（いけにえ）たちよ、

永遠なる地獄への道を、降ってゆくがよい！

この著しい不一致は次のように説明される。ボードレールはレスビアンの女を問題とは見なさなかった、つまり社会的問題とも個人的資質の問題とも見なさなかったし、同様に彼は——散文家として、と言ってよいだろう——そうした女性に対しいかなる立場もとらなかったのである。ボードレールは近代のイメージのなかにレスビアンの女のための場所をとってやったが、現実のなかにはそうした女性を再認しなかった。だから彼は無頓着にこう書くのである。「われわれは、博愛主義の女流作家だとか、……共和派の女流詩人だとか、フーリエ主義にもせよサン＝シモン主義[30]にもせよ、未来を歌う女流詩人だとかを知った。……われわれの眼は、そうした四角張った醜さのすべて、……男性的精神のそうした……猿真似(パスティッシュ)のすべてに、ついぞ慣れ親しむことはできなかったのである」〔「わが同時代人の数人についての省察」Ⅲ「マルスリーヌ・デボルト＝ヴァルモール」一八六一年〕。ボードレールは自分の詩作によって公にレスビアンの女のために肩入れしようと思いついたことがある、などと想定するのは見当違いであろう。ボードレールが『悪の華』裁判*のさいに弁護士に対して弁護演説に関して行なっている提案を見れば、それは明らかである。ボードレールにとって、レスビアン的愛が市民から排斥されることは、この情熱(ライデンシャフト)の英雄的(ヘローイシュ)な性質と切り離しえないものなのだ。「降ってゆけ、降ってゆけ、憐れむべき犠牲たちよ」は、ボードレールがレスビアンの女に背後から浴びせる最後の言葉である。彼はレスビアンの女を没落するにまかせる。この女性は救いがたい。なぜなら彼女についてのボードレールの観念のなかの混乱は解消不可能だからである。

＊　一八五七年、『悪の華』初版の発行後すぐ、著者と発行人は告発された。裁判において風俗壊乱のかどで有罪判決が下され、罰金刑が、そして「レスボス」「地獄堕ちの女たち」など六篇の詩の削除が言い渡された。

十九世紀は女性を、家政の外の生産過程においても仮借なく利用しはじめた。それはもっぱらプリミティヴな仕方でなされた。女性を工場に雇ったのである。それによって男性的な諸特徴が女性において次第に現われずにはいなかった。工場労働が生みだしたものであるから、なによりもまず歪曲作用をもつ特徴だったことは明らかである。生産のもっと高次の諸形式は、そして政治闘争そのものも、より高尚な形式の男性的な諸特徴を促進することができた。ヴェジュヴィエンヌ〔「ヴェスヴィオ山の女たち」の意で、一八四八年フランスで結成された女性政治団体〕の運動は、そうした意味で理解することができるかもしれない。この運動は二月革命に、女性から構成される一団体を提供した。その規約には次のように言われている。「私たちはヴェジュヴィエンヌと名乗る。この名によって、私たちの仲間である女性ひとりひとりのなかに、革命的な火山が活動していることを言明するためである」（『一八四八年の革命下のパリ』一九〇九年）。女性の挙措（ハビトゥス）のこうした変化のうちにはっきり現われていた諸傾向は、ボードレールの想像力をかきたてることができた。妊娠に対する嫌悪という、ボードレールの深い特異体質がそこに一枚かんでいたとしても、驚くには当たらないであろう。[31] 女性の男性化は、この特異体質に訴えかけたのだ。ボードレールはつまりこのなりゆきを肯定した。しかし同時に、彼にとって重要だったのは、このなりゆきを経済の支配から解放することだった。かくして彼は、この発展方向に、純粋にセックス的なアクセントを与えるに至った。彼がジョルジュ・サンド（一八〇四―七六年。フランスの作家。ミュッセやショパンとの関係は有名であった）を許せなかった点は、ミュッセとの火遊びによって、レスビアンの女の諸特徴を冒瀆したことだったかもしれない。

レスビアンの女に対するボードレールの立場には、〈散文的〉な要素（二二一―二二二ページ参照）の萎縮がはっきり現われているが、このことは他の作品においてもボードレールの特徴をなしている。それは注意深い観察者たちに奇異の念を抱かせた。一八九五年にジュール・ルメートルはこう書いている。「ここにあるのは、さまざまな技巧と、意図的な矛盾にみちた作品である。……現実の陰惨きわまる細部を、このうえなくどぎつく描写して得意がると同時に、事物が私たちに与える直接の印象から遠く離れる唯心論に耽るのである。……ボードレールは女性を奴隷と、あるいは獣と見なすが、……それにもかかわらず聖母マリアに捧げるのと同じ……恭順の誓いを女性に捧げる。……彼は〈進歩〉を呪い、この世紀の工業を嫌悪する、……けれども彼は、この工業が私たちの今日の生活に与えた独特な趣（おもむき）を楽しむのだ。……思うに、特殊ボードレール的なものは、ふたつの対立する種類の感情反応を……こう言ってよければ、過去の反応と現在の反応を、つねに合一させることにある。意志の傑作である。……感情生活の領域における究極の新発明品である」（ルメートル、前掲書）。この態度を、意志の偉業として提示することが、ボードレールの念頭にあった。しかしながらこの態度の裏面は、確信と洞察と不動性との欠如である。ボードレールは、彼の感情のあらゆる動きにおいて、急激な、ショック的な交代にさらされていた。それだけに、もろもろの極端なもののなかに生きる、もうひとつのあり方が、いっそう魅力的に彼の脳裏に浮かんでいたのだ。このあり方は、彼の完璧な詩句の多くから発する呪文（インカンタツィオーン）〔呪縛、魅惑〕のなかで形成される。それらの詩句のいくつかでは、このあり方はみずから名乗り出ている。

見たまえ、あの運河の上に、
　眠るあれらの船、
漂泊（さすらい）の思いを秘めて、眠る船。
　きみの望みは、ささやかなりと
　見逃さず、充たすため、
船たちは、世界の涯からやって来る。

〔「旅への誘い（いざない）」〕

揺するようなリズムが、この有名な詩節の特徴である。詩節の動きが、固定されて運河に浮かんでいる船たちを捉える。船たちの特権であるような、極端なもののあいだで揺すられること、それにボードレールは憧れていた。船のイメージが浮かび上がるのは、ボードレールの深い、秘匿された、パラドクス的な主導イメージが出現すべき場所においてである。つまりこの主導イメージとは、大いなるものに担われてあること、そのなかに庇護されてあることにほかならない。「静かな水の上に、目に見えぬほどかすかに揺れている……あれらの美しく大きな船、のんびりとして郷愁をいだくかに見えるあれらの頑丈な船は、無言のことばでわれわれに告げていはしないか、いつわれわれは幸福に向かって出発するのか？ と」〔「火箭」八〕。それらの船においては、暢気さ（ノンシャランス）が、持てる力を極限まで投入する心構えと一体になっている。このことが船に、隠れた意味を付与する。人間にあっても偉大さと無造作とが出会うような、ある特別な状況布置（コンステラツィオーン）が存在する。ボードレールの生活を支配しているのは、そうした状況布置である。彼はこれを解読して〈近代〉と名づけたのだ。彼が沖合の停泊地にいる船たちの劇〔光景〕に見とれるとき〔「火箭」一五参照〕、それはこの船たちからひとつの比喩を読み取るためである。すなわち英雄（ヘーロス）は、あれらの帆船と同じように強く、明敏で、調和的で、立派な体つきをしている。ところが、外海は英雄にむなしく合図を送るしかない。というのも、英雄の生は凶星のもとにあるのだから。近代は彼の宿命であることが判明する。近代のなかに英雄は予定されていない。英雄というタイプを近代は活用することができない。近代は英雄を、安全な港のなかにいつまでも固定しておく。近代は英雄を、永遠の無為に委ねる。こうして英雄の最後の化身、ダンディが登場する。力強く平静であるがゆえに、あらゆる振舞いが完璧なダンディたちのひとりに出くわした者は、こんな独り言をつぶやく。「あそこを通り過ぎる男は金持ちなのかもしれない。だがあの男のうちには、仕事のないヘーラクレースがひそんでいるのに相違ない」(「現代生活の画家」九「ダンディ」)。この男は、自分の偉大さに運ばれて歩いているかのような印象を与える。それゆえ、ボードレールが特定の時刻に行なう自分の遊歩は自分の詩的創作力の傾注と同じ品位に包まれていると思ったことは、よく理解できる。

ボードレールにとってダンディは、偉大な祖先たちの後裔として現われる。ダンディズムは彼にとって、「頽廃の諸時代における英雄性の最後の輝きだ」(同前)。シャトーブリアン(一七六八―一八四八年。フランスの作家)の作品にアメリカ＝インディアンのダンディたちへの言及を発見してボードレールは喜ぶ。あれらの種族のかつての全盛期の証言だというわけである。しかし本当は、ダンディを作り上げている諸特徴が完全に特定の歴史的なしるしを帯びていることは見まがいようがない。ダンディは、世界交易をリードしたイギリス人たちの発明になるものである。ロンドンの取引所の人びとの手のなかには、地球全体をおおう交易網が握られていた。その網の目は、多様きわまりない、非常に頻繁に生じる、まったく予想もつかないような振動を感知した。商人はこれらの振動に対応しなければならなかったが、自分の対応を他人に見せつけるわけにはいかなかった。このことによって商人の内部に生まれた葛藤を、ダンディたちは自分の演出のなかに取り込んだ。彼らは、この葛藤の克服に必要なトレーニングを、工夫をこらして編み出した。彼らは、電光のようにすばやい反応を、緊張の解けた、いやそれどころか弛んだ挙動や表情と結合させた。顔面痙攣——これはいっとき上品と見なされていた——は、いわば問題の不器用な、低級な表現といえよう。このことに関して、次の文章は大変特徴的である。「エレガントな男の顔はつねに……どこか痙攣的な、ゆがんだものをもっていなければならない。そうしたしかめっ面を、生まれつきの悪魔主義のせいにしたければすることもできる」(『遊び人パリ』、〔タクシル・ドゥロール他〕『小さなパリたち』第一〇巻、一八五四年)。ロンドンのダンディの姿は、パリの大通りの伊達男の頭のなかに、そのように思い描かれたのだった。この姿は、ボードレールの容貌に、そのように反映したのだった。ダンディズムへのボードレールの愛は、幸福なものではなかった。彼は、ひとに気に入られる才能がなかった。この才能こそは、ひとに気に入られないようにするというダンディの技術の、非常に大事な一要素なのである。ボードレールは、もとから自分にあった奇異な点を、流儀にまで高めたことにより——ますます孤立してゆくにつれて、彼の無愛想さ〔一七九ページ参照〕は増していったので——きわめて深い孤独に陥ってしまった。

ボードレール[1]はゴーティエのように自分の生きている時代を気に入っていなかったし、ルコント・ド・リールのように自分を欺いて時代を忘れることもできなかった。ラマルティーヌやユゴーのような人道的理想主義をもちあわせていなかったし、ヴェルレーヌ（一八四四—一八九六年。フランスの詩人）のように信仰に逃れることもできなかった。ボードレールはいかなる確信も所有していなかったので、みずからつねに新たな形姿を選び取った。遊歩者（フラヌール）、ごろつき（アパシュ）、ダンディ、そして屑屋は、ボードレールにとって、それだけの数の役（やく）であった。というのも、近代の英雄（ヘーロス）は主人公（ヘルト）ではなく、主人公を演じる者なのである。英雄的な（ヘーロイシュ）近代は、一篇の近代悲劇（トラウアーシュピール[2]）であることが明らかになるのであり、この劇のなかでならば、主人公の役を意のままに演じることができるのだ。このことをボードレール自身、まるで注記（ルマルク）のようにこっそりと、「七人の老人」の端っこで暗示している。

それはある朝、うらわびしい街路でのこと、
霧をかぶって日頃より丈高く延びた家々は、
水嵩（みずかさ）増した河の、両岸の堤の形を真似て、
また、役者の心に似通った書割をさながら、
黄いろく汚（きたな）らしい霧が空間を浸しつくしていた時、

私は、英雄のように（comme un héros〔主人公でも演ずるように〕）神経を緊張させて、
もううんざりしている私の魂と議論を続けながら、
重い砂利馬車に揺り動かされる場末町をたどって行った。

＊1　以下四行、「……逃れることもできなかった」とほぼ同じ文章が、本書三二七ページにある。
＊2　ふつうトラウアーシュピール（Trauerspiel、直訳すれば「悲しみの劇」）は、ギリシア語に由来するトラゲーディエ（Tragödie）と区別なく用いられるが、ベンヤミンは前者を近代悲劇（より狭義には十七世紀バロック悲劇）、後者を古代ギリシア悲劇を指すものとして用いる。『ドイツ悲劇の根源下』三九六ページ以下の「訳者解説」参照。

書割、役者、英雄〔主人公〕がこれらの詩節のなかに、誤解しようのない仕方で集合している。同時代人たちには、このような指摘は不要であった。クールベは、ボードレールを描いていたとき、彼が毎日違った風に見える、とこぼしている。そしてシャンフルーリ（一八二一―一八九年。フランスの作家、批評家。ボードレールの友人。クールベら写実主義の画家を支持した）は、ボードレールには脱走したガレー船の囚人のように表情を偽装する才能があった、と伝えている（「青年時代の思い出とさまざまな肖像」一八七二年、参照）。ヴァレス（一八三二―一八八五年。フランスの作家）は、意地の悪い追悼文――かなりの慧眼を証しだてているが――のなかで、ボードレールを大根役者と呼んだ（『ラ・シチュアシオン』紙より、アンドレ・ビイー『闘いの作家たち』一九三一年、に収録）。ボードレールが用いたいくつかの仮面の裏で、彼の内なる詩人は、匿名性を保持した。

クールベ「ボードレールの肖像」1847年頃

彼は交際においてははなはだ挑発的な印象を与えることができたが、それだけいっそう作品においては用意周到なやり方をしたのである。匿名性は彼のポエジーの掟である。大都市では家屋群や門道や中庭に掩護されて、目立たずに動き回ることが可能だが、ボードレールの詩の構造は、そうした大都市の地図に比せられよう。この地図のうえには、それぞれの言葉の配置が正確に記入されている。ちょうど、反乱の勃発前に、策謀を行なう者たちの配置が決められているように。ボードレールは言葉そのものと共謀する。彼は言葉の効果をあらゆる箇所で計算する。彼は読者に対して隙を見せることをつねに避けた――このことに忘れがたい印象を受けたのは、まさに最も慧眼な者たちであった。ジッド（一八六九―一九五一年。フランスの作家）はイメージと事柄のあいだの、よく計算された不一致について書いている（ジッド、前掲論文参照）。リヴィエール（一八八六―一九二五年。フランスの作家、批評家）が特筆大書したのは、主題から遠く離れた言葉によって始めるボードレールのやり方、その言葉を慎重に事柄に近づけてゆくことで、その言葉に静かに登場することを教えるやり方である（ジャック・リヴィエール『エチュード』（一九一一年）参照）。ルメートルは、情熱の爆発を阻むように作られている形式について語っている（ルメートル、前掲書参照）。そしてラフォルグが強調するのは、ボードレールの直喩（ちょくゆ）が、抒情的人格のいわば嘘を罰すること、平和攪乱者としてテクストのなかに入り込んでくることである。「夜はまるで仕切り壁のように濃く立ちこめて」（「露台（バルコン）」、『悪の華』所収）。――ラフォルグは「例はほかにも豊富に見つかるであろう」（ラフォルグ、前掲書）と付け加えている。(32)

単語を、高尚な文体に使うにふさわしいと考えられるものと、そうした使用から排除されるべきものに分ける態度は、昔から詩的制作の全領域に影響を及ぼしており、抒情詩におけるのと劣らず悲劇（トラゲーディエ）においても、そもそもの初めから実行されてきた。十九世紀の最初の数十年間、この慣習は文句なく通用していた。ルブラン（一七八五―一八七三年。フランスの作家。擬古典主義的な悲劇を書いた）の『シッド』（『アンダルシアのル・シッド』一八二五年）の上演のさい、「寝室（シャンブル）」という単語が、不満のつぶやきを生んだ。アルフレッド・ド・ヴィニーの訳による『オセロ』（シエイクスピア作〕は、「ムショワール」〔「ハンカチ」の意。「はなをかむ」という意味の動詞「ムシェ」に由来〕という単語のせいで失敗した。悲劇(トラゲーディエ)*1のなかでこの言葉が口にされるのは耐えがたかったのである。ヴィクトール・ユゴーはすでに、文学において日常会話の言葉と高尚な文体の言葉との区別を撤廃し始めていた。サント゠ブーヴも同様のことをいち早く行なっていた。彼は『ジョセフ・ドロルムの生涯〔と詩と思想〕』〔ジョセフ・ドロルムとはサント゠ブーヴ自身のこと〕のなかで次のように明言している。「私は、……自分なりのやり方、控えめな、中流市民的なやり方で独創的であろうとした。……私的な生活のさまざまな事物を、私ははっきりその名で呼んだ。だがその際、〈閨房〉よりも〈あばら家〉のほうが私の気持ちに近しいのだった」(『ジョセフ・ドロルムの生涯と詩と思想』)。ボードレールは、ヴィクトール・ユゴーの言語上の過激急進主義をも、サント゠ブーヴの牧歌的な自由気ままをも超えていった。ボードレールのイメージは、直喩の対象となるものの卑近さゆえに独創的である。彼は陳腐な出来事が起こるのを期待して見張っている。それを詩的な出来事へと近づけるためである。「揉(も)んで丸める紙のように、心の臓を圧(おさ)えつける、/あの耐えがたい夜な夜なの、漠とした恐怖」〔「功徳」、『悪の華』所収〕について彼は語っている。こうした言葉の振舞いは、ボードレールの内なるアルティスト〔職人的芸術家、技巧家——一七三ページ以下参照〕の特徴をよく示すものだが、それはアレゴリー詩人ボードレールにおいてはじめて真に重要となる。この振舞いゆえに、彼のアレゴリーは読者を惑わすが、このことが、彼のアレゴリーをありきたりのアレゴリーから区別する。〔第二〕帝政期のパルナッソスを[*2]ありきたりのアレゴリーだらけにした一番最後の作家はルメルシエ（一七七一―一八四〇年。フランスの劇作家、小説家）であった。かくして擬古典主義文学はどん底に達していたのだった。ボードレールはそんなものに気を取られなかった。彼はアレゴリーをふんだんに取り上げるが、それらをある言語的環境に移しいれることによって、それらの性格を根本的に変えてしまうのだ。『悪の華』は、散文に出自をもつ言葉だけでなく、都市に出自をもつ言葉をも抒情詩に利用した、はじめての書物である。その際、詩的な古色のついていない、鋳造されたての輝きが眼にまぶしい単語も、決して避けられていない。ケンケ灯（カンケ）〔「賭博」〕、貨車（ヴァゴン）〔「殺人者の葡萄酒」〕、あるいは乗合馬車（オムニビュス）〔「小さな老婆たち」〕も出てくる。勘定書き（ビラン）〔「憂鬱〈Ⅱ〉」〕、街灯（レヴェルベール）〔「屑屋たちの葡萄酒」〕、道路清掃車（ヴォワリー）〔「白鳥」〕にたじろぐということもない。『悪の華』の抒情的語彙（ヴォキャブラリー）はこうした性質のものであり、そのなかで突然そして何の準備もなく、アレゴリーが出現するのだ。もしもボードレールの言語精神をどこかで把捉することができるとすれば、この唐突な同時発生においてであろう。これを決定的に言い表わしてみせたのはクローデル（一八六八―一九五五年。フランスの詩人、劇作家）である。彼はあるときこう言った――ボードレールは、ラシーヌの書き方と、第二帝政期のジャーナリストの書き方を結合した〔リヴィエール、前掲書参照〕。ボードレールの語彙のどれひとつとして、はじめからアレゴリーになるように定められてはいない。ある語がアレゴリーという任務（シャルジェ）〔軍人の階級〕を授かるかどうかは場合による。どんな事柄か、どの主題が探知され、包囲され、占領される順番に当たっているか、によるのである。奇襲戦法——ボードレールにおいてそれは詩作と呼ばれる——のために、彼はアレゴリーたちを自分の仲間に引き入れる。アレゴリーたちだけが、秘密を打ち明けられている。死（ラ・モール）〔「死の舞踏」ほか随所〕や思い出（ル・スーヴニール）〔「白鳥」における「ひとりの年老いた〈思い出〉」〕、後悔（ル・ルパンティール）〔「時計」〕や悪（ル・マル）〔「救われ得ぬもの」〕が姿を現わす箇所に、詩的戦略の中央指令所がある。この下士官（シャルジェ）たちは、陳腐きわまる語彙をも拒まないテクストの真っ只中にあって、大文字で始まっているので見分けがつくが、彼らの電光のような登場は、ボードレールの手がそこに働いていることを示す。彼の技法は、反乱扇動者（プッチスト）〔八九ページ参照〕のそれである。

＊1　ルブランやシェイクスピアの作品は、ベンヤミンの用語法では近代悲劇（トラウアーシュピール）と呼ばれるべきであるが、ここでは近代悲劇と古代悲劇を区別しない世間一般の言葉遣いが再現されている。

＊2　ギリシアの山地。ギリシア神話ではアポロとムーサ（ミューズ）の住む場所。そこから文壇ないし詩壇の比喩となった。

ボードレールの死の数年後ブランキは、記憶に値する名人芸をもって、その策謀家としての経歴の最後を飾った。それはヴィクトール・ノワールが殺害されたあとのことだった。＊ブランキは自分の部隊の現状を見渡してみたいと思った。彼が顔見知りであったのは、ほとんど自分に直属する下級指揮官たちだけだった。彼の兵員たち全体が、どの程度彼を知っていたかはよく分からない。彼は副官グランジェ（一八四四―一九一四年。フランスの法律家。ブランキの腹心の部下）と話し合い、グランジェはブランキ主義者閲兵の手はずを整えた。ジェフロワの本には次のように描かれている。「ブランキは……武器をもって家を出、姉妹たちにさよならを言い、シャンゼリゼ〔パリのメインストリート〕の自分の持ち場についた。そこでは、グランジェとの取り決めに従い、部隊の分列行進が行なわれることになっていて、それらの部隊の秘密の将軍がブランキなのだった。ブランキは隊長たちの顔を知っていた。いまや彼らひとりひとりに続き、同じ歩調、同じ隊形をなして、それぞれの隊員たちが彼のそばを通り過ぎるのが見られるはずであった。ことは予定通り進んだ。ブランキは閲兵を行なったが、この奇妙な劇〔光景〕がいったい何なのか少しでも分かった者はいなかった。群衆のなかで、自分と同じように眺めている人びとに混じって、この老人は木にもたれて、仲間たちが縦隊をなしてこちらへやって来るのを注意深く見ていた。群衆がつぶやきあうなかを、仲間たちは黙って近づいてきたが、このつぶやきには、たえず呼び声が入り混じった」（ジェフロワ『幽閉された男』）。――このようなことを可能にした力は、ボードレールの文学によって言葉のなかに保存されている。

＊　ヴィクトール・ノワール（一八四八―七〇年）は反帝政派のジャーナリスト。一八七〇年一月十日、ナポレオン一世の弟の末子でナポレオン三世の従兄弟に当たるピエール・ボナパルトに射殺された。この事件によってナポレオン一族に対する反感が強まり、革命的な気分が盛り上がった。

ボードレールは折に触れて、近代の英雄（ヘーロス）というイメージを策謀家のなかにも見ようとした。「もう悲劇はけっこう！」と彼は二月〔革命〕の日々、『公共福祉（サリュ・ピュブリック）』〔ボードレールが一八四八年二月に友人らと創刊した急進的共和派の新聞〕に書いた。「もう古代ローマ史はけっこうだ！　われわれは今日ブルートゥス*よりも偉大ではないだろうか？」（クレペ、前掲書からの引用〔「劇場の再開」一八四八年〕）。ただし、ブルートゥスよりも偉大であるとは、あまり偉大ではないということだった。というのも、ナポレオン三世が支配権を握ったとき、彼がカエサル〔前一〇〇―前四四年。古代ローマの軍人、政治家。ブルートゥスらに暗殺された〕であることをボードレールは見抜けなかったのだから。その点でブランキはボードレールよりも上だった。だが両者の相違点よりも、両者に共通していた点のほうが、深いところに達している。共通点とはすなわち、反抗と焦燥、憤激の力と憎しみの力――そしてまた無力さであって、これも両者の持ち前のものだった。ボードレールはある有名な一行で、「行為が夢の同胞（はらから）ではないような世界から」〔「聖ペトロの否認」〕、心安んじて別れを告げている。彼の夢は、彼が思っていたほど見捨てられてはいなかった。ブランキの行為は、ボードレールの夢の同胞（はらから）だった。このふたつは絡みあっている。かつてナポレオン三世が六月蜂起者たちの希望を埋葬してしまった、その石のうえで絡みあっているふたつの手なのである。

＊　ベンヤミンは古代ローマの政治家でカエサル暗殺の首謀者ブルートゥス（前八五―前四二年）と解しているようであるが、ボードレールはローマ共和制の祖とされる英雄ブルートゥス（前五〇〇年頃活

躍）もしくはこれを描いた悲劇作品のことを言っているとも考えられる。

【原注】

（1） 職業策謀家たちから距離をとろうとするプルードン（一八〇九―六五年。フランスの社会思想家。労働者の政治的能力を漸進的に育成すべきであると説き、革命家たちに反対された）は、折に触れて自分のことを「新しい人間」と呼んでいる。「新しい人間とは、バリケードではなく批判的対決こそ自分のなすべき仕事だと考える人間だ。毎晩、警視総監と同じテーブルにつき、世界中にいるド・ラ・オッドたちの誰にでも秘密を打ち明けることができるような人間だ」（ギュスターヴ・ジェフロワ『幽閉された男』一八九七年、からの引用）。

（2） オーピック将軍は彼の義父だった。

（3） ボードレールはこうしたディテールを評価することをわきまえていた。彼は書いている――「いったい何だって貧乏人どもは物乞いをするのに手袋をはめないのだろう？ そうすればひと財産できるだろうに」〔「異教派」一八五二年〕。ボードレールはこれをある匿名の人物の発言としているが、この口ぶりはいかにもボードレールのものである。

（4） この生活費予定表が社会の記録となっているのは、ある特定の家庭において調査されたからというよりも、きわめてひどい困窮をきれいに分類整理することで不快な印象を和らげようとする姿勢のゆえにである。全体主義国家が、己れの非人間的な点をひとつ残らず法律条項に盛り込もうとする野心によって――非人間的な点は「法律条項の遵守」ということになるわけである――開花させたものの萌芽は、資本主義のかなり初期の段階にすでにまどろんでいた、とこの予定表から推測してよかろう。ある屑屋のこうした生活費予定表の第四項である文化的欲求・娯楽・衛生のための費用は、以下のようになっている。「子どもの教育費――授業料は家族の雇用主によって支払われる――四八フラン。本代、一・四五フラン。義捐金(ぎえんきん)および貧者への喜捨（この階層の労働者はふつう喜捨をしない）。祭りや祝い事――家族全員がパリの市門税関(バリエール)の近辺でとる食事（年に八回の遠出）は、葡萄酒とパンとジャガイモ炒めで、八フラン。クリスマス、謝肉の火曜日、復活祭および精霊降臨祭における食事は、バターとチーズで調理したマカロニ、そして葡萄酒で、この支出は第一項に記載済み。男性の嚙みたばこ（労働者自身が集めた葉巻の吸殻）……五フランから三四フランに相当（これはベンヤミンの誤訳で、正しくは「一キロ五フランで三四フランに相当」）。女性の嗅ぎたばこ（買う）……一八・六六フラン。おもちゃ、その他の子どもへのプレゼント、一フラン。……親戚との文通――イタリアに住んでいる、この労働者の兄弟からの手紙は、平均して年一回。……注記。不幸な出来事に見舞われた際、家族にとって最も重要な方策は、私的な慈善に頼ることである。……年間の貯蓄（この労働者はいかなる将来の見通しももたない。彼にとって大事なのは何よりも、妻と小さな娘に、自分たちの境遇の許す限りで、あるゆる楽しみを与えてやることである。彼は貯蓄をせず、稼いだ金をすべてその日のうちに使ってしまう）」（フレデリック・ル・プレー『ヨーロッパの労働者』一八五五年）。このような調査の精神をうまく言い表わしているのが、ビュレ（一八一〇―四二年。フランスのジャーナリスト）の辛辣(しんらつ)な発言である――「人間を動物のように死なせることは、人道上、いやすでに礼儀作法上、禁じられているのだから、棺桶代を喜捨することを拒むわけにはいかない」（ウージェーヌ・ビュレ『イギリスとフランスにおける労働者階級の貧困について』第一巻、一八四〇年）。

(5) この詩の末尾部分の、さまざまな稿において、反抗がゆっくりと道を切り開いてゆくのを辿ってみると、実に興味深い。第一稿ではこうなっている――

かくのごとく葡萄酒は恩恵によって世を治め、

人間の咽喉を通じて、己が勲功を歌い上げる。
万物がその名を称える方の慈善の偉大さよ、
すでに甘き眠りをわれらに与えたもうた後、
〈太陽〉の息子、〈葡萄酒〉を付け加えようと欲せられた、
沈黙のうちに死んでゆく、これら不幸な者たちみなの
心を暖め直し、苦しみを鎮めるべく。

一八五二年にはこうなった——

沈黙のうちに死んでゆく、これら罪なき者たちみなの
心を落ちつかせ、苦しみを鎮めるべく、
神はすでに甘き眠りを彼らに与えたもうた後、
〈太陽〉の聖なる息子、葡萄酒を付け加えた。

一八五七年にはついに、意味の決定的な変化をともなって、このようになる——

沈黙のうちに死んでゆく、これら呪われた老人たちみなの
怨みをまぎらし、怠惰の心をやさしく揺するために
神は、悔恨に駆られて、眠りを作りたもうた。
〈人間〉は〈太陽〉の聖なる息子、〈葡萄酒〉を付け加えた！

〔ベンヤミンが最後に引用しているのは実は『悪の華』第二版（一八六一年）のヴァージョン。三行めは「アランソン新聞」稿（一九五七年）では「神はすでに甘き眠りを彼らに与えたもうた」、『悪の華』初版稿（一八五七年）では「神は、悔恨におそわれて、眠りを作りたもうた」。〕

この連が瀆神的な内容を持つことによってはじめて確かな形式を見出すさまを、はっきりと追うこと

ができる。

（6）この題に続いて前置きがあるが、これはのちの版〔第二版以降〕では除かれた。前置きによれば、このチクルスの詩は「無知なるものや逆上したもののこねる理屈」を純文学的に模作したものだという。しかし本当は模作などではありえない。第二帝政の検察はそれを分かっていたし〔検察は詩「聖ペトロの否認」の削除を要求した〕、そして彼らの後継者にも分かることである。セリエール男爵（一八六六―一九五五年。フランスの文芸批評家、哲学者）は、「反逆」チクルスの最初の詩についての解釈のなかで、このことをはなはだ無造作に明かしている。その詩は「聖ペトロの否認」といい、次の詩句を含む――

　きみ〔イエス〕は夢見ていたのか、あの日々を……
　希望と勇気に胸をすっかりふくらませて、
　あれらの卑しい商人（あきうど）たちを力のかぎり鞭打った日、
　きみがついに主となった日を？　すると、悔恨は
　槍よりも深く、きみの腹に突き入りはしなかったか？

皮肉っぽい解釈者はこの悔恨（ルモール）のうちに、「プロレタリア独裁を導入する、あれほどの好機を取り逃がしてしまった」という自責の念を見て取っている（エルネスト・セリエール『ボードレール』一九三一年）。

（7）「八時にエレガントなスーツに身を包み盛装して現われる少女が、九時に女工（グリゼット）〔主にお針子で、灰色（グリ）の服を着ることが多かったのでそう呼ばれた〕として登場し十時には農婦の格好で出てくる女性と同一人物であることは、少々の慧眼さえあれば容易に分かる」（F＝F＝A・ベロー『パリの娼婦たちと取り締まりの警察』第一巻、一八三九年）。

（8）〈黒人奴隷〉を使うことは学芸欄に限られなかった。スクリーブ（一七九一―一八六一年。フランスの喜劇作家）は戯曲の

対話を書くために、無名の協力者たちを大勢働かせていた。

(9) ラマルティーヌへの公開書簡において教皇権至上主義者ルイ・ヴィヨ（一八一三―八三年。フランスのジャーナリスト）は書いている。「あなたは本当にご存じないのですか、〈自由である〉とはむしろ黄金を軽蔑することにほかならないのを！　それなのにあなたは、黄金で買えるたぐいの自由を手に入れるために、野菜や葡萄酒を生産するのと同じ商業的なやり方で著書を生産するのです」（『選集』一九〇六年）。

(10) 当時のパリ駐在ロシア大使キセーリョフの報告をもとにポクロフスキー（一八六八―一九三二年。ロシアの歴史家）は、事態の推移が、すでにマルクスが『フランスにおける階級闘争』で解釈したとおりであったことを論証している。一八四九年四月六日にラマルティーヌは、軍隊を首都に集めることを大使に確約していた。この措置を、のちにブルジョワジーは、四月十六日に労働者のデモが起きたことをもって正当化しようとした。軍隊を集結させるためにはおおよそ十日が必要だろう、というラマルティーヌの言葉は、事実、かのデモに疑わしい光を投げかける（M・N・ポクロフスキー『歴史論集』一九二八年、参照）。

(11)『セラフィタ』（長篇小説、一八三五年）のなかでバルザックは、「地上のまったく異なる風景を、矢継ぎ早に想像力にたいして提示する知覚を得ることのできる、すばやい視力」（クルツィウス『バルザック論』一九二三年、からの引用）について語っている。

(12)「悪を説明するためには、つねにサドへと……立ち戻る必要がある」（ボードレール「小説の題と草案」）。

(13) 通りすがりの女への恋というモティーフは、初期のゲオルゲ（一八六八―一九三三年。ドイツの詩人。『悪の華』のドイツ語訳も行なっている）の詩のひとつにも取り上げられている。しかしそこには決定的なものが欠けている。群衆に運ばれて女が詩人のそばを漂い過ぎる、その流れである。したがって詩はおずおずとした悲歌になっている。語り手のまなざしは、彼みずからその女性に告白せざるを得ないように、「君のまなざしに浸ろうとするまえに、／憧れのために濡れて、さらに遠くへ引かれて」（シュテファン・ゲオルゲ『讃歌・巡礼・アルガバル』第七版、一九二二年〔「ある出会いについて」〕）しまっている。ボードレールの書き方を見れば、彼が通りすがりの女の目に深く見入ったことに疑いの余地はない。

(14) 同じイメージが「夕べの薄明」〔『悪の華』所収〕のなかにある。空は広々としたアルコーヴ〔壁に設けた寝台を置くための窪み〕のように、ゆっくりと閉じてゆくのである。

(15) この一節に比較できる箇所が「雨の一日」のなかにある。この詩は別人の名で発表されたが、ボードレールの作と考えられる（ボードレール『見出された詩句』、ジュール・ムーケ編、一九二九年、参照）。この詩〔ムーケは第一連と第三連がボードレールの作と推定しているが、その第一連〕の最後の行と、ポーによるテルトゥリアーヌスへの言及との類似は、この詩が遅くとも一八四三年には――つまり彼がポーをまだ知らなかった時期に――書かれていたことを思えば、いっそう注目に値する。

どの人も、滑り易い歩道の上でわれわれを肘突き、
身勝手で乱暴に、通り過ぎざまわれわれに泥をはねかけ、
あるいは、もっと早く走ろうと、遠ざかりざまわれわれを突きのける。
いたる所に汚泥、洪水、空の暗さ。
暗黒なエゼキエル〔紀元前六世紀頃のイスラエルの預言者〕の夢に見たでもあろう暗黒な情景（タブロー）！

(16) マルクスが抱いていたアメリカのイメージは、ポーの叙述と同じ素材からできているように思える。マルクスは合衆国における「物質的生産の熱狂的に若々しい運動」を強調し、まさにこれのせいで、「古い亡霊の世界を片付ける時間も機会も」なかったのだとしている（『ルイ・ボナパルトのブリュメール十八日』）。ポーにおいては、実業家たちすらその相貌になにか魔的（デモーニシュ）なものがある。ボードレールは、夕闇の訪れとともに「不健康な魔物どもが、やくざな商人たちのように、重苦しく」大気のなかに目を

覚ますさまを描写している。「夕べの薄明」のこの箇所は、ポーのテクストからも影響を受けているのかもしれない。

(17) この点に関して本ボードレール論第一部〔結局書かれなかった――「訳者付記」参照〕で集められた諸例証に、きわめて重要なものとして付け加わるのは、「憂鬱（スプリーン）」詩篇の第二である。ボードレール以前の詩人で、「私は、しおれた薔薇でいっぱいの、古い閨房」に比べられるような詩句を書いた人はほとんどいなかった。この詩は徹頭徹尾、ある物質への感情移入に立脚している。この物質は二重の意味で死んだ物質である。それは無機物であり、さらには循環過程から除外された物質なのである。

今からは、おお生命ある物質よ！ お前はもはや、
漠たる恐怖に取り巻かれ、霧けむるサハラ砂漠の
奥にまどろむ、ただの花崗石（みかげいし）に過ぎぬだろう。
無頓着な浮き世の人には知られぬ老スフィンクス
地図の上に忘れられて、その狷介な気性ゆえ、
沈みゆく太陽の日射しにしか、歌おうとはしない。

この詩を締めくくるスフィンクスのイメージは、いまでもパサージュで見かけるような店（たな）ざらしの商品のもつ、陰鬱な美しさを有している。

(18) 詩群（チクルス）「小さな老婆たち」の第三の詩は、ユゴーの連作「亡霊（ファントーム）たち」〔『東方詩集』一八二九年、所収〕の三番目の詩から文字通りの借用を行なうことによって、対抗意識を強調している。かくして、ボードレールの最も完璧な詩のひとつと、ユゴーが書いた最も貧弱な詩のひとつとが対応しあう。

(19) この演説について、下層ボエームの典型的な代表者であったペラン（未詳）はその新聞『赤い弾丸――人権平和クラブ機関紙』に以下のように書いた。「市民ユゴーが議会にデビューした。予想通り、

彼は熱弁家、ジェスチャー男、決まり文句の英雄であることをみずから証明した。最近彼が貼り出した、老獪で中傷的なポスターと同じ意図で彼は、有閑生活者たち、貧民、無為の奴ら、その日暮らしの連中（ラッツァローニ）、叛乱の近衛兵たち、傭兵隊長（コンドッティエーリ）たちについて語った。——要するに、ユゴーは、国立作業場（アトリエ・ナショノー）に対する攻撃で話をしめくくるために、隠喩（メタファー）を無理やり使ったのである」（匿名「雑報」、『赤い弾丸』〔ペラン編〕第一巻第一号、一八四八年六月二二日—二五日、所収）。——ウージェーヌ・スピュレル（一八三七—一九一六年。フランスのジャーナリスト、政治家）はその著『第二共和政の議会史』のなかでこう書いている。「ヴィクトール・ユゴーは反動派の票で選ばれていた」。「政治が何の役割も演じなかった二、三の機会を除いて、ユゴーはつねに右翼たちと投票行動を共にしていた」（『第二共和政の議会史　付・第二帝政小史』一八九一年）。

(20)「遊歩者を野次馬と混同してはならない。そこには無視できないニュアンスの差がある。……純粋の遊歩者は、みずからの個人性をいつも完全に所有している。それに対し、野次馬において個人性は消える。外界に吸収されてしまうのだ。……外界は野次馬を陶酔させ、自分を忘れさせる。野次馬は、眼前に提示される劇〔光景〕の影響のもとで、非人格的な存在と化す。野次馬はもはや人間ではない。公衆であり、群衆である」（ヴィクトール・フールネル「パリの街路で見られるもの」一八五八年）。

(21) ボードレールの青年時代の友人プラロン（一八二一—一九〇九年。フランスの作家）は、一八四五年前後の時期を回想して次のように書いている。「考えにふけったり書きものをしたりするために仕事机を使うことを私たちはあまりしませんでした。……私はといえば」、と彼はボードレールに触れたあとでこう続けている——「むしろボードレールが、道を行ったり来たりしながら、詩句を素早く捕えるのを目にしたものです。紙の束をまえにして座っていたのを見たことはありません」（アルフォンス・セシェ『〈悪の華〉の生活』一九二八年、からの引用〔ウージェーヌ・クレペ宛てのプラロンの手紙、一八八七年〕）。バンヴィル（一八二三—一九一一年。フランスの詩人）はピモダン館について同様の報告をしている。「私がはじめて行ったとき、そこには辞書類も、書斎も、書き物机もなかったし、食器棚や食堂もなかったし、市民の住まいの家具調度を思い出させるものは何一つなかった」（テオドール・ド・バンヴィル『わが回想』一八八二年）。

(22) 次の詩句を参照。「老いた略奪兵よ、お前には／恋愛はもう味がないし、議論とても同じことだ」〔「虚無を好む心」、『悪の華』所収〕。——世に広まっている、多くは生彩を欠いたボードレール文献のうちには、不快感を催させるようなものが少数ながらあり、そのひとつがペーター・クラッセン〔一九〇三—一八九年。ドイツの歴史家、外交官〕なる人物の著書である。堕落作用のあるゲオルゲ派〔詩人ゲオルゲを中心とした文学者・文学研究者のサークル〕用語で書かれたこの本は、いわば鉄兜をかぶったボードレールを描き出すのだが〔ベンヤミンは一九三一年にこの本について、「鉄兜をかぶったボードレール」と題する書評を書いている〕、この本の特徴をよく示すのは、ボードレールの生の中心に、教皇権至上主義的な復古を置いているところである。すなわち次のような瞬間をである——「再興された王権神授国家の精神において、聖体が、抜き身の剣に護られて、パリの街路を運ばれてゆく。これはボードレールの全生涯の本質的な、それゆえに決定的な、体験だったかもしれない」（『ボードレール』一九三一年）。ボードレールは当時六歳だった。

(23) のちに自殺を同様の視角から見たのがニーチェ〔一八四四—一九〇〇年。ドイツの哲学者〕である。「キリスト教はどんなに断罪されてもされすぎることはない。なぜならキリスト教は、……進行中であったやもしれぬ大きなニヒリズム運動、浄化力をもった運動の価値を、……無効にしてしまったからである。……いずれの場合も、ニヒリズムの行為である自殺を阻止することによって」（カール・レーヴィット『ニーチェの等しいものの永遠回帰の哲学』一九三五年、からの引用〔一八八八年春の断片、『権力への意志』アフォリズム二四七番〕）。

(24) ボードレールは長いこと、こうした生活環境に取材した何篇かの小説を出そうという目論見を抱いていた。遺稿にはその痕跡が、題名のかたちで見つかっている。「怪物の教え」「妾持ちの男」「破廉恥女」。

(25) 四分の三世紀のちになって、売春婦のヒモと文士との対立に、新たな生命が吹き込まれた。作家たちがドイツから追放されたとき、ドイツ語の著作物のなかに、ホルスト・ヴェッセル伝説が入り込んできたのである。〔ホルスト・ヴェッセル(一九〇七—三〇年)はナチ党の突撃隊員。もと売春婦であった女性と暮らしていたが、この女性の以前のヒモと称する男に襲われて死亡。この男が左翼だったため、ゲッベルス(当時ナチ党の地方指導者)はヴェッセルをナチ運動のために戦って死んだ「英雄」に祭り上げ、ナチの御用文学者はこの伝説を広めた。ヴェッセルの作った突撃隊の歌(「ホルスト・ヴェッセルの歌」)はナチ時代、第二の国歌とされた。一九三五年にブレヒトはホルスト・ヴェッセル伝説を風刺する作品、その名も「ホルスト・ヴェッセル伝説」を書いている。〕

(26) 二十世紀になってメリヨンにはギュスターヴ・ジェフロワ(二一二ページ割注参照)という伝記作者が現われた。この著者の傑作がブランキ伝(前掲『幽閉された男』)であるのは偶然ではない。

(27) メリヨンははじめ海軍士官だった。彼の最後の腐蝕銅版画は、〔パリの〕コンコルド広場の海軍省を描いている。雲のなかを、馬と車と海豚(いるか)からなる供回りの一団が、庁舎のほうへ突進してくる。船と海蛇も欠けてはいない。人間のかたちをしたいくつかの生き物が、群れのなかに見える。ジェフロワは、アレゴリーの形式にかかずらうことなく、自由に〈意味〉を見いだしている。「メリヨンのもろもろの夢は、要塞のように堅固なこの建物に突入した。そこでは、彼がまだ大きな航海をしていた青年時代に、彼の公務上の経歴データが記入されたのであった。そしていまや彼は、あれほどたくさんの苦しみを得たこの都市とこの建物に、別れを告げるのだ」(『シャルル・メリヨン』)。

(28) 〈痕跡〉を保存しようとする意志が、この芸術にきわめて決定的に関与している。メリヨンの腐蝕銅版画連作のタイトルページは、一個の破砕された石に、昔の植物の形が転写された痕跡があるさまを示している。

(29) ピエール・アンプ（一八七六―一九六二年。フランスの作家）の非難にみちた発言を参照。「芸術家は……バビロンの寺院の円柱は賞賛しても、工場の煙突は軽蔑するのだ」（「社会のイメージとしての文学」、『フランス百科事典』第一六巻「現代社会における芸術と文学I」一九三五年、所収）。

(30) これはクレール・デマールの「私の未来の掟」を暗示しているのかもしれない。

(31) 一八四四年の断片（「たくましい腕もつ気高い女（ひと）」と始まる未完とおぼしき詩）がここで十分な証拠になると思われる（当の詩の後半部はこうである――「放蕩の巫女、わが快楽の姉妹よ、／きみがいつも、きみの聖なる胎内に、人間のいのちを宿し養うわざをさげすんできたのは、／美徳がはずかしめの鋤で、懐妊した婦人たちの／胸乳にうがつ、かの憂うべき痕跡を、さほどに恐れ、避けるが故だ」）。――ボードレールが愛人を描いた有名なペン画におけるこの女性の歩き方は、妊婦のそれに驚くほど似ている。これは、ボードレールに上述のような特異体質がなかったという証拠にはならない。

(32) その豊富な例から――

われら、道すがら、人目をしのぶ快楽を偸（ぬす）んでは、
古いオレンジのように、力いっぱいしぼりぬく。（「読者に」）

勝ちほこるきみの乳房は、美しい飾り戸棚、（「美しい船」、『悪の華』所収）

泡立つ吐血に中断されるむせび泣きさながら、
雄鶏の歌声が遠くで、霧深い空気を引き裂いていた。（「朝の薄明」）

頭は、堆（うず）なす暗色のたてがみと
貴重な飾りものをつけたまま

枕もとのテーブルの上、金鳳花（きんぽうげ）のように
　憩うている。〔「殉教の女」〕

ボードレールにおけるいくつかのモティーフについて

Über einige Motive bei Baudelaire〔一九三九年成立〕

I

ボードレールは、抒情詩を読むことに困難を覚える読者を計算に入れていた。『悪の華』の序詩は、そのような読者に向けられている。彼らの意志の力は、したがっておそらくは集中力も、あまり強くない。彼らが好むのは感覚的な楽しみである。関心と受容能力を殺してしまう憂鬱（スプリーン）に彼らはなじんでいる。このような読者公衆（プーブリクム）、つまりきわめて恩知らずな読者公衆を当てにする抒情詩人に出会っては、首をひねらざるをえない。たしかに、すぐ思いつく説明がひとつある。ボードレールは理解されることを望んだのである。彼は自分の本を、自分と似た人びとに捧げている。読者に宛てられた詩は、次の呼びかけで終わっている。

偽善の読者よ、――私の同類、――私の兄弟よ！

この事態は、次のように言いかえてみればいっそう意味深いものになる。すなわちボードレールは、読者公衆にただちに迎えられる見込みがもともとほとんどない本を書いたのである。巻頭の詩が描いているようなタイプの読者をボードレールは計算に入れた。この計算に先見の明があったことは、のちに判明した。彼が狙いをつけていた読者は、すぐ次の時代に彼に与えられたのである。このような状況、言いかえれば抒情詩受容の条件がますます厳しくなってきた状況には、とりわけ三つの証拠がある。第一に、抒情詩人はもはや詩家(ポエート)そのものとは見なされなくなった。抒情詩人は、ラマルティーヌがまだそうであったような〈歌びと(ゼンガー)〉ではもはやない。抒情詩人はひとつの〔部分的な〕ジャンルに入ってしまった。（ヴェルレーヌはこの専門化の明白な例である。ランボーはすでに秘教家であって、その職権によって読者公衆が自分の作品に近づけないようにした。）第二の事実。抒情詩の大衆的成功は、ボードレール以降もはや起こらなくなった。（ユゴーの抒情詩はまだ出版の際に多大の反響を巻き起こした。ドイツでは『歌の本』〔ハイネの詩集、一八二七年〕が境目をなしている。）これには次の第三の事情が付随している。すなわち読者公衆は、昔から読み継がれてきた抒情詩に対しても、より冷淡になったのである。ここで問題にしている期間は、おおよそ前〔十九〕世紀の半ば以降に始まると考えてよい。この時期、

『悪の華』の名声は不断に広まっていった。最も好意的ならざる読者を当てにし、当初は好意ある読者をあまり見出さなかった書物は、数十年たつうちに古典的な書物になった。そしてまたもっとも多く版を重ねた書物のひとつになった。

抒情詩受容の条件がますます厳しくなってきたとすれば、当然考えられるのは、抒情詩がもはや例外的な場合しか読者の経験（エアファールング）と触れあっていないということである。これは読者の経験の構造が変化したためであるかもしれない。この考え方は正しいと認めることができようが、しかしそうなると、読者の経験がどう変化したのか、それを述べるのに困難を感じることになろう。こういう場合は哲学に答えを求めることになるであろう。ここでひとつの独特な事情が見えてくるのである。前世紀の末以来哲学においては、〈真の〉経験を獲得しようとする一連の試みがなされた。この〈真の〉経験は、文明化した大衆（マッセ）の画一的で不自然な生活に沈澱する経験と対立するものとされる。これらの勢いこんだ試みは普通一括して「生の哲学」という概念で呼ばれている。当然ながら、それらは社会における人間の生活から出発することをしなかった。それらが引き合いに出したのは文芸であり、あるいはむしろ自然であり、そして最後にとりわけ神話時代であった。ディルタイ（一八三三―一九一一年。ドイツの哲学者）の著作『体験（エアレープニス）と創作』（一九〇五年）は、この系列における最も早いもののひとつである。この系列の最後にくるのはクラーゲス（一八七二―一九五六年。ドイツの哲学者）、そしてファシズムに身を捧げたユング（一八七五―一九六一年。スイスの心理学者）である。これらの書物のなかでひときわ高くそびえている記念碑的業績が、ベルクソン（一八五九―一九四一年。フランスの哲学者）の初期の作品『物質と記憶』〔一八九六年〕である。これは他の著作よりも、厳密な科学的研究との関連を保っている。この作品は生物学に則（のっと）って書かれている。表題が示すとおり、そこでは記憶（ゲデヒトニス）の構造が経験の哲学的構造にとって決定的に重要であると見なされている。事実、経験というものは集団的な生においても個人的な生においても、伝統にかかわる事柄である。経験は、追想（エアインネルング）において厳格に固定される個々の事実よりも、堆積されて記憶のなかで合流する、意識されないことの多いデータから形成される。記憶を歴史的に特定することは、無論ベルクソンの意図ではない。むしろ彼は、経験の歴史的な規定をすべて斥（しりぞ）ける。こうすることで彼はとりわけ、そして本質的に、ある経験に肉薄するのを避けることになるのだが、じつはこの経験から彼の哲学が生じてきたのであり、あるいはむしろ、この経験に対抗するために彼の哲学が要請されたのである。その経験とはすなわち大工業時代の不毛で眩惑的な経験である。この経験に対して閉ざされる目には、この経験のいわば自然発生的な残像として、補色的性格をもつ経験が現われる。ベルクソンの哲学は、この残像を詳述し定着しようとする試みである。このようにベルクソンの哲学は、自分の読者というかたちでボードレールの目にありのままに見えていた経験について、間接的に示唆を与えるものである。

Ⅱ

『物質と記憶』は経験の本質を持続(デュレ)によって定義しているが、その定義のされ方から見て読者は、そのような経験の妥当な主体となるのは文学者のみであろうと考えざるをえない。事実、ベルクソンの経験の理論を実地に検証したのは、ひとりの文学者であった。プルーストの『失われた時を求めて』は、ベルクソンが思い描いていたような経験を、今日の社会的諸条件の下で、綜合的な方法で作り出そうとした試みであると見てよい。というのは、この経験がおのずと生じる見込みは、ますます少なくなるだろうからである。ちなみにプルーストは彼の作品のなかでこの問題を論じることを避けていない。それどころか議論のなかに、ベルクソンへの内在的な批判を含む、ある新しい契機をもちこんでさえいる。ベルクソンは、行動的生(ウィータ・アークティーウァ)と、記憶から解明される特殊な観想的生(ウィータ・コンテムプラーティーウァ)とのあいだにある対立を強調することを忘れてはいない。しかしベルクソンの場合、生の流れを観照的態度でまざまざと思い描くことへ向かうかどうかは、自由な決断の問題であるように見える。プルーストの信ずるところは異なっていて、そのことを彼ははじめから用語法の上で明示している。ベルクソンの理論における純粋記憶——メモワール・ピュール——は、プルーストにおいてはメモワール・アンヴォロンテール、無意志の記憶になる。そしてただちにプルーストはこの無意志的記憶を、知性の支配下にある意志的記憶と対立させる。あの長大な作品の最初の数ページは、この関係を明るみに出すことにあてられている。先の用語を導入している考察のなかでプルーストは、彼が幼年時代の一部を過ごしたコンブレーの町が、にもかかわらず長年のあいだ追想（エアインネルング）にいかに貧しいものしか与えてこなかったかについて語っている。プルーストは次のように言う。ある日の午後、マドレーヌ（菓子）の味——彼はこれに後でしばしば言及する——によって昔に連れ戻されるまで、彼に与えられたのは、注意力の呼びかけに順応する記憶（ゲデヒトニス）が彼のなかに用意しておいたものだけであった。このような記憶がメモワール・ヴォロンテール、意志的追想であって、その特徴は、それが過ぎ去ったものについて与える情報に、過ぎ去ったもの自体が少しも含まれていないことにある。「われわれの過去はそのようなものである。過去を意志の力で喚起しようとつとめるのはむだであり、われわれの理知のあらゆる努力はなんの役にもたたない」（第一篇「スワン家のほうへ」）。だからプルーストはためらうことなく次のように結論する——過ぎ去ったものは「理知の領域の外、理知の作用の及ばないところで、なんらかの現実にある事物のなかに」見出されるのだが、「われわれはそれがどんな事物であるのか知らない。その事物に、われわれが死ぬよりまえに出会うか、または出会わないかは、偶然によるのである」（同前）。

プルーストに従えば、個々人が自分自身についてひとつの像を獲得しうるか、自分の経験をわがものにしうるかどうかは、偶然に委ねられている。この事柄で偶然に左右されるというのは、決して自明のことではない。人間の内的な関心事は元来、このようなどうしようもなく私的な性格をもってはいない。それがそういう性格をもつようになるのは、その人間の外的な関心事が彼の経験に同化される機会が減少してのちのことである。そのような減少の間接的な証拠は数多くあるが、新聞はそのひとつである。もしも新聞が、それの与える情報を読者が自分の経験の一部としてわがものにすることを意図したなら、新聞はその目的を達成しえないであろう。しかし新聞の意図は、その逆であり、したがってそれは達成されるのである。新聞の意図は、事件を、それが読者の経験にかかわってくる可能性がある領域から遮断することにある。ジャーナリスティックな情報の諸原則（目新しさ、短さ、分かりやすさ、そしてなによりも個々のニュース相互の無関連性）は、紙面の組み方や言葉遣いとまったく同様に、この意図の達成に寄与する。（カール・クラウス（一八七四―一九三六年。オーストリアの作家、批評家）は、新聞特有の言い回しがいかに読者の想像力を麻痺させているかを指摘して倦まなかった。）情報を経験から遮断することが可能なさらなる理由は、情報というものが〈伝統〉に参入しないことにある。新聞の発行部数は厖大（ぼうだい）である。どのような読者も、〈自分だけが語れる〉話をそうたやすく手に入れることはできない。――歴史上、伝達のさまざまな形式のあいだには競合関係があった。かつての見聞談が情報に取って代わられ、そして情報がセンセーションに取って代わられることのうちには、経験の衰退の進行が反映している。上の三つの形式と際立った対照をなすのが物語である。物語は伝達の最古の形式のひとつである。それは純粋に出来事それ自体を伝えること（これをするのが情報である）を目指してはいない。物語は出来事を報告者の生のなかに沈める。出来事が経験として聞き手に与えられるようにするためである。したがって、陶器の皿に陶工の手の痕跡が残っているように、物語には語り手の痕跡が残っている。

プルーストの八巻〔一般には七篇と数える〕の作品は、語り手という人物像を現代に蘇らせるために、いかなる準備作業が必要であったかを理解させる。プルーストはこのことをみごとな首尾一貫性をもって行なった。その際彼ははじめからある根元的な課題に直面した。すなわち、自分の幼年時代について報告するという課題である。この課題がそもそも果たしうるかどうかは、偶然に左右される事柄であると彼が言うとき、彼はこの課題のもつ困難さを完全に見きわめていたのである。この考察との関連で、彼は無意志的記憶（メモワール・アンヴォロンテール）の概念を編み出す。この概念は、それが形成されたときの状況の痕跡を帯びている。この概念はさまざまな面で孤立している私人（プリヴァートペルゾーン）の財産のひとつである。厳密な意味での経験が存在しているところでは、個人的な過去のある種の内容が集合的な過去のそれと、記憶のなかで結合する。儀式や祝祭（これはプルーストにおいてはおそらく一度も考えられていないものである）をともなう礼拝は、記憶のこの二つの要素を、繰り返し新たに融合させた。礼拝はある決まったときにおいて想起（アインゲデンケン）を誘発し、生涯にわたって想起のきっかけとなるものであった。こうして意志的想起と無意志的想起は、相容れないものではなくなるのである。

III

ベルクソンの理論の副産物として、プルーストの理知の記憶（メモワール・ド・ランテリジャンス）において現われるものをより内実に即して定義しようとするなら、フロイト（一八五六―一九三九年。オーストリアの精神分析家）にまで戻ってみるのが賢明である。一九二一年（正しくは一九二〇年）に発表された論考『快感原則の彼岸』は、記憶（ゲデヒトニス）（無意志的記憶（メモワール・アンヴォロンテール）の意味での）と意識（ベヴストザイン）のあいだに相関関係を設定している。この相関関係は仮説として提出されている。以下、この仮説に基づいて述べられる考察は、この仮説の証明を目的とするものではない。以下の考察は次のことで満足しなければならないであろう。すなわちこの仮説が、フロイトがそれを構想したときに念頭においていた事態とは遠くかけ離れた事態に対しても、有効であるかどうか吟味することである。フロイトの弟子たちはひょっとしたら、すでにそうした事態に直面していたのかもしれない。ライク（一八八八―一九六九年。オーストリアの精神分析家）が記憶に関する彼の理論を展開している叙述は、プルーストによる無意志的想起と意志的想起の区別と、部分的にはまったく軌を一にしている。ライクは言う。「記憶の機能は印象の保護にある。追想は印象の分解を目指す。記憶はその本質からして保存的であり、追想は破壊的である」（ライク『不意打ちされた心理学者』一九三五年）。この叙述の基礎となっているフロイトの基本的な命題は、「意識は追想（エアインネルング）痕跡の代わりに成立する」（フロイト『快感原則の彼岸』第三版、一九二三年）という仮定である。[1]意識は「したがって次のような特性をもつと言えよう――この体系において興奮過程は、他のあらゆる心理的体系におけるのとは違って、体系の要素の持続的な変化を残さず、いわば意識化という現象のなかでむなしく燃え尽きてしまう」（同前）。この仮説の基本公式はこうである。「意識化と、記憶痕跡が残ることとは、同一の体系にとって相容れない」（同前）。追想残滓はむしろ、「それを残す過程が一度も意識にのぼらなかった場合に、最も強力であり最も持続することがしばしばある」（同前）。プルーストの言い方に翻訳すればこうなる。無意志的記憶（メモワール・アンヴォロンテール）の構成要素になりうるのは、はっきりと意識をもって〈体験された〉のではないもの、主体に〈体験〉として起こったのではないものである。興奮過程から「記憶の基盤としての持続的痕跡」（同前）を収集するのは、フロイトによれば、意識とは別ものと考えられる〈他の諸体系〉の役割である。[2]フロイトによれば意識それ自体は記憶痕跡をまったく受容しない。意識には別の重要な機能がある。意識は、刺激に対する防御として登場しなければならない、というのである。「生命ある有機体にとって、刺激防御は、ほとんど刺激受容以上に重要な課題である。有機体は固有のエネルギー量を与えられていて、なによりもまず、自分の内部で演じられるエネルギー転換の特殊な諸形式を、外界で活動している巨大なエネルギーがもつ均等化する影響、つまり破壊的な影響から守ろうと努めなければならない」(同前)。後者のエネルギーによる脅威は、ショックによる脅威である。意識がショックを容易に受け止められるようになればなるほど、このショックが精神的外傷の作用を及ぼす恐れは少なくなる。精神分析の理論は、精神的外傷をもたらすショックの本質を、「刺激防御の破綻から……理解」しようとする。この理論によれば、驚愕というものの「意味は、不安という準備状態が欠けていること」(同前)である。

フロイトの研究は、災害神経症者に典型的な夢をきっかけとして始められた。この夢は、患者の身に起こった破局を再生する。この種の夢はフロイトによれば、「不安を発展させることにより、遅ればせながら刺激を克服しようとする。不安の発展のとだえたことが、精神的外傷性神経症の原因になったのであるから」(同前)。ほぼ同じことをヴァレリーも考えているようである。そしてこの符合は注目に値する。なぜならヴァレリーは、今日の生活条件のもとでの心的メカニズムの特殊な働き方に関心を寄せた人びとのひとりだからである。(そのうえ彼はこの関心を、純粋に抒情的なものであり続けた彼の詩的生産と一致させることができた。したがって彼はボードレールに直接つながる唯一の作家である。)ヴァレリーは言う。「人間の印象ないし感覚的知覚は、それ自体としてみれば、……不意打ちのジャンルに属する。それは人間のある種の能力不足を証明している。……追想は……ひとつの根元的現象であって、その目的は、はじめはわれわれに欠けている（刺激受容の）組織化のための時間をわれわれに与えることにある」（「残肴集（アナレクタ）」一九三五年）。ショックの受容は、刺激克服のトレーニングによって容易になる。刺激克服のためには、必要とあらば夢も追想も動員されることがある。しかし通例このトレーニングは、フロイトが推測しているように、大脳皮質に位置する目覚めた意識の役割である。大脳皮質は「……刺激作用によって燃え上がり、その結果、刺激受容に最も好適な状態を」（フロイト、前掲書）もたらすのである。ショックがそのように捕捉され、そのようにして意識によって受け止められると、そのショックを引き起こした出来事は、正確な意味での体験の性格を与えられる。そうなるとこの出来事は、（意識的な追想のファイルにすぐさま編入されて）、詩的経験にとって不毛なものとなってしまう。

ここで次の問いが生じる。ショック体験が標準状態となってしまった経験の上に、抒情文学はいかにして成立しうるのであろうか。そのような文学は、高度の意識性をもっと当然予想されるであろう。推敲の際に作動したある計画を思い浮かべさせるであろう。このことはボードレールの文学に完全に当てはまる。このことがボードレールを、彼の先人たちのうちではポーに結びつけるのであり、彼の後継者のうちではまたもやヴァレリーに結びつける。ボードレールに関してプルーストとヴァレリーがそれぞれ行なった考察は、あたかも神の摂理が働いたかのように、うまく補いあっている。プルーストはボードレールについて一篇のエッセイ（「ボードレールについて」）を書いたが、それよりも彼の長篇小説に含まれているいくつかの省察のほうが大きな意義をもっている。ヴァレリーは「ボードレールの位置」によって、『悪の華』の古典的な序文を残した。そこで彼は言っている。「ボードレールにとって問題は次のようなかたちで立てられざるをえなかった——大詩人になること、しかしラマルティーヌにも、ユゴーにも、ミュッセにもならないこと。この意図をボードレールがはっきり意識していたというのではない。しかしこの意図は必然的にボードレールのうちにあった。それどころか本来この意図こそがボードレールだったのである。それは彼の国是であった」。詩人に関して国是をもち出すのは奇妙な感じがする。しかしこの言い方には、注目すべき事柄が含まれている——もろもろの体験からの解放。ボードレールの詩的生産はひとつの課題を割り当てられている。いくつかの空白箇所が彼の脳裏に思い浮かんでいて、そこに彼は自分の詩をはめこんだのである。彼の作品は、他のあらゆる作品と同様に歴史の産物として規定できるばかりではない。それは歴史の産物であろうと欲し、そういうものとして自己を理解していたのである。

Ⅳ

個々の印象に占めるショック要素の割合が大きくなればなるほど、そして刺激防御のために意識が不断に動員されざるをえなくなればなるほど、さらに意識の活動が成功を収めれば収めるほど、印象が経験のなかに入ることは少なくなり、印象が体験の概念をみたす可能性は大きくなる。ショック防御のもつ独特の働きは、とどのつまり次の点に求められるかもしれない。すなわち出来事の内容の完全性を犠牲にして、その出来事に、それが意識のなかで占めるべき正確な時間的位置を指定することである。これができれば、それは反射の行なうもっともみごとな働きということになろう。反射は出来事をひとつの体験にするであろう。反射が欠けると原理的には、喜ばしい驚愕ないしは（たいていの場合）不快の性格が強い驚愕が生ずる。この驚愕はフロイトによれば、ショック防御の欠落を公認しているのである。この状態をボードレールはひとつのどぎついイメージに定着した。彼はある決闘について語っている（「芸術家の〈告白の祈り〉」）。この決闘で芸術家は、敗北する前に、驚愕のあまり絶叫するのである（エルネスト・レノー『シャルル・ボードレール』一九二二年、に拠る）。この決闘は創作過程そのものである。つまりボードレールは、ショック経験を彼の芸術活動の核心に据えたのであった。この自己証言には大きな意味がある。何

ナルジョによるボードレールの肖像（『シャルル・ボードレール全集　第1巻　悪の華』パリ、1868年、より）

人もの同時代人の発言がそれを裏づけている。驚愕に身を委ねつつ、ボードレール自身が驚愕を呼び起こすこともまれではなかった。ヴァレスはボードレールの表情の奇矯な動きについて伝えている（ジュール・ヴァレス「シャルル・ボードレール」一九三一年、参照）。ポンマルタン（一八一一―九〇年。フランスの批評家）はナルジョ（一八三七―没年未詳。フランスの版画家）による肖像（『悪の華』第三版、一八六八年、所収）に、ボードレールの不意を突かれたような顔つきを見出している。クラデル（一八三五―九二年。フランスの作家。一時期ボードレールに師事した）はボードレールが会話の際に用いた鋭い抑揚について長々と書いている。ゴーティエはボードレールが朗読のときに好んだ〈中断〉について語っている（ユージェーヌ・マルサン『ポール・ブールジェ氏の杖とフィラントの正しい選択』一九二三年、参照）。ナダールは彼のぎくしゃくした歩き方を描写している（フィルマン・マイヤール『知識人たちの街』一九〇五年、参照）。

精神医学によれば、精神的外

傷を嗜好するタイプがある。ボードレールは、ショックがどこから来るにせよ、それを彼の精神的・肉体的全人格をもって受け止めることを、自分の義務と見なした。このショック防御は、剣による闘いというイメージで表現される。彼は友人コンスタンタン・ギースを描写しようと、パリが眠っている時刻にギースを訪れる。「この男はテーブルの上に身をかがめて、昼間自分の周囲の事物の上に注いでいたのと同じ鋭い視線を紙の上に投げ、鉛筆、ペン、あるいは絵筆を**剣のように振るい**、グラスの水を天井に迸（ほとばし）らせ、シャツでペンをぬぐいながら、まるでイメージが自分から逃げて行くのを恐れているかのように、大急ぎで、勢い激しく仕事を追い、ひとりでいながら喧嘩腰で、われとわが身を小突きまわしている」〔「現代生活の画家」。強調はベンヤミンによる〕。このような空想上の剣による闘いを行なっている自分の姿を、ボードレールは詩「太陽」の第一連で描いている。そしてこれは『悪の華』のなかで、詩の作業に従事している彼を示しているおそらく唯一の箇所である。

古い場末町（フォーブール）、そこでは陋屋（ろうおく）の窓々に、
ひそかな淫蕩を隠す鎧戸（よろいど）が垂れているのに沿って、
折しも残酷な太陽が、光の箭（や）の数を倍にして、
都市にも野や畑にも、屋根にも麦にも、照りつける時、

私はひとり、わが気まぐれな撃剣の稽古に出かける、
あらゆる街角に偶然のもたらす韻を嗅ぎつけ、
語に躓(つまず)くことあたかも舗石(しきいし)に躓くがごとく、
時には、久しく夢みてきた詩句に突き当たりつつ。

ショックの経験は、ボードレールの文学的造形法を規定することになったもろもろの経験のひとつである。ジッドはイメージと理念、言葉と事柄のあいだの不連続を取り上げ、ここにボードレールにおいて詩的感動の来(きた)って住もうとする場があるとしている(アンドレ・ジッド「ボードレールとファゲ氏」一九二一年〔初出一九一〇年〕、参照)。リヴィエールはボードレールの詩句を揺るがす地下からの突き上げを指摘した。それによってひとつの言葉が崩壊するかのような観を呈するのである。リヴィエールはそうした脆い言葉のいくつかを挙げている(ジャック・リヴィエール『エチュード』参照)。

しかもなお、誰が知ろう、私の夢見る新しい花々が、
はたして、砂浜のように洗われたこの土壌の中に、
それらの活力ともなる(ferait)神秘な糧を見出すかどうかを。

〔「敵」、『悪の華』所収。強調はベンヤミンによる〕

あるいはまた——

彼らを愛する大地の女神(キュベレー)が、地の緑をいよいよ茂らせ(augmente ses verdures)、

〔「旅ゆくジプシー」、同前所収。強調はベンヤミンによる〕

さらに、あの有名な冒頭もその一例である——

あなたがお嫉み(jalouse)だった、高潔な心を抱くあの女中

〔同前所収の無題の詩、強調はベンヤミンによる〕

この隠れた規則性に、韻文以外においてもしかるべき表現を与えること、ボードレールが散文詩集『パリの憂鬱』で追究した意図はこれであった。『プレス』の編集長アルセーヌ・ウーセに捧げられた序文にはこうある。「われわれのうちのいったい誰が、野心にあふれた日々に、詩的散文の奇蹟というものを、夢みなかったでありましょうか。それは律動(リズム)も脚韻も欠きながら音楽的で、魂の抒情的な動きや夢想の波のようなうねりや意識のショックにぴったりと合うほど、十分しなやかでかつ十分にぎくしゃくとしていなければ

ならないのです。ひとつの固定観念にもなりうるこの理想は、わけても、もろもろの巨大な都市と、そこに交錯する数知れぬ関係になじんでいる人の心を捉えるのでしょう」。

この箇所から容易に確認できることが二つある。まずこの箇所からわかるのは、ボードレールにおいてショックの形象と、彼が大都市大衆（マッセ）と接触したという事実とが、密接な関連をもっていることである。さらにこの箇所は、この大衆とは実際にはどういうものと考えられるか教えてくれる。それはある階級、なんらかの構造をもった集団のことではありえない。この場合の大衆とは、通行人たちの不定形の群衆（メンゲ）、街頭の公衆（プーブリクム）にほかならない(3)。この群衆の存在をボードレールは決して忘れなかったが、彼のいかなる作品においても群衆がモデルとなりはしなかった。しかし群衆は、隠れた形象として彼の作品に埋めこまれている——事実、先の断片的な引用においても、群衆は隠れた形象となっている。剣士のイメージは群衆というものを手がかりに説明できる。剣士がくり出す突きは、群衆のなかで自分の通り道を切り開くためのものである。もちろん「太陽」において詩人が通り抜けてゆく場末町（フォーブール）には人気（ひとけ）がない。しかしここに隠されている状況布置（コンステラツィオーン）（それを考えれば、この連の美しさは底まで見通せるものになる）は、おそらく次のように把握できるであろう。詩人が人気のない通りで、詩的な獲物を求めて剣を振るって闘うその相手は、単語、断片、詩句の冒頭という霊たちの群れ（メンゲ）なのである。

V

群衆――十九世紀の文学者たちにこれ以上正当な権利をもって近づいてきた対象はなかった。群衆は読書の習慣をもつようになっていた広汎な層において、〔読者〕公衆というかたちで形成されはじめていた。群衆は注文主となった。中世の絵画に寄進者の姿が描きこまれているように、彼らも同時代の小説のなかで自分たちの姿に出会いたがったのである。この世紀で最も成功した作家は、内面的な義務感からこの要望に従った。群衆とは彼にとって、ほとんど古代的な意味で、弁護依頼人(クリエント)〔一六七ページの訳注＊参照〕の群れ、公衆の群れを意味していた。彼すなわちユゴーは、題名において群衆に呼びかけた最初の人である。『悲惨な人びと(レ・ミゼラブル)』、『海の労働者たち』。ユゴーはフランスで、新聞小説と競争できた唯一の作家であった。庶民にとって真実を知らせてくれる情報源となりはじめていた、この新聞小説というジャンルの巨匠は、周知のようにウージェーヌ・シューであった。彼は一八五〇年に圧倒的多数の得票をもって、パリ市代表として国会議員に選ばれた。若きマルクスがある機会に『パリの秘密』を激しく論難したのは偶然ではない〔マルクス／エンゲルス『聖家族』参照〕。当時文学かぶれの社会主義が媚びを売ろうとしていた不定形の大衆を、強靭なプロレタリアート大衆に鍛えあげること、これがマルクスに早くから課題として見えていた。だからこそ、エンゲルスが初期の著作のなかで行なっているこうした大衆の描写は、おずおずとではあるが、マルクスのテーマのひとつの前奏となっているのである。エンゲルスのその著作『イギリスにおける労働者階級の状態』にはこうある。「ロンドンのように、数時間歩きまわっても町が尽きかける気配すらなく、平らな土地が近くにあることを推測させるようなしるしには少しも出会わないような都市は、やはり独特なものである。このような巨大な集中、このような二百五十万人もの人間のひとつの地点への集積は、この二百五十万人の力を百倍にした。……しかし、……そのために払われた犠牲は、あとになってはじめて発見される。数日間大通りの舗道をうろついたとき……、そのときはじめて気づくのは、これらロンドンの住民が、彼らの都市にあふれているあらゆる文明の驚異を実現するために、みずからの人間性の最良の部分を犠牲にしなければならなかったということ、……彼らのなかに眠っていた何百もの力が無為に放置され、抑圧されたということである。すでに街路の雑踏からしてなにか嫌悪を催させるもの、なんとなく人間の本性に逆らうものをもっている。そのなかをひしめきあいながらすれ違ってゆくこれら数十万ものあらゆる階級およびあらゆる身分の人たち、彼らはみな同じ特性と能力をもち、幸福になりたいという同じ関心をもっている人間ではないのか。……それなのに彼らは、まるでお互いになんの共通点もなく、お互いになんの関係もないかのように、肩を触れあわせながら走り過ぎてゆく。彼らのあいだにある唯一の合意といえば、急いですれちがってゆく群衆の二つの流れがお互いに邪魔しないように、それぞれ歩道の右側を通行するという暗黙の合意しかない。誰も他人に対しては目もくれようとしない。この残酷な無関心、各個人が自分の私的関心にとらわれて無感情に孤立しているさまは、これらの個人が狭いところに押しこまれていればいるほど、ますます不快な、ますます気にさわるものに思えてくる」〔強調はエンゲルスによる〕。

この叙述は、ゴズラン（一八〇三―六六年。フランスの作家。バルザックの弟子）、デルヴォー、リュリーヌ（一八一六―六〇年。フランスの作家、ジャーナリスト）といったフランスの小巨匠たちに見出される叙述とは明らかに異質である。エンゲルスの叙述に欠けているのは器用さと暢気さ（ノンシャランス）――遊歩者が群衆のなかを動いてゆくときの、また新聞の学芸欄執筆者が遊歩者から懸命に学びとろうとする、あの器用さと暢気さである。エンゲルスにとって群衆はひとを狼狽（ろうばい）させるものであった。群衆は彼のなかに道徳的な反応を引き起こす。それとともに美的な反応も働いている。通行人たちが肩を触れあわせながら急いで通り過ぎてゆくときのテンポが、彼に不愉快な感じを与えたのである。彼の描写の魅力は、揺るぎない批判的な態度と、古風な調子とが入り交じっているところにある。著者は当時まだ地方的であったドイツから来ている。人の流れのなかに埋没してしまうことへの誘惑には、一度も取りつかれなかったのかもしれない。ヘーゲルは死のすこし前はじめてパリに来たとき、妻に宛ててこう書いている。「町中を歩くと、人びとの外見はベルリンとそっくりだ。みんな服装の点でも異なることはないし、顔つきもほぼ同様だ。同じ眺め、しかしそれがここでは巨大な大衆をなしているのだ」〔一八二七年九月三日付の手紙〕。この大衆のなかを歩くのは、パリの人間にとっては自然なことであった。自分のほうでは大衆からどんなに距離をとろうと望んだとしても、彼は大衆にあくまで染まっており、大衆をエンゲルスのように外側から観察することはできなかった。ボードレールに関して言えば、大衆は彼にとって自分の外部にあるものではまったくない。だからこそ、いかに彼が大衆に心を奪われ魅惑されながらもそれに抵抗しているかを、彼の作品のなかに跡づけることができるのである。

大衆はボードレールの内面に、その描写を彼に求めても無駄なほど浸透している。このように、彼の最も重要な諸対象が、叙述のかたちで現われることはほとんどない。彼にとって――デジャルダン（一八五九―一九四〇年。フランスの作家）の含蓄ある言葉によれば――「イメージを記憶のなかに沈めることのほうが、それを飾りたて描き出すことよりも大事」（ポール・デジャルダン「現代の詩人たち　シャルル・ボードレール」一八八七年）なのである。ヴィクトール・ユゴーが得意としたような都市の絵画的描写に対応するものは、『悪の華』のなかにも『パリの憂鬱』のなかにも見つからないであろう。ボードレールは住民も都市も描写しない。描写を断念することで、その一方を他方のなかに喚起することが可能になった。ボードレールの群衆はつねに大都市の群衆である。彼のパリはつねに人口過剰のパリである。これこそ、彼をバルビエにはるかに優らせているものであって、バルビエの場合、描写という手法がとられているため、大衆と都市とが分離してしまう。[4]「パリ情景」においてはほとんどあらゆる箇所で、大衆がひそかに居あわせていることが証明できる。ボードレールが朝の薄明をテーマにするとき、人気のない街路には、ユゴーが夜のパリに感じ取っているあの〈雑踏の沈黙〉のいくぶんかがある。ボードレールが埃っぽいセーヌ河岸で売りに出されている人体解剖図に目をとめるやいなや、これらの図の上ではいつのまにか死者たちの群れが、さっきまで骸骨がひとつひとつ描かれていた場所を占めている（「耕す骸骨」参照）。ひとつにかたまった群れが、「死の舞踏」の形象たちのなかを進んでゆく。一定のテンポを守れない足取りで、目の前のこととはもはやかかわりのない思いを抱きつつ、巨大な大衆から離脱すること、これが皺くちゃの女たちのヒロイズムである。連作詩「小さな老婆たち」はこの女たちの行路を追っている。大衆は動くヴェールであった。このヴェールを通してボードレールはパリを見た。[5]『悪の華』の最も有名な詩のひとつは、大衆が居あわせていることによって規定されている。

ソネット「通りすがりの女に」のなかには、群衆をはっきり指す言い回しや単語はひとつもない。にもかかわらず、帆船が風に運ばれて航行するように、事態はひとえに大衆に運ばれて進行する。

　　街路は私のまわりで、耳を聾するばかり、喚いていた。

丈高く、細(ほっ)そりと、正式の喪の装いに、厳かな苦痛を包み、
ひとりの女が通りすぎた、褄(つま)とる片手も堂々と、
裳裾(もすそ)の縁飾り、花模様をゆるやかに打ちふりながら、

軽やかにも気高く、彫像のような脚をして。
私はといえば、気のふれた男のように身をひきつらせ、
嵐が芽生える鉛いろの空、彼女の眼の中に飲んだ、
金縛りにする優しさと、命をうばう快楽とを。

きらめく光……それから夜！——はかなく消えた美しい女(ひと)、
そのまなざしが、私をたちまち甦らせた女(ひと)よ、
私はもはや、永遠の中でしか、きみに会わないのだろうか？

違う場所で、ここから遥か遠く！ もうおそい！ おそらくは、*もう決して*！
なぜなら、きみの遁(のが)れゆく先を私は知らず、私のゆく先をきみは知らぬ、
おお、私が愛したであろうきみ、おお、そうと知っていたきみよ！

〔強調はボードレールによる〕

喪のヴェールをかぶり、無言で雑踏のなかを流されてゆくがゆえに神秘のヴェールに包まれて、ひとりの見知らぬ女が詩人のまなざしをよぎる。このソネットが理解させようとしていることをひと口で言えばこうである――大都市住民を魅惑するあの女の形姿にとって、群衆はそのたんなる対立物、敵対要素では決してなく、この形姿は、群衆によってはじめて彼のもとへ運ばれてくるのである。大都市住民の恍惚は、最初のひと目による恋というよりは、最後のひと目による恋である。この詩では、心をうばわれる瞬間が同時に永遠の別れである。このように、このソネットが提示しているのはショックの形象、いや、ある破局の形象である。しかしこの破局の形象は、あのように震撼させられた主体のみならず、彼の感情の本質をも襲っている。肉体を痙攣(けいれん)させるもの――「気のふれた男のように身をひきつらせ」とある――は、自分の存在のすみずみまでをエロスに占有されている人がもつ幸福感ではない。それはむしろ、孤独な人間を襲いがちな、性的な惑乱状態である。チボーデのように、この詩が「大都市でのみ成立しえた」（アルベール・チボーデ『内面の作家』一九二四年）と言うだけではあまり意味はない。この詩は、大都市での生活が愛につける傷痕をくっきりと浮かび上がらせているのである。プルーストもこのソネットをまさにそう読んだのであり、だからこそ、ある日アルベルチーヌとして彼のまえに現われた、あの喪服の女の残像には、さまざまな関連性を明示する〈パリ女〉という名が与えられている。「私の部屋にもどってきたとき、アルベルチーヌは黒サテンのドレスを身につけていた。それが彼女を色白に見せ、こうして彼女はあの火のような、それでいて青ざめた、典型的なパリ女に似ていた。久しく新鮮な空気を吸うこともなく、大衆の只中での生活に、そしてひょっとしたら悪徳の習慣にもむしばまれているこの手の女は、頰に赤みがないので落ち着きのない感じを与える特有のまなざしで、すぐにそれと見分けられる」(『失われた時を求めて』第五篇「囚われの女」)。大都市住民だけが経験するような愛、ボードレールによって詩のために獲得されたような愛、成就が許されなかったというよりは、成就されずにすんだと言える場合がおそらくまれでない愛、そのような愛の対象は、プルーストにおいてもなお、このようなまなざしをしているのである。(6)

VI

より早い時期に群衆のモティーフを取り上げている諸作品のなかで、ボードレールによって翻訳されたポーの一短篇は、古典的なものと見なしてよい。この作品にはいくつか奇妙な点があり、それをたどってゆきさえすれば、いくつかの社会的な法廷〔決定機能をもつ場〕を発見することができる。これらの法廷はきわめて強力であり、しかも深く隠れている。したがってそれらは、いくえにも媒介された、深部にまで達するとともに微妙な作用を、芸術生産だけに及ぼしうるたぐいの法廷に属すると考えてよい。この作品は「群衆の人」と題されている。舞台はロンドン。語り手となるのは、長い病気のあとではじめて街の賑わいのなかへ出てゆくひとりの男である。ある秋の日の午後遅い時間に、彼はロンドンのとある大きなコーヒー店の窓際に腰を落ちつける。周囲の客を観察し、新聞の広告欄を眺めわたす。だが彼のまなざしは、とりわけ窓のそばをひしめきあいながら通ってゆく群衆に向かう。「この通りは、ロンドンでも最も賑わう通りのひとつなので、終日人でいっぱいだった。だが、夕闇が迫るころには、さらに群衆は刻々とふえてきて、ガス灯がともされるころには、大量の通行人の両方向からの流れが、ひっきりなしに店のまえを行きかっていた。私はこの黄昏時のような気分を感じたことはそれまで一度もなかった。この波打つ人の頭の大海を眺めるうちにわいてきた、新鮮な感動をこころゆくまで味わった。自分がいまいる空間で起こっていることは次第に目に入らなくなった。通りの景色を観察するのに夢中になった」。この導入部につづく本筋の部分は、非常に重要なものではあるが、いまは扱うわけにはいかない。本筋を囲む枠だけを考察することにしよう。

ポーにおいて、ロンドンの群衆がガス灯の光のなかを動いてゆくとき、彼ら自体がその光と同じく陰鬱でぼんやりしている。夜とともに「洞窟から」這い出てくる無頼漢たちだけがそうなのではない。上級ホワイトカラー階級をポーは次のように描写している。「彼らの髪はたいていもうかなり薄くなっていて、右の耳はペンを挟むのに使っている結果、きまってこころもち頭から横に飛び出ていた。みんな帽子をとるとき両手を使う癖があり、みんな時計には古風な型の短い金鎖をつけていた」。さらに驚くべきは、群衆の歩き方の描写である。「通りすぎる人の大半は、自分に満足し、人生の道を堂々と歩いている人びとのように見えた。群衆を押しわけてゆくことしか考えていないようだった。眉根を寄せ、眼を四方八方に配っていた。隣の通行人にぶつかられても、別に腹を立てる様子も見せず、服を直して、また先を急ぐのだった。また別の人びとは、これもまたかなり大きなグループだが、ひどくそわそわした連中で、顔は上気して赤く、まるで大量の群衆に囲まれているのでかえって自分ひとりでいるような気がするとでもいうように、独り言を呟(つぶや)いたり、一人芝居をやっているのだった。もし行手を阻(はば)まれると、急に独り言はやめるが、一人芝居はいっそう激しくなって、放心したような作り笑いを浮かべながら、立ちふさがった人びとが通り過ぎるのを待っていた。誰かにぶつかられると、ペコペコとぶつかってきた相手に頭を下げ、それからひどくまごついた様子を見せた」(7)。ここに述べられているのは半分酔っ払いの、落ちぶれた人びとのことだと思えるかもしれない。しかし実際は「上流階級の人びと、商人、弁護士、株式仲買人」なのである(8)。

ポーが描いた像は写実的とは呼べないであろう。ここには計画的な歪曲を行なう空想力(ファンタジー)が働いていて、それがこの作品を、社会主義リアリズムのお手本としていつもよく推奨される作品とは非常に異なるものにしている。たとえばバルビエは、そのようなリアリズムが引き合いに出しそうな最良の作家のひとりであるが、彼はものごとをこんなに異様に描写しはしない。彼はまたもっと明確な対象を選んだ。つまり被抑圧者大衆である。この対象についてポーが語ることはありえない。彼が対象とするのは〈人びと〉一般である。彼らが演じる芝居を目にしてポーは、エンゲルスと同様、ある脅威を感じ取った。大都市群衆のこのようなイメージこそが、ボードレールにとって決定的なものになったのである。大都市の群衆は否応なしに彼を引きつけ、遊歩者としてその一員にしたのだが、この群衆が非人間的な性格をもっているという思いは、そのときでもやはり彼の心を去らなかった。彼は自分を群衆の共犯者とし、しかもほとんど同じ瞬間に、群衆から離れる。彼は群衆と相当に深くかかわりあいになり、そして突然、たったひとつの軽蔑のまなざしをもって、彼らを虚無のなかへ投げ捨てるのである。この愛憎共存は、彼がそれを控えめに告白している箇所で、圧倒的な力をもつ。「夕べの薄明」の究明しがたい魅力は、この愛憎共存と関連しているのかもしれない。

VII

ポーの作中の報告者は〈群衆の人〉の跡を追って夜のロンドンを縦横に歩き回る。この〈群衆の人〉を、ボードレールは遊歩者というタイプと同一視したがっていた〔「現代生活の画家」参照〕。だがこれは賛同できない見方であろう。群衆の人は遊歩者ではない。群衆の人においては、落ち着いた挙措(ハビトゥス)のかわりに、ものに憑かれたような挙措が特徴となっている。したがって群衆の人から知られるのはむしろ、遊歩者が自分のなじんできた環境を奪われるとどうなってしまうかということである。ロンドンが遊歩者の環境になったことがあるとしても、それがポーの描いたロンドンでないことは確かである。ポーのロンドンに比べれば、ボードレールのパリは古き良き時代の名残(なごり)をとどめていた。まだ渡し舟があって、セーヌ川の、のちに橋がかけられることになる場所を横断していた。ボードレールが死んだ年にはまだ、ある企業家が富裕な市民の便宜のために、五百台の駕籠(かご)を運行させることを思いつくという具合であった。まだパサージュは人気があって、そこでは遊歩者は、歩行者など競争相手と認めない交通機関、つまり馬車を見なくてすんだ[9]。群衆のなかに無理に割って入る通行人もいたが、しかし自由な活動の空間を必要とし、この空間の私有化(プリヴァティズィーレン)を手放そうとしない遊歩者もまだいた。大多数の人びとは自分の仕事に精を出さなければならない。私人(プリヴァートマン)〔金利生活者〕が遊歩できるのは、原則的には彼がそういう存在であることによってすでに社会の枠をはみ出ている場合だけである。私人生活(プリヴァティ)〔金利生活(ズィーレン)〕が世の中の目標スローガンになると、遊歩者のための自由な活動の空間はなくなる。ロンドンの中心街(シティ)の熱病的な交通のなかにそういうものがないのと同様である。ロンドンは群衆の人を生み出した。三月革命〔一八四八年〕前の時期のベルリンで庶民に人気

のあった人物像、立ちん坊ナンテ*は、ある意味で群衆の人と対極をなす。パリの遊歩者は両者の中間的存在であろう。(10)

＊ドイツの作家ホルタイ（一七九八―一八八〇年）によって作り出され、同じくドイツの作家グラースブレンナー（一八一〇―七六年）の作品で有名になった人物像。「立ちん坊」とは日雇い仕事などで生活費を稼ぐが、一日の大部分は町角に立ってのんびりしたり酒を飲んだりしている人びとのこと。

私人(プリヴァティエー)〔金利生活者〕が群衆に対してどのような眼を向けるか、それを教えてくれるのはある短い散文、E・T・A・ホフマンの最後の小説である。表題は「従兄の隅窓」という。これはポーの短篇より十五年前に書かれており、大きな町の街頭風景を捉えようとした、おそらくは最も早い試みのひとつであろう。二つの作品の違いは注目に値する。ポーの観察者は、公共の場所であるコーヒー店の窓を通して眺める。それに対して従兄のほうは、自分の家のなかにとどまったままである。ポーの観察者はある魅力に負けて、ついには群衆の渦のなかに飛びこんでしまう。ホフマンの隅窓の従兄は足が麻痺している。人の流れを自分の肌で感じることはできたとしても、その後についていくことはできないであろう。彼はむしろこの群衆に対して超然としている――集合住宅の上のほうの階に住んでいるので自然にそうなるのであるが。彼はそこから群衆をとっくりと眺める。週に一度の市が立っていて、群衆は水を得た魚のように生き生きしている。オペラグラスは、この群衆から風俗画のような光景を切りとって見せてくれる。この道具の使用と、使用者の内的姿勢とは完全に合致している。従兄は自分でもはっきり言っているように、訪問者に「見るという技術の初歩」を手ほどきしたいと思っている(11)。この技術の要諦は、活人画(lebende Bilder〔生きたイメージ〕)を楽しむ能力にあり、当時のビーダーマイアー様式もそうしたイメージを追い求めている。文中に出てくる教化的な箴言(しんげん)はイメージの説明を示す(12)。この作品は、時代的にそろそろ行なわれて当然の試みであったと言える。しかしこの試みがベルリンで、その完全な成功を妨げるような諸条件のもとに企てられたことは明らかである。もしホフマンがパリあるいはロンドンに足を踏み入れていたとしたら、もし彼が大衆そのものの描写を目指していたとしたら、市場を描くだけにはとどまらなかったであろう。女性たちを画面の中心にもってくることはなかったであろう。ポーがガス灯の光のなかを動く群衆から得たさまざまなモティーフを、彼も取り上げていたかもしれない。ちなみに、他の何人かの大都市の観相家たちが感じ取っていた不気味なものを強調するのなら、そのようなモティーフは不必要だったであろう。ハイネ(一七九七―一八五六年。ドイツの詩人、評論家)はある考えさせられる言葉を述べているが、これはそのような不気味なものに関係している。一八三八年にある人がファルンハーゲン(一七八五―一八五八年。ドイツの作家。ハイネと親交があった)に手紙で報告している。「春にハイネは重い眼病をわずらいました。このあいだ彼といっしょに大通り(ブルヴァール)を少し散歩しました。比類のないたたずまいを見せるこの街路の輝かしさと生気に私は興奮して、感嘆の言葉を述べたてたのですが、それに対してこのときのハイネは、この世界の中心地にはなにかぞっとするようなところがある、と意味ありげに力説するのでした」〔一八三八年七月七日付、G・E・グーラウアーの手紙〕。

Ⅷ

大都市の群衆は、それをはじめて目のあたりにした人びとの心に、不安、嫌悪、戦慄を呼び起こした。ポーにおける群衆にはなにか野蛮なところがある。規律は彼らをかろうじて制御しているにすぎない。群衆のなかで規律と野性が争うさまを、のちにジェームズ・アンソール（一八六〇―一九四九年。ベルギーの画家）は倦むことなく描いた。この画家は彼特有の謝肉祭を思わせるような群衆のなかに、軍隊を描きいれることをひときわ好んだ。群衆と軍隊は模範的な友好関係を結ぶ。すなわち警察が略奪者たちと手を結ぶ全体主義国家にとって、模範となるような友好関係である。〈文明〉という症候群を鋭く観察しているヴァレリーは、関連する事実のひとつを次のように特徴づけている。「大都市の中心に住む人は野生状態、すなわち孤立状態に逆戻りする。かつては必要上絶え間なく呼び覚まされていた、他人のおかげで生きているという感情は、社会機構の円滑な進行のなかで、だんだんと摩滅してゆく。およそ社会機構の完成は、ある種の行動様式や感情の動き……を無効にする」〔『カイエB一九一〇』〔ファクシミリ版一九二四年、活字本一九二六年〕〕。便利さは人間を孤立させる。

それは他方で、受益者を機構に近づける。十九世紀半ばにおけるマッチの発明とともに、一連の革新が登場する。それらの共通点は、多数の要素からなる過程を、手のすばやい操作ひとつで始動させることである。この発展は多くの領域で進行する。なかでも電話の例がわかりやすい。以前の器械ではハンドルをたえず回していなければならなかったのが、いまや受話器をとるだけになった。スイッチを入れたり切ったりする、なにかを投入する、なにかを押す、などの無数のしぐさのなかで、パチリと写真をとるしぐさは、とりわけ大きな影響をもたらすことになった。ひとつの出来事を永久に定着させるのに、指のひと押しでこと足りるようになったのである。写真機は瞬間というものに、いわば死後のショックを付与した。この種の触覚的（ハプティシュ）経験と並んで、新聞の広告欄によって、あるいはまた大都市の交通によってもたらされるような、視覚的経験が登場した。大都市の交通のなかを動いてゆくことは、個々人にとって一連のショックと軋轢（あつれき）を生み出す。危険な交差点で、神経刺激の伝達がバッテリーからの衝撃のように、次々と体をつらぬく。ボードレールは、電流の貯蔵器のなかに入ってゆくかのごとく、群衆のなかに入ってゆく男について語っている。すぐあとで彼はこの男を、「意識をそなえた万華鏡」〔「現代生活の画家」。強調はベンヤミンによる〕と呼んでいるが、これはショックの経験の言いかえである。ポーの通行人たちはまだ一見理由なしに眼を四方八方に配っていたが、今日の通行人たちは、交通信号を確認するためにそうしなければならない。このように技術は、人間の感覚器官に複雑な訓練を課した。刺激への新たな、切実な欲求に応じるものとして、映画が登場する日が到来した。映画においては、ショックのかたちをとる知覚が、形式原理として有効になる。ベルトコンベアーにおいて生産のリズムを規定するものが、映画においては受容のリズムの基盤になる。

マルクスは、手工業において労働の各要素の連関がいかに流動的なものであるかを強調しているが、このことは偶然ではない。ベルトコンベアーで働く工場労働者にとっては、この連関がそれぞれ独立し、物的な連関として現われてくる。部品が労働者の意志とはかかわりなく彼の行動半径のなかに入ってくる。そして同じく勝手に彼のもとから離れてゆく。マルクスは書いている。「あらゆる資本主義的生産に……共通なのは、労働者が労働条件を使うのではなく逆に労働条件が労働者を使うということであるが、しかしこの転倒は、機械装置とともにはじめて、技術的に具体化された現実となるのである」[*1]（『資本論』〔流布版第一部第十三章「機械と大工業」〕）。機械になじむことによって、労働者は「自分の運動を、自動装置の一様な恒常的運動に」（同前）調和させることを学ぶ。この言葉によって、ポーが群衆に見ようとしたあの不条理な一様性に、ある独特な光が当てられることになる。すなわち服装と挙措の一様性、そしてとりわけ表情の一様性である。群衆のあの微笑には考えさせるものがある。この微笑はおそらく今日〈つねに微笑を（キープ・スマイリング）〉という標語でおなじみになっているものであり、あの場合表情による緩衝器の役割を果たしているのである。

――『資本論』の右に触れた連関でこう言われている。「およそ機械労働は、労働者の早くからの調教を要求する」[*2]（同前）。この調教ということは、習熟とは区別されねばならない。手工業の唯一の原理であった習熟は、マニファクチュアにおいてもまだ一定の地歩を占めていた。マニファクチュアという基礎の上で、「それぞれの特殊生産部門は、自分に適した技術的形態を経験において発見し、**ゆっくりと**この形態を完成してゆき、一定の成熟度に達するや否や」[*3]（同前）（強調はベンヤミンによる）もちろん急速にそれを結晶させる。しかしこの同じマニファクチュアは他方で「それが浸透するあらゆる手工業のうちに、いわゆる未熟練労働者という一階級を生み出すのであるが、これは手工業経営が厳格に排除していたものである。マニファクチュアが、完全な労働能力を犠牲にして、徹底的に一面化された専門を練達の域にまで発達させるとき、マニファクチュアはまた、一切の発達の欠如さえもひとつの専門にしはじめているのである。等級の序列と並んで、労働者の熟練労働者と未熟練労働者への単純な区分が生じる」（同前〔流布版第一部第十二章「分業とマニュファクチュア」〕）。未熟練労働者は、機械が行なう調教によってもっとも深く貶（おとし）められる者である。彼の労働は経験から遮断されている。ここでは習熟は意味を失ってしまった(13)。遊園地の揺れるカップやそれに似た娯楽がもたらすものは、未熟練労働者が工場で受ける調教の試供品にほかならない。（この試供品は未熟練労働者にとって、ときとして調教の過程全体の代わりとならざるをえなくなった。というのは庶民が遊園地で習い覚えることのできた曲芸は、失業の増加と同時に職業としておおいに栄えたのである。）ポーのテクストは、野性と規律のあいだにある真の連関をはっきりと見せてくれる。彼の通行人たちは、あたかも自動装置に順応させられて、もはや自動的にしか自分を表現できない人間のごとき行動をとる。彼らの振舞いは、ショックに対する反応なのである。「誰かにぶつかられると、ペコペコとぶつかってきた相手に頭を下げた」。

＊1 ベンヤミンは『資本論』をカール・コルシュの編集した版（一九三二年）から引用しているが、この版には『資本論』の四種のオリジナル版にくらべて細部の表現上の変更が見られる。以下ではそのうち重要なもののみ注記する。

＊2 コルシュ版における「調教（ドレッスーア）」という表現は初版（一八六七年）および第二版（一八七二年）では「開始（アインブルッフ）」であり、第三版（一八八三年）および第四版（一八九〇年）では「育成（アンレルヌング）」となっている。

＊3 コルシュ版における「経験（エアファールング）において」は、初版から第四版まで「経験的に（エンピーリッシュ）」となっている。

IX

通行人が群衆のなかで受けるショック体験に対応するのが、機械装置を相手にする労働者の〈体験〉である。しかしこのことだけから、ポーが工場における労働過程についてなんらかの理解をもっていたと考えるのは早計である。いずれにせよボードレールの場合はそのような理解がまったく欠けていた。しかし、機械が労働者の身に作動させる反射的なメカニズムを、まるでそれが鏡に映っているように、有閑者の身においていっそう詳しく研究できる過程が存在し、それにボードレールは魅せられていたのである。この過程とは賭博である。こう言うと逆説に聞こえるにちがいない。労働と賭博の対立以上に確かなものと認められている対立があるだろうか。アラン（一八六八—一九五一年。フランスの思想家）が次のように書いているのはもっともである。「賭博の……概念には……、どの勝負もそれに先行する勝負とは無関係であることが含まれている。賭博には確実なポジションというものはない。……前に獲得された儲けは勘定にいれられない。その点で賭博は労働と区別される。賭博は……労働が拠り所とする重々しい過去をあっさりと片づけてしまう」（アラン『思想と時代』一九二七年、「賭博」の章）。こう書くときアランの念頭にある労働は、高度に専門化された労働である。（これはたとえば精神労働のように、手工業のある種の特徴を保持しているであろう。）それは大多数の工場労働者の労働ではなく、まして未熟練労働者の労働ではない。たしかに未熟練労働者の労働には冒険の要素、賭博者を誘惑する蜃気楼（ファータ・モルガーナ）が欠けている。しかし彼の労働に必ずついてまわるもの、それはむなしさ、空虚、完成を許されないことであり、これらはむしろ工場における賃金労働者の活動に内在するものである。自動的な作業過程から生じる賃金労働者の身振りもまた、賭博に現われる。賭博は賭け金を置いたりカードをとったりするすばやい手の動きなしには成立しない。機械装置の運動におけるガクンという動作に当たるものは、賭博ではいわゆる一プレイである。機械を扱う労働者の手の動きは、先行する動きの正確な繰り返しであり、まさにそれゆえに先行する動きとは無関係である。機械を扱う手のあらゆる動きが先行するそれから遮断されているのは、賭博の勝負における一プレイがそれぞれ先行する一プレイから遮断されているのとまったく同様である。このように、賃金労働者の苦役はそれなりに賭博者の苦役と対応するものとなる。両者の労働は内容をもたない点で等しい。

ゼーネフェルダーに賭博クラブを描いた石版画がある。そこに描かれた人物たちのうち誰ひとりとして、普通に賭博に興じてはいない。誰もが自分の興奮に憑かれている。ひとりは手放しの喜びに、別のひとりはパートナーへの不信に、三人目は重苦しい絶望に、四番目の人は闘争欲に。ある者はこの世を去る用意をしている。多様なしぐさのなかに隠れた共通点がある。ここに描かれた人物たちが示しているのは、賭博において参加者たちが身を委ねるメカニズムが彼らの心身を完全に虜（とりこ）にしており、その結果彼らは自分たちの私的な領域においても、どんなに情熱に動かされていようと、もはや反射的にしか行動できないということである。彼らの振舞いはポーの作品の通行人たちに似ている。彼らは自動装置としての生活を送っており、ベルクソンが書いている架空の人物たち、記憶を完全に抹消してしまった人物たちに似ている。

ボードレールは賭博に溺れた人びとのために共感の、いや敬愛の言葉さえ見出してはいる〔『パリの憂鬱』二九「気前のよい賭博者」、および「火箭」六参照〕が、彼自身が賭博に身を捧げたとは思えない。夜景作品「賭博」で扱われたモティーフは、彼の近代観のなかにすでに組みこまれていた。このモティーフを取り上げて書くことは、彼の使命の一部であった。賭博者というイメージはボードレールにおいて、剣士という古代的なイメージを補完する、真に近代的なイメージとなった。どちらも彼にとっては同じくらい英雄的（ヘローイシュ）な形象であった。ベルネ（一七八六―一八三七年。ドイツの作家）が次のように書いたとき、彼はボードレールの眼で見ていたのである。「毎年ヨーロッパの賭博台で浪費される……精力と情熱とをすべて……蓄積しておいたら、ローマ民族ひとつ分とローマ史ひとつ分を作り出すのに十分ではないだろうか。まさにそうなのだ。ひとはみなローマ人として生まれるので、市民社会は彼を非ローマ化しようとするのだ。そしてそのために賭博、社交ゲーム、小説、イタリア・オペラ、粋な新聞……が作り出されたのだ」〔「賭博者の饗宴」、『パリ風物誌』一八二二―二四年、所収〕。市民階級のなかに賭博が根づいたのはようやく十九世紀になってからである。十八世紀に賭け事をしたのは貴族だけであった。賭博はナポレオンの軍隊によって広められ、いまや「優雅な生活や、大都市の地下を動きまわる無数の浮動的な人間たちの光景」〔「一八四六年のサロン」〕の一部となっているのだった。この光景のなかにボードレールは「われわれの時代に固有の」〔同前〕英雄的（ヘローイシュ）なものを見ようとしたのである。

　賭博を、技術的観点からではなく心理的観点から見ると、ボードレールの構想はさらに意味深く思えてくる。賭博者は勝ちを狙う。これは自明である。しかし勝って金を儲けようという彼の熱意は、言葉の本来の意味での願望とは呼ばれないであろう。彼の内面をみたしているのは欲、あるいは暗い決意ではないだろうか。いずれにせよ彼は、経験をあまり云々できない状態にある。[14] それに対し願望のほうは、経験のもつ秩序領域のひとつである。「若き日に望んだことは、老年になって豊かにみたされる」とゲーテは言っている〔『詩と真実』第二部（一八一二年）のモットー〕。ある願望を抱くのが人生の早い時期であればあるほど、それが実現される見込みは大きくなる。ある願望が時間的に遠大なものであればあるほど、その実現が期待できる。だが遠い昔に連れ戻してくれるものは、その遠さをみたし区分する経験である。だからこそ実現された願望は、経験に与えられる栄誉の冠なのだ。いろいろな民族の象徴法においては、空間的な遠さが時間的な遠さの代用となることがある。空間の無限のかなたに墜ちる流れ星が、実現された願望の象徴となったのはそのためである。隣の仕切りに落ちる象牙の玉、一番上にのっている隣のカード、それらは流れ星とは正反対のものである。流れ星の光がある人の眼にひらめく瞬間に含まれている時は、ジュベールが彼特有の確信をもって描いている時と同じ素材からできている。ジュベールは言う。「時は永遠のなかにも見出される。しかしそれは地上の、世俗の時ではない。……この時は破壊しない。完成するだけだ」（『随想録』）。それに対立するのが地獄の時であって、このなかには着手したものを完成することの許されない人びとがいる。事実、賭博が悪いものとされるのは、賭博者がみずから手をくだすからである。（懲りない富くじ

ファンが、狭い意味での賭博者と同じ非難に遭うことはおそらくない。〕

賭博（ならびに賃金労働）の本質を規定している概念は、〈つねに初めからやり直すこと〉である。したがってボードレールにおいて秒針が――〈秒(ラ・スゴンド)〉が――賭博者のパートナーとして登場することには、正確な意味がある。

思い起せ、〈時間〉は貪欲な賭博者、いかさまなどは
やらずとも、あらゆる勝負を物にする！　それが定め。
〔「時計」。強調はボードレールによる〕

別のテクストでは、この詩で言及されている〈秒〉に代わって悪魔(サタン)みずからが登場する〔『パリの憂鬱』二九「気前のよい賭博者」参照〕。詩「賭博」で賭博の虜になった人びとが行くところとされている、あの沈黙の洞窟も、悪魔の領域であることは疑いない。

これは、ある夜の夢の中で、はっきりと物の見える
私の目の前に、繰りひろげられた、暗黒の図絵。
私自身、黙々たるこの洞窟の一隅に、
肘(ひじ)をつき冷然と、声もなく、羨しげな姿が私に見えた、

　これらの人びとの、頑強な情熱を羨みながら。

　詩人は賭博に加わらない。部屋の隅に立っている。彼のほうが賭博者たちよりも幸せだというわけではない。彼もまた自分の経験を騙しとられた男、近代人なのである。ただし、賭博者たちが秒針の動きに委ねてしまった自分の意識を麻痺させるために用いる麻薬を、彼は拒否する[15]。

ジョットー「憤怒」1306年頃

そして、ぱっくり口を開けた深淵へと熱心に走り続け、
われとわが身の血に酔っては、結局、死よりは苦痛を、
虚無よりは地獄を選びかねぬ、あまたの哀れな男を、
羨むとは何事かと、私の心は怖れおののいた！

この最後の節においてボードレールは、焦燥が賭博熱の基体だとしている。この基体を彼は自分のうちにきわめて純粋な状態で見出していた。彼の突然の怒りは、パドヴァにあるジョットー（一二六六頃—一三三七年頃。イタリアの画家）の〈憤怒（イラクンディア）〉*の表現力を有していた。

* 題名は正しくは「憤怒（イーラ）」。イタリアのパドヴァにあるスクロヴェーニ礼拝堂の内部はジョットーによるフレスコ画で飾られているが、そのなかにそれぞれ七つの善徳・悪徳を表わすアレゴリー像があり、「憤怒」は怒りのあまり自分の服を引きちぎろうとする女性の姿で表現されている。

X

ベルクソンを信ずるなら、持続（デュレ）をまざまざと思い描くことで、人間の魂は時間の強迫観念から解放される。プルーストはこの考えを支持し、この考えから自分の訓練課題を作り

出した。すなわち彼が生涯にわたって追究したのは、過ぎ去ったものを、無意識のなかにそれがとどまっているあいだに表面の穴から入りこんできたあらゆる思い出（レミニサンス）に飽和している状態で、明るみに出すことであった。彼は『悪の華』の比類のない読み手であった。そのなかに自分と近しいものが働いているのを感じたからである。プルーストのようなボードレール経験をもたないで、ボードレールに通暁しているということはありえない。プルーストは言っている。「ボードレールの世界は時の奇妙な分割であり、ただ少数の特異な日々のみが姿を現わすのです。それは目立つ日々です。〈もしも、ある宵〉〔「ある夜私が、おぞましいユダヤ女のかたわらに……」〕といったたぐいの表現が頻繁に出てくるのは、このことから説明されます」（「ボードレールについて」）。この目立つ日々というのは、ジュベールの言葉で言えば、完成する時の日々である。それは想起の日々である。そこにはいかなる体験のしるしもない。この日々は、その他の日々と結びついてはいない。むしろ時から突出している。それらの日々の内容をなすものを、ボードレールは万物照応（コレスポンダンス）という概念に定着した。この概念は、〈近代的な美しさ〉の概念とじかに隣りあっている。

　万物照応（これは神秘主義者たちの共有財産であるが、ボードレールはフーリエの著作のなかでそれに出会った）に関する学問的な文献をプルーストは脇に押しのけてしまい、したがって彼は、万物照応という事態のさまざまな芸術的ヴァリエーション、共感覚によって成立するヴァリエーションについてはもはや云々しない。本質的に重要なのは、万物照応が、礼拝的な諸要素を内包する経験概念を定着するということである。ボードレールはこれらの要素をわがものにすることによってのみ、彼が近代人として目撃した崩壊の本当の意味を、完全に見きわめることができたのである。そのようにしてのみ、彼はこの崩壊を、ただ自分ひとりに突きつけられた挑戦として認識することができたのであり、そしてこの挑戦に『悪の華』において応じたのである。この書物の秘密の建築構造なるものについて、数多くの思弁が捧げられてきたが、そういうものが本当にあるとするなら、巻頭の一連の詩は、もはや取り戻しがたく失われてしまったものに捧げられているのかもしれない。この連作のなかには、モティーフを同じくする二つのソネットがある。最初のソネットは「万物照応」と題されていて、こう始まっている。

〈自然〉はひとつの神殿、その生命(いのち)ある柱は、
時おり、曖昧な言葉を洩らす。
その中を歩む人間は、象徴の森を過(よぎ)り、
森は、親しいまなざしで人間を見まもる。

夜のように、光のように広々とした、
深く、また、暗黒な、ひとつの統一の中で、

遠くから混り合う長い木霊さながら、
もろもろの香り、色、音はたがいに応え合う。

ボードレールが万物照応ということで考えていたのは、危機に対して確固たるものであろうとする、ひとつの経験であったと言ってよい。この経験は、礼拝的なものの領域においてのみ存在しうる。この領域を超え出ると、それはみずからを〈美〉として提示する。美においては、礼拝価値が芸術の価値として現われる。(16)

万物照応は想起のデータである。それは歴史的なデータではなく、前史のデータである。祝祭日を重大で意味深いものにするのは、前世の生との出会いである。このことをボードレールは「前世の生」と題するソネットに書きしるした。この二番目のソネットの冒頭が喚起する洞窟と植物、雲と波のイメージは、涙の暖かい靄のなかから現われてくる。この涙は郷愁の涙である。「散歩者は、喪のヴェールに覆われたこの拡がりをじっと眺める時、己の眼にヒステリーの涙（hysterical tears〔理由なき感動の涙〕）のこみ上げるのを感ずる」〔「わが同時代人の数人についての省察」〕とボードレールはマルスリーヌ・デボルド＝ヴァルモール（一七八六―一八五九年。フランスの女流詩人）の詩を推薦する文章のなかで書いている。後に象徴主義者たちが開拓したような同時的照応はここにはない。過ぎ去ったものが、もろもろの照応のなかでいっしょにつぶやいている。そして照応の規範となる経験自体が、前世の生のなかに位置しているのである。

大波はうねり、天景を映してころがしながら、
彼らのゆたかな音楽の、世にも力強い和音を、
私の眼に照り映える落日の色と、
おごそかにも神秘に、混ぜ合わせていた。

彼処(かしこ)にこそ〔……〕私は生きた、

経験の復元をめざすプルーストの意志が地上の生の枠内にとどまっているのに対し、ボードレールのそれは地上の生を抜け出てゆく。このことは、ボードレールの場合その意志に対抗する力がはるかに根源的かつ強烈に現われたことのしるしと理解できる。そしてボードレールがこの力に圧倒され、諦めを示しているように見えるとき以上に彼が完璧な表現に成功した例はほとんどない。「沈思」〔一八六一年初出、『新・悪の華』詩篇に属する〕は古い歳月のアレゴリーたちを深い空を背景に浮かび上がらせている。

……見よ、身まかりし〈歳月〉たちが天の露台(バルコニー)の上に、

古ぼけたドレスを着て身を屈めるのを。

この詩句においてボードレールは、自分から去っていったはるかな過去に、流行遅れのものというかたちで敬意を表することで満足している。プルーストは彼の作品の最終巻で、マドレーヌの味とともに彼をつらぬいた経験に再び立ち戻るとき、コンブレーの歳月が露台に現われる歳月に姉妹のような愛情を抱いていると考える。「ボードレールにあっては、そんな無意志的な思い出（レミニサンス）はもっと多数にのぼる。彼の場合、こうしたものを喚起するのが偶然ではないことも明らかである。私の意見では、だからこそこのような思い出は決定的なものなのである。ボードレールただひとりが、時間をかけて、えり好みをしながらもさりげなく、たとえば女の匂い、髪の毛や乳房の香りのなかに、関連にみちた照応を追求するのである。そしてこれらの照応が彼に、〈広々として円い空の紺碧〉（「髪」、『悪の華』所収）や〈帆や帆柱に満たされた港〉（「異国の香り」、同前所収）という表現をもたらすのである」（『失われた時を求めて』第七篇「見出された時」）。この言葉はプルーストの作品の、作者自らが認めるモットーである。彼の作品はボードレールの作品と血縁関係にある。ボードレールの作品は、想起の日々を集めて宗教的な一年を編んでいるのであるから。

しかしこうした成功だけにみちていたとしたら、『悪の華』はそれが現にあるところのものにはならなかったであろう。『悪の華』の比類のなさはむしろ次の点にある。つまりこの詩集においては、同じ慰めがなんの効果ももたず、同じ熱意がなんの役にもたたず、同じ行ないが失敗したことから、万物照応がみずからのための祝祭を執り行なっている詩になんらひけをとらない詩が生み出されていることである。「憂鬱（スプリーン）と理想」は、『悪の華』の第一部をなしている。理想は想起の力を授け、それに対し憂鬱は秒の群れを招集する。悪魔が毒虫たちに命令を下すように、憂鬱は秒たちに命令を下す。「憂鬱」詩篇に属する「虚無を好む心」にはこうある。

愛らしい〈春〉も、その匂いをなくしてしまった！

この行でボードレールは、極端なことを、極端に秘めやかに表現している。だからこそこの行は、まぎれもなくボードレール的なのである。かつて彼にも分かち与えられていた経験の崩壊したことが、「なくしてしまった」という語で告白されている。匂いは無意志的記憶（メモワール・アンヴォロンテール）の安全な避難所である。匂いが視覚的表象と連合することはたぶんないであろう。いろいろな感覚印象のうちで、匂いはおそらく同種の匂いとだけ結びつく。ある香りの再認が、他のいかなる追想にもまして慰めの力をもつのは、それが時の経過の意識を深く麻痺させてしまうからかもしれない。ある香りは、それが思い出させる香りのなかで、歳月を消滅させる。だからボードレールの先の一行は、無限に慰めのない一行となっている。もはや経験をもつことのできない人間には慰めはない。だがこの無能力こそ、怒りの本質をなすものにほかならない。怒る人は〈何も聞こうとしない〉。怒る人の原像であるティモン（前五世紀のアテナイの政治家で、人間嫌いの典型とされる）は、誰彼の区別なしに腹を立てる。彼は刎頸の友と仇敵とをもはや区別できない状態にある。バルベ＝ドールヴィイは炯眼にもこの状態をボードレールのうちに認めた。彼はボードレールを「アルキロコス（前七一二頃—六五〇年頃。古代ギリシアの抒情詩人。ヨーロッパ文学史上最初の個性ある詩人といわれる）の天才をもったティモン」（バルベ＝ドールヴィイ『作品と人間』一八六二年）と呼んでいる。怒りの発作は、鬱屈した人が虜になる秒のリズムを刻む。

　そして〈時間〉は刻一刻と私を嚥みこむ、
　硬直におそわれた人体を大雪が嚥みこむように。
〔「虚無を好む心」〕

この詩句は先に引用した行のすぐ後に続くものである。憂鬱においては時間が物化される。一分一分が人間を雪片のように被ってゆく。この時間は、無意志的記憶の時間と同様、歴史をもたない。しかし憂鬱においては時間感覚が不自然に鋭敏になる。一秒ごとに、そのショックを受け止めるために、意識が動員される。(17)

時間の計算は持続性よりも均等性を重んじるが、それでもやはり自分のなかに異質で目立つ断片を残しておかずにはいられない。ある質の承認を量の測定と結びつけたのが、暦というものの功績であった。暦はその祝祭日によって、想起のための場所をいわば空けておくのである。経験を失った男は、自分が暦から締め出されているのを感じる。大都市の人間は日曜日にこの感情を知る。この感情をボードレールはいちはやく、「憂鬱（スプリーン）」詩篇のひとつにおいて表現している。

遠近（おちこち）の鐘が、突然、猛り狂って跳ね始め、
空の方へと、おそろしい唸（うな）り声を放てば、
さながら、故国をもたずさまよう亡霊たちが、
執念（しゅうね）く嘆きの声を発し出すかのよう。

（「憂鬱（スプリーン）〈Ⅳ〉」）

かつて祝祭日のためのものであった鐘は、人間たちと同様、暦から締め出されている。これらの鐘は、あちこち尋ね回っても歴史を手に入れることのできない哀れな人びとに似ている。ボードレールが〈憂鬱（スプリーン）〉と〈前世の生〉において、真の歴史的経験の引き裂かれた二つの部分を手にしているとすれば、ベルクソンはその持続（デュレ）の観念において、ボードレールよりもはるかに歴史から遠ざかっている。「形而上学者ベルクソンは死を隠蔽する」（マックス・ホルクハイマー「ベルクソンの時間の形而上学」一九三四年）。ベルクソンの持続は、死を欠落させていることによって、歴史の範疇から（そして先史の範疇からも）遮断されている。

これに対応して、ベルクソンの行動(アクスイオン)の概念が欠落する。「実務的な男」が頭角を現わすのに役立つような「健全な常識」がベルクソンの拠り所であった（ベルクソン『物質と記憶』参照）。死を拭い去られた持続は、装飾の悪しき無限性をもっている。このような持続は、そのなかに伝統を持ちこむことを許さない[18]。それは経験(エアファールング)という借り物の衣裳を着て得意げに闊歩する体験(エアレープニス)の権化である。それに対し憂鬱(スプリーン)は、体験を赤裸々な姿で展示する。鬱屈した人は、大地がたんなる自然状態に戻っているのを見て愕然とする。そこにはもはや先史の息吹きは通っていない*。アウラはない。「虚無を好む心」からの先の引用のすぐ後に続く詩句において、大地がそのような姿で登場している。

私は高みから、まるい形をした地球を眺めやるだけ、
逃げこむための茅屋(あばらや)を、そこにもはや探しもしない。

＊「写真小史」（『ベンヤミン・コレクション1』所収）五六五ページ以下および「複製技術時代の芸術作品」（同前所収）五九〇ページ以下参照。

XI

無意志的記憶(メモワール・アンヴォロンテール)のなかに定住しつつ、ある直観の対象のまわりに集まろうとするさま

ざまな表象を、この対象のアウラと呼ぶとすれば、直観の対象にまとわりつくこのアウラは、ある使用対象に習熟として沈着してゆく経験にまさに対応するものである。写真機およびそれ以後に出現した類似の器械を用いた諸技術は、意志的記憶（メモワール・ヴォロンテール）の範囲を拡大する。出来事を器械を使って、映像と音響で記録することがつねに可能になる。したがってこれらの技術は、習熟が衰微してゆく社会における、重要な収穫となる。——銀板写真（ダゲレオタイプ）はボードレールにとって興奮と驚愕を呼び起こすものであった。その魅力は「残酷で驚くべき」（「フランスの諷刺画家たち数人」）ものであると彼は述べている。したがって彼は右に述べた関連を、見きわめていたというのではないにしても、感じ取ってはいた。彼がつねに目指していたのは、〈近代的なもの（モデルン）〉のための場所を確保しておくこと、特に芸術におけるその場所を定めることであったが、写真に対する姿勢も同様であった。彼は写真に脅威を感じるたびごとに、その責任は写真の「進歩が悪用された」（「一八五九年のサロン」）ことにあると考えようとする。ただしこれが「大衆の愚昧」（同前）によって促進されることを彼は認めている。「この大衆は、自らにふさわしく自らの本性に適合した理想を希求していたのです。……一人の復讐の神がこの大衆の願いを聴きとどけてくれました。ダゲールが彼らの預言者となったのです」（同前）。それでもボードレールは、もっと和解的な見方がないかと探してみる。「われわれの記憶の保存所の中に一つの場を要求する」権利をもつにもかかわらず消え去りやすい物たちを、写真がみずからのうちに収めるのはかまわないが、ただし「手に触れ得ぬもの、想像されるものの領域」〔同前〕、すなわち「人間がその魂のいくばくかをそれに付与する」〔同前〕ものだけが存在しうる芸術の領域に、写真は踏みこんではならない。以上が彼の裁定であるが、これはあまり名裁定とは言えない。意志による推論的な追想がつねに待機状態にあると――これは複製技術によってますます容易になる――空想力（ファンタジー）の活動範囲は削減されてしまう。空想力とは、ある特殊な種類の願望、すなわちその実現として〈なにか美しいもの〉が与えられうる願望をいだく能力と定義できるかもしれない。この実現がどんな条件と結びついているかは、またもやヴァレリーが詳しく述べてくれている。「あるものが芸術作品であるとわれわれが認識するのは、それがわれわれのうちに目覚めさせるいかなる観念も、またわれわれに示唆するいかなる振舞い方も、そのものを用済みにせず、そのものを汲み尽くさないという点によってである。嗅覚に快い花の香りをどんなに長く吸っても、われわれのうちに欲求を呼び覚ますこの香りと、手を切ることはできないのだ。そしていかなる追想も、いかなる思考も、いかなる振舞い方も、その香りの効果を無効にしたり、あるいはその香りがわれわれに及ぼす力からわれわれを解放することはできない。芸術作品を作ろうと欲する者の追求するところもここにある」〔「芸術の一般概念」一九三五年〕*。この見解に従えば一枚の絵は、ある眺めにおいて眼がいくら見ても見飽きないものを再現する。絵の根源に投影される願望を、どうやって絵が実現させるかと言えば、この願望を不断に養っているものによって、ということになる。何が写真と絵を分かつか、そしてなぜ双方に共通する〈構成〉原理がひとつもありえないのかは、したがって明らかである。ある絵をいくら見ても見飽きないまなざしにとって、一枚の写真のほうは、空腹にとっての食べ物、渇きにとっての飲み物にずっと近い意味をもつのである。

＊「写真小史」「複製技術時代の芸術作品」におけるアウラの定義（『ベンヤミン・コレクション1』五七〇、五九二ページ）を参照。

以上のようなかたちで現われてきている芸術的再現の危機は、知覚そのもののある危機の重要な一部として論じることができる。――美の快楽を鎮めがたくするのは、ボードレールが郷愁の涙のヴェールをかけられていると呼んだ、あの前世のイメージである。「ああ、汝は　いまはもう絶えた世に／わが妹(いも)　わが妻なりき」〔一七七六年四月十四日付の、ゲーテがシャルロッテ・フォン・シュタイン夫人に手紙として送った詩のなかの言葉〕。――この告白は、そのようなものとしての美が要求することのできる貢物である。芸術が美をめざし、どんなに素朴なやり方であれ、それを〈再現〉するかぎりは、芸術はそれを（ファウスト〔ゲーテ『ファウスト』（一八三一年完成）の主人公〕が美女ヘーレナ〔『ファウスト』の登場人物〕をそうするように）時の深みから連れてくることができる(19)。これは技術的複製においてはもはや生じない。（そこには美の居場所はない。）プルーストは、ヴェネツィアに関して意志的記憶(メモワール・ヴォロンテール)が与えるイメージの乏しさ、深みのなさに文句をつけているが、それに続けて、〈ヴェネツィア〉という単語を思いついただけで、このイメージの宝庫が写真の展覧会のように味気ないものに思えてきたと書いている*（『失われた時を求めて』第七篇「見出された時」参照）。無意志的記憶（メモワール・アンヴォロンテール）から浮かび上がるイメージの特徴がアウラをもっていることだとすれば、写真は〈アウラの凋落〉という現象に決定的に関与している。銀板写真において、非人間的、いわば殺人的な点と感じられざるをえなかったのは、器械を（しかも長いあいだ）見つめることであった。なぜなら器械は人間の像を写し取り、しかもその人にまなざしを送り返すことがないから。だがまなざしには、自分が見つめるものから見つめ返されたいという期待が内在する。この期待（それは、言葉の普通の意味でのまなざしにと同様、思考の領域での注意深さという志向的まなざしにも付随していることがある）がみたされるとき、まなざしには充実したアウラの経験が与えられる。「知覚されうることとはひとつの注意深さ」〔一七九九年頃の断章〕であるとノヴァーリス（一七七二―一八〇一年。ドイツ・ロマン派の詩人、作家）は断じている。彼がそのように述べている〈知覚されうること〉とは、アウラが知覚されうることにほかならない。したがってアウラの経験は、人間社会によく見られる反応形式の、無生物ないし自然と人間との関係への転移に基づいている。見つめられている者、あるいは見つめられていると思っている者は、まなざしを打ちひらく。ある現象のアウラを経験するとは、この現象にまなざしを打ちひらく能力を付与することである。[20] 無意志的記憶（メモワール・アンヴォロンテール）の発掘物はこのことに対応している。（ちなみにそれらの発掘物は一回的なものである。〔意志的〕追想がそれらを摂取しようとすると消え去ってしまうものである。無意志的記憶の発掘物のこうした性格は、アウラを「ある遠さが一回的に現われているもの」(ベンヤミン「複製技術時代の芸術作品」参照)と把握するアウラ概念を根拠づける。この定義の優れた点は、アウラという現象の礼拝的性格が明確になることである。本質的に遠いものとは、近づきえないもののことである。事実、近づきえないことが、礼拝の対象の主要な性質のひとつである。)プルーストがアウラの問題にいかに精通していたかは、あらためて強調するまでもない。それにしても、彼がアウラの理論を含む諸概念におりに触れて言及しているのは注目に値する。「神秘を愛する人びとは、こう信じたがる、――物には、過去にそれをながめたまなざしのいくぶんかが残っていると」。(これはまさにまなざしを送り返す能力ということであろう。)「彼らの意見では、史蹟や絵画は、幾世紀にもわたって多くの讃美者の愛と観想が織りなした柔らかなヴェールをかぶってしかわれわれのまえに現われない」(『失われた時を求めて』第七篇「見出された時」)。ここでプルーストはやや話の方向を変えて、次のように結論する。「そのような幻想も、この人びとが、各個人にとって存在する唯一の現実、つまり各自に固有の感覚世界にその幻想を関係づけるならば、真実となるであろう」(同前)。夢における知覚をアウラ的知覚と規定するヴァレリーの考え方もこれに近いが、客観的な方向をとっているだけに、より発展性がある。「私にはそこにあるそれが見えると私が言うとき、私とその物とのあいだに定着されるのは、釣り合いではない。……それに対して夢のなかには釣り合いがある。私に見える物たちには、私にそれらが見えるのと同程度に、

私が見える」(「残肴集(アナレクタ)」)。まさに夢の知覚にとって自然は、

その中を歩む人間は、象徴の森を過(よぎ)り、
森は、親しいまなざしで人間を見まもる。

といわれているあの神殿なのである。

＊ プルーストの原文では〈ヴェネツィア〉ではなく〈スナップショット〉という単語が「私の記憶を写真の展覧会のように退屈なものにしてしまった」とされている。

ボードレールがこの事情を熟知するにつれて、アウラの凋落はますます被い隠しがたく彼の抒情詩のなかに刻みつけられていった。これはひとつの暗号のかたちをとった。『悪の華』で人間のまなざしが登場する箇所のほとんどすべてにおいて、この暗号が見出される。(ボードレールがそれを計画的に用いたのでないことは言うまでもない。)そこで言われているのは要するに、反応をもとめて人間のまなざしに向けられた切実な期待が、空しい結果に終わる(leer ausgehen)＊ことである。ボードレールは、見つめる能力を失ってしまったと言えるような眼を描いている。しかしこのような特性をもつ眼には、ある魅力が与えられており、ボードレールの欲動(トリーブ)の大きな部分、ことによるとほとんどの部分は、この魅力からエネルギーを得ている。この眼に呪縛されて、ボードレールのなかでセックス

がエロスと縁を切ったのである。「至福の憧憬」〔ゲーテ『西東詩集』一八一九年、所収〕のなかの次の詩句、

どれほどの　遠さも苦にせず
呪縛され　汝は飛び来る

がアウラの経験に飽和した愛の古典的な描写と見なすべきものであるとすれば、抒情詩の領域においてボードレールの次の詩句ほどそれに決然と対抗しているものはほとんどない。

夜の穹窿にも等しく、私はきみを崇め愛する、
おお悲しみの器よ、丈高い寡黙の女よ、
私の愛はいやますばかり、美しい女よ、きみが私を遁れようと
すればするほど、また、わが夜な夜なを飾るものよ、
私の腕を涯しもない空の青から引き離す
道程を、皮肉っぽく、きみが延ばすと見えれば見えるほど。
〔『悪の華』所収の無題の詩〕

* 『ドイツ悲劇の根源』の「アレゴリーとバロック悲劇」第Ⅲ章にある、「アレゴリーは素手で帰る

(leer aus gehen)」(『ベンヤミン・コレクション1』三一七ページ、または『ドイツ悲劇の根源 下』一七三ページ以下)という表現を参照。

見つめている人の不在、まなざしによって克服されたこの不在が深ければ深いほど、そのまなざしは圧倒的な作用をもっていることになるであろう。鏡のような眼の場合、この不在はすこしも減じられないままである。まさにそれゆえに、この眼は遠さを知らない。ボードレールはこの眼の滑らかさを、巧妙な脚韻に織りこんだことがある。

汝の眼を沈めても見よ、じっと動かぬ(フィクス)
眼の中に、半獣神(サチュロス)の雌あるいは水の精(ニクス)などの、

〔「警告者」一八六一年初出、「新・悪の華」詩篇に属する〕

半獣神の雌や水の精は、人間たちの家族にはもはや属さない。それらは人間たちから分け隔てられている。興味深いことにボードレールは、遠さに苦しめられるまなざしを、〈親しい(ファミリエ)まなざし〉として詩のなかに登場させている〔「万物照応」参照〕。家庭をもたなかった彼は〈親しい(ファミリエ)〔家庭的な〕〉という語に、期待と断念に飽和したニュアンスを付与している。彼はまなざしをもたない眼の虜になって、いかなる幻想も抱くことなしに、その勢力

圏に赴くのである。

きみの眼のあかあかと輝くさまは、まるで飾り窓か
公共の祝祭に燃えさかる灯明台を思わせて、
借り物の力をあつかましくふりまわしている。

（「きみは全宇宙を自分の臥所に招き入れかねない……」『悪の華』所収）

ボードレールははじめて発表した文章のひとつで書いている。「愚かさはしばしば美しさの飾りとなるものだ。それこそは、眼に、黒ずんだ池のああした陰鬱な清澄さを、熱帯の海のあの油を流したような静穏さを与える」（「愛に関する慰めの箴言抄」一八四六年）。そのような眼に生気が宿ると、獲物を探しながら、同時に自分の安全に気を配る肉食獣の眼になる。（娼婦もそうであって、通りかかる人びとに注意しながら、同時に警官に対する用心を怠らない。この生活様式が生み出す人相のタイプをボードレールは、売春婦を描いたギースの数多くの作品に認めている。）「彼女は肉食獣のようにまなざしを地平に向ける。このまなざしは肉食獣のように落ち着きがない、……しかしまた時には肉食獣のように、突然注意を集中する」（「現代生活の画家」）。大都市の人間の眼が、身の安全を守る機能で酷使されていることは明白である。ジンメルは普通あまり気づかれていない眼の負担を指摘

している。「見えるだけで音が聞こえない者は、音が聞こえるだけで見えない者よりも、はるかに……不安な気持になる。ここには大都市……に特有のものがある。大都市における人間相互の関係は、……視覚活動が聴覚活動に比べてあきらかに優勢であることを特徴とする。その第一の原因は、公共交通機関にある。十九世紀におけるバス、鉄道、路面電車の発達以前には、人びとが何十分、それどころか何時間も、お互いに一言も交わすことなしに見つめあっていなければならない状態に置かれることはなかった」〔『社会学』一九〇八年、第九章付説「感覚の社会学について」〕。

安全に気を配るまなざしが、遠さに夢見心地で没入することはありえない。それどころか、遠さが台なしにされると快楽めいたものを感じるようになることもある。以下の奇妙な文章は、そのような意味で読まれるべきなのかもしれない。「一八五九年のサロン」でボードレールは、風景画を次から次へと論評したあとで、最後に次のように告白している。「私は透視画(ディオラマ)の方へ連れ戻されたいと希(ねが)うのですが、その乱暴で度外れな魔術は、私に有無をいわせず一つの有用な錯覚(イリュジオン)を突きつけることができるのです。私は、そこに私にとってこの上もなく愛(いと)しい夢たちが芸術的に表現され悲劇的に凝集されているのが見出されるような、何かしら芝居の書割を眺めるほうが好きです。こうした物のほうが、まったくの偽りであるがゆえに、真なるものに無限に近いのです。これに対して、わが風景画家たちの大部分が嘘つきであるのは、まさしく彼らが嘘をつくことを蔑(ないがし)ろにしているからであります」。〈有用な錯覚〉よりも〈悲劇的に凝集されている〉という箇所に注目していただきたい。ボードレールは遠さの魔法に固執する。彼は風景画の価値を、まさに歳の市の小屋の絵を基準にして測っているのである。舞台の書割に近づきすぎた観客に起こらざるをえないような、遠さの魔法が破られる状態を、彼は望んでいるのであろうか。このモティーフは、『悪の華』の偉大な詩句のひとつに取り入れられている。

雲霞（くもかすみ）のような〈快楽〉は地平線へと逃げ去るだろう、
空気の精（シルフィード）が舞台の裏へと引っこむ姿にも似て。

〔「時計」〕

XII

『悪の華』は全ヨーロッパに影響を及ぼした最後の抒情詩集であった。これ以後どのような詩集の影響も、多かれ少なかれ限られた言語圏のなかにとどまった。このことと並んで注意すべきは、ボードレールがその生産的能力を、ほとんどもっぱらこの一冊の書物に傾注したことである。そして最後に、ボードレールにおける諸モティーフのうち、本論考で扱われたいくつかのものが、抒情詩の可能性ということを問題として提起していることは否みえない。この三つの事実が、ボードレールを歴史的に規定している。それらの事実が示しているのは、彼が迷いのない態度で自分の仕事に立ち向かったことである。彼は自己の課題の意識において迷うことがなかった。その程度たるや、「紋切型を創造すること」(ジュール・ルメートル『同時代人たち』参照)が自分の目標であると述べたほどである。ここにボードレールは、将来のあらゆる抒情詩人に課せられる前提を見た。この前提をみたしていない者たちを、彼は問題にしなかった。「君たちは神饌(みけ)のスープを飲むのか？　パロス産のカツレツを食うのか？　公益質屋では竪琴(リラ)一張にいくら貸してくれるのか？」(「異教派」)。後光に包まれた抒情詩人など、ボードレールにとっては時代遅れの存在である。「後光の紛失」と題された散文作品のなかでボードレールはこのような抒情詩人に、端役としての地位を与えている。この作品はかなり後になってようやく日の目を見た(一八六九年、全集版で『小散文詩』(＝『パリの憂鬱』)所収)。遺稿の最初の整理の際に、「公刊に適さず」として取りのけられてしまったのである。今日に至るまでこの作品はボードレール文献において無視されつづけている。

「『おや！　どうしたことです！　あなたがこんなところに？　あなたともあろう方が、いかがわしい場所に！　精髄の気を飲まれるあなたが！　神饌を召し上がられるあなたが！　本当の話、私をびっくりさせるだけのことはありますよ。／——いやあなた、ご存じの通り、私は馬や馬車が怖(こわ)くてたまらない。いまさっき、大いそぎで大通り(ブルヴァール)を渡ったのですが、死が四方八方から一時に駆足(ギャロップ)で私たちのほうに押し寄せてくる、あの動く混沌のなかで、唐突な動きをしたら、私の後光が頭からすべって、砕石道の泥のなかへ落ちてしまったのです。拾う勇気はありませんでした。骨を折られたりするよりは、徽章(きしょう)をなくす方がまだしも不愉快でないと判断したのです。それになんといっても、禍(わざわ)いにも三文の得ありだから、と思いついたのでもあります。これからはお忍びで歩きまわり、いろいろ低級な行動もやってのけ、普通の人間なみに、放蕩にふけることもできようというものです。そこで、ごらんの通り、あなた方とまったく同類となって、ここにこうしているのですよ！／――でもせめて、後光の紛失を掲示させたり、拾得物取扱所に問い合わせるくらいは、なさらなきゃなりますまい。／――いや、とんでもない！　ここにいて、いい気持なのだから。あなただけですよ、私の顔がわかったのは。それに、品位というものはうんざりです。それからまた、どこかのへっぽこ詩人があれを拾って、臆面もなく飾りとして頭にのせるだろうと思うと愉快になります。しあわせな人間をひとり作るのは、なんという楽しみでしょう！　わけても、私を吹き出させるようなしあわせ者を作るとなれば！　Xだとか、Zだとかを、考えてもごらんなさい！　いや、なんともおかしいことでしょうね！』」。――同じモティーフは日記のなかにも見られる。結末は違っている。詩人は後光をすばやく拾い上げるのである。しかしそれからというもの、この出来事は悪い前兆だという感情が彼を不安にする(21)〔「火箭」一一〕。

これらの文章の書き手は遊歩者ではない。これらの文章が皮肉っぽく書きとめているのと同じ経験を、ボードレールは次の文に、いかなる粉飾も施すことなく、手早く託している。「この卑しい世の中に迷いこみ、群衆に小突きまわされて、私はさしずめひとりの倦み疲れた男、背後の深い歳月に目をやれば醒めた迷夢の跡と苦い失望しか見あたらず、前方には、教訓にせよ苦痛にせよ、何の新しいものも含まれてはいない雷雨ばかりが見える、そういう男だ」〔「火箭 一五」。強調はベンヤミンによる〕。彼は群衆に小突きまわされたことを、自分の生を現にそうあるものにしたすべての経験のうちで、決定的な役割を果たした経験、かけがえのない経験であると強調する。一体となって動き、一体としての魂を与えられている群衆という、遊歩者を魅了した仮象〔見せかけ〕は、ボードレールの心から消え去った。彼は群衆の下劣さを自分の頭にたたきこむために、堕落した女たちや社会から追放された女たちでさえもが規律ある生活を擁護し、放蕩を非難し、金銭以外のものをすべて断罪するようになる日を思い浮かべる〔同前〕。彼の最後の同盟者であったこの女たちからも裏切られて、ボードレールは群衆に突きかかってゆく。雨か風に突きかかってゆくような、無力な怒りをもって。ボードレールが経験の重みを与えた体験はこのような性質のものである。近代（モデルネ）のセンセーションを得るために、どれほどの代償が払われねばならないかを彼は明らかにした。すなわち、ショック体験におけるアウラの崩壊である。この崩壊を承認したことは、彼にとって高くついた。しかしこの承認が、彼の文学の原則なのである。この文学は第二帝政期の天空に、「大気層なき星辰」〔ニーチェ『反時代的考察』〔第二篇「生に対する歴史の利害について」一八七四年〕）として懸かっている。

【原注】

（1） フロイトの論文においては、追想（エアインネルング）の概念と記憶（ゲデヒトニス）の概念とのあいだに意味の区別がされていないが、この区別がここの脈絡では重要である。〔ベンヤミンは追想（エアインネルング）を意志的記憶、記憶（ゲデヒトニス）を無意志的記憶に対応させている。〕

（2） この「他の諸体系」についてプルーストはいろいろと論じている。彼がいちばん気に入っている考え方は、これらを手足で代表させるというものであるが、その際に彼は、手足のなかに貯蔵されている記憶イメージについて、倦むことなく語っている――腿（もも）や腕、あるいは肩甲骨がベッドのなかで、昔あるときにとった位置を無意志的にまたとるとき、そのようなイメージが意識のなかに、その招きに従ってではなく、直接に侵入してくる。〈四肢の無意志的記憶（メモワール・アンヴォロンテール）〉は、プルーストがとくに好んで語る対象のひとつである（『失われた時を求めて』第一篇「スワン家のほうへ」）。

（3） この群衆にひとつの魂を与えることが、遊歩者にもっとも特有の関心事である。群衆との出会いは、遊歩者が倦むことなく披露する体験である。ボードレールの作品に、この幻想のいくらかの反映が認められることは否定できない。ちなみに、この幻想はそこでその役割を終えたわけではなかった。その後裔のうちで評判の高いもののひとつがジュール・ロマン（一八八五―一九七二年。フランスの作家）の一体主義（ユナニミスム）〔個人の枠を超えた集団の一体的精神を表現しようとする文学理論〕である。

（4） バルビエの手法をよく示すのは詩「ロンドン」である。この詩は二十四行にわたって街を描写したのち、不器用にも次の詩句で終わる。

最後に、物の黒々とした厖大な堆積のなかには、
　黙々と生きそして死ぬ、陰気な人びと。
　宿命的な本能に従い、善のためにせよ悪のためにせよ
　金銭を渇望する、幾千もの人間存在。（オーギュスト・バルビエ『諷刺詩と詩歌』一八四一年）

――ボードレールはバルビエの〈傾向詩〉、とくにロンドン連作「ラザロ」から、これまで気づかれてきたよりも深い影響を受けている。ボードレールの「夕べの薄明」の終結部はこうである。

……与えられた
　運命を終えて、共同の深い淵へと彼らは向かう。
　病院は彼らの溜息にみたされる。――ひとりならぬ者は
　もはや、夕暮れ、煖炉のほとり、愛するもののかたわらに、
　香りよいスープを求めて帰ってくることができなくなるだろう。

これをバルビエの「ニューカッスルの坑夫」第八節の終結部と比較してほしい。

　そして、魂の底でわが家の心地よさを、
　妻の青い瞳を思っていたひとりならぬ者は、
　深い淵の腹を、永遠の墓とするのだ。（バルビエ、前掲書）

――ボードレールは名人芸的な修正をいくつか施すことによって、〈坑夫の運命〉を、大都市住民の平凡な最期に作りかえている。

(5) 待つ人がひまつぶしのためにふける幻像（ファンタスマゴリー）、すなわちパサージュからなるヴェネツィア（それはアンピール様式の手品によって、パリの住民たちの眼前に夢として現出する）が、そのモザイク張りの帯（パサージュの通路の床）に乗せて運んでゆくのは、ばらばらの個人だけである。だからボードレ

ールの作品にはパサージュが現われないのである。

(6) 通りすがりの女への恋というモティーフは、初期のゲオルゲの詩のひとつにも取り上げられている。しかしそこには決定的なものが欠けている。群衆に運ばれて女が漂い過ぎる、その流れである。したがって詩はおずおずとした悲歌になっている。詩人のまなざしは、彼みずからその女性に告白せざるをえないように、「君のまなざしに浸ろうとするまえに、／憧れのために濡れて、さらに遠くへ引かれて」(シュテファン・ゲオルゲ『讃歌・巡礼・アルガバル』第七版、一九二二年)しまっている。ボードレールの書き方を見れば、彼が通りすがりの女の目に深く見入ったことに疑いの余地はない。

(7) この一節に比較できる箇所が「雨の一日」のなかにある。この詩は別人の名で発表されたが、ボードレールの作と考えられる(ボードレール『見出された詩句』、ジュール・ムーケ編、一九二九年、参照)。この詩に並々ならぬ陰鬱さを与えている最後の行に正確に対応する箇所が「群衆の人」のなかにある。ポーはこう書いている。「ガス灯の光線は、夕暮れの残照と争っていたはじめのうちは弱々しかった。しかしいまやついに打ち勝って、あたりにぎらぎらとまたたく光を投げかけていた。あたりは暗かったが、それでいて、かつてテルトゥリアーヌスの文体がたとえられた黒檀(こくたん)のような輝きを帯びていた」。ここでのボードレールとポーとの出会いは、以下の詩句が遅くとも一八四三年には――つまり彼がポーをまだ知らなかった時期に――書かれていたことを思えば、いっそう驚くべきものである。

どの人も、滑り易い歩道の上でわれわれを肘突き、
身勝手で乱暴に、通り過ぎざまわれわれに泥をはねかけ、
あるいは、もっと早く走ろうと、遠ざかりざまわれわれを突きのける。
いたる所に汚泥、洪水、空の暗さ。
暗黒なエゼキエルの夢に見たでもあろう暗黒な情景(タブロー)!

（8）ポーにおける実業家たちにはなにか魔的（デモーニシュ）なものがある。ここでマルクスの次の言葉が思い出されるかもしれない。合衆国においては、「物質的生産の熱狂的に若々しい運動」のせいで、「古い亡霊の世界を片づける時間も機会も」なかったのである（マルクス『ルイ・ボナパルトのブリュメール十八日』）。ボードレールの詩では、夕闇の訪れとともに「不健康な魔物どもが、やくざな商人たちのように、重苦しく」大気のなかに目を覚ます。「夕べの薄明」のこの箇所は、ポーの作品の無意識的借用（レミニサンス）かもしれない。

（9）歩行者は、その暢気さ（ノンシャランス）を場合によっては挑発的に誇示する術（すべ）を知っていた。一八四〇年頃には一時、亀をパサージュでの散歩に連れてゆくのが作法にかなったこととされた。遊歩者は自分のテンポを亀に決めさせるのを好んだ。ものごとが遊歩者のテンポで進んだとしたら、進歩はこの歩調（パ）を学ばねばならなかったことだろう。だが、最終的に決定権を握ったのは遊歩者ではなく、「遊歩を撲滅せよ」というスローガンを掲げたテーラーだった。

（10）グラースブレンナーが典型化して描いた私人〔金利生活者〕（プリヴァティエー）は、市民（シトワイヤン）のみすぼらしい後裔である。ナンテにはあくせく動き回る理由がない。彼は公道上で――自明のことだが、公道は彼にとって、どこかへ通じるものではない――小市民がわが家でそうするように、ゆったりと時を過ごすのである。

（11）注目すべきは、この発言に至る過程である。従兄が下のにぎわいを眺めるのは、ただ色彩のめまぐるしい戯れを見るのが楽しいからなのだが、しかし長いことそうやっていると多分うんざりするにちがいないと訪問者は思う。同じようなことを、そして年代的にもそれほど後のことではないであろうが、ゴーゴリ（一八〇九―五二年。ロシアの作家）がウクライナの歳の市にふれて書いている。「そこへ向かう人があまりにも多いので、眼がちらちらするほどだった」〔「消えた文書」、『ディカーニカ近郷夜話』第一巻、一八三一年、所収〕。動く群衆という日常的な光景は、かつては珍しい見ものであって、眼はまずそれに慣れなければならなかったのかもしれない。これをひとつの推測として認めてよいとすれば、次のような仮説も不可能ではない。すなわち、眼にとって、先の課題を克服したあとでは、自分が新たに獲得した能力を確かめてみる機会が来るのは、まんざらありがたくないものではないであろう。そうだとすると、色彩の斑点の騒乱から画面を作り出すという印象主義絵画の手法は、大都市住民の眼にとってなじみになった経験の、ひとつの反映ということになろう。モネ（一八四〇―一九二六年。フランスの画家）の「シャルトル大聖堂」〔「ルーアン大聖堂」（連作）のことであろう〕――言ってみれば石でできた蟻塚である――のような絵は、この仮説を説明する例となりうるであろう。

(12) ホフマンはこの作品で教化的な考察を、とりわけ顔を天に向けたままにしている盲人に捧げている。この物語を知っていたボードレールは「盲人たち」の最終行において、ホフマンの観察からその教化性の嘘を明らかにするような別の表現を作り出している。「〈天〉に何を探すのだ、これらすべての盲人たちは？」

(13) 工場労働者の育成期間が短くなればなるほど、軍隊の育成期間は長くなる。習熟が生産の実践から破壊の実践へと場を移すのは、社会が全体戦争のために行なう準備のひとつであるのかもしれない。

(14) 賭博は経験のもろもろの秩序領域を無効にする。ひょっとしたらこのことをうっすらと感じているからこそ、ほかならぬ賭博者たちがよく「経験を俗っぽく引き合いに出す」〔カント『純粋理性批判』初版一七八一年、第二版一七八七年。「……経験を俗っぽく引き合いに出すことほど、有害であり哲学者にふさわしからぬものはない」〕のかもしれない。プレイボーイが「俺の好みのタイプ」と言うように、賭博者は「俺の数字」と言う。第二帝政期の終わり頃には、賭博者的な心情がはびこった。「大通り（ブルヴァール）では、すべてを機会（チャンス）のせいにするのが習慣になっていた」（ガストン・ラジョ「出来事とは何か」一九三九年）。この考え方を促進したのは賭けである。賭けは、出来事にショックの性格を与え、それらを経験の諸連関から解き放つための手段である。ブルジョワジーにとっては政治的な出来事も、ともすれば賭博台で進行することのようなかたちをとるのであった。

(15) ここで問題となっている陶酔効果は、それが軽減させるべき苦痛と同様、特定の時に生じるものである。時は、賭博のさまざまな幻像(ファンタスマゴリー)が織りこまれている生地である。グルドン(一八二〇―一八六九年。フランスの作家)はその作品『夜の草刈り人たち』〔一八六〇年〕のなかで書いている。「私は言いたい。賭博の熱情は、あらゆる熱情のなかでもっとも高貴なものである。なぜなら他の熱情をすべて含んでいるのだから。一連の幸運な勝負手が私に与えてくれる喜びたるや、賭博をやらない男が何年かけても得られないほどのものだ。……私が自分の手に入る金貨にたんなる儲けを見ていると君たちには思えるのか。君たちは間違っている。私は金貨に、それが与えてくれる喜びを見ているのであり、この喜びを味わい尽くすのだ。喜びは私を飽きさせるにはあまりにもすばやく、退屈させるにはあまりにも多様にやってくる。私はたったひとつの人生で、百の人生を生きるのだ。私が旅行するとき、それは電気の火花が旅行するような具合である。……私がけちで」賭博のための「紙幣を握って放さないのは、私が時の価値をあまりにもよく知っていて、それを他の人びとのように費すことができないからなのだ。私が自分にある特定の喜びを許せば、私は他の千の喜びを犠牲にすることになろう。……私は精神のなかに喜びをもっており、他の喜びはひとつもほしくない」。アナトール・フランス(一八四四―一九二四年。フランスの作家)は『エピクロスの園』〔一八九五年〕のなかの、賭博についての美しい記述において、似たようなものの見方をしている。

(16) 美は、その歴史に対する関係、およびその自然に対する関係というかたちで、二通りに定義されうる。どちらの関連においても、仮象、すなわち美に含まれるアポリア的要素が重要となるであろう。(第一の関係は暗示的に述べるにとどめておく。美は、その歴史的な存在様態からすれば、かつてそれを讃嘆した人びとのところへ集まれという呼びかけである。美に心を奪われるということは、

〈より多数のほうへ行く（アド・プルーレース・イーレ）〉——ローマ人は死をそう呼んだ——ことである。このように定義するとき、美における仮象とは、讃嘆がもとめる対象そのものが当の作品のなかには見出されないということである。讃嘆が手に入れるのは、以前の諸世代がその作品において讃嘆したものなのである。このことに関する知恵の究極の結論を言い表わしているのが、次のゲーテの言葉である。「およそ大きな影響を及ぼしたものは、本当はもはや批評の対象にはなりえない」〔F・v・ミュラーとの対話、一八二二年六月一一日〕。）自然との関係における美は、「被われてある場合にのみ本質的に自己自身と同一であり続ける」〔ベンヤミン「ゲーテの『親和力』」（『ベンヤミン・コレクション1』所収）一七二ページ〕ものと定義できる。そのような被いとはいったいどういうものと考えればよいのか教えてくれるのが万物照応である。この被いを、もちろん大胆に省略した言い方ではあるが、芸術作品における〈写し取るもの（das Abbildende）〉と呼んでよいであろう。万物照応は、芸術の対象が、忠実に写し取られるべきではあるが、しかしそのことによって徹頭徹尾アポリア的な対象だということを明らかにする法廷〔判断・決定の場〕をなしている。言語そのものを素材としてこのアポリアを模造してみるなら、美を〈似ている状態における経験の対象〉と規定することになるであろう。この規定は、次のヴァレリーの表現とおそらく重なるであろう。「美は、事物における定義しえないものの盲従的な模倣を要求するのかもしれない」〔「文学」（『続ロンブ』より）一九二七年〕。プルーストがあのように自分から進んでこの対象（これは彼において、見出された時として現われる）に立ち戻るとき、彼が内部事情を漏らしているのだとはいえない。彼が能弁にも繰り返し考察の中心においているのが、写像（Abbild）としての芸術作品の概念、美の概念、要するに、芸術のまったく閉鎖的な相であることは、むしろ彼の手法の意外な面のひとつなのである。彼は自分の作品の成立次第と目的とを、上品なアマチュアに似つかわしいような、よどみない都雅な語り口をもって扱っている。もちろんベルクソンにはこれに対応するものがある。以下に引用する言葉——ここで哲学者が暗に言いたいのは、不断の生成の流れを観照的な態度でまざまざと思い描くことから、あらゆるものが期待できるということである——には、プルーストを思わせるようなアクセントがある。「われわれはこのような観照を毎日の生活のなかへ浸透させ、そしてこれによって哲学から、芸術の与える満足に似た満足を、しかしいっそう頻繁な、いっそう連続的な、普通の人びとにとっていっそう近づきやすい満足を、得ることができるでしょう」（『思想と動くもの』一九三四年）。ベルクソンの視界に入ってきているのは、より優れた見方であるヴァレリーのゲーテ的洞察に、足らざるものが出来事となる〈ここ〉（ゲーテ『ファウスト』第二部の結末で「神秘な合唱」の歌う言葉「足らざるものが／ここでは出来事となる」（一二一〇六—一二一〇七行）が下敷きになっている）としてはっきりと見えているものである。

(17) 神秘的な「モノスとウナの対話」（一八四一年）でポーは、憂鬱(スプリーン)の状態にある主体が陥っている空虚な時間進行を、いわば持続(デュレ)のなかに写し取っている。そして彼は、いまやそのような時間進行の恐怖が自分から消えたことを、至福と感じているように見える。この世を去った者に、空虚な時間進行からなおも調和を獲得する能力のかたちで与えられるのは「第六感」である。もっともこの調和は秒針のリズムによって、いとも簡単に乱される。「私の頭脳のなかになにかが生じたような気がした。人知にはいかなる手段をもってしても、その漠然たる観念さえ伝えられないようななにものかである。それは心の振子の振動と呼ぶのがいちばんいいように思う。ここにあるのは人間の抽象的な時間観念の霊的具体化であった。天体の運行は、この運動——あるいはこのような運動——との絶対的一致によって調整されていたのだ。こうして私は、暖炉棚の上の置時計や、周囲の人たちの腕時計の不揃いを測定した。それらの時計のチクタクという音が耳について離れなかった。そして正しい拍子からほんのすこしでも外れていると……ちょうど生者たちのあいだで抽象的真理に対する違反が私の気持を傷つけたように、私を苦しめたのだった」。

(18) 経験の衰退はプルーストにおいて、究極の意図がすらすらと達成されてしまうことのうちに現われている。救済は私の個人的な事業である、と彼が読者にさりげなく念を押そうとすることほど巧妙なものはなく、また彼がたえずそうしようとすることほど誠実なものはない。

(19) そのような成功の瞬間自体もまた、一回的な瞬間として特別扱いされている。プルーストの作品の構成はこのことに基づいている。つまりこのことによって、失われた時の息吹きが語り手に運ばれてくるあらゆる状況がそれぞれ比類のないものとなり、日々の連鎖から際立たせられるのである。

(20) この能力の付与が、詩(ポエジー)の源泉のひとつである。人間であれ獣であれ無生物であれ、詩人によってそのような能力を付与され、まなざしを打ちひらくと、このまなざしは遠くへ引かれる。そのように目覚めさせられた自然のまなざしは夢を見る。そして詩作する人にその夢の後を追わせるのである。言葉もまたアウラをもつことがある。カール・クラウスはこのアウラを次のように描写した。「ひとつの言葉を近寄って見つめれば見つめるほど、それはいっそう遠くを振り返る」(カール・クラウス『家庭と世界のために』一九一二年)。

(21) この覚書が書かれたきっかけが、病気の原因となるようなショックであった可能性もなくはない。それだけに、そのようなショックをボードレールが作品に取りこむときの変形のやり方は、ますます示唆に富むものである。

セントラルパーク

Zentralpark〔一九三八－三九年成立〕

〔一〕

ボードレールの売春宿での振舞いについて〔ルネ・〕ラフォルグ*が立てている仮説を見れば、彼がボードレールに対して行なっている精神分析的考察がおよそどういうものか見当がつく。この考察は、旧来の〈文学史的〉考察とまったく軌を一にするものなのである。

* フランスの精神分析家（一八九四―一九六二年）。そのボードレール論（『ボードレールの失敗――シャルル・ボードレールの神経症についての精神分析的研究』一九三一年）は、とくに一八五六年三月一三日アスリノー宛ての手紙に描かれているボードレールの夢を分析して、「ボードレールは売春婦に対してさえ性的抑制を受けており」、おそらく「まずもって覗き趣味から」売春宿を訪れたと結論している。

ボードレールの詩の実に多くに見られる冒頭の独特の美しさ、それは深淵からの浮上である。

ゲオルゲは「憂鬱と理想」（Spleen et Idéal）（本書三三ページおよび六六ページ参照）を「意気消沈と精神化」（Trübsinn und Vergeistigung）と訳し、それによってボードレールにおける理想の本質的な意味を射当てた。

ボードレールにおいては近代的（モデルン）な生が弁証法的イメージの基盤であると言えるとすれば、そこには次のような事実が含まれている。すなわち、ボードレールが近代的な生に対してとった態度は、十七世紀が古代に対してとった態度に似ている。

ボードレールが詩人として自分の原則、自分の洞察、自分のタブーをいかに尊重しなければならなかったか、また他方で、彼の詩作の課題がいかに厳密に規定されていたか、を思い描いてみれば、ボードレールという人間像の英雄的（ヘローイッシュ）な特徴が浮かび上がってくる。

〔二〕

ペシミズムをせき止めるダムとしての憂鬱(スプリーン)。ボードレールはペシミストではない。なぜなら、彼にとって未来はタブーだからである。彼の英雄主義(ヘロイスムス)をニーチェのそれからもっとも明確に区別するのは、まさにこの点である。市民社会の未来に関する考察は、ボードレールにはまったく見られない。そしてこれは、彼の私的な覚書*がもっている性格を考えれば、驚くべきことである。彼が自分の作品に永続性を与えるために、効果に頼ることがいかに少なかったか、そして『悪の華』の構造がいかに単子(モナド)論的なものであるかということは、この唯一の事情に即して考察されなければならない。

＊ 普通「内面の日記」と呼ばれるボードレールの二つの遺稿「火箭(ひや)」および「赤裸の心」を指す。

『悪の華』の構造は、詩の配列上のなんらかのうまい工夫とか、ましてやある秘密の鍵によって規定されているわけではない。ボードレールが抒情詩のさまざまな主題のうち、自分だけに固有の苦悩に満ちた経験に染められていないものを、すべて厳格に排除するところからあの構造が生じてくる。そして自分の苦悩、つまり憂鬱(スプリーン)、人生の嫌悪(タエディウム・ウィータエ)〔「火箭」九〕が大昔から存在することを知っていたからこそ、ボードレールはこの苦悩において彼固有の経験を表わすしるしをきわめて精確に強調することができたのである。憶測を述べることが許されるなら、ローマの諷刺詩人たちを読んだときほど、ボードレールが自分の独創性についてよく理解したことは、ほかにはあまりなかったのではないか。

〔三〕

〈顕彰〉ないし擁護は、歴史過程のなかにある革命的瞬間を被い隠そうと努める。連続性を作り出すことがその関心事である。それが重視するのは、作品がもつ諸要素のうち、すでに後世に影響を及ぼしてしまっているものだけである。絶壁や岩角は無視されてしまう。だがそうした絶壁や岩角こそが、乗り越えようとする者に足場を提供してくれるのである。

ヴィクトール・ユゴーにおける宇宙的な戦慄(せんりつ)は、憂鬱(スプリーン)の状態においてボードレールを襲った剝き出しの恐怖の性格を決してもたない。ユゴーにとって戦慄はある宇宙空間から来た。この宇宙空間は、彼のくつろぎの場所であった室内に見合うものであった。彼はこの霊界を本当にくつろげるわが家と感じていた。それは彼の家庭の心地よさ(ゲミユートリヒカイト)を補うものである。家庭でも恐怖なしにはすまなかったのである。

「相変わらず花咲きたいと願う不死の心の中に」(「太陽」)——『悪の華』と生殖不能とについて説明するために。ボードレールにおける「収穫(とりいれ)」——これは彼のもっとも沈鬱な語である(「イツモ同ジク」(『悪の華』所収)および「思いがけぬこと」(『漂着物』所収)を参照)。

自然の万物照応の理論と、自然を拒絶することのあいだの矛盾。これはどのようにして解決されうるか。

急な攻勢、秘密好み、不意打ちの決定が、第二帝政の国是に属しておりナポレオン三世の特徴であった。ボードレールの理論的な発言における決定的な身振りもそういったものからなっている。

〔四〕

人生の嫌悪(タエディウム・ウィータエ)に入りこみ、これを憂鬱(スプリーン)に変える決定的に新しい酵素は、自己疎外である。反省の無限の遡行は、ロマン派においては生の空間を遊戯的に、次第に広がる円として拡大してゆくと同時に次第に狭まる枠のなかに縮小してゆくものであったが、このような反省の運動のうち、ボードレールの悲哀(トラウアー)に残されているのは、主体の自分自身との

〈暗鬱にも澄み切った差し向かい〉〔「救われ得ぬもの」、『悪の華』所収〕にすぎない。ここにはボードレールに特有の〈真摯(しんし)さ〉がある。まさにこの真摯さゆえに、彼がカトリックの世界観を本当に受け入れることはなかった。カトリックの世界観とアレゴリーの真摯さとは、遊戯という範疇(はんちゅう)のもとでのみ折り合える。ここではアレゴリーのもつ仮象〔見せかけ〕的性格は、もはやバロックにおけるのとは異なり、みずから認めたものではない。

ボードレールはいかなる様式にも支えられず、いかなる流派も作らなかった。このことが彼の受容を非常に困難にした。

一八五二年前後に芸術のための芸術(ラール・プール・ラール)が抵抗することになったのと同じ芸術の危機に、これよりはるかに意味深いやり方で応えるものが、アレゴリーの導入である。この芸術の危機は、技術の状況と政治の状況の両方に、その原因をもっていた。

〔五〕

ボードレールについて二つの伝説がある。ひとつは彼が自分から広めたものであるが、彼が非人間であり、市民の平和を乱す挑発家だという伝説である。もうひとつは彼の死とともに生じ、彼の名声の基盤となったものである。すなわち殉教者としてのボードレール像である。この誤った神学的光輪を、完全に吹き飛ばしてしまわなければならない。この光輪に関しては、モニエ（一八九二―一九五五年。パリ・オデオン街の有名な書店の主人であり、ベンヤミンと親しく交際していた）の言い方を参照。

幸福は彼をぞっとさせたと言うことはできる。不幸について似たことは言えない。不幸が自然の状態においてわれわれのなかに入ってくることはありえない。

憂鬱（スプリーン）は、恒常的な破局に対応する感情である（「憂鬱（スプリーン）〈Ⅳ〉」参照）。

破局の概念によって表わされるような歴史過程は、実はそれほど理解困難なものではない。それは子供の手に握られた万華鏡に比することができる。万華鏡を回転させるごとに、秩序だっていたものが全部崩れて新しい秩序が作られる。このイメージにはそれなりの根本的な正当性がある。支配者たちがもっていたいろいろな概念はいつでも、〈秩序〉のイメージを映し出してみせる鏡であった。――万華鏡は打ち壊されねばならない。

エロスとセックスが昔からの争いをやめて和議を結ぶ、秘密の部屋としての墓穴。

星々はボードレールにおいて、商品の隠し絵〔絵のなかに他の絵や文字が隠されていて、それを当てる遊び〕をなしている。それらは大量の〈繰り返し同じであるもの〉なのだ。

アレゴリーにおいては事物世界の価値が引き下げられるが、これをさらに凌駕するのが商品による、事物世界そのものの内部での価値引き下げである。

〔六〕

ユーゲント様式は、芸術が技術と対決しようとした第二番目の試みとして叙述することができる。第一のものは写実主義であった。写実主義にとってこの問題は多かれ少なかれ、複製技術の新しい諸方式に心穏やかでなかった芸術家たちの意識のなかにあった〔複製技術論〔「複製技術時代の芸術作品」〕のメモのなかにあるかもしれない箇所を参照〕。ユーゲント様式においては、この問題はすでに抑圧され、問題として意識されなくなってしまっていた。ユーゲント様式は、自分が技術という競争相手に脅かされているとはもはや感じなかった。そのなかに隠されている技術批判は、それだけにいっそう包括的であり攻撃的なものであった。ユーゲント様式にとっての根本的な課題は、技術の発展を引き止めることであった。この様式はすでに存在していたさまざまな技術的なモティーフを取り上げたが、その端緒

フィードゥス「婚礼の祭壇で」1906年

ユーゲント様式のモティーフとしてのエッセンス。

歴史を書くとは、年号に表情を与えることである。

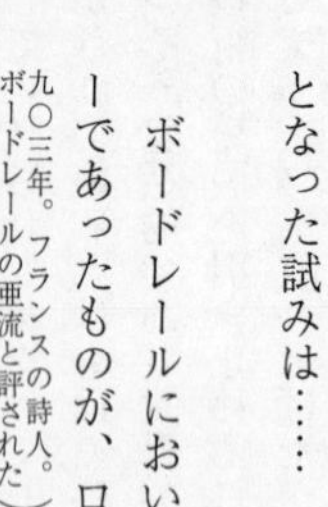

となった試みは……

ボードレールにおいてアレゴリーであったものが、ロリナ（一八四六―一九〇三年。フランスの詩人。ボードレールの亜流と評された）においては風俗描写に堕ちてしまった。

〈後光の紛失〉のモティーフ（本書三一四―三一五ページ参照）を、ユーゲント様式の諸モティーフともっとも決定的な対照をなすものとして浮き彫りにすること。

ハシッシュのなかでの空間の売淫。そこでは空間がすべての〈かつて在ったもの〉に奉仕する（憂鬱（スプリーン））。

憂鬱（スプリーン）にとっては、葬り去られた者こそが、歴史意識の〈超越論的主体〉である。

ユーゲント様式にとって後光はとくに大事なものであった。これほど太陽が光の輪に包まれて得意がっていることは、それ以前には決してなかった。フィードゥス（一八六八―一九四八年。ドイツの図案家、挿絵画家。マカルト様式とユーゲント様式の影響を受けた）の作品のなかでほど人間の目が輝いたことはなかった。

〔七〕

両性具有者、レスビアン、不妊症の女のモティーフを、アレゴリー的志向の破壊的暴力と関連させて扱うこと。——まず最初は〈自然なもの〉の拒絶を——この詩人の主題としての大都市と関連させて——扱うこと。

メリヨン。海のように広がる家並み〔メリヨンは版画家になる前、海軍士官であった〕、廃墟、雲、パリの威厳と脆さ。

メリヨン「アンリ4世校」1864年

古代と近代の対立を、それがボードレールにおいて現われてくるときの実際的な脈絡（たとえば「あれら裸の時代の思い出を私は愛する……」、『悪の華』所収参照）から、アレゴリー的な脈絡へと移行させること。

憂鬱（スプリーン）は現在の瞬間といましがた生きられた瞬間とのあいだに、何百年もの時間を置く。倦むことなく〈古代〉を生産し続けるのは、まさにこの憂鬱（スプリーン）である。

ボードレールにおいて〈近代的なもの〉はたんに、あるいはもっぱら感受性に基づいているわけではない。そこには、あるきわめて高度の自発性が現われている。ボードレールにおける近代は征服によって得られたものである。それは武装（アルマトゥーア）をもっている。このことに気づいていたのはジュール・ラフォルグただひとりであったように思われる——彼はボードレールの〈アメリカ的性格〉について語ったことがある。

〔八〕

ボードレールはヴィクトール・ユゴーやラマルティーヌのような人道的理想主義をもっていなかった。ミュッセのような感傷性をもちあわせていなかった。ゴーティエのように自分の時代を気に入ってもいなかったし、ルコント・ド・リールのように自分を欺いて時代を忘れることもできなかった。ヴェルレーヌのように信仰に逃れたり、ランボーのように大人になった自分の年齢を裏切って、抒情的な躍動の若々しい力を高めたりすることのできる状況にもなかった。ボードレールは彼の芸術において実に豊富な手段をもっていたが、自分の時代から逃れる手立てに関してはまったく途方に暮れていた。彼がその発見をあれほど誇りにしていた〈近代〉でさえ、どういうことになっていったか。第二帝政期の権力者が、かつてバルザックが思い描いた市民階級の模範的人物たちに似てくることはなかった。そして近代は結局のところ、もはやボードレール本人しか演じられないだろうような、ひとつの役になった。悲劇的な役であるが、素人が他に能がないのでやむをえずこの役を引き受けると、喜劇的人物になってしまうこともよくあった。ドーミエの手が描き

ドーミエ「ヘレネーの略奪」1842年（『古代史』より）

出してボードレールの称讃を博した英雄（ヘーロス）たちのようにである。* 疑いもなくボードレールはこうしたことを全部承知していた。彼お得意の奇矯な振舞いは、それを知らせるための彼流のやり方だったのである。したがって彼が救世主でも殉教者でもなく、英雄（ヘーロス）でさえなかったことはまったく確かである。しかし彼にはいくらか役者めいたところがあった。〈詩人（ディヒター）〉という役を平土間の前で、そして社会の前で演じなければならぬ役者のようなところがあった。この社会は真の詩人をすでに必要としなくなっており、もはや役者としてしか活動の余地を与えないのである。

* ドーミエは『古代史』において古代神話のヒーローを、それらを演じる「悲劇役者たちの老骨を思い起こさせる道化た醜さをもって」（ボードレール「フランスの諷刺画家たち数人」）描き出した。

〔九〕

神経症（ノイローゼ）は、心の経済において大量生産品を作り出す。大量生産品はそこでは強迫観念の形をとる。これは神経症患者の〔心の〕家計において、つねに同じ観念として無数に出現する。逆に永劫回帰の思想は、ブランキ自身においては強迫観念の形をとっている。

永劫回帰の思想は、歴史的な出来事自体を大量生産品にする。だがこの発想は、もうひとつ別の観点から見ても――この発想の裏側にといってよいだろう――それが突然アクチュアリティを得る原因となった経済状況の痕跡を帯びている。このアクチュアリティが生じたのは、恐慌がだんだん頻繁に起こるようになり、生活状況の安定度が非常に低くなった瞬間であった。永劫回帰の思想が輝いて見えたのは、永遠が提供するよりも短い間隔で状況が回帰することなど、もはや決して期待できないからであった。日常の状況布置（コンステラツィオーン）の回帰は、ほんの少しずつではあるが、次第にまれになっていった。それとともに、宇宙の星々の布置（コンステラツィオーン）で満足しなければならないのではないかという漠とした予感が兆しえた。要するに、習慣はその権利のうちのいくつかを放棄しようとしていたのである。「私は短い習慣を愛する」〔『悦ばしき知識』一八八二年、アフォリズム二九五番〕とニーチェは言っているし、すでにボードレールは一生涯、確固とした習慣を作ることができなかった。

〔一〇〕

憂鬱病者の受難の道*において、アレゴリーはそれぞれ留（りゅう）をなしている。ボードレールのエロス研究における骨骼（スケレット）の位置はどうか。「人間の骨骼（アルマテュール）の、得も言われぬ優雅」（「死の舞踏」、『悪の華』所収）。

* 本来はキリストがゴルゴタの丘に十字架を運ぶまでの道行きのことで、教会のなかにはキリストが立ち止まった十四の場面すなわち留（りゅう）を表現した絵や彫刻が飾られていることが多い。

インポテンツは、男性のセクシュアリティが歩む受難の道の基盤である。このインポテンツの歴史的な位置を示す指数。熾（し）天使のような女性像への彼の執着も、彼のフェティシズムも、このインポテンツから生まれてくる。ボードレールにおける女性の人間像のもつ堅固さと精確さを指摘すること。ケラー（一八一九―一八九〇年。スイスの写実主義作家）の言う「詩人の罪」、すなわち「苦い大地が育むことのないような／甘美な女性像を作り出す」（「死神と詩人」一八七九年）という罪が、ボードレールの犯した罪でないことは確かである。ケラーにおける女性たちの像はキメラ（ギリシア神話の怪獣。ライオンの頭、山羊の胴、蛇の尾をもち、口より火炎を吐き出す）のように甘美である。なぜならケラーはそこに、自分のインポテンツを刻みつけているからである。ボードレールは女性をもっと精確に描いており、一言でいえばよりフランス的である。なぜならケラーの場合とは違って、フェティシズム的要素と熾天使的要素が結合することは、ボードレールの場合にはまずないからである。

インポテンツの社会的理由。市民階級によって生産力は桎梏（しっこく）から解放され自由に発展しはじめたのだが、市民階級の空想力（ファンタジー）は、この生産力の未来について考えることをやめてしまったのである。（市民階級の古典的なユートピアと、十九世紀半ばにおけるそれとを比較せよ。）実際、市民階級がこの未来についてさらに考えつづけられるためには、まず年金という考え方を捨てなければならなかったことだろう。私はフックス論〔「エードゥアルト・フックス――蒐集家と歴史家」、『ベンヤミン・コレクション2』所収〕において、十九世紀半ばに特有の〈心地よさ（ゲミュートリヒカイト）〉〔への欲求〕が、先のような社会的空想力の、十分に理由のある衰退といかに関連しているかを明らかにした。この社会的空想力がもった未来のイメージに比べれば、子供をもちたいという願望は、ポテンツに対する刺激としてはより弱いものにすぎないかもしれない。いずれにせよ、子供は原罪にもっとも近い存在であるというボードレールの説は、ここではかなり彼の本心を覗かせてくれるものである。

〔二〕

文学市場におけるボードレールの振舞い。ボードレールは——商品の本性についての深い経験を通じて——市場を客観的な法廷と認めることができた、あるいはそうせざるをえなかった（彼の「若い文学者たちへの忠告」一八四六年、を参照）。編集者との交渉を通じて、彼は市場とつねに接触をもっていた。彼のとったやり方——誹謗（ミュッセ）、版権侵害（ユゴー）。ボードレールは、市場にふさわしい独創性という観念をもった最初の人だったかもしれない。まさにそれゆえにこの独創性は当時、他のあらゆる独創性にもまして独創的であった（紋切り型を創造すること（クレエ・アン・ポンシフ）〔本書三一四ページ参照〕）。この創造（クレアシオン）は、ある種の不寛容を含んでいた。ボードレールは自分の詩のために場所を作ろうとし、この目的のために他の詩を排除せざるをえなかった。彼は十二音節詩句（アレクサンドラン）の古典的使用によって、ロマン主義者たちが行使したいくつかの詩的自由を無効にし、しかもまさにこの古典的詩句に彼独特の破格箇所や逸脱現象をもちこむことによって、擬古典主義詩学を無効にした。要するに彼の詩は、競争相手である他の詩を排除するための、特別な策を含んでいた。

〔一二〕

ボードレールの人物像は、彼の名声のなかに、ある決定的な意味で入りこんでいる。彼の人生の歴史は、読者である小市民大衆にとって、一枚のエピナル〔フランスの町で、聖人伝説や歴史的題材などを感傷的に描いた色刷り版画の生産地〕版画、挿絵入りの〈ある放蕩者の履歴〉であった。このイメージはボードレールの名声に大いに寄与した——これを広めたのは、彼の友人とは言えないような人びとであったが。このイメージの上にもうひとつ別のイメージが重なった。これは普及の範囲ははるかに狭かったが、しかしその代わり時間的にはより根強い影響を与えてきたかもしれない。ここでボードレールは、同じころキルケゴール（一八一三—五五年。デンマークの神学者、哲学者）が『あれか、これか』〔一八四三年〕のなかで）構想したような、美的な受難の担い手として現われる。対象のもつ力のなかに踏みこもうとするボードレール論はすべて、彼の人生についてのこのイメージを問題とせざるをえない。このイメージは実は、彼がはじめて次の事実に気づき、そこからきわめて重要な結論を導いたことによって決定づけられている。すなわち市民階級は、詩人に対するその委託を撤回しようとしていたのである。この委託に代わって、どのような社会的委託が現われうるのか。それはなんらかの階級にたずねて知りうるものではなかった。それは真っ先に市場とその恐慌から察知されるものであった。明白な短期的需要ではなく、潜在的で長期にわたる需要がボードレールの関心事であった。この需要を彼が正しく見積もっていたことは、『悪の華』が証明している。彼にとってこの需要は市場という媒体において知られるものであったわけだが、しかしこの媒体は、以前の詩家（ポエート）たちの場合とは非常に異なる文学生産のやり方、そして生き方を生み出した。ボードレールは、もはやいかなる品位もその成員に付与しえない社会のなかで、詩人（ディヒター）の品位を要求することを強いられた。彼が人前に登場するときのおどけた態度（ブフォヌリ）はそのためである。

〔一三〕

詩人（ディヒター）が展示価値を要求したのはボードレールがはじめてである。ボードレールは彼自身の興行主であった。〈後光の紛失〉はまず誰よりも詩家（ポエート）にかかわることである。彼の誇張癖はそのためである。

芸術のための芸術（ラール・プール・ラール）に対して、当時におけるその擁護者たちによってだけでなく、なによりも文学史によって（今日におけるその擁護者のことは措くとして）与えられたもろもろのくだくだしい定理は、要するに次の命題に帰着する。すなわち、感受性が詩（ポエジー）の真の主題である。感受性は、その本性からして苦しみを受けるものである。感受性が最高に具体化され、最も内実豊かな規定を与えられるのは性愛（エローティク）においてであるとすれば、感受性がその絶対的な完成——これは感受性の美化と一致する——に到達するのは受難においてである。芸術のための芸術（ラール・プール・ラール）の詩学は、『悪の華』における詩的受難のなかに、齟齬（そご）をきたすことなく流れこんだ。

花々がこのゴルゴタの丘のひとつひとつの留（りゅう）を飾っている。それらは悪の華である。

アレゴリー的志向によって捉えられたものは、生の連関から切り離される。それは粉砕されると同時に保存される。アレゴリーは瓦礫（がれき）に固執する。アレゴリーは〈凝固した動揺〉〔本書一七九ページ参照〕のイメージを呈示する。ボードレールの破壊衝動（インプルス）は、その手に落ちるものを廃棄することには決して興味をもたない。

混乱したものの描写は、混乱した描写と同じではない。

ヴィクトール・ユゴーの「待つこと、それが人生だ」〔「わが友L・BとS＝Bに」、『秋の木の葉』所収〕——亡命の知恵。

パリの新たな悲惨さは〈葬儀人夫(クロクモール)についての箇所〔「一八四六年のサロン」〕参照〉、近代のイメージのなかに本質的な一要素として入りこむ〈ヴィヨ、〔『パサージュ論』断片番号〕D2,2 参照〉。

〔一四〕

レスビアンの女という人物像は、正確な意味でボードレールにとっての英雄的(ヘローイシュ)な主導イメージのひとつである。このことはボードレール自身が彼の悪魔主義(サタニズム)の言葉で表現している。だが、それは非形而上学的な、批判的な言葉によっても把握しうるのであり、このような言葉は〈近代〉への彼の連帯表明を、その政治的な意味において取り上げる。十九世紀は、女性を商品生産の過程に容赦なく繰り入れはじめた。そのことによって女性特有の女らしさは危険にさらされ、時とともに女性に男性的な諸特徴が必然的に現われてくるにちがいない、とすべての理論家が異口同音に言っていた。ボードレールはこのような諸特徴を肯定する。しかし同時に彼はそれらを経済の支配から解放しようとする。かくして彼は、女性のこのような発展傾向に、純粋に性的なアクセントを与えるに至る。レスビアンの女という主導イメージは、技術の進歩に対する〈近代〉の抗議を表わしている。〈彼のジョルジュ・サンド嫌い〔『危険な関係』に関する覚書」〈一九〇三年初出〉および「赤裸の心」十六

―十七参照〕が、この関連でどのように理由づけられるか調べることは重要であろう。）

ボードレールにおける女。〈アレゴリーの勝利〉におけるもっとも貴重な戦利品――死を意味する生。この性質は、娼婦において最も買い取りがたい。それは娼婦と交渉して買うことができない唯一のものであり、ボードレールにとってはそのことだけが重要だった。

〔一五〕

世の成行きを中断させること――これがボードレールのうちに潜むもっとも深い意志であった。ヨシュア（旧約聖書「ヨシュア記」でモーセの後継者としてイスラエル人を率い、カナンの地を征服した）の意志。とはいえ、さほど預言者的な意志ではなかった。なぜならボードレールは反転ということを考えなかったから。この意志から彼の暴力性、彼の焦躁、彼の怒りが生じてきた。そこからはまた、世界の心臓を突こうとする、あるいは子守歌で世界を寝かしつけようとする、つねに更新される試みが生じてきた。この意志ゆえに、彼は死神に鼓舞されつつ、死神の仕事に付き添ってゆく。

ボードレールの文学の中心をなしている諸対象は、目標に向かって邁進する計画的な努力によっては到達不可能であったと考えざるをえない。事実彼は、決定的に新しいものであるあれらの対象——大都市、大衆——を、そういうものとして狙ったわけではない。それらは彼が意図していた旋律ではない。この旋律をなすのはむしろ悪魔主義（サタニズム）、憂鬱（スプリーン）、背徳の性愛（エローテイク）である。『悪の華』の真の対象は、目立たない箇所に見出されうる。それらは——音楽の比喩を続けるなら——まだ聞かれたことのない楽器の、これまで一度も触れられたことのない弦である。この楽器でボードレールは即興演奏（ファンタジーレン）をするのである。

〔一六〕

迷宮は、目的地に着くのがまだ早すぎる者にとっては正道である。この目的地とは市場である。

賭博、遊歩、蒐集——憂鬱（スプリーン）に対抗するために行なわれる活動。

没落しつつあるときの市民階級は、反社会的分子をもはや取りこめないことを、ボードレールは示している。国民軍〔大革命、二月革命、パリ・コミューンなどで大きな役割を果たした民兵隊〕はいつ解散させられたのか。

模造品というものを生み出す新しい生産方式の登場とともに、仮象が商品のなかに現われる。

今日の人間のあり方からすれば、根本的な新しさはひとつしかない。そしてそれはつねに同じ新しさである。すなわち死。

凝固した動揺は、発展というものがなかったボードレールの人生像の公式でもある。

〔一七〕

大都市の登場によってはじめて売春の手に入った秘密のひとつは、大衆である。売春は、大衆との神話的な交感の可能性を開く。しかし他方で、大衆が成立したのは大量生産が成立したのと同じ時期である。私たちがごく日常的に用いる事物がだんだん大量生産品になってきた生活空間で、なんとか我慢して生きてゆく可能性を、売春は先の可能性と同時に含んでいるように思われる。大都市の売春においては、女自体が大量生産品になる。大都市生活がもつこのまったく新しい特徴こそが、ボードレールが原罪説を受容したことにその本当の意味を与える。最も古い観念はまさに折り紙つきであって、まったく新しくてどう扱っていいか分からない現象を捉えるのに十分役立つと、ボードレールには思えたのである。

迷宮は逡巡する者の故郷である。目的地に着くことを恐れる人のたどる道は、容易に迷宮を描くであろう。欲動も、充足される前にたどるいくつかのエピソードにおいて迷宮を描く。しかしまた、みずからの行く末を知ろうとしない人類（もしくは階級）もそうなのである。

追想（エアインネルング）に万物照応を贈るのが空想力（ファンタジー）であるとすれば、追想にアレゴリーを捧げるのは思考である。追想は空想力と思考を相互に交流させる。

〔一八〕

少数の基本的シチュエーションがこの詩人に繰り返し及ぼした磁力のような魅惑は、憂鬱症（メランコリー）の徴候圏に属している。ボードレールの空想力（ファンタジー）は、千篇一律なイメージになじんでいる。ごく一般的に言って、彼は自分のモティーフのどれにも、少なくとも一度は立ち返るという強迫にとらわれていたように見える。これは実際、犯罪者を繰り返し現場に立ち戻らせる強迫に比較することができる。もろもろのアレゴリーは、ボードレールが彼の破壊欲動を満足させてきた場である。彼の散文作品の多くと『悪の華』の詩とのまったく独特な対応関係は、そのように説明できるかもしれない。

ボードレールの思考力を、折に触れて彼が行なっている哲学的な考察から判断しようとする（ルメートル）のは大きな誤りであろう。ボードレールはへぼ哲学者であり、優れた理論家であった。しかし彼が比類のない存在であったのは、ひとえに沈思黙考する者としてである。彼は沈思黙考する者のいくつかの特徴、すなわちモティーフの千篇一律さ、邪魔になるものをすべて拒絶する断固たる姿勢、イメージを常に思考に役立てる心構えを備えている。沈思黙考する者は、歴史的に特定される思考者のタイプとしては、もろもろのアレゴリーのなかに住まう人である。

〔一九〕

ボードレールにおいて売春は、彼の空想力（ファンタジー）のなかで大都市大衆を膨らませる酵母である。

アレゴリー的志向の威厳。有機的なもの、生あるものの破壊――仮象〔偽りの輝き〕の消去。絵で描いてある舞台背景が彼に及ぼす魅惑についてボードレールが述べている、きわめて特徴的な箇所〔本書三一二ページ参照〕を調べること。遠さの魔法を断念したことが、ボードレールの抒情詩の決定的な契機のひとつである。この断念は、「旅」の第一節において至上の表現を見出した。

仮象の消去については「嘘への愛」〔『悪の華』所収〕を参照。

「殉教の女」と「恋人たちの死」〔同前所収〕――マカルト風室内とユーゲント様式。

事物をそれらが通常属している連関から引き離すこと――これは展示された状態にある商品においては普通のことである――は、ボードレールに非常に特徴的なやり方である。それはアレゴリー的志向における有機的連関の破壊とかかわる。「殉教の女」第三節および第五節の自然のモティーフの場合、あるいは「悲しいマドリガル」〔一八六一年初出、「新・悪の華」詩篇に属する〕第一節を参照。

アウラの概念を、人間のあいだに見出されるある社会的経験が、自然に投影されたものとして導き出すこと。まなざしが返される。

仮象の欠如とアウラの凋落とは同一の現象である。ボードレールはアレゴリーの技法をそのために用いる。

ボードレールが妊娠をいわば不当な競争と感じざるをえなかったことは、男性のセクシュアリティの犠牲の道程〔本来はカトリックの用語で、ミサの際に供物を捧げるために祭壇の前へ行くこと〕の一部である。

ボードレールが彼の世界から追放する星々こそは、ブランキにおいて永劫回帰の舞台となるものである。

〔三〇〕

人間を取り巻く事物の世界は、ますます仮借なく商品の姿をとってゆく。それと同時に広告が、事物の商品としての性格を被い隠しはじめる。商品世界の欺瞞的な美化に対抗するのは、商品世界のアレゴリー的なものへの変形である。商品は自分の顔を直視しようとする。商品は娼婦において、おのれの人間化を祝う。

商品経済におけるアレゴリーの機能変換を叙述しなければならない。商品において、それに固有のアウラを現象させることをボードレールは企てた。彼は商品を英雄的（ヘローイシュ）な方法で人間にふさわしいものにすることを試みた。この試みと対極をなすのが、商品をセンチメンタルなやり方で人間扱いする、同時代のブルジョワの試みである。すなわち彼らは人間と同様商品にも家を与えようとしたのである。この時代のブルジョワの家財道具を包んでいた容器や被いや袋には、当時そういう願望が託されていた。

ボードレールのアレゴリーは——バロックのそれと異なり——この世界に侵入しその調和的な形成物を粉砕するために必要であった憤懣（ふんまん）の痕跡を帯びている。

ボードレールにおける英雄的（ヘローイシュ）なものは魔的（デモーニシュ）なものの崇高な現象形式であり、憂鬱（スプリーン）はその卑俗な現象形式である。彼の〈美学〉のこれらのカテゴリーは、むろん解読を必要とする。それらを放置しておいてはならない。英雄的（ヘローイシュ）なものの、古代ラテン語文化とのつながり。

〔三二〕

ボードレールにおける詩的原理としてのショック。「パリ情景」における都市の「気まぐれな撃剣」(「太陽」)は、もはや故郷ではない。それは舞台であり異郷である。

大都市が身体に及ぼす危険の登録簿が、ボードレールの場合のようにまだ非常に不完全なとき、大都市のイメージはどういうものになりうるか。

大都市を解く鍵のひとつとしての亡命。

ボードレールが娼婦についての詩を娼婦の視点から書いたことは一度もない(「都市住民のための読本」〔ブレヒト、一九三〇年〕第五番〔娼婦がみずからを語っている詩〕を参照)。

ボードレールの孤独とブランキの孤独。

ボードレールの容貌——役者の容貌として。

ボードレールの悲惨を、彼の〈美的な受難〉を背景として描き出すこと。

ボードレールの突然の怒りは、彼の破壊的な素質の一部である。この発作にも「時の奇妙な分割」〔本書二九四ページ参照〕を認めるなら、事の本質に一歩近づくことになる。

ユーゲント様式の基本的なモティーフは、生殖不能の美化である。肉体は多くの場合、性的成熟に達する以前の形態において描かれる。この思想を、技術を反動的に解釈する思想と関係づけること。

レスビアンの愛は、精神化を女性の胎内にまで推し進める。妊娠も家族も知らない〈純粋な〉愛という百合(ゆり)の旗印をそこに立てるのである。

「冥府」という表題〔ボードレールは詩集『悪の華』に対して、最初『レスボスの女たち』、その後『冥府』という表題を考えていた〕は、〔このボードレール論の*〕第一部で論じるのがよいかもしれない。そうすれば、各部ごとにひとつの表題の注釈が行なわれ、第二部では「レスボスの女たち」、第三部では「悪の華」という表題が扱われることになる。

＊ベンヤミンが、三部からなる一冊のボードレール論を計画していたことについては、「訳者付記」（本書三九三ページ以下）を参照。

〔三三〕

ボードレールの名声は——たとえば時代的には後のランボーのそれと異なり——いまだ最終的に定まっていない。ボードレールの文学の核心に迫ることの比類のない難しさは、ひとつの公式にまとめるなら、こう表現できる——この文学においては、まだなにひとつ古びていないのだ。

ボードレールにおける英雄主義（ヘロイスムス）のしるし——非現実性（仮象）の心臓部で生きること。ボードレールがノスタルジーというものを知らなかったことも、その一端である。キルケゴールを見よ。

ボードレールの文学は、〈新しいもの〉を〈繰り返し同じであるもの〉において、〈繰り返し同じであるもの〉を〈新しいもの〉において発現させる。

永劫回帰の観念が、ほぼ同じ時期にボードレール、ブランキそしてニーチェの世界に入りこんでくるさまを、力を込めて叙述しなければならない。ボードレールにおいては、英雄的（ヘローイシュ）な努力によって〈繰り返し同じであるもの〉から勝ち取られる〈新しいもの〉に力点があり、ニーチェにおいては、人間が英雄的（ヘローイシュ）な態度で対峙する〈繰り返し同じであるもの〉に力点がある。ブランキはボードレールによりもニーチェにはるかに近いが、しかし彼にあっては諦観が優勢である。ニーチェにおいてはこの経験が宇宙論的に、次のテーゼのなかに投影されている——もはや新しいものは現われない。

〔二三〕

もしボードレールが詩作のために、詩人たちが普通もっているモティーフしかもっていなかったとしたら、彼は詩を書かなかったであろう。

この論文は『悪の華』の根柢にあった諸経験を、歴史の上に投影しなければならない。

アドリエンヌ・モニエのきわめて明確な発言。ボードレールにおける特殊フランス的なものは不気嫌（ロニュ）である。モニエは彼を「苛立（いらだ）った人」と見なす。彼女は彼をファルグ（一八七六—一九四七年。フランスの詩人。象徴主義とシュルレアリスムの中間に位置する）と比較している。「偏執狂で、自分の性的不能に苛立ち、そしてそのことを知っている人」。彼女はセリーヌの名も挙げている。悪い冗談（ゴロワズリ）がボードレールにおけるフランス的なものである。

アドリエンヌ・モニエのもうひとつの発言。ボードレールの読者は男性である。女性たちは彼を好まない。男性たちにとってボードレールとは、彼らの欲動生活における卑猥な面（コテ・オルデュリエ）の描写であり、かつその超越を意味する。この方向でさらに考えを進めるなら、ボードレールの受難は彼の読者の多くにとって、彼らの欲動生活におけるいくつかの面の贖い（ラシャ）〔原語 rachat は神学の用語としては「キリストによる人類の罪の贖い（あがな）い」という意味をもつ〕であるということになる。

弁証法的に思考する者にとっては、世界史の風を帆に受けることが肝要である。彼にとって思考とは帆を張ることである。帆をどう張るか、それが重要である。言葉は彼においては帆にほかならない。言葉をどう配置するか、それによって言葉が概念になるかどうかが決まる。

〔二四〕

『悪の華』が今日まで見出してきた絶え間ない反響は、大都市がそこで史上はじめて詩のなかに登場したことによって獲得したある面と深く関連している。それは最も意外な面である。ボードレールが彼の詩のなかでパリを喚起するとき、そこに共振しているもの、それはこの大都市の虚弱さと脆さなのである。「朝の薄明」におけるほどそれが完璧に暗示されたことはなかったのではないか。ただしこの虚弱さと脆さという面自体は、程度の差はあれ「パリ情景」全体に共通するものである。それは「太陽」が巧妙に現出させているような街の透明さのなかにも、「パリの夢」の対照効果のなかにも表現されている。

ボードレールの文学生産の決定的な基盤は、彼のうちで最高度に高められた鋭敏さと、最高度に精神を集中した観想とが形成している緊張関係である。それは理論的には万物照応の説とアレゴリーの説のなかに反映されている。ボードレールは、彼の最大の関心事であったこの二つの思弁のあいだになんらかの関係づけを行なうことをいささかも試みなかった。彼の文学は、彼にもともと備わっていたこの二つの傾向の共同作用から生じてくる。最初に受容され（ペクメジャ（一八一九―八七年。フランスの作家、ジャーナリスト）を見よ）、〈純粋詩〉（素材や思想ではなく、言葉の音と意味が作り出す美を求める抒情詩。マラルメやヴァレリーの作品に代表される〕に影響を及ぼしたものは、彼の才能のうちの鋭敏さの面であった。

〔二五〕

アウラとしての沈黙。メーテルリンク〔一八六二―一九四九年。ベルギーの詩人、劇作家〕はアウラ的なものをグロテスクなまでに展開している。

ブレヒト〔一八九八―一九五六年。ドイツの劇作家、詩人〕はこう言ったことがある。ラテン系民族にあっては、感覚が洗練されていっても、摑みかかるエネルギーが弱まることはない。ドイツ人にとって洗練化は、つまり味わいを楽しむ文化の拡大は、つねに摑みかかる力の減退という代償を払って得られるものなのだ。味わいを楽しむ能力は感受力をませば必ず薄っぺらになってしまう。この発言は「屑屋たちの葡萄酒」のなかの「酒樽の匂い」という表現に触れてなされたものである。

さらに重要なのは次の発言。ボードレールのような人の優れた感覚的洗練は、心地よさから完全に遠ざかっている。感覚的な楽しみと心地よさとがこのように根本的に対立するのは、本当の感覚文化の決定的なメルクマールである。ボードレールのスノビズムは、心地よさに対するこの揺るぎない拒絶を表わす奇矯な決まり文句であり、彼の〈悪魔主義(サタニズム)〉は、心地よさがいつどこに現われようとも、それを妨げるための不断の心構えにほかならない。

〔二六〕

『悪の華』にはパリを描写しようとするほんのわずかな兆しすらない。このことだけでも、『悪の華』をのちの〈大都市抒情詩〉とはっきり区別するに足りるであろう。ボードレールは、砕け散る波に向かって話しかける人のように、パリの街の喧噪に向かって話しかける。彼の話は、聞き取れる限りは明瞭である。だがこの話を邪魔するなにかが混入してくる。そして話はこの喧噪のなかに混ざりこんだままになる。喧噪はそれを運んでゆき、曖昧模糊とした意味を付け加える。

新聞の短信欄は、ボードレールの空想力(ファンタジー)のなかで大都市大衆を膨らませる酵母である。

ボードレールがあれほどラテン文学だけに、とくに後期ラテン文学〔紀元一四年から一八〇年頃までのラテン語文学で、セネカ、タキトゥス、ユウェナーリスなどに代表される」に魅了されていた理由のひとつは、後期ラテン文学が神々の名前を、抽象的というよりはむしろアレゴリー的に用いていることにあるのかもしれない。ボードレールはそこに、自分のやり方と似たものを認めることができたのだ。

ボードレールが自然に対して表明する敵意のうちに潜んでいるのは、とりわけ〈有機的なもの〉への深い抗議である。無機的なものと比べて、有機的なものがもっている道具としての性質は、まったく限定されている。有機物のほうが、こちらの意のままになる可能性が少ない。ボードレールは毎日違ったふうに見えたというクールべの証言を参照。

〔二七〕

ボードレールの英雄的（ヘローイシュ）な態度は、ニーチェのそれにきわめて近いのではないか。ボードレールはカトリシズムに固執するけれども、彼の世界経験はやはり、ニーチェが「神は死んだ」という命題で捉えた経験とまさに同類のものである。

ボードレールの英雄的（ヘローイシュ）な態度を養っている源泉は、十九世紀中頃に形成されはじめた社会秩序の最深の基底から湧いている。その実質をなすものは、ボードレールに芸術生産の諸条件の徹底的な変化を教えた諸経験にほかならない。この変化とは、芸術作品においては商品形態が、それを受容する公衆においては大衆形態が、以前よりも直接かつ強烈に現われてきたことであった。まさにこの変化がのちに、芸術の領域における他の諸変化とならんで、とりわけ抒情詩の没落をもたらしたのである。ボードレールがこの諸変化に一冊の詩集をもって応えるということが、『悪の華』の比類のなさを示すしるしである。そのことは同時に、彼の生き方のなかに見出される英雄的(ヘローイシュ)な態度が実際に現われた、もっとも並外れた例である。

「血まみれになった、〈破壊〉の道具立て」〔「破壊」、『悪の華』所収〕——これはボードレールの文学の最奥の部屋で、バロック・アレゴリーの全権を相続した娼婦の足元に散乱している家財道具である。

〔三八〕

はっとして自分の手のなかの断片にまなざしを向ける沈思黙考者がアレゴリー詩人になる。

結論部に保留しておく問題設定。アレゴリー詩人のそれのような、少なくとも外見上は徹頭徹尾〈反時代的〉な振舞い方が、この〔十九〕世紀の詩作品のなかで第一等の地位を占めるということがどうして起こりうるのか。

アレゴリーが神話に対する解毒剤となることを説明しなければならない。神話は安易な道であって、ボードレールはこれを拒んでいた。「前世の生」のような詩――この表題は神話とのさまざまな関連を思わせる――は、いかにボードレールが神話から遠いところにいたかを示している。

ブランキからの引用である「十九世紀の人間……」〔本書七二ページ参照〕を末尾におくこと。

〈救出〉というイメージは、一見残虐にむんずと摑みかかることを含んでいる。

弁証法的イメージは、綜合的対象へのゲーテの要求〔ベンヤミン『ドイツ・ロマン主義における芸術批評の概念』ちくま学芸文庫、一〇ページ参照〕を満たす歴史的対象がもつ形式である。

〔二九〕

ボードレールは他人からの施しで生きる人間の態度をとることによって、この社会が正しいものであるかどうかを、たえず実際に検証していた。彼がわざと続けていた母への依存には、精神分析が強く主張している理由だけでなく、社会的な理由もあったのである。

ブルジョワジーが作動させた生産秩序が近い将来発展してゆくのを、ブルジョワジー自身もはや直視する勇気がなかったという事実が、永劫回帰の思想に大きく作用している。ツァラトゥストラの永劫回帰の思想と、クッションのカバーに見られる「ほんの十五分だけ」という文句は、相補うものである。

流行（モード）は新しいものの永劫回帰である。にもかかわらず、まさに流行のなかに救出の契機があるのだろうか。

ボードレールの詩に現われる室内は、いくつかの詩の場合、ブルジョワ的室内の夜の面から霊感を得たものである。この夜の面と対になるイメージは、ユーゲント様式における美化された室内である。プルーストは彼のボードレール論〔「ボードレールについて」〕において、前者にしか触れていない。

ボードレールの旅行嫌いは、彼の抒情詩をいろいろなかたちで支配しているエキゾティックなイメージの優位を、いっそう注目に値するものにする。このようなものが優位にあるところでは、彼の憂鬱症(メランコリー)に相応の権利が認められることになる。ちなみにこのことは、彼の感受性のなかでアウラ的な要素が相応の権利を獲得するときに働く力について、ひとつのヒントを与える。詩「旅」は旅行に対する拒絶である。

古代と近代の照応がボードレールにおける唯一の構成原理的な歴史構想である。それは弁証法的な歴史構想を含むというよりも排除している。

〔三〇〕

レリスの発言。*〈親しい(ファミリエ)〔家庭的な〕〉という語は、ボードレールにおいては秘密と不穏さに満ちていて、この語がそれ以前には決して意味したことがないなにものかを意味している。

＊　以下「レリスの発言」とあるのは、ズーアカンプ社版『ベンヤミン全著作集』の編注によれば、おそらくピエール・レリス（一九〇七―二〇〇一年。フランスの翻訳家。ベンヤミン「複製技術時代の芸術作品」の英訳を計画していた人物）の口頭によるそれである。

「憂鬱（スプリーン）〈I〉」〔『悪の華』所収〕における、パリを表わす暗号のひとつは、〈死の運命（モルタリテ）〔死亡率、たくさんの人が死ぬこと〕〉という語である。

「あなたがお嫉みだった、高潔な心を抱くあの女中……」の第一行――「あなたがお嫉みだった」（dont vous étiez *jalouse*）という語句には、普通予期されるあのアクセントは置かれない。「お嫉み」（jaloux）から、声はいわば引いてゆくのである。このような声の引き潮は、ボードレールにおいてきわめて特徴的なものである。

レリスの発言。パリの騒音はいろいろな箇所でそれとして名指されているわけではなく（「重い砂利馬車」〔「七人の老人」〕）、むしろリズムとしてボードレールの詩句のなかに作用している。

「すべて、おぞましい物までが、魅惑と化する所」〔「小さな老婆たち」〕の具体例を挙げるとすれば、ポーによる群衆の描写よりも優れたものはほとんど考えられない。

レリスの発言――『悪の華』は、何かに還元することがもっとも難しい詩集である。これはおそらく次のように理解できるであろう。『悪の華』の基盤をなしている経験のうち、用済みとして片づけられる部分はまだほとんどないのである。

〔三一〕

男性のインポテンツ――孤独の鍵となる形象――それを旗印に、生産力の静止が起こる――ひとつの深淵が、人間をその同類から隔てる。

孤独の慰めとしての霧〔「霧と雨」など参照〕。

〈前世の生〉は時間的な深淵をもろもろの事物のなかに開示する。孤独は空間的な深淵を人間の眼前に開く。

遊歩者のテンポを、ポーが描いているような群衆のテンポと比較対照すること。前者は後者に対する抗議である。一八三九年における亀〔を連れてパサージュを散歩すること〕の流行を参照（〔『パサージュ論』断片番号〕D2a,1）。

生産過程が（機械によって）加速されるとともに、そこでの退屈が生まれてくる。遊歩者は悠然とした態度を誇示することで、この生産過程に抗議する。

ボードレールにおいては、バロックの詩人たちにおいてと同様、千篇一律な表現が大量に見られる。

国民軍兵士マイユー[*1]から、ヴィルロック[*2]とボードレールの屑屋〔「屑屋たちの葡萄酒」〕を経て、ガヴロッシュ[*3]とルンペン・プロレタリアートのラタポワール[*4]に至る、一連の典型。

＊1　フランスの石版画家トラヴィエス（一八〇四―五九年）の作品の主人公。ボードレール「フランスの諷刺画家たち数人」参照。

＊2　フランスのデッサン画家、石版画家ガヴァルニ（一八〇四―六六年）の描いた人物。

＊3　ユゴー『レ・ミゼラブル』の登場人物で、普通名詞として「機知に富んで生意気な、パリのわんぱく小僧」を意味する。

＊4　ドーミエの描いた人物で、普通名詞として「ナポレオン帝政支持者」「偏狭な軍国主義者」を意味する。

トラヴィエスの描くマイユー（「アダムはりんごで、ラファイエットは梨で私たちを駄目にした」1833年）

ドーミエ「ラタポワールとカスマジュー」1850年（『できごと』より）

ガヴァルニ「トマ・ヴィルロック」（『古代と近代の芸術家たち』1848—62年、より）

クピード〔キューピッド〕に対する誹謗を見つけること〔「一八五九年のサロン」〕。神話的知識に対するアレゴリー詩人の誹謗——これは中世初期の聖職者たちのそうした誹謗に正確に対応する——との関連で。クピードには当該箇所で〈下ぶくれの〉(joufflu)という形容詞*がついているかもしれない。彼〔ボードレール〕のクピード嫌いは、彼のベランジェ〔一七八〇—一八五七年。フランスで国民詩人的な人気を博した歌謡作者〕に対する憎悪と同根のものである。

＊ この単語そのものはボードレールの原文にはない。

ボードレールのアカデミーへの立候補はひとつの社会学的実験であった。

永劫回帰の説——複製技術の領域において間近に迫っているもろもろのものすごい発明についての夢として。

〔三二〕

人間が自分に与えられているのよりももっと純粋で無垢で霊的な生活に対して抱く憧憬は、そうした生活の担保を自然のなかに探さざるをえない、と言ってよいとすれば、この憧憬はその担保をたいていの場合、植物界あるいは動物界のなんらかの存在に見出してきた。ボードレールの場合は違う。彼のそのような生活への夢は、地上のいかなる自然との共同体も拒否し、雲だけを追い求める。『パリの憂鬱』の第一篇にはそのことがはっきり語られている。多くの詩が雲のモティーフを取り上げている。雲の冒瀆（ぼうとく）（「浄福を授ける女（ベアトリーチェ）」〔『悪の華』所収〕）はもっとも恐ろしい冒瀆である。

『悪の華』がダンテ（一二六五―一三二一年。イタリアの詩人。叙事詩『神曲』、抒情詩『新生』を著わす）にひそかに似ている点は、この書が創造的な存在の輪郭を描くときの力強さである。詩家（ポエート）がこれほど虚栄心をもっていない詩集はほかに考えられないし、詩家がこれほど力に満ちあふれて登場している詩集もほかに考えられない。創造的才能の故郷は、ボードレールの経験によれば秋である。偉大な詩人（ディヒター）はいわば秋の産物である。「敵」「太陽」。

「笑いの本質について」〔一八五五年〕の内容は悪魔的（サタン）な哄笑の理論にほかならない。ボードレールはこの理論を大胆に展開し、しまいには微笑さえも悪魔的（サタン）な哄笑の立場から評価している。彼の笑い方のなかにはなにかぞっとさせるようなものがあったということが、同時代の人びとによってしばしば指摘されている。

商品生産の弁証法。生産物の新しさは（需要を刺激するものとして）これまでにはなかった意味を獲得する。〈繰り返し同じであるもの〉は、大量生産においてはじめて明白に現出する。〔三二a〕

記念品は世俗化された聖遺物である。

記念品は〈体験(エアレープニス)〉を補うものである。記念品には人間の自己疎外の増大が現われている。つまり人間は自分の過去を、死んだ財産として記録しておくようになったのである。アレゴリーは十九世紀において外界を一掃したが、それは内面世界に棲みつくためであった。聖遺物は屍体に由来し、記念品は（婉曲に体験と呼ばれる）死滅した経験(エアファールング)に由来する。

『悪の華』は全ヨーロッパに影響を与えた最後の詩集であった。それ以前にはたとえば『オシアン』[*]、そして『歌の本』であろうか。

＊ 一七六〇年代にスコットランドの詩人マクファーソンは、三世紀のケルトの詩人オシアンの作品を発

見し翻訳したものと称する諸著作を刊行したが、これらは実はマクファーソンの偽作と見られている。しかし、当時は多大の反響を呼んだ。

アレゴリー画は商品として回帰する。

アレゴリーは近代（モデルネ）の武装（アルマトゥーア）である。

ボードレールには反響を呼び起こすことを恐れる気持がある――魂のなかにであれ、空間のなかにであれ。彼は時として目立ちはしたが、決して声高ではなかった。彼の話し方は、彼の経験にほとんど背馳（はいち）するところがない。道を究めた高僧のしぐさが、その人物にほとんど背馳するところがないように。

〔三三〕

ユーゲント様式は、〈新しいもの〉を〈近代的なもの（モデルン）〉にした生産的誤解として現われる。この誤解はもちろんボードレールにその根がある。

メリヨン「シャントル通り」1862年

〈近代的なもの〉は〈古代的なもの〉と対立し、〈新しいもの〉は〈つねに同じもの〉と対立する〈近代すなわち大衆／古代すなわち都市パリ〉。

メリヨンのパリの街路。それは深淵であって、そのはるか上を雲が流れてゆく。

弁証法的イメージは一瞬ひらめくものである。そうしたイメージとして、すなわち認識の可能性をもつ〈いま〉のうちに一瞬ひらめくイメージとして、〈かつて在ったもの〉のイメージを、この場合はボードレールのイメージを捉えなければならない。そのようにして、ただそのようにしてのみ遂行される〈救出〉はつねに、すでに失われかけ救出不可能になりつつあるイメージを知覚することによってのみ成功する。ヨッホマン序論〔「ヨッホマン『詩の退歩』への序論」、『ベンヤミン・コレクション2』所収〕のなかのメタファー的な箇所をここに関係づけること。

〔三四〕

書き下ろしという概念はボードレールの時代には決して今日ほど普及していなかったし、一般に認められてもいなかった。ボードレールは同じ詩を二度三度と印刷させたが、誰も目くじらを立てたりしなかった。このことで彼が困難に出会ったのはようやく晩年、小散文詩〔『パリの憂鬱』〕に関してであった。

ユゴーの霊感。言葉は彼にとってイメージと同じく、波打つ大群(マッセ)として現われてくる。ボードレールの霊感。言葉はあるきわめて意図的な手続きによって、それが出現する場所に巧みに引き出される。イメージはこの手続きにおいて決定的な役割を果たす。

陶酔とイメージ的霊感にとっての、英雄的な憂鬱気質の意義を明らかにすること。あくびをするとき、人間自身が深淵となって口を開く。自分を取り巻く長い時間〔退屈さ〕に自分を似せるのである。

死後硬直に陥ってゆく世界に向かって進歩を語るとはどういうことか。死後硬直に入りつつある世界についての経験が、ポーによって比類のない力で定着されているのをボードレールは発見した。ポーをボードレールにとってかけがえのないものにしたのは次のことである。すなわちポーが描いた世界のなかでは、ボードレールの詩作と行動は正当なものであったのだ。ニーチェにおけるメドゥーサの頭〔「遺された断想 一八八四—八五年冬」〕を参照せよ。

〔三五〕

永劫回帰は、幸福というもののもつ二つの相矛盾する原理、つまり永劫という原理と〈もう一度〉という原理を結びつける試みである。永劫回帰という観念は、時代の悲惨のなかから幸福という思弁的観念（あるいは幻像）を巧妙に現出させる。ニーチェの英雄主義（ヘロイスムス）はボードレールの英雄主義（ヘロイスムス）と対をなすものである。後者は俗物性の悲惨のなかから近代（モデルネ）の幻像（ファンタスマゴリー）を巧妙に現出させるのである。

進歩の概念を、破局の観念に基づかせなければならない。〈このままずっと〉事が進むこと、これがすなわち破局なのである。破局とはそのつど目前に迫っているものではなくて、そのつど現に与えられているものである。ストリンドベルィ（一八四九―一九一二年。スウェーデンの劇作家）の考え――地獄とはわれわれの目前に迫っているものではなく、ここでのこの人生のことだ。

救出は、連続する破局のなかにある小さな亀裂を手がかりにする。

技術の制約を受けている形式、すなわち従属変数を、定数にしようとする反動的な試みは、ユーゲント様式と同様未来派においても登場する。

メーテルリンクは長い一生の最後に、極端に反動的な態度に行きついたが、この発展は筋が通っている。

次の問題を追究しなければならない。救出において把握されるべき〈極端なもの〉とは、どの程度〈早すぎたもの〉の極端さであり、どの程度〈遅すぎたもの〉の極端さであるのか。

進歩に対するボードレールの敵視は、彼がその文学のなかでパリをみごとに扱いえたことの不可欠の前提条件であった。彼の文学に比べれば、のちの大都市文学には弱さが目立っている。大都市文学が大都市を進歩の玉座と見なしている場合には少なからずそうである。だがウォルト・ホイットマン（一八一九―九二年。アメリカの詩人）はどうか〔「ブレヒトの詩への注釈」（『ベンヤミン・コレクション4』所収）四八九ページ参照〕。

〔三六〕

男性のインポテンツには十分な社会的理由がある。事実それがあるからこそ、ボードレールが歩んだ受難の道は、あらかじめ社会的に定められていたものだと言えるのである。そう考えてはじめて、彼がこの道へ出発する際に路銀として、このヨーロッパ社会の蓄積された富から一枚の古い貴重な貨幣を受けとったことが理解できる。この貨幣の表には骸骨の姿をした死神が、裏には沈思黙考にふける〈憂鬱（メレンコリア）〉〔『ドイツ悲劇の根源 上』三一三ページ以下参照〕が刻まれていた。この貨幣がアレゴリーだったのである。

ありふれたボードレール文献のスタイルにおける、エピナル版画としてのボードレールの受難。

「パリの夢」——生産力が静止した状態についての空想。

機械装置はボードレールにおいて破壊的な力の暗号になる。人間の骨骼は少なからずそのような機械装置である。

初期の工場空間がもっていた住宅に似た性質は、まったく目的にそぐわない、野蛮なものであったにしろ、工場主がそのなかのいわば点景人物と考えられるという点で独特である。この人物は彼の機械をうっとりと眺めながら、自分の将来の大成功だけでなく、機械の将来の大成功をも夢見ている。ボードレールの死後五十年にして、人びとはこの夢から醒めた。

バロックのアレゴリーは屍体を外側だけから見ている。ボードレールはこれを内側からも見る。

ボードレールには星々が欠けている。この事実は、彼の抒情詩には仮象(シャイン)〔偽りの輝き〕が存在しない傾向があることを、もっとも確かに証明する。

〔三七〕

ボードレールが後期ラテン語に魅了されたことは、彼のアレゴリー的志向の力と関連しているのかもしれない。

セクシュアリティの現象形態のうち社会的にタブーとされるものが、ボードレールの生活と作品に対してもっている重要性を考えれば、個人的な記録のなかでも作品のなかでも売春宿がまったくなんの役割も演じていないのは注目に値する。売春宿にかかわる領域には、「賭博」のような詩に対応するものは存在しない(ただし「二人の情深い姉妹」〔『悪の華』所収〕を参照)。

アレゴリーが導入された理由は、技術の発展によって芸術がおかれていた状況から推論できる。そしてアレゴリーの導入というキーワードのもとではじめて、この文学の憂鬱気質的性質を叙述することができる。

遊歩者（フラヌール）は、ソクラテス（前四七〇または四六九―前三九九年。ギリシアの哲学者）がアテナイの広場で話相手につかまえたような有閑者の再来と言えるであろう。ただしソクラテスはもういないし、したがって有閑者は話しかけられずじまいである。そして彼に有閑生活を保証してくれるような奴隷労働ももうなくなっている。

ボードレールのゴーティエに対する関係を解明する鍵は次の事実に求められる。すなわち年下のボードレールは、自分の破壊衝動（インプルス）が芸術に関しても無条件の限界をもたないことを、多少なりとも明確に意識していたのである。実際アレゴリー的志向にとってこの限界は決して絶対的な限界ではない。〈新異教派〉（「異教派」参照）に対する彼の反応は、この関連をはっきり認識させてくれる。そしてまた、芸術の概念に対するデュポンのラディカルな批判が、それに劣らずラディカルなボードレール自身のそれに呼応するものでなかったら、彼はデュポン論を書きあぐねたことであろう。この傾向を彼はゴーティエを引き合いに出すこと〔『悪の華』は当時声望のあったゴーティエに捧げられている〕で隠そうとし、それはうまくいった。

〔三八〕

ユゴーの進歩信仰および汎神論の特徴のひとつとして、それらが音をたてるテーブル〔交霊円卓〕のお告げに一致するということがあるのは否定すべくもない。しかしこの事実のいかがわしさは、彼の文学が音をたてる霊たちの世界とたえず交信していることにまつわるいかがわしさに比べれば、たいしたことではなくなる。なぜならここで本当に特徴的なのは、彼の文学が交霊術的啓示のモティーフを取り上げている、あるいは取り上げているように見えることよりも、むしろ彼が自分の文学を、霊たちの世界〔ユゴーの場合、読者公衆（プーブリクム）でもある〕に対していわば展示していることにあるからである。このような芝居がかった行為は、他の詩人たちの態度とはなかなか相容れないものである。

ユゴーにおいて、自然がその根元的な権利を都市に対して行使する際の媒体は、群衆（メンゲ）である（〔『パサージュ論』断片番号〕J32.1）。

群衆（ミュルティテュード）の概念について、そして〈群衆（メンゲ）〉と〈大衆（マッセ）〉との関係について。

アレゴリーに対する関心はもともと言語的なものではなく、視覚的なものである。「影像（イマージュ）、私の大きな、私の最初の情熱」（「赤裸の心」三八参照）。

疑問。いつから都市のイメージのなかで商品が目立ちはじめるのか。建物の前面にショーウィンドーが入ってくることに関して統計的な知識を得ることが肝要だろう。

〔三九〕

ボードレールの韜晦（とうかい）は、売春婦における嘘と同様、災いを防ぐための魔法である。彼の詩の多くは冒頭において——詩がいわば新鮮なところで——もっとも比類がない。このことはしばしば指摘されてきた。

大量生産品はボードレールの目に模範と映っていた。そこに彼の〈アメリカ的性格〉のもっとも強固な基盤がある。彼は〈紋切り型（ポンシフ）〉を世に送り出そうとした。彼がそれに成功したとルメートルは確言している。

商品はアレゴリー的な直観形式に代わるものとなった。売春が大都市のなかでとるようになった形態において、女性は商品として現われるばかりか、精確な意味で大量生産品として現われる。このことを暗示するのは、職業的な表情（化粧の成果として生じるようなそれ）を引き立たせるために個人的な表情に施される、人工的な仮装である。娼婦のこの一面こそが、ボードレールの性的関心を決定づけていった。そのなによりの証拠は次の事実である。彼が娼婦を登場させるやり方はいろいろだが、その際売春宿が背景になることは決してないのに対して、街路が背景になる例は数多いのである。

〔四〇〕

ボードレールの場合、〈新しいもの〉は進歩になんらの寄与も果たさない。このことは非常に重要である。ちなみに、進歩という観念と真剣に対決する試みは、ボードレールにはほとんどひとつも見られない。彼が憎しみをこめて弾劾するのは、とりわけ〈進歩信仰〉である。まるでそれが普通の誤謬ではなく、異端、邪教ででもあるかのように。一方ブランキは進歩信仰になんら憎しみを示さない。しかし彼はそれにひそかに嘲笑を浴びせている。これによって彼が自分の政治信条を裏切ったことになるとは決して断言できない。ブランキのようなタイプの職業的策謀家の活動が、進歩への信仰を前提とすることは決してない。その活動の前提は、さしあたりはただ、いまある不正を一掃しようとする決意である。そのつど眼前に迫っている破局から、人類をぎりぎりの瞬間に救い出そうとするこの決意は、当代のどの革命的政治家の場合にもまして、まさにブランキその人にとって行動規範となるものであった。彼がつねに拒んだのは〈のちに〉来るなにかのために計画を立てることであった。これらすべては、一八四八年におけるボードレールの振舞い〔「赤裸の心」四四参照〕と非常によく合致する。

〔四一〕

ボードレールは自分の作品の不評に直面して、ついに自分自身を景品として添えることにした。自分の作品に自分をただでくっつけ、そうすることによって、詩人にとって避けえない売春（みうり）の必要についての彼の考えが正しかったことを、自分自身に関して完全に証明した〔「火箭」一参照〕。

ボードレールの文学を理解する上で決定的な問いのひとつは、大都市の成立によって売春の相貌がどのように変化したかということである。というのは、少なくともボードレールがこの変化を表現したこと、これが彼の文学の最大の対象のひとつであることは間違いないからである。売春は大都市の成立とともに、いくつかの新しい秘密を所有することになる。そのひとつとしてまず、都市そのものの迷宮的な性格がある。迷宮――このイメージは遊歩者の体にしみついている――は売春によって、いわば多彩な縁取りを与えられて出現する。したがって売春が手中にしている第一の秘密は、迷宮という大都市の神話的な面である。この面は、自明のことだが、大都市の中心にいる怪物ミノタウロス（牛頭人身の怪物。クレタ王ミノスが迷宮に閉じこめ、アテナイから貢がせた少年少女を犠牲に供した）のイメージを含んでいる。ミノタウロスが個々の人間に死をもたらすことが決定的なのではない。決定的なのは、ミノタウロスが体現する、死命を制する力のイメージである。これも大都市の住民にとっては新しいイメージである。

〔四二〕

武器庫としての『悪の華』。ボードレールは彼の詩のうちのあるものを、彼以前に作られた他の詩を破壊するために書いた。ヴァレリーの有名な考察〔「ボードレールの位置」〕は、そういうふうに敷衍できるだろう。

ボードレールが文学生産における競争関係という問題にぶつかったことは、非常に重要である――このこともヴァレリーの評言を補足するために言っておかなくてはならない。詩人たちの個人的なライヴァル関係は無論大昔からある。しかしここでの問題は、ライヴァル関係が公開市場における競争という領域に移されたことなのである。獲得すべきは公開市場であって、王侯の庇護ではない。しかしながらこの意味でボードレールの真の発見と言えるのは、自分が〔不特定多数の〕個人と相(あい)対していると感じたことであった。文学的流派の解体、〈様式〉の解体は、公開市場の成立に必然的にともなうものである。公開市場は、〈読者公衆(プーブリクム)〉というかたちで詩人の目のまえに現われる。そのようなものとしての読者公衆は、ボードレールにおいて史上はじめて視野に入ってくる――彼がもはや文学的流派という〈仮象〔見せかけ〕〉の犠牲にならなかったのは、こういう前提があってのことであった。逆に言えば、彼の目には〈流派〉というものがたんなる表面的な形成物と映ったからこそ、読者公衆が確かな現実として見えてきたのである。

〔四三〕

アレゴリーと比喩の違い。

ボードレールとユウェナーリス（六〇頃—一四〇年頃。古代ローマの諷刺詩人）。決定的なのは、ボードレールが背徳と悪習を描くとき、つねに自分をそこに含めていることである。彼は諷刺詩人の身振りとは無縁である。ただしこれは『悪の華』だけに当てはまることである。『悪の華』はこの態度において、散文による覚書とはまったく異質なところを示している。

詩人たちにおいて、散文による理論的な覚書と作品とのあいだに存在する関係についての、原理的な考察。作品において詩人たちは、彼らの理論的考察が普通近づけない、自分の内面のある領域を明かす。このことをボードレールに関して——カフカ（一八八三—一九二四年。当時オーストリア=ハンガリー帝国領であったプラハ生まれの作家）やハムスン（一八五九—一九五二年。ノルウェーの作家）などにも言及しつつ——示すこと〔「フランツ・カフカ」（『ベンヤミン・コレクション2』所収）参照〕。

ある文学作品が及ぼす作用の持続性は、作品の事象内実がはっきり目に見えてくる度合に反比例する（それとも作品の真理内実がはっきり目に見えてくる度合にであろうか。親和力論を参照〔「ゲーテの『親和力』」（『ベンヤミン・コレクション1』所収）四一ページ以下〕）。

ボードレールが長篇小説をひとつも残さなかったという事情によって、『悪の華』の重みは確実に増した。

〔四四〕

メランヒトン（一四九七―一五六〇年。ドイツの宗教改革派神学者）の用語、〈かの英雄的な憂鬱気質（メレンコリア）〉〔すぐれた知的能力につながるような、高尚な憂鬱気質〕は、ボードレールの才能をもっとも完全に言い表わすものである。ただし十九世紀において憂鬱症（メランコリー）は、十七世紀におけるのとは違う性格をもっている。十七世紀のアレゴリーの鍵となる形象は屍体である。十九世紀のアレゴリーの鍵となる形象は〈記念品〉である。〈記念品〉は、商品が蒐集対象へと変質するときの典型的パターンである。〈万物照応〉は事実としては、あらゆる記念品が他の記念品への無限に多様な連想を呼び起こすということである。「千年生きたときよりもなお多い思い出（スーヴニール）〔記念品〕を、私はもつ」〔「憂鬱（スプリーン）〈Ⅱ〉」〕。

ボードレールの霊感が主として英雄的（ヘローイシュ）な内容のものであることは、彼において追想（エアインネルング）が完全に記念品の陰に隠れてしまっていることに示されている。〈幼年時代の追想〉が彼には驚くほどわずかしかない。

ボードレールの奇矯な性癖はひとつの仮面であった。これをかぶることで、自分の生活形式が、そしてある程度までは自分の人生の運命も、個人を超えた必然性をもっていることを――羞恥心から、と言ってよいであろう――隠そうとしたのである。

ボードレールは十七歳から文士の生活を送っている。彼が自分を〈精神的人間〉と呼んだり、〈精神的なもの〉に肩入れしたことがあるとは言えない。芸術生産物のための商標はまだ発明されていなかったのである。

〔四五〕

唯物論的研究のそっけない終わり方について（バロック論〔ベンヤミン『ドイツ悲劇の根源』〕の結尾とは対照的に）。

アレゴリー的な直観〔物の見方〕は十七世紀においては様式を形成する力をもっていたが、十九世紀にはもはやそうではなかった。ボードレールはアレゴリー詩人として孤立していた。彼の孤立は、ある点から見れば、遅れてきた者の孤立であった。（この時代遅れを彼の理論はときどき挑発的なやり方で強調している。）十九世紀においてアレゴリーの様式形成力が小さかったとすれば、アレゴリーがもつマンネリズムを誘う力もそれに劣らず小さかった。この力は十七世紀の文学に実に多様な痕跡を残している。アレゴリーのもつ破壊的傾向、芸術作品における断片的なものを強調する姿勢は、このマンネリズムのせいで、ある程度弱められていたのである。

【訳者付記】

ベンヤミンの後半生における主要な仕事となった『パリ・パサージュ論』のための抜書きとメモは際限もなく膨れあがっていったが、一九三七年になってベンヤミンはボードレールに関する部分だけを切り離してまとめる意図を抱く。一九三八年四月には全体の具体的な構想が立てられ、四月十六日付ホルクハイマー宛て書簡では、三部からなる論文の構想が述べられる。全体の分量は「複製技術時代の芸術作品」とさほど違わないぐらいとされており、この時点ではホルクハイマーらの社会研究所の『紀要』のひとつの号に掲載してもらうつもりだった。しかし、執筆し始めた論文は思いがけず長くなり、ベンヤミンはこれを「一冊のボードレール論」の一部分というかたちで発表することにした。一応完成した論文には「シャルル・ボードレール――高度資本主義時代の抒情詩人　第二部　ボードレールにおける第二帝政期のパリ」という標題が付された。論文に添えられた書簡（ホルクハイマー宛て、一九三八年九月二八日）に示されたボードレール論全体のプランは以下のとおりである。

第一部　アレゴリー詩人としてのボードレール（問題提起）

第二部　ボードレールにおける第二帝政期のパリ（アンチテーゼの役割。問題解決に必要なデータを提供）

第三部　詩的対象としての商品（ジュンテーゼの役割。問題解決）

こうして書き上げられた「第二帝政期のパリ」であったが、これを読んだホルクハイマー、そしてとくにアドルノは、詳細にして厳しい批判をベンヤミンに書き送った。アドルノらの批判は要するに、この論文は社会的経済的な事象と文学作品とを単純に結びつけすぎており、それらを媒介すべき「理論」が欠けているというものであった。これに対しベンヤミンは、この論文が「データを提供する」部分であり、理論は意図的にほかの部分にとっておかれているのだ、と反論した。何回かの書簡のやり取りののち、ベンヤミンは改稿を了承し、「第二帝政期のパリ」のうちの主に第Ⅱ章をもとに、「ボードレールにおけるいくつかのモティーフについて」を執筆した。この論文はアドルノらに絶賛され、『社会研究所紀要』(一九四〇年)に掲載された。第一部「アレゴリー詩人としてのボードレール」および第三部「詩的対象としての商品」は結局書かれぬままに終わった。「セントラル・パーク」は大体においてこの第三部のためのメモである。

なお「ボードレールにおける第二帝政期のパリ」には、本翻訳の底本とした決定稿(タイプ稿)のほかに草稿(手書き稿)が存在する。細かい表現上の違いはともかく、草稿には以下の二つの特徴がある。第一に、決定稿にはない方法論的序説(断片、標題なし)、および「趣味」と題された節が冒頭に付せられている(本書五六七ページ以下および五七五ページ以下に収録)。一九三八年六月に原稿を執筆しはじめたとき、ベンヤミンはこれをひとつのまとまったエッセイとして発表するつもりで、この意図のもとに序説および「趣味」の節も書いたようである。その後このエッセイに「一冊のボードレール論の第二部」という位置づけを与えたため、「第二部」にはそぐわない序説および「趣味」の節を決定稿で削除した、と推測されている。またこれらは内容的に見て、決定稿の冒頭部分で「欠けている」ふたつの節(八〇ページの訳注＊2参照)には対応しない。第二に、草稿は「Ⅰ　ボエーム」「Ⅱ　遊歩者」「Ⅲ　近代」という区分けをとっておらず、序説をふくめて十六の部分からなり、序説以外は標題(もしくは見出し)がついている。これは本文理解の参考になると思われるので、以下に掲げておく（カッコ内は本書の対応ページ）。

〔方法論的序説〕（本書に対応部分なし）／趣味（本書に対応部分なし）／策謀家（コンスピラトゥール）（七八―九一）／屑屋（九一―一〇六）／文学市場（一〇六―一一九）／生理学（フィズュオロジー）（一一九―一二九）／探偵物語（一二九―一四三）／群衆の人（一四三―一五三）／ヴェールとしての群衆（一五三―一六一）／ユゴーとボードレールにおける群衆（一六一―一七三）／英雄（エロー）の生理学（一七三―一七四）／気まぐれな撃剣（ファンタスク・エスクリム）（一七四―一八三）／英雄的（ヘローイシュ）な近代（一八三―一九八）／古代を継承する期待（一九八―二一五）／女性英雄（ヘロイーネ）（二一五―二二三）／詩的戦略（二二三―二三六）

本書所収の諸論考におけるボードレールからの引用は、阿部良雄氏の訳業を使用または参照させていただいた。記して感謝する。それ以外のフランス語や英語の著作からの引用文（大部分はベンヤミンが自分でドイツ語に訳している）についても、原文からの邦訳を適宜参照した。

Ⅲ 関連論考／参考資料

土星の環、あるいは、鉄骨建築についていくつかのことを

Der Saturnring oder Etwas vom Eisenbau〔おそらく一九二九年以前に成立〕

鉄骨建築の最初の試みがなされたのは十九世紀初めのことで、その成果は、蒸気機関がもたらした成果と相俟って、この世紀の終わりにはヨーロッパの景観をすっかり変化させてしまう定めにあった。われわれは、その成り行きの歴史的な説明をやってみる代わりに、若干の大まかな考察をひとつの小さな挿画に結びつけようと思う。この挿画は、（ちょうど、それが分厚い本のなかから取り出されているのと同じように、）この世紀のただなかから取り出されたものなのであって、建築において人びとが鉄のうちにいかに無際限な可能性が開かれているのを目にしていたか、ということを——たとえ、奇妙きてれつなやり方で、であれ——暗示している。この挿画は一八四四年のある作品——グランヴィル〔一八〇三—四七年。フランスの諷刺画家、版画家〕『もうひとつの世界』——に由来しており、ひとりの小さくてファンタスティックな妖精（コーボルト）〔民間伝説に登場するいたずら好きな小妖精〕がまさにこの〈世界〉空間〔宇宙〕の勝手が分かるようになろうとして体験する、さまざまな冒険のことを物語っているのだ〔本書二三ページの図版を参照〕。「両端を同時に見渡すことができない橋、そしてその

橋脚はいくつもの惑星に支えられている。この橋が、つるつるに磨かれたアスファルト道路となって、ひとつの天体から別の天体へと通じていた。土星には三十三万三千本目の橋脚が立っていた。そのときわれわれの妖精が見てとったことには、土星の環はこの惑星の周りをぐるりと巡るバルコニーにほかならず、土星の住人たちはその上で、夕方、新鮮な外気に当たっているのだった」。

われわれのこの挿画にはガス灯も描かれている。当時、技術がもたらした輝かしい成果のことが話題になる場合には、ガス灯を見逃すわけにはゆかなかった。ガスによる照明は、今日のわれわれにしてみれば、どちらかといえば気分を沈み込ませるような、重苦しい印象を与えるものだが、かの時代には、贅沢さと晴れやかさの極致を具現していたのだ。ナポレオン〔一世〕（一七六九―一八二一年。フランスの軍人、皇帝）が廃兵院大聖堂（アンヴァリッド）〔パリにある、軍人たちのための廟所〕に埋葬されたとき、その墓のうえには、ビロード、絹、金と銀、不朽花〔麦藁菊など、乾燥して枯れても形、色、光沢を保つ花〕とならんで、ガスを用いた常明灯〔永遠に燃え続ける灯〕も欠けてはいなかった。ランカスター〔イギリスの都市〕のある技術者が、塔の時計に合わせて夕暮れの始まりとともに自動的にガス灯に灯が点り、日の出とともに自動的にその灯が消える、という機械装置を作り上げたのだが、この発明を人びとは〈これぞまさしく奇蹟の業（わざ）〉とみなしたのだった。

ところで、人びとがガスと鋳鉄が一体となったものに出会うのは、通常、当時ちょうどあちこちに出現してきた優雅な商業施設、すなわちパサージュにおいてである。流行の品を扱う大商人や、しゃれたレストラン、上等なケーキやクッキーを作るパティスリーにとって、パサージュの歩廊に店舗を確保することは、彼らの名望が発する命令だったのだ。これらの歩廊からは、のちに、いくつかの大百貨店が現われてくるのだが、その草分けがボン・マルシェ百貨店である。これは、エッフェル塔〔一八八九年に完成〕を造った建築家〔アレクサンドル・ギュスタヴ・エッフェルを指す〕によって、同時に設計された。

冬園〔熱帯植物などを植えた、ガラス張りの室内遊歩庭園〕やパサージュといった、本来の贅沢な施設とともに、鉄骨建築は始まった。ところがあっというまに、鉄骨建築は、その真の技術的、産業的な適用分野を見出したのだった。そして、過去にいかなる手本ももたない、まったく新しい需要から生じ来たったあのさまざまな建造物、すなわち市場用のホール、駅舎、博覧会場といった建造物が生まれたのである。その道を切り開いたのは技術者たちだった。しかし詩人たちのなかにも、驚くべき先見の明の持ち主がいた。そこで、フランスのロマン主義者ゴーティエ〔一八一一―七二年。フランスの詩人、批評家で、ボードレールの友人にして最初の解釈者〕はこう述べるのだ。「新しい産業の提供する新しい手段が用いられる、その同じ瞬間に、独自の特有性をもった建築様式が創り出されるのだろう。鋳鉄の利用は、駅舎や吊橋に、また冬園の丸天井に見て取れるような、多くの新しい形態を、許容もし、強いもするのだ」〔出典未詳〕。オッフェンバック〔一八一九―八〇年。ドイツ生まれ、パリで活躍した作曲家〕の『パリの生活』〔オペレッタ、一八六六年〕は、駅を〔筋書上の〕舞台とする最初の劇場作品である。当時、人びとは〔「駅（Bahnhof）」ではなく〕「鉄道の館（やかた）（Eisenbahnhof）」と言うのを常とし、この呼び名にはこのうえなく風変わりな表象が結びつけられた。ベルギーのことのほか進歩的な画家アントワーヌ・ヴィエルス〔一八〇六―六五年〕は、この世紀の半ば、駅のホールにフレスコ画を描く許可を願い出たものだった。

当時、技術は、今日もはやわれわれが容易には想像することもないような種々の困難や抗議をものともせず、一歩一歩、〈さまざまの新しい分野〉〔これは原文校訂者による補い〕を手に入れていった。〔一八〕三〇年代にイギリスで、鉄道のレールをめぐって激しい論争が燃えあがった。そもそもイギリスの鉄道網のための鉄を――といっても、当時計画されていたこの鉄道網は、およそちっぽけな規模のものでしかなかったのだが――十分に調達することなど、どうやったってできるわけがない、と主張された。花崗岩〔で舗装した〕道路のうえを、「蒸気自動車（Dampfwagen）」を走らせるほかないのだ、と。

理論上の争いと同時に、素材をめぐる実際的な論争も巻き起こった。そのことの格別に印象的な実例が、テイ川〔スコットランド最長の川〕の河口に架けられた橋の建設史である。この橋の建設作業は、一八七二年から七八年にかけての六年間続いた。そして、完成直前の一八七七年二月二日に、ひとつの大暴風が、――その頃、ほかならぬこのテイ川河口では、たびたび大暴風が前代未聞の猛威をふるい、一八七九年にも大災害を惹き起こしたのだが、――最も強力な橋桁のうちの二つを吹き倒してしまったのである。そして、この事例が示しているような粘り強さが設計者に要求されるのは、橋の建設の場合だけではなかった。トンネル建設においても同じことだった。一八五八年に長さ十二キロメートルのモンスニ〔フランスとイタリアの国境をなす、アルプスの峠〕を通り抜けるトンネルが計画されたとき、関係者たちは七年の工事期間を覚悟した。

そのように、大掛かりなものにおいては、手本となるような画期的な偉業に英雄的な労苦が捧げられたのだったが、それに対し、細ごまとしたものにおいては奇妙なことに、なおもしばしば、戯れめいた混乱が支配的である。それはまるで、人間たち、とくに「芸術家たち」が、種々さまざまな可能性をもつこの新しい素材への信奉を公言するだけの気概が、まだすっかりは固まっていないかのようなのだ。われわれが現代風のスチール家具〔おそらくバウハウス様式のものを指しているだろう〕を、装いを施さずに剝き出しのまま、スチール製と見てとれるものとして備え付けるのに対して、百年前の人びとは、当時すでに作られていた鉄製の家具に凝った上塗りを施し、それがこのうえなく高価な木材で作られているかのような外観を与えようと、さんざん苦労した。当時、人びとは、陶磁器であるかのようなガラス製品、革紐細工であるかのような金の装身具、籐細工であるかのような鉄製のテーブル、その他これらに類するものを仕上げることに、面目をかけはじめたのだった。

こうしたことはすべて、技術の発展が新しい流派の設計者と古いタイプの芸術家とのあいだに作り出した溝を覆い隠そうとする、不十分な試みだった。だが、はっきりそれとは見えぬところで、様式上の形態を重んじるアカデミックな建築家と、規格を重要視する設計者とのあいだに、熾烈な争いが繰り広げられていたのだ。一八〇五年にはまだ、古い流派の一指導者〔シャルル・フランソワ・ヴィエル〕が、『建造物の強度保証に関する数学の無用さについて』という表題の著作を公刊している。その争いがこの世紀の終わり頃にようやく、技術者に有利なかたちで決着がついたとき、反転が、すなわち、技術がもたらした形態上の財産に基づいて芸術を革新しようとする試みが、生じ来たった。そして、それがユーゲント様式〔本書二九ページ＊1参照〕である。だが同時に、技術のこの英雄的な時代はみずからの記念碑を、比類のないエッフェル塔に見出したのだった。鉄骨建築に関する最初の歴史家〔アルフレート・ゴットホルト・マイアー〕は、エッフェル塔についてこう書いている。

「ここでは、彫塑的な造形力は、精神的エネルギーの途方もない緊張に席を譲って沈黙している……。一万二千本もの鉄骨材、二五〇万個ものリベット、……、そのひとつひとつが、一ミリメートルとたがわずにきっちり定められているのだ。この作業現場では、石から形を彫(ほ)り出す鑿(のみ)の音が響くことはまったくなかった。作業現場でさえ思考が筋肉の力を支配し、その筋肉の力を、思考は、信頼できる鉄骨組みやクレーンに譲り渡してしまっていた」〔『鉄骨建築——その歴史と美学』一九〇七年——この文は『パサージュ論』の「F 鉄骨建築」にも引用されている。F 4a, 2 参照〕。

〔『パサージュ論』初期覚書集〕

【訳者注記】

「パリのパサージュ〈I〉」および「〔パリのパサージュ〈II〉〕」は手書きで、判読困難な箇所、誤記などが散見され、訳者の判断で断らずに訂正した場合がある。各断章末尾の整理記号・番号（〈A°、1〉など）は、ズーアカムプ社版『ベンヤミン全著作集』の編者によって付されたものである。

「パリのパサージュ〈I〉」の小さい活字の部分は、ベンヤミンが原稿で抹消した部分である。原則として、のちにパサージュ論のいわば本文（現在「覚書と資料」と呼ばれている）に取り入れられた部分が抹消されているようである。訳者によるこの本文への（およびベンヤミンの他の著作への）参照指示は、紙幅の関係で最小限度にとどめた。

なお、表題の〈I〉と〔 〕の部分は、ズーアカムプ社版『ベンヤミン全著作集』の編者が補ったものである。

パサージュ

Passagen〔一九二七年中頃成立〕

シャン＝ゼリゼ大通り（アヴニュー）の、アングロサクソン風の名前の新しいホテルとホテルのあいだに、最近アーケード〔アルカード・デ・シャン＝ゼリゼ、一九二六年竣工〕が開通し、パリで一番新しいパサージュがオープンした。その竣工式では怪物のようなオーケストラがユニフォームを着て大花壇と噴水の前で吹奏した。混雑のため人びとはうめき声をあげながら、砂岩でできた敷居（シュヴェル）を越え、鏡ガラスに沿ってのろのろと進み、人工の雨が最新式自動車の銅でできた内臓のうえに降るさま――材質の良さを証明するためである――を眺め、歯車が油のなかで振動するさまを眺め、革製品やレコード盤や刺繡のあるキモノの値段が黒い小さなプレートのうえにストラス〔人造宝石〕を使った数字で示されているのを読んだ。天井からの拡散した光のなか、人びとはタイルのうえを滑るのであった。ここでは最新流行のパリにひとつの新しい通路が与えられたわけだが、他方、この街で最も古いパサージュのひとつが消滅した。すなわちパサージュ・ド・ロペラ〔オペラ座パサージュ、ル・ペルティエ通りのかつてのオペラ座のそばにあったが、一九二五年取り壊し〕であり、オスマン大通り（ブルヴァール）の延長工事によって呑み込まれてしまったのである。この風変わりな遊歩廊がつい最近までそうしていたように、今日でもまだいくつかのパサージュは、どぎつい光と薄暗い隅っこのなか

パサージュ・ド・ロペラ

に、空間と化した過去を保存している。古めかしくなりつつある商売が、この内部空間のなかでは生き延びており、陳列してある商品は、判然としない、というか、多義的である。入口の門に刻まれた文字、出ている看板からして（出口の門に、と言ってもまったく同様である、というのも、家屋と通りのこの奇妙な混合物〔パサージュ〕においては、どちらの門も入口であり同時に出口なのだから）……刻まれた文字からして、何か謎めいたところがある（この文字は、そのあとパサージュ内部、服を一面に掛けている売店と売店のあいだのあちこちで螺旋階段が暗がりへ上ってゆく場所で、もう一度壁についている）。「**アルベール**、八十三番地」というのはおそらく理髪師であろうし、「マイヨ・ド・テアトル〔劇場の肌着〕」というのは絹のトリコット地の衣類のことであろうが、しかしこうした訴えかける力の強い文字は、それ以上のことを言わんとしている。そして、踏み減らされた狭い木の階段を上って、アルフレッド・ビッテルラン教授（未詳）の美容クリニックに行く勇気のある者などいようか。パレ＝ロワイヤル[*1]にある古いレストランの様式のモザイク敷居は、一軒の〈ディネ・ド・パリ〔パリの夕食〕〉へと通じている。この敷居は幅が広く、一枚のガラス扉に向けて高まってゆく。だが、その背後にほんとうにレストランがあるようにはとうてい見えない。そして次のガラス扉、それはカジノがあることを予告し、その向こうに座席別の値段を掲示した切符売り場のようなものが見えるが、この扉は、それを開けたら、劇場空間にではなく暗がりに通じるのではないだろうか、地下室に下るか、あるいは路上に出るのではないだろうか。そして切符売り場のうえには突然、長靴下が積み上げられている。またもや長靴下だ、向こうの人形修理工房のなかでと同様、そしてさっきの火酒酒場のサイドテーブルのうえと同様に。――大通り（ブルヴァール）の賑やかなパサージュでも、古いサン＝ドニ通りのいくらか人の少ないパサージュでも、傘とステッキがびっしりと並んで陳列されている。すなわち、色とりどりの柄たちが作る結束の固い集団。しばしば見かけるのは衛生クリニックで、そこでは剣士が腹帯を着用し、そしてマネキンの白い腹には包帯が巻かれている。理髪店の窓には、長い髪をした最後の女性たちが見られ、彼女らは豊かにウェーブをつけた大量の髪を頭のうえに乗せている。石化した髪の段々である。そのとなりと上方の壁面は、なんと脆（もろ）そうに見えることか。ぼろぼろ剝がれる混凝紙（こんぎょう）〔張り子の材料〕である！　「記念品（アンデンケン）」や小さな置物はぞっとするものにならんばかりで、オダリスク〔トルコの後宮の女奴隷。ルーヴル美術館にあるアングルの絵がよく知られている〕が待ちわびながらインク壺のとなりに横たわり、ニットの肌着を着た取り巻きの女たちが灰皿を聖水盤のように掲げている。本屋は、愛の教科書類を色とりどりのエピナル版画〔本書三四三ページ参照〕のとなりに並べ、ある侍女の回想録のわきで、ナポレオンに馬でマレンゴ〔北イタリアの町〕を通らせ、夢の本と料理本とのあいだで、昔のイギリスの市民たちに広い道や福音の狭い道を行かせている。パサージュには、どんな襟とシャツにふさわしいのかを私たちがもう知らないような形の襟ボタンが保存されている。靴屋が菓子店のとなりにあると、靴ひもの下げ飾りはリコリス〔甘草(かんぞう)のエキスの風味をつけたキャンデー〕に似てくる。刻印機と活字箱の上方で結びひもと絹糸の玉が転がる。坊主頭をした裸の人形の体は、髪を付けられ服を着せられるのを待っている。櫛は、蛙のような緑色と珊瑚のような赤色をして、水槽のなかで泳いでいるごとくである。トランペットは貝になり、オカリナは傘の柄になり、写真屋の暗室のバットには鳥の餌が入っている。歩廊の守衛は、鉤針(かぎばり)編みのカバーをかぶせた毛長ビロード張りの椅子を三脚、守衛室に置いている。だがとなりには空っぽになった商店があり、その設備のうち残ったのは、歯型（金製、蠟(ろう)製、壊れたもの）買い入れますと書いてある一枚の看板だけだった。側廊で最も静かな部分であるここでは、ガラス板の向こうに居間の書き割りがしつらえられているので、男性も女性も家事使用人になることができる。絵やブロンズ製胸像がいっぱい飾られた、淡い多色の壁紙には、ガス灯の光が落ちている。その光でひとりの年老いた女が本を読んでいる。彼女は何年も前からひとりきりでいるかのようだ。さて、通路はますます人気(ひとけ)がなくなってゆく。赤い小さなブリキの傘が、傘の石突きを作る工場へと階段を上ってゆくよう誘っている。埃をかぶったウェディングヴェールが、結婚式や宴会用の帽章の店があることを告げてはいる。だが本当にそうだとはもう信じられない。避難用はしご、雨どい。つまり私は屋外にいるわけだ。向かいにはまたもやパサージュのようなものがある。丸天井、そしてそのなかには袋小路があって、どんづまりは窓がひとつしかないオテル・ド・ブーローニュあるいはブルゴーニュ〔ブーローニュ・ホテルあるいはブルゴーニュ・ホテル〕だ。だが私はもはやそこへ入る必要はなく、通りを凱旋門〔ルイ十四世の戦勝を記念して一六七二年に建設されたサン＝ドニ門〕へと上がってゆく。この門は灰色の、壮麗な姿で、〈ルイ大王のために〉[*2]建てられている。立ち登る柱の、浮き彫りのついたピラミッド型には、ライオンたちが横たわり、甲冑の胴と、しだいにほの暗くなってゆく戦勝記念品が掛かっている。

サン＝ドニ門（ブルトン『ナジャ』1928年、より）

＊1　パレ＝ロワイヤルのなかに一七八六年に開業した商店街（一部がガラス屋根で被われていた）は、パサージュの原型とされている。

＊2　門の上部にLudovico Magnoという銘がある。原文ではLudovicoがLodovicoとなっているが、ベンヤミンの誤記か。

パリのパサージュ〈I〉

Pariser Passagen〈I〉〔一九二七年から一九二九／三〇年にかけて成立〕

中央にアスファルト舗装の車道――乗用馬車、人間化された箱型馬車　人間化された箱型馬車の行列〈A°、1〉

建物を貫く道路　建物の壁を貫く、ひとりの幽霊の道〈A°、2〉

これらのパサージュに住んでいる人びと――名の書いてある表札は、集合住宅の通路の立派なドアに掛かっている表札とはまったく共通点がない。むしろ、動物園の檻の格子についている、捕獲された動物の、居住地よりも名と原産地が書いてあるプレートを思い起こさせる。〈A°、3〉

特殊な、秘められた親近性の世界――椰子（やし）とハタキ、ヘアドライヤーとミロのヴィーナス、シャンパンの瓶、人工補装具〔義肢、義歯、義眼など〕と手紙文例集、〔中断〕〈A°、4〉

私たちが子供だったとき、あの大きな事典類、たとえば『万有と人類』や『地球』を、あるいは『新しい宇宙』の最新巻をプレゼントされると、誰もがまず、色刷りの「石炭紀の風景」とか「氷河期におけるヨーロッパの動物界」とかに夢中にならなかっただろうか。一見たちまち、イクチオザウルスと雄牛（Farren）〔「シダ（Farnen）」の誤記か〕との、マンモスと森林との、漠然たる親和性に魅了されなかっただろうか。だが、これと同じ共属性および根源的親和性を、一本のパサージュの風景が私たちに明かしているのだ。有機世界と無機世界、卑俗な生活必需品と思い切った贅沢品が、きわめて矛盾した結合を作り出し、商品は、支離滅裂な夢のなかの映像のように、まったく遠慮なくごちゃごちゃにぶら下がっていたり右往左往したりしている　消費の原風景〈A°、5〉

商業と交通は、通りの二つの構成要素である。さてパサージュにとって、前者〔「後者」の誤り〕はほとんど死に絶えている。パサージュの交通は退化している。パサージュは商業の情欲に満ちた通りにすぎず、欲望の喚起に適しているにすぎない。それゆえ、娼婦たちがまったく自ずからそこに引かれる気になるのは、謎めいたことでは全然ない。さて、この通りではあらゆる体液が滞っているので、商品が建物の前面に繁殖し、新たな、奇想天外な結合関係に入る。潰瘍となった組織のように。〈A°、6〉

意志は、幅広い通りのうえを快楽に向かって転がり、そして肉欲としてその濁った川床のなかに、それが流れるうちに出会うものは何でも、物神(フェーティシュ)、護符、運命の担保として巻き込んでゆき、手紙や接吻や名の腐敗した瓦礫を自らとともに下流へ転がしてゆく。恋は、憧れの探るような指で、湾曲した通りを押し進む。恋の道は、恋する男の内面を走り、この内面は、先に立って漂ってゆく恋される女のイメージのもとで彼に開示される。このイメージが、彼の内面を彼に初めて開示するのだ。というのも、真に恋されている女の声が、彼の心のなかに呼び覚ますのは、彼が自分においてはまだ聞いたことのない答えの声であるように、彼女が語る言葉が彼のなかに呼び覚ますのは、この新たな、むしろ隠された自分――彼女のイメージがそれを彼のために発見するのだ――という考えであり、触れてくる彼女の手が呼び覚ますのは〔中断〕〈A°、7〉

与えられた言葉からごく短い文を作るという子供の遊び。ショーウィンドーはこの遊びをやれと言っているように思える――望遠鏡と花の種、ねじと楽譜、化粧品と剝製のまむし、毛皮と回転式拳銃〈A°、8〉

モーリス・ルナール（一八七五―一九三九年。フランスのSF作家）はその著『青い脅威』〔長篇小説、一九一一年〕のなかで、異星人たちが、大気という海の底に――別の言い方をすれば、地球の表面に――どのような植物相および動物相が現われているかを調査するさまを描写している。この惑星住民たちは、人間のうちに、深海のちっぽけな〔?〕魚と同じようなもの、つまり、海の底に棲んでいる存在を見いだす。私たちは空気圧を感じないが、魚は水圧をほとんど感じない。とはいえ、人間も魚も、あくまで海底の生き物であることに変わりはない。これとよく似た、空間における新しい方向づけが、パサージュを考察することとともに始まるのである。パサージュのなかでは、通りそのものが自分で、〔判読不能〕外で住まれている室内であることを認識させる。すなわち、集団のための居住空間であることを。というのも、もろもろの真の集団それ自体は、通りに住むからだ。集団とは永遠に覚醒している、永遠に動かされ続ける存在であって、この存在は家々の壁のあいだで、個的人間たちが〔自分の部屋の〕四つの壁に守られてするのと同じだけのことを体験し、経験し、認識し、思考する。この存在にとって、この集団にとって、商店のエナメル塗りの看板は、くつろげる我が家にとっての安物のオイル印画〔油性着色剤を用いた写真複製画〕と同じように、いやそれ以上に、彼らの壁の飾りである。「はり紙禁止（デファンス・ダフィシェ）」と書いてある壁は彼らの書き物デスク、新聞スタンドは彼らの図書館、ショーウィンドーは彼らの、ガラスがはまっていて手を入れられない作りつけ戸棚、郵便ポストは彼らのブロンズ像、ベンチは彼らの寝室の家具、そしてカフェテラスは、彼らが自分の世帯を見下ろす張り出し窓である。舗装工が仕事にとりかかる前に上着を引っ掛ける格子垣におけるように、玄関ホールは、一連の中庭に導く隠れた門道であり、集団にとっては他所者をおびえさせる廊下であり、自分の住居への鍵である。* 〈A°、9〉

＊「集団とは永遠に」からここまでの一一行と類似した文章が、「遊歩者の回帰」（『ベンヤミン・コレクション4』所収）三七一ページにある。本書五三〇ページも参照。

結婚式や宴会用のコカルド〔帽子や服につける飾り〕の工場。新郎新婦のための衣装（パリュール・ブール・マリエ）。写真暗室のバットのなかの鳥の餌。——ド・コンソリ夫人（未詳）、バレエ・ミストレス、レッスン、コース、演目。ド・ザーナ夫人（未詳）、カード占い師——気を狂わせる幻想、秘密の抱擁〔本書五二〇ページ参照〕 〈A°、10〉

いたるところで長靴下が客演している。あるときは写真のそばに、それから人形修理工房のなかに、そしてまたあるときは、女の子が番をしている酒場のカウンターのサイドテーブルのところにある。 〈A°、11〉

パサージュを鉱泉水飲用ホール（Brunnenhalle〔噴水ホール〕）として考える。伝説的な源泉をもつパサージュ神話　〈A°、12〉

いまこそ、十九世紀のもろもろの美を発見すべき時だ。　〈A°、13〉

パサージュと駅――然り／パサージュと教会――然り／教会と駅――マルセイユ*／　〈A°、14〉

＊「マルセイユ」（『ベンヤミン・コレクション3』所収）二四四ページ以下参照。

ポスターとパサージュ――然り／ポスターと建物／否／ポスターと〔判読不能〕――未決定　〈A°、15〉

結論――エロティックな魔術／時間／遠近法（パースペクティヴ）／弁証法的に反転すること（Umschlagen）*（商品――典型（タイプ））　〈A°、16〉

＊『ドイツ悲劇の根源』における「アレゴリーへと反転する（in Allegorien umschlagen）」という表現（『ベンヤミン・コレクション1』三一七ページまたは『ドイツ悲劇の根源 下』一七三ページ）参照。

………………

もう一度レストランについて語るなら、その序列には、ほとんど絶対的に信用できる尺度がある。それは、たやすく信じてもらえるだろうが、値段の程度ではない。私たちはこの予期せぬ尺度を、私たちを迎え入れる音色に見いだすのだ。それはいつであるかというと〔中断〕　〈B°、1〉

パリの食事がもつ祝宴的な、思慮深い、落ち着いた性格はどういったところで測れるかというと、それは料理においてよりもむしろ、パリの飲食店のなかで——まだ食事のならべられていないテーブルと白く塗られた壁の前でも、絨毯を敷き豪華な壁紙を張ったダイニング・ルームでも——人をとりまく静けさにおいてである。客たちが威張り、食事は口実あるいは生活上の必要にすぎないベルリンの料理屋の喧騒はどこにもない。私はあるみすぼらしく暗いホールを知っている。都心のどまんなかにあり、十二時を過ぎると間もなく、周辺の工房のお針子（ミディネット）〔語源的には「昼食を簡単に済ます人」〕たちが、長い大理石のテーブルに集まってくる。ほかに客はおらず、まったく水入らずで、短い休憩時間のあいだ、互いに話すような種はほとんどない。にもかかわらず——まさにほんのささやき声からこそ、なおもナイフとフォークのかちゃかちゃいう音が、上品に、優美に、韻律をつけて朗唱するように、浮かび上がってくる。小さいビストロには好んで「運転手のたまり場（ランデヴー・デ・ショフール）」という名がつけられるが、そんな店では詩人思想家が朝食をとり、ロシア人やイタリア人やフランス人のタクシー運転手たちに囲まれた国際的な環境のなかで、彼の思想を大いに進展させることができる。しかし、公共の食事の社交的な静けさを充分に味わいたいと思うとき、彼が赴くのは昔から有名なレストランの一軒ではなく、ましてや新しいシックなレストランの一軒ではない。訪ねるのは、中心からはずれた地区にある、新しいパリのモスクである。そこに彼が見いだすのは、噴水のある中庭とならんで、そしてお決まりの、絨毯や布地や銅食器でいっぱいの市場（バザール）とならんで、三つか四つの、ほどほどの広さの、つり下げランプに照らされた、低い腰かけと長椅子がならべられた間である。ただし彼は、フランス料理――それをえり抜きのアラビア料理と取り換えるわけだ――のみならず、とりわけフランスワインに〈さよなら（アデュー）〉を言わねばならない。にもかかわらず、パリ最高の社交界は数か月後にはもう「モスクの秘密」を発見してしまっていたのであり、小さな庭でコーヒーを飲んだり、ホールのひとつで遅い夕食（ディネ）をとったりしている。〈B°、2〉

パリの汲み尽くしがたい魅力をわずかな言葉で表わそうとするなら、こう言ってよいだろう――この雰囲気のなかには、賢明でバランスのとれた混合があって、それは人が〔中断〕〈B°、3〉

パリ、雰囲気およびその色彩に関するカールス（一七八九―一八六九年。ドイツの医師、画家。一八三五年フランスに旅行）の発言／画家たちの街としてのパリ　キリコ（一八八八―一九七八年。ギリシア生まれのイタリアの画家）――灰色のパレット〈B°、4〉

夢の見られ方は、地域と通りによって実にさまざまだが、しかしとりわけ季節、そして天気によって、まったく異なったものになる。都市の雨天は、その悪賢い甘美さのすべてからして、そして子供時代の初期に引き戻そうと誘惑することからして、大都市の子にのみ理解できるものだ。当然ながら雨天は一日を均質化する。雨天のときは明けても暮れても同じことができる。トランプのスカート遊びをやったり、読書をしたり、けんかをしたり。太陽が照るときはまったく別で、それは時間時間に明暗の差をつけ、夢想家にとってもより不親切である。それゆえ、朝まだきに、その〔太陽の照る〕日一日に先回りしなければならない。何よりも、怠けることに良心の呵責を感じないために、早起きしなければならない。フェルディナント・ハルデコップフ〔一八七六―一九五四年。ドイツの詩人。パリに住みフランス文学の翻訳に従事〕、このドイツの文筆界が生み出した唯一の誠実なデカダンであり、現在パリにいるドイツの文学者全員のうちで最も非生産的かつ勤勉であると私が思う人物は、エミー・ヘニングス〔一八八五―一九四八年。ドイツの俳優、作家。一時期ハルデコップフの愛人〕に捧げた「至福の朝の頌詩」〔一九一五年〕のなかで、夢想家にたいし、太陽の照る日のための最良の防護措置を教えた。＊呪われた詩人たち（ポエト・モディ）一般の歴史には、太陽にたいする彼らの戦いという章が書き加えられるべきである。私たちがたったいま語ったパリの霧は、ボードレールにとって貴重であった。〈B°、5〉

＊　カフェをテーマとするこの詩の冒頭は次のとおり――「あらゆる放埒のうち最も甘美なのは、／朝にもうカフェに座っていること、／冬の朝に」。

「先頃の七月十四日（カトゥルズ・ジュイイエ）〔フランス革命記念日、いわゆるパリ祭〕が以前に比べて、いかに冴えなかったか」ということは毎年言われている。残念ながら、そして例外的に、今回〔一九二八年〕それは本当だった。理由――第一に肌寒い天気。第二に、市は今回、祝祭委員会への補助金を拒んでいた。第三に、フランがいくぶん安定していた。不安定になった通貨価

値が民衆の祭りのためにいかに素晴らしい基盤か、ということを人びとはいまや知っている。昨年七月フランが最大の下落のただなかにあったとき、この通貨はその躍動（エラン）を、絶望した公衆に伝えた。以前にはめったになかったほど、人びとは踊った。街角には昔ながらの光景があった——電球の長い連鎖、音楽家を乗せた壇、野次馬たちが作る幅広い四角形。だがテンポのダイナミックさは明らかにより弱かったし、そして三日間にわたる祝祭は、いつもと違って夜遅くまで続かなかった。しかしその代わりに、あとへの影響はより長く続いた。小さな集まりをなしているさいころ屋台、お菓子屋の露店、射的〔小屋〕〔中断〕〈C°、1〉

死、それは弁証法的な中央停車場——流行（モード）が時間の尺度。〈C°、2〉

前〔十九〕世紀の前半、劇場もパサージュのなかに移すことが好まれた。パサージュ・デ・パノラマにはヴァリエテ座があり、コント氏の子供劇場〔はじめパサージュ・デ・パノラマにあり、のちパサージュ・ショワズールに移転〕とならぶもうひとつの子供劇場は、パサージュ・ド・ロペラのジムナーズ・デ・ザンファン座〔ジムナーズ・アンファンタン座〕で、このパサージュにはその後の一八九六年ごろ、報道を出し物とする〔?〕自然主義的なシラクの劇場があった。すなわち真実劇場（テアトル・ド・ヴェリテ）で、裸のカップルが一幕物を演じた。今日でもなおパサージュ・ド・ショワズール〔入口にはこう書かれているが、ふつうパサージュ・ショワズールと呼ぶ〕にはブッフ＝パリジャン座〔コント氏の子供劇場の後身〕があり、その他の舞台は場所を明け渡さなければならなかったが、切符代理店の小さなぴかぴかのブースは、すべての劇場への秘密の入り口のような〔何か〕を開いている。だが、そう言っただけでは、パサージュと劇場の結びつきがもともとどれほど厳密なものだったかを述べたことには全然ならない。贅沢品店の名を、そのシーズンで最も当たりをとった軽喜劇(ヴォードヴィル)からつけることが、……の治下では習慣となっていた。そうした装身具の店の多くは、パサージュのなかにその最も上品なエリアとしてあったから、そうした歩廊は部分的には劇場の模造品のようだった。これら「流行品店(マガザン・ド・ヌヴォテ)」には特有の事情があった。〈C°、3〉

クラルティ〔一八四〇―一九一三年。フランスの作家〕はある種の絵の「窒息した遠近法(ペルスペクティヴ・エトウフェ)」〔『パリの生活、一八九五年』一八九六年〕について語っており、それをパサージュの風通しの悪さと比べている。だがパサージュの遠近法〔的眺め〕それ自体、あの「窒息した」遠近法と比べることができ、それはまたもやステレオスコープの遠近法にほかならない。十九世紀〔中断〕〈C°、4〉

十九世紀から作用してくる、平穏さの（伝統の）力。偽られた歴史的な伝統力。もしも伝統が私たちを十九世紀に結びつけるのだとしたら、十九世紀とは私たちにとって何であろうか。十九世紀は、宗教あるいは神話（ミュトロギー）としてはどう見えるだろうか。私たちは十九世紀にたいし触覚的（タクティシュ）〔戦術的〕な関係をもっていない。すなわち私たちは、歴史的な領域をロマンティックに遠望するよう教育されている。直接に伝えられてきた遺産について説明することが重要だ。だが、たとえばその遺産を蒐集するのはまだ早すぎる。一番近いものについて具体的、唯物論的に思念することが求められている。〈神話（ミュトロギー）〉は、アラゴン（一八九七―一九八二年。フランスの作家。シュルレアリスムの代表者のひとり。小説『パリの農夫』（一九二六年）は「現代神話のための序文」で始まる）が言うように、諸事物をふたたび遠ざける。私たちと親和的な、私たちが生まれる条件となったものを叙述することだけが重要だ。十九世紀とは、シュルレアリストたちの表現を用いれば、私たちの夢のなかに介入してくるざわめきであり、それを私たちは目覚めるときに解き明かすのだ。〈C°、5〉

パリ散歩を始めるのは食前酒とともに、つまり五時から六時ごろだろう。私はあなたの行動を拘束したくない。出発の宿駅は大きな停車場のひとつでよい。ベルリン方面に向かう北駅、そしてフランクフルト方面に向かう東駅、ロンドン方面に向かうサン・ラザール駅、そして〔判読不能〕PLM〔パリ＝リヨン＝地中海鉄道〕へのリヨン駅。私の意見をお聞きになりたいのなら、サン・ラザール駅をお勧めする。*すなわちそこではあなたのまわりに、フランスの半分とヨーロッパの半分があるのだ。〔ル・〕アーヴル、プロヴァンス、ローマ、アムステルダム、コンスタンティノープルといった名が、街路を通って伸びている――甘いフィリングがトルテのなかを通っているように。これはいわゆるヨーロッパ街区であり、ヨーロッパ最大級の都市のすべてがそれぞれ一本の通りを、己れの威信の担い手として、そこに呼び寄せている。ヨーロッパのいくつもの通りからなるこの外交団を、かなり細かくて厳格なエチケットが支配している。それぞれの通りは他の通りときわだった対照をなしており、通りどうしが関わりあいになるときには――街角で――非常に礼儀正しく、いかなるこれ見よがしの身ぶりもなく、相会うのである。他所者は、教えられなければ、自分がここで宮廷のなかにいるのだとはまったく気付かないかもしれない。ここで玉座についているのは、まさに〔しかし?〕サン・ラザール駅である。それは壮健な、汚らしい女首領であり、鉄と煙でできた、鳴り響き唸り声をあげる女領主だ〔フランス語「駅(ガール)」は女性名詞〕。しかし私たちは、絶対に駅にこだわるよう強いられているわけではまったくない。駅は出発点として素敵だが、しかし到着点としてもとても素敵だ。もろもろの広場のことを考えてみよう。さてここではひとつの区別が必要だ――歴史〔判読困難、「歴史を豊かに含んだ広場」か〕と、名のないそれらとがある。つまりバスティーユ広場とレピュブリック広場、コンコルド広場とブランシュ広場、しかしまたその他の広場――それについて建築者が語っているような、そして広場の名が壁に書いてあるかと長いこと探しても無駄であることがときどきあるような、そんな広場がある。それらの広場は、いわば都市像(イメージ)における幸運な偶然であり、ヴァンドーム広場やグレーヴ広場〔現在の市庁広場〕と違って歴史の庇護のもとにはなく、長期的な視点で計画されたわけではなくて、建築上の即興、つまり低い建物たちがいくらか無秩序に駆け回っている家屋集団に似ている。これらの広場では樹木が発言する。きわめて小さい樹木がここでは濃い陰を与える。しかし夜には、その葉は裏側からガス灯に、透明な〔判読不能〕果実のように照らされる。これらの隠れた、ちっぽけな広場は、ヘスペリスたち（ギリシア神話で、黄金の林檎の園の番をする娘）の来たるべき〔?〕園である。というわけで、こう想定してみよう――私たちは五時ごろ、サント・ジュリ広場〔実在しない〕で、食前酒を一杯やるために腰を下ろす。これに関して、私たちはひとつ確信してよい――私たちだけが他所者で、となりにはひょっとするとひとりのパリっ子もいないだろう。しかし万が一、隣人が現われるなら、その者はむしろ、仲間と夕方の一杯を飲もうとやってきた地方人〔?〕といった印象を与えるだろう。いま、小さなフリーメーソン風の合言葉が発せられたわけだ。この合言葉によって、熱狂的なパリ信奉者たちは、フランス人でも外国人でも、お互いをそれと知る。その言葉は「地方」である。真のパリっ子は、たとえ年年歳歳一度も旅行に行かなくとも、〔パリ〕に住んでいるかと聞かれると、肩をすくめて否定してみせる。彼は十三区とか二区とか十八区とかに住んでいるのだ。パリにではなくて〔その〕市区（アロンディスマン）に――三区とか七区とか二十区とかに――であって、それが地方なのである。もしかしたらここに、パリという都市がフランスにたいして穏やかなヘゲモニーをもっていることの秘密があるのかもしれない。すなわちこの街は、その街区と、〔つまりは〕

そのなかの諸地方との心臓部に、異質なものを取り込んだのであり、たとえばフランス全体よりも多くの諸地方を有しているのである。というのも、ここで官僚主義的な土地台帳記号の秩序に従った見方をするのは退屈〔だろう〕。つまりパリには二十以上の市区（アロンディスマン）があり〔実際には二十〕、町や村だらけなのだ。パリの若い著者、ジャック・ド・ラクルテル〔一八八八―一九八五年。フランスの作家〕は最近はじめて、パリの秘められた諸地区、市区（アロンディスマン）の諸地方を探求することを、彼の夢想的な〔?〕遊歩のテーマとし、「パリの夢想家」〔一九二七年〕を書いたが、この二十ページの作品から私たちは多くのことを学ぶ。パリは、そのリヴィエラ海岸と砂浜のある南部をもっていて、そこではパリの〔?〕新建築が戯れている。そしてセーヌ河畔〔?〕に、ブルターニュの霧と雨に包まれた海岸をもっている。そして市庁舎から遠からぬところに、ブルゴーニュの市場の片隅をもっている。そしてトゥーロンとマルセイユの港湾地区のはなはだ悪名高い陋巷（ろうこう）をもっている。もちろんモンマルトルの丘のうえにではなく、その名も高きサン・ミシェル広場のすぐ裏に。他の場所もあって、その見かけは、あたかもある……の写真について〔中断〕　〈C°、6〉

＊以下、三行あとの「いわゆるヨーロッパ街区であり」までと似た箇所が、「パリ――鏡のなかの都市」のなかにある（『ベンヤミン・コレクション3』二三五ページ参照）。

そして、夕方の始まりを無駄にしたかどうか――時間の心臓部での人懐こい問いかけを伴って——ということが、パリの午後が幸せな、充実したものだったかどうかの試金石である。そうした午後は、たんにムーラン・ルージュ〔「赤い風車」の意。モンマルトルにあるミュージック・ホール〕の入口であるにはあまりにも素敵すぎる。私たちは、次回夜のパリを見てまわるために、夕食(ディネ)のあとではじめて〔判読不能〕をとることにしよう。〈C°、7〉

………………………………………………

シュルレアリスム——夢の波〔アラゴンのエッセイ（一九二四年）の題名〕——遊歩の新しい技法　十九世紀という新しい過去——パリはその古典的な場所。ここに流行(モード)が、女(ヴァイブ)と商品(ヴァーレ)とのあいだの弁証法的な反転の場（Umschlageplatz〔積み替え所〕）を開いた。流行の手代(てだい)、のっぽの不作法者である死〔死神〕は、世紀をエレ〔昔の長さの単位、五十から八十センチ〕で測り、節約のため自らマネキン人形をやり、「大売り出し」——フランス語では「革命(レヴオリユスイオン)」という——の指揮を自分でとる。そして、これらすべてを私たちが知ったのは、ようやく昨日になってである。私たちは空っぽになった帳場のなかを見、そして昨日あれがあった〔?〕ところには〔?〕……部屋。〈D°、1〉

流行とはつねに、女を使っての死〔死神〕の挑発以外の何物でもなかった。ここで流行は、死の勝利とともに終わった。死は、娼婦たちの武装(アルマトウーア)を、しだいにほの暗くなってゆく戦勝記念品〔本書四一一ページ参照〕として、新たなレーテー〔冥界の川〕の岸に寄進した。この川がアスファ

ルトの流れとしてパサージュを通っているのである。〈D°、2〉

そして、私たちがここで言うすべてのことのうち、何ひとつ現実には存在しなかった。これらすべては生きていたことはなかった。たしかに、骸骨がかつて生きていたわけでは決してなく、ひとりの人間だけが生きていたというのは真実ではある。しかし、たしかに〔中断〕〈D°、3〉

過ぎ去った、もはやないということが、諸事物のなかで情熱的に働いている。そのことに歴史家は彼のなすべき仕事を委ねる。彼はこの力をよりどころにし、諸事物を、それらが〈もはやないこと〉の一瞬間にとってそうであるとおりに認識する。ひとつの〈もはやないこと〉のそうした記念建造物が数々のパサージュである。そして、それらのなかで働いている力が弁証法である。弁証法はそれらをひっかきまわし、それらに革命をもたらし（revolutionieren〔語源的には「回転させる」「覆す」〕）、一番上のものを一番下にし、それらを贅沢な場所から〔判読不能〕にする――それらのありようのうちもはや何ひとつ残らなかったのだから。そして、それらのうち名以外の何物も存続しない。つまり数々のパサージュであり、そして、パサージュ・デュ・パノラマ（Passage du Panorama）〔実在するのは「パサージュ・デ・パノラマ（Passage des Panoramas）」〕である。これらの名の内奥には転覆が働いており、それゆえ私たちはひとつの世界を、もろもろの古い通りの名のなかに保持するのであり、そして夜中に通りの名を読むことは変身〔?〕に匹敵する。〈D°、4〉

流行（モード）（色とりどりの）屍体のパロディーとしての

流行、それは身体との、いや腐敗との対話。

近代は、中空の形に鋳造されている

室内としての通り／サロン／**弁証法的反転**

商品の最後の宿泊場所 〈D°、5〉

シュルレアリスム

消費の原風景／色彩

住民

内部空間

弁証法的反転（Umschlag）／パリの人形

室内／サロン

鏡／遠近法（パースペクティヴ）

劇場／ディオラマ＊

流行品店（マガザン・ド・ヌヴォテ）／パリ案内書

流行／時間

レーテー（近代的）

＊　本書一二一ページの訳注＊参照。

これらすべてが、私たちの目に映るパサージュである。そしてパサージュは昔、これらすべての何物でもなかった。パサージュは、そのなかにガス灯が、いや石油ランプが灯っていたあいだは、妖精の宮殿だった。だが私たちは、パサージュをその魔法の頂点において考えようとするとき、一八七〇年〔一八一七年の誤りか〕のパサージュ・デ・パノラマを思い描いてみる。そのときは、一方の側にはガス灯が下がっており、もう一方の側にはまだ石油ランプがちらついていたのだった。没落は電気照明とともに始まる。しかしそれは根本的には没落ではなく、正確に見れば反転だった。反乱者たちが何日ものあいだ謀議をめぐらしたのち、防備を固められていた広場を占領するように、商品は奇襲をもってパサージュの支配権を握った。いまやはじめて会

ディオラマによる風景の変化――昼と夜

社と数字の時代が到来した。もろもろのパサージュの内的な輝きは、電灯が点るとともに消え、それらのパサージュの名のなかに退散した。しかしいまやそれらの名は、在ったものの最も内奥の部分、苦いエッセンスだけを通すフィルターのごとくになった。〔現在を、在ったものの最も内奥のエッセンスとして蒸留するというこの素晴らしい力は、真の旅行者たち〔?〕にとって、名にその刺激的な、秘密に満ちた権力を与えるわけだ。〔 〕〕 〈D°、6〉

潜在的な〈神話（ミュトロギー）〉の最も重要な証明としての建築。そして十九世紀の最も重要な建築はパサージュである。――弁証法的に反転することの最良の例としての、夢から目覚める試み。この弁証法的技術の難しさ。 〈D°、7〉

オペラグラス商 〈E°、1〉

一八九三年に、娼婦（ココット）たちはパサージュから追放される 〈E°、2〉

パサージュのなかの音楽「魔術幻燈だよ！　珍しい出し物だよ！」と呼び声をあげながらテキ屋が通りを歩いてまわり、呼ばれると住居のなかへ上がって、そこで幻燈を上映した。最初のポスター展のはり紙（アフィシュ）には、特徴的なことに、魔術幻燈が描いてある。 〈E°、3〉

一八三九年における亀の流行。パサージュにおける遊歩のテンポ〔本書一五二ページおよび三二〇

パサージュ・デ・パノラマ、1810年頃

ページ以下参照〕 〈E°、4〉

流行品店（マガザン・ド・ヌヴオテ）の名（たいていは当たりをとった軽喜劇から）——侍女／巫女／移り気な小姓／鉄仮面／街路の角／魔法のランプ／赤ずきん〔フランスの作家ペローの童話から〕／少女ナネット／ドイツの藁ぶきの家／マムルーク〔ナポレオン一世の騎馬親衛隊士〕 〈E°、5〉

お菓子屋の看板が「ヴェルター」〔ゲーテの小説『若きヴェルターの悩み』（一七七四年）から〕の武器」屋。手袋屋が「もと若衆」屋 〈E°、6〉

オランピア〔キャピュシーヌ大通りに一八三九年に建てられた大きなミュージック・ホール〕——通りの延長。パサージュとの親近性。 〈E°、7〉

ミュゼ・グレヴァン〔パサージュ・ジュフロワの入口にある蠟（ろう）人形館〕——幻覚の小部屋（カビネ・デ・ミラージュ）〔鏡と照明により、いくつもつながった大広間のなかにいるような幻覚が生じる部屋〕。神殿・駅・パサージュ・市場——そこでは腐った（燐光を発する）肉が売られる——の結びつきの叙述。パサージュのなかのオペラ座。パサージュのなかのカタコンベ。 〈E°、8〉

一八五七年、パリで初めての電気街灯〔ルーヴル美術館のそば〕 〈E°、9〉

モーベール袋小路〔かつてのアンボワーズ小路〕の四番地と六番地に、一七五六年ごろ、毒薬を調合する女が、ふたりの助手の女といっしょに住んでいた。ある朝、三人全員が毒ガスを吸って死んでいるのが発見された。 〈E°、10〉

パサージュ・ド・ラ・レユニオンのなかにかつて中庭〔だった場所〕があり、十六世紀には悪童たちが参集。十九世紀初めあるいは十八世紀終わりに、ある商人がモスリンの店（卸売）をパサージュのなかに開く。　〈E°、11〉

ふたつの遊興場所、一七九九年――コーブレンツ（帰ってくる亡命者のため）[*1]とタンプル[*2]　〈E°、12〉

＊1　フランス革命時、亡命貴族が最も多く集合したのはドイツの町コーブレンツだった。総裁政府時代（一七九五―九九年）、パリに戻った者たちが集まった地区は「小コーブレンツ」と呼ばれた。

＊2　パリのタンプル地区には一七八一年、「ロトンド・デュ・タンプル」というアーケード商店街が開業し賑わっていた（パサージュの祖先のひとつといえる）。

ロンドンにあったゲオラマ（1851—62年）

一八三六年の『シャリヴァリ』紙〔フランスの諷刺新聞、一八三二年創刊、一八九三年廃刊〕に載っているある挿絵には、建物の前面壁の半分を超えるはり紙（アフィシュ）が描かれている。窓のところは空白になっているが、見たところ、ひとつ例外がある。というのも、そこからひとりの男が身を乗り出し、彼の邪魔になっているはり紙の部分を切りぬいて捨てているのである。　〈E°、13〉

〔ガス灯用の〕ガスははじめ、一日の必要分のための容器に

納められ、おしゃれな娯楽施設のなかに運ばれる。〈E°、14〉

ギャルリー・コルベールにおけるゲオラマ〔パノラマの一種で、地球全体を内部から見渡せる展示物〕としてのトゥルン（Thurn）〔?〕〈E°、15〉

フェリシアン・ダヴィッド〔一八一〇—七六年。フランスの作曲家で異国趣味の作品を書いた。サン＝シモン主義者〕作曲「砂漠」〔一八四四年〕（アラビア人の前で演奏された）、「クリストファー・コロンブス」〔一八四七年〕（パノラマ的音楽）〈E°、16〉

パサージュ・デュ・ポン＝ヌフ――ゾラの『テレーズ・ラカン』の冒頭すぐのところで描かれている（かつてのアンリ四世パサージュ〔?〕＊と同一〔（　）〕）〈E°、17〉

＊ アンリ四世パサージュ（現存しない）はパサージュ・デュ・ポン＝ヌフ（現存しない）とは別。

エリー・ナックムロン〔?〕（詳未）／いくつかのパサージュ――ボワ・ド・ブーローニュ（今日では　＊）、ケール〔カイロ〕、コメルス、グロス・テート、レユニオン〈E°、18〉

＊ 一九二五年に改装されてパサージュ・デュ・プラドとなった。

〔「〕冬、ランプのくすぶる暖かさで……」ポール・ド・コック〔一七九四—一八七一年。フランスの作家〕〔他〕『大都会』Ⅳ＊・〈E°、19〉

＊ 第一巻はコックの、第二巻はバルザック、デュマ（父）らの文章を収める。引用は第二巻（ベンヤミンが用いているのはおそらく一八四四年の再版）所収のデュマ「娘たち、娼婦たち、遊女たち」から。「くすぶる(フュムズ)」はベンヤミンの引用では「名高い(ファムズ)」となっているが、写し違いか。「Ⅳ」も正しくは「Ⅱ」

ギャルリー・ヴィヴィエンヌ

（第二巻）であろう。

ポール・ド・コック――賭博場の前に「火を使う出し物 numéros de feu」*　〈E°、20〉

＊　これも（コックではなく）デュマ（同前）から。de はベンヤミンの引用では du になっている。

パサージュ・ヴィヴィエンヌ（正しくはギャルリー・ヴィヴィエンヌ）――入口の彫刻は商業の諸アレゴリーを表現。中央部の中庭のひとつでは、台座のうえに古代のメルクリウス（ローマ神話で商売の神）のコピー　〈E°、21〉

ルイ十八世（一七五五―一八二四年。フランス国王（在位一八一四―一八二四年））治下の設立ブーム時代（グリュンダーヤーレ）*　〈E°、22〉

＊　ふつうは普仏戦争直後のドイツにおける会社設立ブーム時代を指すが、ここではフランスの王政復古時代における経済成長期のこと。この時代パサージュが数多く建設された。

ルイ＝フィリップは売春をパレ＝ロワイヤ

ルから追放し、賭博場を閉鎖する。〈E°、23〉

パノラマの設備——高みにあり、手すりで囲まれている展望台から、眼前の、そして眼下の平面をぐるりと見渡す。背景の絵は円筒状の壁に描かれており、おおよそ長さ百メートル、高さ二十メートルである。プレヴォー（偉大なパノラマ画家〔〕）の主なパノラマ——パリ、トゥーロン、ローマ、ナポリ、アムステルダム、ティルジット〔東プロイセンの町。ここで一八〇七年、フランス、プロイセン、ロシアの講和条約が結ばれた。現在はロシア領ソビエック〕、ヴァーグラム〔オーストリアの村。ここで一八〇九年ナポレオンがオーストリア軍を破った〕、カレー、アントワープ、ロンドン、フィレンツェ、エルサレム、アテネ。彼の弟子のひとりにダゲールがいる。〈E°、24〉

悪名高い〈ミラクル袋小路〉のなかのパサージュ・デュ・ケールの位置＊（ユゴー『ノートル・ダム・ド・パリ』〔長篇小説、一八三一年〕参照）それがミラクル〔奇跡〕袋小路と呼ばれたのは、乞食たちが、同業組合の住所としてそこに到着すると、仮病を使うのをさっさと止めたからである。〈E°、25〉

＊『パサージュ論』断片番号A3a, 6には、かつてのミラクル袋小路のとなりにある、とある。

一七九〇年二月十二日〔正しくは十九日〕、ファヴラス侯爵〔一七四四―九〇年。フランスの軍人。国王一家を逃亡させることを計画し逮捕された〕の処刑（反革命の陰謀のかどで。）グレーヴ広場と絞首台（Galgen）〔原文にはGelfenとある〕には提灯が吊り下げられた。〈E°、26〉

ストラスブールのピアノ製造業者シュミット〔一七六八―一八二一年。ドイツのヘッセン地方に生まれフランスに移住。一七九二年最初のギロチンを製作〕な

る人が、最初のギロチンを作った　〈E°、27〉

十四区（アロンディスマン）のゲオラマ。フランスの自然の小さな模造　〈E°、28〉

パサージュ・ヴィヴィエンヌは、パサージュ・デ・パノラマとは対照的に、「質実な」パサージュである。前者には贅沢品店はない。パサージュ・デ・パノラマの店。レストラン〈ヴェロン〉、〈侯爵（マルキ）〉〔ティールーム〕、貸本屋、楽譜屋、カリカチュア屋、ヴァリエテ座〔何軒もの仕立屋や、ブーツ屋や、手芸材料店や、酒屋や、メリヤス商〕　〈E°、29〉

ミュゼ・グレヴァンにあるオペラ座舞台の遠近法（パースペクティヴ）（パサージュ・ド・ロペラに関して、『オペラ座の怪人』〔ルルーの長篇小説、一九〇九―一〇年〕と比較すること）。　〈E°、30〉

パサージュ・ヴェロ＝ドダの（カリカチュア屋？）オベール〔事実、諷刺的な石版画を売る店である〕。大理石の舗装！　〈E°、31〉

石工国王――ルイ＝フィリップのあだ名〔諷刺画家フィリポンは、ルイ＝フィリップを石工――七月革命の跡を塗りこめようとする――に見立てる絵を描いた〕　〈E°、32〉

一八六三年にジャック・ファビアン〔未詳〕は『夢のなかのパリ』〔エッセイ〕を出版する。そのなかで彼は、電気が、光の過剰によって度重なる失明を生み出し、そしてニュース配信のテンポによって狂気を生み出すさまを詳述する。　〈E°、33〉

宝石屋の名は、人工宝石で模造されたものを使って、店の〔入口の〕うえに　〈E°、34〉

ブティック〔小規模な店〕からマガザン〔在庫倉庫のある店〕への移行。商人は一週間分の在庫品

を仕入れ、中二階も使う。〈E°、35〉

一八二〇年ごろの大流行――カシミア〈E°、36〉

魔術幻燈の起源。発明者アタナージウス・キルヒャー（一六〇一―八〇年。ドイツ出身の学者）〈E°、37〉

一七五七年にはパリにカフェが三つしかなかった〈E°、38〉

『ショセ＝ダンタン通りの隠者』第一巻（パリ、一八一三年）[*]の口絵を調査〈E°、39〉

＊ フランスの作家ド・ジュイ（一七六四―一八四六年）の風俗観察記（一八一二―一四年）。第一巻の一八一三年版の口絵には、書斎に座る著者、そして壁に映るパリの街路の情景が描かれている。

「神は讃えられてあれ、そしてわが商店の数々も」とルイ＝フィリップが言ったことになっている。〈E°、40〉

ラシェル（一八二〇―五八年。フランスの女優）はパサージュ・ヴェロ＝ドダに住んでいた〈E°、41〉

フランシアード通り八十四番地、「パサージュ・デュ・デジール〔欲望のパサージュ〕」は昔日、ある艶っぽい場所に通じていた〔この文フランス語〕〈E°、42〉

パサージュ・デ・パノラマのパノラマ館は一八三一年に閉鎖された〈E°、43〉

グツコウ（一八一一―七八年。ドイツの作家、ジャーナリスト）の報告によれば、博覧会場はオリエント風の情景でいっぱいで、これらはアルジェに対する熱狂をかきたてようとするものである。〈E°、44〉

パサージュ論に関する質問メモ

毛長ビロードはルイ＝フィリップの治下ではじめて広まるのか？〈E°、45〉

「Schubladenstück〔引き出し劇〕」とは何か（グッコウ『パリからの手紙』第一部、八四ページ）――（〔フランスの〕pièce à tiroirs〔引き出し劇〕のことか？）〈E°、46〉
* たんすの引き出しのように、密接な関連のないいくつものエピソードから構成されている戯曲。

流行の交替は昔、どれほどのテンポで生じたか？〈E°、47〉

「〔街路の〕ガス灯（ベック・ド・ガーズ）」の〔乞食や浮浪者や泥棒仲間の〕隠語としての意味〔「警官」〕を調べること、そしてそれは何に由来するか？〈E°、48〉

鏡の製造について文献に当たってみること〈E°、49〉

通りに、それ自体とは無関係な、有名人などを記念するための名をつけるという習慣はいつ生まれるのか？〈E°、50〉

パサージュとシテ〔都市、シティ〕との違い？〈E°、51〉

鉄骨建築、工場建築の技術、等々についての初期の著作？〈E°、52〉

アストラルランプ〔灯下に影ができない仕組みの石油ランプ〕とは何か？　一八〇九年にボルダン＝マレル〔判読困難、正しくはボルディエ＝マルセ（一七六八―一八三五年。スイスの技術者）〕によって発明された〈E°、53〉

ヴァランス（生没年未詳。イギリスの発明家。一八二〇年代、管のなかで客をのせたカプセルが送られる鉄道を試作）の大気圧鉄道とは何か？〈E°、54〉

クルヴェル（一九〇〇―三五年。フランスの作家。シュルレアリスム運動の最初のメンバー。のち共産党に加入）の著作〔「理性に抗する精神」一九二七年〕におけるアポリネールの引用はどこから？〈E°、55〉

二枚の鏡を向かい合わせに置いて互いを覗き込ませるというピカビア（一八七九—一九五三年。フランスの画家）の提案はどこから取られているのか？ 同じくクルヴェルの著作に引用されている。鏡に関する節のモットーとして 〈E°、56〉

カルセル灯の構造についての情報——ぜんまい仕掛けによって油が、上にある芯に送られた。それにたいしアルガン灯（ケンケ灯）では油が、上にある容器から芯へ滴るようになっていて、そのために影が生じた。 〈E°、57〉

シャルル・ノディエ（一七八〇—一八四四年。フランスの作家）はガス照明反対の意見をどこに書いているか？〔ノディエ／ピショ共著『水素ガス・各種人工照明批判論』一八二三年〕 〈E°、58〉

「プシシエ」〔ギリシア神話の美少女プシュケに由来し、「角度を自由に変えられる姿見」「精神現象」などの意〕とは何か？ 〈E°、59〉

………………………………

いくつもの市場からなる街。夕陽に照らされたリガは、川の反対側から見るとそんな風に、在庫倉庫として現われる。五色の雲が海の上方に蝟集するとき、中国の伝説はいう——神さまたちが市場を開くために集まってくる。それはHai-thiもしくは海市場と呼ばれている。 〈F°、1〉

パサージュと、かつて人びとが自転車に乗る練習をした屋根付きホールとの比較。こうしたホールで女はきわめて誘惑的な姿をとった。つまり自転車に乗る女性として。当時のポスターに自転車に乗る女性はそんな風に描かれている。こうした女性美の画家としてのシェレ（一八三六—一九三二年。フランスの画家。とくに女性を描いたポスターで非常な人気を博した）。〈F°、2〉

パサージュのなかの音楽。それは、パサージュの没落とともにはじめてこれらの空間に棲みついたように思われる。すなわち、機械による音楽の時代になってはじめて、それと同時にということである。（蓄音機。〈テアトロフォン〉〔一八八一年に公開された、オペラ座や劇場の音を電話によってステレオで送る装置〕はいわばその先駆。）とはいえ、パサージュの精神における音楽が存在した。パノラマ的な音楽である。そういうものはいまや、古臭い上品さをもったコンサート、たとえばモンテ＝カルロの保養地オーケストラによるコンサートでしか、もはや耳にすることができない——ダヴィッドのパノラマ的な曲（「砂漠」「ヘルクラネウム」〔一八五九年〕）　〈F°、3〉

シェレ「ハンバー自転車」1895年

シュルレアリスムの九人〔以下では十人挙げられている〕の詩神（ミューズ）——ルナ（ローマ神話の月の女神）、クレオ・ド・メロード（一八七五—一九六六年。フランスのダンサー。美貌で知られ、多くの画家や写真家のモデルになった）、ケイト・グリーナウェイ（一八四六―一九〇一年。イギリスの挿絵画家、絵本作家）、モルス（ローマ神話の死神）、フリーデリーケ・ケンプナー（一八二八―一九〇四年。ドイツの作家、社会活動家）、ベイビー・カダム（カダムはフランスの石鹸メーカー、赤ちゃんの絵の広告で有名）、ヘッダ・ガブラー（イプセンの同名の戯曲（一八九〇年）の主人公）、リビード（フロイトの用語）、アンゲーリカ・カウフマン（一七四一―一八〇七年。スイス生まれのオーストリアの画家）、ゲシュヴィッツ伯爵令嬢（ヴェーデキントの戯曲『地霊』（一八九五年）および『パンドラの箱』（一九〇四年）の登場人物）

絵草紙に描かれている戦場の煙のなかには、霊たち（千一夜物語の）がそこから立ち登ってくる煙がある。〈F°、5〉

弁証法のまったく比類なき経験というものがある。強制的な、ドラスティックな経験——生成のあらゆる〈しだいしだいに〉を論駁（ろんばく）し、あらゆる見かけ上の〈発展〉を、見事な、初めから終わりまで作曲〔構成〕された弁証法的反転であると証明する経験とは、夢からの目覚めである。この魔術的出来事の根柢にある弁証法的図式化傾向に、中国人は彼らの民話（メールヒエン）・奇譚文学（ノヴェレ）において、きわめてラディカルな表現を与えることができた。そしてこれとともに私たちは、歴史記述の新しい方法、弁証法的な方法を提示する。すなわち、夢の強度（インテンズィテート）〔内的集中性〕をもって、在ったものを初めから終わりまで味わいつくす〔くぐり抜ける〕ことであり、その目的は、現在を、その夢が関わる覚醒世界として経験することである！（そしてあらゆる夢は、覚醒世界に関わる。昔のもの**すべて**は、歴史的に浸透されなければならない。）〈F°、6〉

目覚め——個々人の生においても世代の生においても貫徹される段階的過程として。眠りは世代の第一期。ある世代の青春の経験は、夢の経験と多くの共通点をもつ。その青春経験の歴史的形態は、夢の形態である。どの時代もこうした、夢に向けられた面、子供の面をもっている。前〔十九〕世紀にとってそれはパサージュである。しかし、昔の世代の教育が、伝統すなわち宗教的教示において、彼らにそれらの夢を解き明かしてやったのにたいし、今日の教育はあっさりと、子供の〈気散じ（ツェアシュトロイウング）〔気晴らし、娯楽〕〉という結果に終わる。本稿で以下に提出されるのは、目覚めの技術に関する試みである。想起（アインゲデンケン）＊という弁証法的、コペルニクス的転回行為（ヴェンドゥング）（〔エルンスト・〕ブロッホ（一八八五―一九七七年。ドイツの哲学者。ベンヤミンの友人））。〈F°、7〉

＊　想起（アインゲデンケン）という（ふつうのドイツ語では使われない）単語はブロッホ『ユートピアの精神』（初版一九一八年）にある。ベンヤミンはこの言葉を「プルーストのイメージについて」「物語作者」（以上『ベンヤミン・コレクション2』所収）「ボードレールにおけるいくつかのモティーフについて」（本書所収）「歴史の概念について」（『ベンヤミン・コレクション1』所収）などでも用いている。

退屈と埃（ほこり）。夢は裏返すことのできない外套。外側は灰色の退屈（眠りの）。ミュゼ・グレヴァンの埃をかぶった人形たちの睡眠状態、すなわち催眠術をかけられた状態。眠っている人を蠟で表現するのは難しい。退屈はつねに、意識されない出来事の外面である。だから退屈が大いなるダンディたちに上品と思われることがありえた。そう、まさに〔?〕ダンディは新しい服を軽蔑するように。ダンディが着るものは、少し着古されているように見えねばならない。もろもろの〈魂〉が私たちの前に現われるとする夢理論に反論して、要点が脱落する世界。そうした世界はど

のようなものか？ 〈F°、8〉

パサージュ――外面をもたない建物、通路。夢と同様に。 〈F°、9〉

詩神(ムーサ)たちのカタログ――ルナ、ゲシュヴィッツ伯爵令嬢、ケイト・グリーナウェイ、モルス、クレオ・ド・メロード、ドゥルシネア（セルバンテス『ドン・キホーテ』一六〇五―一五年、の登場人物）〔（〕変種としてはヘッダ・ガブラー〔）〕、リビード、ベイビー・カダム、フリーデリーケ・ケンプナー 〈F°、10〉

そして退屈は、高級娼婦(クルティザーネ)が死〔死神〕をからかっている背後にある格子細工だ。 〈F°、11〉

つまるところ、哲学のふたつのやり方、そして思考を書き記すふたつの種類がある。ひとつは、思考をページという雪のうえに、あるいはこう言ってほしければ、ページという粘土のなかに、蒔(ま)くことであり、サトゥルヌス（Saturn〔土星〕）は、それらの思考の発展について観想するための、さらに、それらの花、つまり意味を、そしてそれらの果実、つまり言語表現を収穫するための、読者である。* もうひとつは、思考を立派に埋葬し、そしてそれらの墓穴のうえに墓石として、イメージを、メタファーを、冷たく不毛な大理石を建立すること。〔Saturn 以外は全文フランス語〕 〈F°、12〉

＊「サトゥルヌス〔ローマ神話の農耕の神／土星〕」と「観想」に関しては、『ドイツ悲劇の根源 上』三三〇ページ以下参照。

大都市の最も隠れた様相――画一的な通り、はてしない建物の列からなる新しい大都市という、この歴史的存在は、古人たちが夢見た建築すなわち迷宮を実現した。群衆の人〔ポー「群衆の人」〕。

大都市を迷宮にする欲動(トリーブ)。パサージュの屋根つき通路による完成。〈F°、13〉

遠近法(パースペクティヴ)——絹のかわりの〔?〕毛長ビロード。ルイ＝フィリップ時代の布地としての毛長ビロード[*]〈F°、14〉

＊『パサージュ論』断片番号E1, 7には「窒息した遠近法は眼にとっての毛長ビロードである」とある。

自分撮り写真と、死にゆく者の眼前に生きられた人生が繰り広げられること。追想(エアインネルング)のふたつの種類(プルースト)〔『失われた時を求めて』における意志的記憶と無意志的記憶、本書二五三―二五四ページ以下参照〕この種の追想と、夢とのあいだの親和性〈F°、15〉

ヘーゲルの即自―対自―即自かつ対自。弁証法のこの階梯は、現象学〔ヘーゲル『精神現象学』一八〇七年〕においては、意識―自己意識―理性となる。〈F°、16〉

「パサージュ」という言葉のなかの音階〈F°、17〉

「にわか雨はたくさんのアヴァンチュールを生んだ」〔コック「オレンジの雨」、『大都会』第一巻所収〕。雨の魔術的な力の減少。レインコート〈F°、18〉

近代(ノイツァイト)の大都市が迷宮という古代の着想から作りだしたもの。大都市は、通りに名をつけることによって、迷宮を言語の領域のなかへと高めた——道路網から大都市が〔判読不能〕命名された〔判読不能〕言語の内部で〔判読不能〕〈F°、19〉

かつてはきわめて少数の言葉——言葉たちのうちの特権階級、つまり名たち——だけが近づくことのできたものを、都市はすべての言葉に、あるいは、多くの言葉に、可能にしてやった。すなわち、名という貴族身分のなかへと高められること。そして、言語におけるこの最大の革命は、卑近きわまるもの、すなわち通りによって遂行された。そして、都市のなかのあらゆる名が、ぶつかり合っても互いに影響〔?〕を及ぼすことがない、という点に、ひとつの強力な秩序が出現している。それどころか、偉人の、あまりにも使われすぎた、半ばもう概念になった名ですら、ここではもう一度フィルターを通過し、絶対性を取り戻す。都市は通りに名をつけることによって、ひとつの言語的宇宙（コスモス）の写像となっている。〈F°、20〉

ふたつの異なる通りの**名**が出会うことによってはじめて、〈街角〉の魔術が生じる。〈F°、21〉

通りの名が垂直方向に表記されているもの（いつ？〔判読不能〕の本？ いずれにせよドイツの本）。文字の侵入について。〈F°、22〉

『大都会』、『パリの悪魔』、『フランス人の自画像』といった書物の構造は、ステレオスコープやパノラマなどに対応して現われた、文学上の形式である。〈F°、23〉

真なるものは窓をもたない*。真なるものは、いかなるところでも外の宇宙を見るということはない。そしてパノラマへの関心は、真の都市を見ることにほかならない。〈瓶のなかの都市〉――建物のなかの都市。**窓のない**建物のなかに立っているもの、それが真なるものである。そうした窓のない建物のひとつが劇場である。劇場の永遠の快楽はそこから来ている。また、窓のない円形建築、パノラマの快楽もそこから来ている。劇場内では、

国立図書館（パリ）閲覧室

開演後は扉が閉められたままである。パサージュのなかの通行人は、いわばパノラマの住人である。この建物の窓は、彼らに向かって開かれる。彼らは窓のなかから観察されるが、しかし自分で中を覗くことはできない。

〈F°、24〉

＊　哲学者ライプニッツの「モナドは窓をもたない」という考え方を踏まえている。ベンヤミンは『ドイツ悲劇の根源』および「歴史の概念について」においてモナド論を取り入れている。

〔パリの〕国立図書館（ビブリオテク・ナシオナル）のなかに描かれている葉叢（はむら）。この仕事は……成立した。

〈F°、25〉

流行品店（マガザン・ド・ヌヴオテ）のドラマめいた看板とともに、「芸術が商人に奉仕」〔『パサージュ論』断片番号 A1a, 9 のなかではベンヤミン自身の表現。本書一一ページおよび四六ページも参照〕することになる。 〈F°、26〉

ペルシャ風の流行は、「在庫倉庫（マガツィーン）〔大型ストア〕」への熱狂において現われる。 〈F°、27〉

地下鉄（メトロ）の丸天井のなかでの、通りの名の運命。 〈F°、28〉

通りに名をつけることにおける独特な恍惚について。ジャン・ブリュネ『メシアニズム、一般的組織（パリ――その一般的構成、第一部）』パリ、（一八五八年）「セネガル通り」「アフリカ広場」この機会にモロッコ広場について若干　この本のなかでは記念碑も構想される。 〈F°、29〉

もろもろの名からなる冥界（ハーデース）への入口としての赤い灯。地下鉄（メトロ）における名と迷宮の結びつき 〈F°、30〉

ダナエ〔ギリシア神話に登場する女性。黄金の雨となってやって来たゼウスと交わった。〕としての現金出納係の女性 〈F°、31〉

通りの名がもつ真の〈表現としての性格〉が認識できるのは、通りの名を、規格化するための改革の提案と比較してみるときである。 〈F°、32〉

パルム〔イタリアのパルマ〕通りおよびバック〔渡し場〕通りに関するプルーストの発言〔『失われた時を求めて』第三篇『ゲルマントのほう』Ⅱ、第二章〕 〈F°、33〉

ベルクソンは『物質と記憶』の最後で、知覚は時間のひとつの関数であるという考えを展開している。こう言ってよかろう――もしも私たちが、もっと落ち着いて、別のリズムで生きるなら、私たちにとって「存続しているもの」など何もないだろう。すべては私たちの眼前で起こり、すべては私たちの身にふりかかってくるだろう。だが、これはまさに夢のなかでのありようなのだ。パサージュを根本から理解するために、私たちはそれらを夢の最深層に沈め、それらについて、あたかも私たちの身にふりかかってきたかのように語る。蒐集家が事物を観察する仕方もまったく同様である。偉大な蒐集家の身に、事物はふりかかってくる。彼がどのようにそれらを待ち伏せし、それらに出会うか、蒐集に新しく付け加わった物が、それまで集められた物すべてにどのような変化を引き起こすか、こうしたすべてが彼に、彼のすることなすことは絶えざる流れのなかに溶けているのを教える――現実のものが夢のなかに溶けているように。〈F°、34〉

おおよそ一八七〇年までは馬車が主流である。足で遊歩するのは主としてパサージュのなかであった。〈F°、35〉

夢のなかでの知覚のリズム――三匹のトロル〔北欧神話の魔物〕の話〈F°、36〉

「グランジュ＝バトリエール通りは特にほこりっぽいということ、レオミュール通りを歩くと恐ろしく汚れるということを彼は説明する」。アラゴン『パリの農夫』八八ページ〈G°、1〉

「旅籠(はたご)屋の壁を被うきわめて粗悪な壁紙が、壮麗な透視画(ディオラマ)さながら、奥行きをもって引っ込むだろう」。ボードレール『人工天国』七二ページ〈G°、2〉

アレゴリーについてのボードレールの発言（非常に重要！）『人工天国』七三ページ〈G°、3〉

「私には幾度もこんなことが起こった――眼前を通りすぎるある種のささいな出来事を捉えて、それらにある独特な相貌を発見し、そのなかにこの時代の精神を見てとっては喜んだ。『このことは』と心のうちで言ったものだ、『今日起こるべくして起こったのであり、昔にはありえなかった。これは時代のしるしなのだ』。ところが、十回に九回は、それと同じ出来事が似たような状況で起こるのを、昔の回想録あるいは古い物語のなかに発見した」。A・フランス『エピクロスの園』〔一八九四年〕一一三ページ　〈G°、4〉

遊歩者という人物像。彼はハシッシュ飲用者に似ており、後者と同様、空間を己れのなかに取り入れる。ハシッシュの陶酔のなかで、空間はまばたきしながら私たちを見つめはじめる――「さて、私のなかにいったいどれほどのことが起こったのだろうか」。そしてこの同じ問いをもって、空間は遊歩者に近づく。ここパリにおいてほど、遊歩者がこの問いにはっきりと答えられる都市はない。というのも、パリほど多く記述された都市はないし、他の場所ですべての国の歴史について知られているよりも多くのことが、ここでは街並みについて知られているのだ。〈G°、5〉

死と流行（モード）　リルケ〔一八七五―一九二六年。プラハ生まれのオーストリアの詩人〕、『ドゥイノの悲歌』〔一九二三年〕のなかの箇所〔第五の悲歌〕。〈G°、6〉

ユーゲント様式〔本書二九ページの注＊1参照〕で特徴的なのは全身像のポスターである。ユーゲント様式が続いているあいだ、人間は巨大な銀色の鏡面を、もろもろの事物に恵ん

でやることはなく、それを完全に自分自身のために要求した。〈G°、7〉

〈近代的なもの(モデルン)〉の定義――いつもすでに在ったものとの関連における新しいもの。〈G°、8〉

「工夫に長(た)けたパリの女性は……自分たちの流行(モード)〔ファッション〕をより容易に広めるため、自分たちが新たに創ったものの特に目立つ模造品、つまり流行(モード)人形を活用した。……こうした人形は、十七世紀および十八世紀にはまだ大きな役割を演じていたが、流行(モード)の写し絵としての活動を終えると、女の子に遊び道具として与えられた」。カール・グレーバー『昔の子供のおもちゃ』ベルリン、一九二八年、三一／三二ページ〈G°、9〉

何百年もの移り変わりにおける遠近法(パースペクティヴ)。バロックの回廊(ガレリー)。十八世紀の覗きからくり〔箱を覗くと町の風景などが立体的に見えるおもちゃ〕の絵。〈G°、10〉

バルザックの『ゴリオ爺さん』〔一八三五年〕の冒頭における、「ラマ rama」〔ディオラマから〕を用いた洒落(しゃれ)〔バルザックは「ドラム drame〔ドラマ〕」「ドラマティック dramatique」などの言葉に関して述べており、ディオラマには言及していない〕〈G°、11〉

リュッケルト〔リュッケルト（一七八八―一八六六年。ドイツの詩人、東洋学者）のことか〕――小規模な原始林〈G°、12〉

これまで狂気だけがはびこっている諸地域を耕作可能にすること。理性の研ぎ澄まされた斧をもって、そして原始林の奥から誘惑する恐しいものに捉えられないよう、右も左も見ないで突き進むこと。だが、あらゆる土地は、一度理性によって混ぜ合わされなければならず、狂気と神話の藪(やぶ)をきれいに取り除かれねばならなかった。このことがここ〔パサージュ論〕で十九世紀という

土地に対して行なわれねばならない。〈G°、13〉

夢見る者が己れの身体の諸領域を通って行なう小世界(ミクロコスモス)の旅。というのも、夢見る者の状態は狂人のそれと同様だからである——己れの身体の内部からのもろもろのざわめきは、健康な人の場合、調和しあって健康という海のどよめきとなり、それをよもや聞き逃すなどということがなければ、健康な眠りをもたらしてくれるが、そうしたざわめきが、夢見る者においては、ばらばらに分離する。血圧、内臓の動き、心拍、筋肉の感覚が、夢見る者にはひとつひとつ知覚できるものとなり、説明を求めるが、そうした説明を妄想や幻像(トラウムビルト)〔夢イメージ〕が提供する。このような鋭くなった受容能力をもっているのが、〔十九世紀の〕夢見る集団であって、彼らは、己れの身体の内部としてのパサージュに沈潜する。私たちは、こうした集団について追究しなければならない。十九世紀を、彼らの夢のヴィジョンとして解き明かすために。〈G°、14〉

国立図書館(ビブリオテク・ナシオナル)の柱頭渦巻き部に描かれている葉叢(はむら)のなかのさやぎ——この音をたてているのは、めくられる本のページである。ここで絶え間なく繰られているたくさんのページの。〈G°、15〉

荒野の風景、すべてはつねに新しく、つねに同一の風景でありつづける（カフカ『訴訟』〔一九二五年〕）* 〈G°、16〉

* 題名は『審判』と訳されることが多い。主人公のヨーゼフ・Kに、ある画家が、荒野の風景を描いた何枚もの、しかも寸分違わない絵を見せ、Kがそれらを買いとる場面がある（第七章）。

近代的(モデルン)なもの、地獄の時間。地獄のもろもろの罰はそのつど、この地域に存在する最も新しいものである。問題は、「繰り返し同一のことが」起こるということではなくて（まして（ア・フォルティオリ）や、ここでは永劫回帰は話題にならない）、世界の顔貌が、巨大な頭（こうべ）が、まさに最も新しいものであるものにおいて、決して変化しないということ、この「最も新しいもの」があらゆる部分において、つねに同じものでありつづけるということなのである。これが、地獄の永遠性と、サディストの革新欲とを構成する。この「近代的なもの」がはっきり打ち出されている諸特徴の全体を規定することが、地獄を描写することにほかならない。〈G°、17〉

ユーゲント様式について――ペラダン〔一八五八―一九一八年。フランスの世紀末文学を代表する作家のひとり〕〈G°、18〉

ミユリオラマ〔パノラマの改良版で、分割された画面の組み合わせにより、無数の風景が生じる〕の視覚的（オプティク）印象が、近代的（モデルン）なもの、最新のものの時間と、いかなる関係にあるかについての慎重な研究。両者が基本座標としてこの世界に割り当てられているのは確かだ。これは厳密な非連続性の世界であって、繰り返し新しいものは、残っている古いものでもなければ、回帰してくるかつて在ったものでもなく、無数の間歇（かんけつ）的なものに横断される一にして同一のものである。（賭博者はそのように間歇的なもののうちで生きる。）間歇的なものによって、あらゆるまなざしは空間のなかで、新しい状況布置に出会うことになる。間歇性は、映画の時間の尺度である。そして、ここから明らかになること――地獄の時間と、バロック論の「根源」の章〔『ドイツ悲劇の根源 上』五八ページ以下〕。〈G°、19〉

すべての真なる洞察は渦を形成する。早めに、回転する流れの方向に逆らって泳ぐ　芸

術におけるのと同様、決定的なのは、自然を逆撫ですることである。〈G°、20〉

幾重ものフリルのついたクリノリン〔本書七四ページ参照〕の遠近法的性格。かつてはその下に少なくとも六枚のペチコートを穿いた。〈G°、21〉

ワイルド（一八五四―一九〇〇年。イギリスの作家）のサロメ（『サロメ』一八九三年）――ユーゲント様式――初めて紙巻たばこ。レーテーはユーゲント様式のもろもろの装飾のなかを流れる。〈G°、22〉

「トラガント〔?〕でできた人形」* 人形に関するリルケの文章（「人形」一九一四年）〈G°、23〉

* オッフェンバックのオペラ『ホフマン物語』（一八八〇年）に登場する自動人形オランピアは、ドイツ語版台本では「トラガント〔小麦粉、水、接着剤を混ぜた固まり〕でできた人形」と呼ばれている。

油絵にはめるガラス――十九世紀になって初めて？ 〈G°、24〉

合図の生理学。神々の合図（ハインレの遺稿についての解説参照*）。郵便馬車からの合図、速足で駆ける馬たちの有機的なリズムで。発車する列車からの無意味な、絶望した、刺すような合図。その合図は駅のなかへ迷い込んだ。それに対し、走る列車に乗って通り過ぎる見知らぬ人びとへの合図。これは特に子供たちに見られる。そのとき子供たちが合図を送る相手は、一言も発しない、見知らぬ、もう二度と会わない人びとというかたちでの天使なのである。（ただし子供たちは、走る列車にも合図する。）〈G°、25〉

* ベンヤミンは自殺した友人ハインレ（一八九四―一九一四年。ドイツの詩人）が遺した詩作品を出版することを企て、解説を書こうとしていたが、完成できなかったらしく、草稿も残っていない。

駅におけるオルペウス（ギリシア神話の英雄）、エウリュディケー（オルペウスの妻）、ヘルメース（ギリシア神話の神）。オルペウスは残る者。エウリュディケーはあまたのキスのしたに〔?〕。ヘルメースは信号円板をもった駅長。これはひとつの新擬古典主義的モティーフ。コクトー（一八八九―一九六三年。フランスの詩人、作家。戯曲『オルフェ（オルペウス）』（一九二六年）がある）、ストラヴィンスキー（一八八二―一九七一年。ロシアの作曲家）、ピカソ（一八八一―一九七三年。スペイン生まれの画家）、キリコなどの新擬古典主義に関しては以下のような事情がある。つまり、目覚めの移行空間――私たちは今そこに生きている――は、好んで神々によって通過される。こうした神々による空間の通過は、一瞬ひらめくように理解されるべきである。そしてまたその際には、特定の神々を想定せねばならない。とりわけ、男性の神としてのヘルメースを。〔十八世紀末から十九世紀初頭の〕人文主義的な擬古典主義においてはあれほど重要であったムーサ〔ミューズ〕たちが、新擬古典主義においてはなんの意味ももたないのは特徴的である。ところで、プルーストにおける多くのことも新擬古典主義の諸連関に属する。すなわち神々の名である。そしてまた、プルーストにおけるホモセクシュアリティの意義も、ここからのみ捉えることができる。より一般的には、愛における男性的なものと女性的なものの相違の平準化の進展が、この空間に属する。しかしとりわけプルーストにおいて重要なのは、生の高度に弁証法的な破断面すなわち目覚めへと、作品全体を傾注することである。プルーストは、目覚めつつある人の空間を描くことから作品〔『失われた時を求めて』〕を始める。――新擬古典主義が基本的に失敗している点は、列をなして通りすぎる神々のために

新擬古典主義が建てる建築が、神々の出現の根本諸関係を否定していることである。〈悪しき、反動的な建築。〉 〈G°、26〉

精神分析の暗黙の前提のひとつはこうである。眠りと覚醒とを真っ向から対立させるのは人間に関して、あるいは一般に意識の日常経験的な諸印象に関して妥当性がなく、それよりも意識の諸状態――それらはどれも、あらゆる精神的・身体的中枢の覚醒の度合いに規定される――の限りないヴァラエティのほうが重要なのだ、ということである。覚醒と眠りのあいだでつねに多様に分割されている意識の、こうした徹頭徹尾流動的な状態を、個人から集団へと翻訳してみるべきである。そうすれば十九世紀に関して次のことが明白になる。家屋は、十九世紀の最も深くまどろんでいる層の夢形象(トラウムゲビルデ)〈夢心像〉なのだ。 〈G°、27〉

…………

十九世紀のあらゆる集団建築は、夢見る集団の家を提供する。 〈H°、1〉

別れの〈駅-夢世界〉〈感傷性〉 〈H°、2〉

さまざまな建築上の小箱(カプセル)を、夢の家の形象(トラウムハウスゲビルデ)へたえず分類すること 〈H°、3〉

海中的なものとしての大気圏 〈H°、4〉

女のまわりに、言い寄る男たちが作る長い列。求婚者たちからなる引き裾。 〈H°、5〉

「仮面の精神(エスプリ・ド・マスク)」――この言い回しはいつ広まったのか。 〈H°、6〉

鉄でできていたパリの市場ホールが一八四二年に倒壊したこと 〈H°、7〉

ヴィエルス「早まった埋葬」1854年

ヴィエルス「小説を読む女性」1853年

デヌリー〔一八一一—九九年。フランスの劇作家〕作〔以下すべて戯曲〕『カスパル・ハウザー』〔一八三八年〕、『ネー元帥』〔一八四八年〕、『ラ・ペルーズの難破』〔一八五九年〕。『マルティニックの地震』〔一八四三年〕、『パリのボヘミアンたち』〔一八四三年〕 〈H°、8〉

ルイ＝フランソワ・クレールヴィル〔一八一一—七九年。フランスの劇作家〕作〔以下すべて戯曲〕『悪魔の七つの城』〔一八四四年〕、『病んだじゃがいも』〔一八四五年〕、『ロトマーゴ』〔一八六二年〕、『シンデレラ』〔一八六六年〕 〈H°、9〉

〔アンヌ＝オノレ〕デュヴェリエ〔一七八七—一八六五年。フランスの劇作家。筆名メレスヴィル。作家シャルル・デュヴェリエの兄〕 〈H°、10〉

ダルトワ〔フランソワ＝ヴィクトール＝アルマン〔一七八八—一八六七年〕、ルイ＝アルマン＝テオドール〔一七八六—一八四五年〕およびアシル〔一七九一—一八六八年〕の三兄弟で、フランスの劇作家〕 〈H°、11〉

描かれるものが、購買者と蒐集家の関心にしたがって基本的に〔?〕分化することの基準としての専門性。風俗画を理解するための歴史的・唯物論的な鍵がここにある。 〈H°、12〉

パサージュの画家ヴィエルス——「早まった埋葬」「自殺」「焼け死んだ子ども」「小説を読む女性」「空腹、狂気、犯罪」「首をはねられた男の考えと幻想」〔正確には「はねられた首の考えと幻想」〕「ゴルゴタの灯台」「死後の一秒間」「人間の力は限界を知らない」「最後の大砲」——〔この最後の絵のなかには、獲得された平和を告知するものとして、飛行船と天上の蒸気自動車！〔〕〕ヴィエルスにおける「幻像〔トウルークビルダー〕〔幻覚、だまし絵〕」。「光の勝利」という絵のしたには「巨大な寸法で描かれねばならない」とある。ある同時代の声は、ヴィエルスにたとえば「鉄道の館〔駅〕」〔本書四〇一ページ参照〕の壁画を描く仕事が与えられなかったことを残念がっている。

サロン〔客間〕の膨らんだ掛け飾りにまなざしは捕えられ、こうしたサロンに足を踏み入れた（ベトラート）〔原文には「唱える（ベーテット）」とある〕者のまなざしの前では姿見のうちに教会の正面入り口が、二人掛けソファのうちに〔ヴェネツィアの〕ゴンドラが開示され、その者のうえにはガラスの球から発するガス灯の光が、月のように降り注いでいた——そのようなサロンのイメージを与えること。〈H°、13〉〈H°、14〉

重要なのはパリの門のふたつの種類である　境界戸口と凱旋門。〈H°、15〉

いうまでもなくこの〔パサージュ論の〕仕事をも規定する、現代のリズムについて。映画において非常に特徴的なのは、映像の継起——それは、「発展」の「流れ」が否認されるのを見たいという、いまの世代の最も深い欲求を満足させる——の徹頭徹尾がくんがくんというリズムと、すべるような音楽とのあいだの抗争である。きわめて厳密に歴史のイメージから「発展」を追い出すこと、そして生成を、センセーションと伝統（トラディツィオーン）とに弁証法的に引き裂くことによって、存在におけるひとつの状況布置として描き出すことは、この仕事の傾向でもある。〈H°、16〉

この仕事の傾向をアラゴンから区別するもの——アラゴンは夢の領域にあくまでとどまるのにたいし、ここでは目覚めのときの状況布置が見出されねばならぬ。アラゴンにおいてはある印象主義的な要素が残っている——〈神話（ミュトロギー）〉——（そして本書〔『パリの農夫』〕に見られる多くの、内実を欠いた哲学的発言は、この印象主義のせいだと言ってよい）のにたいし、ここでは〈神話（ミュトロギー）〉を歴史空間のなかへ解消することが問題である。ただしこれは、在ったものについての、まだ意識されない知〔本書五〇〇ページ参照〕を呼び覚ますことによってのみ行なわれうる。〈H°、17〉

幽霊現象を現出させるための実験室としての、私たちの子供時代の室内(インテリア)。実験の諸関係〔お試し的関係〕。禁書。読むテンポ／ふたつの不安が、異なる平面で、競い合って疾駆する ブッツェンシャイベ〔中央部が膨らんだ丸いガラス板で、ノスタルジックなイメージがある〕のはまった書棚、そこからその本が取り出された。幽霊現象を予防接種すること。もうひとつの予防手段――「幻像(トゥルークビルダー)〔幻覚、だまし絵〕」。〈H°、18〉

シュルレアリストたちの文学は言葉を会社名のように扱い、彼らの書くテクストは実は、まだ設立されていない企業の趣意書なのだ。会社名のなかには、かつてひとが原初の言葉のなかに探そうとした質が巣食っている。〈H°、19〉

ドーミエ〔?〕、グランヴィル――ヴィエルス〈H°、20〉

⋯⋯⋯⋯⋯⋯⋯⋯⋯⋯⋯⋯⋯⋯⋯⋯⋯⋯⋯⋯

F・Th・フィッシャー『流行(モード)とシニシズム』シュトゥットガルト、一八七九年〈I°、1〉

逸話の蜂起。もろもろの時期(エポッヘ)や潮流や文化や運動は、身体的な生にたいしてつねに、同じひとつの変わらない仕方でのみ関わってくる。いままでのどんな時期も自らを、はなはだ常軌を逸しているという意味で「現代的(モデルン)」だと感じ、奈落のまん前に立っていると思い込んできた。決定的な「危機」にあるのだという絶望的なまでに鮮明な意識は、人類において恒常的なものだ。あらゆる時代（ツァイト）にとって自らが、逃れようもなく現代的（ノイツァイティヒ）（「新時代的」）であるように思える。しかし、人間に身体的に関わってくる「現代的なもの（モデルン）」は、同じひとつの万華鏡がさまざまな光景を見せてくれるのとまったく同じ意味で、さまざまである。――歴史のいろいろな構成は、真の生に命令を下し兵舎に入れてしまう指令になぞらえることができる。これと対立するのが、逸話の街頭蜂起である。逸話は諸事物を私たちに空間的に近づけ、それらを私たちの生のなかへ歩み入らせる。すべてを抽象的にしてしまう〈感情移入〉を要求する歴史〔記述〕と厳密な対立をなすのが逸話なのである。**「感情移入」――新聞を読むことはこれに尽きる。**諸事物を自らに対して現前化させる〔ありありと思い描く〕ための真の方法は、諸事物を私たちの空間のなかに〈私たちを諸事物の空間のなかに、ではなく〉提示することである。それへと私たちを動かすことができるのは、逸話だけである。諸事物は、そのように提示されるなら、「大きな連関〔…〕」から媒介的に構成されることを許容しない。――過去の大いなる事物、たとえばシャルトルの大聖堂やパエストゥムの神殿の眺めは、実は〈それらを私たちの空間のなかで受け取ること〉なのである〈それらを建てた人びとや祭司たちに感情移入することではなく〉。私たちがみずからをそれらのなかへ移し入れるのではなく、それらが私たちの生のなかへ歩み入るのである。――これと同じ〈近さの技術〉が、もろもろの時期にたいして、暦に関して、顧慮されるべきである。こんな想像をしてみよう。ある男がちょうど五十歳で彼の息子が生まれた日に死に、息子もまたまったく同じことになり、等々。――そうすると、キリストの誕生以来、まだ四十人も生きていないことになる。この仮構の目的は、歴史の諸時代に、人間の生にふさわしい具体的な尺度を当てはめることである。この近さのパトスが、諸時期における人間の生を抽象的に構成することにたいする嫌悪が、偉大な懐疑家たちを鼓舞してきたのだ。アナトール・フランスはそのよい例である。感情移入と現前化の対立に関して——もろもろの記念祭　レオパルディ、〔『考察』〕、グリュック／トロストによる独訳、一九二二年〕一三〔節〕〈I°、2〉

バンダ〔一八六七—一九五六年。フランスの思想家、文筆家〕が伝えているところによれば〔『知識人の裏切り』一九二七年〕、あるドイツ人が、パリで〔フランス革命の発端となった〕バスティーユ襲撃の二週間後、宿の会食用テーブルに座っていたら、誰も政治について話さないので、たいへん驚いたという。アナトール・フランスが書いている逸話〔「ユダヤの太守」一八九二年〕でポンティウス・ピラートゥス〔生年未詳—一三六年以降。ローマ領ユダヤの総督。イエスを死刑にした〕は、ローマにいたとき、足を洗いながら、磔刑にされたユダヤ人の名前を思い出そうとするが、もはやちゃんと思い出せない。〈I°、3〉

秘儀のための仮面。ポンペイのタイル。門のアーチ。すね当て。手袋。〈I°、4〉

たいへん重要——戸棚の扉にはまっているブッツェンシャイベ。だがそういうものはフランスにもあったのか。〈I°、5〉

人間たちをほんとうにまざまざと描くということは、私たちの追想を彼らの追想のなかに出現させることではなかろうか。〈I°、6〉

罪のエムブレム〔アレゴリー画〕としての花、そしてその受難の道について。この道が通過する留〔本書三四〇ページ参照〕は、かずかずのパサージュ、流行、ルドンの絵画であるが、最後のものについてマリユス＝アリ・ルブロン〔レユニオン島出身の二人の作家ジョルジュ・アテナ（一八七七―一九五三年）とエメ・メルロ（一八八〇―一九五八年）はマリユス・ルブロンおよびアリ・ルブロンという筆名で共同執筆した〕は、「これは花々の宇宙生成論だ」〔出典未詳〕と言った。〈I°、7〉

さらに流行について。子供が（そして成人男性がかすかな追想において）古い服地襞——子供は母親の上着のすそにしがみつくとき、できることならそうした襞のなかへ自分を押しこみたいのだ——のなかに見いだすもの。〈I°、8〉

ロートレアモン〔一八四六―七〇年。フランスの詩人〕の生活環境としてのパサージュ。〈I°、9〉

以下、ブリーガー〔一八七九―一九四九年。本名ブリーガー＝ヴァッサーフォーゲル。ドイツの美術史家で風俗画などの研究がある。ベンヤミンの妻ドーラの友人〕とフィッシャー〔本書一九一ページ参照〕の著作からのさまざまなメモ——

一八八〇年頃、女性の身体を伸ばす傾向と、下半身を何枚ものスカートで強調するロココ的嗜好とのあいだに、明らかな葛藤。〈J°、1〉

一八七六年にキュ〔フープスカートを支える腰当て〕は消えるが、しかし再び現われる〈J°、2〉

循環気質〔躁鬱病〕患者が描いたスケッチにおけるさまざまな花の形、これはこれまでの霊媒術の諸形式を想起させる。〈J°、3〉

パノラマのなかで母親といっしょにいる子供の話。このパノラマは、セダン近郊の戦い〔一八七〇年にプロイセン軍がナポレオン三世軍に勝利した〕を描いたもの。空が曇っているのを子供は残念がる。「戦争のときのお天気はそうなのよ」と母親は答える。〈J°、4〉

〔一八〕六〇年代の末にアルフォンス・カールが、もはや鏡の作り方を心得ている者はいない、と書いている。〈J°、5〉

カールの著作には、たいへん特徴的なことに、流行(モード)についての合理主義的な理論が登場する。それは啓蒙主義の宗教理論と類似している。たとえばカールの考えによれば、ロングスカートが生まれたきっかけは、ある女性たちが自分の醜い脚を隠したがったことにある。あるいはカールは、乏しい髪の毛の生え具合をごまかそうとする願望が、ある種の帽子の形と髪型の起源であることを暴きだしている。〈J°、6〉

地下鉄(メトロ)の駅に関するコメントへの補遺——駅は、ナポレオン一世が勝利を勝ち取った各所の名を、地下世界の神々へと変身させる〈K°、1〉

ルイ・ナポレオン〔ナポレオン三世〕によるパリのラディカルな改造——とりわけコンコルド広場と市庁舎を結ぶ線上での——については、シュタール『五年後』〔第一部、一八五七年〕、一二一—一三ページ。ちなみにシュタール〔一八〇五—七六年。ドイツの作家〕は当時ライプツィヒ広場のところに住んでいた。〈K°、2〉

幅広いストラスブール大通り(ブルヴァール)、それはストラスブールの**鉄道の館**〔ストラスブール方面への列車が

発着する東駅のこと〕をサン＝ドニ大通り（ブルヴァール）と結ぶ。〈K°、3〉

同じころ、通りのマカダム舗装〔砕石舗装の一種〕がされたが、このおかげで、過密な交通にもかかわらず、互いの耳のなかへ大声で叫ばなくてもカフェの前で会話ができるようになった〈K°、4〉

パリの建築上の姿にとって、〔一八〕七〇年の戦争は幸いであったのかもしれない。というのもナポレオン三世は、引き続きすべての街区をも改造する意図をもっていたのだ。それゆえシュタールは一八五七年にこう書いている――古きパリをまだ見るためには急がねばならないだろう、「新しい支配者は、建築上もそれをほとんど残す気はないらしい」〔同前〕。〈K°、5〉

装飾と退屈〈K°、6〉

遠近法（パースペクティヴ）〔広々とした眺望、遠景〕と即物的、触覚的（タクティシュ）〔戦略的〕近さとの対立〈K°、7〉

蒐集の理論に関しては、個々の対象をすべて孤立させること、別々に（ア・パル）扱うということが非常に重要である。ひとつの全体性ということであって、その統合的な性格は、有用性からつねにできるだけ遠く離れており、最高の場合には、狭く定義された、現象学的には非常に奇妙なたぐいの「完全性」（これは有用性と真っ向から対立する）のうちにある。〈K°、8〉

ディオラマと写真との歴史的ならびに弁証法的関係〈K°、9〉

蒐集行為のさいにはこれが重要だ――対象が、それがもっていた有用性の元来の全機能から解放されていることは、その対象を、意味作用においてそれだけいっそう明快にする。対象はいまや、あらゆる学問の真の百科全書となる。つまり、その対象を生み出した時代、地方、産業や、もとの所有者たちについての学問の。〈K°、10〉

プレオラマ（航行、プレオー〔ギリシア語〕とは「私は船で旅する」）、ナヴァロラマ〔ラテン語「ナーウィス」（船）より〕、コスモラマ〔ギリシア語「コスモス」（宇宙）より〕、ディアファノラマ〔ギリシア語「ディアファネース」（透き通った）より〕、視覚における絵になるような美観（ピトレスク）、部屋のなかでの絵のように美しい旅、絵のように美しい部屋内旅行、ディアファノラマというのがあった〈K°、11〉

〔パノラマの〕絵のなかには以下のようなものがあった。スイスのグリンデルヴァルト氷河に広がる氷の海、ドリア宮殿の広間から見たジェノヴァの港の風景、フランスのブルーにあるカテドラルの内部の眺め、ローマのコロッセオの通路、朝の光に照らされたゴシック様式の大聖堂〈K°、12〉

「〜ラマ」を用いた洒落（しゃれ）（バルザック『ゴリオ爺さん』参照）はドイツにも。「あれはまだ生きているのか」〔この文の判読不確実〕。〈K°、13〉

天候と退屈。宇宙のもろもろの力が、凡人にはいかに催眠的、麻酔的な作用しか及ぼさないか、それを示しているのは、それらの力の最高の顕現のひとつである天候にたいする凡人の関係である。ゲーテが天候を――気象学についての研究〔「気象学の試み」一八二五年〕のなかで――いかに余すところなく論じるすべを心得ていたかと比べてみよ。――ある空間のなかで噴水がつくりだ

す天候について。（ベルリンにあったダゲールのディオラマの控えの間）カジノのなかの天候 〈K°、14〉

メインのシーンがモンテカルロのカジノを舞台としている、あるバレエ作品。転がる玉の、ラトー〔熊手〕の、チップの騒がしい音が、音楽を規定しながら。〈K°、15〉

その他のいろいろな名――視覚上の美しい見晴らし（ベルヴェデーレ）〔見晴らしのよい建物や小塔など〕〈K°、16〉

ダゲールが写真を発明した年（一八三九年）に彼のディオラマは焼失した。〈K°、17〉

ディオラマにおいては、ある風景の一日を表現する照明〔原文には「露光」とあるがおそらく誤り〕の推移が、十五ないし三十分間で行なわれるが、これが何を意味するか追求しなければならない。〈K°、18〉

ベルリンのディオラマは一八五〇年五月三十一日に閉館し、一部の絵はサンクトペテルブルグへ送られる。〈K°、19〉

一八五一年の第一回ロンドン〔万国〕博覧会は、世界の諸産業をひとつにまとめる。これと関連して、サウスケンジントン美術館〔ヴィクトリア・アンド・アルバート美術館〕が設立される。第二回博覧会、一八六二年（**ロンドン**で！）〔一八五三年にニューヨーク万博、一八五五年に第一回パリ万博が開かれている〕一八七五年ミュンヒェンにおける展覧会〔「新旧のドイツの巨匠たちの美術と美術産業展」一八七六年、のことか〕ではドイツ・ルネサンスが流行した。〈K°、20〉

エミール・タルデュー〔一八五五頃―一九一八年。フランスの心理学者、詩人〕は一九〇三年にパリで『倦怠（アンニュイ）』という本を出したが、著者の意図は、人間のすべての活動を、倦怠（アンニュイ）を逃れようとする無益な試みとして証明することであり、しかし同時に、現在あるもの、過去にあったもの、未来にあるだろうものを、この同じ感情〔倦怠〕の尽きせぬ養分として証明することである。このような記述を読む者は、何か巨大な古代の文学記念碑を目の前にしているような思いを抱くだろう。すなわち、ひとりの古代ローマ人によって人生の嫌悪（タエディウム・ウィータエ）に捧げて建てられた、青銅より長持ちする（アエレ・ペレニウス）モニュメント。しかしそれは、ひとりの新たなオメー〔フロベール『ボヴァリー夫人』一八五七年、に登場する俗物的な薬剤師〕の思い上がった貧弱な学問にすぎず、この男は、禁欲と殉教にまで至る一切の重大な志向を、自分が抱いている不思慮で知恵のない俗物的不機嫌を証拠立てるものにしたいのだ。〈K°、21〉

内側カーテン〔二重カーテンの部屋側のもの〕の流行に関連して言及すべきこと。ビーダーマイアー様式の部屋における本来の、そして正確な意味では唯一の装飾は「カーテンであった。その襞（ひだ）装飾は、壁張り職人が担当してできるだけ巧妙に作り、さまざまな色の何枚もの内側カーテンからなるものが最も好まれた。住まいの術は、理論の面では実際（デン）〔ベンヤミンの引用には「その後（ダン）」とあるが誤り〕また、ほとんど一世紀のあいだ、壁張り職人にカーテンの趣味のよいしつらえ方を手引きすることに限られていた」。マックス・フォン・ベーン『十九世紀のモード』〔正確には『モード　十九世紀の人間たちと諸モード』〕第二巻、ミュンヒェン、一九〇七年、一三〇ページ〈K°、22〉

ブロンズ製の風俗画めいたシーンで飾られた卓上時計。時間（ツァイト）が台座のなかに潜んでいる。

タン〔フランス語で「時間」「天候」〕の二重の意味〔判読不能〕イムーブル・アンデュストリエル〔産業ビル〕通り――これはいつからあるのか。〈K°、23〉

「われわれの時代の人間にとって、駅はまさしく夢の工場だ」ジャック・ド・ラクルテル「パリの夢想家」（『新フランス評論』誌、一九二七年）〈K°、24〉

食堂に掛かっていた何枚もの絵の額縁のなかで、宣伝用にただでもらえる火酒類の、ヴァンホーテン社のココアの、……の侵入がゆっくりと準備される。食堂の良き市民階級風の快適さは、小さなカフェなどにおいて一番長く生き延びてきた、ともちろん言うことはできる。しかしこう言うこともできるかもしれない――カフェの空間では一平方メートルごと、一時間ごとの値段が、賃貸住居におけるよりもはるかに正確な意味で〔客によって〕支払われるのだが、こうしたカフェの空間は賃貸住居から発展してきたのだ、と。カフェとしてしつらえられた住居――フランクフルト・アム・マインに、この都市にきわめて特徴的なものとして〔見られる〕。そのなかに何があったか、を定式化する試み。〈K°、25〉

夜、乗り物で都市に入るときの、人気（ひとけ）のない、街灯に照らされた家並み。それは私たちのまわりに扇状に広がり、〔キリスト像やマリア像の〕大光輪の放射のごとく私たちのなかから発する。そして部屋部屋のなかに目をやると必ず、金属製の骨組みに白いガラスの笠のついた吊りランプのしたのテーブルで家族が食事していたり、謎めいたたわいのないことをやっているのが見える。〈K°、26〉

そうしたエイドーラ〔ギリシア語「姿、映像、幻影」〕はカフカの作品の原細胞である。そしてこの経験は、彼の世代が、彼の世代すなわち私たちの世代だけがもっている、手放すことのできない財産なのだ。なぜならば、この世代にとってだけ、始まりつつある高度資本主義の恐ろしい家財道具が、彼らの幼年時代の最も明瞭な経験の舞台を満たしているからだ。――思いがけなくここで、そんなふうに通り(シュトラーセ)が、私たちがふだん知らない仕方で、道(ヴェーク)〔ある場所への道、小道〕として、建物が立ち並ぶ街道(ショセー)〔元来は他の街へ行く郊外の道〕として、現われる。〈K°、27〉

街角について、縁石について、舗装の構造について、私たちはいったい何を知っていることか――通りを、石の熱さと汚れと角を、素足のうらに感じたことが一度もなく、幅広いタイル(フリーゼン)〔原文には「小川(フリーセン)」とあるが誤りであろう〕のあいだのでこぼこが私たちを導くのに適しているかどうか調べたことが一度もない私たちは。〈K°、28〉

…………………………

『流行(モード)とシニシズム』――国立図書館蔵の本を見れば、これがかつてどれほどよく読まれたかが分かる。〈L°、1〉

ルドンは植物学者アルマン・クラヴォー〔一八二八―九〇年。フランス人〕とたいへん親しくしていた。〈L°、2〉

「超自然的なものは私に霊感を与えない。私は外部世界を観察することしかしない。私の作品は、ひとがなんと言おうと、真実だ」オディロン・ルドン〔ロジェ＝マルクス「オディロン・ルドンとその作品」(『オディロン・ルドン』一九二四年、序文)参照〕。〈L°、3〉

「ノートル・ダム・ド・ロレット教会のところで、マルティール通りの急な上り坂を確実に登れるように〔乗合馬車につながれる〕一頭の加勢の馬」〔原文フランス語、出典未詳〕〈L、4〉

アンドレ・メルリオ『オディロン・ルドン』（パリ、一九二三年）の五七ページと一一七ページの図版〔「つづいて、魚の胴体のうえに人間の頭がついた奇妙なものが現われた……」〕（石版画）および「心にはそれなりの道理がある……（パスカル）」〔素描〕を引き合いに出すこと〈L、5〉

執筆それ自体の方法的なことに関していくらか言っておくこと――ちょうどそのとき考えているすべてのことは、かかっている仕事に何としてでも組み入れられねばならないのだ。考えていることのなかに仕事の強度が現われる、というのであってもよいし、もろもろの考えがこの仕事に向かってゆく目的（テロス）をはじめから自分のなかに含んでいる、というのであってもよい。現在の考えもそうなっている。この考えは、反省の間隔（インターヴァル）――すなわち、この仕事〔パサージュ論〕の、最高に強く外へと向けられている最も本質的な諸部分のあいだの、隔たり――を特徴づけ、そして保護しなければならない。〈L、6〉

『人間喜劇（コメディ・ユメーヌ）』〔バルザックが自作の小説九十数篇に与えた総題〕としてまとめられている一連の作品は、近頃の意味での小説ではなく、王政復古時代〔フランス史では一八一四年―一五年および一五―三〇年〕の最初の十数年〔原文のまま〕における伝統を書き記した叙事的文書のようなものである。この連作の完結不可能性は、口伝えの伝統の精神から出てきているのであって、フロベールの厳格な構成とは正反対。疑いもなく――ある作品が、叙事詩の集団的な発言形式に近づくにつれ、

ルドン「心にはそれなりの道理がある……（パスカル）」

ルドン「つづいて、魚の胴体のうえに人間の頭がついた奇妙なものが現われた……」

作品にますますふさわしいやり方となるのは、ギリシアの伝説の永遠なる模範にのっとって、ヴァリエーションをつけながら逸話（エピソード）のかたちで、同一の登場人物群をくりかえし呼び出すことである。バルザックは、己れの世界のこうした神話的組織構造を、この世界がもつ一定の地誌的な輪郭の数々によって確かなものにしていた。パリは彼の神話学の土壌である。このパリには二、三人の大銀行家（ニュシンゲンなど）、繰り返し出てくる医師、進取の気性に富んだ商人（セザール・ビロトー）、四、五人の大高級娼婦（クルティザーネ）、高利貸し（ゴプセック）、何人かの軍人と銀行家がいる。だが何よりも、繰り返し同じ通りや片隅、小部屋や角っこから、この群れの人物たちが出現してくるのだ。これはほかならぬ次のことを意味しているのではないか――地誌は、あらゆる神話的な伝統空間の見取り図である、いやそれどころか、この空間の鍵になりうる。ギリシアで、パウサニアス（二世紀後半のギリシアの旅行家）にとってそうなったように。パリのパサージュの歴史・現状・分布が、パリが陥った地下世界〔冥界、地獄〕すなわちこの世紀にとってそうなるべきであるように。〈L°、7〉

シュタールの報告によれば、ダンスホール〈マビーユ〉でカンカン踊りの先導ダンサーであるシカールとかいう男は、二人の警察官の監視のもとで踊るのであり、警察官たちには、このひとりの男の踊りを見張る以外に義務はない。〈L°、8〉

パサージュに貼りだされている、カンカンの有名な女性ダンサーたちの肖像（リゴレット（詳未）とフリシェット（詳未））〈L°、9〉

ルドンについて――「究極のところそして何にもまして、どんなに魅力的であっても不安定で一時的な効果など一顧だにせず、彼が自分の花々に与えようとするのは、生のエッセンスそのものであり、深き魂のようなものである」アンドレ・メルリオ『オディロン・ルドン』（パリ、一九二三年）一六三ページ。〈L、10〉

パスカル（一六二三―六二年。フランスの思想家）の本に挿絵をつけるというルドンの意図〈L、11〉

一八七〇年以後、ド・レイサック夫人（一八四七？―没年未詳。そのサロンには多くの芸術家や知識人が集まった）のサロンにおけるルドンのあだ名――夢の王子（プランス・デュ・レーヴ）〈L、12〉

ルドンの花々と、装飾模様の問題、とくにハシッシュにおける。花の世界。〈L、13〉

「ロコクス」（「ロココ」のスペイン語形だが、たんなる誤記か）は王政復古の時代には「古臭いaltfränkisch」（原義は「古フランク族の」）という意味をもつ〈L、14〉

パレ＝ロワイヤルのシュヴェ（有名な食料品店）は、デザートを「貸した」――正餐（ディネー）で食されるフルーツとお菓子の一定の金額とひきかえに〈L、15〉

ウージェーヌ・シュー――ソローニュ（フランス中部の地方。原文には「ブログ」とあるがおそらく誤り）の城館、色の濃い肌をした女たちがいるハーレム。彼の死後、イエズス会士たちが彼を毒殺したという伝説。〈L、16〉

駅の食堂などのビュッフェにある、造花を飾ったブリキの棚は、かつて（判読不能、おそらく「レジ係の」）女性が自分のまわりに置いていた生け花の残滓である。〈L、17〉

パレ＝ロワイヤルはルイ十八世とシャルル十世（一七五七―一八三六年。フランス王（在位一八二四―三〇年））の治下で輝きを放つ　〈L°、18〉

ド・セヴリ侯爵（未詳）――外国人サロンの指導者。ロマンヴィル〔パリ近郊の町〕で彼が開いていた日曜日の正餐　〈L°、19〉

ブリュッヒャー（一七四二―一八一九年。プロイセンの軍人。解放戦争でフランス軍を破り一八一三年パリに入城。一八一五年ワーテルローの戦いで勝利し再びパリに入城）がパリでどれだけ賭博にふけったか。（グロノウ『上流社会から』〔独訳〕シュトゥットガルト、一九〇八年、五六ページ参照）ブリュッヒャーはフランス銀行で十万フラン借りる　〈L°、20〉

ベルの音――皇帝（カイザー）パノラマ館における旅の別れ〔?〕*　〈L°、21〉

＊『一九〇〇年頃のベルリンの幼年時代』の「皇帝（カイザー）パノラマ館」（『ベンヤミン・コレクション3』所収）四七八ページ参照。

パリの神話学的地誌について――門がパリにいかなる性格を与えるか。かつては街が終わりになるところの目印であったが、街の内部に取り込まれてしまった境界石の秘密。門の弁証法――凱旋門から通りの安全地帯へ　〈L°、22〉

産業が街角をわがものにしたのはいつか。商売を表わす建築上のエムブレム〔しるし〕――煙草屋には街角であり、薬局には階段……　〈L°、23〉

シャンデリアではなく灯火だけが映っている窓ガラス　〈L°、24〉

モロッコ広場についての余論。都市と室内が、都市と野外が交錯しうるだけではない。そうした交錯は相当具体的に起こることがありうるのだ。ベルヴィル〔パリ北東部の丘にある地区〕にモロッコ広場がある。賃貸アパートの並ぶこの荒涼たる石の堆積に、私はある日曜の午後出くわしたのだが、そのときそれは私にとってモロッコの砂漠となっただけでなく、それに加えて同時にまた、植民地帝国主義のモニュメントとなった〔「モロッコ事件」の連想から〕。地誌的幻視（ヴィジョン）とアレゴリー的意味がこの石の堆積において交錯したのであり、そのさいそれはベルヴィルの心臓部にあるという位置を失わなかった。こうした見方を呼び起こすことは、しかしながら通常は麻薬の専売特許である。そして事実、通りの名はそのような場合、陶酔を生じさせる物質のごときものであって、そうした諸物質は私たちの知覚を、ふだんの生活におけるよりも、もっと多領域にまたがり多層的なものにする。それらがひとを入らせる状態、それらの「喚起力（ヴェルテュ・エヴォカトリス）〔連想させる力〕」を――しかし、これでは言い足りない、というのもここで決定的なのは、もろもろのイメージの連想ではなく、それらの浸透だからだ――、ある種の周期的な〔病気の〕諸状態に関しても考慮に入れるべきであろう。夜、何時間も街を歩き回り、帰宅を忘れてしまう患者は、この力の支配下に陥ってしまったのかもしれない。〈L、25〉

古代の本に序言はあったか。〈L、26〉

ボードレールに関する本E2〔未詳〕**における、**もろもろの革命の愚直さ（ボノミ）〈L、27〉

商品資本の神殿としてのパサージュ〈L、28〉

パサージュ・デ・パノラマ、かつてはパサージュ・ミレス〔ベンヤミンの思い違いで、「パサージ

ユ・ミレス」はパサージュ・デ・プランス〔銀行家ミレスが建設〕の当初の通称〕〈L、29〉

私たちがここで扱っている諸領域において、認識は稲妻のように一瞬ひらめくものとしてのみある。テクストは長くあとからとどろく雷鳴である。〈L、30〉

蒐集家がかける最も深い魔法――魔法の杖で触れるかのように事物を呪縛し、その結果、事物は突然、最後の戦慄に襲われながら、凝固する。すべての建築が、イメージのための柱脚、台座、額縁、初期の部屋となる。プラトン〔前四二七―前三四七年。古代ギリシアの哲学者〕が事物の不変の原像を棲(す)まわせている天上の場所(トポス・ヒュペルウーラニオス)が、よりによって蒐集家、遊歩者(フラヌール)には縁遠いと考える必要はない。こうした者は我を忘れる。それは確かだ。しかしそのかわり彼は、ひとつの意図(フォアハーベン)〔判読困難、「麦わら(シュトローハルム)」か〕をよりどころにして自分をフルサイズにまで回復させる力をもっている。彼の太陽をつつんでいる靄(もや)からもろもろのイメージが、神々の食卓のように、地中海の島々のように浮かび上がる。〈L、31〉

巨大な悪徳としてのセンセーション欲求。七つの大罪〔高慢・嫉妬・憤怒・懈怠(けたい)・吝嗇(りんしょく)・飽食・肉の快楽〕のうちの二つに結びつけるべき。どれにか。人間はたくさんの電気の光によって盲目になり、ニュース伝達の早さによって狂うだろうという予言〔本書四三七ページ参照〕。〈L、32〉

天候についての節への導入として――プルースト、晴雨計人形の話〔『失われた時を求めて』第五篇『囚われの女』参照。喘息(ぜんそく)もちの主人公は、発作を鎮めてくれる雨が待ち遠しい〕。朝、空が曇っているときは我が喜び。〈L、33〉

「お嬢さん方(ドモワゼル)」とは一八三〇年頃の女装した放火犯〈L、34〉

一八三〇年頃、パリに『ル・シルフ〔空気の精〕』という新聞があった。新聞についてのバレエ作品を見つけ出すこと。〈L、35〉

〔判読不能〕束桿斧(そつかんふ)〔斧のまわりに棒を束ねたもの。古代ローマでは権威の象徴。二十世紀にはファシスト党の標章〕、フリギア帽〔古代小アジアのフリギア人の帽子。フランス革命のときには自由の象徴〕、鼎(かなえ)〔三脚の祭器。古代ギリシアのデルポイの神殿では巫女がその上に座って神託を告げた〕〈L、36〉

〔判読不能〕ハックレンダー〔一八一六―七七年。ドイツの作家〕における〈石でできたトランプのキングたち〉に〔『メールヒェン集』一八四三年、所収の「魔法のかめ」に出てくる騎士たちのことか〕〈L、37〉

〔カール・〕フォン・エッツェル〔一八一二―六五年。ドイツの鉄道技師、建築家〕――鉄道建築物〈L、38〉

…………

ベルリンのさまざまなパサージュを想起せねばならない――シュピッテルマルクト広場〔ライプツィヒ通り〕の近くの列柱廊を、コンフェクツィオーン地区〔ウンター・デン・リンデンの南側〕の、とある静かな通りの列柱廊を、ハレ門のところのパサージュ、列柱廊を、私道への入り口としての柵を。ハレ門の青い絵葉書も思い出されねばならない〔『一九〇〇年頃のベルリンの幼年時代』の「冬の夕暮れ」(『ベンヤミン・コレクション3』所収五四六ページ以下参照)〕。それは、月の光のもとであらゆる窓が照明されている、月が放つのとまったく正確に同じ光で照らされているさまを示していた。ここではまた、不可触の日曜午後風景も想起されるべきである。その風景は、ある見捨てられた静かな下り坂（デサント）の通りが終わるところのどこかに築きあげられ、その近くでは、この怪しげな地区の家々が突然、宮殿という貴族身分に高められるように見える。〈M°、1〉

鋳鉄の魔法――「アップル〔主人公のひとり〕はそのとき、この惑星の環が、土星人たちが夕涼みに来る環状のバルコニーにほかならないことを確信できた」グランヴィル『もうひとつの世界』〔グランヴィルの絵とドゥロールの文からなる幻想旅行記、本書二三―二四ページ、五三ページ以下および三九八ページ以下参照〕一三九ページ。（〔パサージュ論の〕ハシッシュの項にも入れるべきかもしれない）〈M°、2〉

グランヴィル「チューリップ」（『変身する花々』1847年、より）

ヘーゲルの現象学とグランヴィルの諸作品との比較。グランヴィルの作品の歴史哲学的演繹。重要なのは、この作品における題辞の肥大である〔『もうひとつの世界』の長たらしい副題を指すか〕。ロートレアモンの考察もグランヴィルに結びつけるべきである。グランヴィルの諸作品は、流行（モード）に関する真の宇宙生成論である。ホガース〔一六九七―一七六四年。イギリスの画家、版画家。イギリスの諷刺画の祖〕とグランヴィルの比較も重要かもしれない。グランヴィルの作品の一部にはこういう表題をつけることができよう――花々にたいする流行(モード)の復讐〔グランヴィル『変身する花々』一八四七年、参照〕。グランヴィルの諸作品は、広告(ピュブリシテ)についての予言的な書物である。彼において諧謔、諷刺という先行形式で存在している一切が、〔のちに〕広告(レクラーメ)としてその真の展開に達する。〈M°、3〉

時間のリズムに従った重ね合わせ(スユペルポジシオン)〔フランス語〕。映画との、そして「センセーショナルな」ニュース伝達との関連で。「生成」はリズム的には、時間知覚に従えば、私たちにとってもはやいかなる明証性ももたない。私たちは生成を弁証法的に**センセーションと伝統(トラディツイオーン)**に分解する。これらのことを、伝記的なものにおいてアナロジー的に表現することが重要。〈M°、4〉

この仕事〔パサージュ論〕とバロック悲劇の本〔『ドイツ悲劇の根源』〕のあいだの並行関係――双方に共通するテーマ――地獄の神学。アレゴリー　広告、人物典型――殉教者、暴君／娼婦、投機家　〈M°、5〉

正午のハシッシュ――影たちは、通りという光の流れにかかる一本の橋だ。〈M°、6〉

蒐集のさい、決定的な事実としての取得　〈M°、7〉

読書と執筆における地(じ)塗りの術。最も表面的に下絵を描くことのできる者が最良の著者である。〈M°、8〉

下水網の地下散歩見学。人気のあるコースはシャトレ〔広場〕――マドレーヌ〔寺院〕〈M°、9〉
である。

パサージュ・デュ・ケールは一七九九年にフィーユ・ディユー修道院の庭の跡地（アンプラスマン）に建てられた。〈M°、10〉

そのように、夢見ながら、午後を夕方の網のなかに捕まえるための最良の術は、いろいろと計画をたてることである 〈M°、11〉

人間を、何千個もの電球が取り付けられたひとつの配電盤に比してみる――一方が消灯するかと思えばまた他方が、〔そして〕新たに点灯する。〈M°、12〉

この仕事がもっている熱き思い（パトス）――凋落期というものはないのだ。十九世紀を徹頭徹尾ポジティヴに見る試み――私がバロック悲劇論のなかで、十七世紀をそのように見ようと努めたごとく。凋落期があるなどと信じないこと。だからまた、どんな都市も〔境界のそとにいれば〕私にとって美しいし、同様に、諸国語に価値の高低があるという話は受け入れがたい。〈M°、13〉

夢見る集団は歴史を知らない。彼らにとって出来事の経過は、つねに同じ経過、そしてつねに最新の経過として流れ去ってゆく。つまり、最新のもの、最も近代的（モデルン）〔現代的〕なもののセンセーションは、〈すべて同一なるものの永劫回帰〉〔ニーチェの根本思想〕とまったく同様、出来事の夢形式なのだ。この時間知覚に対応する空間知覚は、重ね合わせ（ズパーポズィツィオーン）である。さて、これらの諸形式が、啓発された意識のうちで解消すると、それらのかわりに、政治的‐神学的な諸カテゴリーが登場する。そして、出来事の流れを凝固させるこれらのカテゴリーのもとではじめて、その流れの内部に、結晶状の状況布置（コンステラツィオーン）として歴史が形成されるのだ。――社会が存在する土台である経済的諸条件は、たんに物質的生活において、およびイデオロギー的上部構造において、社会を規定しているだけではない。それらの条件はまた表現されるのである。眠っている人の場合、食べ過ぎの胃が、夢内容〔フロイトの用語〕に己(おの)れのイデオロギー的上部構造を見いだすわけではないが、集団と経済的生活諸条件との関係もまったく同様。集団はそれらの条件を解釈する(ドイテン)、説明する(アウスレーゲン)。それらの条件は夢に己れの**表現**を見いだし、目覚めに己れの**解釈**(ドイトゥング)を見いだす〔「夢解釈(トラウムドイトゥング)（夢判断）」を下敷きにした言い方〕。〈M°、14〉

遊歩者と対立する人物典型としての待つ人。待つ人の時間と比較しての、遊歩者における歴史的時間の統覚。時計を見ない。待つことにおける重ね合わせ(ズパーポズイツィオーン)のケース——待たれている女のイメージが、誰でもよい任意の女のイメージの前に割って入る。私たちは時間をせきとめる堰(せき)であり、そこでたまった時間は、待たれていた女が現われたとき、巨大な奔流となって私たち自身のなかに流れ落ちてゆく。「すべての事物は主人である」エドワール・カリヤード（詳未）〈M°、15〉

私たちがこの時代に子供だったという事実——その時代の客観的なイメージに、この事実もまた入り込んでいる。時代は、この世代を己れから離れて行かせるために、あのようでなければならなかった。すなわち、夢の連関のなかに私たちは目的論的な契機を探すのだ。この契機とは待つことである。夢はひそかに目覚めを待っており、眠っている人は、たださしあたり自分を死にゆだねるだけなのであって、自分が狡知をもって死の爪から体をふりほどく瞬間を待っている。

夢見る集団もまたそうであり、彼らにとってはその子供たちが、自らが目覚めるための幸運なきっかけとなるのだ。〈M°、16〉

通俗読物とポルノグラフィーの関連を追及すること。ポルノグラフィー風なシラー（一七五九—一八〇五年。ドイツの劇作家、詩人、歴史家。理想主義の代表者）のイメージ——石版画——彼は、絵のように美しい姿で横たわり、片方の手で理想的な遠方を指し示している。もう片方の手でオナニーをしている。シラー作品のポルノグラフィー風パロディーの数々。幽霊のような修道士とみだらな修道士／幽霊たちとみだらさとの長い歩行／ポンパドゥール夫人（一七二一—六四年。フランス王ルイ十五世の愛妾）についてのサテュルナン〔フランスの男子名、とくに何人もの聖人の名〕の回想録（メモワール）に出てくる、修道士たちのみだらな列、その先頭にはいとこの女性を伴った大修道院長。〈M°、17〉

私たちが退屈するのは、何を待っているのか分からないときである。そして何を待っているのか分かっていること、あるいは分かっていると思うこと、それはほとんどつねに、私たちの浅はかさ、もしくは散漫な精神状態の表われ以外の何物でもない。退屈は偉大な行為への門口（シュヴエレ）〔敷居〕なのだ。〈M°、18〉

幻想空間における事物がもつ、雲のごとき雰囲気、雲のような変わりやすさ 〈M°、19〉

幼年時代の使命——新しい世界を象徴空間のなかに持ち込むこと。いうまでもなく子供は、大人がまったくできないこと、新しいものを再び思い出すことができる。私たちにとって機関車は、幼年時代に目にしていたがゆえに、すでに象徴的性格をもっている。しかし私たちの子供にとっ

ジゼル・フロイント「国立図書館のヴァルター・ベンヤミン」1937年

ては自動車がそういうものである。私たち自身は自動車から、新しい、エレガントな、現代的な、しゃれた面を何とか感じ取るだけだ。〈M°、20〉

国立図書館のなかの私が座る席の前にあるガラス張りの場所――一度も足を踏み入れられていない魅惑圏、私が夢想する人物たちの靴底のための処女地（テラン・ヴィエルジュ）。〈M°、21〉

「〔彼女は〕世間のあらゆる人（ド・トゥ・ル・モンド）の〔同時代人だった〕」。〔ジュアンドー〕『プリュダンス・オートショーム』〔短篇集、一九三二年〕一二九ページ〔「エルメリーヌ」〕〈M°、22〉

〔判読不能〕世間（モンド）――そして流行（モード）*〈M°、23〉

* 『パサージュ論』断片番号 B2, 5 には「世間のあらゆる人の同時代人であること――これは流行（モード）が女性に与える、最も情熱的で最も秘められた満足である」とある。

スケートリンクや、行楽地のビヤホールや、テニスコートの入口の前にはペナーテース〔ローマ神話で食料戸棚の神々、家の守護神〕。プラリネの入った金の卵を産むめんどりと、君や僕の名前を打刻する自動機械と、ギャンブルゲーム機械と、自動占い機械とが門口を守っている。こうしたものは、注目すべきことに、街中では繁栄せず――郊外の行楽地やビヤホールの構成要素をなしている。そして日曜午後の旅はたんに郊外へ、緑のなかへ向かうだけではなく、そうした神秘的な門口へも向かうのである。PS〔追伸〕。体重を測る自動機械――現代の「汝自身を知れ」〔デルポイの神殿に掲げられていたとされる格言〕。デルポイ　〈M°、24〉

母たちのもとへ通じる廊下*は木造である。木材は、大都市の姿〔像〕が大きく変化するさいにも、一時的なものとして再三再四登場し、近代的な交通のまっただなかに、建設現場の木製の囲いや、大きく口を開けた土台部分に渡された木製の厚板で、大都市がまだ村だったその太古の姿を築き上げる。　〈M°、25〉

＊　ゲーテ『ファウスト』（一八三一年完成）第二部第一幕の「暗い廊下」の場を参照。世界の底の底にいるこの「母たち」にベンヤミンは繰り返し言及している。たとえば『ドイツ悲劇の根源　上』三四ページ、「遊歩者の回帰」（『ベンヤミン・コレクション4』所収）三六七ページ、『一九〇〇年頃のベルリンの幼年時代』の「ティーアガルテン」（『ベンヤミン・コレクション3』所収）四九七ページ、および本書五一九ページ参照。

敷居〔門口、境界域〕と境界〔線〕とはきわめて厳密に区別しなければならない。敷居は区域である。しかも移行の区域である。変化、移行、逃走（フリーエン）〔判読困難、おそらく「増水（フルーテン）」であろう〕が「膨らむ（シュヴェレン）」という単語には含まれており、これらの意味を語源学は見過ごしてはならないが〔ただし「膨らむ（シュヴェレン）」と「敷居（シュヴェレ）」は語源的には無関係とされている〕、他方、この単語がそうした意味をもつに至った直接の構造的（テクトーニシュ）事情をつきとめることが必要である。私たちは、敷居の経験にとても貧しくなってしまった。〈眠り込むこと〉が、私たちに残されている唯一のそれかもしれない。しかし、夢という形態世界〔が敷居の上方に屹立しているの〕とまったく同様、会話で話題があちこちに行くことや、愛における両性の交代もまた、敷居の上方に屹立しているのである。——敷居という経験領域から、その後発展したのが門である。門は、そのアーチの下を通り抜ける人を変容させる。古代ローマの凱旋門は、帰郷した軍司令官を、凱旋将軍にする。門の内壁に施された浮き彫りの無意味さ、擬古典主義的な誤解。〈M°、26〉

J・W・ザムゾン『現代の女性モード』ベルリン、一九二七年〔M1〔未詳〕——ブランドとイメージ〔?-〕〕〈N°、1〉

花市場（マルシエ・オ・フルール）「あそこに、見事な建築の
効果に頼ることなく
私たちに彼女の富を広げて見せる（エタレ）〔ベンヤミンの引用では「隠す（スレ）」〕ために、
フローラ〔ローマ神話で花と春の女神〕がその緑の寺院をもっている」。

〔バレ他「デュリエフ氏」、軽喜劇（ヴォードヴィル）、一八一〇年、第八景〕 〈N°、2〉

フェラギュス（バルザック『十三人組物語』第一話「フェラギュス」一八三三年、の登場人物）の描写〔?〕 〈N°、3〉

ハインリヒ・マン『皇妃ウジェニー』〔正しくは『ウジェニーあるいは市民時代』長篇小説、一九二八年〕（〔を参照すべきか〕?） 〈N°、4〉

トロイの木馬――来るべき覚醒状態が夢のなかにどうやって忍び込むか、の雪（シュネー）〔判読困難、「ひな型（シェーマ）」か〕として 〈N°、5〉

はじめての暗さ〔老眼による〕――偉大な作品を産む霊感（文学的霊感（アンスピラシオン・リテレール））の時間、しかしながらドーデ〔おそらくレオン・ドーデ（本書二〇五ページ参照）〕によれば、読み間違い〔?〕の時間 〈N°、6〉

…………

あらゆる事物のなかにある至高の生は破壊されえないこと。凋落の予測を語る者たちに抗して。ゲーテの『ファウスト』を映画化することはできる。そして、たしかにこう言える――これは冒瀆であり、文学作品『ファウスト』と映画『ファウスト』のあいだには、ひとつの世界ぐらいのへだたりがあるのではないか。そのとおりだ。しかしながら『ファウスト』の拙劣な映画化と優れた映画化のあいだにもまた、世界まるごとぐらいのへだたりがあるのではないか。文化において重要なのは大きなコントラストではなく、ニュアンスである。〔ニュアンスから〕世界がたえず〔新たに生まれる〕。 〈O°、1〉

この企ての教育的な面――「われわれのうちにある、イメージをつくりだす媒質（メディア）を教育して、歴史の影の深みへのステレオスコープ的な、立体的な洞察ができるようにすること」。これはボルヒャルト（一八七七―一九四五年。ドイツの詩人、作家、翻訳家）の言葉である。『ダンテについての補論（エピレゴメナ） I』ベルリン、一九二三年、五六―五七ページ 〈O°、2〉

はじめから以下の考えに着目し、その構成的価値を測ること――衰退・凋落現象を、のちに来る大いなる綜合（ジュンテーゼ）の先駆け、いわば蜃気楼と考える。これらの新たな綜合的現実を、いたるところで見据えなければならない――広告、**映画における現実**など。〈O°、3〉

発展のある特定の場所において、岐路にあるもろもろの思想を識別するという、死活にかかわる関心。すなわち、歴史世界への新たなまなざしは、このまなざしを反動的と評価するか革命的と評価するかの決断が下されねばならぬ地点にあるということ。この意味で、シュルレアリストたちとハイデガー（一八八九―一九七六年。ドイツの哲学者）のうちには、同じものが働いている。〈O°、4〉

弁証法的方法にとって肝心なのは、対象のそのつどの具体的－歴史的な状況をどの瞬間においても正当に扱うことだと言われる。だがそれでは充分ではない。というのも、弁証法的方法にとってまったく同じくらい肝心なのは、その対象にたいする**関心**の具体的－歴史的な状況を正当に扱うこととなのだ。そして、このあとのほうの状況は、つねに以下のことのなかに含まれている。この状況そのものが、かの対象のなかにあらかじめ形成されること、しかしなかんずく、この状況が、己れ自身のなかで対象が具体化されたのだと、対象が当時のありよう（ザイン）から現在のありよう（イェッツトザイン）

の、より高い具体性へと引き上げられたのだと感じること、のなかに含まれているのだ。なぜ**この**現在のありよう（イェッツトザイン）（それは、現在時（イェッツトツァイト）*の現在のありよう（イェッツトザイン）〔現在時が現在あること〕ではまったくない）がそれ自体すでに、より高い具体性を意味するのか——この問題を、弁証法的方法は、ただし進歩のイデオロギーの内にいるかぎりは把握できないのであって、進歩のイデオロギーをあらゆる部分で克服するような歴史哲学においてのみ把握できるのだ。そうした歴史哲学においては、現実のますますの濃縮（統合）——そこでは、すべての過ぎ去ったものが（しかるべき時に）、それが実存していた瞬間におけるよりも、より高いアクチュアリティ度を獲得しうる——について語ることができよう。どうやって過ぎ去ったものが、こうした自分自身の、より高いアクチュアリティに適応するか、それを規定し、実現させるのがイメージ、つまり、過ぎ去ったものがそうしたイメージとして理解され、またそうしたイメージのなかで過ぎ去ったものが理解される、そのイメージである。——過去を、もっとよい言い方をすれば、在ったものを、従来のように歴史的な方法に従って扱うかわりに、政治的な方法に従って扱うこと。かつては政治的な諸カテゴリーが、あえてただひたすら、実践の精神で、現在的なものに近づけられた（なぜなら、ただひたすら現在的なものに近づけられたから）のにたいし、政治的な諸カテゴリーを理論的な諸カテゴリーへと形成すること——これこそが課題である。過ぎ去った諸連関に弁証法的に浸透し、それを現在化する（フェアゲーゲンヴェルティゲン）〔まざまざと眼前に思い描く〕ことは、現在の行動が正しいかどうかの試金石となる。しかしそれは次のことを意味する——流行（それは**つねに**過ぎ去ったものを引っぱり出

す）のうちにある爆薬に点火されねばならない。〈O°、5〉

＊この語（ふつうは「現代、現今」の意）にベンヤミンが特別の意味を込めている例としては、「歴史の概念について」（『ベンヤミン・コレクション1』所収）六五九ページ以下参照。

蒐集家という人物像について。真の蒐集家は対象をその機能連関から取り出す、ということを出発点にしてもよかろう。しかしそれは、この〔蒐集という〕奇妙な行動様式を完全に捉え尽した見方ではない。というのも、先のことは〔まだ〕基礎なのであって、この基礎のうえに、カント（一七二四―一八〇四年。ドイツの哲学者）とショーペンハウアーのいう意味での「利害関係なき」観察が作りあげられ、その結果、蒐集家は対象への比類なきまなざしを獲得するに至るのではなかろうか。このまなざしは、世俗的な所有者のまなざしよりも多くのものを、あるいは、それとは別のものを見るのであり、偉大な観相学者のまなざしに比するのが一番よいであろう。しかし、蒐集家のまなざしが対象にどのようにぶつかるか、それは〔ある別の〕考察によって、もっとずっと精確に思い描いてみなくてはならない。〈O°、6〉

つまり次のことを知らねばならない――蒐集家にとっては、その対象のいずれのうちにも世界が現前しており、しかも秩序づけられている。ただし秩序づけられているといっても、意外な、それどころか世俗の人間には理解できないような連関に従ってである。こうした関連と、事物のごくあたりまえの並べ方や一覧表化との関係は、百科事典のなかでの事物の秩序と、事物の自然な秩序との関係にほぼ等しい。次のことを思い出してみさえすればよい。あらゆる蒐集家にとって、対象だけでなく、対象の全過去もまたいかに重要であるか。対象の成立にかかわる、そして対象そのものの質的評価にかかわる過去も、そしてまた、前の所有者、購入価格、評価額など、対象の一見外面的な歴史に属する細部もいかに重要であるか。これらすべてが、「対象そのものの」データも、後に挙げたそれ以外のデータも、真の蒐集家にとっては、彼の所有物ひとつひとつのなかで寄り集まって、一揃いの魔術的な百科事典、ひとつの世界秩序となるのであり、この世界秩序の概略が、蒐集家の対象がもつ**運命**（シックザール）にほかならない。つまりここで、この狭い領域で分かるのは、いかにして偉大な観相学者たち（そして蒐集家は事物世界の観相学者である）が運命の解釈者（シックザールスドイター）〔予言者、易者〕になるか、ということである。自分のガラス戸棚のなかの対象を取り扱うひとりの蒐集家をずっと観察してみさえすればよい。手に取るやいなや、彼はそれらによって霊感を与えられるようであり、魔術師のようにそれらをとおして、それらがもつ遠方〔遠い過去と未来〕を望見するように思われる。（書物蒐集家を、自分の財宝をかならずしも機能連関から解放していない唯一の蒐集家として位置付けたら面白かろう。）〈O°、7〉

ギーディオン〔一八八八―一九六八年。スイスの建築史家〕の主張から先へ進む試み。彼が言うには、「構成は十九世紀において、下意識の役割を占める」〔『フランスにおける建築』〕。「身体的事象の役割を」と言い換えたほうがよいのではないか。この事象のまわりをそのあと、もろもろの「芸術的」な建築物が被う。生理的事象という骨組みのまわりを、いくつもの夢が被うように。〈O°、8〉

繰り返しはっきり自覚すべきことだが、ある現実にたいする注釈（そういうものをここで私た

ちは書いている）は、テクストへの注釈が要求するのとはまったく異なる方法を要求する。一方の場合には神学が、もう一方の場合には文献学が、基礎学となる。〈O°、9〉

映画と、新しい建築術と、通俗読物とにおける、原理としての浸透。〈O°、10〉

流行（モード）は、生きられた瞬間の暗闇〔ブロッホの重要概念。『ユートピアの精神』参照〕のなかに、ただし集団的な暗闇のなかにある。——流行と建築（十九世紀における）は集団の夢意識の一部である。この集団がいかに目覚めるか、ということを追及しなければならない。たとえば広告において。目覚めは、夢意識という正命題（テーゼ）と、覚醒している意識という対立命題（アンチテーゼ）からの綜合命題（ジュンテーゼ）という

ヴィエルス「死後の一秒間」

ことになるのか。〈O°、11〉

空間問題（ハシッシュ、ミュリオラマ）は「遊歩する」というキーワードで扱われる。

時間問題（間歇）は「ルーレット」というキーワードで扱われる。〈O°、12〉

パサージュの歴史と、叙述の全体との交錯。〈O°、13〉

パサージュを没落させた諸動因——歩道の拡張、電灯、売春の禁止、外気の文化〔自然に近い生活法〕。〈O°、14〉

できかけの素材のもとでの退屈というモティーフを展開しなければならない。〈O°、15〉

社会主義の「遠大な諸目標」が、ヴィエルスにおけるほど鮮明に現われたことはほとんどなかった。そのさいには通俗唯物論的土台。〈O°、16〉

ヴィエルスの壮大な機械的‐唯物論的予言の数々は、彼の絵画の題材との関連において、しかも理想的、ユートピア的題材だけでなく、それと全く同様に、ぞっとするような、通俗読物的な題材との関連においても考察されなければならない。〈O°、17〉

ヴィエルスの出した広告。「ヴィエルス氏は次のような使用人一名を求めます。中世のアクセサリーを描くこと、あらゆる調査、等々、等々、〔判読不能〕等々のことができる方」A・J・ヴィエルス『文学作品集』パリ、一八七〇年、二三五ページ。〈O°、18〉

ヴィエルスが「はねられた首の考えと幻想」〔絵〕に添えるために作った大いなる「説明文」は、非常に特別な意義をもっている。この磁気療法的な経験で目につく最初のものは、死にあたって意識が行なう、見事ないかさまのわざである。「なんと奇妙なことだろう！　首はここに、処刑台のしたにあるのに、自分ではまだ台のうえにあり体にくっついていると思っていて、自分を胴から切り離す一撃をいつまでも待っている」ヴィエルス『文学作品集』パリ、一八七〇年、四九二ページ。〔（）アンブローズ・ビアス（一八四二―一九一四年頃。アメリカの小説家）の忘れがたい短篇小説〔「アウル・クリーク橋の一事件」一八九一年〕のもとになっているのと同じ霊感がヴィエルスにはある。浮橋の船に繋がれ、川のうえで縛り首になる反逆者。〕〈O°、19〉

流行(モード)が死ぬきっかけはひょっとすると、テンポを共にすることがもはやできないことだろうか――少なくともある種の領域では。その一方で、流行がテンポのあとについてゆく、それどころか流行がテンポを定める領域もあるのか。〈O°、20〉

ヴィエルスのある絵の題名「未来の人々の眼前にある現在の事物」。奇妙なのは、この画家のアレゴリーへの傾向である。たとえば「死後の一秒間」という絵について、カタログの説明にはこうある――「手からすべり落ちた本という着想、そしてその表紙に書いてある〈人間の栄華〉という言葉に注目させる」『文学作品集』四九六ページ。「最後の大砲」に描かれている、〈文明〉の擬人像および他の多くのアレゴリー。〈O°、21〉

ヴィエルスの絵「ベルギー人女性への侮辱」。「この絵は、武器の操作を練習することが女性たちには必要であると証明する意図をもって制作された。周知のようにヴィエルス氏は、女性用の特別な射撃場を設置するというアイディアを出し、射撃コンクールの賞とし

て、勝利を得たヒロインの肖像画を描くことを申し出た」『文学作品集』四九六ページ
（画家自身による作品カタログ）。〈O°、22〉

プルーストの作品のなかの美術館に関する箇所（『失われた時を求めて』第二篇『花咲く乙女たちのかげに』第二部）〈O°、23〉

歴史画に描かれた儀式シーンの退屈と、退屈一般。退屈と美術館。退屈と戦争画。〈O°、24〉

戦争画についての余論！〈O°、25〉

ヴィエルス「ベルギー人女性への侮辱」

おそらく、退屈および待つことということ複合的テーマに――待つことの形而上学というものが必要だ――ある種の連関における疑いの形而上学を付け加えることができよう。シラーのあるアレゴリー（「悲歌《エレギー》」の誤りか）に「蝶の疑う羽」という表現がある（詩「悲歌《エレギー》」一七九五年（のち「散策」と改題）からの変形引用）。これは、ハシッシュの陶酔をまさに特徴づけるものである、高揚と疑いの感情との関連と、まったく同

じ関連を指している。〈O°、26〉

ホーフマンスタール（一八七四―一九二九年。オーストリアの作家）の腹案「神学校生徒」（戯曲草案が遺稿にあり）および「しるしの解釈者（ツァイヒェンドイター）〔占い師〕」（小説断片が遺稿にあり）〈O°、27〉

〔鉄道における〕レールに反対する議論――（一八）三〇年代における。A・ゴードン『根元力〔蒸気力〕運輸論』（一八三二年、改題・改訂版一八三四年、ベンヤミンは表題を不正確に書いている）は、「蒸気自動車」を花崗岩の道路のうえで走らせることを主張した。〈O°、28〉

大蒐集家たち。ヴォルフスケール（一八六九―一九四八年。ドイツの詩人、翻訳家）の友人パヒンガー（一八六四―一九三八年。オーストリアの美術史家、民俗学者）。彼が作り上げたコレクションは、社会から追放されたもの、落ちぶれたものの蒐集にかけては、ヴィーンのフィークドーア（一八四三―一九二七年。オーストリアの銀行家で著名な蒐集家）のコレクションに匹敵しうるだろう。パヒンガーはシュタフス〔ミュンヒェンの賑やかな広場〕で突然かがみこむ。何週間も探していたものを拾い上げるためだ――たった一時間だけ流通していた、刷り間違いのある市電の切符。ヴュールガルテン〔未詳〕のグラッツ〔未詳〕。誰もが何かを、たとえばマッチの箱を集めている家族。パヒンガーは事物が生活のなかではどういうふうに存在しているのか、もうほとんど知らない。自分を訪ねてくる人々に、古風きわまる道具のほか、ハンカチ、魔法の鏡などを解説する。「ひとつのコレクションの見事な基礎部分です」。ヘルシェルマン（一八八五―一九四七年。ドイツの版画家、文筆家、蒐集家）。パリのドイツ人で、劣悪な芸術を（劣悪な芸術だけを！）蒐集している。〈O°、29〉

蠟（ろう）人形館。束の間の、流行のものの混合（フェアメングング）〔「永遠化（フェアエーヴィグング）」の誤りか〕。靴下止めをつける女。

『ナジャ』〔フランスの作家ブルトンの小説、一九二八年〕〔二〇〇〕ページ。〈O°、30〉

アポリアの数々——都市建設の〔古い街区の美〕、美術館の、通りの名の、室内の〈O°、31〉
新しい芸術の形式問題をまさにこう定式化することができる——メカニックなもの、機械製造
などの領域で、私たちが予感しないうちに出現し、私たちを圧倒したもろもろの形式世界は、そ
れらにおける自然的なものを、いつどのようにして原史（ウアゲシヒトリヒ）的にするのだろうか。〔これらの形式あ
るいは〕これらから成立した形式が、私たちに自然の形式としてみずからを〔開示する〕ようにな
る社会状態は、いつになったら到達されているだろうか。〈O°、32〉

ヴィヨの「パリはかびくさい〔閉め切った部屋の〕においがする」〔『パリのにおい』一九一四年〕
について　もろもろの流行（モード）、そして今日の屋外世界との完全な対立。アラゴンが語っている、何
枚もの下着のしたの「青緑色の薄明かり」〔『パリの農夫』〕。胴体のパサージュとしてのコルセット。
今日、安い売春婦たちにおいて慣例となっていること——服を脱がない——は当時、最も上品な
作法だったのかもしれない。**当時の流行（モード）の特徴——全裸になることを決して知らないような身体
を暗示すること。**

「かびくささ（ランフェルメ）」についてはプルーストの作品にもたくさん。とりわけ、〈森（ボワ）〉のなかの便〈O°、33〉
所〔『失われた時を求めて』第二篇『花咲く乙女たちのかげに』第一部参照〕。〈O°、34〉

ラフリエール通りはかつてパサージュ。レオトー『小さな友だち』〔長篇小説、一九〇三
年〕参照。〈O°、35〉

この仕事の方法――文学的モンタージュ。私は何も言う必要がない。示すだけでよい。気の利いた言語表現を身につける必要もなく、価値の高いものを掠（かす）め取る必要もない。そうではなく、屑、ごみ――これを私は、記述するのではなくて、提示するつもりだ。〈O°、36〉

日誌のなかの、モンタージュについてのメモ。最も近い近さへの志向と、ごみの集中的な利用とのあいだに〔存在する〕内的な結びつきを、その同じ連関のなかに指摘すべきかもしれない――モンタージュはそうした結びつきを表現するわけだ。〈O°、37〉

商品の物神的性格を、売春を例として詳論すること。〈O°、38〉

街路と室内の交錯に関して――家屋番号は、室内にとって愛おしい、なじみの写真となる。〈O°、39〉

パサージュのもつ完成された二義性――街路であり家屋。〈O°、40〉

寄席（ヴァリエテ）の名としての「冬園（ヴィンターガルテン）*」はいつ、そしてとりわけ、いかにして生じたのか。（冬のサーカス（シルク・ディヴェール）〔一八五二年パリに建設された常設のサーカス劇場、当初の名は「シルク・ナポレオン」、一八七〇年から現名〕参照）〈O°、41〉

＊ 元来は熱帯植物などを植えたガラス張りの庭園。一八八〇年ベルリンに開業したツェントラール・ホテルの冬園で一八八八年から始まった寄席（ヴァリエテ）の興行はたちまち有名になった。

神話段階における交通。神話段階における工業。（駅と初期の工場）〈O°、42〉

鉄道旅行の退屈。無駄話（シャフナーゲシヒテン）〔文字通りには「車掌話」、乗り物のなかで乗客が語るどうでもいいような話〕。ここで一九二六年か一九二七年の『フランクフルト新聞』に載っていた、プルーストについてのウーノルト（一八八五―一九六四年。ドイツの画家、文筆家）〔の文章を引用すべし〕＊ 〈O°、43〉

＊「プルーストのイメージについて」（『ベンヤミン・コレクション2』所収）四二〇ページ参照。

神話と地誌の親和性。アラゴンとパウサニアス。（バルザックも引き合いに出すこと） 〈O°、44〉

退屈と――商品が、自分が売られるのを待つこと。 〈O°、45〉

夢時間の主題（モティーフ）――水族館の雰囲気。抵抗を遅くさせる水？ 〈O°、46〉

パサージュを没落させた諸動因（モティーフ）――歩道の拡張、電灯、売春の禁止、外気の崇拝（クルト）。 〈O°、47〉

人形の主題（モティーフ）に関して――「こうした自動人形どもやお人形さんたちにどんなに嫌気がさしてくるか、この社会のなかで生気に満ちた人間に出会うとどんなにほっとするか、あの人たちには全然分からないのです」。パウル・リンダウ『夜会』〔戯曲〕ベルリン、一八九六年、一七ページ 〈O°、48〉

今日の娯楽施設に使われているお洒落な緑と赤は、私たちがここで解明しよう〔明るくしよう〕と努めている知に、流行現象としてあいまいに〔暗く〕対応するものであるが、これについての卓越した解釈がブロッホの本のある箇所にあり、そこで彼は、「緑の壁紙が張られ、夕焼けのように赤いカーテンがかかった追想の小部屋」について語っている。（『ユートピアの精神』ミュンヒェン／ライプツィヒ、一九一八年、三五一ページ） 〈O°、49〉

「まだ意識されない知」〔ブロッホ「まだ意識されない知」一九一九年、および『ユートピアの精神』第二版、一九二三年〕という説を、忘却についての説（「金髪のエックベルト」〔ティークの短篇小説、一七九六年〕についてのメモ〔ベンヤミンはこの作品について論じるつもりだった〕）と糾合し、それぞれの時代の集団に適用すること。プルーストが想起（アインゲデンケン）という現象に即して、個人として体験したものを、私たちは――私たちがその体験を引き受けなかった怠惰さの罰として、と言ってもよい――「潮流」「流行（モード）」「方向」（十九世紀への）として経験せねばならない。〈O°、50〉

これらの門〔パサージュの入口〕もまた敷居（シュヴェレ）である。目印となる石段はない。だが、そこにいる少数の人々の待つ姿勢が目印になっている。控えめに決められた歩幅が、その人はいまある〔決断を〕前にしていることを、歩幅自体は分かっていないことながら、反映している。パサージュの前で人々が待つことについての〔おそらくアラゴン『パリの農夫』からの〕引用。〈O°、51〉

ダケー（一八七八―一九四五年。ドイツの古生物学者、神知学者）における以下の、実に奇妙な理論――人間は萌芽である。〔自然界の萌芽形式には、充分に発育していながら変形されていない胚（エンブリオ）〔胎児〕として現われるものがある。〕人間は――そして人間に似た動物種の数々、類人猿たちは――それゆえ初期段階においては、本来は最も適切に、「最も人間的」に形成しつくされている。ということは、人間およびチンパンジーの、充分に発育した胚のなかで（つまり、充分に発育した人間およびチンパンジーのなかで）動物的なものがまたもや、さらに出現しようとするのである。しかし〔中断〕〈O°、52〉

ユーゲント様式の理論家たちを研究することが絶対に必要だ。A・G・マイアー『鉄骨建築』

エスリンゲン、一九〇七年、にある以下の指摘。「芸術家的な良心がとくに感受力繊細であった人びとは、芸術の祭壇から建築技師たちに向かって、罵りの言葉を次から次へと投げつけた。ラスキン〔一八一九―一九〇〇年。イギリスの芸術批評家、社会思想家〕のことを思い出せば充分であろう」（三ページ）。ユーゲント様式との関連で——ペラダン　〈O°、53〉

「精神的な面と社会的な面で同時に革命的であることは、ますます困難になる」エマニュエル・ベルル「第一の風刺文書」（『ヨーロッパ』誌、七五号、一九二九年、四〇ページ）。　〈O°、54〉

花の芸術と風俗画　〈O°、55〉

この仕事の二つの方向について語ることができる。ひとつは過去から現在へ行き、パサージュなどを先駆として叙述する。もうひとつは現在から過ぎ去ったものへ行くが、その目的はそれらの「先駆」の革命的完成を現在において爆発させることであり、この方向は、〈たった今過ぎ去ったもの〉にたいする悲歌（エレギー）〔挽歌〕調の、夢中になった考察をも、そうしたものの革命的爆発として理解する。　〈O°、56〉

この動乱の時代が過去に投げかける、神話（ミュートス）の影。神話を産むヘラス〔ギリシアの古代名〕〈神話産出（ミュートトコス）〔ギリシア語〕〉がそうしたように。　〈O°、57〉

レオン・ドーデは彼の人生を地誌的に語る　『生きられたパリ』〔回想記、第一巻「右岸」一九二九年、第二巻「左岸」一九三〇年〕　〈O°、58〉

パサージュと訴訟(プロセ)〔過程〕 ミレス（一八〇九—七一年。フランスの銀行家。パサージュ・デ・プランスを建設した直後破産し、さらに不正疑惑で告訴された）〈O°、59〉

流行(モード)の生運動——わずかだけ変える〈O°、60〉

ジャズにおいては騒音が解放される。騒音が生産・交通・商業過程からますます排除されるその瞬間に、ジャズは登場する。ラジオもまったく同じ。〈O°、61〉

ベルリンのイラスト入り女性新聞『市場(バザール)』（一八五七年〔正しくは一八五五年〕創刊）から。丸型ウェファースの小箱ないしは賭け事用チップの小箱のための真珠刺繍、紳士靴、手袋ボックス、丸枕、ペン拭き、本形の針入れ、針差し、時計スリッパ。**クリスマス細工**——ランプの受け皿、獲物袋、呼び鈴のひも、ストーブの熱よけついたて、楽譜フォルダー、ナイフ籠、螺旋(らせん)ろうそくの缶、お菓子作り用の輪、賭け事用チップ〈O°、62〉

サン＝シモンのいう「産業者(アンデュストリエル)」〔サン＝シモンは「産業者」の指導する社会を構想した〕は、この称号をたんに資本所有者としてもっていたのだが、この人物典型(タイプ)の特徴だったにちがいない、心に疚(やま)しいところがないということを一瞬考えてみるとき、遊歩者(フラヌール)という人物典型が明確になってくる。〈O°、63〉

サン＝シモンとマルクスとの、注目すべき差異。前者は、搾取されている人びと〔生産者〕の階級をできるかぎり大人数に見積もり、企業家さえもそれに数え入れている。なぜなら企業家は出資者に利子を払うからである。反対にマルクスは、とにかく何らかの搾取を行なっている者すべてを、たとえその他の点では搾取の犠牲者であっても、ブルジョワに数え入れている。〈O°、64〉

階級対立の先鋭化――段と段の距離が年々大きくなってゆく梯子(はしご)としての社会秩序。前世紀のフランスにあった、裕福と貧困のあいだを媒介する無数の中間段階。〈O°、65〉

理工科学校(エコール・ポリテクニク)〔本書一三ページ参照〕におけるビザンチン風の〔卑屈な〕神秘的傾向〔ピネ「理工科学校とサン＝シモン主義者たち」、『パリ評論』誌、一八九四年、参照〕〈O°、66〉

階級としてのブルジョワジーは、自分自身についての完全に啓発された意識に決して到達しえない、とマルクスは教えなかったか。そして、これが正しいとすれば、夢集団〔それはブルジョワ集団である〕という考えをマルクスのテーゼにつなげてよいのではないか。〈O°、67〉

さらに次のことは可能ではないだろうか――この仕事が扱うすべての事態について、それらがプロレタリアートの自己意識化過程のなかで明らかにされるありようを実証すること。〈O°、68〉

最初の覚醒刺激は眠りを深くする――〔覚醒刺激〕〈O°、69〉

『オスマンの幻想的会計報告』〔フェリ著、一八六八年〕ははじめ『時代(タン)』〔フランスの日刊政治新聞〕に連載記事として発表された。〈O°、70〉

パサージュ論の仕事についての、ブロッホのうまい表現――歴史は、そのスコットランド・ヤード〔ロンドン警視庁〕の刑事記章を示す。これはある会話と関連していて、その会話のなかで私は、古典的な歴史物語の「昔むかしありましたとさ」のなかでは眠り込まされてしまう歴史のものすごい力を、いかにしてこの仕事は解放すべきか――原子を結合させているものすごい力を解放する、核分裂の方法に比べられる――について説明したのだった。事柄を〈実際ほんとうに、

現実にあった通りに〉示そうとする努力のかたちでの歴史〔記述〕は、十九世紀の最も強力な麻酔剤であった。 〈O°、71〉

具体化は思考の火を消し、抽象化は思考を燃え立たせる。あらゆる命題対立は抽象的であり、あらゆる綜合は具体的である。（綜合は思考の火を消す。） 〈O°、72〉

公式——事実からなる構成。理論の完全な排除のもとでの構成。ゲーテただひとりが形態学に関する諸論文で試みたこと。 〈O°、73〉

賭博について。貨幣を手掛かりにしてのみ認識できるような、運命の一定の構造があり、運命を手掛かりにしてのみ認識できるような、貨幣の特別な構造がある。 〈O°、74〉

アエスクラピウス〔ローマ神話で医術の神〕の神殿としてのパサージュ。鉱泉水飲用ホール〔噴水ホール〕。療養遊歩。谷あいにある〔鉱泉水飲用ホールとしての〕パサージュ。シュクォル＝タラスプ〔スイスのイン川渓谷にある隣り合ったふたつの町で、湯治場〕近郊の、およびラガッツ〔スイスのライン川渓谷にある温泉地〕近郊の。私たちの両親の時代に風景上の理想とされた「渓谷」。はるか遠くにさかのぼる思い出（エアインネルング）に出会ったとき、いかに嗅覚が目覚めるか。私がサン・モリッツ〔スイスの保養地〕でショーウィンドーの前に立ち、真珠層で飾られたポケットナイフを「思い出の品（エアインネルング）〔土産品〕」として目にしたとき、即座ににおいを嗅ぐことができるような気がした。 〈O°、75〉

パサージュで売られるものは記念品（アンデンケン）〔土産品〕である。「記念品」はパサージュにおける商品の形式である。つねにひたすら、どこそこのパサージュの記念となる品を買うわけだ。記念品産業の成立。製造業者はそのことをいかに心得ているか。産業の税関吏(ドゥアニエ)。〈O°、76〉

視覚の思い出が長い年月の後、いかに変化して出現するか。サン・モリッツのショーウインドーのなかに、真珠層でできたエーデルヴァイスの花のあいだにそこの地名が書いてある一本のポケットナイフを見かけたとき、私の頭に浮かんだポケットナイフは味がし、においがしたのだった。〈O°、77〉

自分から時間を追い払う〔暇つぶしをする〕のはいけない。時間を自分のなかに招待せねばならない。時間を自分から追い払う（自分から時間を追い出す、たたき落とす）とは、自分を排液(ドレナージ)することだ。その典型(タイプ)は賭博者で、彼のあらゆる毛穴から時間が吹き出る。――〔逆に、〕電池に充電するように、時間を〔自分のなかに〕蓄積する。その典型は遊歩者(フラヌール)。最後に、綜合的な典型は、「時間」というエネルギーを〔自分のなかに〕蓄積し、別の形に変換して、さらに他に送る人である。すなわち待つ人。〈O°、78〉

〈十九世紀の原史(ウアゲシヒテ)〉――もしこれを、十九世紀の一切合財のなかに原史〔ふつうは「太古史」の意〕的な諸形式が再発見されるべきであろう、という風に理解するなら、何の重要性もないだろう。この十九世紀の原史なる概念が意義をもつのは、十九世紀が原史のオリジナルな形として叙述された場合にだけ、である。すなわち、そのなかで原史**全体**が更新され、その結果、原史のより古い特徴のうちのあるものが、ひとえにこれら最近の諸特徴の先駆と認識されるような、そういう形ということだ。

一切の歴史哲学的カテゴリーは、ここで原点（インディフェレンツプンクト）にまで押し戻されねばならない。〈O°、79〉

自然的（ナトゥラール）な実体（ズプスタンツ）をもたぬような歴史的カテゴリーはなく、歴史的な濾過をされないような自然的カテゴリーはない。〈O°、80〉

歴史的な真理認識は、仮象の解消（アウフヘーブング）〔止揚〕としてのみ可能である。ただしこの解消〔止揚〕は、対象を蒸発させること、アクチュアル化することを意味するのではなく、それとしてひとつの**迅速な**イメージの複合的構成（コンフィグラツィオーン）をとるべきである。学問的な心地よさとは対立する、迅速な小さいイメージ。ひとつの迅速なイメージのこうした複合的構成は、もろもろの事物のなかに「現在（イエッツト）」を認知することと一致する。ただし、未来を、ではない。現在のなかの諸事物のシュルレアリスム的な表情、未来のなかの俗物的な表情。ここで解消〔止揚〕される仮象とは、「昔のものは現在のなかにある」という仮象〔偽りの見かけ〕である。本当はこうだ――現在とは、在ったものの最も内的なイメージ。〈O°、81〉

……………………

花を扱う節に関して。当時のモード雑誌には花束を長もちさせる方法の解説が載っていた。〈P°、1〉

小部屋と小箱への熱中。あらゆるものが容器に入り、包まれ密封された。時計の台、スリッパ入れ、温度計立て、すべてが粗織りキャンバス刺繍のなかに。〈P°、2〉

住むということの分析。ここで難しいのは、一面では住むということのうちに、太古のもの、ひょっとしたら永遠のものが認識されねばならないことだ。つまり、人間が母胎のなかにいる状態の模像（アップビルト）が。そして他面では、この原史〔太古史〕的モティーフがあるにもかかわらず、最も極端な形式での住むということのうちに、十九世紀におけるある生活状態、私たちがそれと手を切りはじめた生活状態が、把握されねばならないことだ。およそ住むということの原形式は、家屋（ハウス）のなかの生活ではなく、殻（ゲホイゼ）〔ケース〕のなかの生活である。家屋と殻の違い――前者〔「後者」の誤りか〕は、住人の押型（アップドルック）〔刻印、痕跡〕を非常にはっきりと表わす。最も極端な場合の住居は殻になる。十九世紀ほど住むということに熱中した世紀はなかった。十九世紀は、住居を人間の袋〔中身の形に合わせた容器〕と捉え、人間をそのあらゆる付属品とともに、そのなかにとても深くはめ込んだ。その様子は、製図用具入れのなかに道具があらゆる予備部品とともに、たいていは紫色をしたビロードの深いくぼみのなかにはめ込まれているのを思ってみればいいだろう。およそ十九世紀が入れる袋を考えつかなかったものがあるかどうか、もはやほとんど考えつかない。懐中時計のために、スリッパ、ゆで卵立て、温度計、トランプのために、ありとあらゆるもののためにカバー、敷物、被いが製作された。二十世紀はその多孔性〔「ナポリ」〔『ベンヤミン・コレクション3』所収〕参照〕と、透明さと、外光・外気活動とをもって、古い意味での住むということを滅ぼした。その最初の兆候は、イプセン『棟梁ソルネス』に出てくる「人間のための住居」のようなもの〔判読困難〕。この作品がユーゲント様式に基づく戯曲であるのは偶然ではなくて、ユーゲント様式それ自体が、殻という存在を〔判読困難〕きわめて深く震撼させたのだ。今日、殻という存在には、深い疑いの目が向けられている。住むことは減少させられつつある——生者たちにとってはホテルの部屋によって、死者たちにとっては火葬場によって。〈P、3〉

静止状態にある弁証法——これが方法の精髄だ。〈P、4〉

他動詞としての「住む（wohnen）」。たとえば「住まれた生（das gewohnte Leben）」*——この言い方は、住むということがもっている慌ただしい、隠されたアクチュアリティ〔緊急性、差し迫っているという性格〕を理解させる。このアクチュアリティは、ひとつの殻を作り出すことのうちに存在する。〈P、5〉

＊ wohnen が他動詞として使われることは通常ない。ここでの gewohnt は、ふつうにとれば「ふだんの」という意味の形容詞で、das gewohnte Leben は「ふだんの生活」という意味である。

キッチュ〔（芸術めいた）まがいもの〕。その経済的分析。キッチュのなかにどのような仕方で以下のものが現われるか——商品の過剰生産、生産者の良心の疚しさ。〈P、6〉

流行（モード）。社会的創造において第一位を得ようとする一種の競走。レースは一瞬ごとに新たに走り始められる。流行と制服（ユニフォーム）の対立。〈P、7〉

トマージウス『眠りと夢の権利について』ハレ、一七二三年〈P、8〉

ジンメル『哲学的文化』〔一九一一年〕（「流行」）〈P、9〉

私はW・B〔ヴァルター・ベンヤミン〕という名の者なのか、それとも私はただ単純にW・Bというのか。これは実際、人名の秘密にひとを導き入れる問いであり、この問いはヘルマン・ウンガー〔一八九三―一九二九年。モラヴァ地方（当時オーストリア領）生まれ、チェコのユダヤ系ドイツ語作家〕が遺したある「断章」のなかにまことに正しく定式化されている――「名が私たちにぶら下がっているのか、それとも私たちがある名にぶら下がっているのか？」ヘルマン・ウンガー「断章」、『きっかけのせりふ――シフバウアーダム劇場新聞』一九二九年十二月号所収、四ページ 〈Q°、1〉

ヨーアヒム・ネッテルベック〔一七三八―一八二四年。ドイツの船乗り、醸造業者。フランス軍に抵抗した国民的英雄〕の自伝に出てくる、リスボンの蠟人形館 〈Q°、2〉

アナトール・フランス作、ベルジュレを主人公とする長篇小説群〔『現代史』全四巻、一八九七―一九〇一年〕 〈Q°、3〉

〔マルクス〕『資本論』第一巻、オリジナル版〔初版、一八六四年〕、四〇ページ〔第二版以降で「商品の物神的性格とその秘密」と題される節の一部〕、第三巻〔一八九四年〕、一―二〇〇ページ〔第一章―第十三章途中〕、とくに一五〇ページ以下〔第九章途中以下〕利潤率と平均利潤率の減少傾向 〈Q°、4〉

カフカ『田舎医者』〔短篇集、一九一九年〕〔「ある夢」〕 〈Q°、5〉

パサージュ論のなかで、観想（コンテムプラツィオーン）〔静観、黙想〕が告訴されねばならない。だが観想は見事に自己を弁護し自己を守り通すべきだ。 〈Q°、6〉

蒐集家の幸福、孤独な者の幸福――事物たちと差し向かい(テタテート)。私たちのもろもろの思い出を支配している至福とは、これではないか――思い出のなかには私たちと事物たちだけがおり、それらは暗黙のうちに私たちのまわりに配置され、その後で現われる人びとですら、事物のこの信頼できる、盟約めいた沈黙を共に受け入れること。蒐集家は自分の運命を「鎮(しず)める」。そしてそれは、思い出の世界のなかに姿を消すということなのだ。〈Q°、7〉

E・T・A・ホフマン「自動人形」(『ゼラーピオン兄弟』第二巻〔一八一九年〕)〈Q°、8〉

遊歩者という典型(タイプ)としてのホフマン。「従兄の隅窓」は、遊歩者の遺言。だからホフマンはフランスで大いに受けた。彼の晩年の作品を集めた五巻本に付されている伝記的解説にはこうある――「ホフマンは野外の自然をあまり好まなかった。人間が、人との交流、人についての観察、人をただ見ることが、ホフマンにとってはあらゆることにまして大事だった。夏、天気がよいと毎日夕方ごろに散歩に出かけたが、それはいつも、人びとに出会えるような公共の場所にたどりつくためにすぎなかった。途中でも、ワイン酒場や菓子店があると必ずといっていいほど立ち寄り、誰かいるか、どんな人がいるかと覗いてみるのだった」〔ヒッツィヒ『ホフマンの生涯と遺稿』第三巻、第三版、一八三九年〕。〈Q°、9〉

観相学的研究の装備――遊歩者、蒐集家、偽造者、賭博者。〈Q°、10〉

ハンス・キステメッカー〔一八五三―一九二一年。ドイツの作家、精神科医〕「女性の服装――エロティックな問題」、『チューリヒ討論』第八号、一八九八年、著者はおそらくパニッツァ〈Q°、11〉

ルイ・シュネデール『オッフェンバック』パリ、一九二三年　〈Q°、12〉

『歴史的・逸話的パリガイド』パリ（アルゴ版）〔一九二九年〕　〈Q°、13〉

かつて芸術が、社会学的に見たその支配領域において、それを基礎としていた諸ヒエラルヒーにおいて、それが形成されたあり方において、今日〈芸術〉と呼ばれているものよりも、むしろ今日〈流行(モード)〉であるものと近い関係にあったことは確かである。流行——最も広く流布した実用品の貴族的－秘教的発生〔起こり〕。〈Q°、14〉

流行の発展における本質構成的要素としての誤解。新たな流行は、その出発・発生地点からほんのわずか離れたらもう歪曲され誤解される。〈Q°、15〉

メッテルニヒ『回顧録』ミュンヒェン、一九二一年　〈Q°、16〉

ハンス・フォン・フェルトハイム『ヘリオガバルス〔十九世〕あるいはフランス十九世紀の伝記』ブラウンシュヴァイク、一八四三年　〈Q°、17〉

グレッセ／イェニケ共著『工芸における古代の品と珍品』ベルリン、〔第四版〕一九〇九年　〈Q°、18〉

『ポルティチの口のきけない娘』〔フランスの作曲家オベールの作〕について。一八二八年初演。沸き立つ音楽、言葉の上方で浮き沈みする襞(ひだ)飾りからなるオペラ。襞飾りが〔最初はトルコ風の内側カーテンとして流行(モード)にのって〕その勝利の行進を始めた時代に、この音楽が成功を収めずにはいなかったのはまったく明白。革命家の新しいもの欲(ノウアールム・レールム・クピドウス)を、この公衆〔聴衆〕は流行品(ヌヴォテ)〔ファッションの新製品〕への興味として理解する。当然ながら、こうした公衆にたいして反乱が、しかも王を反乱そのものから助けて安全な場所へ移すことを第一の使命とするような反乱が示された〔すなわちこのオペラ〕。支配層のなかでのささいな配置転換の前の襞飾りとしての革命――一八三〇年の革命〔七月革命〕がおそらくそういうものだったように。〈Q°、19〉

アンリ・セ『フランス経済史』〔第一巻、一九三〇年〕〈Q°、20〉

弁証法的イメージについて。そのなかには時間がひそんでいる。時間はすでにヘーゲルにおいて、弁証法のなかにひそんでいる。しかし、このヘーゲル弁証法は時間を、心理学的な、とはいわぬまでも、本来歴史的な思考時間としてしか知らない。弁証法的イメージが現実に存在する唯一の場である時間微分は、ヘーゲルにはまだ知られていない。それを流行（モード）に即して示す試み。現実の時間は弁証法的イメージのなかに、自然な大きさで入るのではなく――いわんや心理学的にではなく――その最小の形態で入るのである。弁証法的イメージにおける時間契機は、ある別の概念と対照させることによってのみ、完全に明らかにすることができる。この別の概念とは、「認識可能性の現在（イエッツト）」である。〈Q°、21〉

流行は点火する志向であり、認識は消火する志向である。〈Q°、22〉

「繰り返し同一」なものは、出来事ではなくて、出来事における新しさであり、出来事が人を襲うときのショックである。〈Q°、23〉

私はW・B〔ヴァルター・ベンヤミン〕という名の者なのか、それとも私はただ単純にW・

Bというのか。これはメダルの両面だが、二つめの面はすり減っている。第一の面には刻印の輝きがある。この第一のヴァージョンが分からせてくれるのは、名は模倣（ミーメジス）の対象だということだ。ただし、模倣ということには特殊な性質があって、模倣は〈来たるべきもの〉に即してではなく、つねにただ〈在ったもの〉、すなわち〈生きられたもの〉に即してのみ、己れを示すのである。ある生きられた生の挙措（ハビトウス）――まさにこれこそ、名が保存し、しかしまた、あらかじめ定めているものである。その上、模倣という概念によってすでに、名の領域は〈類似しているもの〉の領域であることが言われている。そして類似性は経験の器官（オルガノン）なのだから、先のことが意味しているのは、名は経験の諸連関においてのみ認識されうる、ということである。それらの連関にあって（an〔即して〕）のみ、名の本質、つまり言語的本質は判然となる。＊　〈Q°、24〉

＊「模倣」「類似しているもの」「名」「言語的本質」に関しては、「模倣の能力について」（『ベンヤミン・コレクション2』所収）、「類似しているものの理論」（『ベンヤミン・コレクション5』所収）、「言語一般および人間の言語について」（『ベンヤミン・コレクション1』所収）参照。

先の考察の出発点は、オペラ『エレクトラ』〔R・シュトラウス作曲、一九〇九年〕および『カルメン』〔ビゼー作曲、一八七五年〕をめぐってヴィーゼングルント〔テーオドーア・ヴィーゼングルント・アドルノ、一九〇三―一九六九年。ドイツの哲学者、社会学者、美学者。ベンヤミンの友人〕と交わした会話だった――それらの名〔それぞれの主人公である女性の名でもある〕がどの程度すでにそれらの本来の性格を自らのうちに含んでいるのか、そしてそれによって子供に、これらのオペラを知るずっと前にもう、それらについての予感を与えるか。（カルメンは子供にとって、夕方母親がオペラに行く前に、おやすみのキスをしてくれるとき彼女が巻いているショールのなかに現われる。〔…〕名における認識は、子供のなかで形成しつくされていることが最も多い。なぜならば模倣の能力は後年になると、たいていの人の場合減退するからである。〈Q°、25〉

〔パリのパサージュ〈II〉〕

〈Pariser Passagen II〉〔一九二八／二九年成立〕

『イラスト・パリ案内』は、このセーヌ河畔の都市とその周辺の一八五二年における姿を完全に描きつくした一幅の絵だが、そのなかにこうある、「われわれは、都心部の大通り（ブルヴァール）について述べた際に、そこに出口をもつパサージュに繰り返し言及した。これらのパサージュは、産業による贅沢（ぜいたく）が近ごろ発明したもののひとつであるが、ガラス屋根に被われ、壁に大理石を張った通路になっていて、建物ブロックをまるまる貫いている。建物の所有者たちが、このような商機への思惑による企てをすることに合意したのである。天井から光を受けるこれらの通路の両側には、まことにエレガントな店が並んでいて、その結果そういうひとつのパサージュは、ひとつの都市、いやそれどころかひとつの世界の縮図であり、そこでは購買意欲のある者は、必要とするすべてのものを見いだすことだろう。パサージュは、突然の土砂降りのときには、不意打ちされた人びと皆の避難所となり、彼らに安全な――狭苦しくはあるが――遊歩道を提供する。それによって売り手も利益を得る」。購買意欲のある者たちはそこへ赴く。そして不意打ちされた者たちが。雨がパサージュに呼び込むのは、防水半コートあるいはゴム引き合羽も着ていない、この哀れな顧客たちだけである。パサージュは、天気についてあまりに無知な、そして日曜日、雪が降ると、スキーをする代わりに冬園(ヴィンターガルテン)〔ガラス張りの庭園〕で暖まっていた種族のための空間であった。早く来すぎたガラス、早すぎた鉄。パサージュと、立派な椰子(やし)の植わった冬園と、駅のホール――そこでは「別れ」という名のニセランが栽培されていて、その花弁は別れのしるしに何かを振っていた――とは、みな同じ一族だったのだ。もうずっと前から飛行機格納庫が、ガラスと鉄の正しい使い方を見いだしている。そして今日、パサージュ内部の人間素材〔人的資源〕の具合は、パサージュの建築素材の具合と同様である。ヒモたちはこの通りの、鉄のごとき性質の連中であり、そのガラスのようにつんとすましている(spröde〔砕けやすい〕)人びとが娼婦たちである。ここは神童たちの最後の宿だった。この神童たちというのは、特許をとった内部照明つきトランク、一メートルもあろうかというポケットナイフ、あるいは法的保護をうけた時計と回転式拳銃つき傘の柄といった、万国博覧会で日の目を見た品々のことである。そして、退化した巨大被造物たちのとなりには、半端な、作りかけのままになっている素材。私たちが狭い、暗い通路を歩いていくと、しまいに一軒の特価本屋（リブレリ・アン・ソルド）——そこでは色とりどりの、紐でくくられた本の束が、あらゆる形の破産について語っている——と、ボタンだけを（真珠層のものや、パリで「変わった趣向の（ド・ファンテズィ）」と呼ばれるものを）売っている店のあいだに、一種の居間があった。絵や胸像がいっぱい飾られた、淡い多色の壁紙には、ガス灯が光を投げていた。その光でひとりの老婆が本を読んでいた。この女はそこに何年も前からひとりきりでいるかのようで、歯型——「金製、蠟（ろう）製、壊れたもの」——を買い入れたがっている。この日から私たちはまた、ミラクル博士がオランピアを作る材料の蠟をどこから取ってきたか知っている（オッフェンバックのオペラ『ホフマン物語』参照）。彼女たちは、これらのパサージュの真の妖精だ——等身大の妖精たちよりもたやすく金で買え、もっと使い古されている——かつては世界的に有名だったパリの人形たち、それらは（オルゴールが）歌う台座のうえでくるくる回り、腕に抱えている小さな籠からは、小羊が鼻づらをくんくんさせながら、生まれつつある短調の和音のなかへ伸ばしていたのだった。〈a°、1〉

それらすべてが、私たちの目に映るパサージュである。そしてパサージュはかつて、それらすべての何物でもなかった。パサージュは人工洞窟として、アンピール時代（ナポレオン一世の時代〉のパリのなかへ光を放っていた。一八一七年にパサージュ・デ・パノラマに足を踏み入れた人に対し、一方の側ではガス灯というセイレーンたち〔ギリシア神話に登場する怪女。歌声で船乗りをおびき寄せ難破させる〕が歌っており、もう一方の側では石油ランプの炎となってオダリスクたちが誘っていた。そうした品行方正なる灯火が、電灯が点るとともにこれらの通路のなかで消えてしまった。通路は突然、見つけるのがより難しくなり、門の黒魔術を行ない、曇りガラス窓から己が内部を眺めていた。これは没落ではなく、反転(ウムシュラーク)だった。一撃(シュラーク)で〈突然〉これらの通路は凹型となっていて、それから〈近代(モデルネ)〉のイメージが鋳造されたのだ。ここに、〈十九〉世紀がうぬぼれながら、その最新の過去を映していた。ここには神童たちの老人ホームがあった……　〈a°、2〉

私たちが子供だったとき、あの大きな事典類、たとえば『万有と人類』、『新しい宇宙』、『地球』をプレゼントしてもらうと、最初に目が行くのはかならず、色刷りの「石炭紀の風景」だとか「第一氷河期における湖沼と氷河」ではなかったか。ある過ぎ去って間もない太古〈十九世紀〉の、そうした理想的なパノラマが、あらゆる都市に分散したパサージュを通ってきたまなざしとともに開けるのだ。ここに棲んでいるのはヨーロッパの最後の恐竜、消費者だ。この洞穴の壁には、太古の植物として商品が繁殖し、潰瘍となった組織のように、無秩序きわまる結合関係に入る。秘められた親近性の世界——椰子(やし)とハタキ、へアドライヤーとミロのヴィーナス、人工補装具と手紙文例集がここで、長い別居ののちに集まってくる。オダリスクが待ちわびながらインク壺のとなりに横たわり、取り巻きの女たちが灰皿を、犠牲を乗せる皿のように掲げている。これらのショーウィンドーは判じ絵である。そして〔どんな風に〕ここで鳥の餌が暗室の定着用バットのなかにしまわれているか、花の種が双眼鏡のとなりに、折れたねじが楽譜帳のうえに、回転式拳銃が金魚鉢のうえのほうに読み取られうるかは、口先まで出かかっているのだがなかなか出てこない。ところで、それらすべてのうち何ひとつ、新しくは見えない。金魚たちは、いまではとっくに枯れた泉の水盤から来たのかもしれないし、拳銃は犯罪証拠物件(コルプス・デリクティ)だったのだろう。そしてこれらの楽譜が、それを以前所有していた女性を、彼女の最後の弟子たちが去っていったときに餓死から救うことができたとはほとんど思われない。〈a、3〉

作家自身が自作について語っていることは、決して信用せぬがよい。ゾラは自分の『テレーズ・ラカン』を敵意ある批評から守ろうとして、こう説明した——この本は気質についての科学的研究なのだ、つまり自分にとって重要だったのは、多血質と神経質とが——互いにとって不幸なことに——いかに影響を及ぼしあうかを精確にある例に即して展開することだった、と。この言葉を聞いて好意的になれる者はいなかった。この言葉はまた、この小説には通俗読物的な要素が類を見ないほど混入していること、筋が血生臭く、映画にふさわしいような残虐さをもっていることを説明していない。話の舞台はとあるパサージュだが、これは偶然ではない。この本がほんとうに科学的に何かを展開しているとすれば、それはパリのパサージュの死滅、ある建築の腐敗過程なのだ。腐敗過程の毒をこの本の雰囲気は孕(はら)んでいて、この毒のせいで登場人物たちは滅びるのである。〈a°、4〉

古代ギリシアでは、冥府へ下る入口だといわれる場所がいくつもあった。私たちが目覚めているときの生活もまた、いくつもの隠された場所に冥府へ下る入口のある土地であり、夢が流れ込んでくる目立たない箇所に満ちている。昼間、私たちは何も知らずにそうした箇所を通りすぎるが、しかし眠りがやってくるやいなや、私たちは急いで手さぐりしながらそうした箇所に戻ってゆき、暗い道のなかに迷い込む。都市の家並みがなす迷宮は、明るい昼には、意識に似ている。もろもろのパサージュ(それらは、都市の過ぎ去った生活へと通ずる廊下(ガレリー)〔本書四八五ページ参照〕だ)は、昼間は気づかれることなく道路に流れ込む。しかし夜には建物の暗いかたまりのあいだで、パサージュの、より凝集された暗さが躍り出してきて恐怖を与える。そして遅い時刻に道行く人は、パサージュの前を急いで通りすぎる。もしもそうしないとすれば、それは私たちがその人を、狭い小路を通る旅をするよう勇気づけた場合である。〈a°、5〉

パサージュ〔に陳列されている商品〕では、〔版画などよりも〕もっとニセモノ的な色彩が可能だ。櫛が赤と緑であってもほとんど奇異の念を抱かせない。白雪姫の継母はそんなのをもっていた。そしてその櫛がしかるべき効き目を発揮しなかったのち、役に立ったきれいなりんごは、安物の櫛のように半ば赤く、半ば毒々しい緑色だった。いたるところで長靴下が客演していて、あるときには蓄音機に混ざって、向こう側の切手屋のなかにおり、また別のときには酒場のサイドテーブルのところにいて、ひとりの少女に見張られている。また、向こう側の切手屋の前にもいるが、そこでは巧妙にいろんな切手を混ぜて貼った封筒のあいだに、時代遅れになった処世術ハンドブック、『秘密の抱擁』〔ドルモワ『秘密の抱擁――愛の生理学』一九二〇年、のことか〕、『気を狂わせる幻想』〔フランスの作家サン＝タジャンによく似た題名のレズビアンを扱った小説（一九〇六年）がある〕、淘汰された悪徳や情熱への入門書が、なげやりに置かれている。窓ガラスは色とりどりのエピナル版画でびっしり被われていて、そこでは道化（アルルカン）が自分の娘を婚約させたり、ナポレオンが馬でマレンゴを通ったり、砲兵隊のあらゆる種類の火砲のあいだを、やせぎすのイギリス市民たちが、地獄への幅広い道と福音のさびれた道とを歩いたりしている。いかなる客もこの店に、先入見をもって入るべきではなかろう。先入見なしに入れば、出るときに一巻の書物を――マールブランシュ〔一六三八―一七一五年。フランスの哲学者〕の『真理の探究』〔一六七四―七五年〕であれ、『ミス・デイジー　あるイギリス人女性騎手の日記』〔未詳〕であれ――家に持ち帰れてうれしいと思えるだろう。

〈b°、1〉

これらのパサージュに誰が住んでいるかを示す表札〔看板〕や刻まれた文字がときどきあるが、それらはパサージュ内部、売店と売店のあいだ、あちこちで螺旋階段が暗がりへ上ってゆく場所で、もう一度壁についている。それらは、集合住宅の通路の立派なドアに掛かっているものとはほとんど共通点がなく、むしろ動物園の〔檻の〕格子についている、捕獲された動物の、居住地よりも原産地と属名を表示するプレートを思い起こさせる。金属製の、あるいはまたエナメル塗りの表札〔看板〕に記された活字体の文字には、これまで西洋で使われたあらゆる字体の滓（おり）がたまっている。「アルベール、八十三番地」というのは理髪師であろうし、「マイヨ・ド・テアトル〔劇場の肌着〕」というのはおそらく、若い女性歌手や踊り子用のピンク色と水色をした絹のトリコット地の衣類のことであろうが、しかしこうした訴えかける力の強い文字は、それ以上のこと、そして別のことを言わんとしている。文化史的な珍品の蒐集家たちは彼らの秘密の引き出しのなかに、あるきわめて稿料の高い著作のチラシをもっている。つまり会社の趣意書あるいは劇場の広告なのだが、それらは一見するだけではそのどちらでもあり、何ダースもの異なるアルファベットを、すぐに思いつくような要求を包むために乱用している。わいせつな言葉のロマンティックな活字棚を、こうした暗いエナメル塗り表札〔看板〕は思い起こさせる。——近ごろのポ

『白衣の女』戯曲版の上演のためにウォーカーが描いたポスター

スターの起源を思い起こさせる。一八六一年、ロンドンの家々の壁に、最初の石版画ポスターが現われた。描かれていたのは白衣の女の後ろ姿で、彼女はショールにぴったりと包まれ、たったいま大急ぎで階段の上部の段にたどり着いたばかりで、頭を半ばむこうに向け、指を唇に当て、重いドアを細めに開けていて、その隙間からは星空が見えた。こうしたポスターをウィルキー・コリンズ（一八二四―八九年。イギリスの推理作家）は自分の新著、偉大な推理小説のひとつである『白衣の女』（一八六〇年）のために作ったのだった。*まだ色〔もなく〕、家々の壁をつたって、ある活字の雨の最初のしずくが流れた。その雨は今日では昼も夜も間断なく大都市のうえに降り注ぎ、エジプトの神罰のごとくに歓迎された。——だから私たちは、本当に買い物をする人びとに押され、一面に掛けられた服のあいだに挟まれながら、螺旋階段の下部の渦巻きに「アルフレッド・ビッテルラン教授の美容クリニック」と書いてあるのを読むとき、これほど不安になるのだ。そして、「ネクタイ工房　三階」——そこにほんとうにネクタイがあるのか。

（シャーロック・ホームズもの〔イギリスの作家ドイルの推理小説シリーズ〕の「まだらの紐」〔一八九二年〕か。）ああ、縫製はたぶんまったく無難になされるだろうし、案出されたすべての恐怖は客観的に、結核の統計のなかに配列されるだろう。せめてもの慰めは、こうした場所に衛生クリニック〔めいた店〕が存在しない例はまれにしかないことである。そこでは剣士が腹帯を着用し、そして包帯がマネキンの白い腹に巻いてある。何かのわけがあって、店主はできるだけひんぱんにそれらのあいだに入る。『ゴータ』〔ドイツの都市ゴータで刊行されていたヨーロッパ貴族年鑑〕のことをまるで知らない多くの貴族――「ド・コンソリ夫人、バレエ・ミストレス、レッスン、コース、演目」。「ド・ザーナ夫人、カード占い師」、そしてもし〔一八〕九〇年代の中頃、貴族のありようから〔私たちに〕何らかの予言がされたとしたら、それはきっとある文化の没落だったことだろう。〈b、2〉

＊『白衣の女』戯曲版の上演（一八六一年ではなく一八七一年）のために画家ウォーカーが描いた。ちなみに女はドアを「細めに」ではなく大きく開いている。

しばしばこの内部空間は、古めかしくなりつつある商売を住まわせていて、そしてまったく当世風の商売も、そのなかでは何か大昔のもののめいたところを帯びる。この場所にふさわしいのが探偵社や興信所であって、それらはそこで、上のギャラリーからの薄暗い光のなかで、過去の痕跡を追っている。理髪店のショーウィンドーには、長い髪をした最後の女性たちが見られる。彼女らは豊かにウェーブをつけた大量の髪、「カールがとれることがない〔パーマネントの〕」ものを、石化した髪の段々をつけている。彼女らは、これらの建築から独自の世界を作り出した人たち、すなわちボードレールとオディロン・ルドン——この名自体、あまりにうまく巻かれた髪の房が垂れているような感じである——に、小さな奉納額を捧げるべきであろうに。しかしそうなるかわりに、彼女らは裏切られ、売られてしまい、サロメ〔『新約聖書』に登場する女性。洗礼者ヨハネの首を所望した〕自身の頭(かしら)が投入されたのだ——あそこの置き物棚のなかで悲しんでいるものが、バルサム香油を塗られたアンナ・チラグ〔一八五二—一九四〇年。ハンガリー（当時オーストリア領）生まれ。非常に長い髪の持ち主で、彼女が発明した育毛剤などの雑誌広告で有名〕の頭でないとすれば、である。そしてこれらの頭が石化する一方で、上では壁の石組が脆(もろ)くなってしまった。モザイク敷居(シュヴェル)が、パレ＝ロワイヤルにある古いレストランの様式で、五フランとひきかえに一軒の〈ディネ・ド・パリ〔パリの夕食〕〉へと通じているが、この敷居も脆(もろ)くなっている。それは幅が広く、一枚のガラス扉に向けて高まってゆく。だが、その背後にほんとうにレストランが現われるとは思えないかもしれない。そして次のガラス扉は「小カジノ」があることを予告し、切符売り場と座席別の値段が見えるが、しかしもしこの扉を開けたらなかに通じるのだろうか。劇場空間にではなく、向こうの路上に出るのではないだろうか。ドアと壁だけでなく、ところどころに穴が、つまり鏡があるので、あいまいな明るさを前にして進退に窮してしまう。パリは鏡の都市である。* その自動車道路の鏡のように滑らかなアスファルト、あらゆる酒場(ビストロ)の前にはガラスの仕切り。カフェのなかのガラスと鏡の過剰——その目的は、室内をより明るくすること、そしてパリの飲食店の内部は、いわばちっぽけな囲い地やコンパートメントに分かれているが、それらのすべてに喜ばしい広がりを与えることにある。ここでは女性たちが、ほかの土地でよりしげしげと、自分の姿を眺める。そこからパリの女性たちのあの確固とした美しさが出てきたのだ。ひとりの男に見つめられるよりさきに、すでに十回も鏡に映った自分を見ていた。だが男もまた、自分の姿が観相学的に一瞬ひらめくのを目にする。彼はほかの土地でよりもすみやかに、自分のイメージを獲得し、そしてまた、よりすみやかにこの自身のイメージと自分とが合一するのを見る。通行人たちの目でさえも被われた鏡である。そして、パリのセーヌ河の広い河床の上方に空が広がっているさまは、売春宿の低いベッドの上方に水晶のような鏡が掛かっているのに似ている。

〈C°、1〉

＊　これ以下の記述と類似した個所が、「パリ――鏡のなかの都市」（『ベンヤミン・コレクション3』所収）二三七ページ以下にある。

二枚の鏡を互いに見つめさせると、悪魔（サタン）がその最愛のトリックを行ない、ここに彼のやり方で（彼の相手役〔神〕が、愛しあう者が交わすまなざしにおいてするように）無限への遠近法的（パースペクティヴ）眺めを開く。さて、神のようにか、悪魔のようにかはともかく、パリは鏡に似た遠近法的眺めへの情熱をもっている。凱旋門、サクレ・クール聖堂、そしてパンテオンですら、遠くから見ると、地平から少しばかり浮かんでいる映像のようであり、建築の蜃気楼を出現させる。オスマン男爵が第三〔「第二」の誤り〕帝政期にパリを改造したとき、彼はこうした遠近法的眺めに熱中していて、作れる場所があるかぎり増やそうとした。パサージュのなかで遠近法的眺めは、教会の身廊のなかでと同様、恒常的に保たれている。そして上階の窓は、〔教会の〕二階合唱隊席（エンポーレ）であり、そこに巣くっている天使たちは「つばめ」と呼ばれていた。――「窓仕事をする〔（売春婦が）窓から客を引くという意味の隠語〕つばめ〔-女たち〕」〔レヴィック=トルカ『夜遊びのパリ』一九一〇年〕。〈c°、2〉

空間の二義性〔曖昧さ〕としてのパサージュの二義性。この現象へのアプローチは、蠟人形館における人形たちがさまざま〔な人物を表わすの〕に使われることから一番早く見つかるかもしれない。また他方それに対応して、パサージュにおいて獲得された、空間の二義性に着目する志向上の態度は、パリの街路の理論に裨益するものでなければならない。パサージュの二義性の最も外面的な、ごく周辺的でしかない様相（アスペクト）を示しているのは、パサージュに鏡がたくさんあることであり、それは空間をメールヒェン的に拡げ、どちらの方向に行けばいいか分からなくする。これでは大したことを言っていないかもしれない。それでもなお、である。この二義性が多義的、それどころか無限に多義的であっても、それはやはり――鏡の世界の意味で――二義的なのだ。二義性はまばたきする、それはつねにこの〈一なるもの〉であり、己れから別のものをすぐに立ちのぼらせるような無では決してない。変化する空間は、その変化を無のふところで行なう。この空間の曇って汚れた幾枚もの鏡のなかで事物たちが、カスパル・ハウザー（一八一二頃―三三年。出自不明の少年で、長年牢獄に閉じ込められていたと推測される。視覚や聴覚が異常に鋭かった）のまなざしを、無と取り交わす。つまり、涅槃（ニルヴァーナ）からこちら側へ送られる、そうした二義的な目配せがある。そして、ここでまたもや冷たい息吹をもって私たちに軽く触れるのは、オディロン・ルドンという洒落者めいた名である。彼は、無の鏡のなかへの事物たちのこうしたまなざしを、誰にもまして捕捉し、事物たちと非在との合意のなかに自分を混ぜるすべを、ほかの誰にもまして心得ていた。まなざしの囁（ささや）きがパサージュを満たす。そこでは、最も予想外のところで短いあいだ目を開き、まばたきしながら閉じないような事物はない。事物は近づいてみると消えてしまう。これらのまなざしの囁きに、空間がそのこだまを貸し与える。「何が、私のなかで」と空間はまばたきしながら言う、「起こったのだろうか」。私たちはたじろぐ。「そうだ、いったい何ということどもがお前のなかで起こったのだろう」。そう私たちは空間に小声で問い返す。ここでカール大帝（七四二―八一四年。フランク王（在位七六八―八一四年）。八〇〇年、西ローマ皇帝を戴冠）の皇帝戴冠式が行なわれたかもしれないし、アンリ四世（一五五三―一六一〇年。フランス王（在位一五八九―一六一〇年））の暗殺が、リチャードの息子たちのロンドン塔での死*が、そして……が起こったかもしれない。だからここに、もろもろの蠟人形館があるのだ。この視覚的な王侯ギャラリー〔肖像陳列室〕は、それら蠟人形館の中心財産である。このギャラリーはルイ十一世（一四二三―八三年。フランス国王（在位一四六一―八三年）。絶対主義の基礎を確立した）にとっては玉座の間であり、ヨーク公にとってはロンドン塔であり、アブデル・クリム（一八八二―一九六三年。モロッコのナショナリスト。リーフ族の抵抗運動を指導）にとっては砂漠であり、ネロにとってはローマである。〈c°、3〉

＊　ベンヤミンの思い違いで、リチャード（三世）ではなくその兄エドワード四世の息子たちであるエドワード五世（一四七〇―八三年？　イングランド王在位一四八三年）とヨーク公リチャード（一四七三―八三年？）が、リチャード三世によってロンドン塔で殺害されたといわれている。

光の都市（ヴィル・リュミエール）〔パリ〕の最も内奥の、輝く細胞、すなわち昔のディオラマは、これらのパサージュに住みついていた。そうしたパサージュのひとつが現在でもなお、この由来からパサージュ・デ・パノラマと呼ばれている。そもそもの初めの瞬間には、水族館に足を踏み入れたかのように思われた。暗くされた広いホールの壁にそって、ガラスの向こうの照明された水の国（ラント）〔「帯（バント）」の誤りか〕とでもいったものが長く伸び、ところどころに細い継ぎ目があった。深海動物の色彩の戯れが、これほど鮮烈である場所はほかにない。もっともここで見られたのは、地上の、大気圏のもろもろの不思議であった。月に照らされた水面にサルタンの後宮が映り、さびれた公園の白夜の光景が開ける。月光のなかに見分けられるのはサン＝ルー城〔パリ北郊〕で、そこでは百年前に、コンデ家〔フランスの貴族〕の最後の代となった人〔ルイ六世アンリ・ジョゼフ（一七五六―一八三〇年）〕が窓辺で首を吊っているのが発見されたのである。城の窓のひとつにはまだ灯火が燃えている。そのあいだに何度か陽光が幅広く射し込む。ある夏の朝の澄んだ光のなか、ヴァチカン宮殿のスタンツァ〔ラファエロが装飾した三つの部屋〕が、ナザレ派〔十九世紀ドイツの画家の一派で、初期ラファエロの作品を範とした〕の目に映ったであろうような様子で見えている。ほど遠からぬところに、バーデン＝バーデンの町がまるごと築き上げられる。そしてもし私たちが一八六〇年と書き添えなければ、そこの人形たちのなかにひょっとしたら一万分の一の縮尺でドストエフスキー〔一八二一―一八八一年。ロシアの作家。一八六七年バーデン＝バーデンに滞在し、カジノで賭博に熱中した〕を、カジノのテラスに発見できるかもしれないところだ。だが蠟燭の光にも面目を保つ機会が与えられる。蠟燭の灯火が、遺体安置所（シャペル・アルダント）としての薄暗くなりつつある大聖堂のなかで、暗殺されたベリー公〔一七七八―一八二〇年。フランスの貴族。サン＝ドニ大聖堂に葬られた〕を取り巻き、絹の天蓋（ザイデンヒンメルン）〔原文には「横の天〔蓋〕（ザイテンヒンメルン）」とある〕のなかの常明灯は、丸顔のルナを恥じ入らせんばかりだ。それはロマン派描くところの月に照らされた魔法の夜をめざす、比類なき実験であり、あらゆる意味深い試みからは、そうした魔法の夜の高貴な実体が見事に立ちのぼった。古くからの温泉保養地コントレクセヴィル〔フランス中西部、ミネラルウォーターでも有名〕の透視画〔ディオラマ〕の前に立ち止まる時間さえもとった者は、〔その風景を見て〕すでに自分が前世に、両側をポプラに挟まれたこの日当たりのよい道に沿って歩いてきたことがあり、そのとき石の壁にそっと触れたことがあるように思った――家庭用の控え目な魔術効果、ほかにはまれな場合にだけ、たとえば中国の凍石工芸組物とか、

ロシアの漆塗りとかを前にして経験したような魔術効果。〈c°、4〉

通りは集団の住居である。集団とは永遠に覚醒している、永遠に動かされ続ける存在であって、この存在は家々の壁のあいだで、個的人間たちが四つの壁に守られてするのと同じだけのものを体験し、経験し、認識し、思考する。この集団にとって、商店のきらきら光るエナメル塗りの看板は、〔個的人間としてのブルジョワ的〕市民にとってのサロン〔客間、応接間〕に掛けられた油絵と同じように、いやそれ以上に、壁飾りなのであり、「はり紙禁止（デファンス・ダフィシェ）」と書いてある壁は集団の書き物机なのであり、新聞スタンドは彼らの図書館、郵便ポストは彼らのブロンズ像であり、ベンチは彼らの寝室の家具、そしてカフェテラスは、彼らが自分の世帯を見下ろす張り出し窓なのである。道路工夫たちが格子垣に上衣を引っ掛けておくところ、そこは玄関ホールであり、そして連なった中庭から屋外に導いてくれる門道は、〔個的人間としての〕市民をおびえさせる長い廊下は、工夫たちにとっては都市〔という住居〕の数々の部屋への通路なのである。それらの部屋のうち、パサージュはサロンであった。ほかのどの場所にもましてパサージュにおいて、通りが大衆（マッセ）のための家具つきの、充分に住みなれた室内であることが認識される。〈d°、1〉

ルイ＝フィリップとともに台頭した市民（ブルジョワ）は、近いところも遠いところも自分の室内とすることに重きを置く。市民が知っている舞台はただひとつ、サロンである。一八三九年に英国大使館で舞踏会が開かれる。二百本の薔薇の株が注文される。ある女性〔著名人が集うサロンの主催者として知られたジラルダン夫人〕が目撃者として語っている――「庭はひとつのテント屋根で被われ、談話用サロンのような感じだった。だが、なんというサロン！花であふれる香り高い花壇は、巨大な花器と化しており、並木道の砂は、まばゆく光る長絨毯のしたに隠れ、鋳鉄製のベンチのかわりに、ダマスク織りと絹布を掛けられたソファーが置いてあった。ある丸テーブルには本とアルバムが載っていた。遠くからオーケストラの不揃いな音が、このとてつもなく巨大な婦人室（ブドワール）〔小サロンとして使われる〕に入ってきた。そして周囲に三重に設けられた花回廊では、はしゃいだ若者たちが散策していた。無上の恍惚であった！」〔ダルメラス『ルイ＝フィリップ治下のパリ生活』一九二五年、ベンヤミンの訳は原文を多少短縮・改変している〕。冬園（ヴィンターガルテン）の埃っぽい蜃気楼、線路の交点に幸福の小さな祭壇がある駅構内の物悲しい遠近法的眺め（パースペクティヴ）、これら一切は、誤った構成、早く来すぎたガラス、早すぎた鉄のもとで、今日でもなお腐りつづけている。前世紀の中〔ごろには〕まだ、ガラスと鉄でどのように建築すべきか、誰にも見当がつかなかった。だが、もうずっと前から飛行機格納庫が、ガラスと鉄の正しい使い方を見いだしている。ただ、〔パサージュ〕内部の人間素材〔人的資源〕の具合は、パサージュの建築素材の具合と同様である。ヒモたちはこの街路の、鉄のごとき性質の連中であり、そのガラスのようにつんとすましている

(spröde〔砕けやすい〕) 人びとが娼婦たちである。〈d°、2〉

遊歩する人にとっては、通りとともに以下のような変化が生じる——通りは彼を、消え去ったある時間をつうじて導いてゆく。彼は通りにそってぶらぶら歩く。彼にとってはどんな通りも急坂になるのだ。通りは、母たちのもとへではないにしても、ある過去のなかへと案内して下ってゆく。彼自身の私的な過去ではないだけに、いっそう深いものでありうる、そのような過去のなかへと。[*1] それでもこの過去はつねに、ある青年時代の過去でありつづける。しかしなぜ、彼によって生きられた生の過去なのか。彼が歩む地面、アスファルトは中空だ。彼の足音は驚くべき共鳴を呼び起こし、タイルを明るく照らしているガスの光は、この二重の層をもつ地面に、二義性を帯びた光を投げかける。遊歩者の姿は、ぜんまい仕掛けで駆動されているごとくに、二重の層をもつ地面の、石で舗装された通りの上方を動いてゆく。そして、この駆動装置が隠れている内部では、昔のおもちゃにおけるように、オルゴール時計がとんとん音をたてている〔?〕。それが奏でている歌は——「青年時代から/青年時代から/ひとつの歌が私のあとにいつまでもついてくる」。[*2] このメロディーが流れてくると、遊歩者は自分をめぐる状況を再認識する。すなわち、自分の、直近の青年時代に由来する過去としてではなく、かつて生きられたひとつの幼年時代が彼に語りかけるのであり、それがある祖先の幼年時代なのか自分の幼年時代なのかは、彼にはどうでもよいのである。——長いこと、あてどなく街路を進んだ者には、ある陶酔がやってくる。歩行は一歩ごとに力強さを増してくる。酒場とか店とか微笑みかけてくる女たちとかの誘惑は、だんだん少なくなる。次の街角が、霧のなかの遠くの広場が、彼の前を歩いている女の背中がもつ磁力は、だんだん抗しがたくなる。それから空腹がやってくる。だが彼は、それを満たしてくれる百もの可能性には目もくれようとしない。むしろ獣のように見知らぬ街区をうろつく。滋養を求めて、ひとりの女を求めて。しまいには疲労困憊して自分の部屋で——それはよそよそしく、冷たく彼を迎え入れる——くずおれるのだ。こうした類型を作り出したのはパリである。それがローマでなかったのは奇妙なことである。そしてその理由は？　これだ——ローマでは、夢想でさえ、〔パリでより〕もっと踏みならされた街路を辿ることになるのではなかろうか。それに、この都市は主題〔「神殿」の誤りであろう〕や記念建造物や囲われた広場や国民的聖所などでいっぱいなので、そうしたものに分割されることなくこの都市が、ひとつの舗石を踏む、ひとつの店の看板を目にする、ひとつの石段、ひとつの門道に足をやる、その度ごとに、歩行者の夢のなかに入り込んでくることは、不可能なのではないか。またさらに、〔ローマが遊歩者という類型を生み出さなかったのは〕イタリア人の国民性に因るのかもしれない。というのも、パリを遊歩者の約束の都市〔『旧約聖書』に基づく「約束の地」という表現のもじり〕に、ホーフマンスタールがかつて呼んだような「生だけから成る風景」〔出典未詳〕にしたのは、他所生まれの人びとではなく、彼らパリっ子たち自身だったからである。風景——パリは、遊歩者にとっては本当に風景となる。あるいは、より厳密に言うならば、遊歩者にとってこの都市は弁証法的な両極にはっきり分かれる——この都市は、風景としてみずからを遊歩者に開き、部屋として遊歩者を包み込むのである。——さらにもうひとつ。遊歩者が都市を歩き回るときには、アナムネーシス〔プラトンのいうイデア想起〕的な陶酔の状態にあるが、かの陶酔は、彼の目の前に感覚的にやってくるものから滋養を引き出すだけでなく、たんなる知を、それどころか死んだデータの数々をさえ、経験され生きられたもののごとくに取り込むことができる。この感覚された知は、自明のことながら、とりわけ口頭での知らせとして人から人へと伝えられる。だがそうした知は、十九世紀のあいだに、ほとんど果てしないといっていいほどの文献のなかにも沈殿した。ルフーヴ（一八一一―一八二年。フランスの著述家。ナポレオン三世の修史官）は、「パリ、通りをひとつひとつ、家屋をひとつひとつ」という定式的な表現を、その五巻からなる著作のタイトルとし[*3]、これは簡にして要を得ていたが、すでにルフーヴ以前にパリは、通りのひとつひとつ、家屋のひとつひとつが、あらゆる愛をこめて、夢想する無為（ミュースィヒゲンガー）の人を引き立てる風景として描かれていた。そうした本を研究することは、パリっ子にとって第二の人生、夢想に耽ろうという心構えがもうすっかりできている人生のようなものであり、それらの本がパリっ子に与えた知は、食前酒の前の午後の散歩の途上で、イメージのかたちをとった。実際パリっ子はノートル・ダム・ド・ロレット教会の裏手のゆるやかな上り坂を、もしも彼が、昔パリに最初の乗合馬車ができたときこの場所で加勢の馬が三頭目として馬車の前につながれたことを知っていたら、もっと強く靴底のしたに感じずにいなかったのではないか。〈e°、1〉

＊1　「彼にとっては」からここまでの四行に類似した文章が「遊歩者の回帰」および「ティーアガルテン」のなかにある（四八五ページの訳注＊で挙げた箇所――「母たち」についてもこの注参照）。以下にも「遊歩者の回帰」と類似した箇所がある。

＊2　詞はリュッケルト作（一八三一年発表）。多くの曲がつけられたが、ラーデケのもの（一八五九年）で非常に人気を得た。三行目は正しくは「私の耳にひとつの歌がいつまでも響いてくる」。

＊3　最初『パリの通りの古い家屋』という題名で七十分冊で刊行され（一八五七―六四年）、のちに『パリの歴史――通りをひとつひとつ、家屋をひとつひとつ辿りながら』と改題された。

退屈は一枚の暖かい灰色の布で、その内側には最上の光輝を放つ、この上なく多彩な絹の裏地が貼られている。私たちは夢を見るとき、この布に自分をくるむ。そのとき私たちは、その裏地のアラベスク模様を我が家としている。だが眠っている人は外からは、その布の下で灰色に、退屈しているように見える。そしてそのあと目覚めて、見た夢を語ろうとすると、この退屈だけを伝えることがほとんどである。というのも、時間の裏地を、一挙に表に返すことができる人などいようか。それなのに夢を語るというのは、まさにそうすることなのだ。そして私たちはパサージュを、そういう風にしか扱うことができない

——何しろパサージュとは、そのなかで私たちが私たちの両親の、私たちの祖父母の生を、もういちど夢見心地で生きる建築なのだ。胎児が母親のなかで動物の生を生きるように。こうした空間のなかでの生活は実際また、夢のなかの出来事のようにアクセントなしに流れ過ぎる。遊歩とはこのまどろみのリズム運動である。一八三九年にパリで亀が流行した。エレガントな人士が、パサージュでは大通り(ブルヴァール)でよりももっと容易にこの生き物のテンポに合わせることができた様子は、よく想像できる。退屈はつねに、意識されない出来事の外面である。だから退屈は、大いなるダンディたちに上品と思われた。〈e°、2〉

ここ〔パリ〕に流行(モード)が、女(ヴァイブ)と商品(ヴァーレ)とのあいだの弁証法的な反転の場〔積み替え所〕を開いた。流行の手代(てだい)、のっぽの不作法者である死〔死神〕は、世紀をエレで測り、節約のため自分でマネキン人形をやり、大売り出し——フランス語では「革命」という——の指揮を手ずからとる。というのも流行が、色とりどりの屍体のパロディーでなかったためしはなく、女を使っての死〔死神〕の挑発でなかったためしはなく、高らかな、暗唱された歓声のあいまに、腐敗と交わされる苦い、囁き声の対話でなかったためしはない。だから流行は、あんなにも早く移り変わるのだ。流行は死をくすぐり、死がひっぱたこうと探すと、もうまた別の、新しいものになっている。流行は百年のあいだ、死に返すべき借りなどつくってこなかった。いまやついに流行は、戦場を明けわたそうとしている。しかし死は、アスファルトの流れをパサージュに渦巻かせている新たなレーテーの岸に、娼婦たちの武装(アルマトゥーア)を戦勝記念品として寄進する。〈f°、1〉

ハックレンダーが彼のメールヒェンのひとつにこの*「産業による贅沢(ぜいたく)の最新の発明」〔本書一一ページ参照〕を利用したとき、彼はまた不可思議な人形たちを危険なパサージュに住まわせた。すなわち妹ティンヒェンは彼女の哀れな兄たちを救済するために、妖精コンコルディアの命令でパサージュを歩き通さねばならないのである。「ティンヒェンは安心して国境を越え、魔法の国へ入っていきました。かの女は自分の兄さんたちのことだけを考えていました。はじめのうちはなにも変わったものは見ませんでした。でもやがて道はかの女に、おもちゃでいっぱいの広い部屋を通らせました。ここには、ありとあらゆるものを備えた小さな店が立ちならんでいました。小さな馬と馬車のついたメリーゴーラウンドが、ブランコと揺り木馬が、しかしとりわけ、このうえなくすばらしい人形の小部屋のかずかずがありました。食事の用意のできた小さなテーブルのまえで、大きな人形たちがひじ掛けいすにすわっていて、そのなかでいちばん大きくいちばんきれいな人形が、ティンヒェンを目にすると立ちあがり、かの女に上品におじぎをし、ふしぎにかぼそい声で話しかけました」。この子は、幽霊のおもちゃのことは何も知らないかもしれない。しかし、このつるつるの道〔現実ではパサージュ〕の邪悪な魔法は、今日に至るまで、大型の動く人形のかたちを好んでとるのである。だが、今日ではもう誰も知らないだろうが、前世紀の最後の十年に女性たちはその最も誘惑的な姿を、彼女らの体つきの最もひめやか(インティーム)な約束を、どこで男に示したか。人びとが自転車の練習をした屋根付き、アスファルト舗装のホールのなかでである。自転車に乗る女性は、シェレ描くところの広告(ポスター)のシャンソン歌手と競い合い、そして流行(モード)に最も大胆な線(ライン)を思いつかせるのである。〈f°、2〉

＊ 以下に紹介される話は、ハックレンダーではなく、ヘルム作「妹ティンヒェン」(『メールヒェン』一八五九年、所収)の短縮されたヴァージョン(ゴーティン〔編著〕『メールヒェンの本』一八七四年、所収)である。

人類の歴史のなかで、都市パリの歴史ほど多くのことが知られているものはほとんどない。何千何万巻の著作が、ひたすら地球上のこのちっぽけな点の研究に捧げられている。通りのうちには、そのほとんどすべての家屋の運命が、何百年にもわたって知られているものがある。ホーフマンスタールは美しい一言でこの都市を「生だけから成る風景」と呼んだ。そして、この都市が人びとに及ぼす魅惑のうちには、雄大な風景に、より正確に言えば、火山風景に特有なたぐいの美しさがある。パリは社会的構造という点から見れば、地理的構造という点から見たヴェスヴィオ山と好一対をなしている。いつ噴火するやもしれぬ危険な山塊と、革命の永遠に活動的な六月と。しかし、ヴェスヴィオ山の斜面が、それを被う溶岩のおかげで、パラダイスを思わせる果樹園となったように、革命の溶岩から芸術が、祝祭的な生活が、流行(モード)が、他のどこにもないほど咲き出ている。〈f°、3〉

彼は、たえまなくさ迷い歩きつづけているせいで、都市のイメージをあらゆる場所で自分のために解釈しなおすことに慣れているのではなかろうか。彼はパサージュをカジノに変えるのではないか。このカジノホールで、彼は感情という赤や青や黄色のチップを女性たちに賭け、現われる顔に——それは彼のまなざしに答えるだろうかと——賭け、黙ったままの口に——それは語るだろうかと——賭ける。〔賭博台の〕緑の布のうえで数字のひとつひとつから賭博者を見つめるもの——幸運——は、ここ〔パサージュ〕では、あらゆる女性の肉体から、性的なものというキメラ〔三四〇ページ参照〕として、彼に目くばせしてくる——彼の好みのタイプの女として。このタイプは、〔カジノにおける賭博者の好みの〕番号、数字にほかならない。つまり、まさにこの瞬間に幸運は、その数字で名指しされたがっているのだが、そのすぐあと、幸運は別の数字に飛び移ってしまうのだ。好みのタイプ——それは三十六倍(ファッハ)になる天の恵み(ゼーゲン)〔「賭け(ゼッツェン)」の誤りか〕の升目(ファッハ)であり、好色な男の目はそれに知らず知らずのうちに止まる、ルーレットの象牙の球が赤あるいは黒の枠に入って止まるように。彼はいくつものポケットをお金でぱんぱんに膨らませて、パレ＝ロワイヤルから出て娼婦を呼び、彼女の腕のなかにもう一度、番号でやる行為を見出す。この行為のなかでいっさいの財産は、ふだんはきわめて重みのかかった、きわめてかさばるものであるのが、完全にうまくいった抱擁にたいする女のお返しのように、運命によって彼に与えられる。というのは、娼家でもカジノホールでも同じである最も罪深い、最も罰せられるべき恍惚とは、快楽のなかで運命を占う〔決める〕ことなのである。どのような種類のものであれ感覚的快楽が、罪という神学的概念を規定できるなどと思うのは、何も分かっていない観念論だけである。神学的な意味でのふしだらさの概念を規定するのはほかでもなく、神と共にある生の流れから快楽をこのように強奪することなのである。こうした生の、神への結びつきは、名のうちに住まっている。名そのものは、赤裸々な快楽の叫びである。この神聖な、冷徹な、運命なきもの*それ自体――名――は、運命以上の大敵を知らない。運命は売春において名に取って代わり、迷信のなかに己れの武器庫をつくる。それゆえ、賭博者および娼婦のなかには迷信があって、それは運命のいろいろな姿を出現させ、艶っぽい会話をことごとく運命のおせっかい、運命の好色さで満たし、快楽をすら運命の座る玉座へとおとしめてしまう。〈g°、1〉

* 「神聖な」「冷徹な」「運命なき」は、ドイツの詩人ヘルダーリンの作品に由来する表現。

シュルレアリスムの父親はダダ〔一九一六年頃から起こった、既成のあらゆる価値を否定する芸術運動〕であった。母親は一本のパサージュ〔ドイツ語では女性名詞〕であった。ダダは、パサージュと知り合ったときにはもう年老いていた。一九一九年の末、アラゴンとブルトン（一八九六―一九六六年。フランスの作家。シュルレアリスムの代表者のひとり）は、モンパルナスとモンマルトルにたいする嫌悪の念から、友人たちとの会合の場をパサージュ・ド・ロペラにあるカフェに移した。オスマン大通り（ブルヴァール）が延長され、このパサージュは終わりを迎えた。ルイ・アラゴンはこのパサージュの記述に一三五ページを費やしたが、この数の各桁の和には、シュルレアリスムという子供の産婆役をつとめたムーサたちの数、九が隠れている。このたくましいムーサたちの名は、バルホルン*、レーニン、ルナ、フロイト、モルス、マルリット（一八二五―八七年。ドイツの女性作家。大衆小説で大人気を博した）、シトロエン（一八七八―一九三五年。ユダヤ系フランス人。自動車会社シトロエン社の創業者）であった。用心深い読者は、この文章を読んでいてこれらの名に出くわしたら、彼ら全員をなるべく目立たぬように避けて通ることだろう。アラゴンは『パリの農夫』のなかでこのパサージュに追悼の辞を述べているが、かつてひとりの男によって彼の息子の母親のために述べられた追悼の辞のうちで、揺さぶられた心をこれほどまでに表わしたものはない。あの世ではこの追悼の辞を読

エッフェル塔のシトロエン社の広告、1925年

み返すべきだが、しかしこの世では、この文章からひとつの生理学以上のものを、そして率直に言って、ヨーロッパの首都のこの最も秘密に満ち、最も死に絶えた部分〔パサージュ〕の解剖所見以上のものを期待すべきではない。〈h°、1〉

＊ドイツの印刷業者（一五二八―一六〇三年）のことか。ドイツ語に「バルホルン化する」という言い方があり、改良するつもりで改悪してしまうという意味である。

歴史の見方におけるコペルニクス的転回行為（ヴェンドゥング）とはこうである――従来は〈在ったもの〉が固定点とされ、〈現在〉がこの固定したものへと認識を手さぐりしながら導こうと努める、といったことが見られた。いまやこの関係は逆転されるべきであり、目覚めが相対立するもろもろの夢イメージとともに行なう綜合（ジュンテーゼ）によって、かつて在ったものが弁証法的に固定化されねばならないのである。政治が歴史に優先する。しかも、もろもろの歴史的「事実」は、私たちにたったいまふりかかってきたものになる。それらを確定するのが追想（エアインネルング）の仕事である。そして目覚めは、追想の範例的な場合（ケース）である。最も近いもの、最も手近にあるもの（自我）を追想することに私たちが成功する、あの場合である。プルーストが〔想像のなかで〕家具をいろいろ実験的に移動させる話〔『失われた時を求めて』冒頭〕で言おうとしていること、ブロッホが生きられた瞬間の暗闇として認識していること、それはここで歴史的なものの平面で、そして集団的に確保されるものにほかならない。**在った**

ものについての「まだ意識されない知」〔本書五〇〇ページ参照〕があり、この知を掘り出す行為は、目覚めの構造をもっている。〈h°、2〉

この歴史的で集団的な固定化過程において、蒐集は一定の役割を演じる。蒐集は、実践的な追想の一形式であり、在ったもののなかへ浸透する行為の世俗的な顕現のうち〔「近さ」の世俗的な顕現のうち〕、最も端的な顕現である。したがって政治的志操からなされるあらゆる行動は、どんなに小さなものでも、いわば骨董商において時代を画す。私たちはここ〔パサージュ論〕で、前世紀のキッチュをたたき起こし「集まり」に行かせるための目覚まし時計を組み立てるのだ。このような、ある時代から真に離れるということは、それがあくまで狡知によって率いられる点でも、目覚めの構造をもつ。というのも、目覚めは狡知を使うのである。狡知をもって、狡知なしにではなく、私たちは夢の国から身をもぎ離す。しかしまた、間違った離れ方もあり、そのしるしは暴力性である。無理な努力は意図と反対の結果をもたらすという法則がここでもあてはまる。ここで問題にしている時代についていえば、この実りなき無理な努力の代表格がユーゲント様式である。〈h°、3〉

目覚めの弁証法的構造――追想と目覚めは、きわめて近い類縁関係にある。つまり目覚めは、想起（アインゲデンケン）という弁証法的、コペルニクス的転回行為である。それは、夢見る人の世界から覚醒している人びとの世界への、見事に初めから終わりまで作曲〔構成〕された反転(ウムシュラーク)である。この生理学的過程の根底にある弁証法的な図式化傾向に、中国人は彼らの民話(メールヒエン)・奇譚文学(ノヴエレ)において、きわめてラディカルな表現を与えることができた。歴史記述の新しい弁証法的方法は次のことを教える。夢の迅速さと強度(インテンズイテート)〔内的集中性〕をもって心のなかで、在ったものを初めから終わりまで味わいつくす〔くぐり抜ける〕こと、その目的は、そのようにして現在を覚醒している世界として経験することであって、結局のところあらゆる夢は覚醒している世界に関わるのだ。〈h°、4〉

パリのパサージュを扱うこの著述は、ある野外の場所で、雲ひとつない青空のもとで始められた。その青空は〔パリの国立図書館の閲覧室の壁に描かれている〕葉叢(はむら)の上方で丸天井をなし、しかし何百万枚もの葉（Blätter〔本のページ〕）によって埃まみれにされており、それらの葉の前で、勤勉の爽やかなそよ風、研究の大儀そうな息づかい、若々しい熱意の嵐、好奇心の緩慢な微風が、何百年もの埃に被われた。パリの国立図書館のなか、アーチ部分から閲覧室を見下ろしている描かれた夏空は、その夢想的な、光なき被い〔天井〕を、彼らの洞察の初子(ういご)のうえに投げかけた。そして夏空が、この若い洞察の目の前に開かれるたび、そのなかに立っていたのはオリュンポスの神々ではなく、ゼウス、ヘーパイストス、ヘルメースあるいはヘーラー、アルテミスとアテーネーではなくて、前景に出ていたのは

ディオスクーロイ*だったのだ。〈h°、5〉

＊ ゼウスの息子であるカストールとポリュデウケース。彼らは天に上げられて双子座になったという。パサージュについてベンヤミンは最初、友人ヘッセルと共同で雑誌記事を書くつもりで、その段階の草稿が「パサージュ」（本書四〇六ページ以下）であるが、ここでベンヤミンはその中止になった共同作業を振り返り、自分とヘッセルをディオスクーロイになぞらえているように思われる。

〔ボードレール論構想および初期の草稿類〕

〔ボードレール論全体の構想〕〔おそらく一九三八年四月以前に成立〕

論述は、『悪の華』が後世に及ぼした――ほとんど類例のない――影響についての考察から始まる。そのような影響の明白な諸理由を手短に挙げるが、他方、もっと深いところにある諸理由、とくに、『悪の華』は現代の読者に何を語るのかという問題は、この論文全体のテーマである。

ボードレールに関する文献の特徴を述べる。ボードレール文献は、こうした後世への影響の深部について、いわんやその諸理由について、浅薄にしか理解させてくれない。芸術理論は、とりわけボードレール独特の〈万物照応(コレスポンダンス)〉説を引き継いだが、しかしそれを解読することはなかった。

ボードレール自身が彼の作品に与えている解釈は、以後詳しく述べるように、間接的にしか参考にならない。文学史はかなり無批判的に、彼の文学のカトリック性についての彼自身の見解に従ってきた。

方法論に関するひとつの補説が、〈救出〉と〈擁護〉の決定的な違いを扱うことになろう。フックス論〔「エードゥアルト・フックス——蒐集家と歴史家」〕で開拓された、歴史考察についての研究が、ここで継続されねばならない。

第一部の核心をなすのは、ボードレールのアレゴリー的な直観の仕方（Anschauungs-weise〔ものの見方〕）に関する叙述である。この直観の仕方は、その独特な、いわば三次元的な構造において研究される。ボードレールの詩人らしい敏感さは、従来、彼の文学が考察される際ほとんど唯一大きく取り上げられてきたが、その三次元のうちのひとつの次元にすぎない。この敏感さは、それ自体としては、なかんずくそれがもつ両極性のゆえに意味深い。実際、ボードレールの感受性は、一方で精神的な、熾天使的と言えるような極に、他方で特異体質的な極に分裂する。一方の極を代表するのが熾天使であり、もう一方の極を代表するのが**物神**である。

しかしながらボードレールの詩人としての才能を、敏感な〔面〕だけを通して——それがいかに豊かなものであろうと——測りつくすことなどとうてい不可能である。憂鬱気質的な才能がつけ加わるのだ。ここでも明らかな両極化が生じる。ボードレールは哲学的な頭脳ではない。それとは反対で、彼は並々ならぬ強烈な仕方で、沈思黙考家の心身状態を呈している。彼の憂鬱気質は、ルネサンスが英雄的な憂鬱気質と形容したたぐいのものである。この憂鬱気質は、理念とイメージとに両極化する。すなわち、イメージはボードレールにおいて決して感受性の反映だけなのではなく、理念は決して思考のたんなる名残(なごり)ではない。イメージと理念は——これが沈思黙考者を特徴づけるものだが——互いへと移行する。この素質をボードレールは麻薬の使用によって、独特な仕方で機能させた。このあとに、ハシッシュに固有の、もろもろのイメージと理念の独特なからみ合いについての補説が来る。

アレゴリー的な直観の仕方はつねに、ある無価値〔無効〕にされた現象世界のうえに構築されている。商品のうちにある、事物世界の特殊な無価値化〔無効化〕は、ボードレールにおけるアレゴリー的志向の基礎である。商品の化身として娼婦はボードレールの文学において中心的な場を占める。娼婦は、他面では、人間となったアレゴリーである。流行(モード)が彼女を飾りたてる小道具は、彼女が自分の身に吊るすエムブレム〔標章、アレゴリー画〕である。物神(フェーティシュ)が商品の真正さのしるしであるのは、エムブレムがアレゴリーの真正さのしるしであるのに等しい。魂を抜かれ、しかし快楽になおも奉仕している肉体のなかで、アレゴリーと商品が結婚する。詩「殉教の女」はボードレールの作品において中心的な位置にある。そのなかでは、破壊の華美（apparat de la destruction）*がその仕事を行なった傑作が提示される。商品経済による人間的環境のこうした無価値化は、彼の歴史経験のなかに深く入り込んで作用している。起こるのは「つねに同じこと」である。憂鬱(スプリーン)は歴史経験の精髄にほかならない。

＊『悪の華』で「殉教の女」のまえに置かれている「破壊」は、「血まみれになった、〈破壊〉の道具立て（l'appareil sanglant de la Destruction）」という言葉で終わる。本書三六四ページ参照。

この経験に対抗して進歩の理念を持ち出すことほど軽蔑に値するものはないように思われる。そのうえ進歩の理念はひとつの連続の表現として、ボードレールの破壊衝動（インプルス）――それはむしろ機械的な時間観念にインスパイアされる――ときわめて深く対立する。憂鬱（スプリーン）に圧倒されることからは、新しさ以外の何物も提供されえない。この新しさを作動させることが、近代の英雄（ヘーロス）の真の使命である。とすれば、ボードレールの文学の高い独創性は実際、彼がそこで近代的な生のなかの英雄主義（エロイスム・ダン・ラ・ヴィ・モデルヌ）の例を提示していることにある。彼の詩の数々は使命であって、彼の落胆と疲労でさえも英雄的（ヘローイシュ）なことなのである。ボードレールの作品に現われる近代は、歴史的に規定可能な近代である。ボードレールはユーゲント様式の先駆けであり、悪の華は同時にユーゲント様式の最初の装飾である。

しかし決定的なのは次のことである――詩人は〈新しさ〉の名において、意気消沈（Trübsinn）〔憂鬱（スプリーン）のドイツ語訳、本書三二七ページ参照〕に停止を命じようとするのだが、この新しさ自身が、詩人の反抗の対象である現実の烙印（シュティグマ）をこの上なきまでに帯びているのである。芸術生産の意識的目標としての新しさそれ自体は十九世紀以前のものではない。ボードレールにおいて問題となっているのは、新しい形式を誕生させるとか、事物から新たな面を引き出すとかいった、あらゆる芸術において規範的な試みではなく、根底から新しい対象なのであり、この対象の力はひとえに、それが新しいということに存する。それがどんなに嫌悪感を与える、どんなに慰めのない対象であろうともである。ボードレールにおけるこの傾向は何人かの観察者によって、とりわけジュール・ラフォルグとヴァレリーによって、それがボードレールにとってもった個人的な意味に従って正しく評価されてきた。

しかしながらボードレールのこの企てが歴史的意味を得るのは、この企てが測定されうる基準となる〈常に同じものの経験〉が、歴史のしるしを受けるところにおいてのみである。そうなっているのはニーチェとブランキにおいてである。永劫回帰の思想はここでは、〈新しさ〉である――〈新しさ〉は永劫回帰の円環を裏付けつつ、それを打ち破る。ボードレールの作品は、ニーチェと、そしてとりわけ、永劫回帰の説をニーチェより十年前に展開したブランキと結びつけられることで、新たな照明を浴びる。

さていまや、深淵について論じることができる。深淵の感情はボードレールに一生涯付き添ってゆくのである。ブランキは、世界と人間の永遠性――常に同じもの――が星辰の秩序によって保証されているのを見た。ボードレールの深淵は星辰なきそれである。実際、ボードレールの抒情詩は、星辰が出てこない史上初めての抒情詩である。「その光が私の知る言語を話す」*という詩行は、この抒情詩への鍵にほかならない。この抒情詩は、その破壊的なエネルギーにおいて、たんに――アレゴリー的構想の力で――詩人的霊感の本性（ナトゥーア）と手を切るだけでなく、そして――それがもつ都市の喚起力によって――牧歌に出てくる田園風の自然（ナトゥーア）と手を切るだけではなく、それが抒情詩というものを物象化の核心に住まわせるさいの英雄的（ヘローイシュ）な果断さの力で、諸事物の本性（ナトゥーア）と手を切る。この抒情詩が立っているのは、諸事物の本性（ナトゥーア）が人間の本性によって打ち負かされ、作り変えられる〔判読不確実〕場所である。だからといってボードレールは技術的進歩を信頼せず、その点で彼が正しかったのは、その後の歴史が示すとおりである。

＊「妄執」（『悪の華』所収）の一節。「どんなにかきみは私の気に入るだろう！　おお夜よ！　その光が／私の知る言語を話す、あの星たちさえなかったなら！」

〔ブランキについて〕〔一九三八年初めに成立か〕

〔一〕

パリ・コミューンの期間、ブランキはトーロー要塞に囚われていた。そこで彼は『星辰による永遠』を書いた。

この本は、もろもろの幻像（ファンタスマゴリー）の、すなわち〔十九〕世紀の魔法めいたイメージの状況（コンステラ布置(ツィオーン)〔星座〕を、ある最終的な状況布置のかたちで完成させる。この状況布置〔星座〕は、宇宙的なそれとして考えられており、他の魔法めいたイメージへのきわめて辛辣な批判を含んでいる。この著作の主要部分をなしている独学者の愚直な考察の数々は、ある思弁に道を拓くのだが、その思弁は、著者の革命的な飛躍(エラン)を残酷に否認するのである。ブランキが本書で展開する宇宙観――そのデータを彼は機械的自然科学から借りてきている――は、地獄の幻視(ヴィジヨン)であることが露呈する。それは、ブランキが生涯の終わりごろ、勝利を認めざるを得なかったまさにその社会を補完するものとして、その社会の一部である。ブランキの迂遠な企てがもってしまう無意識の皮肉は、彼が社会に対して向けるすさまじい告発が、社会の諸傾向への無条件の服従というかたちをとるということである。本書は、永劫回帰の理念を、ニーチェの『ツァラトゥストラ』〔『ツァラトゥストラはこのように語った』〕より十年前に宣言する。後者にほとんど劣らず熱狂(パテーティシュ)的に、そして真に幻覚的な力をもって。

本書は、勝ち誇ったようなところはまったくなく、むしろ抑鬱をあとに残す。ブランキは進歩のひとつのイメージを描こうと欲する。それは歴史そのものの魔法めいたイメージであることが露呈する――きわめて近代的に飾り立てられた、遥かな古代であることが。その次に来るのが最も重要な箇所である。「宇宙全体は、もろもろの星辰の系からなっている。これらを創るために自然が使えたのは、百種類の元素だけだった。あらゆる発明の技にもかかわらず、そして自然の豊饒さが使うことのできる組み合わせの無限の多さにもかかわらず、結果は必然的に、元素の数そのものと等しい有限の数であった。空間を満たすために、自然はその元々の組み合わせと類型を、限りなく（アド・インフィニートウム）繰り返さざるをえない。

それゆえ、あらゆる星が、時間と空間のなかで無限回存在せざるをえない。星が一度現われる、そのあり方でだけではなく、それが生成してから消滅するまでの持続のあらゆる瞬間ごとに、である。〔……〕そのような星のひとつが地球である。それゆえあらゆる人間存在も、その実存のあらゆる瞬間において永遠である。私がこの瞬間にトーロー要塞の囚人房のなかで書いていること、それを私はすでに書いたことがあり、それを私は未来永劫にわたって書くであろう。机に向かい、ペンで、現在の状況と瓜（うり）二つの状況で。誰でもそうなのだ。……私たちの影法師の数は、時間と空間のなかで無限である。……この影法師たちは血肉をもつ、つまりズボンをはきコートを着、クリノリンスカートをはき束髪をつけている。それは幻影ではなく永遠化された現実なのだ。ただしそれにはひとつのものが欠けている。つまり進歩が。〔……〕我々が進歩と呼ぶものは、すべての地球のなかに埋め込まれていて、すべての地球とともに消滅する。もろもろの地球ではつねに、いたるところで同じドラマが、同じ舞台装置が、同じ狭い舞台のうえにあり、騒々しい人間たちがいる、自分たちの偉大さに陶然として。つねに、いたるところで、彼らは自分自身を宇宙と見なし、そして自分たちの牢獄のなかに、まるでそれが測り知れぬほど大きいものであるかのように、生きているが、しかしじきに地球とともに影のなかに沈み、その影は彼らの高慢を一掃する。他のもろもろの星辰上の、同じ単調さ、同じ不動性。宇宙は無限に繰り返され、その場で足踏みする。迷うことなく永遠は、無限なもののなかでつねに絶えず同じ芝居を演じる」。

この希望なき諦念は、偉大な革命家の最後の言葉である。この〔十九〕世紀は、新しい技術的可能性の数々に、社会の新しい秩序をもって対応することができなかった。

〔二〕

以下のような問いを立てることができよう――ブランキの政治行動には、それを、高齢で『星辰による永遠』を書いた男ならではの行動として特徴づけるような点があるのではないか。H・B*はさらに踏み込んで、ついにはこんな仮説に至る――ブランキが七十歳で開陳している世界観は、彼がおおよそ十八歳のときに構想したものであり、この世界観は彼の政治行動全体の自暴自棄的な性格を説明している、というのだ。この仮説を支えるために持ち出せる正確な論拠などないことは明らかである。それに対し、むげに否定できないのが次のような考えである。すなわち、ブランキがもとより社会主義の理論的な基礎にあまり興味を示さなかったのは、あまりにも深く世界と人生の構造に没頭する者〔ブランキ〕を待ち構えるもろもろの評言に対し、強固な不信の念を抱いていたからかもしれない、という考えである。そのように深く没頭することをブランキは当時、老齢にもかかわらず、結局やめることができなかった、というわけである。

＊ハインリヒ・ブリュッヒャー（一八九九―一九七〇年。ドイツ出身の共産主義活動家、哲学者）のこと。ブリュッヒャーは亡命地のパリでベンヤミンと交友を結んでいた。その後、一九四〇年に結婚したハンナ・アーレントとともにアメリカに渡った。

【訳者付記】

〔二〕の部分は多少の変更を伴って「パリ――十九世紀の首都」（フランス語稿）の「結論」に取り入れられている（本書七二ページ以下参照）。ブランキ『星辰の永遠』からの引用は、ここでは（ベンヤミンによると思われる）ドイツ語訳から重訳した。

〔「ボードレールにおける第二帝政期のパリ」初期草稿断片〕〔おそらく一九三八年成立〕

【訳者注記】

本書三九三ページ以下の「訳者付記」に述べられているように、「ボードレールにおける第二帝政期のパリ」には草稿（手書き稿）と決定稿（タイプ稿）（本書七八ページ以下）が存在するが、以下の断片は、草稿（手書き稿）よりも古い最初期の草稿と思われる。引用文の出典、人名や語句の説明は、〔一〕については本書七八ページ以下を、〔二〕については同じく八八ページ以下を、〔三〕については同じく一五四ページ以下を参照されたい。

〔一〕

「パリでラ・ボエームと呼ばれている」あの「生活圏」はマルクスの著作のなかで、示唆に富んだ関連において出てくる。マルクスは警察の回し者だったド・ラ・オッドの回想録の詳細な紹介文を『新ライン新聞』に発表し（一八五〇年）、そのなかで職業的策謀家たちについて論じているが、マルクスは彼らをあの生活圏に数え入れているのである。ボードレールの相貌をまざまざと思い描くということは、ボードレールとこの〔職業的策謀家という〕政治的人間類型とのあいだに見られる相似について語ることにほかならない。この人間類型はマルクスによって以下のように紹介される。「〔引用文は空白になっている。本書七八ページ一七行目から七九ページ一一行目参照〕」。ついでに言えば、ナポレオン三世が出世していった生活環境も、ここで言われている生活環境と無関係ではない。周知のように、ナポレオン三世の出世の道具のひとつは「十二月十日会」であった——一種のSA〔ナチ突撃隊〕〔三単語解読不能〕。この会の実員をなしていたのはマルクスによると「フランス人がラ・ボエームと呼ぶ、無性格で、ばらばらで、あちらと思えばまたこちらに引きまわされる大衆全体」なのである。統治実務においてナポレオン三世は、策謀めいた慣習をさらに育てた。不意打ちの布告と秘密好み、急な攻勢と真意の測りがたい皮肉（イロニー）、これらは第二帝政の国是に属している。こうした特徴は、ボードレールの理論的著作にもたやすく見出される。[1] マルクスは策謀家（コンスピラトゥール）についての叙述を、こう続けている。「彼らにとって革命の唯一の条件は……完全に独立することは決してできない」〔中略部分は本書八二―八三ページ参照〕。

ボードレールの政治観は、こうした策謀家たちのそれを超えるものではまったくない。彼の共感が（たいていの場合はそうだったように）右翼に向けられるにせよ、あるいは突発的に反乱に向けられるにせよ――その共感の〔十五行あとの「表現は」に続く〕

〔ここに以下の文章が挿入されている〕ボードレールは自分の理論的立場をたいてい、有無を言わさぬ口調で持ち出す。議論など知ったことではない。〔いくつもの極端な主張が〕矢継ぎ早に出され、きびしく検討することが必要と思われるときでさえ、議論を避けてしまうのだ。最初の「サロン」〔一八四六年のサロン〕でボードレールは自分を、ブルジョワの〈悪魔の代弁人（アドウオカートゥス・ディアーボリ）〉にしている。それに対しのちには（たとえば『道義派のドラマと小説』において）まるきりの「場内の公証人たち」〔『道義派のドラマと小説』〕の口調、とびきりのボエー

ム口調を用いる。一八五〇年前後にボードレールは有用な美（ボー・ユテイル）を、数年後には〈芸術のための芸術（ラール・プール・ラール）〉を宣言する。そして、こうしたすべてにおいてボードレールは食い違いを媒介するという努力をほとんどしていない。それはナポレオン三世が保護関税から自由通商へと政策変更してしまうのと同様なのだ。ともかくボードレールのこうした特徴にかんがみれば、講壇批評（クリティック・ユニヴェルスイテル）が、しかしまたド・メーストル〔ルメートルの誤りであろう〕が、ボードレールの理論的著作をほとんど問題にしなかったのも理解できる。

表現はいつもだしぬけで、その根拠はいつも薄弱である。いずれにせよ、「およそ政治に関することで私が理解できるのはただひとつ、すなわち騒乱」というフロベールの言葉をもしもボードレールが聞いたら、これぞわが言葉と思ったことであろう。その場合この言葉はどういう意味に理解すべきものであったか、それをボードレールは以下のメモ〔のなかで〕告げている——「〈革命万歳！〉と私が言うとき、それは……私たちは民主主義と梅毒の両方に感染しているのだ。」〔中略箇所は本書八三—八四ページ参照〕。彼がここで記しているものを、「挑発家の形而上学」と呼ぶことができよう。そういう扱われ方は当時異例のことではなく、だからこそB〔ボードレール〕が一八五四年十二月二十日付の母宛ての手紙で、警察から給費を受けている文士たちに触れて、「あの連中の汚らわしい名簿に僕の名前は決して載らないでしょう」と書くといったこともありえたのである。このメモが記さ

れたベルギーで、事実彼は一時、フランス警察の回し者と見なされていた。彼にこうした評判をもたらしたのが、ユゴーに対して敵意を示したことだけであるとは考えにくい。そこには〔ボードレールの〕不透明な〔ユーモア〕、破壊的な皮肉（イロニー）が大いに関係していたのであり、のちにジョルジュ・ソレルに見られ、さらにファシズムのあらゆるプロパガンダに欠かせない要素となったほら崇拝（キュルト・ド・ラ・ブラグ）が最初に胚胎したのはボードレールにおいてだった。「〔〈ユダヤ人種〉の撲滅のために組織さるべき〕素晴らしい策謀（ベル・コンスピラシオン）」と彼はメモしている。挑発の崇拝に関して、彼にはひとりの偉大な師匠がおり、熱心に見習ったが、ついに追いつけなかった。ジョセフ・ド・メーストル〔本書一二九ページ参照〕が自由自在に使うことのできた鋭い論理、しかしまた、人の心に取り入るような柔らかい調子は、ボードレールには備わっていなかった。ド・メーストルが『サンクトペテルブルクの夜会』〔アティエ版、一九二二年〕のなかで行なっているような戦争の正当化は、まったくボードレールの心に適うものであった。しかし、以下のような堂々たる論拠は、ボードレールならおそらく書けなかっただろう。「戦争とは」とド・メーストルは書いている、「神的なものだ。——そしてこのことは、名将たちが、最も向こう見ずな将軍たちですら、庇護を受けていることからも明らかだ。というのも、彼らが戦闘で斃れることはめったにないのだ」〔ド・メーストル、前掲書〕。マルクスが策謀家（コンスピラトゥール）たちに見出しているテロリスト的願望夢でさえ、ド・メーストルにもボードレールにも対応するものが存在する。「私は」と騎士〔『サンクトペテルブルクの夜会』の登場人物〕はサンクトペテルブルクの夜会の第三対話のなかで言う、「どんなに骨が折れようとも、人類全体を侮辱するのにうってつけの真理を発見したいものです。そうしたらそれを人類全体にいきなり率直にぶちまけるのですがね」〔同前〕。そしてボードレールは一八六五年十二月二十三日、母に宛てて——「もし仮に僕が、時として享受したことのある若々しさと精力（エネルギー）とを取り戻すことができたならば、人が肝をつぶすような本を何冊も書いて怒りを発散させることでしょう。僕は人類全体を敵に廻したいのです。僕はそこに、万事に対して慰めてくれるような楽しみを見るのです」。この抑えた怒り——これを表わすのにフランス人は、〔ドイツ語に〕翻訳困難な「不機嫌（ロニュ）」という言葉をもっている——は、半世紀にわたるバリケード闘争が、パリの革命家たちのうちに養ってきていた心身状態だったのである。

〔二〕

パリのバリケードの最も重要な指揮者であったブランキは当時、彼の最後の牢獄となったトーロー要塞にいた。マルクスは、少なくとも六月蜂起に関して、ブランキとその同志たちのうちに「プロレタリア党の真の指導者」を見た。ブランキの革命家としての威信については、どんなに重大視してもしすぎることはない。レーニンが出現するまで、プロレタリアートのなかに、ブランキ以上に鮮明な特徴をもっていた人物はいなかったのだ。こうした特徴は、ボードレールにも強い印象を与えた。ボードレールの手になる一枚の紙片には、他の即興的なスケッチとともに、ブランキの頭部が見られる。マルクスがパリの策謀家たちの活動を描写するさいに導入している諸概念は、この生活環境（ミリュー）におけるブランキのぬえ的な立場を認識させる。ブランキが反乱扇動者（プッチスト）として語り伝えられてきたのには充分なわけがある。この伝承におけるブランキは、マルクスが言うように、「革命の発展過程を先取りし、この過程を人工的に危機へと駆り立て、革命の条件が整っていないのに革命を即興で作り出してしまう」ことをみずからの使命と見なす、そうしたタイプの政治家なのである。他面、ブランキについて残されているいくつかのイメージや叙述に拠れば、ブランキは、かの職業代表者〔「職業策謀家」の誤りであろう〕連中が最も嫌な競争相手と見なしていた黒服（アビ・ノワール）たちの典型的代表者のひとりと思える。目撃者としてJ＝J・ヴェス（一八二七―九一年。フランスの文芸批評家、ジャーナリスト）は、ブランキが彼の〈中央市場クラブ（クルブ・デ・アル）〉に登場する様子を次のように描いている。「〔『パサージュ論』断片番号〕V8a, 1〔本書八九―九〇ページの引用文参照〕」。

このようなシグナルの出し方においてブランキは、マルクスが挙げている黒服にきわめて厳密に対応している。彼は登場の仕方においても服装においても黒服に対応していた。(2)彼の特別なしるしのひとつは、決して黒手袋を脱がないことだった。しかし、この男のなかにあった厳か(おごそ)さ、落ち着き、近寄りがたく口が堅いところは、別な風にマルクスの文章を思い起こさせる。マルクスは職業策謀家たちについて書いている――「彼らは革命の錬金術師であって……」〔後略部分は本書九一ページ参照〕。この文は、ブランキとボードレールが深く親和的であった点を正確に示している。一方〔において〕＊アレゴリーの謎をこまごまと並べてみせる趣味、他方において策謀家(コンスピラトゥール)の秘密好み。ただし両者は、こうした規定〔特性〕からして彼らはそこに属すると一見思われる尺度を超え出て成長した。ブランキは策謀家たちのボヘミアン(ボエーム)気質から、ボードレールは詩人たちのボヘミアン気質から、ちゃんと距離をとっている。

＊ ここから二行あとの「ブランキは」までは線を引いて抹消されている。

ただし、両者の深い親和性は、そこではただ暗示されているだけで、根拠づけられてはいない。ボードレール＊が「聖ペトロの否認」の有名な詩行で、ある世界――そこでは行為が夢の同胞(はらから)ではないような――から心安んじて別れを告げようとするとき、いまやブランキの行為は、ボードレールの夢の同胞(はらから)だったのであり、このことがはじめて第二帝政(スゴン・ダンピール)期の慰めのなさを確定的にするのである。

＊ ここから「ボードレールの夢の同胞(はらから)だった」までの三行は、少し書き換えられて「ボードレールにおける第二帝政期のパリ」決定稿の末尾に組み込まれている（本書二三六ページ）。

〔三〕

顧客の大群（マッセ）〔大衆〕が商品の刺激力を高めること、彼らが商品のアピールを増加させること、これは、日常的であるがゆえに理論にとってますます重要であるような経験である。というのもこの経験は、まさに開かれた市場でのみ形成される。すなわち商品経済にまったく特有のものなのだ。売春はこの経験を検証する。売春の最も重要な魅力のいくつかは、大都市の成立とともにはじめて生じてくる。大衆（マッセ）〔の出現〕によってはじめて、売春が都会の広い地域に散らばることが可能になる。かつて売春は、家屋のなかでなければ、街頭に集団居住させられていたのである。大衆によってはじめて性的対象〔売春婦〕は、幾多の刺激作用を及ぼしながら同時にそのなかでみずからを反省することができるようになる。他方で〔売春の〕供給は、競争と頻度の結果もはや自分をカムフラージュできない場合、女性に、お金で買われる存在であることそのものを魅力にするように強いる。彼女は自分の商品性格を強調しはじめる。のちの時代のレビュー〔歌、踊り、寸劇などを並べたショー〕は、厳格に統一された服を着たガールズ〔レビューに出演する女性たち〕を展示することによって、大量生産品（マッセンアルティーケル）を大都市生活者の欲動生活のなかにはっきりと導入した。

これらのものは遊歩者（フラヌール）にとって、感情移入をつうじて近しく親しいものになった。この大衆の顔に遊歩者が出会う場所は、遊歩者が自分を——ボードレールが言うように——意識をそなえた万華鏡〔ボードレール「現代生活の画家」、本書二八三ページ参照〕と感じるところではない。大衆が顔をもつとすれば、その顔は少なくとも、孤独な散歩者が没入したがる通行人たちの押し合いへし合いからよりもむしろ、「市街戦のために人気(ひとけ)なく横たわっているあの〔ふだんは〕人の多い広場」〔ボードレール「フランスの諷刺画家たち数人」、本書一六一ページ参照〕のひとつから覗いているのである。

【原注】

（1）いくつか例を挙げること！　ここにそれらの著作の弱点があることを指摘する。この際に、それらについての否定的評価をひとつ、あるいはもうひとつ引用すること。

（2）『パリの憂鬱』のなかで〔どのあたりだったか？〔ベンヤミンの思い違いで、『パリの憂鬱』ではなく「異教派」のなかにある。本書二三七ページ原注（3）参照〕〕ボードレールは貧しい者たちに、乞食をするつもりなら手袋をはめることを勧めている。

〔「ボードレールにおける第二帝政期のパリ」のための予備研究〕〔成立年不明〕

〔一〕

ボードレールの詩における「私」の出現を追ってみるなら、有用な分類図式が出てくるだろう。ボードレール以前の抒情詩人で、その作品中に「私」が完全に消滅している詩がボードレールと同じくらい多数ある人はおそらく誰もいない。そうした詩はいわば乾いた場所に置かれて、排水されている。それらの詩が、筆致においてあの特別な中世風の簡勁さを示している詩と同一である可能性は大いにある。他の詩においては「私」は登場するとはいえ、それほど抒情的な性格はもたず、むしろ叙事的な性格をもっている。「そしてその時から私は、レウカス〔ギリシアの島〕の岬の上で見張る」〔「レスボス」〕。

比類がないのは、私あるいはあなた(ヴー)の純粋に抒情的な（ロンサール〔一五二四―八五年。フランスの詩人〕風の）飛び立ち(アンヴォル)である——「私は忘れていはしない」〔無題の詩の冒頭、『悪の華』所収〕「〔あなたがお嫉みだった、〕高潔な心を抱くあの女中」〔本書三六八ページ参照〕。

最後には、ある「私」がなかに隠れている仮面詩の数々を挙げなければならない。「女房は死んでしまった、おれは自由だ！」〔「殺人者の葡萄酒」冒頭〕「幽霊」〔『悪の華』所収〕。「私」は非常に遅れて出てくることがときどきある。

〔三〕

感情移入の図式

商品は顧客に感情移入する
顧客への感情移入はお金への感情移入である
この感情移入の名人（ヴィルトウオーソ）たち――遊歩者* 娼婦
* 「遊歩者」は線で抹消されている。

顧客は商品に感情移入する
商品への感情移入は交換価値への感情移入である
それはしかし次のことを意味する――価格への感情移入
この感情移入の賛美（アポテオーゼ）――娼婦への愛

【訳者付記】
〔二〕の全体は線を引いて抹消されている。

〔『ボードレールにおける第二帝政期のパリ』異稿より〕

〔一九三八年成立〕

〔方法論的序説断片〕

【訳者注記】「ボードレールにおける第二帝政期のパリ」草稿（手書き稿）の冒頭に置かれた、題名のない断片である。

真なるものを偽なるものから区別することは、唯物論的方法にとって、出発点ではなく目標である。すなわち別の言葉で言えば、唯物論的方法は、誤謬が、憶見（ドクサ）〔プラトンの用語〕が混入した対象を端緒とするということである。唯物論的方法が始めるもろもろの区別——この方法はそもそものはじめから、区別する方法である——は、こうしたきわめて混合した対象それ自体の内部における区別であり、唯物論的方法はこの対象を、どれほど混合したものとして、どれほど批判されていない（unkritisch〔分けられていない〕）*ものとして思い描いても十分すぎることはまったくない。この方法が、「本当に」あるがままの事柄に就くという望みを掲げるなら、自らの成功の見込みをとても減らしてしまうことにしかならないだろう。逆に、作業してゆくうちにその望みをしだいに放棄し、そのようにして、「事柄自体」が「本当に」あるわけではないという洞察に至る準備をするならば、成功の見込みをはなはだしく増やすことになる。

＊「批判／批評（Kritik）」の語源は「分けること」である。

とはいえ、「事柄自体」を追究するというのは人の気をそそることである。「事柄自体」なるものはボードレールの場合、ふんだんに出てくる。もろもろの源泉（Quellen（原典資料））は心の欲するままに流れ出し、そしてそれらが合流して伝承という川になると、その両側には線を引いたような斜面が開け、そのあいだを川は、視界の果てまで、流れてゆく。史的唯物論は、こうした光景（Schauspiel（劇））に我を忘れて没入することはない。史的唯物論は、この川のなかに空の雲の反映を探さない。だがそれよりももっとしないのは、「源泉で」水を飲むために、「事柄自体」を人びとの背後で追究するために、川に背を向けるなどということである。この川は誰の水車を回しているのか？　この川の落差を利用しているのは誰なのか？　誰がこの川をせき止めたのか？――このように史的唯物論は問うのであって、この風景のなかに働いていた諸力を名指すことによって、この風景のイメージを変えるのである。

これはややこしいやり方のように見える。事実そうなのだ。もっと直接的なやり方があるのではないか？　同時にもっときっぱりしたやり方が。詩人ボードレールを単刀直入に今日の社会と対峙させ、今日の社会の中核をなす進んだ人びとに対してボードレールが何を語りかけてくるかという問いに彼の作品に即して答える――しかも、ここをよく注意してもらいたいが、ボードレールがそうした人びとに対してそもそも何か語りかけてくることがあるのかという問いを素通りすることなしにである――というやり方に反対する理由があろうか。あるのだ。すなわち、私たちはボードレールを読むとき、まさに市民社会を通じて、ある歴史的な教育課程で教育されてしまっている。この教育課程を無視することは絶対にできない。ボードレールを批判的に読むことと、この教育課程を批判的に修正することは、むしろ同じひとつの事柄である。というのも、物質的産物であれ精神的産物であれ、その社会的機能を規定するにあたって、産物が伝承されてきた事情および担い手を度外視してもかまわないなどと考えるのは通俗マルクス主義的幻想だからだ。「その作品が生まれた生産過程とは無関係に、というほどではないにしても、それが生き存える過程とは無関係に考察される形成物の総体としての文化の概念は、……物神的特徴を帯びている[1]」〔「エードゥアルト・フックス――蒐集家と歴史家」、『ベンヤミン・コレクション2』五七七ページ〕。ボードレールの文学の伝承はようやく始まったばかりである。だがそこにはすでに歴史的な刻み目がいくつもあり、批判的考察はそうした刻み目に関心を抱かなければならない。

【原注】

（1） より果断な行き方がもたらす予想しがたい諸結果は、一般的にもむしろ人をひるませる。ボードレールのような人間の位置を、人類の解放闘争における最も前進した諸位置の網のなかに取り込もうとしても、ほとんど無駄である。それよりもそもそもの初めからもっと見込みがありそうなのは、ボードレールの密謀（マツヘンシャフテン）を、疑いもなく彼が我が家としていた場所で追究することである。その場所とは敵の陣営にほかならない。ボードレールの密謀が敵の陣営に幸いをもたらす結果になることはきわめて稀である。ボードレールはひとりの密偵（ゲハイムアゲント）であった――彼の属する階級が、自身が行なう支配に対して抱いていた密か（ゲハイム）な不満の代弁者（アゲント）。

〔方法論的序説草稿〕

【訳者注記】

「〔方法論的序説断片〕」のより古いヴァージョンと思われる、これも題名のない断片で、一応完結しているのかどうかも分からない。この原稿は、生成過程が辿れるかたちで残されているが、そうした過程を忠実に日本語に移すことは、ドイツ語と日本語の構造上の違いゆえに困難なので、最終的な形態を訳出した。

真なるものを偽なるものから区別することは、批判的方法にとって、出発点ではなく目標である。すなわち別の言葉で言えば、批判的方法は、誤謬が、憶見(ドクサ)が混入した対象を端緒とするということである。批判的方法が始めるもろもろの区別——この方法はそもそものはじめから、区別する方法である——は、こうしたきわめて混合した対象それ自体の内部における区別であり、批判的方法はこの対象を、どれほど混合したものとして、どれほど批判されていない(unkritisch〔分けられていない〕)ものとして思い描いても十分すぎることはまったくない。この方法が、「本当に」あるがままの事柄に就くという望みを掲げるなら、自らの成功の見込みをとても減らしてしまうことにしかならないだろう。逆に、作業してゆくうちにその望みをしだいに放棄し、そのようにして、「事柄自体」が「本当に」あるわけではないという洞察に至る準備をするならば、成功の見込みをはなはだしく増やすことになる。

とはいえ、「事柄自体」を追究するというのは人の気をそそることである。「事柄自体」なるものは——ボードレールの場合——ふんだんに出てくる。もろもろの源泉(Quellen〔原典資料〕)は心の欲するままに流れ出し、そしてそれらが合流して伝承という川になると、その両側にはきれいに線を引いたような斜面が開け、そのあいだを川は視界の果てまで、満々として流れてゆく。批判的理論は、こうした光景(Schauspiel〔劇〕)に我を忘れて没入することはない。批判的理論は、この川のなかに空の雲の反映を探さない。だがそれよりももっとしないのは、「源泉で水を飲む」ために、「事柄自体」を人びとの背後で追究するために、川に背を向けるなどということである。この川は誰の水車を回しているのか？　この川の落差を利用しているのは誰なのか？〔この一文は原稿の欄外への書き込み〕この川が筏で運んでいるのは誰の荷か？　この川のなかで魚釣りをしているのは誰か？――このように批判的理論は問うのであって、この風景のなかに働いている〔原稿の欄外には「この風景に創造的に作用し、それを変えた」という書き込みがある〕自然的諸力だけでなく社会的諸力をも名指すことによって、この風景のイメージを変えるのである。ついには批判的理論は、風景のイメージを変えるだけでなく、風景そのものを変えるのだが、それは批判的理論が、長期的な視野ででではあれ、川の落差を利用することによってである――この落差にこれまでまだ一度も気づくことのできなかった人びとのために。

精神的産物であれ物質的産物であれ、ある産物の社会的機能を規定するにあたって、産物が伝承されてきた事情および担い手を度外視してもかまわないなどと考えるのは通俗マルクス主義的幻想である。「その作品が生まれた生産過程とは無関係に、というほどではないにしても、それが生き存えながら過程とは無関係に考察される形成物の総体としての文化の概念は、……物神的特徴を帯びている」。ボードレールの文学の伝承はまだ始まったばかりである。だがそこにはすでに歴史的な刻み目がいくつもあり、それらがこの伝承を利用することを可能にする。

これをもってボードレールのひとつの像が存在するわけである。しかもそれは伝承されてきた像である。市民社会による伝承は、カメラに比することができる。素人がファインダーを覗いて、そのなかの多彩な像に喜びを覚えるように、市民階級の学者は伝承のなかを覗きこむ。唯物論弁証法家は伝承を操作する。彼の仕事は、確定することである。彼は、大きめに切り抜くことを、あるいは小さめに切り抜くことを試みたり、かなりどぎつい政治的な露出を、あるいはもっと軟調の歴史的な露出を選んだりするかもしれないが、最後に彼はシャッター機構を作動させ、シャッターボタンを押して離す。唯物論弁証法家がひとたび原版——すなわち、ある事柄が社会的伝承に入ったかたちでの、その事柄の像——を獲得してしまえば、概念が彼の諸権利を受け継いで、概念が像を現像する。というのも、原版が与えることができるのは陰画(ネガ)だけだから。原版を作り出すのは、光を影に、影を光に変える器械である。そのようにして得られた像に、自らが最終決定的なものだという主張ほどふさわしくないものはない。この像が生気をもっているのは見かけだけのことであるし、そして像の価値がそうした生気に基づくわけではないのはまったく確かである。だが、ある特定の場合において、伝承する際の社会的関心が、伝承される対象と葛藤することがあり、そうした葛藤は目立たないけれども本物である。得られた像の価値はむしろ、そこに表現されている人物〔たとえばボードレール〕を、その像を原版のうえに呼び出した伝承に対抗する証人として動員することにある〔逆に、銀板写真(ダゲレオタイプ)においては撮影方式が、歴史的時期に対抗する証人になる。すなわちポートレート撮影された人がその諸特徴をはっきり示している時期に対抗する証人に)。

これはややこしいやり方のように見える。事実そうなのだ。「もっと直接的な」やり方があるのではないか? 同時にもっときっぱりしたやり方が。研究対象である詩人ボードレールを単刀直入に今日の社会と対峙させ、今日の社会の中核をなす進んだ人びとに対してボードレールがいったい何を語りかけてくるかという問いに彼の全作品の在庫調査に即して答える――しかも、ここをよく注意してもらいたいが、ボードレールがそうした人びとに対してそもそも何か語りかけてくることがあるのかという問いを素通りすることなしにである――というやり方に反対する理由があろうか。事実、こうした無批判な問いかけに反対する、重大な理由があるのだ。すなわち、私たちはボードレールを読むとき、まさに市民社会を通じて教育されてしまっている、しかももうかなり以前から、この社会の最も進んだ構成要素〔人びと〕によってではまさになく、という事情である。まさにそれゆえに、この教育課程に対して不信の念をもつことは、ボードレールを批判的に読むための最良の成功の見込みになる。〔このボードレール論の〕第二部は、この不信の念を扱うことになる。

果断な行き方がもたらす予想しがたい諸結果は、一般的にもむしろ人をひるませる。ボードレールのような人間の位置を、人類の解放闘争における最も前進した堡塁の網のなかに取り込もうとしても、ほとんど無駄である。それよりもそもそもの初めからはるかに成功の見込みがありそうなのは、ボードレールの密謀（マッヘンシャフテン）を、疑問の余地なく彼が我が家としていた場所で追究することである。その場所とは敵の陣営にほかならない。ボードレールの密謀が敵の陣営に幸いをもたらす結果になることはきわめて稀である。ボードレールはひとりの密偵（ゲハイムアゲント）であった。彼の属する階級が、自身が行なう支配に対して抱いていた密かな（ゲハイム）不満の代弁者（アゲント）。ボードレールをこの階級と対決させる者は、プロレタリアの立場からは興味関心を引かないとしてボードレールを片付けてしまう者よりも、多くのものを得ることになる。*

*「興味関心を引かない」および「片付けてしまう」という部分は原文校訂者による補い。

趣味

【訳者注記】

この文章は、「ボードレールにおける第二帝政期のパリ」草稿（手書き稿）において、「〔方法論的序説断片〕」の次に置かれている。

商品生産が、他のあらゆる種類の生産にたいして決定的に優位を占めるようになるとともに、趣味というものが形成される。市場のための商品として製品を作ることは結果として、それらの製造のための諸条件が——しかも、搾取という形態における社会的諸条件だけでなく、技術的諸条件も——ますます人びとの知覚世界から脱落してしまうことをもたらす。手工業者に仕事を発注する消費者は、多少とも専門的知識をもった消費者である——親方自らが場合によってはそうした消費者に教えを与える——のに対し、購買者としての消費者はたいてい専門的知識をもたない。それに加え、安価な商品を作ろうとする大量生産は、品質の低さをカムフラージュすることを目指さざるをえない。大量生産は、消費者たちがたいていの場合専門的知識に乏しいことにまさに注目するのである。工業が進歩すればするほど、それが市場に投入するイミテーションはますます完璧になる。ある世俗的な仮象（シャイン）〔輝き〕が、商品の表面で燐光を放っている。この仮象は、商品の「神学的偏屈」〔本書二四ページ参照〕を生み出す仮象とは何の共通点もない。それでもなお、この世俗的な仮象は社会にたいしてある役割を演ずる。商標保護に関する一八二四年七月十七日の演説のなかでシャプタルは言う、「顧客は買い物の際、ある布地の品質のさまざまな違いにしまいには詳しくなるだろう、などと私に反論しないでいただきたい。いや、諸君、顧客は品質について判断することなどできず、外見にしか関心を向けないのである。だが、ただ眺めたり触ったりするだけで、染色の耐久性について納得することができるだろうか、あるいはある布地が上等かどうか、その平滑仕上げ（アプレトゥーア）[1]の質はどんなもので、どういう種類のものかを見抜けるだろうか？」

購買者の専門的知識が乏しくなるにつれて、購買者の趣味のもつ意味が増大する。それは購買者にとって増大し、そして生産者にとって増大する。購買者にとって趣味の意味は、自分が専門的知識を欠いていることを覆い隠す――これは多少なりとも難しいことだが――という価値をもつ。生産者にとって趣味の意味は、消費へのある新たな刺激という価値をもつ。〔消費者の〕さまざまな消費欲求のうち、それに応じようとすると製造者にとってよりコストがかかるであろうものは場合によっては犠牲にされ、この新たな刺激〔によってかきたてられる、よりコストのかからない商品への欲求〕が満足させられる。

まさにこの展開を、芸術のための芸術（ラール・プール・ラール）における文学は反映しているのである。芸術のための芸術という教養、およびそれに対応する実践は、詩（ポエジー）における趣味に、史上はじめて主導的地位を与える。（ただしそこでは、趣味など目的とされていないように見える。それはいかなる場所でも話題になっていないのだ。だがこのことは、十八世紀に美学論議のなかで趣味が大いに話題になったという事情と比べて、より多くのことを証明しているわけではない。実のところ、後者の美学論議の目指すところは、〔趣味ではなく〕内実だったのだ。）芸術のための芸術（ラール・プール・ラール）において詩人は言葉にたいして史上はじめて、購買者が公開の市場において商品にたいしてとるような態度をとる。購買者は、商品生産の過程を熟知していることはもうほとんどなくなってしまった。芸術のための芸術（ラール・プール・ラール）の詩人たちは、「民衆出身」と呼ばれることから一番縁遠い詩人である。彼らにとって緊急に定式化されるべきことは何ひとつないので、彼らの言葉の刻印〔形成〕は民衆によって規定されるかもしれない。彼ら詩人たちはむしろ、言葉を選ぶことを拠り所とする。「選ばれた言葉」というのがその後まもなく――ユーゲント様式の文学において――旗印に掲げられた。[2] 芸術のための芸術の詩人が言葉へともたらそうとするのは、何よりも自分自身――自分の本性のもろもろの特異体質、ニュアンス、不可量物〔感情・気分など〕をともなった自分自身である。こうした特異体質、ニュアンス、不可量物が趣味のなかに沈殿するのである。詩人の趣味が、言葉の選択において詩人を導く。ただし、選択が行なわれるのは、事柄によってすでに刻印〔形成〕されていない、つまり事柄の生産過程に取り入れられていないような言葉のあいだでだけである。

事実、芸術のための芸術の理論（théorie〔フランス語〕）が規範的な力をもつのは一八五二年ごろ、つまり、ブルジョワジーが自分たちの「〔なすべき〕事柄」〔自由や平等などを求めること〕を作家や詩人たちの手から奪おうとする時期にである。『〔ルイ・ボナパルトの〕ブリュメール十八日』のなかでマルクスはこの瞬間を想起している。すなわちこのとき「議会外のブルジョワジー大衆は、……自分たちの新聞を残酷に虐待することを通じて、ボナパルト〔ルイ・ナポレオン、のちのナポレオン三世をマルクスはこう呼んでいる〕に、彼らのうちの話し書く部分、つまり彼らの政治家と文士……を殲滅するよう」要求するのだが、「その目的は、彼らがいまや、何にも制約されない強力な政府の庇護のもとで信頼しきって自分たちの私的な商売に専念できることである」。この展開の終点に位置するのがマラルメ〔一八四二―一八九八年。フランスの詩人〕と純粋詩（ポエジー・ピュール）の理論である。この理論においては、自分の階級の事柄（ザッヘ）は詩人〔マラルメ〕から遠く離れ去ってしまっており、その結果、対象をもたない文学の問題が議論の中心になる。この議論が行なわれるのはとりわけマラルメの数々の詩においてであり、それらの詩は、余白（ブラン）、不在（アブサーンス）、沈黙（シラーンス）、空（ヴィド）をめぐって戯れる。ただしこのことは、まさにマラルメにおいては、メダルの表であって、このメダルの裏は決して無内容ではない。むしろ裏からは以下のことを読み取れる――詩人は、彼の属する階級が促進している諸目的の何かひとつに肩入れする役など、もはや引き受けないのだ。この階級のあらゆる明白な経験にたいするこうした原則的な拒絶に〔文学〕生産を基づかせることは、固有の巨大な困難を伴う。そうした困難がこの文学を秘教的なものにする。ボードレールの文学は秘教的な文学ではない。彼の作品のなかには社会的経験が沈殿しているのが発見できるが、ただしそれらの経験は決して生産過程に即して――いわんやその最も先進の形式、工業の生産過程に即して――得られたものではなく、すべてもろもろの遠い迂回路を経て得られたものである。だがこれらの迂回路は、彼の文学のなかに白昼公然と存在している。こうした迂回路のうちで最も重要なのは、神経衰弱患者の、大都市住民の、そして顧客の諸経験である。

【原注】

（1）〔フランス語で言えば〕仕上げの良さ（ラ・ボンテ・デ・ザブレ）。

（2）「ピエール・ルイス〔Pierre Louÿs、本名Pierre Louis、一八七〇―一九二五年。ベルギー生まれの詩人、小説家〕はle throne〔フランス語で「玉座」、throneはふつうはtrôneと綴るが、ラテン語風にした〕と書いている。des abymes〔「いくつかの深淵」、abymesはふつうはabîmesと綴る〕、des ymages〔「いくつかのイメージ」、ymagesはふつうはimages〕、ennuy des fleurs〔「花々の憂愁」、ennuyはふつうはennui〕、等々といったものがいたるところに見られる。……yの勝利である」〔モラン『一九〇〇年』一九三一年〕。

解説

浅井健二郎

本書は、ベンヤミンが『パリ・パサージュ論』の孕む問題圏のなかで、「十九世紀の原史(ウアゲシヒテ)」(本書五〇五ページ参照)という叙述目標を抱きつつ書いたパリ論とボードレール論の——大部の『パサージュ論』本体を除く——集成巻である。『ベンヤミン・コレクション』に収めた「パリ——十九世紀の首都(ドイツ語稿)」、「ボードレールにおけるいくつかのモティーフについて」、「セントラルパーク」(以上、『ベンヤミン・コレクション1』に収録)、および、「ボードレールにおける第二帝政期のパリ」(『ベンヤミン・コレクション4』に収録)を中心とし、これに、比較対象論考として、また関連論考ないし参考資料として、(『パサージュ論』初期覚書集)(『ベンヤミン・コレクション6』に収録)、新訳の「パリ——十九世紀の首都(フランス語稿)」、「土星の環、あるいは、鉄骨建築についていくつかのことを」、(「ボードレール論構想および初期の草稿類」、(「ボードレールにおける第二帝政期のパリ」異稿より)を、そして本文理解の手助けとして若干の図版を加えた。

パリ論「パリ——十九世紀の首都(ドイツ語稿)」は、未完に終わった『パリ・パサージュ論』（一九二七―四〇年）の一九三五年現在での梗概に当たるが、この『パサージュ論』からボードレール論が独立して構想されるに至ったこと、その構想内容と実際に書かれた三つの主要論考（ただし、「セントラルパーク」は、完成稿ではなく覚書集である）＊との関係および三主要論考それぞれの関係、そして、そこにホルクハイマーとアドルノがどう関わっているか、といったこと、さらに、「ボードレールにおける第二帝政期のパリ」の草稿／異稿の特徴については、第二セクション末尾にある「訳者付記」（本書三九三―三九五ページ）を参照されたい。

翻訳分担について：「パリ――十九世紀の首都（フランス語稿）」を土合文夫が、「土星の環……」を浅井健二郎が担当した以外は、すべて久保哲司訳である。

本書に掲載した図版は、訳者・久保と筑摩書房の熊沢敏之氏によって収集、選別されたものである。

＊ そこにある「第一部　アレゴリー詩人としてのボードレール」は書かれぬままに終わったが、このテーマのもとにベンヤミンが考えていたことの一端は、「セントラルパーク」のなかのいくつかの覚書に見て取ることができる。

＊　＊　＊

〈十九世紀の原史（Urgeschichte）〉――これが、『パリ・パサージュ論』が孕む問題圏の中心命題を衝く言葉である。それが概念として意義をもつのは、「十九世紀が原史のオリジナルな形（Form〔形式〕）として叙述された場合にだけ、である」〔本書五〇五ページ〕、とベンヤミンは述べる。そのような叙述を彼は『パサージュ論』において目指したわけだが、しかし、「原史のオリジナルな形〔形式〕」としての十九世紀とはどういうことなのか？その説明はこうなっている。「すなわち、その〔＝「原史のオリジナルな形〔形式〕」の〕なかで原史全体が更新され〔＝新たなものとして蘇り〕、その結果、原史のより古い特徴のうちのあるものが、ひとえにこれら最近の諸特徴の先駆と認識されるような、そういう形〔形式〕〔同前〕である、と。「これら最近の諸特徴」とは、ベンヤミンがボードレールの詩句や、パサージュ／駅舎／エッフェル塔などの鉄骨建築、グランヴィルの版画、ブルジョワジーの住居における室内（アンテリエール）や、万国博覧会、人間／事物の商品というありよう、といったものに見て取るもろもろの特徴のことであり、それらが、なんらかの「より古い特徴」を「先駆」とするものと「認識され」て、例えば、「記念品は世俗化された聖遺物である」〔本書三七四ページ〕、あるいは、「アレゴリー画は商品として回帰する」〔本書三七五ページ〕、といった風に叙述される。

だが、「原史のオリジナルな形〔形式〕」についての右の説明は、「オリジナルな」という語が含意する一回性と〈先駆－後継〉関係が含意する反復性を共存させている、つまり一回的であるはずのものが反復されると主張している、という点で論理矛盾をきたしているのではないのか？——そういう疑問がただちに生ずるだろう。しかしここにこそ、特殊べンヤミン的な思考構造があるのだ。『ドイツ悲劇の根源』で彼はこう述べている、「すべての本質的なものにおいては、一回性と反復性とが、互いに互いの前提となっている」〔ちくま学芸文庫『ドイツ悲劇の根源（上）』六一ページ〕、と。この「根源（Ursprung）」に内在する弁証法」〔同前〕の見方を先の説明に導入しさえすれば、この説明が実は「根源」概念の説明にほかならないことが明らかになる。（この点については、『パサージュ論』N稿の N3a, 2 をも参照されたい。）『パサージュ論』の孕む問題圏において、「原史」は歴史叙述の特殊ベンヤミン的な目標理念となるのである。別様に言えば、「根源」／「原史」は、もしもそれが確認されうるものだとするなら、——歴史的事実のなかでも、歴史記述一般のなかでもなく——ベンヤミンの叙述のなかでのみ、確認されうるものとなっているだろう。しかも、それが顕在的に確認されることはなく、わずかに、可能的潜在としてしか確認されえないだろう。（したがって——ついでに言えば——、ベンヤミン論を書こうとする者は、この可能的潜在を、どのようにして、歪曲も皮相化もせずに顕在ないし一般的な理解可能性に近づけることができるか、という本質的課題を背負っている。）

＊「根源」は、一回性と反復性を不可分に孕む弁証法的構造体を謂う概念なので、一回性を原理とする「起源」と同一視されてはならない。また、「根源」とゲーテの術語「原現象（Urphänomen）」との関係については、『ドイツ悲劇の根源（下）』三七七―三七八ページ、および、そこに付した注＊3を参照されたい。

『ドイツ悲劇の根源』の「認識批判的序章」でベンヤミンは、「悲劇的なもの*（das Tragische）」（『ドイツ悲劇の根源（上）』五七ページ）という「ひとつの理念」を念頭におきつつ、悲劇論のかたちで実践的に構築しようとする、そして『パサージュ論』の問題圏へと繋がってゆく歴史哲学の、その基本テーゼを打ち立てている。

＊ 別の箇所では「純粋に演劇的なもの」（『ドイツ悲劇の根源（上）』二五三ページ）という術語も用いられているが、これは「悲劇的なもの」と「喜劇的なもの」（同前、五七ページ）の双方を含意する術語である。

「どの根源現象（Ursprungsphänomen）（原史を内包している現象）においても、ひとつの理念が――その歴史の総体のなかで完成して安らうに至るまで――繰り返し歴史的世界と対決する際にとる、その形姿が決定される」（同前、六一ページ）。

これを、この悲劇論の内容に即して分かりやすく言い直せば、〈「悲劇的なもの」という理念が、古代ギリシア世界と、またバロック世界と対決し、ギリシア悲劇、バロック悲劇という「形姿」が決定された〉となる。そこからベンヤミンは、両悲劇それぞれの基盤となっている世界像の違い（神話的世界像 対 キリスト教的世界像）、素材圏の違い（〈神話〉素材 対 世俗社会（宮廷）に由来する〈歴史〉素材）、悲劇をもたらす暴力たる「運命」に襲われる人間（主人公）の違い（英雄 対 王）および「運命」の力に対するそれぞれの対処の仕方の違い（「運命」に終止符を打とうとする、生を賭しての戦い 対 継起的時間のなかでの永遠の没落）、などに言及しながら、両悲劇の本質的な違いを指摘したうえで、最後に、バロック悲劇形式の本質をなす「アレゴリー的な見方」についての壮大な論述を展開する。そして、まさにそのアレゴリー論こそが、『パサージュ論』の問題圏における「原史」概念の捉え方に深く関わっているのである。

（右の基本テーゼの考え方のなかに、ベンヤミンの観察方法、思考方法、叙述方法が、いわば三位一体風に伏在しているのだが、この点は本「解説」の本題からずれるので、ここでは措いておく。）

　このアレゴリー論において、「原史」という術語は、さらに二つの特殊ベンヤミン的な術語と結びつけられている。それが、「自然史（Naturgeschichte）」と「アレゴリー」である。

　「ゲレスとクロイツァー（ともにドイツ・ロマン派の詩人たちと親交）がアレゴリー的志向（インテンツィオーン）に認める、あの現世的な広がり、歴史的な広がりは、自然史として、意味作用（das Bedeuten（意味すること））の原史あるいは志向の原史として、弁証法的な（「一回性と反復性とが互いに互いの前提となっている」の意――前述）性質のものである。……アレゴリーにおいては、歴史の死相が、硬直した原風景として、見る者の目の前に横たわっている」（『ドイツ悲劇の根源（下）』二八―二九ページ）。

このようにベンヤミンは、ロマン主義的な「アレゴリー」理解をみずからの理解として引き受け、それを、バロック悲劇の形式精神の理解に適用する――バロック悲劇の「アレゴリー的志向」は出来事を死斑の予兆として意味づけし、舞台上に、彼〔ベンヤミン〕が「自然史」と呼ぶ「歴史の死相」を呈示するのだ、と。別様に言えば、

「バロック悲劇によって舞台上に呈示される自然-史(Natur-Geschichte)のアレゴリー的相貌が実際に目の前に現われるのは、廃墟として、である。……しかも、そのような姿を与えられた歴史は……とどまるところを知らぬ凋落の経過として現われる。……事物の世界において廃墟であるもの、それが、思考〔想念（ゲダンケン）〕の世界におけるアレゴリーにほかならない」〔同前、五一ページ〕。

以上が、『パサージュ論』の問題圏において「十九世紀の原史」を把握しようとするときに、『ドイツ悲劇の根源』からもたらされる前提である。ただし、この前提に関連して留意しなければならない点がいくつかある。

まず第一に、『パサージュ論』の問題圏で論述対象となっている「歴史」と、『ドイツ悲劇の根源』で論述対象となっている「歴史」は、同質ではない。それは、前者の「歴史」が――ベンヤミンが「アレゴリー詩人」〔本書三一ページあるいは三六四および三六五ページ〕と呼ぶボードレールの詩を扱うとき以外は――剝き出しの出来事の総体であるのに対して、

後者の「歴史」は作品内実としての「歴史」、出来事の総体がバロック悲劇の形式の力による変形を受けた「自然史」である、ということによる。だが、それにもかかわらず、前者の「歴史」に「自然史」への傾斜が見て取れるとすれば、そのこと自体が何かを語っているはずである――つまり、ベンヤミンのまなざしそのものに「自然史」への傾斜がある、ということを。

次いで第二に、『ドイツ悲劇の根源』のアレゴリー論がその最後にアレゴリーの「反転」たる「復活のアレゴリー」(『ドイツ悲劇の根源(下)』一七一ページ)を用意しているのに対し、『パサージュ論』の問題圏での叙述は、そのような「反転」を用意しているのだろうか?『パサージュ論』が未完であるため速断は禁物だが、そのN稿(主として方法/認識に関する覚書)や、論旨においてこれに直結している「歴史の概念について」(『ベンヤミン・コレクション1』所収)およびその異稿断片(『ベンヤミン・コレクション7』に〔抄〕を収録)から、この「反転」は『パサージュ論』の叙述にもやはり用意されており、「反転」の瞬間は「最後の審判の日」と、そのとき出現するものは「無階級社会」と呼ばれている、と考えられる。例えば、「マルクスは無階級社会のイメージにおいて、メシア的な時間のイメージを世俗化した。そしてそれは、それでよかったのだ」(『ベンヤミン・コレクション7』五七九ページ)、あるいは、「歴史哲学と、〈反転〉概念のもつ政治的な射程距離。最後の審判の日は、ひとつの後向きになった現在なのだ」(同前、五八二ページ)。ここで注意しなければならないのは、「最後の審判の日」が〈未来のいつかあるとき〉に期待されているのではない、ということである。ここに、ベンヤミンの歴史哲学の最も特殊ベンヤミン的な「時間」理解がある。「反転」の瞬間は、「ひとつの後向きになった現在」に、すなわち、あの「歴史の天使」(「歴史の概念について」第九テーゼ参照)がいる〈いま－ここ〉の瞬間、とはつまり私たちが生きるあらゆる瞬間に、期待されているのだ。どの現在も「最後の審判の日」を宿しているのであり、それを私たちが呼び起こさねばならない――「先行したどの世代ともひとしく、私たちにもかすかなメシア的な力が付与されており、過去にはこの力の働きを要求する権利があるのだ。……歴史的唯物論者はそのことをよく心得ている」(「歴史の概念について」第二テーゼ――『ベンヤミン・コレクション1』六四六ページ)。初期の著作「暴力批判論」では、一切の権力の廃絶が主張されていた、「究極的には国家暴力(国家権力)を廃絶することによって、新しい歴史的時代が創出されるのである」(『ドイツ悲劇の根源(下)』二七七ページ)と。この「新しい歴史的時代」あるいは「無階級社会」こそ、「反復」として生起する「原史のオリジナルな形(形式)」の、世俗化された世界における究極態であるだろう。

だが――第三に――、「十九世紀のオリジナルな原史」を叙述しようとするとき、この「歴史的唯物論者」はみずからの現在――「過去」という対象を叙述する者の「現在」――のなかから、どのようにして、「反転」の瞬間を呼び起こそうというのだろうか?

この点について、「歴史の概念について」の第八テーゼはこう謳っている。「抑圧された者たちの伝統は、私たちが生きている〈非常事態〉が実は通常の状態なのだと、私たちに教えている。この教えに適った歴史の概念を、私たちは手に入れなければならない。それを手にしたときにこそ、私たちの課題として、真の非常事態を出現させるということが、私たちの念頭にありありと浮かんでいるだろう」(『ベンヤミン・コレクション1』六五二ページ)。

これがプログラムである、そして、これはまだプログラムでしかない。この、ややもすれば青臭い物言いとして聞かれてしまいかねない主張を、ベンヤミンはただ言いっ放しにしたわけではなかった。十九世紀ないしヨーロッパ近代がもった経験内実について証言している物・事・言葉を、彼は大量に収集し、そのひとつひとつに、権力からの歴史の解放を目指した批判的検証の手を加えてゆく。それが『パサージュ論』である。ヨーロッパ近代がもった〈経験〉に対するほとんど全方位的な批判――この途方もない試みはそもそも完成しえない性質のものであるのかもしれない。だとしても、本書に収めたベンヤミンの諸論考により、課題はすでにしっかりと、特殊ベンヤミン的にリアルな具象性をもって、私たちに与えられている。

(なお、『パサージュ論』本体の邦訳版は、全五巻のかたちで岩波書店から刊行されている〔一九九三―九五年、および、『現代文庫』版二〇〇三年〕。)

以下、セクションごとに若干の説明を記す。

＊

【第一セクション――パリ論】

青年時代からベンヤミンは旅行でパリを訪れ、またボードレールやプルーストの作品を通しても、この都市に親しんでいたが、一九二七年の幾度目かのパリ滞在時に、シュルレアリスム、とりわけアラゴンの『パリの土着民』（一九二六年）に収められた「オペラ座パサージュ」（一九二四年）に誘（いざな）われて、『パリ・パサージュ論』の構想を抱く。資料を調べるにつれ問題意識は多方面に広がって、引用文と覚書のノートはどんどん膨らんでゆき、その作業のなかで彼は、「十九世紀の原史（ウアゲシヒテ）」の究明という主題を摑んだのだった。先にも触れたように、「パリ――十九世紀の首都（ドイツ語稿）」はその『パサージュ論』の一九三五年現在での梗概に当たるが、「十九世紀の首都」という語句は『パサージュ論』のこの主題のことを謂っている。「十九世紀」は、むろん、「ヨーロッパ近代」と読み替えてもかまわない。「首都」とは、ここでは、「原史のオリジナルな形〔形式〕を宿す場所」の意である。

この比較的短いパリ論でも、言及されている物・事は相当多岐にわたるが、とりわけ六つの章の表題において人物名に結び付けられた物象――パサージュ、パノラマ、万国博覧会、室内、パリの街路、バリケード——に注目されたい。華やいで見えるパリのあれこれが「ブルジョワジーの廃墟」〔本書四〇ページ〕についての証言をなすものとして描き出される。「この廃墟を見渡すことは、シュルレアリスムによってはじめて可能となった」〔同前〕とあるが、これを可能にしたものがひとりシュルレアリスムだけではないことを、すでに私たちは知っている。

一九三三年一月三十日にヒトラーが首相に指名され、同年三月五日の総選挙でナチスが議席の過半数を占めることとなり、ヒトラーが権力を掌握する。その直後の三月十七日、ベンヤミンはベルリンを去ってパリに亡命、作品発表の場をほとんど失い、ホルクハイマーとアドルノが主宰していたフランクフルト大学社会研究所（当時在ジュネーヴ、翌年さらにニューヨークに移る）の研究員になる。その『紀要』報告用にまとめてみた、『パリ・パサージュ論』の俯瞰的スケッチが、この「パリ——十九世紀の首都」である。今日の視点からすれば、これはすでに卓越した試み（エッセイ）と見なせるのだが、庇護者アドルノはこれを事細かに批判せずにはいなかった。イメージ断片の喚起力に対する感性のありようの違いなのだろうが、アドルノの論理に暴力が感じられる。

一九三九年のフランス語稿は、基本的には四年前のドイツ語稿の——ベンヤミン自身による——フランス語訳であるが、新たに「序」と「結論」が付けられたほか、構成や文面にもいくつもの小さからぬ変更が施されている（とくに「結論」での、ブランキ『星辰による永遠』への言及が目を引く)。

(なお、一種のパリ論とも見なせる「シュルレアリスム」(『ベンヤミン・コレクション1』所収――紙幅の都合により収録を断念)、「パリ――鏡のなかの都市」(『ベンヤミン・コレクション3』所収――オリジナル稿は紛失しており、印刷された『ヴォグ』誌ドイツ語版では著者名が削られ、「ここに印刷されたものは改変されている」というベンヤミンの手書きメモがあるので、ここには収録せず)も、参考資料として参照されたい。)

【第二セクション――ボードレール論】

『パサージュ論』の覚書が明確な最終展望を見出せぬまま肥大化してゆく過程で、一九三七年ベンヤミンは、そのなかのボードレールの章を独立させてまず仕上げる、という新たな構想を得た。『シャルル・ボードレール――高度資本主義時代の抒情詩人』がそれである。

三区分構成はベンヤミンが特に力を込めたときに用いる弁証法的構成であるが(「ゲーテの『親和力』」(『ベンヤミン・コレクション1』所収)、『ドイツ悲劇の根源』(「認識批判的序章」も一区分と見なす)、「プルーストのイメージについて」(『ベンヤミン・コレクション2』所収)、「カール・クラウス」(同前)など)、「訳者付記」(本書三九三―三九四ページ)にあるように、この『シャルル・ボードレール』も三部仕立てで構想された。そして、まず書き下(おろ)された

「第二部　ボードレールにおける第二帝政期のパリ」もまた三区分構成になっている（これは「ゲーテの『親和力』」の各章や、『ドイツ悲劇の根源』の「〔第一部〕バロック悲劇とギリシア悲劇」および「〔第二部〕アレゴリーとバロック悲劇」と同様のやり方である）。「I　ボエーム」、「II　遊歩者（フラヌール）」、「III　近代（モデルネ）」という各章の表題が、「パリ――十九世紀の首都」の各章の表題と同じく、十九世紀という時代が骨格を固めてゆく――つまり、「ブルジョワジーの廃墟」の度合いを増してゆく――歩みを示している。「韻の獲物を求めて都市をさ迷い歩く詩人」ボードレールの姿が「屑屋」に譬えられている（本書一九五―一九六ページ――そこには「屑屋に落ちぶれた詩人」という表現もある）が、この「都市」とはもちろん「ブルジョアジーの廃墟」を謂うものである。

　構想時のプランでは、「ボードレールにおける第二帝政期のパリ」には「アンチテーゼの役割。問題解決に必要なデータを提供」（本書三九三ページ）という説明が付いているが、別の言い方をするなら、この論考は近代アレゴリーの諸相を叙述するものである。それは、「アレゴリー詩人のそれのような、少なくとも外見上は徹頭徹尾〈反時代的〉な振舞い方が、この〔十九〕世紀の詩作品のなかで第一等の地位を占めるということがどうして起こりうるのか」（本書三六五ページ）という問いに答えるための準備作業なのである。

　この論考に対して、またもや庇護者たち――とくにアドルノ――から「パリ――十九世紀の首都」に対する批判をはるかに上回る、やはり事細かな批判の手紙が送られてきた。

このやりとりの全体は、その背景も含めて、一度は厳密に吟味・分析されねばならないだろう。アドルノの視野からベンヤミンを読むという姿勢は、ベンヤミンの視野からすれば根本的な歪曲を孕んでいる、と思われてならない。

ともあれ、ベンヤミンは折れて、これを改稿した。といっても、ベンヤミン風を曲げてはいない。それが「ボードレールにおけるいくつかのモティーフについて」である。そしてこれはアドルノらに絶賛されて『社会研究所紀要』に載った(一九四〇年)。ボードレールにおけるアウラ的知覚からの離脱を言い当ててゆくベンヤミンの文章そのものから、〈ベンヤミン的文体〉の——作品論の最高傑作「ゲーテの『親和力』」の場合にも似た——アウラが立ち昇る、という不思議がこの論考にはある。

「セントラルパーク」——この表題はベンヤミン自身によって与えられている(ただし、断章番号は遺稿整理の際に付されたものである)——に収められた断章は、主として、当初の構想の最終部分「第三部　詩的対象としての商品(ジュンテーゼの役割。問題解決)」〔本書三九三ページ〕のためのものだった。「セントラルパーク」という表題には、『シャルル・ボードレール』の先行する各部で呈示した事柄を理論化した中心的な部分、の意が込められていた。この断章集は、バロック・アレゴリーを鏡とした、近代アレゴリー論のエキスと見なしてよいだろう。その一番の中心に、「詩的対象としての商品」に加えて、「詩人にとっての文芸市場——そこで詩は商品となる、つまり〈商品としての詩〉——および読者大衆」という主題が位置している。

本来は充実した作品として構想されたものが、『パサージュ論』のように未完の形で遺されたとき、それでもこの断章集ないし覚書集は私たちにとって充分に有意味なテクストでありうる。この点で「セントラルパーク」は、本書のなかで、私たちの手に遺された形での『パサージュ論』のスタイルを代表、もしくは代行している。

ベンヤミンが抒情詩を扱った代表的論考としては、右の三種類のボードレール論（ただし、「セントラルパーク」はボードレールの詩を直接には扱っていない）のほか、「フリードリヒ・ヘルダーリンの二つの詩作品」〔ちくま学芸文庫『ドイツ・ロマン主義における芸術批評の概念』の「参考資料I」所収〕、「ブレヒトの詩への註釈」〔『ベンヤミン・コレクション4』所収〕がある。三種類のボードレール論における対象への切り込み方の違い、および論が伸びてゆく方向と地平の違いも注目されるが、それ以上に、ヘルダーリン詩、ボードレール詩、ブレヒト詩に対するベンヤミンの美学的－批評的態度の差異が注目される。この差異には、「アウラ」という特殊ベンヤミン的な術語を用いてこそ説明しうる部分と、それでは説明しえない部分がある。このことに関連して、「ボードレールにおけるいくつかのモティーフについて」第十一章のアウラ的なゲーテ詩と脱アウラ的なボードレール詩を比較する箇所〔本書三〇八―三〇九ページ〕にとくに注目するとともに、「カール・グスタフ・ヨッホマン『詩の退歩』への序論」〔『ベンヤミン・コレクション2』所収〕を併せて読まれるようお勧めしたい。

【第Ⅲセクション――関連論考／参考資料】

〈パリのパサージュを主題とする論考の草稿が存在するはずだが、どこへ行ってしまったのか分からない〉とされていた、『パリ・パサージュ論』のための覚書と諸資料の厖大な集積体――一九四〇年、ベンヤミンがパリから逃げる際に、ジョルジュ・バタイユに託したもの――がパリの国立図書館の奥深くで発見され、それが一九八二年に刊行されて、落ち着きかけていたベンヤミン・ブームにまた新たな火がついた。

（生前のベンヤミンは、仲間内と文芸評論界の事情通以外にはさほど知られていなかったが、死後十五年を経た一九五五年に、アドルノの編集による二巻本の『ベンヤミン選集』が刊行されるとともに、特異な思想家・批評家として「ベンヤミン」の名は次第に広く知られるようになっていった。そして、一九六〇年代後半、西ヨーロッパ――とくにフランスとドイツ――での学生運動の大きなうねりのなかで、いわゆる新左翼系思潮の質をもつ最初のベンヤミン・ブームが巻き起こった（この時期に右の選集も新たな装いで復刊されている）。その熱気がいったん鎮まっていた一九七二年にズーアカムプ社版『ベンヤミン全著作集』（全四巻）の刊行が始まり、それとともに、今度は冷静な第二次ベンヤミン・ブームがやって来た。そして、右の第三次ブームである。現在は、同じくズーアカムプ社から新しい全集〔全二十一巻の予定〕が刊行されつつある。）

本セクションには、パリ論の「I　フーリエあるいはパサージュ」と「III　グランヴィルあるいは万国博覧会」に関係する小論考「土星の環、あるいは、鉄骨建築についていくつかのことを」（一九二九年以前に成立）、『パサージュ論』の三つの初期覚書集（一九二七―三〇年に成立）、そして、ボードレール論に関する資料となる構想メモ／草稿／異稿を収めた。

ベンヤミンが大きな課題を見つけたときには、いつも、大量の覚書ないし試行的断片が生まれている。逆に言えば、そうした覚書／試行的断片が多ければ多いほど、彼にとってその課題が大きな重いものだった――ということであるのかもしれない。だとすれば、『パサージュ論』の孕む問題圏こそ、その最たるものだったのだろう。『パサージュ論』本体のN稿では、「この仕事の方法は文学的モンタージュである」〔N1a, 8〕と述べられているが、この「文学的モンタージュ」――これは、ベンヤミンの特異な「引用」概念に関連している〔『パサージュ論』N1, 10を参照〕――も、アラゴンの「オペラ座パサージュ」から学んだものである（ただし、その展開のさせ方と目指す先は異なる）。本セクションに収めたもののなかでも、とくに『パサージュ論』の初期覚書集は、その問題圏と論の芯の誕生現場を刻印している。そこには、構想が閃いたときの独特な昂り（たかぶ）と躍動が見て取れるだろう。

＊　＊　＊

『ベンヤミン・コレクション』（全七巻）が完結したあと、いまさらに、念願だった『パリ論／ボードレール論集成』を上梓できることは、とても嬉しく、かつ有難い。ここに収めた論稿のほとんどすべてをひとりで訳した久保君にとっては、これまでの努力が改めて報われた思いだろう。これから彼が取り掛かるであろうベンヤミン論に期待したい。パリ論――と『ドイツ悲劇の根源』――の大ファンである熊沢さんにも、大いに楽しんでいただけると思う。

本書においても、筑摩書房編集部の業務を平野洋子さんに担当していただいた。ありがとうございました。

（二〇一五・六・九）

《訳者紹介》

浅井健二郎（あさい・けんじろう）

1945年生まれ。東京大学大学院修士課程修了。現在、東京大学名誉教授。専攻、ドイツ文学。著書に、『経験体の時間——カフカ・ベンヤミン・ベルリン』（高科書店）、訳書に『ベンヤミン・コレクション』（ちくま学芸文庫・全7巻）など。

＊

久保哲司（くぼ・てつじ）

1957年生まれ。東京大学大学院修士課程修了。現在、一橋大学社会学研究科教授。専攻、ドイツ文学。

土合文夫（どあい・ふみお）

1950年生まれ。東京大学大学院修士課程修了。現在、東京女子大学現代教養学部教授。専攻、ドイツ文学。

フーコー・コレクション
フーコー・ガイドブック

ミシェル・フーコー
小林康夫／石田英敬／松浦寿輝編

20世紀の知の巨人フーコーは何を考えたのか。主要著作の内容紹介・本人による講義要旨・詳細な年譜で、その思考の全貌を一冊に完全集約！

わたしは花火師です

ミシェル・フーコー
中山元訳

自らの軌跡を精神病理学と文学との関係で率直に語った表題作を始め、フーコー中期の貴重な肉声を伝えるオリジナル編集のインタヴュー・講演集。

間主観性の現象学　その方法

エトムント・フッサール
浜渦辰二／山口一郎監訳

主観や客観、観念論や唯物論を超えて「現象」そのものを解明したフッサール現象学の中心課題。現代哲学の大きな潮流「他者」論の成立を促す。本邦初訳。

間主観性の現象学Ⅱ　その展開

エトムント・フッサール
浜渦辰二／山口一郎監訳

フッサール現象学のメインテーマ第Ⅱ巻。自他の身体の構成から人格的生の精神共同体までを分析し、真の関係性を喪失した孤立する実存の限界を克服。

間主観性の現象学Ⅲ　その行方

エトムント・フッサール
浜渦辰二／山口一郎監訳

間主観性をめぐる方法、展開をへて、その究極の目的（行方）が、真の人間性の実現に向けた普遍的目的論として呈示される。壮大な構想の完結篇。

風土の日本

オギュスタン・ベルク
篠田勝英訳

自然を神の高みに置く一方、無謀な自然破壊をする日本人の風土とは何か？　フランス日本学の第一人者による画期的な文化・自然論。（坂部恵）

空間の日本文化

オギュスタン・ベルク
宮原信訳

都市などの日本文化特有の有機的な空間性を多面的に検証し、統一的な視座を提出。フランス日本学第一人者による画期的な日本論。（隈研吾）

ベンヤミン・コレクション1

ヴァルター・ベンヤミン
浅井健二郎編訳
久保哲司訳

ゲーテ『親和力』論、アレゴリー論からボードレール論を経て複製芸術論まで、ベンヤミンにおける近代の意味を問い直す、新訳のアンソロジー。

ベンヤミン・コレクション2

ヴァルター・ベンヤミン
浅井健二郎編訳
三宅晶子ほか訳

中断と飛躍を恐れぬ思考のリズム、巧みに布置された理念やイメージ。手仕事的細部に感応するエッセイの思想の新編・新訳アンソロジー、第二集。

ベンヤミン・コレクション3
ヴァルター・ベンヤミン
浅井健二郎編訳
久保哲司訳

過去／現在を思いだすこと――独自の歴史意識に貫かれた《想起》実践の各篇「一方通行路」「ドイツの人びと」「ベルリンの幼年時代」などを収録。

ベンヤミン・コレクション4
ヴァルター・ベンヤミン
浅井健二郎編訳
土合文夫ほか訳

〈批評の瞬間〉における直観の内容をきわめて構成的に叙述したベンヤミンの諸論考――初期の哲学的思索から同時代批評まで――を新訳で集成。

ベンヤミン・コレクション5
ヴァルター・ベンヤミン
浅井健二郎編訳
土合文夫ほか訳

文学、絵画、宗教、映画――主著と響き合い、新たな光を投げかけるベンヤミン〈思考〉の断片を立体的に集成。新編・新訳アンソロジー、待望の第五弾。

ベンヤミン・コレクション6
ヴァルター・ベンヤミン
浅井健二郎編訳
久保哲司ほか訳

ソネット、未完の幻想小説風短編など、ベンヤミンの知られざる創作世界を収録。『パサージュ論』成立の背後を明かすメモ群が注目の待望の第六弾。

ベンヤミン・コレクション7
ヴァルター・ベンヤミン
浅井健二郎編訳

文人たちとの対話を記録した日記、若き日の履歴書、死を覚悟して友人たちに送った手紙――20世紀を代表する評論家の個人史から激動の時代精神を読む。

意識に直接与えられたものについての試論
アンリ・ベルクソン
合田正人／平井靖史訳

強度が孕む〈質的差異〉、自我の内なる〈多様性〉からこそ、自由な行為は発露する。後に『時間と自由』の名で知られるベルクソンの第一主著。新訳。

物質と記憶
アンリ・ベルクソン
合田正人／松本力訳

観念論と実在論の狭間でイマージュへと焦点があてられる。心脳問題への関心の中で、今日さらに重要性が高まる、フランス現象学の先駆的著書。

創造的進化
アンリ・ベルクソン
合田正人／松井久訳

生命そして宇宙は「エラン・ヴィタル」を起爆力に、自由な変形を重ねて進化してきた――。生命概念を刷新したベルクソン思想の集大成的主著。

道徳と宗教の二つの源泉
アンリ・ベルクソン
合田正人／小野浩太郎訳

閉じた道徳／開かれた道徳、静的宗教／動的宗教への洞察から、個人のエネルギーが人類全体の倫理的行為へ向う可能性を問う。最後の哲学的主著新訳。

イコノロジー研究(下)
E・パノフスキー
浅野徹ほか訳
上巻の、図像解釈学の基礎論的「序論」と「盲目のクピド」等各論に続き、下巻は新プラトン主義と芸術作品の相関に係る論考に詳細な索引を収録。

〈象徴形式〉としての遠近法
エルヴィン・パノフスキー
木田元監訳
川戸れい子/上村清雄訳
透視図法は視覚とは必ずしも一致しない。それはいわばシンボル的な形式なのだ——。世界表象のシステムから解き明かされる、人間の精神史。

見るということ
ジョン・バージャー
飯沢耕太郎監修
笠原美智子訳
写真の登場で、人間は膨大なイメージに取り囲まれ、歴史や経験との対峙を余儀なくされた。見るという行為そのものに肉迫した革新的美術論集。

イメージ
ジョン・バージャー
伊藤俊治訳
イメージが氾濫する現代、「ものを見る」とはどういう意味をもつか。美術史上の名画と広告とを等価に扱い、見ること自体の再検討を迫る名著。

新編 脳の中の美術館
布施英利
「見る」に徹する視覚と共感覚に訴える視覚。ヒトの二つの視知覚形式から美術作品を考察する、芸術論へのまったく新しい視座。（中村桂子）

秘密の動物誌
フォンクベルタ/フォルミゲーラ
荒俣宏監修
管啓次郎訳
光る象、多足蛇、水面直立魚——謎の失踪を遂げた動物学者によって発見された「新種の動物」とは。世界を騒然とさせた驚愕の書。（茂木健一郎）

ブーレーズ作曲家論選
ピエール・ブーレーズ
笠羽映子編訳
現代音楽の巨匠ブーレーズ。彼がバッハ、マーラー、ケージなど古今の名作曲家を個別に考察した音楽論14篇を集めたオリジナル編集。

ワーグナーとニーチェ
フィッシャー＝ディースカウ
荒井秀直訳
響き合い、互いの創作を高めあい、別れゆくふたりの鬼才。不世出のバリトン歌手が、若き日のニーチェを音楽の面から捉えなおした名著。（茂木健一郎）

図説 写真小史
ヴァルター・ベンヤミン
久保哲司編訳
写真の可能性と限界を考察し初期写真から同時代の作品まで通観した傑作エッセイ「写真小史」と、関連の写真図版・評論を編集。（金子隆一）

ニーチェの手紙　茂木健一郎編・解説　塚越敏／眞田収一郎訳

哲学の全歴史を一新させた偉人が、思いを寄せる女性に綴った真情溢れる言葉から、手紙に残した名句まで――書簡から哲学者の真の人間像と思想に迫る。

存在と時間 上・下　M・ハイデッガー　細谷貞雄訳

哲学の根本課題、存在の問題を、現存在としての人間の時間性の視界から解明した大著。刊行時すでに哲学の古典と称された20世紀の記念碑的著作。

「ヒューマニズム」について　M・ハイデッガー　渡邊二郎訳

『存在と時間』から二〇年、沈黙を破った哲学者の後期の思想の精髄。「人間」ではなく「存在の真理」の思索を促す、書簡体による存在論入門。

ドストエフスキーの詩学　ミハイル・バフチン　望月哲男／鈴木淳一訳

ドストエフスキーの画期性とは何か？《ポリフォニー論》と《カーニバル論》という、魅力にみちた二視点を提起した先駆的著作。（望月哲男）

表徴の帝国　ロラン・バルト　宗左近訳

「日本」の風物・慣習に感嘆しつつもそれらを〈零度〉に解体し、詩的素材としてエクリチュールとシーニュについての思想を展開させたエッセイ集。

エッフェル塔　ロラン・バルト　宗左近／諸田和治訳　伊藤俊治図版監修

塔によって触発される表徴を次々に展開させることで、その創造力を自在に操る、バルト独自の構造主義的思考の原形。解説・貴重図版多数併載。

エクリチュールの零度　ロラン・バルト　森本和夫／林好雄訳註

哲学・文学・言語学など、現代思想の幅広い分野に怖るべき影響を与え続けているバルトの理論的主著。詳註を付した新訳決定版。（林好雄）

映像の修辞学　ロラン・バルト　蓮實重彦／杉本紀子訳

イメージは意味の極限である。広告写真や報道写真、そして映画におけるメッセージの記号を読み解き、意味を探り、自在に語る魅惑の映像論集。

ロラン・バルト 中国旅行ノート　ロラン・バルト　桑田光平訳

一九七四年、毛沢東政権下の中国を訪れたバルトの旅行の記録。それは書かれなかった中国版「記号の国」への覚書だった。新草稿、本邦初訳。（小林康夫）

民主主義の革命　エルネスト・ラクラウ／シャンタル・ムフ　西永亮／千葉眞訳
グラムシ、デリダらの思想を摂取し、根源的で複数的なデモクラシーへ向けて、新たなヘゲモニー概念を提示した、ポスト・マルクス主義の代表作。

こどもたちに語るポストモダン　J＝F・リオタール　管啓次郎訳
〈普遍的物語〉の終焉を主張しポストモダンを提唱した著者が、アドルノ、ベンヤミンらを想起し、知のアヴァンギャルドたることを説く10の通信。

人間の条件　ハンナ・アレント　志水速雄訳
人間の活動的生活を《労働》《仕事》《活動》の三側面から考察し、《労働》優位の近代世界を思想史的に批判したアレントの主著。（阿部齊）

革命について　ハンナ・アレント　志水速雄訳
《自由の創設》をキイ概念としてアメリカとヨーロッパの二つの革命を比較・考察し、その最良の精神を二〇世紀の惨状から救い出す。（川崎修）

暗い時代の人々　ハンナ・アレント　阿部齊訳
自由が著しく損なわれた時代を自らの意思に従い行動し、生きた人々。政治・芸術・哲学への鋭い示唆を含み描かれる普遍的人間論。（村井洋）

資本論を読む（全3巻）　ルイ・アルチュセール他　今村仁司訳
マルクスのテクストを構造論的に把握して画期をなした論集。のちに二分冊化されて刊行された共同研究（一九六五年）の初版形態の完訳。

資本論を読む　上　ルイ・アルチュセール他　今村仁司訳
アルチュセール、ランシエール、マシュレーの論文を収録。古典経済学の「問い」の構造を問い直し、『資本論』で初めて達成された「科学的認識」を剔抉。

資本論を読む　中　ルイ・アルチュセール他　今村仁司訳
アルチュセール「『資本論』の対象」を収録。マルクスのテクストが解析した「対象」の構造を明かし、イデオロギー的歴史主義からの解放を試みる。

資本論を読む　下　ルイ・アルチュセール他　今村仁司訳
マルクス思想の《構造論》的解釈の大冊、完結。バリバール「史的唯物論の根本概念について」、エスタブレ「『資本論』プランの考察」を収載。

表現と介入
イアン・ハッキング
渡辺博訳

科学にとって「在る」とは何か？ 科学は真理を捉えられるのか？ 現代哲学の鬼才が20世紀を揺るがした問いの数々に鋭く切り込む！（戸田山和久）

マクルーハン
W・テレンス・ゴードン
宮澤淳一訳

テクノロジーが社会に及ぼす影響を考察し、情報社会の新しい領域を開いたマクルーハンの思想をビジュアルに読み解く入門書。文献一覧と年譜付。

デリダ
ジェフ・コリンズ
鈴木圭介訳

「脱構築」「差延」の概念で知られるデリダ。現代思想に偉大な軌跡を残したその思想をわかりやすくビジュアルに紹介。丁寧な年表、書誌を付す。

ベンヤミン
ケイギル／コールズ／アピニャネジ
久保哲司訳

〈批評〉を哲学に変えた思想家ベンヤミン。親和力、多孔質、アウラ、廃墟などのテーマを通してその思想の迷宮をわかりやすく解説。詳細な年譜・文献付。

フーコー
リディア・アリックス・フィリンガム
モシュ・シュッサー絵
栗原仁／慎改康之編訳

今も広い文脈で読まれている20世紀思想のカリスマ、フーコー。その幅広い仕事と思想にこれ以上なく平明に迫るビジュアルブック。充実の付録資料付。

ビギナーズ **哲学**
デイヴ・ロビンソン文
ジュディ・グローヴズ画
鬼澤忍訳

初期ギリシャからポストモダンまで。社会思想や科学哲学も射程に入れ、哲学史を見通すビジュアルガイド。哲学が扱ってきた問題が浮き彫りになる！

ビギナーズ **倫理学**
デイヴ・ロビンソン文
クリス・ギャラット画
鬼澤忍訳

正義とは何か？ なぜ善良な人間であるべきか？ 倫理学の重要論点を見事に整理した、道徳的カオスの中を生き抜くためのビジュアル・ブック。

ビギナーズ **『資本論』**
マイケル・ウェイン
チェ・スンギョン画
鈴木直監訳 長谷澪訳

『資本論』は今も新しい古典だ！ むずかしい議論や概念を、具体的な事実や例を通してわかりやすく読み解き、今読まれるべき側面を活写する。（鈴木直）

自我論集
ジークムント・フロイト
竹田青嗣編
中山元訳

フロイト心理学の中心、「自我」理論の展開をたどる新編・新訳のアンソロジー。「快感原則の彼岸」「自我とエス」など八本の主要論文を収録。

ちくま学芸文庫

パリ論／ボードレール論集成

二〇一五年十一月十日　第一刷発行

著　者　ヴァルター・ベンヤミン
編訳者　浅井健二郎（あさい・けんじろう）
訳　者　久保哲司・土合文夫
発行者　山野浩一
発行所　株式会社　筑摩書房
東京都台東区蔵前二―五―三　〒一一一―八七五五
振替〇〇一六〇―八―四一二三
装幀者　安野光雅
印刷所　三松堂印刷株式会社
製本所　三松堂印刷株式会社

乱丁・落丁本の場合は、左記宛にご送付下さい。
送料小社負担でお取り替えいたします。
ご注文・お問い合わせも左記へお願いします。
筑摩書房サービスセンター
埼玉県さいたま市北区櫛引町二―六〇四　〒三三一―八五〇七
電話番号　〇四八―六五一―〇〇五三

ISBN978-4-480-09689-0 C0110